Für meine Familie
Durch Dunkelheit und Licht

Ein Fluss aus Blut

Ich stürze in die Tiefe, dem glitzernden Wasser entgegen, das sich unter mir wie eine Schlange durch die Stadt windet. In meinem Rücken hallen die Schläge der Turmglocke wie Trommeln, die eine Hinrichtung einleiten.

Der Sephris ist ruhig und glatt wie ein Spiegel. Unberührt von den Tumulten, die Gemea erschüttern. Ich kann ihre Gesichter in seinen Fluten sehen. Meines, das sich mit ihnen vereint, wie wir es im Leben gewesen sind. Ein flüchtiges Aufflackern im Silber des Flusses, bevor er sie mit sich fortreißt.

Dann endet mein Fall. Ich pralle auf die Wasserfläche und die Luft weicht aus meinen Lungen. Schmerz explodiert in meinem Körper, als der Fluss wie ein Hammer meine Knochen bersten lässt. Und als das Wasser über meinem Kopf zusammenschlägt, färbt in Hass vergossenes Blut den Sephris rot.

1
Silberfäden

Die Silberfäden, die das Blau ihres Brautkleides schmückten, kratzten über ihre Haut wie winzige Klauen. Das enge Korsett schnürte ihr die Luft ab. Es war wie eine Fessel, die dafür sorgen sollte, dass sie nicht davonlief, obgleich alles in ihr danach schrie, die Kathedrale zu verlassen.

Alysea zwang sich, ruhig zu atmen, während ihre Zofe Sofea sie einschnürte wie ein Geschenk. Sie hatte die Nacht mit den Vorbereitungen auf die Zeremonie verbracht, die sie zur Gemahlin von Spiras Saverian machen würde. Gesänge, Gebete, die traditionellen Rituale und Waschungen, die ein Ende gefunden hatten, als die Sonne aufgegangen war. Ein letzter Gruß an die erwachende Himmelskönigin und die Priesterinnen in ihren weißen Gewändern waren verschwunden. Sie war im Brautgemach zurückgeblieben. Allein mit Sofea, die ungewöhnlich schweigsam ihre Aufgaben verrichtete, und den Resten des bitteren Kräutergeruchs, der noch in den Räucherlampen hing. Er vermischte sich mit dem Duft des Rosenöls, mit dem man sie eingerieben hatte, und verursachte ihr Kopfschmerzen.

Das Brautgemach war ein karger Raum, nur geschmückt von der erhabenen Statue der Lichtherrin, die eine goldene Sonne über ihr Haupt hielt. Hohe Fenster ließen das Licht herein, das sich in der Mitte des Zimmers sammelte wie eine Gloriole, die die Braut in ihrem Schein badete. Eine ermutigende Umgebung für eine Frau, die sich auf die Hochzeit vorbereiten sollte. Alysea schnaubte spöttisch.

Ihr Kopf schwirrte von dem verdünnten Wein, den ihr die Priesterinnen unaufhörlich eingeflößt hatten. Wahrscheinlich erhofften sie sich, dass er die Männer, die den jungen Frauen von ihren Familien vorgesetzt wurden, in einem gnädigeren Licht erscheinen lassen würde. Wenn dies ihre Absicht gewesen war, so waren sie kläglich gescheitert. Die Ehe mit Spiras erschien ihr ebenso wenig erstrebenswert wie in jenem Moment, in dem ihre Mutter ihr eröffnet hatte, dass sie seine Gemahlin würde. Aller Protest hatte nichts bewirkt. Ihre Schwester hatte die Ehre der Familie beschmutzt und es war an ihr, sie wiederherzustellen.

Nun waren es nur noch Augenblicke, bis sie vor den Altar treten sollte. Allein der Gedanke genügte, um sie scharf die Luft einziehen zu lassen, als Sofea an den Bändern zerrte.

»Ich kann das nicht, Sofea«, wisperte sie heiser.

»Du hattest lange genug die Möglichkeit, davonzulaufen wie deine Schwester. Du hast sie nicht genutzt. Es ist zu spät für Reue. Die Priesterinnen sind schlimmer als Wachhunde. Sie haben uns von allen Seiten umzingelt. Selbst ich komme nicht ungesehen an ihnen vorbei.« Ein Vorwurf klang in Sofeas Worten mit. Sie schloss die Schnürung und atmete aus, als sie sich aufrichtete.

Alysea wandte sich zu ihr um. Rötliche Flecken zierten Sofeas helle Wangen und das schneeweiße Haar hatte sich aus dem schlichten Knoten gelöst, in dem sie es gebändigt hatte. Ihre gelblichen Katzenaugen flackerten, ohne dass sie es vermochte, die Gefühle darin vollständig zu bestimmen.

Alysea seufzte. »Ich kann nicht weglaufen. Viveia ist eine Närrin, die keine andere Pflicht als die nächste Verabredung mit dem Hofschneider kennt. Es war leicht für sie, davonzulaufen. Sie hatte nicht mehr zu verlieren, als den Zugang zu den Schatzkammern und ihre hübschen Kleider. Wenn Mutter ihr die Magie nimmt, ist es kaum mehr als eine winzige Unannehmlichkeit für sie. Für mich …« *Ist es alles, was ich habe.* Sie musste es nicht laut aussprechen. Sofea stand ihr näher, als es ihre eigene Schwester je getan hatte. Sie wusste, was Alysea fühlte. Die Drohung, ihre Magie zu bannen, hatte ihr die Luft abgeschnürt. Sie war tausendfach schlimmer als die Aussicht auf eine Ehe mit Spiras Saverian. Alysea schüttelte den Kopf. »Aber ich hatte gehofft, es würde einfacher sein«, gestand sie leise.

Sofea schwieg für einige Atemzüge. Es gab keinen Grund für eine Antwort. Sie hatte vor langer Zeit alles gesagt, was es zu sagen gab. Dann hob sie die Schultern. »Es war dumm von Viveia. Vielleicht wäre sie mit Spiras glücklicher geworden, als sie glauben wollte. Er ist ein aufschneiderischer Widerling, der jedem Rock hinterherläuft, und sie hebt ihren für jeden, der ihr die große Liebe verspricht. Sie hätten hervorragend zueinander gepasst und einen Stall voller Kinder gezeugt.«

Alysea musste gegen ihren Willen lächeln. »Aber Sofea, zügle dich! Du sprichst von der zukünftigen Fürstin der Hexen«, mahnte sie spöttisch. »Spiras hat es versäumt, sie zu umwerben, als er es hätte tun sollen. Und er entspricht nicht ihren romantischen Idealen von dem edlen Ritter aus den Tagen König Domians, der sie auf Händen trägt. Hätte er sich ein wenig mehr Mühe gegeben, wäre sie es, die man in dünnem Wein zu ertränken versucht hätte.«

Alysea gewahrte die Verdrossenheit, die sich in ihre Stimme geschlichen hatte, und räusperte sich. Ihre Zofe ging darüber hinweg, als hätte sie es nicht bemerkt. »Ich glaube nicht, dass Romantik eine allzu große Rolle bei ihrer Entscheidung gespielt hat.« Sofea hob bedeutsam eine weiße Braue und klopfte sacht auf ihren Unterleib. »Und sie ist in Ungnade gefallen. Ich bezweifle, dass der Hexenthron je ihr gehören wird.«

»Oh, Mutter mag *jetzt* wütend auf sie sein. Aber letztlich würde sie mir niemals den Vorzug geben. Sie wird ihr verzeihen, wenn Viveia lange genug gelitten hat, und den Bann aufheben.«

»Das wäre ein Jammer für deinen zukünftigen Gemahl. Ich bin mir sicher, dass er bereits fieberhaft überlegt, in welcher Pose er sich auf den Thron setzen wird.«

Alysea stieß einen verächtlichen Laut aus und ihr Lächeln erlosch endgültig. Plötzlich war die Hochzeit zu nah, um sie verdrängen zu können. »Er wird es überleben. Spiras würde eine Hündin heiraten, wenn man ihn dafür bezahlt. Zu seinem Unglück muss er mit mir vorliebnehmen.«

Ein Verlustgeschäft für ihn in jeder Hinsicht. Viveia hätte es sein sollen, die heute mit ihm vor den Altar trat. Die Ältere. Die Goldene. Die Fürstentochter, die alle Bewunderung auf sich zog. Alysea hatte immer in ihrem Schatten gestanden. Die Dunkle. Die Störrische. Die *vom Mond berührte*. Ihr schwarzes Haar, ihre zartere Gestalt … niemand, der sie nicht kannte, sah sie als der Familie angehörig an. Allein ihre Augen wiesen auf die Verwandtschaft hin. Die meerblauen Augen der Valerian. Allerdings hatten auch diese sie nicht vor dem Getuschel behütet, der Bastard der Fürstin zu sein. Dass sie den Lenden eines Geliebten entstamme, der ihrer Mutter zu Diensten war, als es ihr kränklicher Gemahl nicht mehr konnte. Es hatte begonnen, als sich offenbart hatte, dass sie nicht das sonnengoldene Haar ihrer Schwester besaß, nicht ihre hochgewachsene Gestalt, die sie wie einen Zwilling ihrer Mutter erscheinen ließ. Und es hatte niemals geendet.

Für lange Zeit hatte es sie davor bewahrt, eine wichtige Position in der Familie einnehmen zu müssen. Sie war frei zu gehen, wohin sie wollte. Zu tun, was sie wollte. Niemand hatte sie aufgehalten, als sie Gemea verlassen hatte, um bei Domia Lucea eine Lehre zu beginnen. Doch dann war der Ruf an den Hof erfolgt und von ihrer Freiheit blieb nicht mehr als eine Erinnerung. Die Stricke ihrer Abstammung fesselten sie, selbst wenn sie es niemals hatte wahrhaben wollen.

Wie sehr musste Spiras das Schicksal verfluchen, das ihn zwang, sich an sie zu binden, wenn es Viveia war, die er hätte haben sollen? Sie konnte es in seinen Augen lesen, wann immer er sie ansah. In der Kälte seines Blickes, der schien, als zählte er die Münzen, die sie ihm einbrachte. In jedem falschen Lächeln, das er ihr schenkte. Aber Viveia war mit dem niederen Adeligen davongelaufen, an den sie ihr Herz verloren hatte, und sie hatte heimlich die Zeremonie mit ihm vollzogen. Nun war der strahlende Stern der Valerian die Schande der Familie und Alysea war es, die an Spiras verschachert wurde wie ein Sack Kartoffeln. Die Schatzkammern der Valerian im Austausch für die starke Magie, die in seiner Familie floss wie ein sprudelnder Quell.

Warum war sie nicht davongerannt wie ihre Schwester? Warum stand sie hier? Warum war sie dazu verflucht, die Vernünftige zu sein, während Viveia sich von romantischen Hirngespinsten davontreiben ließ wie ein Blatt im Wind? Alyseas Finger zerknitterten den Stoff ihres Kleides, ohne dass sie es wollte.

»Du bist eine Hexe, Alysea. Und die beste Tränkebrauerin, die Gemea je gesehen hat. Er wird dich nicht anfassen, wenn du es nicht wünschst, und er wird niemals den Grund dafür erfahren.« Sofea streifte die Silberkette mit der kleinen Phiole über Alyseas Kopf. Sie hatte ihre Gedanken ohne Mühe gelesen.

Alysea fasste nach dem kühlen Metall, das sich beruhigend fest und wirklich anfühlte. Dann ließ sie es in ihrem Ausschnitt verschwinden.

Sie hatte den Trank in der letzten Nacht gebraut, bevor sie in die Kathedrale gebracht worden war. Spiras würde in seiner Hochzeitsnacht lange und tief schlafen.

Sie nickte und stieß angespannt den Atem aus. »Vielleicht habe ich Glück und ihm steht der Sinn danach, die Nacht in einem Hurenhaus zu verbringen, anstatt bei seiner Gemahlin. Zumindest schien er bislang nicht allzu erpicht darauf, mir nahezukommen.«

Und sie dankte der Lichtherrin dafür. Alysea verzog das Gesicht.

Sofea lächelte katzenhaft. »Du könntest ihn dafür bezahlen, sich in der Vea'Valia Gesellschaft zu suchen. Ich bin mir sicher, dass er sich nicht lange bitten lassen würde, wenn du die Türen der Schatzkammern weit genug öffnest.«

»Wenn er nach seinem Vater kommt, werden die Schatzkammern seinem Hunger nicht lange standhalten«, gab Alysea verdrossen zurück.

Die Saverian bemühten sich redlich, es geheim zu halten, aber allmählich wurde auch für den Blindesten sichtbar, dass sie kurz vor dem Ruin standen. Spiras' Vater war ein Spieler, der den halben Palast der Familie verpfändet hatte. Das Anwesen verwahrloste. Die Gärten verwilderten und die Fassade war ebenso von Rissen überzogen wie der Ruf der Saverian. Allein die starke Magie in ihrem Blut war es, die sie davor bewahrte, endgültig zu stürzen. Und sie war es, die ihnen nun Zugang zum Fürstenhaus verschaffte.

Ihre Hand …

Alysea schloss die Augen und atmete tief ein, als der erste Glockenschlag die Kathedrale erschütterte. Der Ruf des Henkers, der sie auf den Richtplatz befahl. Sofea blickte sie an und jede Spur ihrer spielerischen Leichtigkeit verschwand. Sie sagte nichts, drückte nur ihre Hand. Dann ließ sie Alysea los und trat beiseite.

Die Pforten des Brautgemachs öffneten sich und die Priesterinnen strömten herein. Blütenkränze schmückten ihr Haar unter den Kapuzen ihrer fließenden Gewänder. Das goldene Licht, das ihre Züge verhüllte wie ein Schleier, ließ den Ausdruck ihrer Gesichter nicht erkennen. Keinem Sterblichen war es erlaubt, in ein Antlitz zu blicken, das allein der Lichtherrin geweiht war. Doch Alysea konnte das starre, gütige Lächeln auf ihren Lippen erahnen. Hohn, der sich hinter unnahbarer Freundlichkeit verbarg.

Sie richtete sich auf und strich die Falten ihres Kleides glatt. Zu spät, um davonzulaufen. Zu spät für Reue. Sofea hatte recht.

Der Glockenschlag hallte in Alyseas Ohren. Der Weg zum Altar erschien ihr endlos. Es war ein Spießrutenlauf unter den lauernden Augen des Adels, begierig darauf, dass sie ein Zeichen der Schwäche offenbarte. Dass sie ihre Röcke raffte und floh, um die Schande der Fürstin zu vergrößern. Doch niemals würde sie ihnen diesen Gefallen erweisen.

Alysea sah sie nicht an. Sie richtete ihren Blick auf die Stimme des Lichts, die Hohepriesterin der Lichtherrin. Auf das flammend rote Hexenhaar, das ihr Haupt schmückte wie eine Krone aus Feuer. Sie war die Einzige, die ihr Gesicht unverhüllt zeigte, die Vermittlerin zwischen der Welt der Sterblichen und den Sphären der Göttin. Aber ihre Fassade war nicht minder undurchdringlich als die Lichtschleier der anderen. Ihre Miene war glatt und sanftmütig, ihre Gestalt in Sonnenschein gebadet, der durch die gläserne Kuppel auf sie fiel, als wollte die Lichtherrin sie segnen.

Hinter Alysea folgten die niederen Priesterinnen wie eine Schleppe aus weißer Seide. Rosenblätter stoben vor ihrem Rocksaum auf. Duftende Symbole der Liebe. Nichts als Hohn. Eine Heirat setzte in den Reihen des Hexenadels keine Liebe voraus.

Sie hielt inne, als sie die Stufen erreicht hatte, die zu dem mit Blüten geschmückten Altar führten. Die Priesterinnen strebten an ihr vorüber und sammelten sich in einem Halbkreis zu beiden Seiten der Göttinnenstatue. Zeuginnen der Eheschließung mit dem Mann, der bereits davor wartete. Seine grünen Augen wirkten fiebrig, seine Wangen wiesen rötliche Flecken auf, als hätte er selbst zu viel Wein getrunken. Endlich verstummten die Glocken, doch es war, als würde ihr Herzschlag den Klang in ihrem Inneren nachhallen lassen.

Alyseas Blick streifte die linke Empore, auf der die Fürstin thronte und das Geschehen eisern überwachte. Ihre Mutter war steif und wachsam, als könnte sie ihre Tochter allein durch ihren Willen lenken wie eine Marionette. Aurea Valerian war ein Blutfleck aus Scharlachrot, gerahmt von den höchsten Würdenträgern der Hexengeschlechter und den Grauroben des obersten Zirkels. Sie waren die Zuschauer eines Theaterstückes, das zu ihrer Erbauung aufgeführt wurde.

Auf der anderen Seite …

Alyseas Herz schlug schneller, als ihr Blick auf die rechte Empore fiel, von der aus das Fürstenhaus der Schattenwandler der Zeremonie beiwohnte. Sie meinte, die Dunkelheit, die von ihnen ausströmte, trotz des Sonnenlichts sehen zu können. Wie Schatten, der sich verdichtete und das Licht trübte. Selten kamen Hexen und Schattenwandler an einem Ort zusammen. Sie mieden einander fern der Vollmondzeremonien, wann immer es ihnen möglich war. Aber eine Hochzeit in den fürstlichen Familien vereinte sie zumindest für eine kurze Weile im Tageslicht.

Eine rasche Bewegung auf der Empore erregte ihre Aufmerksamkeit. Jemand lehnte sich über das Geländer. Neugier regte sich in ihr, doch Spiras trat mit gemessenen Schritten die Stufen herab, bereit, seine Braut vor den Altar zu führen. Alysea schluckte ihren Widerwillen. Tatsächlich roch sie den Wein in seinem Atem, als hätte er sich Mut antrinken müssen, um zu seiner Hochzeit zu erscheinen. Spiras' Griff um ihre Finger war besitzergreifend, seine Haut feucht vor Aufregung. Sie musste sich zwingen, seine Berührung zu erdulden, während sie ihre Schwester innerlich tausendfach verfluchte. Alysea ballte ihre freie Hand zur Faust und löste sie widerstrebend, als der strenge Blick ihrer Mutter auf sie fiel. Sie konnte die Augen der Hexenfürstin fühlen wie ein Messer, das kalt in ihrem Nacken ruhte. Eine Warnung, keinen falschen Schritt zu wagen.

Spiras führte sie die Stufen hinauf und sie neigte den Kopf vor der Hohepriesterin, die das Segenszeichen der Lichtherrin über ihnen schlug. Die Gebete der Lichtstimme ergossen sich über sie wie das Rauschen eines Wasserfalls. Alysea nahm kaum wahr, was sie sagte.

Die Kathedrale quoll über vor dem Adel Theramias, der nach Gemea gekommen war. Sie vernahm Husten und Scharren, das die Predigt störte, geflüsterte Worte, ihren Namen darin. Der Kräuterrauch aus den goldenen Räuchergefäßen vermischte sich mit schweren Parfums zu einer erstickenden Wolke. Gesänge erhoben sich und schwebten in den Himmel. Alysea sah verlangend zu den Buntglasscheiben der hohen Fenster auf und wünschte sich sehnlichst, davonfliegen zu können wie ein Vogel.

»Alysea?«, zischte Spiras scharf an ihrer Seite und sie zuckte zusammen. Lichtflecken tanzten vor ihren Augen, als sie den Blick von dem gleißenden Sonnensymbol abwandte, das die Scheiben zierte. Er hatte den Kopf gedreht, um sie anzublicken, sein Stirnrunzeln undeutlich hinter dem Schleier aus Licht, der ihre Sicht trübte. Sein rotes Haar flammte wie Feuer in den Sonnenstrahlen, die durch die gläserne Kuppel fielen. Er hob ihre Hand der Priesterin entgegen, die die silberne Kordel hielt, die ihr Gelübde symbolisierte. Die kühle Seide glitt wie eine Schlange um ihrer beider Handgelenke. Alyseas Atem stockte, als die Lichtstimme die Enden emporhielt, ehe sie dazu ansetzte, den ersten Knoten zu schlingen.

Den Knoten, der ihren Bund besiegeln würde.

Nein! Ich kann nicht!

Der Protest schwoll in ihr an wie eine Sturmflut, die sie mit sich fortreißen wollte. Das Gefühl, ersticken zu müssen, wurde übermächtig. Etwas Fremdes stach in ihren Geist wie eine Klinge. Ein Wirbel aus Empfindungen, die nicht die ihren waren. Staunen. Ein Schreck, der in Entsetzen umschlug. Sie fegten haltlos durch ihren Kopf und Alysea stöhnte auf, als sich ein scharfer Schmerz hinter ihrer Stirn ausbreitete. Schwindel ergriff sie. Sie schwankte und verbiss sich den Impuls, über ihre Lider zu reiben, um ihren Blick zu klären.

Ein silbernes Flirren ließ die Kathedrale verschwimmen und ein Keuchen ging durch die Menge. Stimmengewirr brandete auf und erstickte den Gesang. Schwärze waberte auf der rechten Empore und floss über das Geländer.

Spiras ließ sie los, als hätte er sich an ihr verbrannt. Die Augen der Lichtstimme weiteten sich, ihr Gesicht plötzlich so bleich wie das weiße Gewand, in das sie ihren Körper gehüllt hatte. Die silberne Kordel rutschte von Alyseas Handgelenk und fiel auf den Marmorboden der Kathedrale. Ein Schatten verdunkelte das Licht und sie fuhr benommen herum, zu spät, um sich gegen die Dunkelheit zu wehren, die sie einhüllte.

Ein fester Griff um ihre Taille und sie verlor den Boden unter den Füßen. Alysea schrie auf, als sie emporgerissen wurde, der gläsernen Kuppel entgegen, durch das gleißende Sonnenlicht, das sie blendete. Glas barst mit einem ohrenbetäubenden Klirren und Scherben stoben auf.

Eine Welle aus Entsetzen ging durch die Kathedrale, Schreie erklangen, vermischt mit dem Poltern von Stühlen und Bänken. Dann berührte Wind ihre erhitzte Haut. Ihre Füße trafen auf Stein und Alysea sank in die Knie, als ihre Beine ihr den Dienst versagten. Die Sicherheit festen Bodens breitete sich unter ihren Fingern aus und für einen Wimpernschlag lang fing sie den Blick von brennenden Silberaugen auf.

Ein Atemzug verging.

Die Welt hielt in ihrem Lauf inne und ihr Herzschlag stockte. Ein zweiter und die Starre löste sich. Ihr Herz begann, schmerzhaft weiterzuschlagen.

Die Dunkelheit gab sie unvermittelt frei. Sie wandelte sich zur Form eines Mannes, der vor ihr kauerte wie ein verwundetes Tier. Splitter rieselten von seinen Schultern und knirschten leise, als er sich bewegte.

Alysea hielt den Atem an.

Er war wie die Nacht. Haar wie schwarze Seide und sternenbleiche Haut. Strähnen fielen wirr in sein Gesicht und verhüllten es. Er atmete schwer. Seine Finger waren gekrümmt, als müsste er um Beherrschung ringen. Mächtige Schwingen ragten über seinem Rücken auf, rabenschwarzes, schillerndes Gefieder, das alles Licht schluckte. Es verriet, was er war.

Schattenwandler.

Er konnte sie töten, noch ehe sie einen Schritt getan hatte, und sie würde es erst bemerken, wenn das Licht für immer erlosch.

»Heilige Sonnenmutter!«, wisperte sie atemlos. Alysea wich zurück und er hob den Kopf, um sie anzusehen. Ihr Mund wurde trocken, als ihr Verstand zusammensetzte, was sie nicht glauben wollte. »Warum … habt Ihr das getan?«, fragte sie bebend.

Und warum empfand sie keine Angst, wenn sie doch davonlaufen sollte, so schnell ihre Füße sie trugen?

»Ihr … habt … mich gerufen.« Eine raue, dunkle Stimme, die Schauer über ihren Rücken rinnen ließ, von Ratlosigkeit gefärbt. »Ich konnte nicht …«, er brach ab. »Euch droht keine Gefahr von mir.«

Fahrig strich er das Haar aus seinem Gesicht. Blutspuren zogen sich über seine Haut. Hinterlassenschaften der Glaskuppel, die er zerstört hatte, doch die Wunden darunter heilten bereits. Feine Glassplitter hatten sich in seinem Haar verfangen und Alysea schauderte, als sie erfasste, welche Kraft seinem Körper innewohnen musste. Seine Hand sank herab und seine Stirn legte sich in Falten, als er darauf blickte. Alysea folgte seinem Blick zu dem silbernen Flimmern und keuchte erschrocken auf, als sie den Silberfaden fand, der von ihrem Puls ausging. Vorsichtig ergriff sie das feine Band mit den Fingerspitzen. Ein Kribbeln lief über ihre Haut, als sie daran zupfte, doch es löste sich nicht.

Der Schattenwandler sog zischend den Atem ein und rieb über sein Handgelenk, an dem sein Ende des Fadens seinen Ursprung hatte. »Nicht.«

Es bereitete ihm Schmerz. Sein scharfer Nachhall pulsierte durch das Band und übertrug sich schwächer auf sie selbst.

Seraphias Fluch.

Alysea spürte, wie das Blut aus ihrem Gesicht wich. Schwäche drang in ihre Glieder, als sie verstand.

»Ihr seid Dameo Angelis. Der Fürst des Nachthofes.« Sie sprach es mit einer Ruhe aus, die sie nicht empfand. Das Zittern lauerte in ihrem Körper, bereit, sie zu überwältigen, sobald sie ihre Deckung fallen ließ.

Und Ihr seid mein Feind.

Die Dunkelheit über seinem Rücken bewegte sich, als er sich aufrichtete, und die Schwärze seiner Schwingen zerstob zu nichts. »Ja.«

Ein Wort, nicht mehr. Es klang gepresst, als würde er es nur widerwillig eingestehen. Seine Brust hob sich, als er tief einatmete, als müsste er den Aufruhr in seinem Inneren bezähmen. Nein. Sie konnte … *fühlen,* dass er es tat.

»Ist das alles, was Ihr zu sagen habt, nachdem Ihr mich vom Altar entführt habt?« Alysea bemerkte, wie ein verzweifeltes Lachen in ihr aufstieg, als sie die Hand hob, an der das Silberband glitzerte. Sie unterdrückte es mühsam.

»Euer Ruf hat mir keine Wahl gelassen«, erwiderte er grimmig. »Er war so eindringlich, dass ich ihn nicht ignorieren konnte.«

Euer Ruf …

Das Bild eines Vogels, der durch das Fenster davonflog, kehrte in ihr Gedächtnis zurück und sie schüttelte den Kopf. »Das ist …«

»Unglaublich?« Er schnaubte ironisch. »Ja. Aber als Gemahlin von Spiras Saverian wäre Euch ohnehin kein gutes Leben beschieden gewesen. Vielleicht ist es eine glückliche Fügung für Euch.«

Das weiß ich. Alysea verzog den Mund zu einer dünnen Linie und kämpfte sich auf ihre wackligen Beine. Splitter rutschten aus den Falten ihres Kleides und fielen aus ihrem Haar, doch ihre Haut war wie durch ein Wunder unversehrt. »Und Ihr seid die bessere Wahl? Welches Schicksal wird eine Hexe an Eurem Hof erwarten?«

»Es bleibt Euch nichts anderes übrig, als es herauszufinden, Domia Alysea. Und falls es nicht Euren Wünschen entspricht, bin ich sicher, dass Ihr eine Möglichkeit finden könntet, um mich zu beseitigen.« Er neigte spöttisch den Kopf.

»Nicht, ohne dass ich mich selbst …«, Alysea verstummte, als die schreckliche Wahrheit in ihren Gedanken heraufdämmerte. »Bei allen Göttern …«

»Sie werden uns nicht mehr helfen.« Sein Lächeln blieb blass. »Glaubt nicht, dass ich glücklicher darüber bin als Ihr. Seraphias Falle ist zugeschnappt und wir sind beide darin gefangen.« Seine Hände ballten sich flüchtig zu Fäusten und sie sah die Dunkelheit auf seinen Zügen, ehe er sich wieder unter Kontrolle hatte.

Schritte hallten über die Treppen der Kathedrale. Erst jetzt registrierte Alysea ihre Umgebung. Die Galerie, auf der sie kniete und die den Blick über ganz Gemea gewährte. Die hohen Arkadenbögen, die sich dahinter erstreckten. Die … zersplitterte Kuppel. Messerscharfe Glaszähne, die über ihnen aufragten. Sie hatten die Kathedrale des Lichts nicht verlassen. Und das bedeutete …

Erschrocken wandte sie den Kopf zu den Arkaden, als die Schritte lauter wurden. Der Fürst des Nachthofes versteifte sich und etwas an seiner Haltung veränderte sich. Kälte legte sich über seine Züge und ließ sie wie aus Stein gemeißelt erscheinen. Seine Augen glitzerten gefährlich. Ein Raubtier in der Verkleidung eines Menschen. Es war, als würde er wachsen. Macht ausströmen. Für einen Moment verschlug es ihr den Atem.

»Alysea!« Spiras' Stimme hallte über die Galerie. Sie sah zu dem Bogen, in dem er aufgetaucht war. Sein Gesicht war gerötet, der Degen blitzte blank in seiner Hand. Zorn umgab ihn wie eine Aura, die sein Flammenhaar lodern ließ. »Dameo Angelis.« Er spie den Namen aus, als wäre er ein Schimpfwort. »Wie könnt Ihr es wagen, das Haus der Lichtherrin zu entweihen und meine Braut zu berühren?«

»Ich könnte Euch die gleiche Frage stellen.« Der Fürst blieb kühl und beherrscht, Eis, das sich weigerte, im Angesicht des Feuers zu schmelzen. Er war unbewaffnet, obwohl er sich inmitten seiner Feinde befand. Doch Alysea zweifelte nicht daran, dass er Waffen besaß, die gefährlicher waren als eine Klinge aus Stahl.

»Was soll das …?«, Spiras brach ab, als der Schwarzhaarige die Hand hob. Für ihn mochte es nicht mehr als ein Flimmern sein, aber was er sah, genügte, um ihn verstummen zu lassen. Spiras' Blick richtete sich auf Alysea und glitt an ihrem Arm hinab, bis er das andere Ende des Silberfadens fand. Sein Körper wurde steif, sein Gesicht weiß wie ein Laken. »Ich verlange eine Entschädigung.«

»Tatsächlich?« Der Fürst des Nachthofes hob die Brauen. »Soll ich Euch das Gewicht Eurer Braut in Gold aufwiegen?« Er musterte Alysea beiläufig. »Zugegeben, ein schlechtes Geschäft im Vergleich zu den Schatzkammern der Valerian, die sie in Eure Familie gebracht hätte. Und Ihr braucht das Gold, nicht wahr?« Spiras' Wangen färbten sich dunkelrot und Blitze schossen aus seinen Augen, doch Dameo fuhr fort, als hätte er es nicht bemerkt. »Zu Eurem Unglück spricht Seraphias Gesetz mich von all Euren Forderungen frei, aber ich bin als großzügig bekannt. Zumindest«, er blickte bedeutungsvoll auf den blanken Stahl, »wenn man mich nicht über das Maß reizt.«

Sein Lächeln entblößte spitze Eckzähne. Eine Drohung, die selbst Spiras nicht übersehen konnte. Die Fingerknöchel des Rothaarigen traten hervor, als er die Hand fester um seinen Degen krampfte. Alysea kannte ihn gut genug, um zu wissen, dass er imstande war, eine Dummheit zu begehen, wenn man ihn beleidigte.

»Spiras, bitte seid vernünftig. Keiner von uns hat ahnen können, dass das geschehen würde. Ihr habt diese Hochzeit so wenig gewollt wie ich. Lasst nicht zu, dass Euer Stolz über Euch regiert.« Sie hob beschwörend die Hände und trat näher an ihn heran.

Er wich zurück. Verzweiflung leuchtete im rot geränderten Grün seiner Augen. Spiras war wie ein Tier, das man in die Enge getrieben hatte. »Seid Ihr so begierig darauf, als Bluthure das Bett eines Ungeheuers zu wärmen, Alysea? Denn das seid Ihr nun.«

Bluthure … Seine Worte waren Nadeln, die sie schmerzen sollten, aber sie hatte in ihrem Leben zu viele Beleidigungen gehört. Ihre

Schärfe hatte sich abgenutzt. Alysea straffte sich. »Es ist mir gleich, was Ihr von mir denkt, Spiras. Welchen Unterschied macht es für mich, ob es Eures oder seines ist? Ich habe beides nicht gewollt.«

»Was *Ihr* wollt, hat nie eine Rolle gespielt. Was mir versprochen wurde, ist alles, was für mich zählt. Und Euer großzügiges Angebot genügt mir nicht, Wandler.« Er starrte den Fürsten abfällig an.

Dameo trat auf ihn zu. Wut wallte um ihn herum auf und umzüngelte ihn wie ein Flammenmeer. »Täuscht Euch nicht, Spiras«, knurrte der Nachtfürst. »Mit meiner Geduld steht es nicht zum Besten. Ich bin Euch nicht verpflichtet und Ihr seid nicht in der Position, zu verhandeln. Entweder Ihr zieht Euch zurück oder Ihr werdet meine Klauen zu spüren bekommen. Entscheidet Euch schnell.«

Alysea konnte den Aufschlag von Stiefelsohlen auf den Treppenstufen hören. Rufe. Männer in den Farben ihrer Familie. Dahinter Spiras' Vertraute.

Dann …

Sie erstarrte, als sich Dunkelheit hinter den Arkaden verdichtete. Der Fürst des Nachthofes war nicht allein zu ihrer Hochzeit erschienen. Schattenwandler traten durch die Bögen, als wären sie einem unhörbaren Ruf gefolgt, und Feindseligkeit verdickte die Luft. Eine winzige Provokation würde ausreichen, um Blut zu fordern.

Die nächsten Klingen fuhren zischend aus den Scheiden. Hexen und Wandler sammelten sich vor den Arkaden und eine Veränderung ging mit dem Mann vor sich, der ihr Gemahl hätte werden sollen. Er richtete sich gerade auf und kräuselte herablassend die Lippen. »Gold allein wird nicht genügen, Schattenbastard. Meine Klinge verlangt es nach Eurem Blut.«

Spiras trat drohend einen Schritt auf den Schattenwandler zu und Alysea fasste nach seinem Arm, um ihn aufzuhalten. »Oh Himmel, Spiras, seid kein Narr! Er wird Euch töten, ehe Ihr Euren Degen gehoben habt!«

Er schüttelte sie ab wie eine lästige Klette, sein Gesicht eine verschlossene Maske, unter der Wut brodelte. Verletzter Stolz. Nun, da Zuschauer eingetroffen waren, gelang es ihm nicht länger, ihn zu bändigen, und ihre Worte hatten ihn nur noch stärker angefacht.

Alyseas Blick richtete sich flehend auf den Fürsten, um den sich trotz des blendenden Sonnenscheins Schatten sammelten, doch er ignorierte sie. Sie konnte seinen wachsenden Unmut spüren. Kaum gezähmte Angriffslust. Klauen schossen aus seinen Fingerspitzen und seine Silberaugen glühten, als wollten sie Spiras versengen. »Nennt Ort und Zeit.«

»Warum nicht hier und jetzt? Es sind genügend Zeugen anwesend.«

»Nun wollt *Ihr* das Haus Eurer Göttin selbst entweihen, Spiras?« Nur ein winziger Hauch von Erheiterung in der Stimme des Nachtfürsten. Das Raubtier war erwacht und es würde Spiras in Stücke reißen, sobald er es wagte, seine Klinge zu erheben.

Verfluchter Dummkopf!

Hitze flirrte in der Luft. Sie wurde so dick, dass es Alysea schwerfiel, zu atmen. Ihre Finger schwebten über dem Silberfaden, um Dameo Angelis zu zwingen, sie anzusehen.

»Was geht hier vor?«

Die Stimme der Hexenfürstin war wie ein Henkersbeil, das auf den Richtblock hinabfuhr, und Alysea ließ die Hand sinken. Die Jahre hatten ihre Wirkung auf sie abgeschliffen, doch Spiras zuckte zusammen, als hätte ihn das Beil getroffen. Die Bedrohung zerschellte unter ihrem Klang. Alle Köpfe wandten sich ihr zu, als sie aus dem Arkadenbogen trat. Eine Erscheinung in Gold und Scharlachrot, die gleißte wie die Sonne selbst. Das Diadem, das ihr goldenes Haar schmückte, verblasste beinahe in ihrem Glanz, als zöge sie jeden Sonnenstrahl an sich, um ihn wieder auszuströmen.

Spiras senkte die Klinge und neigte den Kopf vor ihrer Mutter. Die Männer, die sich am Rande der Galerie versammelt hatten, taten es ihm gleich. Allein der Nachtfürst zeigte kein Zeichen von Ehrerbietung. Er und die Hexenfürstin maßen einander mit kalten Blicken.

»Habt Ihr und Euresgleichen Euch so weit von der Lichtherrin entfernt, dass Ihr nicht davor zurückschreckt, eine heilige Zeremonie in ihrem Haus zu stören?«, fragte sie herrisch.

»Ich habe nicht mehr getan, als Seraphias Gesetz mir zubilligt.« Die Klauen des Nachtfürsten lösten sich auf, ohne dass eine Spur von ihnen blieb. Dunkle Rauchfäden stiegen von seinen Fingerspitzen auf und wurden vom Wind davongetrieben. »Der Fluch hat Eure Tochter auserwählt und ich fordere ihre Hand.«

Entgeistertes Murmeln folgte seiner Forderung. Dameos Stimme war kühl und ungerührt, das Raubtier verschwand, als hätte es niemals existiert. Er wirkte gelassen, doch das geheimnisvolle Band zwischen ihnen ließ Alysea fühlen, dass es eine Fassade war, hinter der es brodelte.

Aurea versteifte sich kaum merklich, als ihre stahlblauen Augen den flimmernden Silberfaden entdeckten. Ihr Kiefer verhärtete sich, das einzige Anzeichen für ein Gefühl. Sie antwortete nicht.

Dameos Lächeln war schmal. Er nickte bedächtig, als könnte er mühelos durchschauen, was in der Hexe vorging. »Die Versuchung ist groß, nicht wahr? Es könnte so einfach sein … und es liegt allein in Eurer Hand. Aber bedenkt, was auf dem Spiel steht, Aurea.« Er blickte zu Alysea. »Und es wird mehr sein als das Leben Eurer Tochter.« Dunkelheit wallte in seinem Rücken auf, verdichtete sich zu den majestätischen Schwingen, mit denen er sie durch die Kuppel getragen hatte. Er fixierte die Fürstin. »Ich erwarte Eure Antwort bis zur nächsten Vollmondzeremonie.«

Ein letztes Mal sah er zu Alysea und ein Blitz zuckte durch ihren Körper. Das Band prickelte und sie rieb über ihren Puls. Seine Schwingen trugen ihn in den Himmel. Der Wind von seinen Flügeln fegte die losen Strähnen ihrer Frisur in ihr Gesicht. Dann war er zu weit entfernt, als dass der Luftzug sie noch berühren konnte. Ein dunkler Flecken vor der Sonne, Schatten, der ihr Licht verschlang. Ein Herzschlag verging und keine Spur blieb von ihm zurück.

Dunkelheit waberte zwischen den Arkaden, als die Schattenwandler zu Rauch zerstoben. Flüssige Schwärze, die wie Tinte über die Stufen rann, als sie sich zurückzogen.

Ein Würgen saß in ihrer Kehle. Alysea konnte sich nicht regen, nicht mehr tun, als auf den silbrigen Schimmer zu starren, der von ihrem Puls ausging und in der Ferne verschwand. Ein Silberfaden, der sie mit dem Fürsten der Schattenwandler verband. Unzertrennbar. Denn wenn man ihn zerschnitt … endete ihrer beider Leben.

2

Der getrennte Zwilling

Rot mischte sich in den unendlichen Himmel über ihm. Die Dämmerung kam und linderte das Brennen in seinen empfindlichen Augen. Alles Sonnenblut der Welt vermochte es nicht, es je gänzlich verschwinden zu lassen. Dameo umklammerte das Geländer der Galerie, die sich um die höchste Kuppel der Cae'Angelis spannte. Der Wind frischte auf und streifte durch die Federn seiner Schwingen. Er trug den Duft der Orangenbäume mit sich, die in den Gärten blühten. Einen Hauch von Freiheit … die es nicht mehr für ihn gab.

Er starrte auf sein linkes Handgelenk, das silberne Flimmern, das nur noch schwach zu erkennen war. Es war verführerisch, zu glauben, dass der Bund mit ihm erlöschen würde. Aber er wusste, dass es nur ein Wunschtraum war. Er war ein Gefangener von Seraphias Fluch, so wie es ganz Gemea war.

Sein Blick glitt über das rote Wasser des Sephris, der sich an der Cae'Angelis vorüber durch die Stadt zog und sie in zwei Hälften spaltete. Sonne und Mond, Tag und Nacht. Eine Seite, die den Hexen gehörte, die andere den Schattenwandlern. Ihre Paläste ragten am Ufer des Flusses auf wie mit Speeren bewehrte Soldaten, die einander wachsam im Auge behielten. Doch es bedurfte keiner sichtbaren Grenze, um Hexen und Wandler zu trennen. Die Kluft zwischen ihnen war jahrhundertealt und sie würde niemals heilen. Man konnte die Wundherde für eine Weile schließen, aber letztlich war es immer nur eine Frage der Zeit, bis der nächste aufbrach.

Einst, in Domians Tagen, war es die Stadt der Dämonenkönige. Ein Platz, der vor Magie beinahe barst und an dem ein Mensch kaum besser als ein Sklave war, der sich ihrer Macht zu beugen hatte. Sie waren Spielzeuge. Willenlose Marionetten ihrer Herren. Doch unter ihnen hatte es auch jene gegeben, die das naturgegebene Talent besaßen, die Ströme der Magie zu berühren. Hexen, die sich die Elemente zunutze machen konnten. Ihre Blutlinien hatten Gemea durchzogen wie ein feines Gespinst, das im Verborgenen gedieh. Ein Gespinst, das darauf lauerte, sich die Magie der Dämonen zu eigen zu machen und sie zu vertreiben. Still und unauffällig hatten sie ihre Geheimnisse ausgesaugt wie Parasiten, die sich von ihrem Wirt nährten. Genug, um schließlich nach der Herrschaft zu greifen. Sie waren es, die die Schattenwandler erschaffen hatten. Bestien, die in ihrem Namen gegen die Dämonen kämpften. Furchterregende Kreaturen, die sie letztlich selbst zu fürchten gelernt hatten, als sie sich von ihrem Joch befreit hatten. Sie waren zu stark, um für alle Zeit durch Hexenzauber gebannt zu werden. Und sie hatten ihre Fesseln abgeworfen und Rache genommen. Blutige Rache. Denn die Hexen erwiesen sich als wenig besser als ihre einstigen Könige. Wer ihren Blutlinien nicht angehörte, blieb ein Sklave. Allein die Art seiner Herren hatte sich verändert.

Es hatte Kriege gegeben. Unzählige Aufstände. Wie oft hatte sich das Wasser des Sephris rot gefärbt, bevor Seraphias Fluch seine glitzernden Fluten endgültig in Blut gewandelt hatte? Er hatte alles beendet. Für eine Weile hatten sie einander weiter bekämpft, doch am Ende hatte der Fluch der mächtigen Hexe gesiegt. Nur einen Mondlauf hatte es gedauert, bis sie schmerzhaft lernen mussten, dass sie nicht ohneeinander existieren konnten. Wie viele Schattenwandler waren seitdem verbrannt? Wie viele Hexen dem Wahnsinn anheimgefallen? Dennoch war der Hass geblieben. Er würde niemals enden. Und nun war Dameo es selbst, der in seinem Zentrum stand. Betraut mit einer Aufgabe, die niemand jemals hatte lösen können.

Er atmete tief ein, um die wirbelnden Gefühle in seinem Inneren zu besänftigen. Irgendwo am Rande seines Bewusstseins fühlte er eine andere Präsenz. Die Hexe, die mit ihm durch den feinen Silberfaden verbunden war, der so blass geworden war, dass Dameo ihn kaum noch zu sehen vermochte. Seine Augen richteten sich auf die weißen Türme der Cae'Valerian, des Palastes ihrer Familie. Die goldenen Kuppeln gleißten in den letzten Sonnenstrahlen, als wollten sie den Tag noch ein wenig länger festhalten, bevor der Mond die Herrschaft übernahm. Als könnten sie ihm seinen Thron streitig machen, indem sie ihm trotzig entgegentraten.

Stirnrunzelnd konzentrierte er sich auf die Funken der Empfindungen, die durch das Band zu spüren waren. Furcht. Unglauben. Zorn. Und darunter die eiserne Entschlossenheit, die er von einer Tochter Aurea Valerians erwartete. Er wusste kaum etwas über sie. Alysea Valerian hatte den Palast ihrer Familie verlassen, bevor er den Thron bestiegen hatte, und niemand kannte den wahren Grund dafür. Es wurde gemunkelt, dass sie ein Bastard sei, den die Fürstin den Blicken ihres Hofes entziehen wollte. Das skandalöse Gerücht, dass sie einer Liebschaft mit einem Schattenwandler entstammte, war niemals verstummt. Keine Hexe von reinem Blut besaß schwarzes Haar. Es war ein Makel, der sie für ihre Mutter zu einem immerwährenden Stachel in ihrem Fleisch machen musste. Was ihn betraf, so zweifelte Dameo jedoch daran, dass Aurea Valerian es jemals zulassen würde, dass ein Schattenwandler sie berührte. Die Wege ihrer Art waren zu dicht in ihr verwurzelt. Die Verachtung war in ihren Augen zu lesen, wann immer sie einander begegnen mussten.

Doch was auch immer ihre Tochter sein mochte – am Ende blieb sie die Feindin, die er in sein eigenes Haus holen sollte, weil ihn der Fluch dazu zwang. Schwäche, die man ihm aufzwang, wenn er stark wirken musste. Dameo schlug hart auf den Stein des Geländers und stieß den Atem aus. Wie leicht war es, sie gegen ihn zu benutzen. Wenn ihre Mutter sie nicht freigab … wenn Aurea es wagte, das Schicksal herauszufordern … er wollte nicht daran denken. Sie konnte Gemea in Blut ertränken, noch ehe der nächste Vollmond vorüber war.

»Verflucht seist du, Seraphia«, murmelte er düster. »Ich hoffe, du hast Freude an dem Spiel, das du uns aufgezwungen hast.«

Die blutigen Fluten unter ihm glitzerten einem spöttischen Zwinkern gleich. Manchmal wollte er schwören, dass es ihre Augen waren, die Gemea vom Fluss aus beobachteten.

Dameo richtete sich auf, als er das Klacken von Absätzen vernahm, das sich näherte. Ihr Parfum berührte seine Nase, bevor sie aus den Schatten tauchte. Ihre Röcke schleiften leise über den Stein. Natürlich hatte sie gewusst, wo sie ihn finden konnte. Und niemand außer ihr würde es wagen, hier heraufzukommen, wenn er allein sein wollte.

»Eine beeindruckende Vorstellung, mein Fürst. Ich gebe zu, die Hexe ist hübsch. Aber ich hätte niemals erwartet, dich wegen einer Frau die Fassung verlieren zu sehen.« Sie klang neckend, als wäre all das nur ein Scherz. Und doch konnte er den Ernst hören, der sich in ihren Worten verbarg.

Er drehte den Kopf, um seine Schwester finster anzublicken. »Sei nicht albern, Adia. Du weißt, was geschehen ist.«

Sie bewegte vage den Kopf und ihr schwarzes Haar fing die Lichter der Dämmerung ein. Sie strich es aus ihrem Gesicht, als die erstarkende Brise Strähnen in ihre Augen trieb. »Ich weiß, dass der Palast vor Gerüchten überquillt, die mit jeder Stunde farbiger werden. Aber ich würde es gern von dir hören. Oder willst du dich die ganze Nacht hier oben verstecken und jeden anknurren, der dir zu nahe kommt? Sei versichert, dass es dir nichts nutzen wird. Ich habe keine Angst vor deinen Launen.« Adia hob den pflaumenfarbenen Seidenrock an und näherte sich der Brüstung, an der er verharrte. Silberne Augen musterten ihn besorgt, sie verhüllte die Fragen darin nicht.

Er seufzte und schüttelte den Kopf, dann wandte er sich wieder zur Stadt um, in der die ersten Lichter hinter den Fenstern erwachten. Strahlend hell in den Vierteln der Hexen, die auf der anderen Seite des Flusses lagen. Es war, als erwiderte Gemea seinen Blick aus lidlosen Augen, die niemals blinzelten. Neugierig. Gefühllos. Zuschauer des Dilemmas, dem er hilflos gegenüberstand. »Sie hat meinen Verstand beherrscht, Adia. Ich konnte an nichts anderes mehr denken als daran, sie fortzubringen. Ich habe sie gespürt, sobald sie die Kathedrale betreten hat, aber ich habe nicht verstanden …«, er atmete aus und stützte sich wieder am Geländer ab. »Erst als ihr Entsetzen so groß war, dass ich mich nicht mehr davor verschließen konnte. Ich *musste* sie wegbringen. Ihr Aufschrei in meinen Gedanken war so laut, dass ich nichts anderes mehr sehen oder hören konnte. Es war, als hätte sich mein Verstand in alle Winde zerstreut. Als ich sie in den Armen gehalten habe, hat er wieder eingesetzt, aber es war bereits zu spät.«

»Du musstest sie schützen«, erwiderte Adia ruhig. »Und du konntest sie nicht einem anderen Mann überlassen und tatenlos dabei zusehen. Das ist Teil von Seraphias Fluch.«

»Schützen?« Er schnaubte. »Wie könnte ich das? Du weißt, was der Fluch bedeutet.«

Sie lächelte schwach und strich über den dunklen Stein, der sich unter ihren Fingern ausbreitete. Er registrierte die schwarzen Spitzenhandschuhe, mit denen sie die Brandnarben an ihren Händen verbarg. Erinnerungen an eine schreckliche Nacht. Das Morgengrauen danach. Ihre Stimme lenkte ihn davon ab. »Er bedeutet, dass du gezwungen bist, deine Einsamkeit aufzugeben. Ich hätte mir keine Hexe dafür ausgesucht, aber …«, sie ließ ihre Worte verklingen und hob die Schultern, »ich hatte kein Mitspracherecht.«

Sein verzweifeltes Auflachen hallte zu laut in seinen Ohren nach. »Er bedeutet, dass ich *sterben* werde! Nicht mehr und nicht weniger. Niemand hat Seraphias Bund je überlebt. Und wenn es geschieht … Adia, Gemea wird in Blut ertrinken, wenn Kämpfe um den Nachtthron ausbrechen. Zu viele warten schon zu lange auf eine solche Gelegenheit. Eine Schwäche, die sie gegen uns benutzen können. Und jetzt besitzen sie den Schlüssel. Es ist nur eine Frage der Zeit, bis die Herrschaft der Angelis gebrochen ist und sie endlich tun können, was sie sich schon lange ersehnen.« Der Zorn in ihm schlug in die Höhe wie Flammen, die von Öl angefacht wurden.

Endlich wurde Adia ernst. Sie wandte sich ihm zu und ergriff seine Schultern, um ihn zu zwingen, den Blick von der Stadt abzuwenden. »Du kannst nicht in die Zukunft sehen, Dameo«, sagte sie eindringlich. »Niemand kann das. Ich kenne niemanden, der so stark ist wie du. Und sie ist die Tochter der eisernen Fürstin. Wenn Alysea nur einen Funken von Aureas Willen besitzt, kann es gelingen. Gemea könnte frei sein. *Wir* könnten wieder frei sein.«

Frei. Das Wort besaß einen seltsamen Klang. Niemand in Gemea war frei gewesen, seit Seraphia den Fluch ausgesprochen hatte. Die Ketten, die sie fesselten, waren unsichtbar, aber sie breiteten sich über die ganze Stadt aus. Von den prunkvollen Häusern der Bluthuren im Vergnügungsviertel bis zu den ärmlichen Hütten der unreinen Kräuterhexen, die den Stadtrand bewohnten und auf dem Markt ihre Waren feilboten. Es war ein feines Geflecht aus Beziehungen und Abhängigkeiten, die keinen Unterschied zwischen Arm und Reich machten. Wenn der nächste Vollmond kam, waren sie alle gleich.

Dameo kehrte der Stadt den Rücken zu, aber sein geschärftes Gehör vernahm die Geräusche auf den Straßen noch immer, als stünde er in ihrer Mitte. Aus Gewohnheit lauschte er darauf. Auf das Rattern von Kutschenrädern. Rufe. Lachen. Das Schwanken der vertäuten Boote auf dem Sephris und das Klopfen, wenn sie an die Mauern stießen. »Ich will frei sein, so wie jeder in dieser Stadt. Aber ist es das Beste für Gemea? Für *uns?* Kann diese Freiheit je friedlich enden? Oder würde sie unser Untergang sein? Schon jetzt ist das Gleichgewicht gefährdet, sobald eine Familie an die Macht drängt, die es nach mehr als der Herrschaft über ihren eigenen Bereich dürstet.« Er sog die Luft ein, in der die Gerüche der abendlichen Stadt schwebten. Rauch, der aus den Schornsteinen drang. »Wir kennen beide die Antwort darauf, Adia. Ich bin eine Spielfigur auf Seraphias Spielfeld. Alysea Valerian ist es ebenso. Und das Spiel kennt keinen Sieger. Wir haben uns so lange nach Freiheit gesehnt, dass wir vergessen haben, nach ihrem Preis zu fragen.«

Adia blickte auf den Saum ihres Rockes. Dameo nahm das Funkeln des Diadems wahr, das ihr Haar schmückte. Amethyste, von Diamanten geziert. Es hatte ihrer Mutter gehört und sie trug es häufig. Manchmal fragte er sich, ob sie ahnte, wie sehr sie ihr ähnelte. Er wusste, dass sie die Wahrheit ebenso deutlich sah, wie er es tat. Sein Tod würde die Schattenwandler zerreißen und den Nachthof ins Chaos stürzen. Wenn er lebte, würde das Brechen des Fluches nichts anderes nach sich ziehen. Sie waren verdammt, ganz gleich, von welcher Seite man es betrachtete.

Sie schluckte sichtbar. »Deine Gesellschaft ist deprimierend, Dameo«, sagte sie, nachdem sie ihre Fassung wiedergewonnen hatte. »Tod und Untergang. Die sternenlose Nacht. Das ist alles, was du siehst. Keiner weiß, was das Ende von Seraphias Fluch wirklich bedeuten würde.«

»Weil bisher jeder bei dem Versuch, ihn zu brechen, gestorben ist. Es ist schwierig, dem Gedanken etwas abzugewinnen.« Er lächelte schief. »Und selbst wenn es gelänge – wie könnte ein Hexenfluch je gut für uns enden?«

»An ihrem Lebensende war Seraphia den Hexen nicht mehr verbunden. Vielleicht würde sie uns alle in Erstaunen versetzen.«

»Sie *war* eine Hexe.«

»Und du bist ein lüsternes Ungeheuer, das sich in der Nacht an zarten Jungfrauen labt.« Adia hob die Brauen und legte den Kopf schief. Es hatte nicht lange gedauert, bis sie zu ihrem alten Spott zurückgefunden hatte.

»Im Augenblick bevorzuge ich verheiratete Matronen. Ihr Blut hat einen volleren Geschmack und sie wissen meine Besuche zu schätzen«, knurrte Dameo, während er sich ein Lächeln verbiss.

»Tatsächlich? Dann sei vorsichtig, dass deine zukünftige Gemahlin nichts von deinen Vorlieben erfährt. Es heißt, die Frauen der Valerian sind besitzergreifend und dulden keine Nebenbuhlerinnen. Noch nicht einmal, wenn es verheiratete Matronen sind.« Adia zwinkerte ihrem Bruder zu und zog ihren seidenen Schal dichter um ihre Schultern. Die Brise war kühl geworden und kündete von dem Sommerregen, den er bereits riechen konnte. Der Geruch nach feuchter Erde kam von den Weinbergen herab, die südlich von Gemea lagen.

»Meine *Gemahlin.*« Er schnaubte. »Sei dir nicht zu sicher, Adia. Es ist möglich, dass Aurea ihre Tochter zurückbehält, weil sie fürchtet, dass ich in Vaters Fußstapfen trete. Der Fluch bedeutet einen gnädigeren Tod.«

»Aurea ist nicht so dumm, den Kopf ihrer Tochter auf den Richtblock zu legen, nur um dich aus dem Weg zu räumen.«

»Es ist gleichgültig, welchen Weg sie wählt – der Kopf ihrer Tochter *wird* auf dem Richtblock liegen, ebenso wie meiner, und Aurea weiß das. Die Frage ist allein, auf welche Weise das Ende kommt. Wäre es nicht amüsant, wenn ich uns beide töte, nur weil Vaters Erbe in mir erwacht?«

Adia stieß gereizt den Atem aus. Sie packte seine Schulter und schüttelte ihn grob. »Du bist nicht Vater, Dameo! Du wirst es niemals sein. Ich wünschte, du würdest es endlich in deinen Kopf bekommen. Aber du fürchtest es so sehr, dass du dein Leben davon bestimmen lässt.« Ihre Stimme wurde lauter. Er konnte die Verärgerung darin hören. Es war nicht das erste Mal, dass sie diese Diskussion führten, doch an diesem Tag war er nicht gewillt, sie fortzusetzen.

Er schwieg für einen langen Augenblick und zwang sich zur Ruhe. Die Türme von Gemea verschwammen, als er ins Leere starrte. Der Gedanke an seinen Vater war wie Säure, die in seinen Adern brodelte.

Die Kunde von drohendem Unheil, das über ihm schwebte und sich niemals vertreiben ließ. Dameo war der Mächtigste seiner Art und er hatte eine Fassade um sich errichtet, die vorgab, dass er nichts und niemanden fürchtete. Doch es war eine Lüge, die immer dann an seinen Mauern kratzte, wenn er ein Bildnis von Nicodeo Angelis passierte oder sein Name gewispert wurde. »Du weißt, dass es möglich ist, dass ich es in mir trage wie er. Ich besitze zu viel von seiner Macht. Warum nicht auch das Verderben, das sie über ihn gebracht hat? Und ich bin nicht mutig genug, um mein Glück auf die Probe zu stellen. Es wäre besser für die Hexe, wenn sie den Nachthof niemals betritt.«

»Ich fürchte, dafür ist es zu spät.« Sie schüttelte den Kopf und Düsternis legte sich über ihre Miene. »Wie ironisch, dass mir versagt bleiben musste, was ich mir ersehnt habe, während du bekommst, was du niemals gewollt hast.«

»Adia …«, er stockte, als er keine Worte fand, um die Trauer zu lindern, die stets über ihr lag wie ein unsichtbarer Schleier. Sie verbarg sie gut, doch wer seine Schwester kannte, konnte sie mühelos erkennen.

Sie hob abwehrend die Hand. »Ich bin nicht wütend auf dich, Dameo. Nur auf das Schicksal, das es nicht müde wird, seine Scherze mit unserer Familie zu treiben. Und … auf all das.« Sie wies auf das rote Band des Sephris, dessen Fluten sich im schwindenden Licht dunkel färbten. Bald würden sie schwarz erscheinen. Das Symbol der Trennung und des Hasses, die ihr jede Hoffnung auf Glück verwehrt hatten. Und Dameo war der Richter, der sie verurteilt hatte. Adia atmete hörbar aus. Als sie ihm das Gesicht zuwandte, hatte sie ihre Beherrschung zurückerlangt. »Neveas ist zurück. Er wartet in deinem Arbeitszimmer auf dich. Komm, begleite mich nach unten. Die Wölfe warten auf mich. Ich will sehen, dass ich sie beschäftigen kann, ehe du in Versuchung gerätst, sie für ihre Impertinenz in Stücke zu reißen.«

Sie lächelte und wies auffordernd mit dem Kinn auf seinen Arm, jeder Zoll die elegante Adelige, die den Nachthof führte wie eine Puppenspielerin ihre Marionetten. Dameo schmunzelte und bot ihr den Arm dar. »Du hältst das Biest an einer kurzen Leine, liebste Schwester. Ich hatte gehofft, dass ich mich heute Nacht amüsieren könnte, um meinen angeschlagenen Ruf wiederherzustellen.«

Adia seufzte und blickte in Richtung des Himmels, aus dem allmählich die Röte wich. »Mutter hat gewusst, warum sie mir das Versprechen abgenommen hat, auf dich zu achten. Ohne mich wärest du verloren.«

»Ich frage mich, warum sie es versäumt hat, dich gleichzeitig Bescheidenheit zu lehren.«

»Weil Mutter eine weise Frau war, die wusste, dass ich mit Bescheidenheit nichts gegen deinen Sturschädel ausrichten würde.« Sie tätschelte ihm gönnerhaft den Arm und legte dann ihre behandschuhte Hand darauf ab.

Dameo stieß einen amüsierten Laut aus und wandte sich dem offenen Bogen zu, der zurück ins Innere der Cae'Angelis führte. Zeit, dem Hof entgegenzutreten und den Gerüchten ein Ende zu setzen. Die Galgenfrist war vorüber.

Er straffte sich und trat gemeinsam mit Adia durch die Pforte, dem flackernden Licht der Leuchter entgegen, das die beginnende Nacht erhellte.

Basilas' Worte verhallten. Das Urteil war gesprochen. Die Gitterstäbe ihres Gefängnisses schlossen sich, es gab keinen Ausweg mehr für sie. Für einen Augenblick konnte sie nicht atmen, dann strömte die Luft in ihre Lungen zurück und weitete sie schmerzhaft. Alysea hatte es besser gewusst und doch zu hoffen gewagt, dass die alten Dokumente eine Lösung hervorzaubern würden, die ihre Freiheit bedeutete. Jetzt zerstreuten sich ihre Hoffnungen in alle Winde. Ihre Finger zitterten und sie verschränkte sie ineinander, um die stoische Fassade aufrechtzuerhalten, hinter der sie ihre Gefühle verbarg.

Die Stille zog sich in die Länge. Ihre Mutter hielt sich so steif und gerade, dass Alysea befürchtete, sie könnte unter ihrer eigenen Anspannung zerschellen wie Glas, sobald man sie berührte. Allerdings hegte sie nicht den Wunsch, es zu versuchen. Sie wartete, während sie sich an einen weit entfernten Ort wünschte.

Warum war sie zurückgekommen? Zurück nach Gemea, in den Palast einer Familie, in der niemand sie je als ihresgleichen akzeptiert hatte? Wie gerne wäre sie jetzt in Domia Luceas gemütlicher Hütte und würde mit ihrer Lehrmeisterin an dem Feuer sitzen, das stets in ihrem Herd brannte. Beinahe meinte sie, den Rauch riechen zu können. Die vom Duft der Kräutersäckchen geschwängerte Luft. Doch in den Gemächern ihrer Mutter roch es nach … nichts. So war es immer gewesen. Selbst wenn im Winter ein Feuer im Kamin entzündet wurde, wagten die Flammen es nicht, Qualm zu verströmen. Alles war unpersönlicher Prunk. Gold und Juwelen. Wertvolle Schnitzereien an den mit rotem Samt bezogenen Möbeln aus dunklem Holz. Seide an den Wänden und vor den Fenstern. Kostbare Teppiche mit verschlungenen Mustern aus dem fernen Samanhar. Statuen, deren kalte Makellosigkeit sie ihrer Mutter gleichen ließen. Repräsentativ, jeder Flecken mit einem Zweck behaftet, ohne etwas über die Persönlichkeit der Fürstin zu verraten. Es war, als lebte sie im Inneren eines funkelnden Eisberges. Schön anzusehen, aber so kalt, dass er alles gefrieren ließ, was sich in ihm befand.

Goldene Sonnenspiegel verstärkten den Schein der magischen Wandlampen, sodass es wirkte, als wäre die Sonne vom Himmel gefallen, um in den fürstlichen Gemächern zu strahlen. Sie warfen Alyseas bleiches Gesicht unzählige Male zurück, ebenso wie das Spiegelgewölbe über ihrem Kopf. Jeder Raum in der Cae'Valerian schien sich endlos zu wiederholen. Sie fühlte sich, als würde sie beobachtet, ohne ihren Beobachter je entdecken zu können. Die lange Abwesenheit hatte sie das Gefühl beinahe vergessen lassen und sie hatte sich noch immer nicht wieder daran gewöhnt.

Wohin sie ging, verfolgten sie die Abbilder jener, die sich um sie herum bewegten. Es war verwirrend. Ständige Unruhe. Geister, die niemals ruhten. Doch das durch die Spiegel verstärkte Licht hielt die hereinbrechende Nacht fern. Die Dunkelheit, die die Hexen fürchteten. Selbst im Inneren des Palastes konnte Alysea das Nahen des Mondes spüren. Seinen Sog an ihrer Seele, das verführerische Flüstern, das die Magie in ihr aufwallen ließ. Es hinterließ ein Prickeln von drohender Gefahr auf ihrer Haut. Bald würden Vorhänge und Läden geschlossen, um seinen Blick abzuwehren. Aber noch war das letzte Tageslicht nicht erloschen, die Macht der Sonne nicht gänzlich gebrochen.

Die Augen ihrer Vorfahren starrten von den Gemälden streng auf sie herab, als wäre sie ein dunkler Flecken, der das Ansehen der Familie beschmutzte. Ein Schandfleck, der den goldenen Palast besudelte. Alysea hatte es immer gehasst, hierher zitiert zu werden. Doch jetzt begrüßte sie das Eis der fürstlichen Gemächer. Es war wie ein kalter Guss, der ihre aufgewühlten Gefühle beruhigte. Ihre Feindseligkeit eine Erinnerung daran, dass sie diesen Ort überlebt hatte und es überall konnte, wenn sie dazu gezwungen war. Es gab ihr die Ruhe zurück, die Basilas' Worte ihr geraubt hatten.

Sie konzentrierte sich auf den Rücken ihrer Mutter vor den dunkler werdenden Buntglasscheiben. Ihre schmalen Finger, die unentwegt auf die steinerne Fensterbank trommelten. Ihre Schultern hoben sich unter einem letzten Atemzug, dann erklang die Stimme der Fürstin. Gefährlich leise und nur mit Mühe beherrscht. »Also soll ich meine Tochter tatsächlich diesem *Tier* zur Frau geben. Ich hatte geglaubt, nach Viveias Hochzeit könnte die Familie nicht tiefer sinken.«

Es war wie eine Ohrfeige und Alyseas Finger verknoteten sich fester, doch ehe sie antworten konnte, meldete sich der Berater der Fürstin zu Wort. »Mit Verlaub, Eure Hoheit, aber das Gesetz lässt uns kaum eine Wahl. Es gibt keinen Weg, es zu umgehen. Und es ist ohnehin zu spät, da der Bund bereits geschlossen ist.« Basilas sah von den Dokumenten auf, die vor ihm ausgebreitet lagen. Er nahm seine Augengläser von der spitzen Nase, die ihn einem Vogel mit riesigen Augen ähneln ließ, und rieb mit dem Handrücken über seine Lider. Die knorrigen Finger seiner anderen Hand ruhten auf dem alten Pergament. Gesetze aus Seraphias Tagen, die er aus den verschlossenen Kammern der Bibliothek gezaubert haben musste. Sein weißes Haar war zerzaust und hinterließ einen deutlichen Hinweis darauf, wie verzweifelt er nach einer Lösung gesucht hatte. »Wenn Ihr Euch weigert, könnte der fürstliche Rat Eure Absetzung fordern. Ganz zu schweigen von dem Vertrauensverlust, den es Euch im Volk eintragen würde. Schon jetzt wird sich die Kunde von dem Bund in der Stadt ausbreiten wie ein Lauffeuer. Wenn Ihr die Hoffnungen missachtet …«

»Hoffnungen!« Aurea wandte sich um, von dem Knistern der scharlachfarbenen Seide begleitet, die sie seit der Hochzeitszeremonie nicht abgelegt hatte. »Es gibt nichts als die Aussicht darauf, den Bund ein weiteres Mal scheitern zu sehen. Ich frage mich, wie auch nur eine einzige Seele in dieser verfluchten Stadt so dumm sein kann, noch daran zu glauben, dass es möglich ist!«

Für einen Atemzug lang zerschellte die Maske der Fürstin, als würde ein Stein auf Porzellan treffen. Dann atmete sie ein und die Risse heilten, als hätte es sie niemals gegeben.

»Also wirst du die Verbindung verweigern, Mutter?« Alyseas Stimme blieb ruhig, wenngleich ihre Kehle so eng war, dass sie meinte, ersticken zu müssen. Wenn der Bund scheiterte, bedeutete es ihren Tod. Dass noch nicht einmal ihre Mutter an ihren Erfolg glaubte, ließ ihr Lebensende so nah erscheinen, dass sie es beinahe greifen konnte.

»Du glaubst wirklich, dass ich meine eigene Tochter opfern würde?« Eine scharfe Falte bildete sich auf der makellosen Stirn der Fürstin.

»Ich denke, dass du vieles tun würdest, um dem Geschlecht der Valerian wieder zu seiner alten Macht zu verhelfen. Und eine solche Gelegenheit, den Angelis einen Schlag zu versetzen, von dem sie sich nie wieder erholen, wird sich kaum ein zweites Mal ergeben. Ja, es wäre ein gefährlicher Pfad, der das Volk für eine Weile aufbringen würde. Aber er könnte auf lange Sicht deine Feinde im Rat verstummen lassen und deine Position stärken. Und bin ich nicht ohnehin verloren?« Kalte Worte, von einem analytischen Verstand hervorgebracht. Es verwunderte Alysea, dass sie über ihre eigenen Lippen gedrungen waren. Sie biss sich auf die Zunge, als sie bemerkte, wie sehr es sie ihrer Mutter gleichen ließ.

Aurea musterte ihre Tochter frostig. »Es erstaunt mich, dass du mir zutraust, mein eigen Fleisch und Blut zu verraten.«

»Du hast mich gelehrt, die Dinge zu betrachten, ohne dass mir meine Gefühle im Wege stehen. Ich bin ein kleines Rad im Gefüge der Familie, das sich zu ihrem Vorteil drehen muss. Und wenn dieser Vorteil meinen Tod bedeutet, muss ich das hinnehmen, nicht wahr?«

Aurea schnaubte. »Die Lichtherrin hat mich verflucht, Basilas. Meine älteste Tochter ist dumm wie das Stroh, das den Boden der Ställe bedeckt. Und die zweite besitzt alle Klugheit und wiegt sie mit Unverschämtheit und unzähligen Makeln auf, die sie für den Thron untauglich machen.«

»Dann ist es ein Segen, dass ich ihn niemals besteigen muss, weil ich vorher tot sein werde. Es entbindet dich endgültig von der Wahl zwischen Viveia und mir. Nicht, dass ich je erwartet hätte, sie für mich zu entscheiden.«

Alyseas Antwort ließ die goldenen Brauen ihrer Mutter in die Höhe schnellen. Basilas sah erschrocken vom Arbeitstisch der Fürstin auf und sein Mund bewegte sich, ohne etwas hervorzubringen.

Aurea hob die Hand, um den unfruchtbaren Versuch zu unterbinden. Die Falten ihres Gewandes schimmerten wie eine Imitation des Sephris, als sie sich vom Fenster entfernte. Ihre blauen Augen waren Stahl, in dem der letzte Funke des Schmiedefeuers glomm. »Wie sehr du dich in mir täuschst, Alysea. Aber da du gewillt scheinst, in mir nicht mehr als die berechnende Fürstin der Hexen zu sehen, werde ich deine Erwartungen nicht enttäuschen.« Sie fasste müßig nach den Dokumenten, die auf ihrem Arbeitstisch verstreut lagen, und ordnete sie zu einem Stapel, als könnte sie damit die Ordnung in ihrem Haus wiederherstellen. »Ich werde mich der Verbindung nicht entgegenstellen.« Basilas' Brust hob sich unter einem tiefen Atemzug und Erleichterung zeichnete sein faltiges Gesicht. »Aber *du*«, sie sah auf und ihr Blick bohrte sich in Alyseas Augen, »wirst *mein* Trumpf an seinem Hof sein. Du wirst mir jede Schwäche berichten, die du entdeckst. Du wirst die Spionin deines Volkes sein und niemals vergessen, wo dein Platz ist, selbst wenn du an seiner Seite stehst.«

»Eine größere Schwäche als die Tatsache, dass sein Leben mit meinem verbunden ist?« Alysea lächelte, obgleich ihre Mundwinkel dabei schmerzten. »Was, wenn ein Wunder geschieht und die Bande brechen, Mutter? Kann ich dann zurück nach Hause kommen? Oder wirst du deine Spionin in seiner Hand lassen? Ich frage mich, wie deine Entscheidung ausfallen würde. Für mich? Oder für die Familie?«

Die Miene der Fürstin verfinsterte sich und offenbarte die winzigen Fältchen, die sie mit Zaubern in Schach hielt. »Sei vorsichtig, Alysea. Dieser Tag hat unsere Familie viel gekostet und mir geht die Geduld mit dir aus.«

Gekostet. Die Verbindung mit Spiras' Familie. Das Bündnis mit der Macht alten Blutes, das die wacklige Position der Valerian wieder gestärkt hätte. Es war alles, was zählte. Dass sie eine Tochter verloren hatte – verlieren *würde* –, bedeutete dagegen nichts. Das hatte es niemals getan.

Alysea senkte den Kopf. Gehorsam, hinter dem sie ihren bitteren Zorn verbarg. »Natürlich. Dann werde ich Dameo Angelis als seine Bluthure zu Diensten sein, bis er meiner überdrüssig wird. Zum Vorteil der Familie.« Sie ließ ihre Worte verklingen, ehe sie wieder aufsah. »Kann ich gehen, Mutter? Ich möchte mich auf meine neue Rolle vorbereiten.«

Aurea presste die Lippen zusammen und nickte knapp. Ihre Finger ruhten auf dem Stapel loser Papiere, die sie zusammengeschoben hatte. »Für den Moment kannst du gehen. Wir setzen unser Gespräch morgen fort. Spiras' Familie erwartet mich und es wird mich genug kosten, sie auf unserer Seite zu behalten. Es war ein Segen, dass sich sein Vater bereit erklärt hat ...«

»Seinen Sohn die makelbehaftete jüngere Tochter heiraten zu lassen. Ich weiß.« Alyseas Lippen zuckten. Die Fürstin sah sie nicht an. Sie fasste nach dem Türknauf. Kaltes Gold, von einem Rubin geziert. Seine Facetten schnitten in ihre Finger, als sie ihn drehte und die weiße Kassettentür einen Spaltbreit öffnete. »Und Mutter?«

Aurea sah auf. Ungeduld, nur mühsam gezügelt. »Ja?«

»Vielleicht würde ich nicht nur die berechnende Hexenfürstin in dir sehen, wenn du ein einziges Mal danach gefragt hättest, was dieser Tag für mich bedeutet. Nicht allein für die Familie. Oder die Saverian.« Alysea wandte sich ab, ohne die Antwort der Fürstin abzuwarten. Die Tür fiel hinter ihr ins Schloss und sie lehnte sich für einen Herzschlag lang gegen die Härte des Holzes in ihrem Rücken.

»Domia Alysea? Fehlt Euch etwas?« Die ältere Dienerin, die damit beschäftigt war, die dichten Vorhänge zu schließen, ließ den wogenden Samt aus den Fingern gleiten und hängte die goldene Kordel an ihren Platz auf dem Haken.

»Nein, Iula, danke. Es war ein langer Tag und ich bin müde. Sonst nichts.« Alysea verdrängte die Tränen, die in ihren Augen brannten, und zwang sich, die grauhaarige Frau anzulächeln.

»Eure Katze hat die ganze Zeit auf Euch gewartet.« Iula wies auf das weiße Tier, das auf den Seidenkissen des Sessels neben dem Kamin geruht hatte. Nun öffnete es die goldfarbenen Augen und streckte sich mit einem herzhaften Gähnen.

»Ich danke Euch, dass Ihr sie nicht vertrieben habt.«

Obwohl ihre Mutter Katzenhaare auf ihren Möbeln hasste …

Die Katze sprang von ihrem Ruheplatz und strich schnurrend um Alyseas Beine. Tröstlich. Sie wusste, was in ihr vorging, und Alysea ahnte, dass ihre scharfen Ohren jedes Wort vernommen hatten.

»Ich habe es nicht übers Herz gebracht.« Iula schenkte ihr ein verschwörerisches Zwinkern und nahm das zerknautschte Kissen an sich, von dem sich das Tier erhoben hatte, um es abzuklopfen.

Wahrscheinlicher war, dass die Katze all ihren Charme eingesetzt hatte, um die Dienerin für sich zu gewinnen. Alysea bückte sich nach dem Tier und nahm es auf die Arme. »Ich will sie füttern, sie hat heute lange warten müssen.«

Iula nickte und ihre kräftigen Hände zerknitterten unschlüssig den seidenen Bezug des Kissens. Sorge zeichnete sich in ihren dunklen Augen ab, das Erbe eines Menschen, dessen Blut niemals von Magie berührt worden war. »Domia Alysea … es tut mir leid.«

Sie schüttelte den Kopf. »Es ist in Ordnung, Iula. Wirklich. Niemand muss sich um mich sorgen.« Und tatsächlich würde es kaum jemand tun. Zumindest niemand, der den Blutlinien der Hexen entstammte. »Ich werde Sofea später mit der Medizin für Euren Gemahl schicken. Es geht ihm besser?«

»Das tut es. Euer Trank hat Wunder gewirkt. Die Lichtherrin möge Euch segnen, mein Kind.« Es war ein Seufzen, fast unhörbar.

Alysea schenkte der Dienerin ein dankbares Lächeln und floh aus dem Salon ihrer Mutter, bevor sich die verräterischen Tränen befreien konnten. Der weiche Teppich dämpfte ihre Schritte, als sie die verlassenen Gänge entlanghuschte, in denen sich um diese Zeit niemand aufhielt. Der Hof würde sich in dem prunkvoll geschmückten Speisesaal einfinden, in dem ihre Hochzeit mit Spiras hätte gefeiert werden sollen. Alysea hegte nicht den Wunsch, auch nur einen Fuß hinabzusetzen, um den neugierigen Blicken entgegenzutreten. Der Sonnenhof würde wie ein Bienenstock sein, der vor Klatsch summte. Die *vom Mond berührte* hatte ihre Bestimmung erfahren. Das Kuckucksei ging dorthin, wohin es gehörte. In die Nacht, die es verschlingen würde. Endlich hatte das Schicksal offenbart, wozu sie geboren war. Sie hatte kein Mitleid zu erwarten.

Ihre Finger schlossen sich so fest um die Katze, dass diese protestierend maunzte.

»Verzeih.« Alysea löste ihren Griff und ließ das Tier vor der Tür zu ihren Gemächern zu Boden gleiten. Die Diener hatten die Fensterläden am Ende des Flures geschlossen und die Spiegellichter entzündet. Jede Ecke der Cae'Valerian war hell und reflektierte ihren Schein, dennoch schlug ihr Dunkelheit entgegen, als sie die Tür öffnete. Die Katze lief gemächlich an ihr vorüber und sprang auf den Diwan, der sich im Dämmerlicht des Salons abzeichnete. Alyseas Blick glitt über den nachlässig dort abgelegten Stoffhaufen, der halb auf den Teppich gerutscht war.

»Lumae!« Der Befehl ließ die Lichter an den Wänden erglühen und die Düsternis wich vor ihnen zurück. Alysea konnte die bleiche Mondsilhouette hinter dem Glas ihrer Fenster erkennen. Sie rieb sich über die Arme, als das Kribbeln von Neuem über ihre Haut wanderte. Er rief nach ihr und sein Ruf wurde mit jeder Nacht lauter und eindringlicher. Lockender Wahnsinn, der an ihrer Seele nagte. Eine verführerische Liebkosung ihres Geistes, die sie in seinen Bann ziehen wollte … der Fluch, der sie von den Schattenwandlern abhängig machte.

Unwillkürlich suchte sie nach den Türmen der Cae'Angelis, die über den anderen Gebäuden der Wandlerviertel aufragten. Der Palast war ein dunkler Flecken auf der anderen Seite des Flusses, seine Fenster erglühten im Schein kühler Lichter. Was darin vor sich gehen mochte … es war der Anlass für tausend Gerüchte und keines klang einladend.

Ein Zischen erklang und lenkte sie davon ab. »Du hättest mich vorwarnen können, anstatt den Mond anzustarren wie eine begriffsstutzige Maus. Ich hasse es, wenn ihr Hexen keinen Gedanken daran verschwendet, dass nicht jeder eure Vorliebe für grelles Licht teilt.«

Sofea saß anstelle der Katze auf dem Diwan und beschattete ihre Augen gegen das gleißende Licht, als wäre sie soeben aus einem tiefen Schlaf erwacht. Sie griff nach ihrer Bluse, um sie über ihren nackten Körper gleiten zu lassen. Jede Bewegung fließend und geschmeidiger, als sie es bei einem gewöhnlichen Menschen je hätte sein können.

»Am Nachthof wirst du dich darum nicht mehr sorgen müssen. Ich bezweifle, dass die Schattenwandler Spiegellichter benutzen, wenn es dunkel wird.« Alysea schloss die Tür in ihrem Rücken und lachte verzweifelt auf. »Im Grunde weiß ich nichts über sie, Sofea. Nichts über *ihn* …«

Dameo Angelis. Der Mann, den sie heiraten sollte.

Heilige Sonnenmutter … warum?

Sie trat zu einem der weißgoldenen Polstersessel und ließ sich darauf niedersinken, plötzlich zu schwach, um sich auf den Beinen zu halten.

Sofea runzelte die Stirn und schloss die Schnürungen ihres Mieders. Dann legte sie den Kopf schief. »Du meinst, außer dass sein Vater eine blutrünstige Bestie war, die ein halbes Bluthurenhaus ausgelöscht hat?«

Sie erinnerte sich nur dunkel daran. Es war vor fünf Jahren geschehen und es hatte Gemea so erschüttert, dass die Kunde selbst bis zu Domia Luceas Hütte vorgedrungen war. Alysea hob eine Braue. »Wenn du mir damit Mut machen willst, zeigt es wenig Wirkung.«

Die Katzenfrau lächelte humorlos. »Glaub mir, du wirst es heute hören, wohin du gehst. Der ganze Hof spricht wieder darüber.«

»Und wahrscheinlich schließen sie Wetten ab, wie lange ich an seinem Hof überleben werde.«

»Ich könnte dich anlügen, aber du würdest es ohne Zweifel bemerken.« Sofea ging zu den Fenstern hinüber, um die Vorhänge zu schließen.

»Nicht.«

Die Katzenfrau blickte sie fragend an und ließ die Hand sinken, die bereits an den Kordeln lag.

»Wozu den Mond noch ausschließen? Die Nacht wird von nun an zu meinem Leben gehören. Ich kann nicht mehr vor ihr davonlaufen. Besser, ich gewöhne mich sofort daran.«

Sofea seufzte und kehrte zum Diwan zurück. Sie strich sich das weißblonde Haar aus dem Gesicht und verschränkte die Hände. »Es gibt unzählige Gerüchte über ihn und kaum eines ist erfreulich. Wenn es eine Möglichkeit gäbe, zu fliehen …«

»Es gibt keine. Ich hätte vor Spiras fliehen können. Aber nicht vor *ihm*. Nicht vor dem Fluch.« Alysea starrte düster auf den kalten Kamin, über dem sie Kräuter zum Trocknen aufgehängt hatte. Der kleine Kessel, in dem sie seit ihrer Rückkehr an den Hof ihre Tränke braute, hing an einem eisernen Haken über den erloschenen Kohlen. Ihre Mutter sah nicht gern, dass sie ihre Gemächer auf diese Weise verschandelte, doch Aurea hatte es aufgegeben, sie dafür zu rügen. Die Cae'Valerian war nicht für die Bedürfnisse einer Kräuterhexe eingerichtet und es war nicht nötig gewesen, dies zu ändern, wenn Alysea ohnehin einen neuen Haushalt mit Spiras begründen würde.

Jetzt war es kaum noch von Bedeutung. Wie so vieles.

Sie stützte den Kopf in die Hände. »Gemea war so fern, Sofea. Der Streit zwischen Hexen und Schattenwandlern hat mich nicht berührt. Ich habe mich nicht mehr mit ihnen befasst, seitdem ich die Cae'Valerian verlassen habe. Domia Lucea hat dafür gesorgt, dass der Mondtrank niemals knapp geworden ist, und woher sie die Tränen hatte ...«, Alysea stieß den Atem aus, »es war nicht wichtig. All die Ränke, die Politik ... sie waren fern. *Er* war fern. Ich erinnere mich daran, sein Gesicht ein einziges Mal aus der Ferne gesehen zu haben, als er ein halbwüchsiger Junge war und ich ein kleines Mädchen.«

Ein bleicher Junge mit ungewöhnlich silberfarbenen Augen, der an der Seite seines Vaters gestanden hatte, als die Vollmondzeremonie begangen wurde. Sie hatte sich aus dem Palast geschlichen, von der Neugier auf etwas getrieben, dem beizuwohnen ihr verboten war. Die Erinnerung an ihn war seltsam klar, aber sie hätte sein Gesicht niemals erkannt, wenn er ihr als Erwachsener begegnet wäre. Und nie hätte sie geglaubt ...

Alysea hob die Hand und blickte auf ihr Handgelenk. Der Silberfaden war nur noch ein schwaches Flimmern, das bald erloschen sein würde. Und trotzdem blieb er bestehen. Sie konnte den Faden deutlicher hervortreten lassen, wenn sie sich darauf konzentrierte. Sie konnte ihn berühren und den Nachtfürsten fühlen wie einen Widerhall ihrer eigenen Gefühle in einem fremden Körper. Ebenso aufgewühlt, mit Spuren von Zorn ... Ablehnung ... *Furcht.* Sie legte die Stirn in Falten und spürte ihr nach. Es war eine Empfindung, die sie niemals mit dem Namen Dameo Angelis in Verbindung gebracht hätte.

Erstaunen mischte sich plötzlich in seine Regungen, als hätte er entdeckt, wie sie ihn belauerte. Alysea ließ den Faden aus den Fingern gleiten und bemerkte, wie sie errötete, als stünde er ihr gegenüber.

»Niemand hat damit gerechnet, dass so etwas geschehen würde.« Sofea schnüffelte an der Karaffe mit dem abgestandenen Wein, der auf dem Tisch zwischen ihnen stand, und goss ihn dann in zwei Kelche, von denen sie einen Alysea reichte. »Das letzte Silberband ist vor mehr als einem Jahrhundert aufgetreten und niemand hätte erwartet, dass es ausgerechnet dich trifft. Ich habe die Höflinge belauscht, als sie darüber gesprochen haben.« Sie verzog die vollen Lippen zu einem schiefen Grinsen.

»Natürlich nicht. Wahrscheinlich hätte es Viveia an meiner Stelle treffen sollen, aber sie ist wie üblich ungeschoren davongekommen.« Es sollte scherzhaft klingen, aber ihr Ton war zu hart. Vorwurfsvoll. Alysea seufzte. »Oh, hör dir das an, Sofea. Ich klinge, als ob ich meiner eigenen Schwester den Tod wünsche!«

»Du glaubst nicht, dass der Fluch gebrochen wird?«

»Ich weiß wenig darüber, aber bislang hat es keiner vermocht und niemand weiß genau, wie er zu brechen ist. Nur, dass das Silberband der Schlüssel sein muss. Es gibt genug Gelehrte, die sich seit Jahrhunderten den Kopf darüber zerbrechen, ohne je eine Lösung gefunden zu haben.« Gelehrte, für die sie jetzt zweifellos ein interessantes Forschungsobjekt darstellen würde. Alysea verzog das Gesicht zu einer Grimasse.

Sofea schwieg und sah aus dem Fenster. Auf den Mond, der für sie so wenig bedeutete, weil sie als Mensch geboren war, der ihn nie zu fürchten gelernt hatte. Für sie waren Sonne und Mond nichts als Gestirne, die über Tag und Nacht bestimmten. Manchmal beneidete Alysea die Menschen um ihre Freiheit. Zu sein, was sie wollten, zu gehen, wohin sie wünschten. Es stand weder Hexen noch Schattenwandlern frei, ihre Entscheidungen selbst zu treffen. Sie waren Gefangene der Stadt. Gefangene des Fluches.

»Was hast du jetzt vor?«

Sofeas Stimme riss sie aus ihren Gedanken und Alysea hob die Schultern. Ihr Lächeln war trüb, als sie antwortete. »Wir gehen in die geheimen Kammern der Bibliothek und finden alles über Seraphias Fluch heraus, was es dort zu entdecken gibt. Vielleicht bin ich dazu verdammt, unterzugehen. Aber ich werde dem Schicksal einen harten Kampf liefern, bevor ich mich ergeben muss.« Sie streifte ein weißes Katzenhaar von ihrem Seidenrock und hielt es in die Höhe. »Und *du* wirst Basilas den Schlüssel stehlen.«

Sofeas Grinsen wurde breiter und ihre Katzenaugen funkelten zufrieden. »Gut. Du warst so trübsinnig, dass ich befürchtet habe, du würdest deinen Kopf freiwillig auf den Richtblock legen.«

»Nein. Wenn der Fluch mich töten will, wird er alles aufbieten müssen, was er zu geben hat.«

»Ich werde etwas brauchen, damit Basilas tief schläft.« Sofea hob das kleine Medaillon, das sie selbst in ihrer Katzenform um den Hals trug, und Alysea lächelte.

»Hilf mir, dieses schreckliche Kleid loszuwerden. Heute Nacht werden alle zu sehr mit Klatsch beschäftigt sein, um auf das zu achten, was um sie herum vor sich geht. Und ich habe noch genug von dem Schlaftrunk, um den halben Hof süß schlummern zu lassen.«

Sofea lachte leise. »Spiras weiß nicht, was ihm entgeht.«

»Und ich bin glücklich, dass er es niemals erfahren wird.« Alysea ließ das schwere Saphircollier von ihrem Hals gleiten und es war, als könnte sie zum ersten Mal an diesem Tag frei atmen. Ihre Augen richteten sich auf den Mond, der ihren Blick erwiderte. Als das Prickeln diesmal über ihre Haut rinnen wollte, verbot sie sich, die Augen abzuwenden. Sie würde nicht vor ihm davonlaufen wie die anderen ihres Volkes. Nie mehr.

3

Flammen

Die Musik, die aus dem Festsaal heraufklang, war so weit oben in der Cae'Valerian nur leise zu vernehmen. Kaum eine Seele bewegte sich zu dieser Zeit in der Nähe der Bibliothek. Noch nicht einmal ein Diener verirrte sich über die weitläufige Treppe in den Saal mit der hohen Kuppel. Alysea hielt inne und ließ die Finger über das glatte, abgegriffene Holz des Geländers gleiten. Die Spiegellichter verströmten ein dämmeriges Licht, das sich wohltuend von der grellen Helligkeit des restlichen Palastes abhob. Es roch nach Leder und Pergament, nach Tinte und Staub. Alter. Der Saal besaß die Aura eines Platzes, der Jahrhunderte überdauert hatte, der Fürsten und Fürstinnen hatte kommen und gehen sehen, ohne davon beeindruckt zu werden. Die Bücher, die sich über die Wände zogen, kümmerten sich nicht um Intrigen und Kriege. Sie bewahrten, was ihre Erschaffer erlebt hatten. Stumme Zeugen der Zeit, die noch Bestand haben würden, wenn sie selbst lange zu Staub geworden war. Ihre Sorgen wirkten winzig im Angesicht des Wissens und der Erlebnisse, die hier gesammelt waren. Die Schicksale ganzer Königreiche fanden sich auf den Buchseiten. Ereignisse, die wichtiger gewesen waren als jenes, das sie hierhergetrieben hatte.

Und doch … irgendwo auf diesen Seiten warteten auch Antworten auf sie. Die Namen und das Los jener, die vor ihr von Seraphias Bund getroffen worden waren. Alysea atmete tief ein und trat sacht auf die Dielen. Sofea lief auf leisen Katzenpfoten an ihr vorüber, nicht gehindert durch Schuhwerk, das laut von dem Holz widerhallte. Die Katze sprang auf einen der schlichten dunklen Holztische und ließ sich darauf nieder. Eine aufmerksame Wächterin, unauffällig genug, um Sorge dafür zu tragen, dass niemand sie stören würde.

Alyseas Nervosität stieg mit jedem Schritt, der sie zwischen die Bänke führte, auf denen Fürstenkinder und Gelehrte beieinandergesessen hatten, um zu lernen und zu lehren. Sie sah sich selbst und Viveia, Seite an Seite. Ihre Schwester, die träumend aus den hohen Bogenfenstern starrte, während Meister Aemilan mit seiner tiefen Stimme aus einem der riesigen Folianten vorlas. Das Einzige, was ihre Aufmerksamkeit länger zu fesseln vermochte, waren die Malereien, mit denen die Seiten geschmückt worden waren. Worte hatten ihr niemals viel bedeutet.

Alysea schob die Erinnerungen beiseite und ging weiter, auf die endlosen Reihen der Bücher zu, die sich bis unter die Kuppel erstreckten. Sie trat unter die erste Windung der Treppe, die auf die Galerie führte, und ließ die Finger über die Buchrücken gleiten. Wortlos zählte sie, bis ihre Fingerspitzen den Einband des großen roten Buches berührten, das die Geschichte der Stadt vor Seraphias Fluch behandelte. Es stand an der gleichen Stelle, an die sie sich erinnerte. Meister Aemilan war immer stolz auf die Ordnung in seiner Bibliothek gewesen. Als Kind hatte sie ihn häufig für seine Kleinlichkeit verflucht, wenn er sie gezwungen hatte, die verursachte Unordnung aufzuräumen, nun dankte sie ihm dafür.

Alysea lächelte und zog das Buch heraus, dann blickte sie über die Schulter zu Sofea, die ihr den Rücken zukehrte und die Treppe bewachte.

Nein, niemand würde zu dieser Stunde heraufkommen. Die Bibliothek war abgelegen und alle Augen ruhten in dieser Nacht auf der Fürstin. Noch nicht einmal ein wagemutiges Pärchen würde sich hier hinauf verirren. Jeder wusste, dass Meister Aemilan keine Unzucht in seinen Hallen duldete. Genügend Höflinge hatten es auf bittere Art lernen müssen.

Vorsichtig legte sie das schwere Buch auf dem Boden ab und tastete nach dem kleinen Hebel, der sich in der Wand dahinter verbarg. Die Kälte eines eisernen Rings berührte ihre Fingerspitzen. Alysea zog ihn heraus, um den Mechanismus in Gang zu setzen, der die steinerne Tür freigeben würde. Es knarrte und ihr Herzschlag beschleunigte sich, als das Geräusch ohrenbetäubend laut durch den Saal hallte.

Sofea maunzte warnend und Alysea fuhr zu der Katze herum, die einen Buckel machte und das Fell gesträubt hatte. Eine schwere Hand fiel auf ihre Schulter und ihr Herz setzte für einen Schlag lang aus.

»Alysea Valerian. Möchtest du mir erklären, was du hier vorhast?«

Sie erstarrte unter dem Klang der donnernden, strengen Stimme, die über sie hinwegging wie ein Steinhagel. »M… Meister Aemilan!«, stotterte sie erschrocken.

»Ich bin froh, dass du dich noch an meinen Namen erinnerst.« Die Hand löste sich von ihr und Alysea wandte sich ertappt zu dem hochgewachsenen Mann um, der hinter ihr stand. Seine grünen Augen glitzerten im schwachen Licht der Spiegellampen, der Blick so scharf und unerbittlich, wie sie ihn in Erinnerung hatte. Allein sein weißes Haar, das lang über seine Schultern floss, und sein ergrauter Bart wiesen darauf hin, dass die Jahre nicht spurlos an ihm vorübergegangen waren.

Noch immer fühlte sie sich unter seinem Blick wie ein Kind. Sie sah verärgert zu ihm auf, um es zu überspielen. »Ihr habt mich erschreckt! Warum schleicht Ihr Euch an mich heran, ohne Euch bemerkbar zu machen?«

»Weil ich sehr daran interessiert war, was dich um diese Zeit in die Bibliothek treibt.« Ihr alter Lehrer lächelte und streckte dann abwartend die Hand aus. »Den Schlüssel, Alysea«, forderte er streng.

Sie atmete aus und förderte dann den silbernen Schlüssel zutage, den sie in dem Säckchen verborgen hatte, das von ihrem Gürtel hing. Widerwillig legte sie ihn auf seine Handfläche. Die langen Finger des Gelehrten waren von Tintenflecken und kleinen Rissen übersät, wo er sich an den Buchseiten geschnitten hatte.

Er hielt den Schlüssel in die Höhe und studierte ihn interessiert. »Domin Basilas also. Ich gehe davon aus, dass er ihn dir nicht freiwillig überlassen hat?« Der Gelehrte hob eine Braue und ließ den Gegenstand in der Tasche seiner weinroten Robe verschwinden. Der Zauber, der auf dem Schlüssel lag, hatte ihm auf der Stelle verraten, wem er gehörte.

Alysea lächelte unschuldig, wohl wissend, dass er jede Lüge durchschaute. »Ich kann überzeugend sein.«

»Oh, das weiß ich sehr gut.« Er wies auf einen der Tische, der in einer abgelegenen Ecke aufgestellt war. »Setz dich zu mir, Alysea. Wir müssen reden.«

Sein plötzlicher Ernst verwunderte sie. Alysea blickte stirnrunzelnd auf den Bücherstapel, der sich auf der Tischplatte auftürmte. Ein kleines Spiegellicht stand daneben. Der verzauberte Sonnenspiegel strömte noch ein schwaches Leuchten aus, das den Schluss zuließ, dass es erst vor Kurzem gelöscht worden war.

»Ihr wusstet, dass ich komme, nicht wahr? Macht es Euch immer noch Freude, Euren Schülern aufzulauern?« Alysea musterte den Gelehrten amüsiert.

»Es war nicht schwer zu erraten, nachdem der Palast vor Neuigkeiten vibriert. Und es hat mir immer Freude bereitet, euch bei euren Schandtaten auf frischer Tat zu ertappen. Ich erinnere mich gut an die Nacht, in der deine Schwester und du in die Bibliothek geschlichen seid, um eure Lehrbücher zu verzaubern.« Meister Aemilan schmunzelte und ließ sich auf der Bank nieder.

Alysea räusperte sich verlegen. Der fruchtlose Versuch zweier Junghexen, ihrem Lehrmeister einen Streich zu spielen, indem sie den Büchern Schwanenflügel anhexten, damit sie bei der nächsten Lehrstunde aus dem Fenster flogen. Das Glitzern in seinen Augen machte es nicht schwer zu erraten, dass er ihre erschrockenen Gesichter noch immer deutlich vor sich sehen konnte.

»Lumae«, murmelte er leise und das Spiegellicht flammte auf. Es ließ die Fältchen um seine Augen stärker hervortreten. Es waren mehr geworden, seitdem sie ihn zuletzt gesehen hatte. Alysea unterdrückte ein Seufzen, als sie sich ihm gegenüber niederließ. Sofea sprang auf den Tisch und begann sich zu putzen. Meister Aemilan betrachtete das Tier interessiert. »Deine Katze wirkt erstaunlich jugendlich, wenn man die Jahre in Betracht zieht, die ihr miteinander verbracht habt. Ich erinnere mich an sie. Ihr seid immer unzertrennlich gewesen.«

»Sie ist ein besonderes Tier.« Alysea lächelte gezwungen. Der scharfe Blick des Gelehrten hatte schon immer zu viel gesehen. Sie hatte sich oft gefragt, ob er vermutete, dass die Katze, die ihr auf Schritt und Tritt folgte, keine gewöhnliche Kreatur war. Müßig fasste sie nach dem obersten Buch auf dem Stapel und schlug es auf, um von ihr abzulenken. »Ich wusste nicht, dass Ihr neuerdings Gefallen an Romanen findet, Meister Aemilan. Habt Ihr sie nicht immer für eine törichte Modeerscheinung gehalten, die dem Geist keine Nahrung bietet?«

Der Gelehrte lächelte und wiegte den Kopf. »Es kommt darauf an, womit sich der Roman befasst. Sieh genauer hin.« Er tippte auf den

Titel und Alysea erstarrte. »Floreas Liebe.« Sie schluckte. »Das klingt erstaunlich sentimental«, sagte sie mit einem nervösen Lachen.

»Es ist ein schauderhaftes Werk von einem Gelehrten, der sich für einen Poeten gehalten hat. Er war ein Zeitzeuge, der Floreas Tod und den Fluch ihrer Mutter miterlebt hat. Es hat ihn zu diesem geschmacklosen Erguss inspiriert.«

Alysea klappte das Buch zu, während Nervosität in ihrem Magen kribbelte. Florea Cosmean. Seraphias Tochter. Ihr Tod war der Auslöser des Fluches, der Gemea zu einem Gefängnis für jeden machte, der magisches Blut in den Adern trug. »Ich nehme an, dass Ihr dieses Werk nicht ohne Grund herausgesucht habt.«

»Es ist eines der wenigen erhaltenen Bücher, die noch von diesen Tagen erzählen.«

»Von den wenigen?«, fragte sie skeptisch. »Man sollte meinen, dass die Bibliothek vor Berichten über Seraphias Zeit überquillt.«

»Das sollte man.« Meister Aemilan nahm ein in dunkelbraunes Leder gebundenes Buch zur Hand und schlug es auf. Ascheflocken rieselten auf die hölzerne Tischplatte. »Aber jemand hat sich die Mühe gemacht, jede brauchbare Niederschrift auf sehr eigenwillige Weise zu verzieren.«

Sofea beendete ihre Reinigung und lief neugierig zu den geschwärzten Flocken, um daran zu schnuppern. Sie maunzte fragend und Alysea bemerkte, dass ihre Hände zitterten, als sie das Buch von ihrem Lehrer entgegennahm. »Beim narbigen Gesicht des Vollmonds … das ist … unmöglich.« Ihre Finger fuhren über das brüchige Pergament und es löste sich unter ihrer Berührung auf. Die Seiten waren voller Brandlöcher, die altertümliche Schrift unlesbar.

»Leider nein.« Meister Aemilan nahm das nächste Buch vom Stapel und öffnete es. Mehr verkohltes Pergament flatterte von den Seiten und legte sich auf den Tisch. »Jedes Einzelne ist verbrannt.«

»Und was ist mit Niederschriften über das Silberband?«

Sie kannte die Antwort, noch ehe der Gelehrte bedauernd den Kopf schüttelte. »Nichts. Sie sind alle unbrauchbar.«

»Verflucht!« Alysea legte das Buch beiseite und lehnte sich zurück. Enttäuschung breitete sich mit einer bleiernen Schwere in ihr aus. Ihre Suche endete, bevor sie begonnen hatte. Sie atmete ein und ließ noch einmal die Finger über das Leder wandern. Der Einband war unversehrt und ließ keinen Schluss auf die Beschädigungen im Inneren zu. »Ein Zauber«, murmelte sie nachdenklich. »Echtes Feuer hätte auch die Einbände beschädigt. Wer könnte Interesse daran haben, alle Hinweise auf Seraphias Fluch zu vernichten? Das ist widersinnig.«

Meister Aemilan faltete die Hände und nickte. »So scheint es. Weder Hexen noch Schattenwandler wollen den Fortbestand des Fluches. Keine Partei hat einen Vorteil davon, beide wollen frei sein. Seit Jahrhunderten haben Generationen von Gelehrten alles darüber zusammengetragen, was sie finden konnten. Dennoch …«, er wies auf die löchrigen Seiten, »es muss jemanden geben. Und ich fürchte, dass es Gefahr für dich bedeutet, mein Kind.«

Alysea runzelte die Stirn. »Ihr meint, dass es kein Zufall ist, dass der Bund bislang gescheitert ist?«

»Jede Hexe, die mit einem Schattenwandler verbunden war, ist auf die gleiche Weise zu Tode gekommen. Zumindest dieses Wissen konnte nicht ausgelöscht werden.«

»Sie haben sich noch vor ihrer Hochzeit vom Glockenturm in den Sephris gestürzt. Wie Florea es getan hat.« Und der Schattenwandler war durch das zerrissene Band innerhalb weniger Tage erloschen wie eine Flamme, die man unter einer Decke erstickte.

Sofea sprang auf ihren Schoß. Mechanisch streichelte Alysea über das weiche Fell der Katze. Wahrscheinlich blickte halb Gemea bereits erwartungsvoll zu den Zinnen des Turmes, der mitten in der Stadt über dem Fluss aufragte, und erwartete, sie dort vorzufinden.

»Die Frage ist, ob sie es freiwillig getan haben«, bemerkte Meister Aemilan bedächtig.

»Oder ob jemand nachgeholfen hat.« Plötzlich wurde Alyseas Kehle eng. Sie erhob sich aufgewühlt und die Katze sprang mit einem protestierenden Laut zu Boden. »Aber all die Jahrhunderte … all die Generationen … keine Hexe und kein Schattenwandler könnte so lange leben.«

»Nicht auf natürliche Weise, nein. Und vorausgesetzt, es handelt sich um einen Einzelnen.«

»Aber warum hat es niemand je bemerkt?«

»Eine Frage mehr, auf die wir keine Antwort besitzen.« Der Gelehrte erhob sich ebenfalls mit einem Seufzen. Eine winzige Geste seiner Hand und die Regale verschoben sich, sodass die Steintür freigegeben wurde, die sich dahinter verbarg. Meister Aemilan zauberte den Schlüssel aus seiner Tasche und schob ihn in das Schloss des schlichten Portals.

Ein Klacken erklang und Alysea sah ihren Lehrmeister verwundert an. »Ihr lasst mich freiwillig hinein?«

»Du bist kein Kind mehr und es gibt nichts darin, das zu bewahren wichtiger als ein Leben wäre. *Dein* Leben.« Er versetzte der Steintür einen Stoß und sie öffnete sich knarrend. Heller Schein schlug ihnen entgegen. Das Glühen unzähliger Lichter, die die Kammer erhellten.

Für einen Augenblick blieb Alysea wie angewurzelt stehen. Dann senkte sie den Kopf. »Ich danke Euch, Meister Aemilan. Wahrscheinlich seid Ihr der Einzige in dieser Stadt, dem es etwas bedeutet, ob ich lebe oder sterbe.«

Der Gelehrte lächelte schmal. »Ich bin mir sicher, dass es Dameo Angelis nicht gleichgültig ist. Er ist dein Verbündeter, mein Kind, nicht länger dein Feind. Selbst wenn deine Mutter ihn nicht so sehen kann, musst du es tun.«

Alysea strich abwesend über ihren Puls und der Silberfaden sandte ein Prickeln über ihre Fingerspitzen. Sie fing den Hauch der erwachenden Aufmerksamkeit an seinem anderen Ende auf. Neugier gepaart mit Verwunderung. »Jahrhunderte voller Misstrauen und Hass. Und nun ist mir einer von ihnen näher als jeder andere, der mir je nahegestanden hat. Obgleich ich ihn nicht kenne und nur wenige Worte mit ihm gewechselt habe.« Sie schüttelte den Kopf. »Ich verstehe selbst kaum, was er für mich ist.«

»Für den Moment ist er die Hoffnung auf dein Überleben.« Er wies mit dem Kinn auf das Innere der Kammer. »Und vielleicht finden wir darin noch etwas, das unser geheimnisvoller Freund verschont hat, weil er keinen Zugang hatte.«

Meister Aemilan trat über die Schwelle und Alysea folgte ihm neugierig. Was sich in der Kammer befand, wurde gehütet wie ein Schatz. Niemand außer dem Schlüsselmeister der Bibliothek, dem regierenden Fürsten und seinen engsten Beratern hatte Zutritt zu den Hallen, in denen all jene Schriften verwahrt wurden, die nicht für fremde Augen bestimmt waren. Als sie noch Kinder waren, hatten Viveia und sie sich ausgemalt, wie das Innere der Kammer aussehen mochte und was sich darin befand. Doch nun, da ihr Blick zum ersten Mal darauf fiel, waren es keine geheimnisvollen Artefakte und in blauen Flammen brennende Folianten, die sie vorfand. Es war ein schlichter Raum voller hölzerner Regale, in denen fein säuberlich angeordnete Schriftrollen, Pergamentstapel und Bücher ruhten. Beinahe war es enttäuschend, dass kein aufmerksames Drachenauge ihren Weg verfolgte. Alysea verbiss sich das Lächeln, das bei der Erinnerung an die Kindergeschichten über ihre Lippen huschen wollte.

Meister Aemilans weinrote Robe schleifte über den rohen Steinboden, der wirkte, als hätten sie den prunkvollen Palast verlassen, um durch eine alte Gruft zu wandeln. Sie passierten einen schmucklosen Holztisch und Stühle. Die Dokumente darauf gaben einen Hinweis auf die letzte Beratung, die hier stattgefunden hatte.

Sofea stolzierte an ihnen vorüber und beäugte neugierig die Truhen, die dort an die Wände geschoben waren, wo kein Regal seinen Platz gefunden hatte. Wenige Schritte und sie war spurlos in den endlosen Reihen verschwunden. Flüchtig erhaschte Alysea ihre Schwanzspitze, dann war von der weißen Katze nichts mehr zu sehen.

Manche der Bücher waren länger als Alyseas Unterarm, ihre Einbände so exotisch in der Wahl ihrer Materialien, dass sie schauderte. Reptilienhaut, schuppig und in allen Farben schillernd, wenn das Licht darauf fiel. Seltsam goldenes Fell. Leder, das voller Narben war, merkwürdig pergamentartig. Die Aura der Magie, die zwischen den Seiten schlummerte, war greifbar. Eine leise Melodie schien durch die Luft zu schweben. Gesang. Unwillkürlich hob Alysea die Hand, um über den Rücken des blau-silbernen Buches zu streichen, das wirkte, als hätte man es mit Fischhaut überzogen.

Öffne mich …

Ein Flüstern in ihrem Geist. Sie fuhr über die silbern geprägte Schrift, fremdartige Symbole, die sie nicht kannte.

»Alysea! Berühr es nicht!«, warnte Meister Aemilan scharf. »Manche sind mit Zaubern versehen, die dir den Verstand rauben, noch ehe du die erste Seite aufgeschlagen hast. Und dieses ist eines davon.«

Alysea ließ die Hand sinken und es war, als würde sich ein Schleier heben. Sie vernahm Meeresrauschen, das Wehen des Windes über den Wellen. »Sirenenzauber«, wisperte sie und der Gelehrte nickte.

»Das Buch des Meeres. Schön und scheinbar harmlos wie der Ozean an einem sonnigen Tag. Aber sobald du es öffnest, braut sich ein Sturm zusammen, der dich verschlingt, bis du in seinen Geheimnissen ertrunken bist. Niemand kann es ohne einen Schutzzauber öffnen. Es gibt seine Magie nicht ohne Gegenwehr preis.« Meister Aemilan hielt inne und deutete auf eines der Regale. Anders als die anderen enthielt es neben den Schriftrollen ein dunkles geschnitztes Holzkästchen, das mit einem goldenen Schloss in Form einer Rose verziert war. »Die Hinterlassenschaften aus der Cae'Cosmean. Seraphias letzter Wille. Briefe. Alles, was sie uns in den Ruinen hinterlassen hat, nachdem der Palast in Flammen aufging und ihren Körper zu Asche verbrannt hat.«

Ein Gewicht senkte sich auf ihre Brust. Alysea spürte Feuchtigkeit auf ihren Handflächen. Es war, als wäre der Geist der mächtigen Hexenfürstin nah. Spürbar. Widerstrebend musterte sie die Dokumente und wieder zog das Holzkästchen ihren Blick an. »Was ist darin?« Sie wies darauf und Meister Aemilan hob die Schultern.

»Briefe, die Adrean Luceas an Florea geschrieben hat. Schmuckstücke, die ihr gehört haben. Eine verdorrte Rose. Du kannst es öffnen, es beißt nicht.« Er lächelte und ließ die Hand über die ledernen Buchrücken wandern. Dann zog er eines heraus und legte es auf dem runden Holztisch ab.

Die Hinterlassenschaften einer Liebe, die Gemea ins Verderben gestürzt hatte. Schattenwandler und Hexe. Der Grund des Fluches, der Schlüssel zu seinem Ende. Alysea konzentrierte sich auf den Silberfaden. Sogleich trat er deutlicher hervor. Adrean und Florea hatten sich freiwillig aneinander gebunden. Aus Liebe. Ein mächtiger Zauber, der ihre Seelen vereint hatte, gegen alle Widerstände. Seraphias Fluch jedoch vereinte Wandler und Hexen gegen ihren Willen.

Für einen Herzschlag lang sträubte Alysea sich gegen den Gedanken, in die intimsten Geheimnisse des Paares einzudringen, dessen Liebe verzweifelt gegen den Hass angekämpft hatte. Dann zog sie das Kästchen hervor und trug es mit zusammengebissenen Zähnen an den Tisch.

Alysea stieß den Atem aus und betrachtete das dunkle Holz. Die Jahre hatten ihm keinen Schaden zugefügt und es gab keine geschwärzten Stellen, die auf die Flammen hinwiesen, denen es ausgesetzt gewesen sein musste. Es glänzte, als wären seit Floreas Tod nur wenige Tage vergangen, keine Jahrhunderte.

»Wie seltsam, dass sie ausgerechnet dieses Kästchen zurückgelassen hat.« Sie fuhr über die Linien des eingeschnitzten Rosenmusters. »Ich frage mich, was Seraphia von uns erwartet. Sollen wir einander lieben, wie es Adrean und Florea getan haben?« Sie schüttelte mutlos den Kopf. »Welchen Sinn macht es, zwei Fremde aneinander zu binden, die nichts voneinander wissen oder wollen?«

»Wenn sie uns eine Antwort darauf hinterlassen hätte, wären wir frei.« Meister Aemilan lächelte humorlos und nahm das nächste Werk aus dem Regal, um es zu dem ersten zu legen. Es war ein dünnes Büchlein, unauffällig und leicht zu übersehen neben den dickeren Bänden. »Das Silberband ist seit Seraphias Tod neun Mal aufgetreten, aber ich habe nicht die leiseste Ahnung, wie seine Träger zueinander gestanden haben. Alle Aufzeichnungen, die uns mehr darüber verraten könnten, sind vernichtet.« Er schlug grimmig gegen die Buchrücken und setzte seine Wanderschaft zwischen den Buchreihen fort.

»Wenn man bedenkt, dass alle Hexen noch vor ihrer Hochzeit in den Sephris gestürzt sind, hatten sie vermutlich keine Zeit, in Liebe füreinander zu entbrennen.« Alyseas Ton war spöttisch und doch … ihr Schicksal so nah, dass sie es nicht von sich fernhalten konnte. Traditionell wurden die Ehen schnell beschlossen, wenn ein Silberband auftrat. Die Träger mussten kaum Gelegenheit besessen haben, es zu erforschen, bevor alles vorüber war. Wenige Tage … Ihre Kehle verengte sich abermals und sie rieb sich über den Hals.

So wenig Zeit …

Und keinen Augenblick davon zu verschwenden.

Seufzend stieß sie den Atem aus und tastete nach dem kleinen Knopf unter der Rose. Das Schloss sprang widerstandslos auf und Alysea hob mit spitzen Fingern den Deckel, um hineinzusehen. Ein muffiger Geruch drang aus dem Kästchen und verriet das Alter der darin aufbewahrten Gegenstände. Tatsächlich enthielt es das, was Meister Aemilan angekündigt hatte. Nachdenklich betrachtete sie die verdorrte Rose, die den Jahrhunderten widerstanden hatte. Das Rot ihrer Blätter war kaum mehr als eine Erinnerung. Der dornige Stiel steckte in einem goldenen Ring, der Granat, der ihn schmückte, erinnerte sie unwillkürlich an die Farbe des Sephris.

Alysea erschauerte und streckte die Finger nach den Pergamenten aus, die darunter lagen. Die alten Schriftstücke knisterten unter ihren Fingerspitzen, als sie darüber strich. Ein heiseres Wispern klang durch die Steinkammer. Alysea schreckte auf, als ein eisiger Hauch ihren Nacken berührte. Das kalte Gold des Rings stieß an ihre Haut und ein Blitzschlag fuhr durch ihre Glieder. Sie keuchte erschrocken auf und zog die Hand zurück. Verschwommene Röte flackerte an ihrem Finger auf und ein oranges Glühen erfüllte die Kammer übergangslos. Wasser füllte ihren Mund und ihre Kehle aus. Entsetzt rang sie nach Luft und sprang von dem Stuhl auf, der polternd nach hinten stürzte.

Die Bibliothek ertrank in Dunkelheit. Bücherregale lösten sich auf und wurden gegen eine weiche Welt ersetzt, in der das Auge keinen festen Halt mehr fand. Das einzige Licht, das blieb, war die Sonne, die über ihrem Kopf strahlte. Ein zerfaserter, glühender Ball an einem unerreichbar fernen Himmel.

»Alysea!«

Meister Aemilans Stimme war weit entfernt, dumpf, als befände sie sich unter Wasser, und vermischt mit dem unheilvollen Schlag einer Glocke. Sie spürte Kälte auf ihrer Haut. Den unbarmherzigen Sog einer Strömung, die sie mit sich fortriss, die Schwere ihres Kleides, das sie weiter in die Tiefe zog. Fesseln aus Seide und Samt, die sich um ihre Beine wickelten, ihre Arme umfingen.

Entsetzen strömte durch ihren Geist und riss ihre Gedanken mit sich. Sie kämpfte verzweifelt gegen den Sog an, doch ihre Kräfte erlahmten schnell. Alysea wollte schreien, aber kein Ton drang über ihre Lippen. Ihre Lungen brannten und schrien nach Luft, aber kein Atemzug erreichte sie.

Ihre Gegenwehr erlosch, als die Schwäche schleichend ihren Kampfeswillen raubte. Dann kam Schwärze über sie und löschte die letzten Strahlen der Sonne.

Adia hatte den Nachthof in ein Meer aus glitzerndem Licht verwandelt. Gelächter und Musik schlugen ihm entgegen, als Dameo den Festsaal betrat, in dem leuchtende Blütengirlanden von der Decke hingen. Wein sprudelte in dem kristallenen Brunnen und floss über die Blütenblätter der gewaltigen Rose in die Kelche, die darunter aufgereiht waren. Ein endloser Strom von Blütenblut, um die Gesellschaft der Schattenwandler bei Laune zu halten, die sich hier versammelt hatte. Beinahe jeder, der Zutritt zu den Hallen der Cae'Angelis besaß, war in dieser Nacht gekommen, um einen Blick auf den Fürsten zu erhaschen. Sie warteten in den Säulengängen und auf der Galerie, in dunklen Nischen und unter dem von Sternen erhellten Gewölbe des Saales. Eine Flut aus Samt, Seide und Juwelen ergoss sich durch alle Flure. Der Palast war von Kutschen umzingelt wie von einem Heer aus Rädern und Hufen, das sicherstellte, dass er nicht entkommen konnte.

Dameo hielt für einen Herzschlag lang inne und blickte über die Versammlung hinweg. Über Bluthuren, die hemmungslos auf den Beinen ihrer Freier saßen, die Spuren ihrer Zähne noch an den halb nackten Körpern. Die Diener, die Leckereien für einen ausgefallenen Appetit durch den Saal trugen. Wie würde das Treiben auf eine Hexe wirken, die zum ersten Mal den Nachthof betrat, nachdem sie am sittsamen Hof der Hexenfürstin aufgewachsen war?

Er atmete aus und trat durch den Torbogen. Die Melodie und die Gespräche verstummten bei seinem Eintritt. Die Bluthuren lösten sich von jenen, die sie für diesen Abend bezahlten, und sanken in einem Knicks nieder oder verneigten sich. Der Adel säumte seinen Weg, die Köpfe ehrerbietig gesenkt, doch Dameo wusste, dass nur die Hälfte ehrliche Ehrfurcht empfand.

Für einen Augenblick tauschten Adia und er die Rollen und diesmal war er der Puppenspieler, der die Fäden in der Hand hielt. Dameo passierte seine Untertanen mit gelangweilten Schritten, bis er die Stufen erreicht hatte, die zu seinem Thron führten. Die Spitzen seiner Schwingen schleiften hinter ihm über den Boden wie ein Mantel aus schimmernden Schatten, als er hinaufstieg. Ein Symbol seiner Macht, das die anderen daran erinnerte, dass es nicht weise war, seinen Zorn herauszufordern. Es erforderte nur einen winzigen Gedanken, um sie zerfasern zu lassen, ehe er sich auf dem obsidianfarbenen Thronsessel niederließ. Auf sein Zeichen hin setzte die Musik wieder ein und der Hof erwachte zum Leben. Die Bluthuren kehrten zur Quelle ihres Wohlstandes zurück. Ihr Lachen war schrill wie zerschellendes Glas in Dameos Ohren. Stimmen brandeten auf und er spürte die unterschwellige Neugier in dem Raunen, das anstieg wie eine Flut. Aber keiner wagte es, seinen Namen zu nennen und ihn damit offen zu provozieren.

Es bedurfte keiner Schauspielkunst, um seinen Blick unbeteiligt über die Versammlung schweifen zu lassen. Die Gefühle der Hexe waren eine Ablenkung, die niemals schwieg. Dameo fing jedes einzelne davon auf und es fiel ihm schwer, sich auf Adias Abendgesellschaft zu konzentrieren. Verbissen schob er die Verbindung beiseite und bemühte sich, seine gelassene Fassade aufrechtzuerhalten. Die Augen, die auf ihm ruhten, waren wie Scheren, die danach trachteten, seine Maske zu zerschneiden, um die Seele darunter zu entblößen. Sie versuchten, in ihm zu lesen, werteten jede Bewegung, jede Gemütsregung, die er offenbarte, auf der Suche nach der Schwäche, die ihn zu Fall bringen würde. Der mächtige Nachtfürst war an eine Hexe gebunden. Seraphias Fluch hatte ihn getroffen. Er konnte spüren, wie jene unter ihnen frohlockten, die seinen Niedergang herbeisehnten.

Wie Iulean frohlockte.

Sein Halbbruder stand im Zentrum der Traube seiner Speichellecker. Selbst in der Pracht von Adias Inszenierung stachen sie heraus wie ein Haufen glitzernder Juwelen. Eitle Gecken, nach der neuesten Mode gekleidet. Sie lachten zu laut, die kristallenen Kelche in ihren Händen waren niemals leer. Es war einfach, sie als ungefährlich abzutun, doch letztlich war jeder Schattenwandler ein Raubtier, dem es danach verlangte, seine Beute zu schlagen. Und Iulean war das gierigste unter ihnen. Wie nahe war er daran, Dameo endlich am Boden zu sehen. Wie sehr musste er es genießen. Die gefärbten Augengläser verbargen seinen Blick, aber seine zu vollen Lippen waren zu einem spöttischen Lächeln verzogen, das nie wich.

Der Sohn einer Bluthure, in die sein Vater so vernarrt gewesen war, dass er ihn als sein Blut anerkannt hatte. Nun war Iulean ein Stachel in Dameos Fleisch, der beständig dafür sorgte, dass er fest genug zustach, um niemals in Vergessenheit zu geraten. Wie sehr verlangte es ihn danach, das Geheimnis des alten Fürsten zu enthüllen und Iulean vom

Nachthof zu verstoßen. Doch er hatte geschworen, es nicht zu tun. Und er bereute diesen Schwur an jedem Tag seines Lebens.

Zähneknirschend nickte er seinem Halbbruder zu, ohne seine gleichmütige Miene fallen zu lassen.

»Trink das, damit du den Abend überstehst, ohne Iulean das Herz aus der Brust zu reißen. Adia würde es hassen, wenn du ihre Gesellschaft ruinierst.« Neveas war aus dem Nichts neben Dameo aufgetaucht und hielt ihm einen Kristallkelch mit einer roten Flüssigkeit entgegen. Der Geruch stieg ihm in die Nase. Reiner Wein. Ohne eine Spur von Blut, das ihm zugefügt worden war, um seine berauschende Wirkung zu steigern. Dankbar nahm er ihn an.

»Wahrscheinlich würde ihre Dankbarkeit überwiegen. Hat sie dich geschickt, damit du auf mich achtgibst?« Tatsächlich hatte Adia ebenso wenig für ihren Halbbruder übrig, wie Dameo es tat. Jetzt fand er sie am Rande des Geschehens. Eine vollkommene Gastgeberin, die angeregt mit den unterschiedlichsten Parteien seines Hofes plauderte und wie eine Spinne ihre Fäden spann, die Bündnisse und Beziehungen zusammenhielten. Doch wann immer sie sich unbeobachtet wähnte, glitt ihr Blick besorgt von ihm zu Iulean.

Neveas' weiße Zähne blitzten in einem wölfischen Grinsen auf und seine blauen Augen funkelten. »Unseresgleichen sind reizbar, solange das Silberband unvollständig bleibt. Besser, wir gehen kein Risiko ein, bis du das Band mit der Hexe gefestigt hast.«

Gefestigt. Als würde sie jemals Wert darauf legen, dass er sie berührte. Dameo nippte an seinem Kelch und musterte seinen Freund missmutig. »Du bist ein verflucht hässliches Kindermädchen. Konnte Adia niemand Ansehnlicheren finden?«

»Es ist nicht meine Schuld, dass ich der Einzige bin, der sich nicht vor deinen legendären Launen fürchtet.« Neveas strich sich das modisch zerzauste Haar aus dem Gesicht und verschränkte die Arme vor der Brust. Tatsächlich enthielt der Scherz einen wahren Kern. Er war der einzige Schattenwandler, der es körperlich mit Dameo aufnehmen konnte, wenngleich er es hinter der Fassade eines feingeistigen Poeten verbarg, der den schönen Seiten des Lebens zugetan war. Manchmal beneidete er Neveas um die Freiheit, die er besaß, während er selbst die Fesseln seines Erbes trug.

Dameo seufzte und lehnte sich gegen die stilisierten Schwingen, die die Rückenlehne seines Thrones bildeten. Der Kelch verursachte ein klirrendes Geräusch auf der schwarz glänzenden Armlehne. »Sieh sie dir an. Jeder von ihnen lauert darauf, mich heute ein zweites Mal die Beherrschung verlieren zu sehen. Es wäre die Krönung des Abends. Besser als alles, was Adia aufzubieten hat, um sie zu unterhalten. Der Fürst offenbart seine Schwäche vor aller Augen, weil die Hexe ihn in ihren Bann geschlagen hat.«

»Ich persönlich würde die halb nackten Tänzerinnen vorziehen, die sie hinter dem Vorhang verbirgt. Aber ich gebe zu, dass die Vorstellung amüsant ist. Der unbeugsame Fürst des Nachthofes wird von einer Hexe um den Verstand gebracht … es ist der Stoff, aus dem die großen Dramen gewoben sind.« Neveas' Zwinkern war unverschämt, doch sein Spott blieb gutmütig.

»Scheu dich nicht, es für dein nächstes Werk zu gebrauchen«, erwiderte Dameo säuerlich. »Vielleicht macht dich meine Misere unsterblich.«

Die Erinnerung an den Vorfall in der Kathedrale war nichts, was ihn mit Freude erfüllte. Die Lichtstimme war erzürnt und hatte ihm angedroht, dass seinesgleichen des Hauses der Göttin verwiesen würden, wenn er den Schaden nicht umgehend beheben ließ. Es würde ein gewaltiges Loch in die Schatzkammern reißen. Natürlich duldete sie niemand anderen als die besten Baukünstler der Stadt, um die Kuppel wiederherzustellen. Und sie erwartete, dass das Ergebnis prachtvoller ausfiel, als es die alte Kuppel je gewesen war. Sibeia war keine Frau, die einen Vorteil übersah, wenn er sich ihr darbot, und sie kannte keine Skrupel, um ihn zu erreichen. Besonders, wenn sie damit den Angelis einen empfindlichen Hieb versetzen konnte.

Eine Klaue schob sich ungewollt aus Dameos Zeigefinger und ritzte über die Armlehne des Thronsessels. Die instinktive Antwort seines Körpers auf die düstere Stimmung, in der er sich befand. Er erfasste das fragende Tasten am anderen Ende des Fadens und richtete seine Aufmerksamkeit darauf. Es war ein vorsichtiges Fühlen, eine Berührung, so zart und flüchtig wie ein Windhauch, der über seine Haut streichelte. Er konzentrierte sich stärker auf die fremde Präsenz in seinem Geist und die Hexe erschrak. Sie zog sich hastig zurück, als sie bemerkte, dass er sie entdeckt hatte. Scheu wie ein Reh, das sich zwischen die Bäume flüchtete. Ein Lächeln zog über Dameos Lippen, erlosch, als er es registrierte.

Dummkopf! Er unterdrückte den Impuls, sich verlegen zu räuspern.

Die Musik veränderte sich und der mitternachtsblaue Vorhang, der einen Teil des Saales verhüllt hatte, öffnete sich auf einen stummen Befehl hin. Die Stoffbahnen enthüllten die juwelengeschmückten, schlanken Körper der Tänzer, die sich zu den Klängen zu wiegen begannen. Die silbernen Schellen an ihren Gelenken klimperten bei jedem Schritt und lenkten die Aufmerksamkeit des Hofes von dem Fürsten ab. Dameo atmete auf, als sich die ersten Rufe und Gelächter in die Melodie mischten. Rasch trug der wirbelnde Tanz die Tänzer in den Saal, unter die Adeligen, die entzückt nach wehenden Schleiern und schimmernder Haut fassten, ohne sie zu erwischen.

Dameos Mundwinkel zuckte, als er Adias zufriedenen Blick auffing und mit einem leichten Nicken darauf antwortete. Sie hatte die Zerstreuungen für diesen Abend gut gewählt. Die Tänzer umgarnten ihre Beute wie Raubtiere, die danach trachteten, das Wild zu erlegen, und verwandelten die Jäger in die Gejagten.

Nur ein Einziger entzog sich ihnen.

Neveas richtete sich wachsam auf, als Iulean sich aus der Menge löste. Ein Stirnrunzeln verfinsterte Adias Miene. Sie griff nach den seidenen Wogen ihres Rockes und setzte sich unauffällig in Bewegung. Dameo blickte seinem Halbbruder kühl entgegen, als er sich auf den Thronsessel zubewegte, gelassen und mit einem Lächeln, das ebenso charmant wie falsch wirkte. Er war ein Pfau und das dunkle Blaugrün seines Gehrockes unterstrich diesen Eindruck. Sein mit Silber beschlagener Spazierstock pochte sacht auf den Marmor, ein Geräusch, das von der Musik verschluckt wurde und dennoch ein eigener Takt, den Dameo mühelos heraushörte. Adias Absätze mengten sich in die Tonfolge. Stockend, während sie ihre Aufmerksamkeit unter den Anwesenden verteilte, um ihre Sorge nicht zu offenbaren.

Vor den Stufen der Empore hielt Iulean inne. Das glatte silberblonde Haar rutschte über seinen Kragen, als er den Kopf neigte. Ein Gruß, der so knapp ausfiel, dass es an eine Unverschämtheit grenzte. Er erhöhte sich selbst, indem er andeutete, dass ihr Rang sich nicht unterschied.

»Was kann ich für dich tun, Bruder?« Dameo lehnte gleichgültig den Kopf zurück und musterte Iulean unter halb geschlossenen Lidern. Seine Fingerspitzen trommelten müßig gegen das Kristall seines Kelches.

»Ich wollte dir gratulieren. Wir hatten noch keine Gelegenheit, ein Wort zu wechseln, seitdem du die Kathedrale verwüstet hast.« Sein Lächeln wurde breiter. Salz in Dameos Wunden. Iulean verbarg nicht, wie sehr er es genoss.

Wie schade, dass ich es nicht geschafft habe, dich mit einer Scherbe aufzuspießen. Dameo sah ihn ungerührt an. »Hätte es einen Grund dafür gegeben?«

»Wir sind eine Familie, nicht wahr? Und dein Entschluss, eine Braut zu wählen, kam unerwartet, wenngleich ich zugeben muss, dass seine Deutlichkeit beeindruckend war. Ich bin mir sicher, dass der Hof sie herzlich willkommen heißen wird. Auch wenn …«, er zögerte kunstvoll, »eine Verbindung mit den Valerian gewagt ist.«

Eine versteckte, feine Drohung. Er war eine der lautesten Stimmen gegen die Hexen, die er ebenso verachtete wie das geteilte Blut in seinen Adern, das ihn schwächte. Dass Dameo gezwungen war, sich mit der Fürstenfamilie der Hexen zu verbinden, würde ihm zweifellos neue Anhänger bescheren.

»Und du wirst der Erste sein, der sie am Nachthof begrüßt?«, fragte er ungerührt.

»Selbstverständlich. Ich werde sie lieben wie meine eigene Schwester.« Iuleans Grinsen war schief. Provokant. Dameo konnte das angriffslustige Glitzern in seinen grüngoldenen Hexenaugen erahnen. »Sicher wird sie jemanden brauchen, der sie mit dem Hof vertraut macht.«

»Sei unbesorgt, ich werde diese Aufgabe nur zu gern übernehmen. Aber wie schön, dass ich dir so viel bedeute.« Adia stieg die Stufen hinauf, ihr Lächeln war süßlich, obgleich ihre Augen kalt blieben. Ihre Schleppe schleifte über den Marmor, als sie an Dameos Seite trat.

»Deine Leibgarde trifft erstaunlich schnell ein, Dameo. Fast könnte man glauben, dass du mich fürchtest.« Iulean stellte einen Fuß auf die Stufen, lehnte sich auf seinen Spazierstock und taxierte Adia mit in die Höhe gezogenen Brauen.

»Oh, ihre Sorge gilt allein dir. Ich fürchte, das Silberband fördert meine schlechteren Eigenschaften.« Dameo erwiderte sein Lächeln und entblößte die spitzen Fangzähne, dann beugte er sich nach vorn. »Und ich kann nicht garantieren, dass ich keine Dummheiten begehe, wenn man versucht, mich zu reizen.«

»Es ist möglich, deine schlechten Eigenschaften noch zu fördern?«, fragte Iulean mit gespieltem Erstaunen. »Die Hexe muss einen beträchtlichen Einfluss auf dich ausüben. Sag, wie fühlt es sich an, wenn man von Seraphias Fluch getroffen wird und der Tod bereits am Horizont lauert?«

»Erstaunlich gut. Im Augenblick fühle ich mich noch recht lebendig.« Dameo betrachtete seinen Halbbruder wie eine Pestmücke, die in seinen Wein geraten war. Tatsächlich hätte er sie Iulean vorgezogen. »Hast du schon Pläne geschmiedet, mit welchen Winkelzügen du den Thron erlangen könntest, wenn ich nicht mehr bin? Sei gewarnt, Bruder. Du kannst dich glücklich schätzen, wenn ich mich nicht dazu entschließe, dein kleines Geheimnis vor dem Hof zu lüften, bevor mein Ende eintrifft.« Seine Stimme war gefährlich leise, eine Warnung, keinen Schritt weiter zu gehen. Iulean versteifte sich und er konnte sehen, wie sie ihr Ziel traf.

Ein Kratzen am Rande seines Bewusstseins ließ Iuleans Gesicht für einen Herzschlag lang verschwimmen. Dameo vernahm seine Antwort und Adias harsche Worte nur dumpf. Furcht drang über das Band zu ihm und er verspürte die Unruhe, die sie in ihm hinterließ. Unwillkürlich spannte er sich an. Die Klauen sprossen vollständig aus seinen Fingerspitzen und bohrten sich in die Lehnen seines Thronsessels.

»*Neveas, bring ihn hier raus.*« Adias Stimme klang alarmiert durch seine Gedanken.

Dameo sah auf und stieß den Atem aus, während er versuchte, sich zu beruhigen. Seine Klauen zogen sich zurück und eine abweisende Bewegung ließ seinen Freund innehalten. Die Aufmerksamkeit des Hofes hatte sich verschoben. Die ersten Augen wandten sich dem Geschehen zu, das sich auf der Empore abspielte.

Er erhob sich langsam.

»Du willst uns schon verlassen, Bruder?« Iulean sah ihn lauernd an. Das Raubtier erwachte und nahm die Fährte seiner Beute auf.

»Die Darbietungen langweilen mich.«

»Die Hexe hat dir so schnell den Appetit verdorben?«

Neveas schlenderte am Thron vorüber. »Dein Mangel an Fantasie hat mich schon immer erstaunt, Iulean. Der Fürst hat eine Verabredung, der er unmöglich fernbleiben kann.«

Er winkte einer drallen Bluthure, die nicht weit von ihnen gewartet hatte. Die Säulen hatten sie halb verborgen, nun kam sie hervor und verzog die rot geschminkten Lippen zu einem einladenden Lächeln. Sie war hübsch. Das schwarze Haar bildete einen scharfen Kontrast zu der hellen Haut ihres entblößten Halses und Iulean wurde starr, als er sie erblickte.

Er hätte wissen sollen, dass Adia und Neveas sich einen Plan zurechtgelegt hatten. Dameo lächelte träge und nickte seinem Halbbruder zu. »Du entschuldigst mich? Mein Appetit scheint heute größer, als ich erwartet hätte, und eine Schönheit sollte man niemals warten lassen.«

Neveas blieb dicht an seiner Seite, als sie die Stufen hinabstiegen. Dameo hörte, wie Adia sich ebenfalls in Bewegung setzte und Iulean einfach stehen ließ. Aus den Augenwinkeln sah er, wie die Bluthure auf sie zulief, während seine Schwester in den Festsaal tauchte. Besitzergreifend legte er den Arm um die Schwarzhaarige, die sich lachend an ihn schmiegte. Enttäuschung zeichnete sich auf den Gesichtern ab, die ihren Weg verfolgten. Der Fürst, der sich in dieser Nacht vergnügte, war keinesfalls, was sie sich erhofft hatten.

Die Furcht der Hexe kehrte plötzlich zurück, eindringlicher als zuvor. Etwas beunruhigte sie so stark, dass er die Bedrohung am eigenen Leib spüren konnte. Dameo hielt sich eisern gerade, als sie ohne Hast den Saal durchquerten, auf den Torbogen zu, der zu den fürstlichen Gemächern führte. Sein Atem stockte, als die fremden Empfindungen anschwollen. Er fixierte den erleuchteten Ausgang, während Schweißtropfen auf seine Stirn traten. Die Augen in seinem Rücken waren wie Speere, deren kalte Spitzen sich in seine Haut bohrten. Er ignorierte sie und setzte seinen Weg fort, ohne einen einzigen der Anwesenden eines Blickes zu würdigen.

Der Torbogen ragte über ihnen auf. Ein Schritt. Zwei. Drei. Der Flur verschlang sie und er ließ die Bluthure los.

Dameo fühlte, wie sich Neveas' Finger in seinen Arm gruben. »Dameo?«

Sein Griff war fest. Er schüttelte ihn.

Dameo richtete den Blick auf ihn, ohne ihn zu sehen. Dann stach eine glühende Lanze in seinen Magen. Entsetzen schoss durch seine Glieder. Todesangst.

Er keuchte auf und Neveas schob ihn hastig an den Wachen vorüber. »Lasst niemanden hinein!«, befahl er forsch. »Und du, geh!«

Neveas sandte die Bluthure davon, keinen Moment zu früh. Dameos Welt ertrank in Silber. Das Band pulsierte wie ein schlagendes Herz und strömte ein Brennen aus, das sich in seinem ganzen Körper ausbreitete. Seine Gedanken verschwammen und der Sog setzte ein. Unwiderstehlich. Der Ruf einer Sirene, nicht verlockend, sondern von Grauen erfüllt. Grauen, dem er sich nicht zu entziehen vermochte.

Er … musste … zu … ihr.

Neveas stieß einen erstickten Laut aus, als Dameos Flügel aus seinem Rücken sprossen. Er verstand nicht warum, und es kümmerte ihn nicht.

Ein mächtiger Satz und er schoss auf den offenen Balkon zu, unter dem sich die Lichter von Gemea ausbreiteten. Die Stadt der Hexen war taghell erleuchtet, um dem Mondschein zu trotzen. Ein Leuchtfeuer, das ihn anzog, während die Flammen in seinen Adern ihn zu verbrennen drohten.

»Cedis!«

Die befehlende Stimme eines Mannes. Licht durchbrach das Wasser und vertrieb die Dunkelheit. Luft drang in ihre Lungen und sie rang keuchend nach Atem. Jeder Atemzug schmerzte, als ihr Körper dagegen protestierte.

Kalter Marmor unter ihren Händen, ein Prasseln, das ihr Ohr erreichte. Aufgeregtes Maunzen, Krallen, die über ihre Haut kratzten. Sie konnte Rauch riechen. Etwas verbrannte … Flammen … Flammen, die die Cae'Cosmean verschlangen. Sie loderten rot und hungrig in ihrem Geist …

Nein.

Nicht hier. Nicht jetzt. Sie war Alysea. Alysea Valerian.

Das Kratzen der Krallen wurde stärker.

»Alysea!« Der Mann rief ihren Namen und jemand schüttelte sie.

»Es … ist gut. Ich … bin … zurück«, stammelte Alysea heiser.

Aber wo war *zurück?*

Für einen Augenblick waren die Grenzen zwischen Wirklichkeit und Traum verschwommen. Der Sephris … Bücher … unendlich viele Bücher. Alysea stöhnte, als Schmerz in ihrem Kopf erwachte. Sie schlug die Augen auf und sah sich Meister Aemilan gegenüber, der von ihren Schultern abließ und nach ihren Händen fasste.

»Geht es dir gut? Verdammt, wenn ich gewusst hätte, dass ein verborgener Zauber auf diesem Kästchen liegt, hätte ich es dich niemals öffnen lassen.« Sorge klang aus den Worten des Gelehrten. Er musterte sie aus seinen grünen Augen, in denen jedes Funkeln erloschen war.

Endlich kehrte die Erinnerung zurück. Die geheimen Kammern der Bibliothek. Briefe … eine verdorrte Rose … der Ring. Katzenfell schmiegte sich an ihren Arm und Alysea sah hinab zu Sofea, die fragend zu ihr aufblickte.

Cedis … ein Bannzauber. Sie konnte nicht in ihre Menschengestalt zurückkehren, solange er nachwirkte.

»Es geht mir gut«, murmelte Alysea. Flammen verzehrten das Kästchen, das noch auf dem Tisch stand. Magisches Feuer, das nicht auf seine Umgebung übergriff. Das Holz und alles, was sich darin befunden hatte, zerfiel vor ihren Augen zu Asche. »Ich … war in Floreas Geist. In dem Augenblick, als sie in den Sephris gestürzt ist.«

Im Augenblick ihres Todes. Sie erschauerte. Erst jetzt bemerkte sie, dass Gänsehaut ihren Körper überzog, als wäre sie tatsächlich in die eisigen Fluten des Sephris getaucht. Plötzlich kehrte das Gefühl, ersticken zu müssen, so übermächtig zurück, dass kein Atemzug mehr in ihre Kehle dringen wollte. Es war, als könnte sie Floreas Bewusstsein noch in sich fühlen. Den Moment ihres Ertrinkens, den Sog, der sie fortgerissen hatte. Ihre Verzweiflung. Trauer. Alysea rieb sich über ihren Hals und spürte die unnachgiebige Berührung von Metall an ihrer Haut. Verdutzt sah sie auf ihre Finger.

»Bei den Flammen des Abgrundes!«, fluchte sie entsetzt.

Der Granat des Rings funkelte im Schein der Spiegellichter. Hastig versuchte sie, den goldenen Reif von ihrem Finger zu streifen, doch es war, als wäre er festgewachsen. Er rührte sich nicht. Panik wollte nach ihr greifen, als sie abermals daran zerrte.

Hoffnungslos.

»Wie ist das möglich?«, fragte sie entgeistert. »Ich habe ihn nicht übergestreift. Ich …«

»Der Zauber muss auf das Silberband reagiert haben. Ich habe das Kästchen erst vorhin geöffnet, ohne dass es eine Regung gezeigt hat.« Meister Aemilan starrte stirnrunzelnd auf den Ring, dann half er Alysea auf die Füße. »Komm, ich will es mir ansehen. Aber nicht hier.«

Nicht in der Nähe der lodernden Flammen, die Floreas Vermächtnis auslöschten. Alysea blickte noch einmal auf das Feuer, dann wandte sie sich schaudernd davon ab. Ihre Beine waren schwach. Ihr Körper bebte und ihr Atem ging schwer, als hätte sie gegen die Wassermassen des Sephris ankämpfen müssen. Dankbar ließ sie sich von Meister Aemilan aus der Kammer führen und es fiel ihr leichter zu atmen, sobald der Geruch des Rauches dünner wurde. Sofea sprang auf ihren Schoß, kaum dass Alysea auf einer der Bänke in der Bibliothek niedergesunken war. Sie fühlte das goldene Band, als hätte sich Eis um ihren Finger geschlossen. Es war wie eine stetige Erinnerung an ihren Sturz in den Sephris und sie verursachte ihr Übelkeit.

Meister Aemilans Miene wirkte nachdenklich, als er abermals nach ihrer Hand fasste. »Cedis-maes!«, wiederholte er befehlend. Weißliches Licht flammte auf und flackerte um das Metall wie eine Kerzenflamme. Das Gold wärmte sich unter dem Einfluss der Magie. Er versuchte, den Ring von ihrem Finger zu streifen, doch auch seine Bemühungen blieben fruchtlos. Die Falten auf seiner Stirn vertieften sich. »Er reagiert nicht auf den Bannzauber. Zumindest nicht auf diesen.«

»Ich verstehe das alles nicht«, flüsterte Alysea mit dünner Stimme. »Was sollte der Zauber bewirken? Und was soll *das?*« Sie hob die Hand. Ein weiteres Band, das sich um sie geschlossen hatte, ohne dass sie es wollte.

»Ich weiß es nicht, Alysea.« Es war das erste Mal, dass sie ihren Lehrmeister hilflos sah. Meister Aemilans Haar war zerzaust, als hätte er es sich gerauft. »Das Einzige, was uns bleibt, ist, weiter nach Antworten zu suchen.«

Und es war eine Suche, die nahezu aussichtslos war. Dabei gab es nichts, wonach es sie mehr verlangte, als danach, etwas zu tun. Irgendetwas, um Seraphias Fluch zu entrinnen … zu verstehen, was all das zu bedeuten hatte. Niedergeschlagen blickte sie auf ihre Hand. »Unsere Aussichten sind winzig.«

»In der Bibliothek sind sie es wahrscheinlich«, stimmte er zu. »Aber es könnte noch eine Möglichkeit geben.«

»Aber welche, wenn es kein unversehrtes Schriftstück mehr gibt? Jede Hexe und jeder Schattenwandler, die zu Seraphias Zeit gelebt haben, sind lange zu Staub zerfallen. Wir werden kaum einen Zeitzeugen finden, der uns darüber berichten kann.«

»Jede Hexe und jeder Schattenwandler, ja.« Er sah sie ernst an. »In Gemea gibt es jedoch noch jemanden, der in ihren Tagen gelebt hat.«

Schatten lagen über der Miene des Gelehrten. Seine Augen wirkten dunkel und die Erkenntnis traf sie wie ein Schlag in den Magen. »Ihr meint … *die Gräfin?*«, fragte sie ungläubig. Ein Stachel aus Furcht stach in ihre Brust. »Sie wird mich niemals empfangen. Sie hat seit Jahrhunderten keinem von uns Einlass in ihr Reich gewährt und hält sich aus den Geschicken unserer Höfe heraus, solange es nicht den ihren betrifft.«

Sofea maunzte besorgt und Meister Aemilan blickte gedankenvoll auf die Katze. Mechanisch streichelte Alysea über ihr weiches Fell. »Du trägst das Silberband und damit einen Teil von Seraphia. Es heißt, dass sie einander verbunden waren wie Geschwister. Vielleicht würde sie dich empfangen, wenn du um eine Audienz bittest.«

»Aber …« *… es ist verboten.* Ihr Widerspruch versiegte. Er hatte recht. Und was bedeutete ein Verbot jetzt noch?

Die Gräfin. Allein der Name genügte, um die meisten Bewohner Gemeas das Fürchten zu lehren. Eine verbannte Dämonin, die ihren eigenen Hofstaat aus Dämonen-Halbbluten gegründet hatte. Die Lichtherrin mochte wissen, warum sie an diesem verfluchten Ort geblieben war.

»Wenn es nicht die einzige Möglichkeit wäre, würde ich es dir niemals vorschlagen.« Meister Aemilan richtete sich auf und stützte die Hände auf den Tisch.

»Habt Ihr sie je gesehen?«

Er schüttelte den Kopf und lächelte. »Das hätte ich zu gern, aber ich bin nur ein einfacher Gelehrter. Sie hätte kaum Interesse an mir.«

Aber war es wirklich möglich, dass sie genügend Interesse an der Trägerin eines Silberbandes hatte, um sie zu empfangen? Wer würde eine Kreatur wie die Gräfin daran hindern können, selbst zu ihr zu gelangen, wenn sie es wünschte? Nein, sie konnte es nicht glauben.

Alysea starrte blicklos zum Fenster, durch das der Vollmond zu sehen war. Meister Aemilan bevorzugte es, die Nacht nicht auszusperren und sich dem unverhüllten Blick des Himmelskörpers zu stellen. Es sorgte dafür, dass er sich in den Stunden der Dunkelheit seinen Studien widmen konnte, ohne dass er gestört wurde.

Die Hand des Gelehrten auf ihrer Schulter schreckte sie aus ihren Gedanken. »Ich will nachsehen, ob ich einen Zauber finde, mit dem wir den Ring lösen können. Ruh dich aus. Für diesen Tag ist es genug. Morgen bleibt uns immer noch Zeit, über all das nachzudenken, was heute geschehen ist.«

Sie nickte, wohl wissend, dass sie im Augenblick kaum in der Lage war, ihm bei seiner Suche behilflich zu sein. Noch immer waren ihre Knochen schwer, als wären sie aus Blei gegossen.

Meister Aemilan verschwand in der geheimen Kammer, ohne Zweifel darauf bedacht, noch einmal nach der Asche des Kästchens zu sehen, die dort zurückgeblieben war. Gedankenverloren kraulte sie Sofea, die sie aus ihren goldenen Augen musterte, als könnte sie ihre Gedanken lesen. Solange sie in dieser Gestalt gefangen war, konnte sie nicht auf andere Weise kommunizieren. Dennoch war Alysea froh, zumindest für eine kurze Weile nicht reden zu müssen. Der Schrecken saß zu tief. Wann immer die Bilder der Vision zurückkehrten, trugen sie das Gefühl mit sich, wie ihr langsam und ohne Rettung der Atem aus den Lungen wich.

Ein Kribbeln drang unvermittelt über das Silberband. Sie spürte den Nachtfürsten so nah, als wäre er im gleichen Raum. Seine Empfindungen waren wie ein undurchdringlicher Sturm, der sie mit all seiner Stärke traf. Zorn. Sorge. Angst?

Alysea sah zum Fenster, als wäre sie eine Puppe, die von der Hand eines Fremden bewegt wurde. Ein Schatten schloss den Mond aus. Ein dumpfer Laut erklang und etwas prallte gegen die Scheibe. Sie schreckte auf und ihre Augen weiteten sich, als sie die Silhouette eines Mannes erkannte. Die Schwingen, die sich um ihn herum ausbreiteten wie ein Mantel aus Federn.

Dameo Angelis!

Sie unterdrückte den Schrei, der in ihrer Kehle saß. Er war auf dem Sims gelandet und kauerte nun auf dem schmalen Steinstreifen. Das Haar hing nass und strähnig in sein bleiches Gesicht, Regentropfen rannen über seine Haut und durchnässten seine Kleider. Alysea konnte erkennen, dass er schwer atmete. Er sah sie unverwandt an, aus seinen silberhellen Augen, die in der heraufkommenden Dämmerung zu glühen schienen. Erschreckend … ein Schattenwandler, der mit einer winzigen Bewegung das Fenster zertrümmern und zu ihr hereinkommen könnte. Sie sollte ihn fürchten und doch fühlte sie keine Furcht.

Das silberne Band zwischen ihnen pulsierte und es war, als könnte sie seinen Herzschlag spüren. Alysea erhob sich halb, ohne zu wissen, was sie tat, und Sofea sprang fauchend zu Boden. Sie beachtete die Katze nicht. Ihr Körper bewegte sich von allein, als würde das Silberband sie zu ihm ziehen. Unwiderstehlich … ohne dass sie sich zur Wehr setzen konnte.

Nur das Glas trennte sie, als sie das Fenster erreicht hatte. Ein dünner Hauch, so zerbrechlich wie der Frieden über Gemea. Sein Blick ruhte auf ihrem Gesicht, seine Brauen waren zusammengezogen, schwankend zwischen einer Frage und Hilflosigkeit. Er legte die Hand auf die Scheibe und verharrte für einen Wimpernschlag reglos. Alysea hob die ihre und der Granat schimmerte, wie von einem eigenen Geist beseelt. Der Kopf des Nachtfürsten ruckte plötzlich empor, als wäre er aus einem Traum erwacht. Übergangslos stieß er sich ab und schoss in den Himmel. Alysea keuchte überrascht auf und stolperte zurück.

»Alysea! Bist du in Ordnung?« Meister Aemilan erschien in der Tür der geheimen Kammer. Seine Augengläser saßen auf seiner Nase und er hielt ein aufgeschlagenes Buch in der Hand.

»Es ist nichts. Ich habe mich nur vor einem Schatten erschrocken.«

Die Wahrheit. Und doch war es eine Lüge. Denn *nichts* hätte niemals ihren Herzschlag so sehr beschleunigen können, dass er in ihr nachhallte wie eine Trommel, die jedes andere Geräusch übertönte.

4
Entscheidungen

Ihre Mutter war gefährlich still, ihr Gesicht starr und bleich. Allein das wütende Glimmern in ihren blauen Augen verriet das Gefühl, das in ihr brodelte. Alysea stand stumm ein wenig abseits von den beiden Frauen, die einander fixierten, und versuchte, ihre Müdigkeit zu verbergen. Meister Aemilan hatte bis in die frühen Morgenstunden einen Zauber gesucht, der den Ring von ihrem Finger löste, doch seine Bemühungen waren ohne Erfolg geblieben. Das goldene Band saß auf ihrer Haut und sorgte dafür, dass sie nicht der Versuchung erlag, die letzte Nacht als Albtraum abzutun. Noch immer lauerte die Schwäche in ihren Knochen, aber jetzt war nicht die richtige Zeit, um ihr nachzugeben. Nicht, wenn Tag und Nacht in einen Wettstreit verstrickt waren. Beide gleichermaßen königlich, beide unerbittlich. Und es war *ihr* Schicksal, um das sie kämpften.

»Es ist Eure Entscheidung, Serea«, sagte die Schwarzhaarige in die anhaltende Stille hinein. »Ihr könnt abwarten, bis mein Bruder Euren Palast in Trümmer legt, weil etwas seine Gefährtin bedroht. Und ich kann nicht garantieren, dass niemand dabei zu Schaden kommt.«

Aureas Finger ruhten auf der Tischplatte ihres Arbeitstisches, doch sie wirkte keineswegs entspannt. Kein Berater war anwesend, kein Zeuge, auch wenn Alysea ahnte, dass sich der Adel nah bei den Räumlichkeiten der Fürstin aufhielt. Die Ankunft von Adia Angelis war in aller Munde, aber niemand wusste, was sie am Sonnenhof wollte. Alysea wusste es jedoch nur zu gut. Die Schwester des Nachtfürsten war in die Cae'Valerian gekommen, um Alysea für ihren Bruder zu fordern. Und sie wagte es, der Hexenfürstin unerschrocken die Stirn zu bieten. Jede Handbreit der Schattenwandlerin war majestätisch und unantastbar. Ihre Haltung, der ruhige Ernst auf ihrer Miene, der nicht von ihrem

Stolz überschattet wurde. Alysea verspürte Bewunderung für ihren Mut und die Art, wie sie in sich zu ruhen schien. Der Unmut ihrer Mutter prallte an Adia ab wie Regen, der auf Glas fiel und daran herabtropfte.

»Ihr wollt, dass ich meine Tochter zu Eurem Bruder gehen lasse, ohne dass die Ehe vor der Lichtherrin besiegelt worden ist? Nur, weil er sich gebärdet wie ein unberechenbares Tier?« Aurea hob die Brauen. Ihr Kiefer war so angespannt, als wollte er bersten.

Adia zeigte kein Anzeichen dafür, dass die Beleidigung ihres Bruders sie getroffen hatte. »Er gebärdet sich wie jeder Wandler, der den Bund geschlossen hat. Das Silberband ist so bindend wie ein heiliges Versprechen. Das wisst Ihr ebenso gut wie ich. Und die Geschichte hat uns gelehrt, dass es nicht klug ist, den Bund hinauszuzögern. Die Ehre Eurer Tochter wird dabei von niemandem infrage gestellt.«

»Ihr werdet es mir überlassen müssen, ob ich es für angebracht halte, meine Tochter an Euren Hof zu senden.«

Adias Lächeln offenbarte zu spitze Eckzähne. Es war ironisch … kühl. »Fürchtet Ihr, der Nachthof könnte sie mehr verderben als der Eure, Serea Aurea? Ich kann Euch versprechen, dass mein Bruder niemals zulassen wird, dass Ihr ein Leid geschieht. In der Cae'Angelis wird sie in besseren Händen sein, als sie es am Sonnenhof je sein könnte.«

Sie spielte auf das an, was in der letzten Nacht geschehen war. Natürlich wusste sie davon. *Er* wusste davon. Alysea schluckte, als die Erkenntnis sie traf. Dameo Angelis hatte gespürt, dass ihr etwas zugestoßen war, und er war gekommen, um sich davon zu überzeugen, dass sie unversehrt war. Unwillkürlich rieb sie über ihren Puls und ihre Mutter runzelte die Stirn, als sie es bemerkte.

»Ihr stellt meine Fähigkeiten, meine Tochter zu schützen, infrage?«, fragte Aurea eisig. Der fiebrige Glanz in ihren Augen nahm zu, ihr Blick war härter und schneidender als Stahl.

»Das würde ich niemals. Aber ich *weiß*, dass sie in der Obhut meines Bruders besser aufgehoben ist als an jedem anderen Ort, weil er jede Gefahr und jede Bedrohung *spürt*, noch ehe sie um Hilfe rufen kann.« Adias Lächeln erlosch. »Glaubt nicht, dass wir uns der Versuchung nicht bewusst sind, Aurea. Aber die Konsequenzen wären für Euren Hof ebenso tiefgreifend wie für den unseren.«

»Haltet Ihr mich für so kurzsichtig?«

»Ihr seid es, wenn Ihr sie nicht gehen lasst.« Adia neigte sich beschwörend nach vorn. »Ich bitte Euch, Aurea. Ihr möchtet Eure Tochter so wenig verlieren, wie ich meinen Bruder tot sehen möchte. Lasst uns versuchen, das Beste aus diesem Fluch zu machen und alles zu tun, damit er nicht noch mehr Leben kostet. Sie sind verbunden, ganz gleich, ob es uns gefällt. Seraphia hat diese Entscheidung für uns getroffen und wir müssen uns ihr beugen.«

Aureas Miene blieb abweisend. »Könnt Ihr mir versprechen, dass Euer Bruder nicht dem Weg folgt, den Euer Vater eingeschlagen hat, Adia? Dass meine Tochter nicht als ein bis zur Unkenntlichkeit zerfetztes Stück Fleisch endet?«

Alysea konnte nicht verhindern, dass sie unter der Grausamkeit ihrer Mutter zusammenzuckte. Adia Angelis versteifte sich und es war das erste Mal, dass ihr Gleichmut bröckelte. Ihr Gesicht wurde weiß wie Schnee. »Dameo würde niemals …«

»Ich werde gehen.« Für einen Wimpernschlag lang verspürte Alysea Erstaunen darüber, ihre eigene Stimme zu hören. Es war ein Impuls, die Worte ausgesprochen, noch ehe ihre vollständige Bedeutung in ihrem Geist angelangt war.

Die beiden Frauen fuhren zu ihr herum und der Blick der Hexenfürstin traf sie wie ein Blitz, der vom Himmel auf sie niederging. »Das ist nicht deine Entscheidung, Alysea«, sagte sie hart.

»Doch, das ist sie, Mutter. Dieses eine Mal ist sie es.« Sie hob die linke Hand, als könnte sie damit das Silberband sichtbar machen, und sah zur Schwester des Nachtfürsten. Adia hatte sich wieder gefangen und ihre Miene war unlesbar. »Wenn wir diesen Bund überleben sollen, können wir es nur gemeinsam. Und ich weiß …«, sie zögerte, dann atmete sie ein, »ich weiß, dass mir keine Gefahr von ihm droht.«

»Wird dir auch dann keine Gefahr von ihm drohen, wenn eines Tages die Krankheit seines Vaters bei ihm ausbricht?«, warf Aurea schneidend ein. »Wenn seine Gier erwacht und seinen Verstand auslöscht?«

»Das weiß ich nicht«, gab Alysea fest zurück. »Und ich behaupte nicht, dass ich mich nicht fürchte. Aber letztlich macht es keinen Unterschied, wie es geschieht, nicht wahr? Wir werden gemeinsam leben oder wir werden gemeinsam sterben. Es gibt keine andere Möglichkeit, denn es ist bereits besiegelt. Wie könnte ich davor weglaufen? Sollen wir warten, bis ich selbst vom Glockenturm stürze und vom Sephris verschluckt werde? Es hat keinem von ihnen genutzt, den Traditionen zu folgen. Der Segen der Lichtherrin hätte niemandem geholfen.« Sie wandte den Kopf, um Adia anzublicken. »Ich werde kommen. Morgen … nach der Zeremonie. Sagt ihm das.«

In der Nacht, in der alle Welt ihre Entscheidung erwartete. Nun würden sie mehr bekommen, als sie sich je erhofft hatten.

»Ich danke Euch, Domia Alysea.« Adia lächelte. Erleichterung breitete sich auf ihrer Miene aus und erst jetzt erkannte Alysea, wie angespannt sie gewesen sein musste. Hexen und Wandler mochten einander hassen, doch es änderte nichts daran, dass sie von den gleichen Gefühlen bewegt wurden. Adia Angelis wollte ihren Bruder nicht verlieren. Alysea konnte es in ihren silberfarbenen Augen lesen, die den seinen so sehr glichen.

»Das müsst Ihr nicht«, erwiderte sie. »Wenn es unsere Rettung bedeuten kann, gibt es keinen anderen Weg für mich.«

Die Miene ihrer Mutter war zu Eis erstarrt. Aureas Lippen waren so fest zusammengepresst, dass alles Blut daraus gewichen war, als könnte sie sich nur auf diese Weise zwingen, kein Wort mehr zu sagen. Die Fürstin der Hexen wusste, dass sie verloren hatte. Alysea spürte, dass sich etwas veränderte. Wie die Fesseln aus Pflichtgefühl und Gehorsam zerrissen, die sie an ihre Familie gebunden hatten. Vielleicht war es bereits in dem Moment geschehen, in dem Seraphias Fluch sie getroffen hatte. Sie wusste, dass ihre Mutter das Gleiche fühlte. Es stand in ihr Gesicht geschrieben und spiegelte sich in ihren Augen.

Schließlich spreizte Aurea die Hände auf der Tischplatte. Eine Geste, die wirkte, als wollte sie die Klauen offenbaren, die sie nicht besaß. Sie war wie ein angeschlagenes Tier, das noch einmal zum Angriff überging. »Niemand wird davon erfahren, bis die Verlobung verkündet worden ist.«

Es war ein Versuch, die Kontrolle zurückzuerlangen, die ihr entglitten war. Adia Angelis zog die Brauen zusammen. »Ihr wollt es bis zum nächsten Neumond geheim halten?«

»Diesmal ist es Eure Wahl.« Der Blick der Fürstin streifte Alysea und die Kälte darin ließ sie frösteln. »Das ist meine Bedingung. Akzeptiert sie oder Alysea wird die Cae'Valerian nicht verlassen.«

Adia antwortete nicht sofort. Es war die Tradition der Hexen, eine Verlobung zum Neumond zu verkünden, am Tag der Erneuerung. Es sollte Glück für die neue Verbindung verheißen. Auf dem Gesicht der Schattenwandlerin spiegelte sich der gleiche Spott, den Alysea empfand. Als würde es für *diese* Verbindung jemals einen Unterschied machen, zu welchem Zeitpunkt sie geschlossen wurde.

Die Schattenwandlerin neigte den Kopf. »Wie Ihr wünscht, Serea Aurea. Ich habe vergessen, wie wichtig es für die Hexen ist, keusch und unversehrt in die Ehe zu gehen. Niemand wird Eure Tochter zu Gesicht bekommen, bis die Verlobung verkündet ist.«

Es gelang ihr knapp, auf dem schmalen Grat zwischen Provokation und Diplomatie zu wandeln. Ihre Miene blieb ernst, obgleich ein amüsiertes Funkeln in ihren Augen tanzte. Alysea wusste, dass ihre Mutter es ebenso wahrnahm wie sie selbst. Trotzdem richtete sie sich gerade auf und ihr Gesicht blieb stolz und glatt. »Gut.«

Es war alles, was sie sagte. Das Besiegeln eines Handels, scharf wie ein Peitschenknall. Die Entscheidung war gefallen und die Schlinge, die das Schicksal um sie gewunden hatte, zog sich enger um Alysea zusammen.

»Du bist verrückt geworden, Adia!« Dameo stützte sich auf die steinerne Fensterbank seines Arbeitszimmers und blickte nach draußen, ohne etwas zu sehen. Zorn und Unglauben wirbelten durch seinen Magen und trieben Hitze durch seine Glieder.

»Nein, Dameo. *Ich* bin die einzig Vernünftige hier«, gab sie gelassen zurück.

»Und das beweist du, indem du mich zu einem Bittsteller am Hexenhof machst?«

Adia schnaubte. »Nein, indem ich dafür sorge, dass du nicht halb Gemea in Schutt und Asche legst, um zu der Hexe zu gelangen. Wenn sie in deiner Nähe ist, wird dein Schutzinstinkt vielleicht nicht vollkommen außer Kontrolle geraten.«

»Und dafür fällst du vor Aurea Valerian auf die Knie?«

»Oh, das musste ich nicht. Es war Alyseas Entscheidung, zu kommen, nicht die ihrer Mutter. Und du kannst dir gewiss sein, dass sie der Fürstin nicht gefallen hat. Alysea Valerian ist weitaus klüger als du und sie zumindest lässt nicht zu, dass Stolz ihr im Weg steht!«

Ärger mischte sich in ihre Stimme und es dauerte einen Atemzug lang, bis er die vollständige Bedeutung ihrer Worte erfasste. Verblüffung drängte die brodelnde Wut zurück. »Sie kommt … freiwillig?«

»Ja«, erwiderte Adia kurz angebunden. »Sie kommt, weil sie *weiß,* dass es das Richtige ist. Es wäre besser für euch beide, wenn *du* es ebenfalls endlich einsiehst.«

Dameo wandte sich zu ihr um und legte die Stirn in Falten. Tatsächlich fand er rötliche Flecken auf Adias sonst so bleichen Wangen, die auf das Maß ihrer Verärgerung hindeuteten. Ihre Fingerspitzen tippten auf die Platte seines Schreibtisches und sie wirkte, als überlegte sie sich, das Tintenfass nach ihm zu werfen oder ihn mit der Feder aufzuspießen. Adia hatte einen Großteil ihres eigenen Stolzes schlucken müssen, um an den Hexenhof zu gehen. Er konnte es sehen.

Unruhe stieg unvermittelt in ihm auf. Er hatte es vermieden, die Verbindung zur Kenntnis zu nehmen, die ihn in der Nacht einmal mehr um den Verstand gebracht hatte. Er hatte es sogar vermieden, an die Hexe zu *denken,* seitdem er an ihrem Fenster aufgekreuzt war wie ein liebeskranker Narr. Nur für einen Blick. Das Wissen, dass sie nicht länger in Gefahr schwebte. Es war ein Segen, dass es nichts als ein kurzes Aufwallen gewesen war. Er wollte nicht wissen, was er getan hätte, wenn …

Er stieß den Atem aus, als er bemerkte, dass selbst die Vorstellung frischen Zorn in ihm aufsteigen ließ. Sein Körper hatte sich verkrampft, ohne dass er es wollte. Zum ersten Mal seit der Dämmerung erlaubte er sich, die Aufregung am anderen Ende des Fadens zu spüren. Unsicherheit. Einen Hauch von Furcht, der von Entschlossenheit zurückgezwungen wurde. Adia beobachtete ihn so genau, dass er ihre Gedanken mühelos erraten konnte.

Verdrossen zog er eine Grimasse. »Wann?« Eine knappe Frage. Alles, was jetzt noch von Bedeutung war.

»In der Nacht der Zeremonie. Ich habe die Dienerschaft angewiesen, ihre Gemächer vorzubereiten.«

»Bei allen Dämonen des Abgrundes … Adia!« Dameo fuhr sich unruhig durch das Haar. Seine Gefühle waren ein Gewirr aus Fäden, die er selbst nicht zu entwirren vermochte.

Seine Schwester musterte ihn mit einem halben Lächeln. »Fürchtest du dich, Dameo? Wovor? Vor der Macht, die sie über dich haben könnte?«

Ihr Pfeil traf ins Schwarze, ohne dass sie sich anstrengen musste. Denn ja, er fürchtete die Hexe. Sie war seine Schwäche. Der wunde Punkt, in den jeder Feind seinen Finger bohren konnte, ohne überlegen zu müssen. Und das Silberband trieb ihn dazu, zu handeln, ohne dass er die Möglichkeit besaß, seinen Verstand zu gebrauchen. Alysea Valerian weckte seine schlafenden Instinkte, bis er jede Kontrolle über sich verlor und nicht mehr wusste, was er tat. Wie könnte er sie *nicht* fürchten?

Dameo erwiderte Adias Blick missmutig. »Nicht so sehr wie vor den Ränken, in die du sie verwickeln wirst.«

»Ich habe mich immer nach einer Schwester gesehnt, die sich mit mir gegen meinen rüpelhaften Bruder verbündet. Und Alysea Valerian erscheint mir als eine vortreffliche Wahl.« Sie zwinkerte ihm neckend zu. »Sie hat ihrer Mutter die Stirn geboten und ich bin mir sicher, dass sie auch mit *dir* fertigwird. Du wirst Wachs in ihren Händen sein und wir werden uns wundervoll amüsieren.«

»Wie schön, dass es zumindest einen von uns erheitert«, knurrte er barsch.

»Oh Dameo.« Adia schüttelte den Kopf und trat auf ihn zu. »Es erheitert mich nicht. Es lässt mich hoffen. Für dich.« Sie hielt neben ihm inne und legte flüchtig die Hand auf seine Schulter. »Und ich habe so lange vergeblich gehofft. Wenn Alysea Valerian diese Hoffnung an den Nachthof trägt, wird sie mehr für mich sein als eine Schwester.«

Hoffnung. Inmitten eines Wespennestes aus Höflingen, die es kaum abwarten konnten, herauszufinden, wie sie die Hexe zu ihrem Vorteil benutzen konnten. An einem Ort, an dem niemand ihr Zuneigung entgegenbrachte. Er konnte Adias Hoffnung nicht teilen. Dameo antwortete nicht. Seine Schwester wusste ohnehin, was er dachte.

Sie ließ ihn los und wandte sich ab. »Ich hoffe, dass du sie angemessen willkommen heißen wirst. Es wird ihr schwer genug fallen, an einem Ort zu leben, über den sie vermutlich in ihrem ganzen Leben nichts als Schauermärchen vernommen hat. Vielleicht bestärkst wenigstens du sie nicht darin. Die anderen werden es zur Genüge tun.«

»Sie ist die Heldin dieses Schauermärchens, Adia«, gab Dameo grimmig zurück.

»Dann sei *du* nicht das Ungeheuer, vor dem sie davonlaufen muss.«

»Ich wünschte, ich könnte garantieren, dass ich nicht zu dem Ungeheuer *werde*«, murmelte er finster.

»Du bist hoffnungslos, Dameo.« Adia raffte seufzend ihre Röcke, um sein Arbeitszimmer zu verlassen. Ihre rote Schleppe schleifte über den Teppich wie eine Blutlache, die ihren Schritten folgte. Es war wie das spöttische Zwinkern einer Erinnerung, die er nicht sehen wollte.

Dameo schauderte und wandte sich ab.

Morgen.

Sie würde an den Nachthof kommen. In der Nacht des Vollmondrituals. Die Entscheidung war endgültig gefallen und was ihr folgen musste, schnürte ihm die Kehle zu. Denn er wusste, was es bedeutete … was von ihm erwartet wurde.

Und er durfte es niemals zulassen.

5

Mondnacht

Aurea Valerian war steif und kalt wie ein Eisberg. Sie hielt sich gerade, ihr Blick ging nach vorn, ohne das versammelte Volk von Gemea zu beachten, das ihren Weg mit neugierigen Blicken verfolgte. Hexen, Schattenwandler, Menschen. Sie alle waren am Straßenrand zusammengekommen, um die fürstliche Kutsche zu sehen, die sich auf die Kathedralenbrücke zubewegte.

Es war die Nacht des Vollmondrituals. Der Augenblick, in dem sich der erste Tausch der Mondgaben zwischen den Trägern des Silberbandes ereignen sollte. Alysea verzog verächtlich die Lippen. Ein intimer Moment in der Abgeschiedenheit eines Balkons, für jeden Zeugen sichtbar. Ein Schauspiel, auf einem Silbertablett präsentiert, nicht mehr. Und doch bedeutete es für sie selbst so viel mehr.

Ihre Tante Emea saß neben ihrer Mutter und Alysea betrachtete die vogelhafte, spindeldürre Frau verstohlen aus den Augenwinkeln. Sie hielt den Kasten mit dem Ritualdolch in ihren bleichen Skelettfingern, die hart von dem dunklen Holz abstachen. Es war ihre Aufgabe, das Mondopfer der fürstlichen Familie darzubringen, und manchmal fragte Alysea sich, ob dies der Grund für ihre geisterhafte Erscheinung war. Der schwarze Schleier, der ihr Gesicht verhüllte, bewegte sich schwach unter ihren Atemzügen und der Kräutergeruch, der sie stets umgab, war selbst jetzt zu riechen. Gelegentlich wirkte es, als wäre Emea kaum am Leben, als würde ihr Geist seit langer Zeit in einer Welt verweilen, die keinem anderen offenstand.

War es das, was mit einer Hexe geschah, wenn sie zu eng mit den Schattenwandlern verbunden war? War sie zu weit über die Grenze gegangen, hinter der der Mondwahn lauerte? Wenn es so war, dann mochte es das Schicksal sein, das auch die Gemahlin des Nachtfürsten erwartete.

Alysea suchte schaudernd nach den dunklen Türmen der Cae'Angelis, deren silberne Kuppeln im Licht der schwindenden Dämmerung glühten. Die Fenster des Palastes waren hell erleuchtet, sodass es aus der Ferne wirkte, als wären die Sterne vom Himmel herabgeschwebt, um sich auf den Mauern niederzulassen. Ihr neues Zuhause für die Zeit, die ihr noch blieb. Sie wandte den Blick ab.

Lichter flammten am Wegesrand auf und ließen ihren Zug anmuten wie eine feierliche Prozession. Sie erschienen wie Schmuck, aber letztlich wusste jeder, dass sie dazu dienten, die Furcht vor der Dunkelheit zu mindern, die jede Hexe instinktiv in sich trug. Auch Alysea spürte die Aura des Mondes, stärker jetzt, da er blass auf sie herabsah.

Und doch werde ich dich nicht mehr fürchten, schwor sie sich stumm. *Nie mehr.* Denn wenn diese Nacht vorüber war, ließ sie die Welt der Sonne hinter sich.

Das Geräusch der Kutschenräder wandelte sich zu einem holprigen Rattern, als sie über die Brücke fuhren, und ihr Mund wurde trocken. Die Kathedrale des Lichts ragte wie eine mahnend erhobene Hand über ihnen auf. Das runde Fenster in ihrer Mitte wirkte in der einsetzenden Dunkelheit wie ein kaltes, missbilligendes Auge, das die Ankömmlinge anstarrte. Arbeiter hatten das zerborstene Glas der Kuppel entfernt und nur ihr steinernes Gerippe zurückgelassen. So wenig Zeit war vergangen, seitdem sie mit Spiras vor dem Altar gestanden hatte. Doch seither war so vieles geschehen, dass es sich anfühlte wie ein ganzes Leben.

War er hier? Durchbohrte er die Kutsche mit seinen feindseligen Blicken? Natürlich war er das. Auch die Saverian würden in dieser Nacht das Mondritual mit der Wandlerfamilie vollziehen, mit der sie sich nach Seraphias Fluch verschworen hatten.

Fackeln waren rund um den Kathedralenplatz entzündet worden, in dessen Mitte das erhabene Bauwerk stand. In ihrem flackernden Schein erblickte Alysea den Adel Gemeas, der sich versammelt hatte, um die Ankunft der Fürstenfamilien zu erwarten. Die auf sie gerichteten Augen waren wie Nadeln, die sich in ihre Haut bohrten, als die Kutsche anhielt und ein Lakai die Tür öffnete. Er reichte ihr die Hand und ein Schauer wie warmer Sommerregen rann über Alyseas Haut. Sie hob erschrocken den Kopf und fand sich Silberaugen gegenüber, die sie unbewegt anblickten. Schlagartig nahm ihr Herzschlag ihr den Atem.

»Ihr«, wisperte sie entgeistert.

»Domia Alysea. Wenn Ihr erlaubt, begleite ich Euch hinein.« Die Stimme des Nachtfürsten war rau. Auf eine ungeschliffene Weise galant. Alysea hörte, wie ihre Mutter scharf die Luft einsog, doch zum ersten Mal konnte Aurea Valerian nichts tun. Das Silberband gab ihm das Recht, sich Alysea in dieser Nacht zu nähern, und er nutzte es. Ob er es tat, um die Hexenfürstin zu brüskieren … sie wusste es nicht.

Raunen schwoll rund um sie an. Sie vernahm Erstaunen darin, Neugier … das Frohlocken einer Menge, die ein neues Theaterstück erwartete, das sie unterhalten würde.

Alysea richtete sich gerade auf. »Es wäre mir eine Freude«, gab sie deutlich vernehmbar zurück.

In seinem Rücken erkannte sie das Gesicht seiner Schwester, einen Schritt hinter ihr die Gestalt eines hellhaarigen Mannes, den sie noch nie gesehen hatte. Er wirkte geckenhaft, seine behandschuhten Hände ruhten geziert auf einem Spazierstock und seine Haltung war auf eine einstudierte Weise ungerührt. Adia lächelte und neigte den Kopf. Ein Zeichen des Willkommens, das einen Funken Wärme in Alyseas Magen erglühen ließ. Sie erwiderte die Geste flüchtig, sich des schneidenden Blickes ihrer Mutter bewusst, der auf ihr ruhte.

Dameo Angelis' Griff um ihre Hand wurde fester, als sie die Kutsche verließ. Es war das erste Mal, dass er sie berührte, und Alysea konnte spüren, wie sich das Silberband wie eine Fessel um ihrer beider Hände wand. Sie wagte es nicht, in sein Gesicht zu sehen, um herauszufinden, ob er das Gleiche fühlte. Für den Augenblick war er so beherrscht, dass keines seiner Gefühle über das Band zu ihr gelangte.

Glockenschlag hallte über den Platz und die Pforten der Kathedrale öffneten sich. Ihr Inneres war hell erleuchtet, einladend beinahe, wenngleich Alysea davonlaufen wollte. Sie legte die Finger über die kleine Phiole, die sich unter dem Stoff ihres Kleides verbarg, während sie die Stufen hinaufstiegen. Der Zug der Adeligen schloss sich ihnen an, nachdem sich auch die Fürstin und ihre Tante in Bewegung gesetzt hatten und hinter ihnen folgten.

»Es ist die erste Mondzeremonie, an der ich Euch teilnehmen sehe«, murmelte der Nachtfürst gedämpft an ihrer Seite.

Alysea zuckte zusammen und verfluchte sich für ihre Schreckhaftigkeit. »Ich war zu jung, als ich Gemea verlassen habe. Und jetzt bleibt mir kaum mehr eine Wahl.«

»Ein Wort von Euch und ich werde Euch aus Eurer misslichen Lage befreien.« Es klang grimmig. Seine Brust hob sich, als er tief einatmete, um seine Gefühle zu besänftigen. Sie konnte keines davon bestimmen. Wahrscheinlich … wusste er selbst nicht, was er fühlte.

»Seid Ihr deswegen gekommen? Gestern?« Sie hasste es, dass ihre Stimme dünn klang. Die Erinnerung an seine dunkle Silhouette vor ihrem Fenster hatte sich in ihr Gedächtnis gebrannt. Eine Legendengestalt mit silberglühenden Augen, zum Leben erwacht.

»Ich werde immer kommen, wenn Ihr in Gefahr schwebt oder Euch ängstigt.« Der romantische Schwur eines Liebhabers, so nüchtern hervorgebracht, dass nichts als Asche davon blieb.

»Auch wenn es das Letzte ist, was Ihr wollt«, erwiderte sie gepresst.

Ein scharfer Stich drang über das silberne Band zu ihr, aber sie versuchte nicht, seine Bedeutung zu entschlüsseln. »Alysea, ich wollte nicht …«

»Nein, ich würde niemals von Euch erwarten, dass Ihr es aus freiem Willen tut«, unterbrach sie ihn hart. »Es ist das Band, das Euch zwingt, das weiß ich ebenso gut wie Ihr. Wir kennen einander kaum.« Und doch schmerzte es auf eine widersinnige Weise, dass selbst er, der mit ihr verbunden war wie keine andere Seele, es nicht aus freien Stücken war.

Der Schlund der Kathedrale verschluckte sie und Alysea war froh um das Licht, das jede Vertraulichkeit im Keim erstickte. Die Hohepriesterin der Lichtherrin wartete bereits hinter dem Sonnenaltar, umgeben von dem weißen Kranz ihrer Novizinnen. Ihr Haar glühte in dem Lichtermeer aus unzähligen Kerzen, die in jeder Ecke entzündet worden waren. Sie führten auf das normalerweise verhüllte Portal zu, das hinter dem Altar sichtbar geworden war.

Die Adeligen verteilten sich im Inneren der Kathedrale. Die Bänke waren entfernt worden, um den hochgeborenen Familien der Hexen und Schattenwandler genügend Platz zu bieten. In dieser Nacht würden sie nicht der Lichtherrin huldigen und den Predigten der Lichtstimme lauschen. Es war der Schauplatz eines ungemütlichen Friedens. Heiliger Boden, den niemand entweihen würde, während die Zeremonie begangen wurde, der sich keiner von ihnen entziehen konnte.

Die Hohepriesterin hob die Arme und das Murmeln verstummte, als hätte sie es mit einem Schwerthieb durchtrennt. »Möge die Lichtherrin diese Nacht segnen und den Frieden über allen Teilen Gemeas wahren. Mögen die Feindschaften ruhen, während Seraphias Auge über uns wacht.«

Ihre Stimme schallte laut und von Macht erfüllt von den hohen Wänden wider, verstärkt durch die ungewohnte Leere der Kathedrale. Das Echo hallte lange unter der Kuppel nach. Es war ebenso ein Segensspruch wie eine Warnung, keinen Streit auf dem Grund der Göttin anzuzetteln. Tatsächlich konnte Alysea bewaffnete Männer im Schatten der Säulen erkennen. Wächter der Lichtherrin, die dafür Sorge trugen, dass ihr Haus nicht entweiht wurde. Ein Schauer rann über ihren Rücken.

Die Novizinnen strebten auseinander, um die Flügel des hohen Portals zu öffnen, in die man die stilisierten Abbilder von Sonne und Mond geschnitzt hatte. Goldenes Licht erfüllte die Sonne, während der Mond in blendendem Silberglanz erstrahlte.

»Kommt«, sagte Dameo leise.

Sie blickte verwirrt zu ihm auf, als er sich von den Stufen abwandte, die zum Altar führten. »Aber müsst Ihr nicht zuerst die Gabe für Eure Familie entgegennehmen?«

»Meine Schwester wird das Ritual mit Eurer Tante vollziehen. Heute Nacht gehöre ich Euch allein.«

Es klang ironisch. Der Fürst lächelte, doch die Schatten auf seinen Zügen wichen nicht. Alysea kämpfte gegen den Kloß, der in ihrer Kehle saß. Die Adeligen traten beiseite und neigten die Köpfe, als er sie auf eine schmalere Treppe zuführte, die zur Galerie emporstrebte. Der Balkon, der sich dahinter befand, sollte den Anschein von Ungestörtheit erwecken, obwohl Alysea wusste, dass alle Augen auf ihnen ruhten. Ein neues Band, das geschlossen wurde. Ein Pakt. Ein Versprechen. Und bei der Sonnenmutter, sie fürchtete sich so sehr davor, dass sie um jeden Schritt ringen musste.

Langsam stiegen sie hinauf und es war, als wollte die Schleppe ihres Kleides sie wieder hinabziehen. Novizinnen lösten sich vom Altar und schlossen sich ihrem Weg an. Gesichtslose Geister in weißen Gewändern, die ihren Bund bezeugen würden, ihre Züge von goldenem Licht verhüllt wie von einer Maske.

Alyseas Finger gruben sich in den Ärmel des Mannes, der neben ihr ging, als könnte nichts auf der Welt seine Ruhe erschüttern. Seine Miene war gleichmütig und kühl, arrogant beinahe. Dennoch spürte sie den Wirbel seiner Gefühle, der seine Gelassenheit Lügen strafte. Dameo Angelis beherrschte das Spiel des Adels. Er war Stärke und Unerschütterlichkeit, während sie sich fühlte wie ein Blatt Papier, das in einen Sturm geraten war, dem es nichts entgegenzusetzen vermochte.

Endlich erreichten sie die Galerie und den Torbogen dahinter, der nach draußen führte. Die Schritte des Nachtfürsten wurden langsamer, als wollte auch er den Moment hinauszögern. Dann traten sie gemeinsam in die Nacht hinaus und die Novizinnen blieben hinter der Öffnung zurück.

Der Balkon gewährte den freien Blick über die Gärten der Kathedrale. Es war eine warme Sommernacht, trotzdem fror Alysea, als die milde Brise ihre Arme berührte. Unter ihnen strömte der Adel Gemeas ins Freie, Hexen und Schattenwandler in einer Ordnung vereint, die Jahrhunderte hervorgebracht hatten. Die Hohepriesterin ging ihnen voraus, hin zu dem steinernen Altar, hinter dem der Vollmond stand. Seraphias Auge, das wachsam auf sie niedersah.

Die Bäume waren wie Säulengänge, die in verborgene Winkel führten, Wächter, die über die freie Grasfläche wachten. Magische Lichter saßen wie leuchtende Blüten zwischen den Blättern und silberne Bänder waren um ihre Äste gewunden. Sie flatterten frei im Wind, Symbole für die Vereinigung der Familien, die sich unter ihnen versammelt hatten. Es wirkte festlich und tatsächlich würde in dieser Nacht gefeiert, sobald die Zeremonie vorüber war. Wein würde in Strömen fließen, in den Palästen des Adels und den Hurenhäusern ebenso wie auf offener Straße. Es würde an den Ufern des Sephris getanzt, gesungen und musiziert. Aber tief in der Nacht würde das Fest Blut fordern. Das tat es immer, wenn der Wein seine Wirkung zeigte und alter Hass sich die Bahn brach.

Die fürstlichen Familien folgten der Hohepriesterin. Alysea erkannte die steife Form ihrer Mutter in dem waldgrünen Gewand, dessen

Goldfäden im Silberlicht des Mondes schimmerten. Die gelassene Gestalt von Adia Angelis, die ihr gegenüberstand, in dunkle, fließende Seide gekleidet. Ihr schwarzes Haar war von schimmernden Perlen geschmückt, die wie Sterne am Nachthimmel funkelten.

Gegensätze. Sonne und Mond. Licht und Dunkelheit. Sie stießen sich ab und brauchten einander, um überleben zu können.

Alysea fing den Schimmer roten Haares auf, nicht weit vom Rand der Baumwächter entfernt. Die Saverian standen dort in der Reihe der Hexenfamilien und warteten auf den Beginn der Zeremonie. Sie hielt den Atem an, als sie Spiras' Blick auffing. Das Glitzern in seinen Augen, dunkel in den Schatten des Kathedralengartens. Seine Lippen formten ein lautloses Wort: »*Wandlerhure.*«

Sie konnte es erkennen, ohne es hören zu müssen. Er gab sich keine Mühe, es zu verschleiern. Sein Lächeln war hässlich und schief. Alysea versteifte sich und bemerkte, wie Dameo Angelis sich an ihrer Seite regte. Seine Augen verengten sich und folgten der Richtung, in die ihr Blick gegangen war. Sein Körper spannte sich an und es war, als würde er zu Stein erstarren. Stein, der innerhalb eines Atemzuges bersten konnte, um eine Lawine zu entfesseln.

Hastig fasste sie nach seiner Hand, um ihn von Spiras abzulenken. Er sah erstaunt auf ihre Finger hinab, die sich um die seinen gewunden hatten.

»Nicht«, bat sie ihn leise. »Er … ist es nicht wert. Er kann mich nicht verletzen.«

Dameo Angelis blickte sie an und zum ersten Mal sah sie in sein Gesicht. Nichts an ihm war weich. Er war wie eine Statue, aus Marmor gemeißelt, und plötzlich verstand sie, warum sich die Fächer der Hofdamen schneller bewegten, sobald sie von ihm sprachen. »Doch. Es verletzt Euch. Ihr könnt mich nicht belügen«, antwortete er und ein Knurren lauerte in seiner Stimme. Es trieb einen Schauer über ihre Haut. Dennoch wich seine Anspannung, als hätten die Worte den Bann über ihn gebrochen. »Und ich werde aus freiem Willen kommen, wenn man Euch bedroht. Auch ohne die Macht des Bandes zwischen uns. Das schwöre ich Euch.«

Ihre Lippen teilten sich, aber kein Ton verließ ihren Mund. Sie suchte nach einer Erwiderung, doch ihre Zunge blieb gelähmt. Die

Glocke der Kathedrale begann in ihrem Rücken zu schlagen. Ein lang gezogener Klagelaut hallte unvermittelt durch die Nacht und beendete ihre Suche. Der Nachtfürst löste sich von ihr und Alysea fuhr herum, als sich der schauerliche Laut aus unzähligen Kehlen wiederholte. Der Vollmond wirkte riesig. Sein Licht schien so hell, als wollte es sich in ihre Seele brennen.

»Heilige Mutter des Lichts«, wisperte Alysea, als die Schattenwandler vor ihm auf die Knie sanken. Der Sog an ihrer Seele nahm zu und sie spürte Schmerz. Eisige Klauen, die an ihrem Verstand zerrten, als wollten sie ihn zerreißen. Für einige Atemzüge konnte sie sich nicht rühren, nicht sehen oder hören. Die Welt war schwarz und hörte auf zu existieren. Dann ließ die Berührung des Mondes so plötzlich nach, wie sie gekommen war. Alysea stieß keuchend den Atem aus und suchte schwankend Halt an der Wand der Kathedrale in ihrem Rücken.

Der Fürst an ihrer Seite richtete sich gerade auf und seine Finger legten sich um das Geländer des Balkons. Die Anspannung kehrte zurück, doch diesmal galt sie nicht Spiras oder einem der anderen Versammelten unter ihnen. Sie galt dem Mondauge, zu dem er starr aufblickte, ohne dass sich seine Miene verzog.

Alysea blickte in den Garten hinab und fand die silbrigen Spuren auf den schmerzverzerrten Gesichtern der Wandler. Sie alle sahen in den Himmel, während Mondtränen über ihre Wangen rannen. Kaum dass sie von ihrer Haut perlten, verwandelten sie sich in harte Tropfen, die diamantengleich glitzerten. Es war ein Anblick, der ihr den Atem raubte. Sie hatte davon gehört, doch nie zuvor hatte sie es mit eigenen Augen sehen dürfen.

Adia Angelis verharrte vor dem Altar, ebenso wie ihre Mutter und Tante Emea. Die Schattenwandlerin war zu Boden gesunken und ihre Mondtränen schimmerten auf der dunklen Seide, in die sie sich gewandet hatte. Es war, als hätte eine Schneiderin den Stoff mit gläsernen Perlen bestickt. Tante Emea hielt den Ritualdolch in ihren Händen. Seine Schneide war rötlich verfärbt von dem Blut, das aus ihren Adern rann und in eine goldene Schale tropfte. Sonnenblut, das es den Schattenwandlern gewährte, unter der Sonne zu wandeln, ohne in ihren Strahlen zu verbrennen. Mondtränen, die den Mondwahn fernhielten, der den Verstand jeder Hexe bedrohte. Seraphias Fluch brachte sie in dieser Nacht unter ihrem Auge zusammen, um sie daran zu erinnern, dass sie einander brauchten, um zu überleben. Keine Hexe konnte ohne einen Schattenwandler existieren und kein Wandler konnte es ohne eine Hexe. Sie waren verbunden, ob sie es wollten oder nicht.

Das Bild wiederholte sich über den gesamten Garten. Auf der einen Seite die Wandler, auf der anderen die Hexen, die darauf warteten, den Tausch unter den wachsamen Augen der Priesterin zu vollziehen, sobald ihre Fürsten das Ritual vollendet hatten.

Die klagenden Laute der Schattenwandler verstummten allmählich. Die ersten erhoben sich, die schimmernden Mondtränen in ihren Händen wie einen kostbaren Schatz. Und tatsächlich war es einer der beiden kostbarsten Schätze, die Gemea zu bieten hatte. Der Segensspruch der Hohepriesterin drang leise an Alyseas Ohr und lenkte ihre Aufmerksamkeit wieder auf den Altar. Sie nahm die fürstlichen Gaben entgegen und sprach die Gebete, die sich bis tief in die Nacht noch viele Male wiederholen würden. Schließlich überreichte die Lichtstimme die Opfergabe der Angelis an ihre Mutter. Ein kleines Silberkästchen, gefüllt mit den Tränen des Mondes, das in den Mondstrahlen hell aufblitzte. Dann ließ die Hohepriesterin das Blut von Tante Emea aus der Schale in ein goldenes Fläschchen rinnen, das sie Adia Angelis übergab. Die fürstlichen Familien verneigten sich vor dem Altar, ehe sie beiseitetraten, um dem Austausch der Adelsfamilien beizuwohnen. Die Gesichter der Valerian waren streng, statuengleich, ihre Gestalt gerade aufgerichtet, unbeugsam und kalt. Allein Adia Angelis wirkte weich, umgeben von den silbernen Strahlen des Vollmondes, die ihre Haut zum Leuchten brachten. Vom Mond berührt … so wie man es Alysea immer nachgesagt hatte. Für einen Herzschlag lang fragte sie sich, ob sie in den Augen der anderen ebenso wirkte wie die Wandlerin.

Die Aufmerksamkeit der Versammelten im Kathedralengarten verschob sich. Alysea spürte die Blicke, die mit einem Mal auf ihnen ruhten. Niemand rührte sich mehr, jedes Wort war verstummt. Ihre Zuschauer waren zusammengekommen, um ihren Bund zu bezeugen. Das einsetzende Gebet der Hohepriesterin verschwamm in dem Rauschen, das in Alyseas Ohren dröhnte, und ihrem hämmernden Herzschlag. Die Priesterin hob die Arme dem Mond entgegen und beschwor Seraphias Schutz auf die Träger des Silberbandes herab.

Es war Zeit …

Alysea wandte sich zu Dameo Angelis um, auf dessen Wangen es keine Spur von Nässe gab. Noch immer starrte er auf den Mond, als könnte er Seraphias Geist damit herausfordern. Wie stark musste sein Wille sein, um dem Schmerz zu widerstehen, der die anderen Wandler in die Knie gezwungen hatte? Keiner hatte es vermocht, auf seinen eigenen Beinen stehen zu bleiben.

Er drehte sich zu ihr, als hätte er ihre Gedanken vernommen, und seine Hände lösten sich von dem Stein, den er umfasst hatte. Ein tiefer Atemzug, der wie ein Seufzen klang, und er schloss die Augen. Ein schmaler Fluss aus Silber rann aus seinem Augenwinkel und floss über seine Wange. Er fing ihn auf und als er die Hand öffnete, fand Alysea die erstarrten Tränen auf seiner Handfläche. Ungerührt zog er ein kleines silbernes Kästchen aus der Tasche seines Gehrockes und ließ die Tränen hineingleiten. Dann verschloss er das Behältnis, bevor er es ihr überreichte.

Alysea blickte auf den geflügelten Saphirmond, der den Deckel zierte, und nahm es wortlos entgegen. Seine Tränen, die er für sie vergossen hatte, um sie vor dem Mondwahn zu schützen. Noch in dieser Nacht würde sie den Trank daraus brauen, der sie für einen weiteren Mondlauf vor dem Wahnsinn bewahrte, den die Magie seit Seraphias Fluch in ihrem Blut zurückließ.

Und es war Zeit, die Gabe zu erwidern.

Ihre Nervosität stieg, bis sie sich in Schwindel wandelte. Vorsichtig löste sie die feine Kette, die sie um den Hals trug. Ihr eigenes Blut befand sich in der gläsernen Phiole, die daran angebracht war wie ein Schmuckstück. Sein goldener Schimmer mischte sich in das Rot, sichtbar selbst im bleichen Licht des Mondes.

Kein Zurück. Es gab kein Zurück.

Alysea schloss die Augen und atmete aus, dann hielt sie dem Schattenwandler die Kette entgegen.

Er betrachtete sie für einen Wimpernschlag lang stumm. Sein Lächeln war schmal. »Ihr verlangt mein Vertrauen, Domia Alysea?«

Sie entblößte den Schnitt, der über ihrem Puls saß. Ein roter Streifen, der sich von ihrer blassen Haut abhob. »Nein, ich verlange es nicht«, entgegnete sie fest. »Aber wenn Ihr es mir schenkt, werde ich Euch nicht enttäuschen.«

Alysea sah beschwörend zu ihm auf. Es war der Befehl ihrer Mutter, ein letzter Hieb, den sie ihrem Feind versetzte … das letzte Mal, dass Alysea ihren Wünschen folgen würde.

Aurea beobachtete sie aufmerksam. Zufrieden wie eine Katze, die der Maus das Genick gebrochen hatte. Erwartung breitete sich um sie herum aus, das sensationssüchtige Verlangen der Zuschauer, die sich an einer Katastrophe weiden wollten.

Für einen Atemzug lang wirkte es, als wollte er ablehnen, dann schloss er die Finger um die Phiole. »Dann sollt Ihr es haben«, sagte er tonlos.

»Und ich gebe Euch mein Blut dafür«, flüsterte Alysea. Sie zog den kleinen Ritualdolch aus der Scheide, die sie in ihrem Kleid verborgen hatte, und öffnete die Wunde von Neuem. Frisches Blut rann über ihr Handgelenk und schimmerte im Mondlicht.

Dameo sog scharf den Atem ein und Murmeln brandete im Garten auf. Seine Überraschung war wie ein Blitz aus Hitze, der durch den Silberfaden fuhr. Zorn verzerrte die Miene der Hexenfürstin, als sie den Verrat ihrer Tochter gewahrte. Ihr Gesicht war so bleich wie die Scheibe des Mondes, die sie rahmte wie ein Gemälde.

Der Nachtfürst fasste nach ihrem Arm, ohne ein Wort zu verlieren. Alysea fühlte seinen Widerwillen, als er sich hinabneigte und über dem Schnitt verharrte. Dann streiften seine Lippen ihre Haut, sorgfältig darauf bedacht, die offene Wunde nicht zu berühren.

Verständnislos sah sie ihn an. Als er sich aufrichtete, war seine Miene verschlossen. Grimmig. Er ließ sie los und trat zurück. Seine Silberaugen offenbarten kein Gefühl, keine Spur mehr von Weichheit. Die Phiole verschwand in seinem Griff und ohne Übergang sprossen die schwarzen Schwingen aus seinem Rücken. Ein Schritt und er schoss über das Geländer des Balkons, den Sternen entgegen, die sie kühl beobachteten.

Der Bund war geschlossen. Und allein die Götter wussten, ob sie ihm die ersten Risse beigebracht hatte, die ihn scheitern lassen würden, oder ob sie das Band gestärkt hatte.

Alysea sah dem Schatten nach, der über der Kathedrale verschwand. Der Silberfaden folgte ihm, für wenige Atemzüge lang sichtbar, bis er verblasste und nichts als Dunkelheit zurückließ. Sie wollte die Arme um ihre Schultern schlingen, aber sie konnte es nicht. Die Nacht war kalt geworden und es gab niemanden, der sie in diesem Augenblick aus den Augen ließ.

Der Geruch ihres Blutes hing in seiner Nase. Das feine Aroma von Sonnenblut, frisch vergossen, um Seraphias Fluch im Zaum zu halten. Kostbar wie Gold. Und doch das Letzte, was Dameo von ihr gewollt hatte. Für einen Herzschlag lang hatte er Erleichterung gefühlt, als sie ihm die Phiole überreicht hatte. Dann war sie in Entsetzen umgeschlagen, als sie vor seinen Augen die Wunde geöffnet hatte. Es war ein Zeichen ihres Vertrauens, ihrer Furchtlosigkeit. Denn er war sich gewiss, dass Alysea Valerian von den dunklen Seiten seines Erbes wusste, so wie es jeder in Gemea tat. Vielleicht … war es auch schlicht ein Zeichen dafür, dass sie den Verstand verloren hatte.

Dameo legte die Phiole in die kleine Truhe, die er in einem geheimen Fach seines Arbeitstisches verbarg, und verschloss sie sorgfältig. Dunkelheit waberte zwischen den beiden hohen Fenstern und er seufzte, als sich Neveas' Silhouette aus den Schatten materialisierte.

»Du hast keine Zeit verloren«, murrte Dameo verdrossen, während sich die schwärzliche Form verfestigte.

»Und du verschmähst das Blut deiner Gefährtin?« Die letzten Spuren des Rauches verflogen und Neveas erschien in Dameos Arbeitszimmer. Er klopfte seinen makellosen Gehrock ab, als wäre er staubig, und strich sich dann das Haar zurück, als könnte er es damit bezähmen.

»Es ist zu gefährlich«, gab Dameo barsch zurück. Mit einem Ruck schob er die Truhe in das Fach und ließ die Klappe darüber gleiten, die es verbarg.

Seufzend beförderte Neveas ein kleines Fläschchen aus seinem Rock und stellte es auf dem Tisch ab. »Adia hatte recht. Wie üblich.«

Dameo musterte das Gefäß. »Emea Valerian?«

»Das Blut der alten Vogelscheuche. Vollkommen ungefährlich«, bestätigte Neveas. »Falls du nicht inzwischen eine Vorliebe für reizlose Jungfern entwickelt hast.« Dameo sandte seinem Freund einen unwirschen Blick, der Neveas gleichgültig abwinken ließ. »Oh, ich weiß, du willst mir die

Füße küssen, aber danke mir einfach später.« Er zog sich einen Stuhl heran und lehnte sich darauf zurück. »Deine Flucht war sehenswert. Beide Höfe rätseln darüber, ob du zornig auf Aurea Valerian oder auf ihre Tochter bist. Wahrscheinlich wird sich die Kunde von dem verärgerten Aufbruch des Fürsten bald in der ganzen Stadt ausbreiten. Hat die kleine Hexe dich mit ihrem Opfer so sehr aus der Fassung gebracht?«

»Sie ist verrückt, wenn sie es wagt, mit dem Feuer zu spielen«, brummte Dameo. »Und das tut sie.« Er ließ sich auf der anderen Seite des Tisches nieder und schob die Dokumente beiseite, die ihn besiedelten.

»Verrückt – oder bereit, mit ihrem Vertrauen ein Zeichen zu setzen.« Neveas spielte nachdenklich mit der Siegellackstange. »Aurea war nicht glücklich über die Finte ihrer Tochter. Es war das erste Mal, dass ich erlebt habe, wie sie die Fassung verliert.«

»Wie könnte sie? Alysea hat ihre Mutter öffentlich brüskiert und jeder hat es gesehen. Sie hätte kaum eine stärkere Wirkung erzielen können, wenn sie sich mitten auf dem Kathedralenplatz entblößt und in meine Arme geworfen hätte.« Tatsächlich war er sich sicher, dass die Blutphiole Aureas Geist entsprungen war. Ein Nadelstich, Rache dafür, dass ihre Tochter gegen ihren Willen an den Nachthof ging, inszeniert, um ihn bloßzustellen. Wahrscheinlich ahnte sie nicht, dass sie ihm damit einen Gefallen getan hatte.

»*Alysea?*«, wiederholte Neveas spöttisch. »Ihr seid einander so schnell nähergekommen?«

»Lass das, Neveas«, knurrte Dameo.

»Warum?« Neveas warf das Siegelwachs zurück auf die Tischplatte und nahm die Phiole vom Tisch, um sie in die Höhe zu halten. »Wenn du sie reizlos fändest, würdest du nicht das saure Blut der alten Vogelscheuche vorziehen. Ich kann dir versprechen, dass *ich* es nicht tun würde.« Mit einem Klacken setzte er das Gefäß wieder auf den Tisch.

»Sie ist jung und hübsch. Ich habe nie behauptet, dass sie mir missfällt.«

»Und nach den Gesetzen des Sonnenhofes ist sie so gut wie deine Gemahlin.« Das Lächeln seines Freundes war anzüglich.

Dameo schnaubte gereizt. »Ist das von Bedeutung?«

»Vermutlich nicht.« Neveas lehnte sich nach vorn und die silbernen Sprenkel in seinen blauen Augen tanzten vergnügt. »Sag die Wahrheit,

Dameo. Sie *hat* dir imponiert und den unerschütterlichen Fürsten aus der Ruhe gebracht. Ich kenne dich zu gut, gib dir keine Mühe, mich täuschen zu wollen.«

»Du bist schlimmer als Adia und klatschsüchtig wie ein altes Waschweib.« Dameo setzte sich zurück und verschränkte die Arme vor der Brust. »Und was ist mit dir? Solltest du nicht der Zeremonie beiwohnen?«

»Wozu? Die Nacht ist noch lang. Es gibt genügend hübsche Hexen in Gemea, die mir gern zu Diensten sind, ohne dass es eine Zeremonie braucht.«

Neveas' Miene war so selbstzufrieden, dass ein Schmunzeln über Dameos Lippen huschte. »Eines Tages wird Sibeia deine Familie mit einem Bann belegen, weil du dich über die Gesetze der Hexen erhebst. Sie lauert ohnehin darauf, mir durch meinen engsten Kreis einen Schlag zu versetzen.«

»Dann werde ich sie davon überzeugen müssen, ihn wieder aufzuheben«, antwortete er in einem galanten Ton, der die Kaltblütigkeit darunter nicht verhehlte.

Zuerst mit seiner samtenen Zunge und wenn das nicht fruchtete, mit Gewalt. Neveas besaß zwei Gesichter, wenngleich er es vorzog, der Welt nur den feinsinnigen Poeten und Liebhaber schöner Frauen zu offenbaren. Doch wer ihn kannte, wusste es besser, als ihn zu unterschätzen.

Dameo schüttelte den Kopf und stieß ein Seufzen aus. »Sie wirkt stark, aber sie ist verletzlich wie Glas, Neveas. Ich wage nicht mir vorzustellen, was der Nachthof für sie bedeuten wird.«

Neveas runzelte die Stirn und die leichtfertige Maske fiel von seinem Gesicht. »Du sorgst dich wegen Iulean?«

»Ich wäre ein Narr, wenn ich es nicht täte. Aber nicht allein wegen ihm. Es ist, als würde man eine Taube in einen Käfig voller ausgehungerter Raubkatzen sperren, die mit ihr spielen möchten.«

»Wir werden sie beschützen«, gab Neveas ernst zurück. »Adia wird nicht von ihrer Seite weichen und keiner wird es wagen, sie anzugreifen, wenn er deinen Zorn fürchten muss.«

»Glaubst du, Alysea Valerian wird es dulden, wenn man sie überwacht und sich schützend vor sie stellt, als sei sie ein kleines Mädchen?«

»Nein, aber ich glaube, sie wird uns alle überraschen. Dameo, sie ist klug und stark. Du hättest sie sehen sollen. Jede Handbreit von ihr war eine Fürstin, als sie allein die Stufen hinabgestiegen ist. Sie hat ihrer Mutter die Ehre erwiesen, aber sie hat keine Furcht vor ihr gezeigt. Sie hat Aurea Valerian überlebt und sie wird auch an unserem Hof überleben.«

Allein … weil er sie zurückgelassen hatte. Es nagte an Dameos Gewissen, aber er hatte nicht bleiben können. Auf dem Thron der Schattenwandler gab es keinen Platz für Schwäche und zärtliche Gesten. Wie geschickt es von Aurea gewesen war, ein Zugeständnis zu erzwingen oder ihn ihre Tochter öffentlich bloßstellen zu lassen. Sie war eine mächtige Gegnerin im Spiel der Macht und er hasste sie dafür, dass sie ihm ihre Ränke aufzwang.

Dameo rieb sich über das Gesicht. Plötzlich war er unglaublich müde. »Vielleicht wird sie das. Aber wer beschützt sie vor mir, Neveas?«, murmelte er leise. »Wer beschützt sie, wenn ich der Versuchung erliege und in mir erwacht, was Vater zerfressen hat?«

»Das wirst du selbst tun«, erwiderte Neveas so entschieden, als könnte er daran glauben. »Du bist keine Bestie, Dameo.«

»Das war Vater auch nicht.« Er schob forsch seinen Stuhl zurück und erhob sich.

Neveas sah ihn verdutzt an. »Wohin gehst du?«

»Zu den Verliesen.«

»Dameo …«

»Nein. Sag Adia, dass sie heute Nacht nicht auf mich warten muss. Und sie wird nicht erfahren, wohin ich gehe.« Diesmal war es nicht die Bitte eines Freundes, sondern die Anweisung eines Fürsten, der erwartete, dass seinen Befehlen Folge geleistet wurde.

Neveas atmete hörbar aus und nickte. »Wie du willst. Aber du wirst nichts damit erreichen, Dameo. Nichts, außer dich selbst zu verletzen.«

Dameo antwortete nicht. Die Tür seines Arbeitszimmers fiel hinter ihm ins Schloss und löschte Neveas' grüblerisches Gesicht aus. Er wusste, dass sein Freund seinen Entschluss ebenso missbilligte, wie es seine Schwester tun würde. Und doch … er musste es tun. Er musste wissen, was ihn erwarten konnte. Noch bevor Alysea Valerian zum ersten Mal ihren Fuß über die Schwelle der Cae'Angelis setzte.

Der Tausch der Mondgaben erstreckte sich bis in die Unendlichkeit. Die Segensworte der Hohepriesterin klangen monoton durch die Nacht und Alysea versuchte, mit der Dunkelheit zu verschmelzen. Jeder der Anwesenden schien nach den Rissen in der Fassade der Frau zu suchen, die das Silberband mit dem Nachtfürsten teilte. Das gemeinsame Mondritual war wie der Vorbote der Verlobung, die erst zum nächsten Neumond bekannt gegeben würde. Alle ahnten, dass es geschehen würde, doch ohne eine offizielle Bekanntgabe waren sie auf Vermutungen angewiesen, die jedes Gerücht befeuerten, es glühender und bunter werden ließen. Ohne Zweifel würde sich das, was sich in der Kathedrale ereignet hatte, in Windeseile über ganz Gemea ausbreiten. Und es würde mit jeder Stunde und jedem Mund, der es weitergab, wachsen und farbenprächtiger werden. Wahrscheinlich konnte sie von Glück reden, wenn sie bis Sonnenaufgang nicht zum Opfer der Bestienwut des Fürsten geworden und von der Kuppel der Kathedrale gestoßen worden war.

Dameo Angelis blieb spurlos verschwunden. Wenn sie nach dem Silberband fasste, konnte sie seinen Aufruhr spüren, aber der Grund dafür blieb ihr verborgen. Alysea fühlte sich selbst nicht minder aufgewühlt. Ärger mischte sich mit Verwirrung und der nagenden Nervosität, die sie seit dem Erwachen an diesem Morgen verspürt hatte. Der Zorn ihrer Mutter war wie eisiger Regen, der auf sie niederging. Aurea Valerian hatte kein Wort gesagt, doch es war nicht nötig. Die Kälte auf ihrer Miene sagte mehr, als ihre Lippen je vermocht hätten. Tante Emea war neben ihr auf einem Stuhl zusammengesunken, den Novizinnen von irgendwoher gebracht hatten. Durch den Schleier konnte Alysea ihre unnatürlich geweiteten Augen sehen, die starr auf den Mond gerichtet waren. Wie immer, wenn die jüngere Schwester ihrer Mutter in der Nähe war, kroch Gänsehaut über ihre Arme.

Vielleicht war all das ohnehin bedeutungslos. Wenn die Zeremonie zu Ende war, würde sie nicht nach Hause zurückkehren. Die Cae'Angelis erwartete sie und mit jeder verstreichenden Stunde kam der Moment näher, in dem sie über die Schwelle schreiten würde. Sie hatte diese

Nacht gefürchtet, doch wann immer sie den frostklirrenden Augen ihrer Mutter begegnete, erschien es ihr als das gnädigere Schicksal.

Endlich erhoben sich die Gesänge, die das Ende des Gabentauschs einleiteten. Die Lichtstimme verließ den steinernen Altar und die beiden niedersten Adelsfamilien Gemeas kehrten an ihren Platz zurück.

Es war vorüber.

Alysea wagte es, aufzuatmen, als sich die Novizinnen ihrer Herrin anschlossen, um hinter ihr zur Kathedrale zu schreiten. Jede von ihnen trug zwei Lichter über den Pfad, eines golden wie die Sonne, das andere silbrig wie der Mond. Alysea neigte den Kopf, als der Zug ihre Familie passierte, und reihte sich hinter ihrer Mutter und ihrer Tante ein, um mit ihnen zum Vorplatz zurückzukehren, wo die Kutschen warteten.

Die Menge der Versammelten zerstreute sich, sobald die letzten Töne des zeremoniellen Gesangs verstummt waren. Stimmengewirr ersetzte die zarten Stimmen der Priesterinnen, nicht immer freundlich und in Klatsch verstrickt. Alysea schlug die Kapuze ihres Umhangs über ihren Kopf und blieb hinter den Säulen zurück, die die Galerie stützten. Sie erhaschte eine flüchtige Bewegung, das dunkle Blau eines Mantels, der dem ihren glich. Sofeas goldene Katzenaugen fanden ihren Blick. Ihre Brauen waren emporgezogen und Alysea musste nicht genauer hinsehen, um zu wissen, dass sie ein Lächeln auf den Lippen trug.

Sie fasste nach dem Zaubersiegel, das warm auf ihrer Brust lag, und sah, wie die Katzenfrau das Gleiche tat.

»Velae«, murmelte Alysea so leise, dass keine Seele den Zauber zu vernehmen vermochte. Das Medaillon strömte Hitze aus, die auf ihren Fingerspitzen brannte. Sofeas Züge wandelten sich. Ein kurzes Flackern und das Weiß ihres Haares verdunkelte sich. Ihr herzförmiges Gesicht wurde zu einem Oval, ihre Stupsnase gerader und länger. Die blauen Augen der Valerian sandten Alysea ein verschwörerisches Zwinkern. Ein Spiegelbild ihrer selbst, so täuschend, dass es niemandem auffallen würde. Wenige Schritte und Sofea tauchte in die Menge, um sich Alyseas Mutter und ihrer Tante anzuschließen. Eine unauffällige Doppelgängerin, die an ihrer Stelle in die Cae'Valerian zurückkehren würde.

Alysea verharrte in der dunklen Nische und verbarg sich hinter den Säulen, um abzuwarten, bis sich die Kathedrale geleert hatte. Der Strom der Zeremoniebesucher wollte nicht enden. Sie starrte auf die in

Samt und Seide gewandeten Rücken, während sie auf eine Gelegenheit wartete, ungesehen aus dem Seitenausgang zu schlüpfen.

»Es ist ein Jammer, dass Ihr Euch in den Schatten verbergt, Domia Alysea. Wollt Ihr Euch verstecken, bis die Wölfe Eure Fährte wieder verloren haben? Erlaubt mir, dass ich Euch stattdessen meinen Schutz anbiete.«

Alysea fuhr zusammen, als die Stimme hinter ihr erklang. Hastig drehte sie sich um und fand sich dem Gecken mit dem silberblonden Haar gegenüber, der mit der fürstlichen Familie gekommen war. Sein Lächeln war charmant und die dunklen Augengläser verbargen seinen Blick, sodass es schwierig war, seine Stimmung einzuschätzen.

Sie richtete sich auf und musterte ihr Gegenüber kühl, um ihren Schrecken zu verbergen. »Was gäbe es noch zu schützen, nachdem Ihr Euch an mich herangeschlichen und beinahe zu Tode erschreckt habt? Wer seid Ihr?«

»Vergebt mir.« Er neigte entschuldigend den Kopf. Seine Hand ruhte auf dem silbernen Drachenknauf seines Spazierstocks, zu leicht, als dass er ihn wirklich zu brauchen schien. »Wir sind einander noch nicht vorgestellt worden und ich konnte nicht widerstehen. Ich bin Iulean Angelis. Und ich dachte, ich könnte Euch zu Eurer Kutsche begleiten, nachdem Dameo Euch im Stich gelassen hat. Schließlich gehören wir bald zu einer Familie.«

Sein Lächeln kehrte zurück und Alysea musste sich zwingen, ihren Widerwillen nicht bis auf ihre Züge dringen zu lassen. Sie verfluchte sich dafür, so wenig über die Vorgänge in der Stadt zu wissen. Sie fühlte sich wie eine Blinde, die sich durch ein verworrenes Labyrinth tasten musste. Iulean Angelis war der jüngere Halbbruder des Fürsten, ein Bastard, den sein Vater anerkannt hatte, ohne dass je bekannt geworden wäre, wer seine Mutter war. Doch wie sie zueinander standen … sie wusste es nicht.

»Das ist sehr freundlich von Euch, aber ich fürchte, meine Mutter wird es nicht gern sehen«, erwiderte sie neutral. »Und ich will sie nicht länger warten lassen. Wenn Ihr mich entschuldigt?«

Sie machte Anstalten, ihre Röcke zu raffen, um an ihm vorüberzutreten, aber er fasste nach ihrem Arm und hielt sie fest. »Wie seltsam die Wege der Hexen sind. Mir war, als hätte ich erst vor wenigen

Augenblicken gesehen, wie Ihr mit Eurer Mutter und Eurer Tante in die fürstliche Kutsche gestiegen seid.«

Er hatte sie beobachtet! Und er hatte ihr eine Falle gestellt, in die sie arglos getappt war wie ein einfältiger Welpe. Furcht keimte in Alysea auf und sie bemühte sich, gleichmäßig zu atmen, um sie zu verdrängen. Ein dünnes Rinnsal aus Schweiß bildete sich an ihrer Schläfe und verlor sich in ihrem Haar.

»Und mir war, als hätte ich Euch nicht erlaubt, mich anzufassen.« Alysea schüttelte seinen Griff ab und seine Finger rutschten über die frische Wunde. Feuchtigkeit rann über ihr Handgelenk. Sie zuckte unter dem jähen Schmerz zusammen und sah erbost zu ihm auf. Auch wenn er die Größe seines Bruders nicht erreichte, war er größer als sie. Und stark. Wenn er es darauf anlegte, hatte sie ihm nichts entgegenzusetzen. Seine Statur mochte schlanker sein, doch er war ebenso ein Schattenwandler der Angelis wie sein Halbbruder.

Die Kathedrale hatte sich beinahe geleert. Was sie sich noch vor einem Augenblick herbeigesehnt hatte, war nun bedrohlich.

»Verzeiht, ich habe mich vergessen.« Iulean Angelis neigte den Kopf und trat zurück.

Erleichtert vergrößerte Alysea den Abstand zu ihm. »Was wollt Ihr von mir? Offenbar geht es Euch nicht allein um meine Bekanntschaft.«

Er hob die Schultern und sah nachdenklich auf die Fresken der Lichtherrin, die das Gewölbe über ihnen schmückten. »Ihr werdet bald an den Nachthof kommen und dort werdet Ihr wenige Freunde haben.« Er richtete den Blick auf sie. »Ich kann Euer Freund sein, Alysea.«

Für einen Herzschlag lang fixierte sie ihn wortlos. »Warum würdet Ihr der Freund einer Hexe sein wollen? Unsere Familien sind einander niemals in Freundschaft verbunden gewesen.«

»Wie jeder in Gemea will ich, dass der Fluch gebrochen wird, und Ihr seid die Möglichkeit, das zu erlangen. Und ich möchte meinem Bruder helfen. Dameo versteht wenig von Frauen. Ihr werdet ein offenes Ohr für Eure Sorgen brauchen und ich könnte derjenige sein, der Euch zuhört.«

Er wirkte ehrlich … dennoch … *Bald.* Ein einziges Wort, das ihr verriet, dass Adia und Dameo ihn nicht ins Vertrauen gezogen hatten, und das sie gemahnte, vorsichtig zu sein. Er ahnte nicht, dass sie noch in dieser Nacht die Cae'Angelis betreten würde.

Alysea legte den Kopf schief. »Wie umsichtig von Euch. Aber ich frage mich, ob Eure Freundschaft einen Preis besitzen wird, den ich nur ungern zahlen würde.«

»Alles besitzt einen Preis, Alysea«, erwiderte er mit einem schmalen Lächeln, das sein Raubtiergebiss verbarg.

»Und was ist der Eure?«

»Es heißt, Ihr wäret die Klügere von Aurea Valerians Töchtern. Ihr werdet es herausfinden.« Die silberbeschlagene Spitze seines Spazierstocks pochte auf den Boden, als er sein Gewicht verlagerte. Hinter den Augengläsern konnte sie seine Augen erkennen, die auf der Wunde an ihrem Handgelenk ruhten. Instinktiv drehte sie den Arm, um sie ihm zu entziehen, und er sah auf, als wäre er aus einer Starre erwacht.

»Ich will Euch nicht länger aufhalten. Wir alle haben unsere Geheimnisse, Domia Alysea. Ich frage nicht nach Euren und hoffe, dass Ihr lernen werdet, mir zu vertrauen. Meine Tür steht Euch immer offen. Denkt daran.«

Eine angedeutete Verneigung und er wandte sich von ihr ab. Sein Rückzug wirkte überstürzt, wenngleich Alysea sich keinen Reim darauf machen konnte. Der Drachenstock hallte unter dem leeren Gewölbe der Kathedrale wider und begleitete das Klacken seiner Stiefelabsätze auf dem Marmor.

Alyseas Atemzüge drangen zittrig in ihre Lungen. Sie fasste nach der kalten Säule neben ihr, zu betäubt, um die Mischung aus Freundlichkeit und Gefahr zu entwirren, die den Bruder des Fürsten umgab. Sie verharrte, bis seine Schritte verklungen waren, und huschte dann zu dem Seitenausgang, hinter dem Adia Angelis auf sie wartete, um sie an den Hof der Schattenwandler zu bringen.

6

Der Hof der tausend Schatten

Die Cae'Angelis war wie aus Sternenlicht gewoben. Die Fassade von winzigen Silberlichtern geschmückt, die an den Sternenhimmel erinnerten. Alysea hatte sich den Hof der Schattenwandler stets vorgestellt wie einen dunklen Schlund, in dem unzählige Gefahren lauerten. Niemals hätte sie das Meer aus silbernem Licht erwartet, das sie empfing, als sie den Fuß aus Adias Kutsche setzte. Noch hatten die Festlichkeiten, die nach der Zeremonie stattfinden würden, nicht begonnen, aber sie konnte sich bereits jetzt vorstellen, wie prachtvoll sie sein mussten.

Adia hatte die geschlossene Kutsche in einem Hinterhof des Palastes halten lassen. Die Schwester des Fürsten war ein Wunder an Verstohlenheit. Wie eine Diebin, die jeden verborgenen Pfad und jede schattige Ecke kannte und zu ihrem Vorteil zu nutzen wusste. Sie hatten sich aus dem Haus der Göttin geschlichen wie Verbrecher, die ihre Beute in Sicherheit bringen wollten, und gewissermaßen waren sie das. Nur dass Alysea selbst die Beute war.

Noch immer schwirrte ihr der Kopf von all den Ereignissen, die sie während der Zeremonie überrollt hatten. Sie hatte es nicht über sich gebracht, Adia nach ihrem Halbbruder zu fragen und von ihrer Begegnung zu berichten. Es war zu früh. Alysea wusste so wenig über den Nachthof und die wirren Fäden der Beziehungen, die sich über ihn spannten. Wem konnte sie vertrauen? Wessen Freundlichkeit war echt und wessen gespielt?

Sie seufzte und Adia wandte den Kopf. Hinter ihnen rollte die Kutsche über das Pflaster, doch kein Lakai erschien, um die Schwester des Fürsten in Empfang zu nehmen. Sie waren allein in dem kleinen, engen Hof, der der fürstlichen Familie vorbehalten schien. »Ihr müsst

Euch nicht sorgen, Alysea«, sagte sie sanft. »Der Hof wird nicht den Hauch einer Ahnung davon erlangen, dass Ihr hier seid, bis Ihr selbst es möchtet. Eure Gemächer befinden sich nahe bei meinen und niemand außer der Familie und unseren engsten Vertrauten hat Zutritt zu diesem Teil des Palastes. Ihr könntet nirgends sicherer sein.«

»Ihr seid sehr freundlich, Domia Adia«, erwiderte Alysea zögerlich. »Danke.«

»Adia. Gewissermaßen seid Ihr nun meine Schwester. Warum sollten wir nicht auf Förmlichkeiten verzichten?« Das Lächeln der anderen war warm, ihre Silberaugen herzlich, auch wenn sie bekümmert schien.

Schwester. Wie seltsam die Vorstellung war, dass es tatsächlich etwas anderes als Hass zwischen Hexen und Schattenwandlern geben könnte. Dass eine Familie aus ihnen entstehen würde, verbunden trotz der Grenzen, die ihre Geburt errichtet hatte.

»Ihr glaubt, dass der Fluch gebrochen werden kann?«, fragte Alysea, während sie zu den Türmen aufsah, die sich über ihren Köpfen erhoben. Es war still auf dieser Seite der Cae'Angelis. Nur hinter wenigen der Buntglasscheiben mit dem Mondwappen war schwaches Licht zu erkennen.

»Das muss ich. Dameo ist alles, was ich habe. Ich möchte ihn nicht verlieren.« Adias Ehrlichkeit war entwaffnend und sie zeigte sich in ihren Augen. Etwas an ihr wirkte hinter ihrem Gleichmut verloren und von Schmerz erfüllt. Es umgab sie wie ein trüber Schleier, der über ihrem Gesicht hing, unsichtbar, wenn man nicht genau hinsah. Alysea wusste, dass die Fürstin früh verstorben war und das Schicksal ihres Vaters war in ganz Gemea bekannt. Das Geschlecht der Angelis war durch Verrat in den Tagen ihres Großvaters gespalten und ausgedünnt worden. Danach war es nie mehr gewachsen. Tatsächlich war Dameo der engste Verwandte, der ihr geblieben war. Erst jetzt verstand Alysea, was der Fluch für sie bedeuten musste.

»Ihr werdet ihn nicht verlieren, Adia. Ich werde …«, sie brach ab. *… alles tun, was in meiner Macht steht, damit Seraphias Fluch uns nicht zerstört.* Sie konnte es nicht aussprechen, noch nicht. Nicht vor einer Fremden.

Adia nickte. »Ich weiß, dass Ihr das werdet«, antwortete sie, als hätte sie gehört, was Alysea in ihren Gedanken verschloss. »Kommt, ich will Euch Eure Gemächer zeigen.« Sie wies auf eine unscheinbare Pforte, die in einen der Türme führte. »Ihr seid frei zu gehen, wohin Ihr möchtet. Aber es wäre mir lieber, wenn Ihr nicht allein die Winkel des Palastes betretet, die dem Hof offenstehen. Ihr könnt Neveas und mir Euer Leben anvertrauen, aber seid vorsichtig mit den anderen, ganz gleich, wie freundlich sie Euch erscheinen.«

Eine Warnung ... *Neveas* ... kein Wort über ihren Halbbruder. »Gilt das auch für Euren Bruder?«, fragte Alysea mit einem halben Lächeln.

Adia seufzte und öffnete die Pforte mit einem silbernen Schlüssel, den sie aus ihrem Ausschnitt hervorgezaubert hatte. »Dameo ist ein Narr, aber er wird Euch mit seinem Leben schützen, Alysea. Zweifelt niemals daran.«

Und ich werde aus freiem Willen kommen, wenn man Euch bedroht. Auch ohne die Macht des Bandes zwischen uns. Seine eigenen Worte. Und sie glaubte ihm jedes einzelne davon. Alysea schüttelte den Kopf. »Das tue ich nicht.«

Adia hob die Brauen und nahm eine kristallene Laterne von dem Haken neben der Tür. »Ich möchte zu gern wissen, was sich auf dem Balkon zwischen euch zugetragen hat.«

»Er schien mein Blut nicht zu mögen. Möglicherweise hat ihm der Geruch missfallen«, gab Alysea trocken zurück. »Ich weiß nicht, ob es einen besonderen Duft besitzen muss, um ihm zu gefallen.« Vielleicht war es wie Wein, dessen Bouquet ihm nicht zusagte. Sie erwischte sich dabei, wie der Gedanke ein schwaches Lächeln auf ihre Lippen zauberte.

Adia stieß einen Laut aus, der nur teilweise amüsiert klang. »Wahrscheinlicher ist, dass er ihm zu gut gefallen hat.«

Sie raffte ihren Rock und begann den Aufstieg. Alysea folgte ihr die Stufen hinauf, die sich durch den Turm nach oben schlängelten. »Was wollt Ihr damit sagen?«

»Nichts, was Euch beunruhigen sollte.« Adia hielt inne, als sie eine zweite Tür erreichten. »Ich sagte es Euch und es ist mein Ernst – mein Bruder ist ein Narr und er wird es noch häufig genug beweisen. Was Ihr heute Nacht erlebt habt, war nur eine erste Kostprobe seiner Torheit.«

Mit einer raschen Bewegung drehte sie den Türknauf und helles Licht schlug ihnen entgegen. Für einen Moment blendete es Alysea nach dem Halbdunkel des Treppenaufgangs. Dann bildete sich das weitläufige Zimmer vor ihren Augen heraus. Ein Salon, mit einem großen Kamin und samtbezogenen Sesseln ausgestattet, die ihn gemütlich wirken ließen. Eine Fensterfront gab den Blick auf das Geländer eines Balkons frei, hinter dem sich Gemea ausbreitete. Sie konnte den Sephris zu Füßen der Cae'Angelis schimmern sehen. Einen dunklen Spiegel, auf dessen Oberfläche die unzähligen Lichter glommen, die die Stadtteile beinahe taghell erleuchteten. Wie seltsam es war, dass die hohen Scheiben die Nacht ungehindert einließen, während die Cae'Valerian jedes Fenster geschlossen hielt, solange der Mond regierte. Selten hatte Alysea einen solch atemberaubenden Blick auf Gemea erhaschen dürfen. Es war schön. So schön, dass die Dunkelheit ihren Schrecken verlor.

Unbewusst trat sie näher an den Balkon heran, bis sie die zierlichen Brücken erkennen konnte, die sich über den Fluss spannten. Sie schienen fein wie Porzellan. Helle Gespinste, auf denen sich Menschen und Wandler tummelten, indessen die meisten Hexen sich in ihre Häuser flüchteten, kaum dass die Zeremonie vorüber war.

»Wir sind Gefangene unserer Angst«, murmelte sie.

»Gefangene von Seraphias Fluch. Gefangene unserer Familien. Es macht keinen Unterschied. Keiner von uns ist je frei gewesen.« Adia war an sie herangetreten, einen kristallenen Weinkelch in der Hand, den sie ihr reichte. »Es ist mutig von Euch, dass Ihr freiwillig hierherkommt, an den Hof Eurer Feinde.«

»Es gibt nichts mehr zu fürchten. Nicht, wenn Seraphias Fluch über meinem Kopf schwebt wie das Beil eines Henkers.«

»Nein, vermutlich nicht.« Die Schwester des Fürsten nippte an ihrem Kelch und blickte hinaus. »Ich will Euch nicht belügen, Alysea. Der Nachthof ist ein Schlangennest und es ist allein Dameos Stärke, die es im Zaum hält, weil niemand es wagt, ihn offen herauszufordern. Aber es ist ein zerbrechlicher Frieden und Ihr seid seine größte Schwäche. Das macht Euch zum Ziel von jedem, der danach trachtet, ihm zu schaden.«

»Ich verstehe.« Und das tat sie. Sie war Freiwild für jeden, der den Fürsten tot sehen wollte. Wer sie in die Hände bekam, hielt auch ihn in seinem Griff. »Wir können all das nur gemeinsam überleben, Adia.

Das habe ich verstanden, als sich das Silberband zwischen uns geschlossen hat. Ich wäre eine Närrin, wenn ich es darauf anlegen würde, sein Leben zu gefährden.«

»Eine Närrin, die ihrer Familie treu ergeben ist. Ich weiß zu schätzen, was Ihr getan habt, Alysea. Ich ahne, wie schwer es Euch gefallen sein muss.«

Adias Blick war forschend. Letztlich hatte sie ebenso wenig Grund, Alysea zu vertrauen, wie sie selbst den Wandlern vertraute.

»Es war das Richtige«, erwiderte sie schlicht. »Mutter mag es nicht sehen wollen, aber tief in ihrem Inneren muss auch sie es erkennen.« Vielleicht. Vielleicht nicht. Es machte keinen Unterschied mehr. Sie hob die Schultern und blickte auf den roten Wein in ihrem Kelch. Die Cae'Angelis war nicht von Licht durchflutet, das die Nacht zum Tag werden ließ. In den Schatten wirkte die Flüssigkeit dunkel und schwer wie Blut. Es hätte ihr Angst machen sollen, doch etwas an dem Dämmerlicht war heilsam und beruhigend nach all dem grellen Licht, das ihr Leben dominiert hatte. »Es muss eine Last für ihn sein. Für … Dameo.« Es fiel ihr schwer, seinen Namen vertraulich über die Lippen zu bringen.

Ich *muss eine Last für ihn sein.*

»Dameo war sehr jung, als er den Thron bestiegen hat.« Adia trat vom Fenster weg und ließ sich in einen der samtenen Sessel sinken. Erst jetzt registrierte Alysea das Nachtblau ihres Kleides, das sie bei der Zeremonie mit der Nacht hatte verschmelzen lassen. Ihre Hände steckten trotz der sommerlichen Hitze in Spitzenhandschuhen, die bis an ihre Ellenbogen reichten. »Wir alle waren es.« Sie blickte trübsinnig auf ihren Kelch. »Das Erbe, das Vater ihm hinterlassen hat, war niemals leicht. Es liegt in der Natur unserer Art, um die Herrschaft zu kämpfen. Dameo hat früh lernen müssen, dass Schwäche keinen Platz in seinem Leben haben darf. Es hat genügend Herausforderer um den Thron gegeben. Genügend Narben. Aber er hat sich immer als stärker erwiesen.« Sie lächelte, aber es war ein schmerzliches Lächeln.

»Und nun hat Seraphia ihm eine Schwäche verschafft, die er niemals gewollt hat.« Wie bedrohlich musste sie für dieses zerbrechliche Gleichgewicht sein? Es grenzte an ein Wunder, wenn er sie nicht dafür hasste. Der Gedanke hinterließ ein elendes Gefühl in ihr.

Alysea folgte Adia und ließ sich ihr gegenüber nieder. Der Samt unter ihren Fingern war weich und warm. Etwas daran erinnerte sie an den Nachthimmel, der durch die Fenster zu sehen war. »Ich fürchte, ich weiß wenig über Eure Welt … wahrscheinlich weiß ich sogar wenig über das Gefüge des Adels in Gemea. Fern von den Höfen, in den Bezirken der einfachen Menschen, spielt es kaum eine Rolle, auf welcher Seite wir geboren sind. Zumindest … hat es für mich keine gespielt. Vielleicht war ich blind und töricht, mich allem entziehen zu wollen, aber … ich war das zweite Kind. Meine Existenz bei Hofe war überflüssig.« Sie war mehr als das. Unerwünscht. Unsichtbar.

»Die Mondberührte.« Adia lächelte und Alysea blickte überrascht zu ihr auf. Die Schattenwandlerin stellte ihren Wein auf dem Tisch ab, der zwischen ihnen stand. Ein Duell-Spielbrett war darauf aufgestellt, das Spiel begonnen und unbeendet zurückgelassen. Die goldenen und silbernen Figuren waren in einen Wettstreit verstrickt, den Silber nur knapp für sich entschied. Sonne gegen Mond. Wie alles in Gemea. Adia schob die Spielfiguren beiseite, als hätte sie ihre Gedanken erraten. »Oh, der Klatsch wandert schnell, auch zwischen den Höfen. Ihr seid dem Hof Eurer Familie lange ferngeblieben.«

Eine verborgene Frage. Alysea seufzte und schob die Figur der Sonnenkönigin über die glänzend polierte Tischplatte. »Das ist nicht ungewöhnlich für eine Zweitgeborene des Hexenadels. Man lässt uns etwas Nützliches lernen, damit wir den Erstgeborenen mit unseren Fähigkeiten unterstützen können, wenn er die Macht ergreift. Ich habe gelernt und in der Hütte meiner Lehrmeisterin gelebt.«

»Ungewöhnlich war allein die Wahl Eurer Lehrmeisterin. Domia Lucea. Eine der mächtigsten Kräuterhexen Gemeas, wenngleich sie es vorzieht, außerhalb der Stadt zu leben. Soweit ich weiß, hat sie nie zuvor jemanden aus den Reihen des Adels als Schüler aufgenommen.«

»Sie fand mein Talent groß genug, um an mir interessiert zu sein.« Dass Domia Lucea sie dabei erwischt hatte, wie sie in der Stadt Medizin verteilt hatte, blieb jedoch ein Geheimnis zwischen Alysea und ihrer Lehrmeisterin. Ein winziger Nadelstich drang in ihr Herz, als sie an die ältere Hexe dachte. Ihre Hütte war ihr mehr eine Heimat gewesen, als es der Palast ihrer Vorfahren jemals hätte sein können. Und Domia Lucea war mehr eine Mutter für sie, als es die Frau war, die sie geboren hatte.

»Domia Lucea ist bekannt dafür, dass sie den Armen hilft und sich in den schattigeren Teilen der Stadt aufhält. Sehr zum Missfallen des Adels«, fuhr Adia fort. »Viele würden sich ihre Dienste wünschen und jeden Preis dafür bezahlen.«

»Die Angebote sind zahlreich, aber ihre Dienste sind nicht käuflich. Es gibt genügend Hexen, die Liebestränke und Gifte feilbieten.« Alysea lächelte. »Domia Lucea hilft jenen, die sie brauchen. Nicht jenen, deren Schatzkammern so gut gefüllt sind, dass sie sich jede Hilfe leisten können.«

»Und ihre Gehilfin?«

Alysea befeuchtete ihre Lippen und sah auf ihre Hände. »Domia Lucea hat mich alles gelehrt, was ich weiß.«

Und sie kannte die glanzlosen Bereiche der Stadt besser als jeden Palast des Adels. Wie oft hatte sie ihre Lehrmeisterin zu den Armen begleitet? Beinahe jeden Tag hatten sie Kranke besucht. Sie waren der Grund dafür, dass sie nicht vor Spiras geflohen war. All die Menschen, die sie brauchten … die auf ihre Hilfe angewiesen waren und auf sie zählten. Niemals hätte Alysea sie zurücklassen können. An Adias Augen konnte sie ablesen, dass die Schwester des Nachtfürsten keine weitere Bestätigung mehr benötigte.

Adia schwieg für eine Weile, bevor sie wieder das Wort ergriff. »Es ist kein Geheimnis, dass man Euch am Hof Eurer Mutter keine Zuneigung entgegengebracht hat, Alysea. Ihr gleicht uns zu sehr. Aber Seraphia hat diese Ansicht offensichtlich nicht geteilt. Keiner von uns tut es. Ihr seid uns willkommen, solange dieser Hof in der Hand eines Fürsten der Angelis verbleibt. Wir verurteilen niemanden für seine Herkunft, so wie unser Vater und seine Vorfahren es niemals getan haben. Für ihn waren wir alle gleich. Von Magie und Dämonenblut veränderte Abkömmlinge der Menschen, die verschiedene Richtungen eingeschlagen haben.«

»Das … wusste ich nicht«, erwiderte Alysea überrascht.

Adia schnaubte. »Niemand spricht mehr über seine guten Seiten, als hätte es sie niemals gegeben. Er ist der Inbegriff des Dunklen in uns allen, das niemand berühren möchte, als könnte man sich damit infizieren. Aber Vater war nie die Bestie, die alle in ihm sehen möchten. Er hat uns gelehrt, dass Kriege und Blutvergießen niemandem Glück bringen und Dameo folgt seinem Weg, auch wenn nicht jeder seine

Ansichten teilt. Es gibt genug unter uns, die dazu aufrufen, die Hexen in die Schranken zu weisen und Gemea in Blut zu ertränken. Aber solange Dameo lebt, wird es nicht geschehen.«

Adias Miene war hart geworden. Ihre Lippen bildeten eine schmale Linie und Zorn funkelte in ihren silbernen Augen. Nachdenklich drehte Alysea den Kristallkelch in ihren Händen. Am Hof der Hexen fürchtete man die Macht der Schattenwandler, aber niemand sehnte sich nach Frieden. Die Herrschaft über Gemea zurückzuerobern, war alles, wonach sie trachteten. Sie hatte nicht erwartet, dass es am Hof der Schattenwandler anders sein könnte. Und doch … wenn Adia Angelis sprach, wirkte sie ehrlich.

Die Frage nach dem jüngeren Abkömmling des alten Fürsten lag auf Alyseas Lippen, doch sie biss sich auf die Zunge. Wenn sie jetzt danach fragte, musste sie Adia gestehen, was sich in der Kathedrale ereignet hatte, und sie hatte kaum ihre eigenen Gedanken darüber entwirrt. Sie verstand nichts von den Vorgängen am Nachthof und sie musste sie zuerst verstehen. Es war zu früh. Zu früh … für all das. Sie spürte, wie sich Erschöpfung in ihr ausbreitete.

»Verzeiht mir, Alysea. Ihr müsst müde sein.« Eine Falte hatte sich zwischen Adias Brauen gebildet. Sie hatte es bemerkt. »Ich will Euch Eure Gemächer zeigen. Ich fürchte, Eure Zofe ist noch nicht eingetroffen, aber sobald sie ankommt, werde ich die Diener anweisen, sie zu Euch zu senden.«

»Ich danke Euch, Adia.« Sofea würde nicht lange auf sich warten lassen. Das tat sie niemals. Und Alysea sehnte sich nach einer Verbündeten, einer Vertrauten, vor der sie aussprechen konnte, was sie niemand anderem sagen würde. Und sie musste nachdenken … über diese Nacht. Über alles … denn Seraphias Fluch würde nicht warten, bis sie sich in der Cae'Angelis eingelebt hatte. Unwillkürlich strich sie über den Granatring an ihrem Finger, beinahe vergessen in der Aufregung nach der Vollmondzeremonie.

Die Schwester des Fürsten erhob sich und Alysea tat es ihr gleich. »Wartet, Adia«, sagte sie, als die Schattenwandlerin auf den Türbogen zutrat, der auf einen Gang hinausführte. Adia wandte sich um und Alysea verschränkte nervös die Hände. »Euer Bruder … es gibt Dinge, die ich mit ihm besprechen sollte.«

Sie nickte. »Er wird zu Euch kommen, Alysea. Sobald er kann.«

Alysea nahm einen tiefen Atemzug, dann folgte sie der anderen Frau nach draußen. In das neue Leben, das jenseits des Salons auf sie wartete.

Kein Lichtstrahl verirrte sich in die Tiefen der Verliesebene, die sich unter der Cae'Angelis erstreckte. Schon seit langer Zeit beherbergte sie keine Gefangenen mehr, dennoch war die Aura von Angst und Schmerz geblieben. Das Blut mochte nicht mehr an den Wänden kleben, der Schmutz war gewöhnlichem Staub gewichen, aber die Verliese jemals von den Gefühlen reinzuwaschen, die spürbar darin hafteten, war keinem Fürsten der Angelis je gelungen.

Dameos Schritte waren zögerlich. Widerstrebend. Er hasste es, diesen Ort zu betreten, trotzdem kehrte er immer wieder zurück. Immer … an den Gitterstäben vorüber. Zu der letzten Zelle. Bläuliche Hexenlichter, gefangen hinter dem milchigen Glas der Laternen, beleuchteten den finsteren Gang mit ihrem bleichen Schein. Es war das einzige Licht, das *er* ertrug. Der Mann, der einsam seine Tage hier verbrachte. Der Mann, den alle Welt tot glaubte und den er niemals zu töten vermocht hatte.

»Ich wusste, dass du kommen würdest.« Eine Stimme, in der ein Knurren lauerte, das jedem Zuhörer Gänsehaut über den Rücken trieb. Er witterte Dameos Anwesenheit, noch bevor dieser an die Gitterstäbe herangetreten war.

Dameo atmete tief ein und überwand die letzten Schritte, die ihn von der Zelle trennten. »Wohin hätte ich sonst gehen können?«, fragte er gedämpft.

Silberaugen glitzerten aus dem Dämmerlicht. Helle Flecken in dem finsteren Grau. Ein Schnüffeln, dann schnaubte der Gefangene, als hätte er eine Bestätigung für etwas gefunden, das er erwartet hatte. »Du hast kein Sonnenblut in dir. Du bist leichtsinnig.«

»Es kann warten.«

»Das kann es nie.« Ketten schlugen klirrend gegen Stein, als er sich von seinem Bett erhob. »Lumae«, befahl er den Hexenlichtern barsch und sie flammten silbern und scharf auf. Dameo keuchte leise, als das grelle Licht in seine Augen schnitt und ihn blendete. »Ich habe es dir gesagt«, brummte sein Gegenüber. »Du bist eine leichte Beute für jeden Gegner, der die Empfindlichkeit deiner Augen ausnutzt.«

Es war wie eine Lektion aus seiner Kindheit. Die gleichen Worte, die gleiche Stimme. Doch der Mann, der sie aussprach, würde nie mehr der Gleiche sein.

Dameo hob den Blick und sah seinem Vater in die Augen. Ein Spiegelbild seiner selbst, von den Jahren der Gefangenschaft gezeichnet. Das schwarze Haar hing wirr und verfilzt in sein bleiches Gesicht. Frische Blutspuren zogen sich über seine unrasierten Wangen und wiesen auf den letzten Kampf hin, den er mit sich selbst ausgefochten hatte. Seine Kleider waren zerrissen und blutig, die Wände von der Gewalt seines Tobens zerkratzt. Unwillkürlich rief es ein anderes Bild in Dameos Gedächtnis zurück. Zerfetzte Körper. Das Gesicht eines Tieres, das nichts mehr mit seinem Vater gemein hatte. Der Salon des Hurenhauses, in Blut ertrunken.

Nein … er wollte es nicht sehen.

Dameo richtete seinen Blick auf das Innere der Zelle. Die Möbel waren unversehrt. Bücher stapelten sich auf dem Schreibtisch des alten Fürsten und eine silberne Karaffe stand daneben.

»Neveas war vor mir hier«, stellte er fest. Die Ordnung ließ keinen Zweifel daran. Er sah sich um und entdeckte die Bruchstücke der alten Möbel in der Zelle, die sich in seinem Rücken befand.

Nicodeo Angelis lächelte bitter. »Natürlich war er das. Und er hat mir alles erzählt.«

Dameo nickte. Niemand außer Neveas konnte sich dem Fürsten nähern. Seine Fähigkeit, sich in Rauch aufzulösen, machte es seinem Vater nahezu unmöglich, ihn anzugreifen, wenn der Wahn nach ihm fasste. Dennoch blieb es gefährlich. Eine Unachtsamkeit, eine zu langsame Reaktion und Nicodeo würde ihn ohne Reue töten. Dameo zog den Stuhl heran, der neben der Zelle stand, und ließ sich darauf nieder. Aufgewühlt fuhr er sich durch das Haar. »Ich weiß nicht, was ich tun soll, Vater. Adia hat sie hierhergebracht und ich … ich …«

»Du hast Angst.« Sein Vater näherte sich den Gitterstäben, noch immer groß wie ein Berg, der mächtig und unbezwingbar über Dameo aufragte. Er wusste, wie es war, sich ihm entgegenstellen zu müssen. Ein einziges Mal und er hatte es beinahe mit dem Leben bezahlt.

»Ja.« Es zugeben zu müssen, fühlte sich unbehaglich an. Als müsste er seine Schutzmauern fallen lassen und sich entblößen. Schwäche. Sie hinterließ einen schlechten Geschmack auf seiner Zunge.

»Sie erwarten, dass du den Gabentausch mit ihr vollziehst, obwohl du mein Sohn bist?«

»Es ist Tradition, nicht wahr? Und Traditionen müssen in Gemea gewahrt werden, ganz gleich, was es kostet.« Dameo lächelte humorlos. »Sie hat sich mir angeboten wie ein Geschenk. Vertrauensvoll und ohne die geringste Vorstellung von dem, was sie damit getan hat.«

»Ihr Blut?«

»Ich habe es nicht angerührt.«

»Gut für sie.«

»Das schien sie nicht so zu empfinden.«

»Wie sollte sie? Sie kann es nicht verstehen.« Der Fürst setzte sich in seinen Sessel. Er trug die Spuren des Wahnsinns, der in der Zelle lauerte, doch in all den Jahren hatte Nicodeo niemals erlaubt, dass Neveas ihn entfernte. Es war der liebste Sessel seiner Gemahlin gewesen. Dameo konnte seine Mutter noch heute inmitten der Brokatrosen sehen, mit denen er überzogen war. Schmerzliche Erinnerungen … aber an diesem Ort gab es nichts anderes für ihn.

»Wie … hat es bei dir begonnen, Vater?«, fragte Dameo zögerlich. »Es muss Anzeichen gegeben haben.«

»Ich kann dir die Angst nicht nehmen, Dameo«, erwiderte der Fürst müde. »Der Blutrausch kommt über uns wie eine Krankheit, die über Nacht ausbricht, ohne dass er sich vorher ankündigt. Es gibt keinen Weg, ihm zu entkommen. Streitereien im Rat. Herausforderer, die stark genug sind, eine Herausforderung darzustellen, und die alle Kraft aufbrauchen. Zu viel Blut, um sie wiederherzustellen und die Wunden zu heilen. Ein Kreislauf, der niemals endet. Niemand kann ihn durchbrechen.«

Ein Kreislauf, der auch ihn gefangen hielt. Blut war wie eine Droge. Wer sie lange genug missbrauchte und zu viel von seiner Macht kostete, zahlte eines Tages den Preis dafür. Und keine Familie der Schattenwandler war so stark wie die Angelis – und ebenso anfällig für den Blutrausch.

»Es muss einen Weg geben«, gab Dameo finster zurück.

Die Finger seines Vaters tippten nachdenklich auf die Lehne des Sessels. Noch immer trug er den Siegelring des rechtmäßigen Fürsten an seiner Hand. Dameo hätte es niemals vermocht, ihn ihm zu nehmen. »Du hast die Wahl, mein Sohn. Meide das Blut und du wirst so schwach werden, dass du den Thron verlierst. Gib Gemea in die Hände eines anderen und der Blutrausch wird dich vielleicht verschonen. *Falls* du es überlebst.«

»Und Gemea wird dafür in Blut ertrinken.«

Nicodeo nickte bedächtig. »Du oder die Stadt. Das Schicksal unseres Geschlechts. Der Kampf, der niemals enden wird.«

Dameo schwieg und sah auf seine Hände. *Niemals.* Selbst wenn Seraphias Fluch eines Tages gebrochen würde, änderte es nichts. Wandler blieben Wandler. Hexen blieben Hexen. Macht blieb Macht. Sie würden einander bis in alle Ewigkeit hassen und um die Vorherrschaft ringen.

Stille legte sich über den Kerker. Sein Vater überließ ihn seinen Gedanken, ohne etwas hinzuzufügen. Es war ein Schweigen, das sie oft geteilt hatten, ehe der Blutrausch ihrer aller Leben in Trümmer gelegt hatte. Die Illusion einer unerreichbaren Vergangenheit. Unbeschwert und frei.

»Neveas sagt, deine Gefährtin sei schön.«

Der jähe Wechsel ließ Dameo aufblicken. Der Frieden zerschellte und gab den Blick auf die Wirklichkeit frei. Nicodeo beobachtete ihn genau. Für einen Wimpernschlag flackerten seine Silberaugen begierig und das Band, das Dameo an die Hexe knüpfte, sandte einen warnenden Impuls durch seine Adern.

»Er sagt die Wahrheit. Das Schicksal war nicht so gnädig, mich an Emea Valerian zu binden«, antwortete Dameo grimmig. Er zog die Brauen zusammen und richtete sich gerade auf. Sein Nacken prickelte unangenehm und er rieb über seine Haut.

»Begehren ist wie Gift, das diese Krankheit anfacht. Sei vorsichtig, wenn es dir begegnet.« Das Lächeln seines Vaters entblößte gefährlich scharfe Zähne und etwas in seiner Stimme wandelte sich. Es war, als würde Dunkelheit in ihm erwachen. Das Lauern eines Raubtieres. »Erzähl mir von ihr.«

Nein. Niemals. Widerwillen keimte in Dameo auf. »Es ist zu früh, von Begehren zu sprechen oder von ihr zu erzählen. Ich kenne sie kaum«, sagte er abweisend. Er stand auf, plötzlich auf der Hut.

»Das Silberband lässt es nicht zu.« Der Fürst lächelte wissend. »Und du willst es auf die Probe stellen?«

»Fürchtest du mich so sehr? Selbst jetzt?« Sein Vater hob die Hände und die Ketten, die ihn mit Magie an das Verlies banden, rasselten.

»Ich fürchte meinen Vater nicht. Aber ich verabscheue die Bestie, die sich in ihm eingenistet hat«, sagte er hart. »Und ich muss mir nicht anhören, was sie mir einflüstern will.«

Nicodeos Finger schlossen sich um die Gitterstäbe seines Gefängnisses. Unter seinem Griff wirkte das Eisen dünn und zerbrechlich. Es erinnerte Dameo an die Stärke des Mannes, der dahinter eingeschlossen war. Klauen schossen aus Nicodeos Fingerspitzen. Das Gefühl, wie sie sich in seine Kehle gebohrt hatten, kehrte zurück und schnürte Dameo die Luft ab. »Was wäre, wenn ich freikäme, Dameo? Wenn ich mich ihr näherte? Würdest du mich dann endlich töten, weil das Silberband dich zwingt?«

Der Wahnsinn kratzte an der Oberfläche. Dameo versteifte sich, während er gegen den Zorn ankämpfte, der in ihm zu brodeln begann. »Tu das nicht, Vater«, zwang er zwischen zusammengebissenen Zähnen heraus.

»Ich kann eine Gefahr für deine Gefährtin sein, Dameo. Es war ein Fehler, mich am Leben zu lassen. Befrei mich und lass es uns zu Ende bringen oder töte mich, solange ich wehrlos bin.« Seine Stimme war das frohlockende Zischen einer Schlange, die Gift in ihre Beute spie. Dameo spürte, wie sich seine Klauen befreiten. Er schmeckte Blut, als seine Zähne so scharf wurden, dass sie seine Zunge ritzten.

»Ich. Werde. Dich. Nicht. Töten«, knurrte er heiser.

Ein harter Ruck ließ die Ketten, die seinen Vater hielten, protestierend knirschen. Wildheit blitzte aus seinen Silberaugen. »Du wirst mich nicht töten, weil du zu *schwach* bist«, sagte er verächtlich. »Aber was wirst du tun, wenn sich meine Klauen in *ihr* Fleisch schlagen? Wenn *ihr* Blut über meine Hände rinnt? Wirst du dich dann immer noch davor scheuen, mir die Kehle aufzuschlitzen? Du hättest es tun sollen, als du mich in der Vea'Valia gefunden hast.«

Er sah es vor sich. Seine eigene Hand erhoben, bereit, den letzten Schlag zu führen, und doch nicht fähig, zu Ende zu bringen, was ein Ende hätte finden sollen. Der Hass seines Vaters schlug ihm entgegen, angefacht von dem Wahnsinn, der in ihm zu toben begann. Dameo konnte ihn spüren. Lüsternheit klang in seinen Worten mit, die dunkle Freude eines Verrückten an der Zerstörung von Leben, die er zu verantworten hatte. Der Fürst griff nach seinem Geist und erweckte Bilder der zerfetzten Huren darin. Schwarzes Haar, das sich mit dem Rot vermischte, das den marmornen Boden verschlungen hatte. Die verdrehten Gliedmaßen von Puppen, die ein wütendes Kind verstreut hatte. Er wusste, dass jede davon Alysea Valerians Gesicht tragen würde.

Nein!

Dameos Klauen bohrten sich in sein eigenes Fleisch und Blut quoll aus den Wunden. Der Schmerz war real. Er hielt sich daran fest, während er seine Haut zerfurchte. Es kostete ihn jeden Funken seiner Entschlossenheit, sich von seinem Vater abzuwenden und ihm den Rücken zuzukehren. Jeden Funken seiner Willenskraft, ihn mit aller Macht aus seinem Geist zu verbannen und die Bilder verblassen zu lassen.

Er ging den ersten Schritt, der ihn von dem alten Fürsten entfernte, ohne zurückzublicken.

Stärker.

Er musste stärker sein als sein Vater. Er durfte seinen Wahnsinn nicht siegen lassen. Es war nutzlos, hierherzukommen. Er hätte wissen müssen, dass es nur seine Wunden aufreißen würde, nicht mehr.

Höhnisches Lachen begleitete ihn, während er den Gang hinab lief.

»Eines Tages werde ich mich befreien, Dameo«, raunte Nicodeo hinter den Gitterstäben. »Und dann wirst du dich endgültig entscheiden müssen.«

Dameo hielt inne. »Ja«, gab er ebenso leise zurück. »Aber du musst dich beeilen, Vater. Die Götter lassen dir nicht mehr viel Zeit, um mich herauszufordern, bevor Seraphia sich nimmt, was sie gefordert hat. Hab eine gute Nacht.«

Das Splittern von Holz erklang in seinem Rücken. Ein schauerliches Heulen ließ die Wände erbeben, gefolgt von dem nächsten Schlag, der Eisen gegen die Mauern prasseln ließ. Dameo ging weiter, die Schultern so verkrampft, dass er glaubte, die Anspannung würde jeden Knochen in seinem Leib bersten lassen.

Eines Tages, falls Seraphias Fluch ihn leben ließ, würde der Zeitpunkt kommen, an dem er sich seinem Vater noch einmal stellen musste. Und es gab nichts, was er mehr fürchtete, als den Augenblick, in dem er seine Ketten sprengte und ihn zu der letzten Entscheidung zwang. Nicodeo Angelis würde seinem Sohn niemals verzeihen, dass er zu schwach gewesen war, seinem Leben ein Ende zu setzen. Und allein die Erdgötter wussten, wer an diesem Tag die Oberhand behalten würde. Sein Vater – oder die Bestie, die seinen Körper beherrschte.

Die Dämmerung tauchte Gemea in einen matten Schein. Der Glanz der Kuppeln und Turmdächer wurde vom Grau des beginnenden Tages verschluckt. Bald würde sich Röte hineinmischen und die Stadt würde im Licht eines neuen Sommertages erstrahlen. Doch im Augenblick war die Welt noch im Zwielicht zwischen Sonne und Mond gefangen. Der Duft der Orangenbäume hing in der Luft und verlieh ihr ein frisches Aroma. Es vereinte sich mit den Blüten der Rosenbüsche zu einem betörenden Parfum, das ihre Sinne umschmeichelte.

Alysea ließ sich auf einer Steinbank nieder, die am Ufer eines kleinen Teiches zum Verweilen einlud. Irgendwo hinter dem dichten Gebüsch verborgen plätscherte ein Springbrunnen, der die Stille durchbrach. Nicht mehr lange und das Zwitschern der erwachenden Vögel würde sie endgültig vertreiben und die Cae'Angelis mit Leben erfüllen, während ihre Herren schliefen.

Sie selbst hatte in der Nacht kaum Schlaf gefunden. Auch Sofeas ruhige Präsenz hatte es nicht vermocht, den Wirbelsturm in ihren Gedanken zu besänftigen. Immer wieder hatten sich die Gefühle des Nachtfürsten über das Silberband mit den ihren vermischt. Sein heißer Zorn hatte sie schließlich endgültig aus ihrem unruhigen Schlummer geweckt. Sie konnte fühlen, dass er aufgebracht war und sein Aufruhr verschmolz mit ihrer eigenen Ruhelosigkeit, bis sie es nicht mehr ertrug, still zu liegen. Alysea hatte sich einen leichten Schal über die Schultern geworfen und die Gemächer erkundet, die an ihre grenzten. Als der

Himmel heller wurde, war sie durch eine gläserne Tür auf die Terrasse getreten und der Treppe ins Herz des Gartens gefolgt. Dieser Teil der fürstlichen Gärten war durch eine Mauer geschützt und stand den Höflingen nicht offen. Adia hatte ihr erzählt, dass sie keine unliebsamen Begegnungen zu befürchten hatte, wenn sie hinausging, und Alysea war froh darüber. Die meisten Schattenwandler hatten sich inzwischen zurückgezogen und schliefen den Rausch der Feierlichkeiten aus, die sich an die Mondzeremonie angeschlossen hatten.

Gemea war in einen tiefen Schlaf gefallen. Nie zuvor hatte sie die Ruhe so stark gefühlt wie hier am Nachthof, wo die Nacht ein Teil des Lebens war. Aber sie würde nicht mehr lange anhalten. Überall in der Stadt würden sich die Hexen im ersten Morgenlicht aus ihren Betten erheben und ins Freie gehen, um das frisch gebraute Mondelixier zu sich zu nehmen. Für einen weiteren Mondlauf, in dem sie vor dem gefürchteten Wahn sicher waren, der ihren Geist bedrohte.

Alysea blickte auf die gläserne Phiole, die sie mitgenommen hatte, als sie hinausgegangen war. Früher hatte es sie nicht gekümmert, wessen Tränen sie in den Händen hielt. Es waren gesichtslose Wandler, eine leidige Notwendigkeit. Wer sie waren oder was sie taten, hatte nie eine Bedeutung für sie besessen. Nun waren es die Mondtränen von Dameo Angelis, vor ihren Augen vergossen, um sie vor dem Mondwahn zu schützen, wie er es gelobt hatte.

Eine Veränderung mehr. Sie erschien winzig im Vergleich zu dem Sturm, der durch ihr Leben gefegt war, und doch mochte es die größte sein. Was würde geschehen, wenn sie überlebten? Würde das Silberband bestehen bleiben, auch wenn Seraphias Fluch gebrochen war? Würde sie in der Nacht je wieder Schlaf finden oder würden seine Gefühle sie wach halten, bis sie selbst die Nächte wach verbrachte? Was würde sie sein? Eine Hexe, die den Wegen ihrer Geburt folgte, oder etwas … Neues? Eine Wandlerin zwischen Sonne und Mond?

Alysea seufzte und stützte den Kopf in die Hände. Zu viele Gedanken. Zu viele Fragen. Manchmal glaubte sie, ihr Kopf müsste darunter bersten wie eine reife Melone, die zu Boden fiel.

Ein Rascheln im Gebüsch ließ sie aufblicken. Es war zu laut, um von einem Vogel oder Eichhörnchen verursacht worden zu sein. Instinktiv ließ sie die Phiole in ihrem Ausschnitt verschwinden. Alysea spähte in das dichte Laub und erhaschte den Schimmer von weißem Stoff … Schwarzes Haar … Sie schluckte, als sie seine Präsenz über den Silberfaden spürte, noch bevor ihre Augen ihn erkannt hatten.

»Da… Dameo?« Der Name kam schwerfällig über ihre Zunge.

Er trat auf den Steinweg, der um den Teich herum zu der Steinbank führte. Seine Haarsträhnen hingen wirr in sein bleiches Gesicht und das sonst so hell glühende Licht in seinen grauen Augen wirkte getrübt. Alysea konnte seine Erschöpfung spüren, so bleiern, dass sie sich wunderte, wie er noch aufrecht stehen konnte. Sein Hemd war nachlässig geschlossen, als hätte er es sich rasch übergeworfen, und offenbarte genug von seiner Haut, um sie den Blick senken zu lassen. Dies war nicht der strenge, mächtige Fürst des Nachthofes. Es war der Mann, der sich hinter seiner Fassade verbarg und sie waren zum ersten Mal seit ihrer Begegnung auf dem Dach allein. Die Erkenntnis vergrößerte ihre Unsicherheit ins Unermessliche.

Er hielt wenige Schritte entfernt inne und strich sich das Haar zurück. »Ich habe nicht erwartet, dass Ihr wach seid …«, er verstummte.

»Hexen schlafen in der Nacht, nicht am Morgen.« Alysea lächelte zaghaft. Nicht erwartet … doch er musste es gespürt haben. War er deswegen gekommen? Sie leckte sich über die Lippen. »Aber ich musste feststellen, dass es nicht leicht ist, am Nachthof … Schlaf zu finden.«

Er trat näher, verharrte dann, als würde es ihm zu spät bewusst. »Ihr fühlt Euch nicht wohl?«

Ein Funken von Sorge, wie ein winziges Kitzeln, das über das Silberband drang. Sie schüttelte den Kopf. »Eure Schwester hat alles getan, damit es mir an nichts fehlt.«

Im Gegensatz zu Euch. Alysea spürte plötzlich das ärgerliche Flämmchen, das seit der Zeremonie in ihrem Magen flackerte. Es war die ganze Nacht hindurch immer wieder aufgeflammt und es überraschte sie selbst, wie stark es noch brannte, nun, da er vor ihr stand.

Dameo runzelte die Stirn. »Aber Ihr seid aufgebracht.«

Der Schrecken lähmte sie für einen Wimpernschlag lang. Er hatte es wahrgenommen. Alysea verfluchte das verräterische Band zwischen ihnen, das jede Regung verriet und ihn in ihr lesen ließ wie in einem offenen Buch. Doch es hatte keinen Zweck mehr, es verbergen zu wollen, wenn er es ohnehin fühlte. Sie zwang sich, ihre Stimme ruhig zu halten. »Euer Aufbruch kam plötzlich. Vielleicht war es dumm von mir, aber nachdem Ihr so erpicht darauf wart, mich hineinzubegleiten, hatte ich geglaubt, dass Ihr bis zum Ende der Zeremonie bleiben würdet.«

Die Schatten auf seinen Zügen vertieften sich und seine Haltung wurde steif. Abweisend. Als würde sich ein Schutzschild über ihn legen. »Ich konnte nicht bei Euch bleiben, selbst wenn ich es wollte. Meine Welt ist nicht wie Eure, Alysea.«

»Offensichtlich. Denn in *meiner* Welt seid Ihr ein rücksichtsloser Holzschädel.« Er erstarrte unter ihren Worten und sein Erstaunen war nahezu greifbar. Ihre Stimme war lauter geworden, als sie es gewollt hatte, aber sie bemühte sich nicht, ihre Lautstärke zu dämpfen. Das Flämmchen schlug in die Höhe und leckte an der dünnen Mauer ihrer Vernunft. »Dass Ihr mich mit Eurem Auftritt zur Närrin gemacht habt, ist Euch nie in den Sinn gekommen? Nicht jeder von uns besitzt Flügel und kann einfach davonfliegen, wenn es ihm beliebt. Im Gegensatz zu *Euch* war ich gezwungen, der Zeremonie bis zu ihrem Ende beizuwohnen.«

Eine leichte Spur von Groll für ihre Rüge, durchzogen von Unsicherheit. Zögern. Er verlagerte unruhig sein Gewicht, dann hob er die Schultern. »Jetzt bin ich hier.«

»*Jetzt* ist verflucht spät, nachdem Ihr mich dem Spott preisgegeben habt. Ist das Eure Vorstellung von Schutz oder erstreckt sich dieser allein auf meinen Körper?«

»Alysea«, er öffnete die Hände. »Es ist …«

»Was? Schwierig für Euch? Glaubt Ihr, dass es für mich einfacher ist?« Zu spät, um gegen den Zorn ankämpfen zu wollen. Das Feuer schlug gegen die Mauer und breitete sich zu rasch aus. Ihre Selbstbeherrschung schmolz. Alysea ballte die Fäuste und erhob sich, um ihm in die Augen zu sehen. »All das hier ist mir fremd! Euer Hof. Euer Leben. Eure *Art!* Ich habe alles hinter mir gelassen, was ich kenne, um in *Eure Welt* zu kommen, in der mich niemand will! Aber ich bin gekommen, weil uns dieses Band stärker verbindet, als es das Silberband eines Hochzeitsversprechens je könnte! Weil es *Euch* zu Dingen zwingt, die Ihr nicht beherrschen könnt!« Sie hob ruckartig die Hand und er stieß einen leisen Schmerzenslaut aus, als sich der Faden zwischen ihnen unerwartet spannte. Alysea verspürte einen leichten Hauch von

Befriedigung über sein schmerzverzerrtes Gesicht, doch es genügte nicht, um die Flammen zu löschen. »Ich bin hier, damit wir einen Weg finden, zu überleben und diesen Fluch zu brechen! Es ist meine Art, *Euch* zu schützen, und es ist gleichgültig, ob wir es wollten! Ihr seid jetzt derjenige, der mir am nächsten stehen sollte, und …«, sie biss sich auf die Zunge. *Und Ihr lasst mich allein!* Zu jämmerlich, um es auszusprechen. Sie schluckte die Worte, ehe sie über ihre Lippen kommen konnten.

Seine Miene war finsterer als die dunkelste Nacht. Herzschläge vergingen in Schweigen, ohne dass einer von ihnen das Wort ergriff. Selbst das Rauschen des Brunnens schien darin zu verklingen. Dann hob sich seine Brust und der Atem verließ in einem Seufzen seine Lippen. »Es tut mir leid, Alysea«, sagte er sanfter, als sie es je aus dem Mund des Nachtfürsten erwartet hätte. »Ich war ein Narr. Und es gibt keine Entschuldigung für meine Torheit. Ich war so lange allein, dass ich es nicht gewohnt bin, auf jemand anderen Rücksicht zu nehmen.«

Allein … Sie konnte kaum erahnen, wie schwer ihm dieses Geständnis gefallen sein musste. Wann war er ihr so nahe gekommen, dass sie zu ihm aufsehen musste, um seinem Blick zu begegnen? Die Schatten waren nicht verschwunden, aber der Ausdruck in seinen rätselhaften Silberaugen hatte sich verändert. Er hob die Hand und ein Blitzschlag ließ ihre Wange prickeln, als er sie berührte. Hitze schoss durch ihren Arm und versengte ihr Blut. Alysea taumelte mit einem leisen Aufschrei zurück und umklammerte den Ring. Flammen brannten auf ihrer Haut, als sie versuchte, ihn von ihrem Finger zu ziehen, doch er rührte sich nicht.

Ein Flackern und der Mann vor ihr wandelte sich. Sein Haar war weiß wie in Silber getauchter Schnee, seine Augen blau … blau wie das Meer. Und sein Gesicht … sein Gesicht … sie kannte sein Gesicht!

»Alysea!« Die Stimme vertrieb das Antlitz des Fremden. Dameo Angelis stand vor ihr, seine Finger zuckten, aber er wagte es nicht, sie noch einmal zu berühren. Seine Zerrissenheit drang über das Silberband und der dünne Faden war wie ein Anker, der sie in der Wirklichkeit hielt. Alysea klammerte sich daran fest, während sie sich mühsam zwang, die Finger von dem Ring zu lösen. Der Atem strömte zitternd in ihre Lungen und erst jetzt bemerkte sie, dass sie am ganzen Körper bebte.

»Es ist der Ring … er hat Florea gehört«, stieß sie zwischen zwei zu hastigen Atemzügen hervor. Alysea versuchte ihre Atmung zu beruhigen und suchte nach Ruhe, um die Furcht in ihrem Inneren zu verdrängen. »Und er lässt mich ihre Erinnerungen sehen«, fuhr sie ruhiger fort. Fremd … und doch bekannt. Als hätten sie sich in ihrem Geist verborgen und auf den Tag gewartet, an dem sie wieder zum Vorschein kommen durften.

»Floreas Erinnerungen?«, fragte Dameo verdutzt. Sein Blick richtete sich suchend auf ihre Hand. Er hob die Brauen. »Warum im Namen des Abgrundes tragt Ihr Floreas Ring?«

»Es gibt etwas, das Ihr wissen müsst, Dameo. Es sind … Dinge … geschehen. In der Nacht, in der Ihr zur Cae'Valerian gekommen seid.«

»*Dinge?*«, wiederholte er misstrauisch. Sie konnte an seiner Miene ablesen, dass er sich an die Gefühle erinnerte, die ihn zur Cae'Angelis getrieben hatten. Ein Schatten wallte hinter seinem Rücken auf. Flügel, die sich bilden wollten. Nur ein Wimpernschlag und er hatte sich wieder unter Kontrolle. »Welche Dinge?«

Alysea kehrte zu der Steinbank zurück und jeder Schritt fühlte sich an, als wollten die Beine unter ihr nachgeben. Unsicher sank sie auf den Stein und umfasste die beruhigend feste Platte. »Ich sehe Gesichter. Den Augenblick ihres Todes. Ich habe ihn erlebt …«, ihre Stimme versagte und sie räusperte sich, ehe sie ihm von der Nacht zu erzählen begann, in der Meister Aemilan die geheimen Kammern für sie geöffnet hatte.

Dameo hörte stirnrunzelnd zu, die Arme vor der Brust verschränkt, als wollte er damit verhindern, dass etwas aus ihm hervorbrach. Er war mühsam bezwungene Ungeduld, angespannt wie der Abzug einer Muskete. Als sie geendet hatte, starrte er auf die Türme von Gemea, über denen der Himmel sich allmählich rot färbte. Alysea wusste, dass er den Glockenturm anblickte. Sie vermied es, seinem Blick zu folgen. Die Erinnerung an Floreas Sturz war noch zu frisch, zu nah. Wann immer ihre Augen den mahnenden Finger streiften, der sich über dem Sephris erhob, sah sie sich selbst, wie sie in die roten Fluten stürzte.

»Niemand wird Euch anrühren.« Das Knurren in seinem Tonfall ließ Schauer über ihren Rücken rinnen.

»Aber wie sollen wir einer Bedrohung begegnen, deren Ursprung wir nicht kennen? Wer die Hinweise auf die Träger des Silberbandes aus den Büchern gelöscht hat, war mächtig … mächtig genug, dass sein Wirken Jahrhunderte überspannt.«

»Hexenwerk«, versetzte er schroff. »Kein Schattenwandler besitzt die Möglichkeit, einen solchen Zauber zu wirken. Und keine Hexe wird über die Schwelle der Cae'Angelis treten, bis wir wissen, womit wir es zu tun haben.«

»Wie wollt Ihr eine solche Macht aufhalten, Dameo?«, fragte sie leise. »Niemand hat es bisher vollbracht.«

»Ich *werde* einen Weg finden.« Verdrossenheit mischte sich in seinen Zorn. Wieder wirbelten Schatten um seine Gestalt und seine Nägel erschienen länger … schärfer. Die Geschichten über die Bestien, die in den Wandlern lauerten, waren plötzlich näher … wirklicher. Seine Augen glühten, als wären sie von einem inneren Licht erfüllt. Alysea schlang die Arme um ihren Körper und er blinzelte, als er es wahrnahm. Ein Atemzug und die Wildheit schwand. Dameo rieb sich über das Gesicht und seine Müdigkeit kehrte zurück »Vergebt mir, Alysea. Es ist das Silberband. Jede Bedrohung für meine Gefährtin ist wie ein Feuersturm, der mich verschlingen will. Ich bin nicht ich selbst.«

»Gefährtin.« Sie wiederholte es zögernd. »Ist es das, was ich für Euch bin?«

Er sah sie schweigend an, dann neigte er den Kopf. »Ja.«

»Das Silberband … was bedeutet es für Euch?«

»Mehr als ein Eheversprechen.« Er lächelte schwach. »Schattenwandler schließen keine Ehen unter den Augen der Lichtherrin, wie es Hexen tun. Sie verschenken ihre Seele an ihren Gefährten und fordern sie nie mehr zurück. Ein Eheband kann gelöst werden, aber das Silberband wird für die Ewigkeit geschlossen. Es geht tiefer als Worte … oder ein Segen.« Dameo schnaubte abfällig. Ein deutliches Zeichen für das, was er von den Eheversprechen der Hexen hielt. Für einen Wandler mussten sie ohne Bedeutung sein … leer. Worte, vor einem Altar gesprochen. Leichtfertig gegebene Versprechen, die Familien zu ihrem Vorteil verbanden.

Lügen.

Alysea schluckte. »Das habe ich nicht gewusst.«

»Hingabe und Treue über den Tod hinaus passen nicht an den sittenlosen Nachthof, nicht wahr?« Sein Lächeln wirkte spöttisch. Er wusste um das, was am Sonnenhof gewispert wurde, und er hatte keine Scheu davor, den Vorhang, der es verhüllte, herunterzureißen. Alysea fühlte sich entblößt, obwohl sie kaum jemals ein Teil davon gewesen war. Dennoch … hatte sie geglaubt, ohne zu wissen.

Sie räusperte sich verlegen. »Ich glaube, die wenigsten Hexen haben sich je die Mühe gemacht, danach zu fragen.«

Er zuckte die Achseln. »Unsere Wege kreuzen sich nicht, wenn es nicht notwendig ist, und Hexen und Wandler vertrauen einander nicht die Geheimnisse ihrer Art an.«

»Sind es Geheimnisse?«

»Geheimnisse, vergessene Rituale. Überbleibsel aus der Herrschaft der Dämonen. Von der Kirche des Lichts in etwas gewandelt, das in ihr Weltbild von Keuschheit und Demut passt und ihr das Recht gibt, jeden zu verdammen, der nicht danach lebt.«

Alysea legte den Kopf schief. »Ihr haltet nicht viel von der Kirche der Lichtherrin?«

Dameo ließ sich ins Gras fallen und lehnte sich an die Frauenstatue, die ein Stück neben der Bank aufgestellt war. »Die Kirche gehört den Hexen, nicht uns. Starre. Regeln. Es ist Eure Lebensweise, nicht unsere. Wofür sollte ich sie schätzen? Sie versucht, das Volk Theramias in einen Käfig zu stecken, und verhöhnt die Wahrheit, die in uns lebt. Soll ich ein Band ehren, das mit einer Kordel und Worten geschlossen wird, wenn ich weiß, dass es nur eine Imitation ist, die nichts bedeutet?«

»Dennoch besucht Ihr die Kathedrale.«

»Es lässt die Hexen glauben, dass wir ihre Gesetze achten und es lässt uns menschlicher erscheinen …« Sein Lächeln wurde wölfisch … neckend. »… was sie über alle Maßen verunsichert.«

Sie hob ironisch die Brauen. »Schattenwandler besitzen einen seltsamen Sinn für Humor.«

»Wir besitzen vieles, von dem Ihr noch nichts wisst, Alysea.« Seine Stimme war dunkel und weich, wie Samt, der über ihre Haut strich.

Sie zwang das erneute Räuspern nieder, ehe es sie verriet. »Also gibt es für Euch keinen Grund, das Ritual zu vollziehen?«

»Wir sind so tief verbunden, dass es keines Segens mehr bedarf, der im Namen der Göttin gesprochen wird. Was soll es bewirken, wenn die Lichtstimme eine silberne Kordel um unsere Hände bindet und rechtmäßig macht, was bereits unumstößlich ist?« Er sah sie ruhig an und Alysea spürte, wie sich ein nervöses Flattern in ihrem Inneren regte. »Wenn wir die Kathedrale betreten, ist es ein Schauspiel, das wir aufführen, um Euren Regeln Genüge zu tun. Aber es ist nichts, was ich brauche, um unseren Bund zu besiegeln«, er zögerte, als wollte er mehr sagen, doch er tat es nicht.

Alysea stützte die Hände auf die Sitzfläche der Bank und sah auf die rote Linie des Sephris, die blutende Narbe, die ihre Stadt teilte. Es ließ Adias Reaktion auf die Forderungen ihrer Mutter in einem neuen Licht erscheinen. Für sie musste es natürlich sein, dass Alysea in der Cae'Angelis lebte. Nichts, was ihre Ehre oder die ihres Bruders in den Augen ihrer Art beschmutzen könnte.

»Offenbar haben Adrean und Florea Eure Ansichten geteilt«, sagte sie, um von dem Aufruhr abzulenken, der durch ihren Magen tobte.

»Und die Gesetze der Schattenwandler damit gebrochen.« Dameo seufzte. »Es hat nie zuvor ein Silberband zwischen einer Hexe und einem von uns gegeben. Keiner hat damals geahnt, dass es möglich ist.«

»Und keiner weiß, wie sie es vollbracht haben.« Alysea zog die Stirn in Falten und blickte in die Wolken. »Die Cosmean waren die mächtigste Familie der Hexen, die es je gegeben hat. Welche Kräfte in ihrem Blut geschlummert haben mögen, ist kaum vorstellbar.«

»Seraphias Fluch hat sie nur allzu vorstellbar gemacht. Wahrscheinlich waren sie dichter mit den Ursprüngen verwurzelt als alle anderen Familien.«

Es klang bitter. Alysea verspürte einen winzigen Stich und sah auf ihre Füße. »Es tut mir leid.«

Er drehte überrascht den Kopf. »Was meint Ihr?«

»Der Fluch …« Sie hob hilflos die Hände. »Dass Ihr an mich gebunden seid, ohne es zu wollen. Wir sind Fremde füreinander. Wir sollten kein Band teilen, das Eurer Art heilig ist. Seraphia hatte kein Recht, das Band zu erzwingen. Ihr solltet Euch Eure Gefährtin selbst erwählen dürfen.«

Die Frau, die seine *Seele teilte.* Erst jetzt verstand sie das wahre Ausmaß des Fluches.

»Es gibt keinen Grund für Reue oder Entschuldigungen, Alysea.« Das Gras raschelte leise, als er sich aufsetzte und die Arme auf seinen Knien ablegte. »Es wäre eine Lüge, zu behaupten, dass ich mich je binden wollte. Es gibt keine Frau, deren Platz Ihr eingenommen habt.«

Und doch ist es nicht meiner.

Ein schwacher Trost. Aber was hatte sie erwartet? Es war töricht, dass sie Tränen hinter ihren Lidern aufsteigen fühlte. Die Tränen einer dummen Gans, die über Worte verletzt war, die sie nicht verletzen konnten.

»Ich bin nicht allein von diesem Bund betroffen. Ihr seid es ebenfalls«, sagte er ernst, als sie nicht antwortete.

Alysea hob die Schultern. »Eine Hexe hat keine Liebe zu erwarten. Wir heiraten, um die Macht unseres Geschlechts zu stärken und um das Blut unserer Linie frisch und stark zu halten. Letztlich sind wir kaum besser als Zuchttiere, die für die besten möglichen Nachkommen vereint werden.«

Sie konnte es fühlen, das flüchtige Aufflammen von Abscheu. Ein Pulsieren des Bandes, Verärgerung, obgleich sein Gesicht nichts davon verriet. Die Maske des Fürsten blieb unberührt.

Alysea sah auf die schmale rote Linie, die sich über ihr Handgelenk zog. »Ihr habt mein Blut nicht gewollt.« Es gelang ihr nicht, die Verletztheit in sich zu verschließen, die ihre Stimme dünn klingen ließ. Sie schwang in jedem Wort mit.

Für einen Moment schien es, als wollte er nicht antworten. Dann zupfte er einen Grashalm ab und begann, ihn zu zerpflücken. »Ihr wisst, was mein Vater war.«

Er sagte es gefühllos. Sie begegnete seinem Blick. Er flackerte wie eine Kerzenflamme, gefangen zwischen Zorn und … Resignation. »Ich weiß, was er getan hat.« Sie stockte. »Und Ihr … seid wie er?«

»Vielleicht bin ich das. Vielleicht nicht. Ich werde Euch nicht benutzen, um es herauszufinden.« Gras rieselte in winzigen Fetzen zu Boden. Entschlossenheit und Grimm bildeten eine undurchdringliche Mauer, die er um sich herum errichtete.

Alysea schüttelte verständnislos den Kopf. »Aber Ihr bewegt Euch im Sonnenlicht. Schadet es Euch nicht?«

»Ich brauche Sonnenblut wie jeder von uns. Aber das Blut Eurer Tante genügt mir.«

»Welchen Unterschied macht es, von wem es stammt?«

Er erhob sich, offenbar in der Absicht, den Garten zu verlassen. »Fragt mich das an einem anderen Tag.«

Alysea verließ ihren Platz auf der Bank und fasste nach seinem Ärmel, um ihn aufzuhalten. »Ich verstehe Euch nicht, Dameo. Wir teilen jedes Gefühl, aber trotzdem wollt Ihr mich jetzt ausschließen?«

Er atmete tief ein und legte seine Hand über die ihre. Die Geste so intim, dass sie in ihr Herz stach. »Es ist zu früh, jedes meiner Geheimnisse mit Euch zu teilen, Domia Alysea. Lasst sie mir noch für eine Weile, bevor ich Euch meine Seele offenbaren muss.« Dameo löste ihre Finger von seinem Arm und hauchte einen Kuss darauf, ehe er sie losließ. Er wandte sich ab, um zu gehen, dann stockten seine Schritte und er sah zurück. »Alysea«, er hielt inne, als müsste er Mut fassen. »Nicht alles, was Ihr über den Nachthof gehört habt, ist falsch. Unsere Welt ist grausam und Ihr werdet Dinge sehen, die Euch mit Abscheu erfüllen. *Ich* … werde Dinge tun, die Ihr nicht versteht und die mich in Euren Augen zu einem Tier machen. Ich bin kein edler Fürst, der über einen Hof von edelmütigen Rittern gebietet. Ich bin …«

»… der Fürst des Nachthofes. Ich weiß«, erwiderte sie schlicht.

Eine Entschuldigung für Dinge, die sie noch nicht ermessen konnte. *Es ist ein zerbrechlicher Frieden und Ihr seid seine größte Schwäche.* Adias Warnung klang in ihr nach. Seine Worte hatten sie bekräftigt.

Er nickte und Erleichterung hellte die Finsternis auf, die auf ihm gelastet hatte, seitdem er den Garten betreten hatte. Die ersten Sonnenstrahlen durchbrachen die Dämmerung und hüllten Gemea in ein rotes Kleid. Es war Zeit für das Mondelixier und in seinen Augen konnte sie lesen, dass er es wusste. Dass er so viel mehr über die Hexen wusste, als sie je über die Schattenwandler in Erfahrung gebracht hatte. Und es beschämte sie, den Wegen ihrer Geburt gefolgt zu sein, ohne sie je hinterfragt zu haben.

Sie zog die kristallene Phiole hervor und entkorkte sie vorsichtig, um die kostbare Flüssigkeit nicht zu verschütten. Die Mondtränen des Nachtfürsten. Sie *waren* die größte Veränderung, die über ihr Leben hereingebrochen war. So groß, dass sie erst allmählich begann, sie zu verstehen.

7
Goldenes Blut

Er konnte die Spuren ihres Blutes noch an seinen Händen riechen. Verlockendes Sonnenblut, frisch aus der Wunde geflossen. Zu gut für Dameo, der sich dem Genuss verweigerte. Der goldene Schimmer haftete an seinen Fingern und er hielt sie empor, damit sich das Kerzenlicht daran fing. Es war süß wie Honig und berauschender als Wein. Süßer als jedes Sonnenblut, das er zuvor gekostet hatte, weil es nach Rache schmeckte.

»Alysea Valerian«, wisperte er mit einem versonnenen Lächeln. »Nun gehörst du mir, kleine Hexe.«

Die Gefährtin seines Bruders. Sie war wie ein Messer in seiner Hand. Eine blanke, tödliche Klinge. Er musste nur herausfinden, wie er sie am wirkungsvollsten einsetzen konnte, um sie in sein Herz zu stoßen.

Iulean streifte achtlos die nackten Beine der Bluthure beiseite, die auf dem Bett lag. Die Tochter eines Hexenmischlings, in der noch ein schwacher Hauch ihres Hexenerbes verblieben war. Der kaum merkliche Geschmack ihres Sonnenblutes hatte genügt, um seinen Appetit für eine Weile zu stillen, wenngleich es das Sehnen nicht zum Erlöschen gebracht hatte. Nichts würde es versiegen lassen, bis er bekam, was es ausgelöst hatte. Alysea Valerian hatte nicht bemerkt, dass ihr Blut an seinen Fingern zurückgeblieben war, und er hatte es nicht geplant. Aber als er die verlockende Feuchte an seinen Händen gespürt hatte, war die Versuchung zu groß geworden, um ihr widerstehen zu können. Er hatte sie geschmeckt und ihre Witterung aufgenommen wie ein Jäger, der ein Reh jagte. Und er *würde* sie jagen, wenn sie ihren Zweck erfüllt hatte.

Allein der Gedanke genügte, damit die Blutlust von Neuem in ihm anschwoll. Er erhob sich mit einem leisen Stöhnen, als die Zufriedenheit seines letzten Mahls wich und dem nagenden Hunger Platz machte, der wieder stärker wurde.

Das Rauschen von Seide auf dem kostbaren Teppich ließ ihn aufblicken. Instinktiv schob er die Bettvorhänge beiseite und griff nach seinen Augengläsern, die er auf dem Tischchen neben dem Bett abgelegt hatte. Sie waren die Maske, die seine Abstammung verbarg, und Iulean hasste es, sie abzunehmen. Wann immer er es tat, war es wie ein Zugeständnis an seine wahre Herkunft. Das Erbe der Hexen, den Makel, der deutlich sichtbar in sein Gesicht geschrieben stand. Niemand würde jemals wagen, es offen auszusprechen, doch allein das Gerücht würde genügen, damit man ihn für weniger hielt. Für den Bastard des Fürsten, der er war. Etwas Halbes, das niemals ganz sein konnte.

»Es wird allmählich zu einer Plage, deine Spuren zu verwischen, Iulean.«

Sibeia. Ärger klang in ihrer melodischen Stimme mit, die ohne Anstrengung all ihre Zuhörer in ihren Bann zu schlagen vermochte. Alle. Selbst ihn.

Er seufzte und angelte nach seinen Hosen, die neben dem Bett auf dem Teppich lagen. Ihr weinrotes Kleid ergoss sich auf den Boden wie eine schimmernde Kaskade aus Blut und er fragte sich, ob sie es übergestreift hatte, um ihn zu necken. Ein leerer Becher rollte scheppernd davon, als ihr Saum ihn streifte. Es war nicht der einzige. Die Flasche, die dazugehört hatte, war umgestürzt und bildete eine dunkle Pfütze dort, wo der Teppich nicht mehr ausreichte, um die Dielen zu bedecken. Kleider lagen auf dem Boden verstreut und Sibeia trat sie unwirsch beiseite, während sie sich den Weg zu ihm bahnte.

»Die fürstlichen Schatzkammern werden dafür aufkommen.« Iulean lächelte träge und lehnte sich auf seinen Ellenbogen zurück. Das Blut, das auf den Laken zurückgeblieben war, drang feucht an seine Haut. Die Wärme war daraus gewichen. Er verzog das Gesicht und verlagerte sein Gewicht, um dem kalten Flecken zu entgehen, der ihn an den Tod erinnerte, den er gebracht hatte.

»Ich brauche die Schatzkammern deines Bruders nicht, um mein Haus sauber zu halten.« Das Rascheln setzte wieder ein und sie hielt vor ihm inne. Das seidene Gewand umschmeichelte ihre Rundungen in einer stummen Einladung, der Iulean sich nur mit Mühe verschließen konnte. Die Blutgier ließ seine Selbstbeherrschung schwinden und vernebelte seine Gedanken. Seine Augen folgten der goldenen Kette, die den Ausschnitt zierte, der beinahe bis zu ihrem Nabel reichte. Allein das rote Haar, das in Wellen über ihre Brust floss, sorgte für den Anschein von Züchtigkeit.

»Aber du nimmst Dameos Zahlung für die zerstörte Kuppel der Kathedrale mit Freuden an. Wie schlangenzüngig du bist, meine Liebe.«

Sibeias volle Lippen verzogen sich zu einem Lächeln. »Und wie wenig es dich stört, wenn es unsere Sache fördert.«

Lange Finger spielten mit dem kristallenen Pendel ihrer Kette, wohl wissend, dass sie seine Aufmerksamkeit damit an die Stellen ihres Körpers fesselte, die seine Beachtung verlangten. Sie sah gefühllos auf die reglose Gestalt der Bluthure und Iulean drehte den Kopf, um ihrem Blick zu folgen. Die Glieder der Toten waren auf skurrile Weise verdreht, ihr Mund in dem verzückten Lächeln erstarrt, das im Augenblick ihres Todes auf ihrem Gesicht gestanden hatte. Es wirkte wie ein unheimlicher, starrer Tanz, den sie inmitten einer roten Rose aufführte. Angewidert wandte er sich ab. Er blickte nie gern auf die leere Hülle zurück, die er hinterließ.

»Unerfreulich«, kommentierte Sibeia, als ihr Blick auf die zerfetzte Kehle der Frau fiel. »Du verlierst die Kontrolle. Das ist die fünfte Bluthure, die du in diesem Mondlauf getötet hast.«

»Sei unbesorgt, es hat ihr gefallen. Sie hat nichts davon gespürt.« Iulean musterte die Rothaarige amüsiert. »Fürchtest du mich, Sibeia?«, fragte er schmeichelnd. »Fürchtest du, dass du eines Tages an ihrer Stelle auf diesen Laken enden könntest?«

Sie schnaubte und ließ das Pendel los. »Deine Zähne werden mir niemals zu nahe kommen, Iulean. Mein Blut wird dein Tod sein. Nein, ich fürchte mich nicht vor dir. Wenn ich untergehe, nehme ich dich mit und das weißt du.«

Und wie gut er es wusste. Sibeia war eine gefährliche Verbündete. Stark und einflussreich. Und sie war wie er. Ein Halbblut, das die Wahrheit hinter der Fassade der unantastbaren Lichtstimme verbarg, wenngleich sie stärker war, als er es je sein könnte. Das Blut der Wandler war schwach in ihr, während ihr Hexenerbe blühte. Sie war ehrgeizig. Klug. Ihre Aura so leuchtend, dass sie die Hexen blendete. Sie beide hatten die Schwäche ihrer Abstammung in Macht verwandelt und sie hatten einander unwiderstehlich angezogen wie Seelen, die ihr Gegenstück gefunden hatten.

Sibeia war es, die Iulean darin bestärkt hatte, nach dem Nachtthron zu greifen. Mit ihrer Macht und seinem Geburtsrecht konnten sie Gemea gemeinsam in eine Zukunft führen, in der das schwache Blut herrschte. Iulean würde über die Geschicke der Schattenwandler bestimmen, während die Hexen der Leitung der Lichtstimme folgten wie eine Schafherde. Sie würden sich von den lächerlichen Gesetzen befreien, die Halbblute zu einem Dasein in den Schatten verdammten. Die sie zu Schmutz unter den Füßen des Adels machten, den man angewidert abstreifte, bevor man die Paläste betrat.

Er ballte die Fäuste, als er den Zorn in sich aufsteigen fühlte, der seit den Tagen seiner Kindheit in ihm loderte. Seit er verstanden hatte, dass sein Blut ihm alles versagte, was ihm gebührte, während seine Geschwister alles bekamen, was sie sich ersehnten. Er brannte seit Langem darauf, die Fesseln seiner Geburt zu sprengen. Und er *würde* sie abstreifen und derjenige sein, der alle in den Staub trat, die je an ihm gezweifelt hatten. Am Ende würde *er* der Sieger sein, während seine Geschwister geschlagen zu seinen Füßen kauerten.

»Ich habe dich mit ihr gesehen. In der Kathedrale.« Sibeia riss ihn aus seinen Gedanken. Sie kehrte ihm den Rücken zu und schritt zum Fenster hinüber. Das Haus der Lichtherrin erhob sich nicht weit von dem Stadthaus, das sie erworben hatte, um dem kargen Leben der Priesterinnen zu entfliehen.

»Und es hat deine Eifersucht geweckt?« Iulean rutschte vom Bett und streifte seine Hosen über, ehe er ihr zum Fenster folgte.

»Sei nicht albern. Alysea Valerian ist eine kleine reizlose Maus. Ein gezielter Hieb und ihr Genick ist gebrochen.«

Und ihre Katzenklauen würden diesen Hieb nur zu gerne verabreichen. Allerdings gebührte diese Ehre ihm allein. »Dameo scheint das anders zu empfinden.«

»Das muss er, nicht wahr? Das Silberband wird dafür sorgen. Er hat keine Wahl.« Sie klang verschnupft. Es hatte eine Zeit gegeben, in der Sibeia es angestrebt hatte, Dameo für sich zu gewinnen, bevor sie in Iuleans Bett gelandet war. Macht zog sie an. Sie hatte es nicht verwunden, dass der Nachtfürst sie verschmäht hatte und es trübte ihr Urteil. Iulean wusste es jedoch besser, als ihr zu widersprechen. Sibeia hatte den Geschmack der Hexen aufgesogen und zu dem ihren gemacht. Doch Alysea Valerian war nach den Maßstäben der Schattenwandler schön genug, um Dameo zu faszinieren. Genug … um das Erbe von Nicodeo Angelis in Iuleans Adern zu wecken. Es zehrte stärker an ihm, wenn er sich ihr Gesicht ins Gedächtnis rief. Er schloss die Augen, um das Verlangen zurückzudrängen, das in ihm glühte. Bald würde es zu einem Feuer werden, das immer weiter in die Höhe schlug, bis es seinen Verstand verzehrte.

»Das Silberband verändert alles, Iulean. Auch für uns«, sagte Sibeia, als sich die Stille in die Länge zog. »Es wird so einfach sein. Ganz gleich, was geschieht – die Angelis und die Valerian werden fallen. Und wir werden die Herren der Welt sein, die sie hinterlassen.«

Beinahe klang sie verträumt. Iulean blickte auf die zerstörte Kuppel der Kathedrale, die sich in der schwindenden Nacht abzeichnete. Es war die Wahrheit. Er hatte es gewusst, seitdem sich das Silberband vor aller Augen um seinen Bruder gewunden und alles verändert hatte. Ihr Ziel war nah. Zum Greifen nah. Auf eine Weise, die alles einfacher machen würde. Entweder würde es Dameo in den Abgrund reißen oder es würde die Abhängigkeit zwischen Hexen und Schattenwandlern zerbrechen lassen und den Frieden zwischen ihnen zerstören. Wie leicht würde es sein, die Herrschaft über ein Gemea zu erlangen, das im Chaos versank und nach Herrschern verlangte, die wussten, was ihre Untertanen wünschten.

Nun war es nur noch eine Frage der Zeit. Aber es war nicht der Sieg über Dameo, den Iulean sich ersehnt hatte. Er wollte ihm den Nachtthron mit seinen eigenen Händen entreißen und sich daran laben, dass er sich letztlich als der Stärkere erwiesen hatte. Er wollte die Erkenntnis, dass Dameo den Nachthof an ein schmutziges *Halbblut* verloren hatte, in den Augen seines Bruders erwachen sehen. Es würde ein vernichtender Sieg sein, wenn Iulean Angelis aus den Schatten trat und sich nahm, was ihm zustand. Und er würde nicht riskieren, dass der Fluch ihm Alysea Valerian vor der Nase wegschnappte.

Es war nichts, was er Sibeia je anvertrauen durfte.

Sie blickte ihn prüfend an, als er nicht antwortete. Das Licht in ihren Augen war rätselhaft. »Alles, was wir tun müssen, ist warten, bis uns die Früchte in den Schoß fallen.«

Sibeia sagte es so nachdrücklich, dass er ein Stirnrunzeln unterdrücken musste.

»Ja, wir warten«, erwiderte er mit einer Entschlossenheit, die nichts als eine Lüge war. Sein Lächeln spiegelte sich im Fensterglas und offenbarte Zähne, die zu scharf geworden waren. »Wir warten, bis Seraphias Fluch die schmutzige Arbeit für uns getan hat. Und dann gehört Gemea uns.«

Zu meinen *Bedingungen.*

Er schlang den Arm um Sibeias Taille. Die Lichtstimme stieß einen überraschten Laut aus, als er sie besitzergreifend an seinen Körper presste und sein Gesicht in ihrem Haar vergrub. Bis er bekam, was er wollte, musste er das schmerzhafte Sehnen auf andere Weise in Schach halten. Und wenn Sibeia ihn reizen wollte, würde sie dafür bezahlen. So lange, bis das süße Sonnenblut der Hexe das brennende Feuer in ihm erlöschen ließ.

Sie lachte hell auf, als er sie auf die Arme hob und das Zimmer mit ihr verließ. Nicht ahnend, dass das Raubtier in ihm auch vor ihrer Macht nicht zurückweichen würde, wenn der Hunger zu groß wurde und seine Vernunft auffraß.

8

Der zersprungene Spiegel

Sofea zog die Bürste mit kräftigen Zügen durch ihr Haar und plauderte ungezwungen über die Dinge, die sie gesehen hatte, seitdem sie am Nachthof angekommen war. Alysea lauschte ihren Worten abwesend, zu sehr mit der Begegnung im Garten beschäftigt, um ihr lange Aufmerksamkeit zu schenken. Seit sie in ihre Gemächer zurückgekehrt war, juckte der Finger, an dem sie Floreas Ring trug, unaufhörlich. Sie rieb ihre Haut und verfluchte das goldene Band, das sich nicht verschieben ließ. Seit der Vision im Garten wuchs ihre Furcht vor dem nächsten Zauber, den er auslösen würde. Sie hatte nicht erwartet, dass es wieder geschehen könnte, und die Frage, wer der Mann mit dem hellen Haar gewesen sein mochte, nagte an ihr. War es Adrean, den sie gesehen hatte? Warum? Und warum jetzt? Es war nicht das erste Mal, dass der Nachtfürst sie berührt hatte.

Der Nachtfürst … *Dameo.*

Es hatte keinen Zweck, wenn sie versuchte, ihn zu einem Fremden zu machen. Er war … ihr *Gefährte*. Mehr als ein Gemahl. Alysea blickte auf die Stelle an ihrem Puls, an der sie das Silberband wusste.

Sofea seufzte und setzte die Bürste ab. »Wozu soll ich mit dir reden, wenn du mir nicht zuhörst? Wo bist du, Alysea? Seitdem du in den Gärten warst, tust du nichts anderes, als Löcher in die Wand zu starren und zu grübeln.«

»Verzeih, Sofea. Es ist nur …«

»Dass dir der Fürst nicht aus dem Kopf geht?« Ihr Lächeln wurde anzüglich und Alysea schnaubte gereizt. Sofea hob unschuldig die Schultern und griff nach den mit Perlen besetzten Haarnadeln, die auf der Kommode lagen. »Du kannst es zugeben, Alysea. Die wenigsten

Frauen würden sich darüber beschweren, an Dameo Angelis gebunden zu sein. *Ich* würde es sicherlich nicht.«

»Die meisten Hexen würden es«, gab Alysea spitz zurück.

»Und insgeheim würden sie sich nach ihm verzehren.« Sofea schlang eine Strähne von Alyseas Haar um ihre Hand und steckte sie fest.

»Ich hatte keine Zeit, ihn …«

»… auf diese Weise zu betrachten? Lügnerin! Deine Wangen waren rosig und deine Augen haben geglüht wie Spiegellichter, als du zurückgekommen bist.«

»Sofea!« Alysea spürte, wie sich ihre Wangen wärmten.

»Was? Ist dir die Wahrheit unangenehm?« Die Katzenfrau lächelte und setzte ungerührt ihre Arbeit fort.

Oh, verflucht seist du, Sofea Cantares! Alysea stieß den Atem aus. »Er ist nicht wie die Männer der Hexen«, sagte sie, während sie Sofeas Blick im Spiegel auswich. »Und er ist kein wildes Tier. Nichts von all dem, was ich erwartet hätte oder was über ihn erzählt wird. Er ist klug, Sofea. Und … offen. Er verbirgt seine Gedanken nicht.«

Bis auf einen. Sie runzelte die Stirn, als sie daran zurückdachte.

»Und er ist der mächtigste Schattenwandler Gemeas, der dich mit seinem Leben schützen würde«, sagte Sofea gleichmütig. »Das scheint mir kein Nachteil zu sein.«

»Das Silberband zwingt ihn.« Alysea senkte den Kopf und zuckte die Achseln. »Er bemüht sich, es zu verbergen, aber letztlich bleibt es die Wahrheit – ohne Seraphias Fluch hätten wir einander keines Blickes gewürdigt.«

Sofea stieß ein ungeduldiges Fauchen aus, als ihr die Strähne aus der Hand glitt, die sie hatte feststecken wollen. Als sie erneut danach griff, zog sie fester an Alyseas Haar, als sie es hätte tun müssen. »Nein, aber mittlerweile habt Ihr genügend Blicke getauscht, um das zu ändern. Es ist dir niemals in den Sinn gekommen, dass er dich mögen könnte, nicht wahr?«

»Er kennt mich nicht, Sofea. So wenig, wie ich ihn. Wir haben uns drei Mal gesehen. Und ich befürchte, ich bin keineswegs gleichermaßen anziehend oder in irgendeiner Weise erstaunlich. Weder für Hexen noch für Schattenwandler.«

Die Katzenfrau lachte hell auf. »Das hier ist nicht der Sonnenhof, Alysea. Und Dameo Angelis ist nicht Spiras, der deiner Schwester nachtrauert, weil er ein blinder Hornochse ist, der *sie* an deiner Stelle wollte, wie ein Kind ein hübsches Spielzeug will. Du kannst aufhören, dich in Viveias Schatten zu verstecken. Nach den Gesetzen der Schattenwandler bist du seine Gemahlin und damit die Fürstin dieses Hofes. Du bist selbst deiner Mutter ebenbürtig.«

Alysea zupfte unruhig am Spitzenbesatz ihres Morgenkleides. »Ich glaube nicht, dass sein Hof das genauso sehen wird.«

»Das kommt darauf an, wie du dich ihm zeigst. Als Alysea Valerian, die Mondberührte, die es nicht wagt, unter der Sonne zu glänzen – oder als Alysea Angelis, die Fürstin der Schattenwandler.« Sofea hielt inne und suchte Alyseas Blick im Spiegel. Ihre goldenen Augen glühten im Licht der Morgensonne.

Alysea Angelis. Die Nachtfürstin. Der Name hinterließ einen Kloß in ihrer Kehle. »Mutter …«

»Ist nicht hier. Du bist frei und es ist deine Entscheidung. Was willst *du* sein, Alysea?«

Sie musste nicht raten, was Sofea meinte. Die Tochter, die gehorchte, oder die Gefährtin des Nachtfürsten. Seine größte Schwäche oder die Stärke, die sie sein musste, wenn sie den Fluch überleben wollten. Es war eine Entscheidung zwischen Hexen und Wandlern. Und doch waren sie letztlich beide Menschen. Von den Strömen der Magie gewandelt, aber ihr Ursprung blieb gleich. Was sie trennte, war in ihren Köpfen verwurzelt. Nicht in ihrer Abstammung.

Alysea sah auf den Schnitt, der sich über ihr Handgelenk zog. Wahrscheinlich hatte sie ihre Entscheidung bereits getroffen, als sie das Ritualmesser gezogen hatte, um ihn zu setzen. Dies war nicht der Sonnenhof, Sofea hatte recht. Sie war nicht mehr die zweite Tochter der Fürstin, die ihr zum Gehorsam verpflichtet war. Der Nachthof war jetzt ihr Zuhause und es waren seine Gesetze, die für ihr Leben galten. Sie hatte sich das Los nicht gewählt, aber sie hatte sich entschieden, es anzunehmen.

»Ich werde ihn nicht zwingen, sich dem Diktat des Sonnenhofes zu beugen«, sagte sie entschlossen. »Wenn er es wünscht, werde ich vor den Augen der Welt seine Gefährtin sein.«

Sofea nickte, als hätte sie diese Antwort erwartet – und das hatte sie. Die Katzenfrau kannte sie besser, als sie sich selbst kannte. Sie steckte die letzte Nadel fest und legte die Hände auf Alyseas Schultern. »Wenn er es nicht wünscht, ist er der größte Narr, der unter den Gestirnen Theramias wandelt. Und ich glaube nicht, dass Dameo Angelis ein Narr ist.« Sie atmete ein, ehe sie weitersprach. »Ich will nicht, dass der Fluch dich mir nimmt, Alysea. Du bist meine Schwester, auch wenn wir nicht das Blut der gleichen Art in uns tragen.«

Es geschah selten, dass es Sofea war, die den Blick senkte oder Gefühle offenbarte, und es versetzte Alysea einen Stich, sie so zu sehen. Sie sprachen wenig über den Tag, an dem sie das kleine weiße Kätzchen aus dem Teich gezogen hatte, doch er hatte ihrer beider Leben verändert. Sie hatte nie erfahren, woher Sofea gekommen war oder ob sie noch eine Familie besaß, und es war niemals von Bedeutung gewesen, solange sie einander hatten.

»Wir werden kämpfen, Sofea.« Sie legte ihre Hand über die der Katzenfrau. »Und ich bin vorsichtig.«

Sofea nickte wortlos und wandte sich ab, um die restlichen Nadeln einzusammeln. Das weiße Haar fiel ihr ins Gesicht und verbarg es, dennoch hatte Alysea den feuchten Schimmer in ihren Goldaugen entdeckt. Aber sie wusste, dass die Katze es nicht mochte, zu offenbaren, was in ihr vorging, also gab sie vor, es nicht bemerkt zu haben.

Adia … sie würde mit ihr sprechen müssen, sobald sie aufwachte. Noch war es gespenstisch still am Nachthof. Niemand bewegte sich auf den Gängen. Alysea schob die Tiegel beiseite, die auf der Kommode standen, und machte Anstalten, sich zu erheben, als ihr Blick auf ihr Spiegelbild fiel. Hitze schoss wie ein Blitz durch ihre Hand und breitete sich in ihrem Arm aus. Der Ring glühte, als wären alle Feuer des Abgrundes darin erwacht.

»Alysea?« Sofea rüttelte an ihrer Schulter, aber sie konnte die Augen nicht von ihrem Spiegelbild lösen.

Von der Frau, die ihr entgegensah.

Welliges Haar, so golden und strahlend wie die Sonne.

Augen, so grün wie das tiefste Grün einer Sommerwiese.

Blut, das aus ihren Augen strömte wie Tränen und rote Linien auf ihre bleichen Wangen zeichnete.

Alysea wollte zurückweichen, doch ihre Beine rührten sich nicht. Die Frau im Spiegel öffnete den Mund zu einem lautlosen Ruf und hob die Hände. Verzweiflung stand in ihrem blutüberströmten Gesicht. Tausend Risse platzten auf seiner Oberfläche auf, als sie die Handflächen gegen das Glas presste und es durchbrach. Blut floss über die silberne Scheibe und in Rot getauchte Hände streckten sich flehend nach Alysea aus. Sie stieß einen erstickten Laut aus, als der Schmerz in ihrem Arm so verheerend wurde, als würde ihr bei lebendigem Leib die Haut abgeschält. Eisige Finger umfassten ihre Handgelenke und zogen sie auf die glatte Fläche zu. Sie versuchte, den Griff der Frau abzuschütteln, doch sie war stark, so unglaublich stark. Spitze Nägel bohrten sich in ihr Fleisch und brennende Qualen erwachten in den Kratzern, die sie hinterließen. Die Welt drehte sich, als ein scharfer Stich in ihre Stirn drang. Etwas zerrte an ihr, als wollte es ihren Geist aus ihrem Kopf reißen.

»Alysea!« Panik in Sofeas Stimme.

Das Erwachen einer anderen Präsenz. Fragendes Tasten. Erschrecken. Zorn. Dann … Schmerz. Schmerz, der nicht der ihre war. Ein Aufschrei.

Dameo!

»Cedis!«, schrie Alysea entsetzt, als der Schmerz über das Silberband anschwoll.

Die Magie des Bannzaubers schoss durch ihre Venen und verdrängte das Feuer wie eine kalte Sturmflut. Der Griff um ihre Handgelenke erschlaffte und Alysea taumelte zurück. Der Spiegel barst mit einem ohrenbetäubenden Klirren und scharfe Splitter regneten auf sie nieder. Sofea riss sie zu Boden, als die Scherben auf sie einprasselten wie wütende Insekten, die ihre Stachel ins Ziel bringen wollten. Sie ritzten ihre Haut und hinterließen feine blutige Striemen. Ein rauer Schrei erklang in ihrem Kopf, aber sie wusste nicht, ob er wirklich war oder nur eine Ausgeburt der Vision.

»Im Namen aller verfluchten Dämonenfürsten der Feuerebenen! Bist du verrückt geworden?« Sofea packte ihre Schultern, um sie anzusehen. »Geht es dir gut?«

Alysea schüttelte ihre Hände ab und mühte sich auf die Beine. Ihr Kopf pochte, als ließe eine Horde Schmiede ihre Eisenhämmer auf ihn niedergehen. »Dameo. Irgendetwas ist mit ihm geschehen, ich muss …«

Die Tür zu ihren Gemächern wurde aufgerissen und Adia eilte über die Schwelle. Sie hielt inne, als sie die silbernen Scherben entdeckte, die den Teppich bedeckten wie glitzerndes Laub.

»Heilige Erdenmutter«, murmelte sie. »Was ist hier geschehen?«

»Dameo, wo ist er?«

»Dameo?«, fragte Adia verdutzt. »In seinen Gemächern. Warum?«

»Ich habe ihn gefühlt. Er hatte Schmerzen … er …«

Schnelle Schritte hallten durch den Flur. Schwere Schritte. Zwei Atemzüge später erschien der Nachtfürst im Türrahmen, sein dunkles Haar wirr und das Hemd geöffnet, als hätte er es eilig übergeworfen. Die Schatten seiner Schwingen wirbelten über seinen Rücken und offenbarten den Grad seiner Erregung. Aber … er war …

Unversehrt.

Alysea stieß den Atem aus und suchte Halt an der Wand, als ihre Beine nachgaben. »Bei allen Göttern … ich werde verrückt.«

Der Stuhl, auf dem sie gesessen hatte, lag umgestürzt inmitten der Verwüstung, die der Bannzauber angerichtet hatte. Dameos Augen hefteten sich auf ihre nackten Arme. Die brennenden kleinen Schnitte, die ihre Haut übersäten. Seine Brauen verzogen sich zu einer geraden Linie und er wechselte einen Blick mit Adia, die auffordernd ihre Hand nach Sofea ausstreckte. »Wir müssen uns um die Schnittwunden kümmern. Sofea, bitte kommt mit mir, ich will Euch zeigen, wo wir Verbände und Salben aufbewahren.«

Die Katzenfrau sah zu Alysea, die stumm nickte, dann folgte sie Adia nach draußen. Es gab keine Notwendigkeit für die Salben des Nachthofes. Alles, was sie brauchten, befand sich in den Truhen, die Sofea mit zur Cae'Angelis gebracht hatte. Aber Sofea verstand, was Adia ungesagt ließ. Die Tür schloss sich hinter den beiden Frauen und ließ Alysea allein mit dem Nachtfürsten zurück.

Er trat vorsichtig auf sie zu, als befürchtete er, dass eine zu schnelle Bewegung sie verscheuchen könnte. »Was war das?«, fragte er behutsam. Er streckte unschlüssig die Hände nach ihr aus, unsicher, ob er sie berühren durfte.

»Florea … eine Vision … ich … weiß nicht.« Alysea runzelte die Stirn. Etwas gab ihr die Gewissheit, dass es tatsächlich Seraphias Tochter war, die sie gesehen hatte. Sie schob es beiseite. »Sie war im Spiegel und hat nach mir gegriffen … dann war da Schmerz … *Euer* Schmerz. Mein Bannzauber hat den Spiegel zerschellen lassen. Aber ich weiß nicht … ich weiß nicht mehr, was wirklich ist …«, der wirre Wortstrom endete in einem Schluchzen, das in verzweifeltes Lachen mündete. »Ich verliere den Verstand!«

Dameos Finger schlossen sich um ihre Schultern und er zog sie näher. »Nein, das tut Ihr nicht. Es ist ein Spiel, das Seraphias Fluch mit uns spielt. Die Götter der Erde wissen warum.« Er strich das gelöste Haar aus ihrer Stirn, um sie anzusehen. »Ihr verliert nicht den Verstand, Alysea. Es war wirklich.« Er rieb sich über die Brust und erst jetzt erkannte sie die geröteten Stellen darauf. Sie wirkten wie ein Muster aus Verbrennungen. Als hätte ihn ein heißes Eisen versengt und Blasen hinterlassen. Tatsächlich hing der Geruch verbrannten Fleisches in der Luft. Sie schauderte.

»Was ist das?«

Er sah an sich hinab und verzog das Gesicht. »Der Grund für den Schmerz, den Ihr über das Silberband gespürt habt. Dünne Rauchfäden, Hitze, das Gefühl, bei lebendigem Leib zu verbrennen, weil das Blut in meinen Adern kocht.« Er lächelte finster. »Seraphias Fluch scheint eine Menge Überraschungen bereitzuhalten, von denen niemand etwas ahnt.«

Alysea schluckte schwer. »Die Frage ist, wie wir ihnen begegnen können.« Sie löste sich von der Wand. Dameo fasste nach ihr, als sie schwankte, und hob sie wortlos auf die Arme. »Ihr müsst nicht …«, begann sie protestierend, aber er schüttelte den Kopf und brachte ihren Widerspruch zum Versiegen.

»Ich muss.«

Glas knirschte unter seinen Sohlen, als er sie aus dem Ankleidezimmer trug, und Alysea blickte verlegen auf ihre nackten Füße. Der Rock hatte verhindert, dass sie Schnitte davongetragen hatte, aber der Teppich war wie ein Meer aus winzigen Messern, die nur darauf warteten, sich in ungeschützte Haut zu bohren.

Er setzte sie in dem kleinen Salon ab, der sich an ihr Schlafgemach anschloss, und Alysea ließ sich in den Sessel sinken, der ihr am nächsten stand. Die Sonne drang durch die hohen Fenster, die auf einen Balkon führten, und Dameo kniff die Augen gegen die Helligkeit zusammen, als würden ihre Strahlen ihm Schmerzen bereiten. Seine Hände zitterten. Sie bemerkte es, als er zu den blauen Samtvorhängen hinüberging und sie vor die Scheiben zog. Dichte Vorhänge. Zu schwer für den Sommer.

»Das Sonnenlicht schadet Euch trotz des Sonnenblutes«, sagte sie in die Stille hinein.

Er zögerte, ehe er die Hand sinken ließ. »Helles Licht bereitet uns Unbehagen«, antwortete er widerstrebend. »Das Sonnenblut sorgt dafür, dass es uns nicht tötet, aber es schneidet in unsere Augen und brennt auf unserer Haut.«

Eine Schwäche, die er nur widerwillig eingestand. Sie würde daran denken müssen, die Helligkeit zu dämpfen, wenn er oder Adia ihre Gemächer betraten. Alysea nickte verstehend. »Ich spüre den Mond, selbst wenn die Mondtränen den Wahn im Zaum halten. Er zehrt an meinem Geist. Wir sperren ihn aus, damit wir sein Auge nicht sehen müssen, aber sein Einfluss weicht in der Nacht niemals vollkommen. Was wir auch tun, um uns vor ihm zu verbergen, er findet uns.«

Eine Schwäche für eine Schwäche. Die Anspannung wich aus seinem Körper und sie konnte seine Erschöpfung erkennen. Er konnte kaum Schlaf gefunden haben in der kurzen Zeit seit der Dämmerung.

»Seraphia wusste, was sie getan hat, als sie uns zu diesem Dasein verdammt hat. Sie hat niemanden bevorzugt.« Dameo ließ sich in den Sessel fallen, der neben ihrem stand. Der kleine Holztisch dazwischen trennte sie voneinander. Sofea hatte die beiden Kristallkelche und die Karaffe noch nicht abgeräumt, die in der Nacht dort zurückgeblieben waren. Er betrachtete sie nachdenklich und Alysea strich verlegen über die samtene Armstütze des Sessels. Es verriet nur zu deutlich, dass die Katzenfrau mehr als eine Dienerin war. Keine Hexe würde ihre Zofe einladen, ihren Wein zu teilen, zu starr waren die Ränge geregelt. Aber er sagte nichts. Wahrscheinlich war es ihm gleichgültig.

»Dameo …«, sie hielt inne, als er den Kopf hob. Sein Name ging ihr noch immer schwer von der Zunge. »Ich möchte … ich möchte den Nachthof kennenlernen.«

Seine Brauen schossen überrascht in die Höhe. »Den Nachthof?«

»Ja.«

Er lehnte sich zurück und seine Verwirrung drang über das Silberband. »Eure Mutter hat gefordert, dass Eure Anwesenheit an meinem Hof nicht vor unserer Verlobung bekannt gemacht wird. Und es ist gefährlich, Alysea.«

»Das weiß ich. Aber ich kann mich nicht vor dem Fluch verstecken und ich will es nicht. Wir wissen nicht viel über die Träger des Silberbandes, aber sie alle sind den Regeln gefolgt. Und jede Hexe ist noch vor ihrer Hochzeit in den Sephris gestürzt. Ich will es ihnen nicht gleichtun.« Sie leckte sich über die Lippen, ihr Mund plötzlich so trocken, als wäre er mit Staub gefüllt. »Ich will das Silberband der Schattenwandler ehren, Dameo, so wie es Florea und Adrean getan haben. Ich will … an Eurer Seite stehen, durch alles, was jetzt mit uns geschieht.«

»Nein. Auf keinen Fall!« Er stand auf und wandte sich ab, zu aufgewühlt, um länger zu sitzen. Seine widerstreitenden Gefühle drangen über das Silberband, zu verworren, als dass sie darin zu lesen vermochte.

»Wir können den Fluch nur gemeinsam brechen. Ich glaube, das Letzte, was Seraphia wollte, war, dass wir starr an den Wegen unserer Art festhalten und einander wie Feinde begegnen. Ich *bin* Eure Gefährtin. Seraphia hat unseren Bund geschmiedet und sie wusste um seine Bedeutung. Es wäre dumm, wenn wir uns ihm entgegenstellen, weil meine Mutter verlangt, dass wir die Traditionen wahren. Ein halber Mondlauf!« Ihre Stimme wurde laut und Verzweiflung ließ sie schriller klingen, als sie es beabsichtigt hatte. »Vielleicht haben wir nicht mehr so lange Zeit!« Sie erhob sich und ging zu ihm hinüber. »Bitte, Dameo«, flüsterte sie. »Denkt darüber nach.«

»Alysea … ich …« Er drehte sich um und legte die Hände um ihr Gesicht. Seine Silberaugen musterten sie so eindringlich, dass nervöse Wellen in ihrem Magen in die Höhe schlugen. »Ich muss Euch schützen. Alles in mir will Euch vor jedem Unheil bewahren, das über Euch kommen könnte. Der Gedanke an die Gefahr, der Ihr Euch aussetzt … ich *kann* es nicht.«

Sein Kiefer verkrampfte sich und Alysea schloss die Finger um seine Arme. »Ich weiß. Aber ich möchte nicht sterben, Dameo. Ich will nicht die Nächste sein, die vom Sephris verschlungen wird, weil sie den Spuren ihrer Vorgängerinnen folgt wie eine willenlose Puppe.

Ich möchte kämpfen. Für Gemea … und *für uns*. Die Stadt braucht Euch. *Adia* braucht Euch.«

Er senkte den Kopf und schloss die Lider. Alysea spürte den Kampf, den er mit sich austrug. »Ich weiß, dass Ihr recht habt«, murmelte er beinahe unhörbar. »Aber es treibt mich in den Wahnsinn.«

»Vielleicht rettet es Euer Leben. Und … meines.«

Etwas in ihm zersplitterte, sie konnte es fühlen. Seine Resignation war wie eine Decke aus Stein, die ihn unter sich begrub. Dameo sah auf und seine Lippen bildeten eine dünne Linie. »Also gut. Dann werdet Ihr als meine Gefährtin an den Nachthof kommen. Heute Nacht.«

Seine Stimme klang gepresst, als müsste er sich zu jedem Wort zwingen. Sie konnte seine Furcht erkennen. Nicht allein vor der Gefahr, sondern davor, dass sie sehen würde, wovor er sie gewarnt hatte. Er ließ sie los und die Wärme seiner Berührung wich. Sie versagte sich den Impuls, die Hände an ihre Wangen zu legen, um sie für einen Herzschlag länger festzuhalten.

Die Flügel der Tür zu ihren Gemächern öffneten sich und Adia kam herein, gefolgt von Sofea, die eine Schüssel mit Wasser und Tücher trug. Dameo trat zurück und Alysea begann, das Brennen ihrer Kratzer stärker zu spüren. Die winzigen Schnitte des Spiegelglases, das in Trümmern auf dem Boden ihres Ankleidezimmers lag. Sofea stellte die Schüssel auf dem Tischchen ab und nötigte Alysea, sich wieder zu setzen, damit sie sich um die Wunden kümmern konnte. Sie wollte protestieren, aber der Fürst hatte sich bereits von ihr abgewandt, seiner Schwester zu, die forschend in sein Gesicht blickte. Eine stumme Zwiesprache, die Alysea ausschloss.

Adia sagte kein Wort, als Dameo an ihr vorüberging, um das Gemach zu verlassen. Der Ausdruck ihrer Silberaugen war so wissend, dass Alysea sich fragte, ob es irgendetwas gab, das ihr je verborgen blieb. Und es war das winzige Lächeln, das kaum sichtbar um ihren Mund spielte, das verriet, dass Adia nur zu gut wusste, was in ihrem Bruder vorging. Alysea wünschte sich, es ebenso gut verstehen zu können. Doch selbst die Macht des Silberbandes genügte nicht, um zu entschlüsseln, was der Fürst des Nachthofes in sich verbarg.

Dameo schloss die Türflügel hinter sich und lehnte sich dagegen. Seine Gemächer waren abgedunkelt, aber er brauchte kein Licht, um die Dunkelheit zu durchdringen. Sie war kühl und lindernd nach der grellen Helligkeit des erwachenden Morgens, die noch auf seiner Haut brannte. Er rieb sich über die Ärmel seines Hemdes, um das Kribbeln der unzähligen Nadelstiche zu vertreiben, das ihn aus seinem leichten Schlaf geweckt hatte. Es versiegte nur langsam und er verstand seinen Ursprung nicht. Ebenso wenig, wie er ergründen konnte, warum sein Körper verrücktspielte, sobald er in Alysea Valerians Nähe kam. Sie war wie Sonnenlicht, das ihn roh und empfindlich zurückließ. Gleichzeitig wuchs das Sehnen nach ihrer Wärme mit jeder Begegnung, jeder Berührung und zog ihn zu ihr, ob er es wünschte oder nicht. Und sie erstaunte ihn. Sie überraschte ihn mit jedem Wort, das aus ihrem Mund drang. Mit jedem Mal, wenn sie etwas tat, was er nie von ihr erwartet hätte. Es verstärkte die Kraft ihrer Anziehung und er war wie eine Motte, die ihrem Licht folgte, obwohl es ihn verbrannte.

Es war das Silberband. Das verfluchte Silberband, das ihn aufwühlte und ihm das Gefühl gab, sich selbst nicht mehr zu kennen. Sein Kopf schlug gegen das Holz in seinem Rücken und er stieß ein frustriertes Stöhnen aus.

»Sachte, mein Freund. Wir brauchen deinen Kopf noch für eine Weile.« Neveas' Stimme. Dameo öffnete die Augen und erblickte die Schwaden des Rauches, aus denen sie erklang. Was im Licht schwarz wirkte, war in der Dunkelheit der Nacht ein silbergrauer Schimmer wie Mondlicht, das den Nebel erhellte. *Wenn* er wollte, dass er gesehen wurde.

»Wie viel hast du gesehen?«, fragte Dameo finster.

»Genug.« Neveas' Gestalt manifestierte sich nicht weit von ihm. Er trat aus den Schatten wie ein Geist, der plötzlich wieder unter den Lebenden wandelte. Sein Lächeln war unverschämt. Wissend. Dameo musste sich zwingen, nicht die Faust zu benutzen, um es zumindest für einen Wimpernschlag lang aus seinem Gesicht zu wischen.

Genug. Alles.

»Ich hasse es, wenn du mir nachspionierst«, knurrte er verstimmt.

»Du wolltest, dass ich sie bewache«, gab Neveas gut gelaunt zurück. »Und ich habe meine Pflicht getan. Du hättest wissen sollen, dass ich dort bin. Und ich bezweifle, dass es ihr gefallen hätte, wenn ich ohne Vorwarnung in ihrem Gemach erschienen wäre. Zumal keiner von euch auf Gesellschaft versessen schien.« Er sah sich suchend um, bis er die halb geleerte Weinflasche fand, die auf dem Kaminsims zurückgeblieben war. Ein zweiter Blick und er erspähte die schlichten Becher und füllte sich einen davon.

Wissen sollen. Ja. Wenn er nur für einen Augenblick einen klaren Kopf behalten könnte, wenn die Hexe in seiner Nähe war. Er hob eine Braue und musterte seinen Freund. »Und du konntest nicht so viel Anstand aufbringen, einfach zu verschwinden?«

Neveas legte den Kopf schief und grinste breit. »Warum? Ihr wart überaus unterhaltsam.«

Er hatte mit keiner anderen Antwort gerechnet. Dameo atmete zischend aus und fiel in einen der beiden Ledersessel, die unweit des Kamins aufgestellt waren. »Sie bringt mich um den Verstand.«

»Du bist nicht der Einzige, der dieses Schicksal trägt. Schöne Frauen neigen dazu, diese Wirkung zu besitzen.« Neveas nippte prüfend an seinem Becher und füllte dann einen zweiten, den er vor Dameo abstellte.

»Wenn es das wäre, würde ich mein Schicksal mit Freuden tragen. Aber wie kann ich …?«, seine Worte erstickten in einem hilflosen Laut und er stützte den Kopf in die Hände. Seine Finger gruben sich in sein Haar.

»Vor ihren Augen sein, was du sein musst? Du wirst es herausfinden müssen.« Neveas' Stimme blieb ungerührt. »Und sie wird es ertragen müssen. Es ist der Preis, den sie bezahlt, wenn sie ihren Platz an diesem Hof einnehmen will.«

»Wie zum Abgrund kann sie das wollen?«, stöhnte Dameo resigniert. »Sie sollte laufen, so schnell und so weit sie kann. So wie es jeder vernünftige Mensch an ihrer Stelle tun würde.«

»Sie ist die Tochter der eisernen Fürstin, Dameo«, erinnerte Neveas ihn trocken. »Es war zu erwarten, dass sie sich nicht wie ein Kaninchen in ihrem Bau verkriecht und abwartet, bis der große Held der Schattenwandler ihren Hals rettet.«

In der Tat. Sie war kein Kaninchen. Etwas in ihm war sich sicher, dass die Seele einer Jägerin im Körper einer zierlichen Hexe schlummerte. Und wenn es nur ihre Zunge war, mit der sie in den Kampf zog. »Ich habe nicht erwartet, dass es so sein würde«, sagte Dameo dumpf. »Dass es mich kümmern könnte, was sie von mir denkt. Es sollte mir gleichgültig sein. *Sie* sollte mir gleichgültig sein, bis auf den Drang, den das Silberband auslöst.«

»Oh, das wäre es gewiss, wenn sie *Emea* Valerian wäre.«

Ein geschickter Griff, ein Finger, der schmerzhaft in seinen Wunden bohrte. Dameo atmete tief ein, um den Ärger zu besänftigen, den Neveas' Heiterkeit in ihm weckte. »Du bist ein verabscheuungswürdiger Bastard. Ich frage mich, warum ich ausgerechnet *dich* meinen Freund nennen muss.«

Neveas lachte auf und setzte sich auf die Armstütze des zweiten Sessels. »Weil du mich liebst wie deinen Bruder …«, er hielt gespielt nachdenklich inne. »Nein. Wie du deinen Bruder lieben würdest, wenn er kein widerwärtiger kleiner Mistkerl wäre.«

Dameo schnaubte und schüttelte den Kopf. Dann setzte er sich auf und lehnte sich zurück. »Ich will, dass du ihr nicht von der Seite weichst. Ganz gleich, was sie tut oder wohin sie geht.«

»Das werde ich nicht«, versprach er. »Aber momentan sorge ich mich stärker um dich.« Neveas fixierte seine Brust und Dameo wusste, dass es die Brandblasen waren, die seine Aufmerksamkeit erregt hatten. »Du hast Emeas Sonnenblut nicht angerührt?«

»Doch, das habe ich«, sagte er abweisend. »Das hier habe ich der Magie zu verdanken, die ihre Vision ausgelöst hat.«

»Es ist mehr als das. Ich habe gesehen, wie du auf das Licht reagiert hast.« Jede Spur von Humor verschwand aus Neveas' Stimme. »Du hast so stark darauf angesprochen, als hättest du kaum einen Tropfen davon in dir und das weißt du. Anderenfalls säßen wir nicht im Dunklen.«

»Eine vorübergehende Empfindlichkeit durch den Zauber, nicht mehr. Sie wird vergehen, wenn ich Schlaf hatte.«

»Wird sie das?« Neveas schüttelte zweifelnd den Kopf. »Irgendetwas geschieht, Dameo. Und es ist nichts Natürliches.«

»Das weiß ich.« Er drehte grimmig den Becher in seinen Händen. »Und wenn es nichts Natürliches ist, habe ich keine Ahnung, wie wir es aufhalten können.«

Neveas antwortete nicht. Er wusste ebenso gut wie Dameo, dass es keine Antwort gab. Seraphias Fluch war wie ein Beil, das über ihren

Köpfen hing. Wann es herabschnellen würde und wie es das tat, konnte niemand vorhersehen. Es war das erste Mal in seinem Leben, dass er sich hilflos fühlte. Dass weder seine Stärke noch sein Verstand etwas gegen den unsichtbaren Feind ausrichten konnte. Und er hatte das untrügliche Gefühl, dass sich eine Schlinge um Alysea Valerian schloss, die sie unaufhaltsam auf den Glockenturm ziehen würde. Es war ebenso unerträglich wie das Brennen der Sonne auf seiner Haut.

Nein. Von diesem Tage an war sie Alysea Angelis. Seine Fürstin.

Der Gedanke verstärkte den Aufruhr, der in ihm tobte, und das Kribbeln der Verbrennungen wurde stärker. »Heute Nacht wird sie neben mir auf dem Thron sitzen, Neveas. Und ich muss sicherstellen, dass niemand es wagen wird, die Hand an sie zu legen oder ihren Anspruch infrage zu stellen. Niemals.«

Neveas hob skeptisch die Brauen. »Du willst das wirklich?«

»Ja«, antwortete Dameo bestimmt. »Es ist der einzige Weg.« Der *richtige* Weg. Alles andere würde nicht mehr als eine Farce sein und er war des Schauspiels müde. »Du weißt, dass es sein muss. Es gibt schon jetzt genug Gerede am Hof, weil der Nachtfürst sich nicht gegen den Willen der Hexenfürstin behauptet. Alysea nimmt die Fesseln von mir. Und es ist an mir, dafür zu sorgen, dass niemand sie mit meiner Bluthure zu verwechseln versucht.«

»Dann wird es eine lange, blutige Nacht. Du solltest versuchen, so viel Schlaf zu finden, wie du kannst, bevor sie anbricht. Und du brauchst etwas Stärkeres als Wein. Ich hoffe, du bist klug genug, nicht geschwächt vor den Hof zu treten.« Neveas verließ den Sessel und hob vielsagend den Becher, ehe er ihn zurück auf den Kaminsims stellte.

Dameo nickte. »Das werde ich nicht.«

»Gut. Alles andere würde nicht allein dich in Gefahr bringen. Adia weiß es?«

»Sie wird es erfahren, sobald du auf deinen Platz zurückgekehrt bist.«

»Warte nicht zu lange.« Seine Stimme verklang zu einem leeren Hall, als Neveas' Körper sich in Rauch auflöste, der durch die Ritzen unter der Tür quoll. Er würde auf seinen Wachtposten zurückkehren, damit Dameo Ruhe finden konnte. Zumindest für eine kurze Weile.

Eine lange, blutige Nacht.

Und die Erdgötter wussten, dass er jeden Augenblick davon verabscheuen würde.

Herausforderer, die stark genug sind, um eine Herausforderung darzustellen, und die alle Kraft aufbrauchen. Zu viel Blut, um sie wiederherzustellen. Ein Kreislauf, der niemals endet.

Dameo schloss die Augen, um das Brennen darin zu lindern, und ließ den Atem aus seinen Lungen weichen. Er würde keine Ruhe finden. Keinen Herzschlag lang, solange die Gefahr, die über ihnen schwebte, nicht verflogen war. Und er wusste, dass Seraphias Fluch und das Silberband ihn weit über alle Grenzen hinausführen würden, die zu überschreiten er fürchtete.

9
Fürstin der Nacht

Es war eine Fremde, die ihr aus dem Spiegel entgegensah, dennoch trug sie ihr Gesicht. Alysea sah an sich hinab, auf die Wellen der Seide, dunkel wie der Himmel, der sich über Gemea ausbreitete. Schwarze Spitze bedeckte ihre Arme, von Silber durchwirkt, das Sterne auf ihrer Haut aufblitzen ließ. Am Sonnenhof würde es als skandalös gelten, wenn sie sich auf diese Weise zeigte. Hier erweckte es das Abbild der Fürstin des Nachthofes zum Leben.

Adia stand hinter ihr und betrachtete zufrieden das Werk, das sie mit Sofea vollbracht hatte. Die Schwester eines Fürsten, die eine Dienerin wie ihresgleichen behandelte. Es hatte Alysea erstaunt, wie offen sie mit der Katzenfrau umging, als wüsste sie, dass das Band zwischen ihnen ein anderes war als das von Herrin und Zofe. Nun räumte Sofea das Nähzeug beiseite, das sie benutzt hatten, um das Kleid an ihren Körper anzupassen. Woher Adia es gezaubert hatte, blieb ihr Geheimnis und Alysea lernte, ihre Voraussicht nicht infrage zu stellen. Es hätte sie nicht verwundert, wenn sie es in Auftrag gegeben hätte, kaum dass sich das Silberband um Alysea und ihren Bruder geschlossen hatte. Tatsächlich waren nur wenige Änderungen nötig gewesen.

Adia wandte sich ab und nahm ein geschnitztes Holzkästchen von Alyseas Bett. Sie waren nicht ins Ankleidezimmer zurückgekehrt, obgleich die Spiegelscherben daraus entfernt und ein neuer Spiegel gebracht worden war. Doch sobald Alysea sich der Tür näherte, war es, als könnte sie noch die Reste von Floreas Präsenz spüren. Als könnte Seraphias Tochter einmal mehr nach ihr greifen, um … wozu? Es war eine Frage, die sie sich unzählige Male gestellt hatte, wann immer die Vorbereitungen für die Nacht ihr einen Atemzug Zeit gelassen hatten. Doch sie fand keine Antwort. Keinen Grund.

Nichts, was sie auf den Augenblick vorbereiten konnte, in dem es das nächste Mal geschah.

Sie biss sich auf die Unterlippe, was ihr einen strafenden Blick von Sofea eintrug, die eine Garnrolle aufwickelte. »Du magst wie eine Schattenwandlerin wirken, aber ich bezweifle, dass Lippenrot auf deinen Zähnen dazu beitragen wird, deine herrschaftliche Aura zu betonen.«

Adia lachte und näherte sich mit dem Kästchen. »Warum nicht? Ein wenig falsches Blut auf den Zähnen könnte den Hof davon überzeugen, dass es nicht ratsam ist, die neue Fürstin zu verärgern.«

Blut auf den Zähnen. Wie ermutigend. Alysea schluckte die leichte Übelkeit, die bei dem Gedanken an den Nachthof in ihr aufstieg. »Ich fürchte, meine Zähne sind nicht scharf genug, um jemanden damit zu beeindrucken.«

»Euer Verstand ist es. Und glaubt mir, jeder Dummkopf kann eine Klinge aus Stahl benutzen. Aber der Geist ist eine Waffe, derer sich nicht jeder zu bedienen vermag.« Adia öffnete das Kästchen und brachte ein zartes Diadem zum Vorschein, das im Kerzenlicht funkelte, als wäre ein Stern vom Himmel gefallen. Die Schattenwandlerin nahm es heraus und stellte das Behältnis beiseite. »Meine Mutter hat es oft getragen. Es war eines ihrer liebsten Stücke. Sie hätte gewollt, dass Dameos Gefährtin es bekommt. Und es wird den Hof daran erinnern, dass Ihr ein Teil der Angelis seid.«

»Adia … nein«, Alysea stockte und schüttelte ablehnend den Kopf. »Das kann ich nicht annehmen.«

»Ihr müsst«, beharrte sie mit einem Lächeln. »Ihr wisst nicht, wie lange ich darauf warten musste, es Dameos Gefährtin übergeben zu dürfen.«

»Eure Mutter hätte sicher nicht gewollt, dass seine Gefährtin eine Hexe ist.«

»Mutter war eine kluge, besonnene Frau. Sie hätte Seraphias Wahl nicht infrage gestellt und Euch als ihre Tochter begrüßt, ohne danach zu fragen, auf welcher Seite des Sephris Ihr geboren seid.« Das Glitzern wich aus Adias Blick und ließ Ernst einkehren. »Ihr stellt Euch dem Nachthof, Alysea, und ich will, dass jeder sehen kann, dass Euer Anspruch rechtmäßig ist. Ihr wisst nicht, was es wirklich bedeutet. Dameo wäre dem Gebot Eurer Mutter gefolgt, aber es hätte ihn schwach wirken lassen, weil er dem Willen der Hexenfürstin gehorcht. Es hätte seine Feinde gestärkt und Unmut geschürt. Wenn Ihr heute dort hinausgeht, wird es Verdruss geben und jene, die ihn für seine Entscheidung, eine Hexe auf den Thron zu setzen, herausfordern. Doch gleichzeitig wird es seine Stärke beweisen. Er wird sie in die Schranken weisen, ehe sich zu viele von ihnen einbilden, dass er schwach genug ist, um ihm den Thron zu entreißen.«

Alysea wollte nicht darüber nachdenken, auf welche Weise er seine Stärke beweisen würde. Sie sah zu Boden, auf den Saum der dunklen Seide, die den kostbaren Teppich bedeckte. »Das habe ich nicht erwartet, Adia. Und ich hätte es nie gewollt. Wenn ich gewusst hätte, dass es ihn zu einem Kampf zwingt, hätte ich ihn niemals dazu verleitet.«

Adia fasste mit der freien Hand nach ihrer Schulter und die Spitze ihrer Handschuhe kratzte über Alyseas Haut. »Es ist richtig, Alysea. Blut wird fließen. Das ist unausweichlich. Ob es heute geschieht oder wenn der Halbmond das nächste Mal am Himmel steht, macht keinen Unterschied. Auf diese Weise wird es ihn stärken und seine Gegner zum Schweigen bringen, bevor sie noch mehr Unterstützung sammeln können.«

»Der Halbmond?«, wiederholte Alysea fragend.

»Die Tradition verlangt, dass der Fürst seinen Thron in der ersten Halbmondnacht eines Mondlaufs verteidigt. Zumindest, wenn es einen Herausforderer gibt, der es wagt, sich ihm zu stellen.«

»Und Ihr glaubt, dass es heute einen Herausforderer geben wird?«

»Ja.« Eine schlichte Antwort, so ruhig und bestimmt, dass kein Raum für Zweifel blieb.

»Wird er stark genug sein, Adia?«, fragte Alysea tonlos. »Jetzt? Wenn das Silberband einen solch starken Einfluss auf ihn ausübt? Wenn nicht sicher ist, was Seraphias Fluch in uns auslöst?«

»Das wird er. Unterschätzt niemals die Macht, die das Silberband auf einen Schattenwandler haben kann.« Adias Lächeln kehrte zurück, doch für Alysea waren es nichts als neue Rätsel, die über ihre Lippen kamen.

»Es ist grausam, dass er gezwungen ist, seine Herrschaft auf diese Weise zu verteidigen.«

»Es ist unsere Welt.« Adias Silberaugen wirkten trüb, verhangen von dem Schmerz, den sie zu verbergen versuchte.

Ihre Welt. Das, was die Hexen aus ihnen gemacht hatten, als sie die Wandler erschaffen hatten. Und nun wagte es eine von ihnen, den Fuß über die Schwelle des Nachthofes zu setzen. Eine Erinnerung an die alte Herrschaft, an jene, denen sie zu dienen verpflichtet gewesen waren. Welcher Wandler könnte jemals eine Hexe an der Seite seines Fürsten dulden, ohne sie für das zu hassen, was sie war? Dennoch war es die Welt, die Florea und Adrean hatten verändern wollen … die Seraphias Fluch zu verändern suchte. Und sie musste sich ihr stellen, wenngleich die Aufgabe wie ein Felsen auf ihrer Brust lastete.

»Und jetzt ist es auch meine Welt«, sagte Alysea mit einer Ruhe, die von dem Kribbeln in ihrem Magen Lügen gestraft wurde.

Adia nickte und setzte das Diadem auf ihr Haar. »Das ist sie. Und ich bete dafür, dass Ihr sie für uns alle verändern werdet.«

Verändern … indem sie den Fluch überlebte. Und begann, die Mauern zwischen Schattenwandlern und Hexen niederzureißen.

Alysea schloss die Augen. Als sie sich zum Spiegel umwandte und sie wieder öffnete, starb der letzte Funken von Alysea Valerian, um an ihrer Stelle die Nachtfürstin zurückzulassen.

Es war, als würde die Welt verstummen, als Alysea an Adias Seite den Thronsaal des Nachthofes betrat. Der Marmor unter ihren Füßen war von einem bläulichen Schwarz wie die Nacht. Silberne Sterne blitzten darauf, gleich den Spiegelsplittern, die ihr Gemach übersät hatten. Sie wiederholten sich über ihren Köpfen. Unzählige Lichter, die so kühl funkelten wie ein Sternenmeer.

Es kostete sie die Reste ihrer Selbstbeherrschung, ihre Miene ausdruckslos zu halten und die Furcht in ihrem Herzen einzuschließen, als sie der Blicke gewahr wurde, die auf ihr lasteten. Raubtieraugen, die ihre Beute ins Visier nahmen, um zu ermessen, wie stark ihr Widerstand sein würde.

Sie waren wie Schatten. Wie die lebendige Nacht, in der Form von Menschen gefangen, die sich in den Säulengängen zu beiden Seiten sammelten. Flüssige Schwärze, die den Weg säumte, auf eine Weise unwirklich, die Alysea an das Wabern von Rauch erinnerte. Sie sah ihre Gesichter aus den Augenwinkeln. Manche kühl und neugierig, andere von Zorn gezeichnet.

Adias Hand legte sich ermutigend auf Alyseas Rücken. Sie straffte sich, ehe sie den ersten Schritt auf den Pfad tat, der sich inmitten der Schattenwandler gebildet hatte. Stahl. Sie musste kalt und stark wie Stahl sein. Alysea richtete den Blick auf die Empore, die sich am Ende ihres Weges abzeichnete. Auf den Fürsten des Nachthofes, der sich von seinem Thron erhoben hatte. Sie spürte seine Unruhe, auch wenn sein Gesicht glatt wirkte. Eisig. Seine Schwingen rahmten seine Gestalt und ließen ihn noch größer erscheinen. Mächtiger. Beinahe verdeckten sie das silberne Wappen des geflügelten Sichelmondes, das hinter ihm die Wand zierte. Wer konnte es wagen, ihn herauszufordern, und hoffen, gegen ihn zu bestehen?

Die Absätze ihrer Schuhe hallten unnatürlich laut unter dem Gewölbe wider. Kein Wort, kein Flüstern erklang. Eine Nadel, die zu Boden fiel, würde wie ein Schrei durch den Saal gellen. Das Silberband war wie ein unsichtbarer Faden, der sie voranzog, auf den kostbaren Seidenteppich, der sich rot wie Blut von den Stufen ergoss. Er dämpfte ihre Schritte und wirkte wie eine Barriere, die sie von der restlichen Welt abschloss.

Gräulicher Nebel wallte zwischen den Schattenwandlern auf und floss bis vor ihre Füße. Ein Wispern lag darin. Ein hässliches, abfälliges Murmeln, das keiner Worte bedurfte, um verstanden zu werden.

»*Was auch geschieht, was auch immer Ihr spüren werdet, geht weiter und beachtet es nicht. Lasst einen Schattenwandler niemals Eure Angst erkennen oder er wird Euch als Beute ansehen, die er jagen darf, bis er sie erlegt hat.*« Adias letzte Warnung, bevor sie ihre Gemächer verlassen hatten. Alysea wollte die Augen schließen, davonlaufen und den Saal nie wieder betreten. Aber sie hielt den Blick stoisch auf die Treppe zur Empore gerichtet, als würde sie den drohend aufragenden Nebel nicht sehen. Als spürte sie die Berührung der unsichtbaren Nebelfinger nicht, die suchend über ihre Haut tasteten, kratzten, als wollten sie sie zerreißen. Sie legten sich um ihren Hals und das Grauen ließ den Atem in ihren Lungen stocken, mehr noch als der sanfte Druck, der sich neckend um ihre Kehle schloss.

Aber sie durfte die Angst nicht siegen lassen. Nicht jetzt. Es war eine Provokation, die sich an den Nachtfürsten richtete, und sie würde nicht zulassen, dass das Silberband ihn zum Handeln zwang.

Keine Furcht. Hab keine Furcht. Sie stellen dich auf die Probe, nicht mehr. Geh weiter. Weiter.

Ein Schritt und sie durchbrach den grauen Nebel, der prickelnde Nadelstiche auf ihrer Haut hinterließ. Ihre Schleppe glitt über die Schwaden hinweg und fegte sie beiseite. Er zerstob mit einem empörten Zischen und verschwand zwischen den Beinen des Hofes wie eine Katze, der man auf den Schwanz getreten hatte.

Adia blieb zurück, als sie den Fuß der Stufen erreichten. Beklommen hob Alysea ihre Röcke und stieg hinauf, auf den Fürsten des Nachthofes zu, der reglos wartete. Silberfäden waren der einzige Schmuck, der seinen schwarzen Gehrock zierte. Ein Echo ihres Kleides, geschickt gewählt, um Einheit zu demonstrieren. Sein Haar war streng zurückgenommen und seine Silberaugen flackerten fiebrig. Etwas an ihm war anders. Fremd. Als würde jeder Atemzug Macht ausströmen und sein Körper vor mühsam bezähmter Kraft bersten wollen.

Alysea schluckte, als er ihr die Hand reichte, um ihr die letzte Stufe hinaufzuhelfen. Die Empore war hoch. So hoch, dass jeder der Versammelten zu ihnen aufblicken musste. Eine Erinnerung, dass der Fürst weit über ihnen stand und niemand es sich erlauben durfte, einen Platz über ihm einzunehmen. Das Gewölbe über ihnen öffnete sich zu einer Kuppel, die mit geflügelten Gestalten bemalt worden war. Eine Galerie zog sich darunter entlang, offene Arkaden, deren Glasverkleidung entfernt worden war, um die Sommerbrise einzulassen. Sie konnte den Mond sehen, der am Nachthimmel stand. Noch immer voll und stark, ein Beobachter, der lockend nach ihr rief.

Alyseas Hand zitterte in Dameos Griff und der Druck seiner Finger wurde fester. Adia schritt die Stufen hinauf, ein Kissen aus roter Seide in der Hand. Die Einzige, die es sich anmaßen durfte, die Empore zu besteigen. Dennoch hielt sie inne und sank in einem Knicks nieder. Einstudiert. Und doch … es ließ Alyseas Beklommenheit wachsen, die stolze Frau niedersinken zu sehen, als stünde sie über ihr.

Zum ersten Mal wogte ein Raunen durch den Saal. Eine Schattenwandlerin, die einer Hexe offen die Ehre erwies. Es war eine

Herausforderung an jeden, der den Sonnenhof auf den Knien sehen wollte.

Adia erhob sich und zwinkerte Alysea zu. Eine Geste, die ihre eigene Nervosität kaum verschleiern konnte. Sie hielt ihrem Bruder das Kissen entgegen, auf dem ein schwerer Siegelring neben einem kleinen Dolch lag. Der geflügelte Sichelmond. Eine zartere Kopie des Rings, der an seinem Finger steckte. Er nahm Alyseas linke Hand, während Adia sich einen Schritt zurückzog. Eine Zeugin. Eine Wache.

»Serea Alysea Angelis.« Seine Stimme schallte durch den Saal und das Raunen verstummte unter ihrem Hall. Er schob den Ring auf ihren Finger und wandte sich zum Hof um, ohne ihre Hand loszulassen. »Mit diesem Ring zeichne ich Euch als Fürstin des Nachthofes aus. Von diesem Tage an sprecht Ihr mit meiner Stimme. Wer mir die Treue geschworen hat, soll auch Euch dienen. Wer Euch die Ehre verweigert, verweigert sie auch mir.« Eine Drohung, an jeden gerichtet, der ihr Band nicht anerkennen wollte.

Alysea befeuchtete ihre Lippen. Ihr Mund schien zu trocken, um etwas hervorzubringen, trotzdem wusste sie, dass sie sprechen musste. Sie räusperte sich lautlos. »Ich schwöre, dem Nachthof zu dienen und seine Traditionen zu ehren, wie es seiner Fürstin gebührt. Wenngleich unsere Geburt unsere Familien getrennt hat, so hat uns das Silberband vereint und zu einem Blut werden lassen.«

Rituelle Worte, die Adia ihr eingeschärft hatte. Es grenzte an ein Wunder, dass ihre Stimme nicht zitterte.

Dameo nahm den Dolch an sich, der auf dem Kissen zurückgeblieben war, und ergriff Alyseas Hand. Seine Silberaugen brannten und sie konnte seinen Widerwillen spüren, als er die Klinge über ihre Handfläche zog. Schmerz strömte von der Wunde aus. Sie sog scharf den Atem ein, während sie sich bemühte, ihn nicht bis auf ihr Gesicht dringen zu lassen.

»Euer Blut ist das Siegel, das den Schwur bindet.« Er drehte ihre Hand und ließ es auf den Boden der Empore tropfen. Dann setzte er einen Schnitt an seiner eigenen Hand. »So wie das meine.«

Rote Tropfen vereinten sich mit dem schimmernden Sonnenblut, das durch ihre Adern strömte. Ein letztes Symbol ihrer Vereinigung. Zum ersten Mal blickte Alysea offen in die Gesichter der Schattenwandler, die dem Hof angehörten. Bleich wie der Tod, zu selten von der Sonne berührt. Sie fand Groll und mildes Interesse, doch kaum eines offenbarte Wohlwollen. Flüstern brandete auf und durchbrach die Grabesstille, die über dem Thronsaal lag. Wütend. Zischend und bedrohlich wie eine Schlange, die sich ihrer Beute näherte und den richtigen Augenblick für den Biss suchte. Es schwoll an, als Dameo sich über ihre Hand beugte und ihre Finger unterhalb des Siegelringes küsste. Seine Lippen waren kalt und hart. Kein Zeichen von Zuneigung fand sich auf seiner Miene, als er sich aufrichtete.

»Hexenhure.«

Sie konnte es hören, als hätte ein Luftzug es bis an ihr Ohr getrieben, allein für sie bestimmt. *Hexenhure. Wandlerhure.* Es blieb gleich, wohin sie ihren Fuß setzte. Sie wollte über die Einheit lachen, die Wandler und Hexen offenbarten. Was sie noch in der Nacht der Zeremonie verletzt hatte wie eine Rasierklinge, verlor seine Schärfe, je öfter sie es hörte.

Iulean Angelis stand am Rande der Menge, die Augen hinter den gefärbten Gläsern verborgen. Dennoch war Alysea sich sicher, dass sein Blick auf ihnen ruhte und dass keine Freundlichkeit darin lag. Seine Schultern waren angespannt, seine Gestalt steif. Ein Schauer rieselte über ihre Haut, als er sich auf seinen Spazierstock stützte. Etwas gab ihr die Gewissheit, dass sich ein gefährlicheres Raubtier hinter seinem versonnenen Lächeln verbarg als in jenen, die ihren Unmut offen bekundeten. Er neigte sich zu dem Mann, der neben ihm stand, und wisperte ihm etwas zu. Ein Nicken und der Fremde verschwand vor Alyseas Augen. Eine unsichtbare Bedrohung … wie jene, die ihr auf ihrem Weg begegnet war. Vielleicht hatte er sie sogar gesandt.

Dameo bot ihr seinen Arm an und Alysea legte die Hand darauf, um sich von ihm die Stufen hinabführen zu lassen. Erwartung brodelte in ihm. Vorsicht. Seine Spannung übertrug sich auf sie, als sie begannen, den Teppich entlangzuschreiten. Ein Spießrutenlauf, dessen Ausgang ungewiss blieb.

»Serea Alysea? Es ist mir eine Freude, Euch bei Hofe zu begrüßen.« Eine melodische Stimme, die sie nicht kannte.

Alysea hielt inne und drehte den Kopf. Der Sprecher stand den Stufen so nah, dass er ein Bollwerk vor den Wandlern bildete, die nach ihm kamen. Sein dunkelbraunes Haar war sorgfältig zerzaust, um den

Eindruck von Sorglosigkeit zu erwecken, aber die Schärfe seiner blauen Augen verriet das Gegenteil. Er lächelte und streckte die Hand nach ihr aus. Sie spürte keine Vorsicht, die über das Silberband drang, nichts, das auf eine Gefahr hinwies, die von ihm ausging.

»Ich danke Euch, Domin …«

»Neveas Martean. Euer ergebener Diener.« Er neigte den Kopf und sie reichte ihm die Hand, an der das Siegel der Angelis saß. Er berührte sie mit der Stirn, nicht mit den Lippen. Als er sich wieder aufrichtete, tanzte ein unverschämtes Funkeln in seinem Blick, ein Zwinkern, so flüchtig, dass es ebenso gut eine Täuschung sein konnte.

»Domin Neveas. Ich bin erfreut.« Sie lächelte warm, als sie sich an den Namen erinnerte, und ein Ruck ging durch die Anwesenden. Neveas senkte abermals den Kopf und Dameo bedeutete ihr, weiterzugehen. Die nächsten Köpfe beugten sich vor ihnen. Manche zögerlich und von Abneigung gezeichnet, andere mit einem Glitzern in den Augen, von dem sie nicht wusste, ob es Erheiterung, Neugier oder Ärger signalisierte. Alysea zwang sich, ruhig zu atmen, während sie die vordersten Schattenwandler passierten, um ihre Ehrenbezeugungen entgegenzunehmen. Ihre Finger waren kalt und klamm von der Feuchtigkeit, die sich auf ihren Handflächen gebildet hatte.

»Nicht jeder befürwortet es ebenso wie Ihr, dass eine Hexe auf dem Thron des Nachthofes sitzen soll, Neveas.«

Unruhe entstand in den Reihen der Wandler. Einer von ihnen löste sich aus der Versammlung und trat auf den Teppichpfad. Sein Haar hatte die Farbe von Mondsilber. Es war kurz geschnitten und rahmte ein grobknochiges Gesicht. Seine Kleidung wirkte militärisch streng, ebenso wie seine Haltung. Er hatte auf jeden Prunk verzichtet und Alysea musste ihn nicht kennen, um zu verstehen, dass er Macht besaß. Zu viel Macht. Sie sprach aus jeder flüssigen Bewegung und der Selbstsicherheit, mit der er sich dem Fürsten entgegenstellte.

»Ihr verlangt, dass wir den Kopf vor ihr neigen, als hätte sie unseren Respekt verdient, mein Fürst? Mit welchem Recht?« Frost klirrte in der Stimme des Wandlers. Schweigen fiel wie eine Decke herab und ließ das Murmeln des Hofes ersticken.

Dameo wandte sich ihm zu. Langsam, ohne jede Hast. Er schien gelassen, obgleich sie spüren konnte, wie wachsam er war. »Mit dem

Recht, das das Silberband ihr als meine Gefährtin verliehen hat. Wollt Ihr Seraphias Wahl und ihr Gesetz in Zweifel ziehen, Sevras?« Dameos Tonfall war süffisant, doch das unterschwellige Grollen darin blieb niemandem verborgen. Dunkelheit wallte um seine Schwingen herum auf, als würde ihre Schwärze sich von den Federn lösen und lebendig werden.

»Hat sie gewählt? Oder ist es nur ein Vorwand, unter dem Ihr Eure Hexengeliebte hierherbringt, um uns damit zu brüskieren?«

Dameo schnaubte abfällig. »Wollt Ihr vorgeben, ein solch großer Narr zu sein? Jeder hat gesehen, was in der Kathedrale geschehen ist.«

»Das haben wir. Aber vielleicht war es nicht mehr als ein Blendzauber, der uns täuschen sollte, damit Ihr einen Vorwand habt, sie zu Euch zu holen. Sie ist eine Hexe. Sie kann uns alles glauben machen, was sie will.«

»Keine Hexe könnte das Silberband imitieren«, sagte Alysea ruhig, obwohl ein Bienenschwarm in ihrem Magen aufstob.

»Und wer könnte der giftigen Zunge einer Hexe Vertrauen schenken?«, gab der silberhaarige Wandler verächtlich zurück. Es verschlug ihr den Atem, als er sie musterte wie Schmutz, der an seinen Stiefeln haftete. »Ihr kriecht in den Geist wie Würmer, die den Verstand auffressen. Warum nicht auch in seinen?«

Alysea versteifte sich und Dameo legte die Hand über die ihre. »Ich könnte Eure Worte als Beleidigung auffassen, Sevras«, sagte er betont gleichmütig. »Vielleicht sogar als Verrat.«

»Möchtet Ihr das wirklich?«, gab der andere bedächtig zurück. »Für eine Hexe?« Er bleckte die Zähne zu einem wissenden Lächeln, das ihre scharfen Spitzen offenbarte. Nadeln stachen auf Alyseas Haut ein und versetzten jeden Flecken ihres Körpers in ein unerträgliches Prickeln.

Dameo sah auf den anderen hinab. Er war ihm an Körpergröße überlegen, obwohl der Silberhaarige muskulöser wirkte. »Das kommt darauf an, wie weit Ihr für Eure Überzeugungen zu gehen bereit seid.«

»So weit Ihr mich zu gehen zwingt, um sicherzustellen, dass kein Schattenwandler je das Haupt vor einer Hexenhure neigen muss.«

Hitze schoss durch das Silberband. Ein zorniger Rausch, der durch Dameos Adern strömte. Er zog einen schmalen, sichelförmigen Dolch unter seinem Gehrock hervor und schleuderte ihn zu Boden. Das Metall blieb zitternd mit der Spitze in dem dicken Teppich stecken.

Ein Duelldolch. Eine unausweichliche Herausforderung.

»Dann trefft mich in der Arena«, befahl er kalt.

Seine Worte donnerten durch den Saal wie die Vorboten eines Gewitters und das Stimmengewirr, das ihnen folgte, rauschte in Alyseas Ohren. Der Silberhaarige neigte spöttisch das Haupt. »Wie Ihr wünscht, mein Fürst.«

Er beugte sich hinab und zog den Dolch aus dem Teppich, um ihn in seinen Gürtel zu stecken. Klauen schossen aus seinen Fingerspitzen und zerschlitzten sein Hemd über der Brust. Alysea unterdrückte einen Aufschrei, als er die Fetzen von seinem Leib riss und Muskeln offenbarte, die ihn massiv wie einen Berg wirken ließen. Adern und Sehnen traten an seinem Hals hervor, unnatürlich verdickt. Ein Monster, das sich in der Gestalt eines Menschen verbarg. Blutgeschmack füllte Alyseas Mund, als ihre Zähne in ihre Zunge drangen.

Dameo entfaltete mit einem Ruck seine Schwingen. Seine Arme legten sich um ihre Taille und er hatte seinen Griff kaum gefestigt, als ihre Füße den Halt verloren. Sie klammerte sich erschrocken an ihm fest, bemüht, nicht vor Entsetzen zu schreien, als er der Kuppel entgegenschnellte wie ein Pfeil. Schwärze wallte vor ihren Augen auf, als der Schwindel übermächtig wurde. Er wich, als kühler Nachtwind ihre Wangen berührte und die Cae'Angelis unter ihnen zu einem Gebilde aus spitzen Silberdächern und Mauern schrumpfte, die von der Nacht verschluckt wurden. Gemea wirkte wie eine Spielzeugstadt, die Häuser winzig wie Stecknadelköpfe, die sich an den beleuchteten Linien der Gassen aufreihten.

Dameo ließ sich unvermittelt sinken und die Türme der Cae'Angelis näherten sich ihnen wie emporgereckte Speere, die danach trachteten, sie aufzuspießen. Der Wind trieb Alysea lose Strähnen ins Gesicht und nahm ihr für einen Herzschlag lang die Sicht. Dann landeten sie auf einem kleinen Balkon, der sich an die Fassade eines Turmes schmiegte. Alysea grub die Finger in Dameos Gehrock, um nicht den Halt zu verlieren, als ihre Beine nachgeben wollten.

»Bleibt bei Adia, ganz gleich, was geschieht. Sie wird dafür sorgen, dass Ihr in Sicherheit seid«, raunte der Nachtfürst in ihr Ohr. Das unterschwellige raue Knurren ließ einen Schauer über ihre Haut rinnen.

»Wenn Euch etwas zustößt, gibt es keine Sicherheit für mich.« Alysea sah zu ihm auf und fand sich seinen Silberaugen gegenüber. Seine Lippen waren eine schmale Linie, sein Gesicht zu Stein erstarrt. Ein Fremder, der in der Gestalt des Fürsten steckte. »Warum habt Ihr ihn herausgefordert, Dameo? Ich hätte niemals gewollt, dass es so weit kommt. Lieber hätte ich mich versteckt, bis …«

… uns der Fluch tötet? Ihr Protest versiegte und die Nacht schien plötzlich in Eis getaucht. Sie hatte gewusst, was geschehen würde, aber niemals hätte sie erwartet, dass sein Gegner so mächtig sein könnte, dass sie von Grauen erfüllt wurde, sobald sie an ihn dachte.

»Sevras hat seit Langem einen Vorwand gesucht, um mich herauszufordern. Es war nur eine Frage der Zeit, bis er es gewagt hätte. Ich wusste, wie sehr es ihn reizen würde, wenn Ihr an meiner Seite den Nachthof betretet. Und ich hatte recht.«

»Also benutzt Ihr ihn, um Eure Macht zu beweisen und die anderen in die Schranken zu weisen, bevor sie Euch herauszufordern wagen.« Sie schüttelte den Kopf. »Ich kann nicht glauben, dass Ihr das wirklich tun werdet.«

»Das ist mein Leben, Alysea. Das ist es immer gewesen und es wird nicht das letzte Mal sein. Manchmal muss ich die Wurzel des Übels ausreißen, bevor es wuchern kann. Ich verlange nicht, dass Ihr das versteht oder gutheißen könnt.«

Es klang bedauernd und doch … bestimmt. Er sah an ihr vorüber in die Tiefe und Alysea drehte den Kopf, um seinem Blick zu folgen. Sie sog den Atem ein, als sie der Höhe gewahr wurde, in der sie sich befanden. Unter ihnen strömten die Schattenwandler in den Garten, auf eine Arena zu, die in ein Zedernwäldchen eingebettet war, das sie zum ersten Mal wahrnahm. Steinerne Arkaden umgaben das Rund mit den stufenförmigen Tribünen. Wozu es dienen sollte, lag klar auf der Hand. Sie konnte den silberfarbenen Schopf des Mannes ausmachen, der es gewagt hatte, die Herausforderung des Nachtfürsten anzunehmen. Er hatte sein Hemd abgelegt und seine Haut schimmerte im Mondlicht, als wäre sein Körper aus Silber gegossen. Die meisten Schattenwandler hielten sich von ihm fern, nur wenige bildeten einen Kreis um ihn, während er selbstsicher zur Arena schritt.

»Sie meiden es, sich offen auf seine Seite zu stellen. Das werden sie erst tun, wenn ich am Boden liege«, murmelte Dameo. Seine Stimme war bitter und dunkel. Sie konnte seine Anspannung spüren, als müsste er sich mühsam zügeln, um sich nicht auf der Stelle auf den anderen zu stürzen.

»Er ist gefährlich, nicht wahr? Ein Gegner, der stark genug ist, um Euch Sorgen zu bereiten.«

»Das ist er.« Keine Lüge, um sie zu beruhigen. Dameos Augen flackerten wie das Licht der Fackeln, die rund um die Arena entzündet wurden.

»So stark, dass er Euch besiegen könnte?« Furcht schlug eisige Krallen in ihr Herz und sie wusste, dass er es fühlen konnte.

Die Härte schwand aus seinem Gesicht. »Nein. Ich bin vorbereitet, Alysea, habt keine Angst.« Er hob die Hand und ließ sie unentschlossen sinken. »Seid Ihr bereit?«

»Nein. Ich werde niemals dafür bereit sein.« Sie lächelte trüb. »Aber Ihr lasst mir keine Wahl.«

Dameo atmete tief ein und sie fühlte den Stich seiner Schuld durch das Silberband. Dann ergriff er ihre Hände. »Es tut mir leid, Serea. Ich verspreche Euch, dass ich es wiedergutmachen werde.«

Es. Den Kampf, das vergossene Blut … was immer er tun musste. Was immer sie sehen würde. »Versprecht mir, dass Ihr unbeschadet zurückkommen werdet, Dameo. Das ist die einzige Wiedergutmachung, die ich mir wünsche.«

»Wie könnte ich mich Eurem Befehl verweigern?« Er senkte den Kopf und legte die Hand auf seine Brust. Das scherzhafte Abbild eines Ritters aus Domians Tagen und doch ein Mann aus Fleisch und Blut, der vor ihr stand. Ernst hinter einer Maske verborgen. »Ich schwöre es.«

»Der große Fürst des Nachthofes beugt sich dem Gebot einer Frau?«, fragte sie neckend, obwohl ihre Beklommenheit mit jedem Herzschlag anstieg.

»Ich beuge mich dem Gebot meiner Gefährtin. Niemandem sonst.«

Plötzlich wirkte er weicher. Jünger. Sein Lächeln ließ ein winziges Vögelchen in ihrem Magen flattern. Alysea stellte sich auf die Zehenspitzen, ohne sich einen zweiten Gedanken zu gestatten, und hauchte einen Kuss auf seine Wange. »Dann geht mit meinem Segen«, wisperte sie in sein Ohr und seine Überraschung war wie eine glühende Nadel, die durch ihr Band stach.

Für einen Augenblick verharrte er unschlüssig, dann zog er sie wortlos an seine Brust und schloss die Arme um ihre Schultern. Es war ein Impuls. Trost. Wärme. Ein einziger Herzschlag verstrich in der Umarmung des Fürsten, dann ließ er sie los und umfasste ihre Taille.

Zu kurz. Der Moment war verflogen, kaum dass er begonnen hatte.

Die Härte kehrte auf seine Miene zurück und seine Augen wurden kalt. Sein Körper war wie ein Felsen. Harte Muskeln, angespannt in der Erwartung des Kampfes, der unausweichlich war. »Wir müssen gehen. Sie warten auf mich«, sagte er ohne eine Spur von Gefühl.

Alysea nickte und schlang die Arme um seinen Hals. Er nahm einen letzten Atemzug, ehe er sich von dem Balkon abstieß und die Flügel ausbreitete, um der Arena entgegenzuschweben. Ihr Magen vollführte einen kleinen Hüpfer und sie wehrte sich verbissen gegen den Schwindel, der von Neuem über sie kommen wollte.

Die Ränge hatten sich gefüllt und sie konnte Adia erkennen, die allein in einer steinernen Loge wartete. Ihr Gesicht war farblos und Alysea war sich sicher, dass es nicht am Licht des Mondes lag, der über ihnen stand. Sie sah ihnen entgegen und trat zurück, als Dameo in der Loge landete und seinen Griff löste. Die Geschwister wechselten kein Wort, nichts, was Besorgnis offenbarte, wenngleich sie in Adias steifer Haltung zu lesen war. In der Art, wie sich ihre Fingerknöchel weißlich abzeichneten, als sie ihre Röcke raffte, um sich zu setzen.

»Setzt Euch zu mir, Alysea.« Adias Lächeln wirkte hölzern. Sie wies auf den Platz neben sich.

Alyseas Herz schlug zu schnell, als sie ihrer Aufforderung folgte. Dameo verließ die Loge schweigend, ohne einen weiteren Blick. Seine Konzentration war auf das Rund gerichtet, in dem sein Gegner wartete. Der Sicheldolch glänzte in der Hand des Wandlers und ein Grinsen lag auf seinen Lippen. Erwartungsfroh. Ungeduldig. Seine Muskeln schimmerten im Fackelschein noch praller, als Alysea es im Thronsaal wahrgenommen hatte.

Adia beugte sich zu ihr und legte die Hand auf ihren Arm. »Sorgt Euch nicht. Dameo weiß, was er tut.«

Alysea hatte kaum bemerkt, dass sich ihre Finger fest um den Stein der gemeißelten Bank geschlossen hatten. Verräterisch. Sie ließ davon ab. »Das weiß ich, Adia. Aber sein Gegner tut es ebenso, nicht wahr?«

Adia blieb ihr eine Antwort schuldig. Beide Frauen blickten hinab, ohne dass eine von ihnen noch einmal das Wort ergriff. Am Rande der Arena hatte sich Neveas zu Dameo gesellt und nahm seinen Rock entgegen. Sie sprachen miteinander, während Dameo die Manschettenknöpfe von seinen Ärmeln löste und den Stoff aufschlug. Niemand sonst wagte sich in die Nähe des Fürsten. Er hatte seine Schwingen verschwinden lassen und Alysea erkannte an ihrer Stelle die Schlitze in seinem Hemd, die sich über die Länge seines Rückens zogen. Schließlich nickte er ein letztes Mal und betrat die sandige Arena, in der sein Gegner auf ihn wartete.

Sevras' Grinsen wurde breiter und Alysea hasste ihn für die Arroganz und die Selbstsicherheit, die er zur Schau trug. Der Sicheldolch schnellte aus seinen Fingern und bohrte sich in den Sand. Alysea wusste wenig von den Traditionen der Wandler, aber sie hatte Geschichten über Waffen wie diese gehört. Den Preis, den jeder der Kontrahenten zu erreichen trachtete, um den letzten Stoß damit zu vollführen. Ein helles Juwel glitzerte am Knauf, ein Abbild des Vollmondes, das die Sichel krönte.

Unvermittelt herrschte Totenstille in der Arena, als hätte ein stummer Befehl alle Anwesenden zum Schweigen gebracht. Kein Johlen, keine Rufe. Ernst, schwer wie Blei. Dies war kein Kampf wegen einer winzigen Unstimmigkeit, ausgetragen inmitten erhitzter Gemüter. Es war ein Kampf um den Thron des Nachthofes. Um die Herrschaft über die Wandler. Und er entschied nicht allein über das Schicksal von Dameo Angelis, sondern über das einer ganzen Stadt.

Alysea grub die Finger in die Falten ihres Rockes, um sie vom Zittern abzuhalten. Stärke. Keine Furcht. Nichts, was ihn ablenkte und den Kampf beeinflussen würde. Sie zwang sich, ruhig zu atmen, als die beiden Männer begannen, den Dolch zu umrunden. Keiner von ihnen trug eine andere Waffe als seinen eigenen Körper, aber Dameo hatte darauf verzichtet, seine Klauen zu offenbaren. Er war besonnen. Sein Lächeln kühl, als er etwas zu dem anderen sagte.

Die Spannung stieg mit jedem Herzschlag, während keiner einen ersten Vorstoß wagte. Die Lippen des Silberhaarigen bewegten sich, ohne dass ein Wort bis zu den Zuschauern drang. Doch Alysea brauchte nichts als das boshafte Funkeln in seinen Augen, um zu wissen, was er damit bezweckte.

Eine weitere Runde verstrich. Dameos Zorn schlug plötzlich in die Höhe wie Flammen, die vom Wind angefacht wurden. Klauen sprossen aus seinen Fingerspitzen und der dunkle Rauch über seinen Schultern wirkte wie ein Vorbote des Sturmes, der kommen musste. Seine Gestalt war gekrümmt. Ein Raubtier, das kurz vor dem Angriff stand. Ein *unbeherrschtes* Raubtier. Sie konnte das bedrohliche Grollen spüren, das durch seine Brust rollte.

Ein letzter Satz des anderen, eine Geste, die sie nicht verstand, und die Ruhe zerschellte unter einem markerschütternden Schrei. Dameo stürzte sich auf den Silberhaarigen wie ein Wirbel aus wabernder Dunkelheit. Sie gingen in einer Wolke aus Staub zu Boden, zwei ineinander verkeilte Körper aus Zähnen und Klauen, die durch die Arena rollten. Die Laute ihres Kampfes füllten das Rund. Wütendes Knurren aus Tierkehlen, als hätten sie mit dem Wandel ihrer Gestalt auch ihre Menschlichkeit abgelegt.

Der Silberhaarige war stark, wenngleich weniger wendig als Dameo, der seinem Griff entglitt, als er nach der Kehle des Fürsten hieb. Er verfehlte ihn um Haaresbreite, aber seine Klauen fanden dennoch ins Ziel. Alysea zuckte zusammen, als er den Stoff von Dameos Hemd zerteilte und eine lange Furche über seine Schulter zog. Sie spürte den Stich der dunklen Klauen, einen Nachhall des Schmerzes, der unter ihrer Haut brannte. Der Schnitt war tief. Grauenvoll tief. Die Linien klafften auf und offenbarten das rohe Fleisch. Dameo brüllte auf und stieß den anderen blindlings von sich, doch Sevras setzte ihm nach, kaum dass er wieder auf die Füße gekommen war.

Alysea rieb über die pochende Stelle. Übelkeit keimte in ihr auf und sie schluckte die Galle, die in ihren Mund gestiegen war. Aus den Augenwinkeln sah sie Neveas, der sich der Loge näherte, während er den Kampf im Auge behielt.

Adia beugte sich angespannt nach vorn und umklammerte einen Anhänger, der an einer Silberkette um ihren Hals hing. »Verfluchter Mistkerl. Er hat ihn so sehr gereizt, dass Dameo die Kontrolle verloren hat. Er ist zu unvorsichtig. Wenn er Sevras tötet, ohne den Dolch zu benutzen, kann jeder aus seiner Familie ihn als Vergeltung fordern, noch während er in der Arena steht.«

Die Bedeutung eines solchen Fehlers war keineswegs schwer zu erraten. Seine Verletzungen würden ihn zu einem leichten Opfer für den Nächsten machen, der ihn herausfordern wollte.

Adias Furcht übertrug sich auf Alysea. Sie sah widerwillig in die Arena hinab. Rote Flecken im Sand. Ohne Zweifel würden es allzu bald mehr werden, wenn es ihm nicht gelang, das zornerfüllte Pulsieren zu bezähmen, das sie über das Silberband erreichte.

Das Silberband …

Sie konnte …

Instinktiv fasste sie nach dem silbernen Faden und ein Glitzern wirbelte über ihren Fingern auf. Adia sog überrascht den Atem ein, aber Alysea beachtete sie nicht.

Ruhe.

Schwer zu finden und kaum zu greifen, aber sie musste es versuchen.

Alysea schloss die Augen, um die Bilder des Kampfes auszuschließen.

Kühle Ruhe, die wie Wasser floss … das Bild von Schneeflocken, die sacht vom Himmel rieselten.

Der Schlag ihres Herzens wurde langsamer, als sie ihre Aufregung zurückzwang. Sie atmete tief ein und sandte Frieden über das Band, das sie mit dem Fürsten vereinte. Kälte, die seine Hitze umhüllte und sie schwinden ließ.

Das Prickeln seiner Irritation, das Flackern des Zornes, der unter dem kühlenden Hauch schwand. Sie konzentrierte sich so sehr darauf, dass sie die Berührung an ihrem Hals erst spürte, als sich Hände fest um ihn schlossen und zudrückten.

Das Silberband entglitt ihren Fingern. Alysea keuchte auf, als der Atem in ihrer Kehle versiegte.

»Das Vermächtnis Eures Vaters ist verloren, sobald Ihr im Staub liegt, Dameo. Der Frieden mit den Hexen endet an diesem Tag. Sie werden nicht besser als Wild sein, das wir jagen, bis wir es zur Strecke gebracht haben.«

Sevras' Worte prallten gegen Dameos Geist wie Geschosse, die Bilder wecken wollten. Gemea in Scherben. Die Straßen in Blut ertrunken. Der massige Wandler war mit Geisteskräften geboren, die jenen ähnelten, die Adia und sein Vater besaßen, und die er nun einsetzte, um ihn zu provozieren. Es kostete ihn all seine Willenskraft, Sevras den Zutritt zu verwehren.

Dameo hielt seine Miene ausdruckslos, obgleich Zorn in ihm zu brodeln begann. »Ist das alles, was Ihr zu bieten habt, Sevras?«, fragte er kalt.

»Habt Geduld, ich habe erst begonnen.« Ein hässliches Grinsen bildete sich auf den Lippen des Adeligen. »Denn bevor sie Euch in den Abgrund folgt, wird die Hexenhure mein Bett wärmen, bis nichts mehr von ihr übrig ist. Danach werde ich ihren nackten Körper in den Sephris werfen, damit sich die Fische an ihrem Leib laben können. Ihre Überreste werden eine Warnung für alle Hexen sein, die *meinen* Teil Gemeas betreten möchten.«

Ein gut gezieltes Geschoss, das seinen Schild durchbrach und sich in seinem Kopf entfaltete wie eine giftige Blüte. Das Silberband war wie ein Seil, das sich unvermittelt fester um Dameo zusammenzog und ihm den Atem abschnürte. Zorn schlug in ihm empor und es gelang ihm nicht länger, die Antwort seines Körpers zu unterdrücken. Seine Klauen schossen aus seinen Fingerspitzen, als Hass erwachte, der kaum zu bezähmen war. Schatten strömten aus ihm heraus und formten seine Schwingen.

»Macht Euch der Gedanke wütend, mein Fürst? Der Fluch des Silberbandes vernebelt Eure Gedanken, nicht wahr?«

»Nicht genug, Sevras. Nicht genug, um zu vergessen, wie ich Euch in Stücke schneiden kann.« Sein Grollen war wie ein Erdbeben, das alles zerstören wollte, was seinen Pfad kreuzte. Aber er durfte nicht zulassen, dass sein Zorn die Oberhand gewann. Dameo rang um seine Beherrschung und zwang den Blutdurst nieder, der ihm zuschrie, Sevras Acreas auf der Stelle zu zerreißen.

»Wollt Ihr mehr hören?« Sevras' Grinsen wurde breiter. »Ich werde ihre Lilienhaut zerschneiden und ihre Schreie genießen, während sie sich in Eurem Bett unter mir windet. Und ich werde sie davonlaufen lassen. Aber sie wird mir nicht entkommen. Ich werde sie wieder einfangen und mir nehmen, was Euch gehören sollte. So lange, bis sie zerbrochen ist und darüber hinaus. So wie es Euer Vater mit den Bluthuren getan hat.« Seine Hände vollführten eine obszöne Geste, die seine Worte unterstrich, dann stieß er einen lüsternen Laut aus.

Eine neuerliche Attacke, die seinen Schild endgültig bersten ließ. Das Bild erwachte in Dameos Geist, zu deutlich, um es zu verdrängen. Alyseas Körper in Sevras' Gewalt. Seine schmutzigen Klauen, die quälend langsam und lustvoll ihre Haut zerschlitzten. Er konnte ihre Schreie hören, während sie sich vor Schmerzen wand.

Zu viel, um es zu ertragen.

Der Damm, der seinen Zorn zurückgehalten hatte, brach, und die Welt verschwamm hinter einem roten Schleier. Mit einem rauen Schrei stürzte er sich auf Sevras. Ihre Körper prallten aufeinander und gingen gemeinsam zu Boden. Sand sprühte um sie herum auf und rieb schmerzhaft über seine Haut, aber Dameo registrierte es kaum.

Er musste Sevras töten, bevor er sich Alysea noch ein einziges Mal näherte oder sie nur mit einem Blick streifte.

Ein Schlag nach seiner Kehle. Dameo parierte ihn und hieb mit den Klauen nach Sevras, aber dieser wich ihm mit Leichtigkeit aus, als hätte er es vorhergesehen. Sein Körper war glitschig wie ein Fisch, er rutschte aus Dameos Griff, sobald er ihn zu packen versuchte.

Öl.

Es haftete an seinen Händen. Sevras musste seine Arme eingeölt haben, bevor er die Arena betreten hatte, obwohl seine Haut keinen Glanz offenbarte.

Regelwidrig.

Verfluchter Mistkerl.

Mit einem Fluch versuchte Dameo abermals, seinen Gegner niederzuringen, aber er bekam ihn nicht zu fassen. Seine Hände fanden keinen Halt, seine Klauen kratzten nutzlos über die rutschige Schicht. Sevras schüttelte seinen Griff ab und ein harter Stiefeltritt beförderte Dameo zu Boden. Er fiel in den Sand und packte Sevras' Bein, als dieser zum nächsten Tritt ansetzte. Knurrend brachte er ihn zu Fall, doch Sevras wirbelte noch in der Luft herum und hieb erneut nach Dameos Kehle. Reflexartig wich er den Klauen aus, die seine Halsschlagader nur knapp verfehlten und sich stattdessen in seine Schulter bohrten. Ein rauer Schmerzenslaut drang aus seinem Mund, als Sevras sein Fleisch bis zu seiner Brust hinab zerriss. Der Geruch von Blut erfüllte Dameos Nase. Es rann warm über seine Haut und durchfeuchtete seinen Ärmel. Schnell. Viel zu schnell. Die Wunde war tief.

Bedeutungslos. Schmerz war bedeutungslos. Er würde vergehen. Alles, was zählte, war, Sevras zu töten.

Triumph flammte in den Augen des Adeligen auf. Gier. Frohlocken. Sevras' Klauen fuhren abermals auf ihn nieder, doch seine Freude kam verfrüht. Sie verleitete ihn dazu, unvorsichtig zu werden. Dameo warf sich herum und zog einen Flügel durch das Gesicht seines Gegners. Ein ersticktes Keuchen kam über Sevras' Lippen, als er unter dem unerwarteten Hieb zurückprallte. Rasch sprang Dameo auf die Beine. Ein zweiter Schlag seiner Schwingen hob ihn empor und er schoss aus der Luft auf den Silberhaarigen zu. Messerscharfe Klauen zielten auf sein Herz, bereit, den tödlichen Stoß zu führen, aber Sevras' Krallen empfingen ihn. Sie bohrten sich in seinen Nacken, ehe er den Hieb ausführen konnte. Der Adelige fletschte die Zähne vor Anstrengung, während er Dameo umklammerte wie ein Bär und die Spitzen seiner Krallen tiefer trieb. Qual verdunkelte die Welt. Dameo rutschte abermals ab, seine Klauen hinterließen nicht mehr als Kratzer auf der Haut des anderen.

Frustration und Schmerz vereinten sich in seinem Brüllen, als Sevras ihn in die Knie zwang. Er war stark. Zu stark. Dameo kämpfte gegen seinen Griff, aber das Öl machte es unmöglich, ihn zu greifen. Raunen brandete auf. Erwartung. Dameos Faust prallte auf Sevras' Kiefer, doch sein Schlag war unbeherrscht und schlecht gezielt. Er streifte ihn hart, ohne ihn aus dem Gleichgewicht zu bringen. Seine Arme waren Fesseln aus Eisen, die sich nicht bewegten, seine Muskeln Stahl, der nicht nachgeben wollte. Hilflosigkeit fachte Dameos Zorn an, bis sie ihn zu glühender Raserei steigerte. Er fauchte wie ein Tier und schloss die Hände um den Hals des Silberhaarigen, aber seine Finger glitten an dem öligen Fleisch ab. Blutige Striemen teilten Sevras' Haut, nicht tief genug, um ihn dazu zu bewegen, seine Umklammerung zu lösen. Und doch musste es gelingen. Er durfte nicht zulassen, dass Sevras die Arena lebendig verließ.

Dameo verstärkte seine Anstrengungen, an die Kehle seines Gegners zu gelangen, und seine Finger rutschten abermals ab, ohne Schaden zu hinterlassen.

Ein Pfeil aus Kälte traf plötzlich in seine Brust und Dameo zuckte unter dem Aufprall zusammen. Seine Vernunft erwachte mit einem Ruck. Sein Blick klärte sich, als sich der rote Schleier vor seinen Augen auflöste, und er erstarrte unter der Eiseskälte, die über das Silberband strömte. Der Schmerz, der in seinem Nacken pochte, trat in den Vordergrund. So stark, dass sich sein Magen zusammenzog und Übelkeit in ihm hinterließ. Er konnte die feuchten Ströme spüren, die über seine Haut flossen. Schon jetzt bemerkte er, wie seine Kräfte unter dem Fluss nachließen, der aus seinen Adern rann.

Keine Zeit zu verlieren.

Keine Zeit, sich wie ein Narr aufzuführen.

Dameo ließ von Sevras' Hals ab und zielte auf die einzige Stelle, die nicht von dem Öl geschützt wurde. Seine Klauen stießen in Sevras' Augapfel und schlitzten darüber. Der Silberhaarige schrie auf, als ein roter Spalt sein Auge teilte. Blut sprudelte aus der Wunde und nahm ihm die Sicht. Die eiserne Fessel seiner Muskeln gab nach.

Dameo rammte sein Knie in den Unterleib des anderen Wandlers. Sevras heulte auf. Seine Klauen rutschten von Dameos Nacken ab, als er in den Sand fiel. Der Fürst des Nachthofes schluckte das neuerliche Aufwallen der Qualen und kam auf die Füße.

Sevras kauerte im Sand und presste eine Hand auf das zerschnittene Auge. Mit einem verächtlichen Lächeln baute Dameo sich vor dem Gefallenen auf, obgleich es keine Faser in ihm gab, die nicht vor Schmerzen brannte. »*Ihr* werdet im Sephris landen, Sevras. Dafür werde ich sorgen, sobald die Mondsichel Euer Herz durchbohrt hat. Dort kann Eure Familie Eure Glieder aus dem Fluss fischen, wenn sie noch Wert darauf legt, einen Verlierer zurückzunehmen. Und das wird sie nicht, nicht wahr? Denn in Eurer Familie vergräbt man Versager namenlos auf einem Acker außerhalb der Stadt, dem Vergessen preisgegeben. Ihr habt zu viel gewagt. Es wird Zeit, dass Ihr Eure Strafe empfangt.«

Überraschung auf dem blutüberströmten Gesicht des anderen. Ein Funken Unsicherheit in seinem verbliebenen Auge. Auflodernde Wut.

Dameo riss die Überreste seines Hemdes von seinem Körper, der feucht von seinem Blut war. Feucht. *Rutschig.* Sevras stand vorsichtig auf und ließ ihn nicht aus den Augen. Er lächelte verzerrt, als er Dameos

Vorhaben durchschaute. Jeder Griff würde das Öl auch auf seiner Haut verteilen und ihn ebenso schwer zu greifen machen.

»Gleiche Voraussetzungen, Sevras«, knurrte er mit entblößten Zähnen. »Wie es unsere Gesetze verlangen.«

Der andere antwortete nicht. Er nahm die Hand von seinem Auge, dessen Blutung bereits stockte, und sein Körper spannte sich kampfbereit an.

Ein neues Kapitel, das nicht mehr von Sevras Acreas geschrieben wurde. Sie beide wussten es.

Sie umrundeten die Sichel einmal mehr, keiner von ihnen gewillt, den nächsten Vorstoß zu beginnen. Dann sprang Sevras unvermittelt auf den Dolch zu, der zwischen ihnen steckte. Ein kurzes Zucken seiner Muskeln, ein unartikulierter Schrei, und seine Masse schnellte auf die Waffe zu. Dameo stieß sich vom Boden ab und riss ihn mit sich hinab, ehe er sie ergreifen konnte. Sie schlitterten über den Sand und landeten außerhalb der Reichweite des Dolches.

Eine Erinnerung mehr an den Zweck ihres Kampfes, den Zorn vernebelt hatte. Dies war kein schmutziger Straßenkampf. Es war ein rituelles Duell, das seine Klauen allein nicht zu gewinnen vermochten.

Er sprang nach dem Dolch, aber Sevras packte seine Schwingen und seine Klauen schlitzten durch das Gefieder. Dameo spürte, wie die empfindliche Haut darunter zerriss. Federn regneten um sie herum in den Sand und vergingen zu Schatten. Seine Schwinge wurde taub und hing schlaff herab.

Unbrauchbar.

Zorn regte sich in ihm. Dameo schmetterte den Silberhaarigen über seine Schulter und endlich schlossen sich seine Finger mit einem Triumphschrei um den Knauf des glänzenden Stahls. Sevras rollte sich ab und fing sich schnell. Seine Hand schnellte in die Höhe und schleuderte eine Sandwolke in Dameos Gesicht. Sandkörner drangen in seine empfindlichen Augen und stachen ihn wie winzige Nadeln.

Sevras zögerte nicht. Er rammte seinen Kopf in Dameos Magen wie ein angriffslustiger Widder, und er keuchte auf, als der Aufprall die Luft aus seinen Lungen trieb. Die Welt bestand aus Schemen, die er durch seine tränenden Augen kaum entschlüsseln konnte. Sie rangen um die Sichel, keiner gewillt, nachzugeben. Dann schlossen sich Sevras'

Finger um Dameos Handgelenk. Der Silberhaarige schlug die Hand, in der Dameo die Sichel hielt, hart auf den Boden, um ihn zu zwingen, seinen Griff zu lösen. Haut platzte auf und Sand drang schmerzhaft in seine Wunden, als sie sich durch die Arena wälzten. Der Effekt des Öls schwand unter der Schicht aus Sand, die sie umhüllte. Dameos Finger bohrten sich in Sevras' Kehle und das Blut des anderen rann über seine Brust. Tropfen trafen sein Gesicht. Warm. Metallisch.

Ein ersticktes Gurgeln löste sich aus Sevras' Mund, doch noch immer ließ er nicht von dem Dolch ab. Er war stark, seine Wunden kaum der Rede wert. Dameo schloss seinen Griff fester um die Klinge und versuchte, seinen Arm zu befreien, um den letzten Stoß zu setzen. Das Gurgeln wurde lauter, als Sevras gegen den nahenden Tod ankämpfte. Die Klauen seiner freien Hand rutschten über Dameos Arm und hinterließen neue Furchen darauf. Neue Qualen. Mit einem Knurren trieb er seine Klauen noch tiefer in Sevras' Kehle. Dann versetzte er dem Silberhaarigen einen Hieb, der ihn nach Luft japsend auf den Rücken warf.

Er durfte ihn nicht töten. Nicht auf diese Weise. Oder er würde leichte Beute für jeden Wandler sein, der Sevras rächen wollte.

Dameo blinzelte, um seine Sicht zurückzuerlangen, und wischte sich den Sand aus dem Gesicht. Seine Augen brannten wie alle Schmiedefeuer Nikaras, aber endlich konnte er wieder sehen. Er stolperte auf die Beine und bewegte sich auf Sevras zu, den Sicheldolch fest in der Hand, bereit …

Ihr Entsetzen war wie ein Speer, der sich in seinen Magen bohrte. Es traf ihn tiefer, als es die Klauen des Wandlers jemals vermocht hätten.

Angst. Todesangst.

Dameos Kopf zuckte in die Höhe, hinauf zu der Loge. Zu Adia, die sich über Alysea beugte … zu … Iulean!

Ein Brüllen. Krallen, die sich in sein Bein schlugen und ihn hinabrissen. Sand stob auf, als Sevras wiederauferstand wie ein rachsüchtiger Dämon, der aus den Tiefen des Abgrundes hervorbrach. Blutlust leuchtete in seinem verbliebenen Auge. Der Durst nach Rache. Und Tod.

Alyseas Finger wanden sich um Luft, als sie versuchte, ihren Angreifer zu ergreifen. Sie konnte nicht atmen, nicht schreien. Was sie hielt, war zu stark, um es abzuschütteln.

»Alysea! Was ist mit Euch?« Adia war auf den Beinen und ergriff ihre Schultern. Entsetzen stand in ihrem Blick.

Kein Atem, um Worte zu formen.

Schwärze verdunkelte Adias Gesicht und ließ es verschwimmen.

Dameo. Alysea fühlte, wie seine Aufmerksamkeit erwachte und ihn von seinem Kampf ablenkte.

Qualen.

Seine Qualen.

Hitze.

Sie loderte an ihrem Finger auf und das rote Glühen des Granats durchbrach die Dunkelheit, die sich um sie schließen wollte. Es wurde stärker. Durchdringender. Es stieg in ihrem Körper auf wie eine Feuersbrunst, die sie verzehren wollte.

Jemand riss Adia beiseite und ihr erstickter Schrei war kaum durch das Prasseln der Flammen in ihren Ohren zu hören.

Flammen.

Alysea rang nach Atem. Zu wenig, nichts als ein winziger Hauch, der in ihren Mund floss. Und doch …

»Ignae!«, keuchte sie atemlos. Nicht mehr als ein Krächzen. Magie schoss durch ihre Venen und tauchte ihre Haut in Feuer. Ein schmerzerfülltes Zischen erklang und der Druck um ihre Kehle löste sich. Luft strömte in ihre Lungen und sie sog sie gierig ein. Für einen Augenblick gab es nichts anderes als Atmen. Einatmen. Ausatmen. Das Gefühl von kaltem Wind in ihrem Inneren, der das Feuer zum Erlöschen brachte.

»Alysea? Seid Ihr in Ordnung?« Neveas kniete vor ihr, aber er wagte es nicht, sie zu berühren.

Alysea sah an sich hinab und fand das orange Glühen von Kohlen, das sich auf ihrer Haut offenbarte. Sie spürte den Nachhall einer fremden Magie, ohne zu verstehen, woher das Gefühl rührte.

Heilige Sonnenmutter …

Sie nickte mühsam, noch nicht fähig, ihre raue Kehle Worte bilden zu lassen. Hitze flirrte über ihre Finger, als sie sich ihren Hals rieb. Doch sie war nichts gegen das Lodern, das durch das Silberband zu spüren war, durchmischt mit Schmerzwellen, die durch ihren Körper pulsierten.

»Neveas, sieh!« Adia klang alarmiert. Ihr Blick ging über die Loge hinweg, zu dem Mann mit dem silberblonden Haar, der allein in den letzten Rängen stand. Er hatte seine Augengläser abgenommen und Alysea fing seinen Blick auf. Sein Gesicht war blass und ausdruckslos. Nur ein winziger Moment verstrich, ehe er sich abwandte und zwischen den Säulen verschwand, die nach draußen führten.

»Bastard«, fluchte Neveas hitzig. »Es würde mich nicht wundern, wenn er seine Finger im Spiel gehabt hätte, um Dameo abzulenken.«

Aber es war nicht von Belang. Nicht jetzt. Alysea fuhr herum, als ein aufgeregtes Raunen durch die Arena klang. Die meisten Schattenwandler hatten sich von ihren Plätzen erhoben und kein Blick war auf die Loge gerichtet. Sie alle ruhten auf dem Geschehen in dem sandigen Rund. Auf dem Fürsten, der im Sand lag. Sein Körper blutüberströmt und von einer hellen Schicht bedeckt. Auf seinem Gegner, der über ihm aufragte, blutig und zerschlagen, die Mondsichel in einer Hand, die andere um Dameos Kehle geschlossen.

»Nein!« Alysea trat an das Geländer der Loge und grub die Nägel in den Stein. Ihr Ausruf mischte sich in das anschwellende Murmeln und ging darin unter.

Adia wisperte etwas in ihrem Rücken. Ein furchtsames Gebet. Die Worte bedeuteten nichts. Alyseas Herz erstarrte zu Eis, als der Silberhaarige die Klinge hob. Ein Blitzen im Mondschein. Seine Vorfreude war auf seinem Gesicht abzulesen.

»Nein. Nicht. Bitte. Nicht.« Instinktiv zog Alysea an dem Silberfaden, der sie mit dem Fürsten verband. Dameos Kopf drehte sich und sie wusste, dass der Blick seiner Silberaugen auf ihrem Gesicht ruhte.

Ein Abschied. Sie spürte es.

Er gab auf!

Dameos Lider sanken nieder und die Sichelklinge schnellte herab wie ein Blitz aus Silberlicht. Alysea schrie auf und der Laut wiederholte sich von Adias Lippen.

Sand stob auf und hüllte den Silberhaarigen ein. Er brüllte auf und fiel zurück, von einem Hieb getroffen, den die Sandwolke verschleierte.

Silhouetten wanden sich darin, in einen tödlichen Tanz verstrickt, der keinen Hinweis darauf hinterließ, wer der Unterlegene war.

Dann legte sich der Sand.

Die Sichel steckte in der Brust des Adeligen und das Licht in seinen Augen brach. Sie waren starr auf den Mond gerichtet, den sie nie wieder sehen würden.

Dameo trat von dem schlaffen Körper des anderen Wandlers zurück. Er offenbarte die tiefe Furche, die sich von seiner Kehle bis zu seinem Bauch zog und seine Eingeweide ungeschützt preisgab. Blut strömte aus der Wunde und benetzte den Sand. Eine dunkle, glänzende Lache, von versiegenden Herzschlägen zurückgelassen.

Alysea schlug die Hände vor den Mund, um das Würgen zurückzuhalten. Adia sank in Neveas' Arme, ein zittriges Schluchzen drang über ihre Lippen, obwohl ihr Gesicht trocken blieb. Alysea ließ die Hände sinken und stützte sich auf das Geländer der Loge, um Halt zu finden.

Dameo zerrte die Mondsichel aus dem Leib des Toten. Er stand inmitten der Arena, den blutigen Mond in der Hand. Seine rechte Schwinge hing schlaff herab und schleifte über den Sand, als er sich in Richtung der Loge bewegte. Er schleuderte das Messer zu Boden, als wollte er jeden der Anwesenden herausfordern, es aufzuheben und sein Glück zu versuchen. Sein Blick glitt über die Reihen der Wandler. Warnend. Kalt wie Stein. Es war still wie in einem Grab, als der Nachtfürst aus der Arena schritt. Niemand wagte es, seinen Status anzuzweifeln oder sich ihm in den Weg zu stellen.

10
Wunden

Das Wasser perlte aus seinen Haaren und rann über seine Schultern. Wann immer es auf seine zerschnittene Haut traf, fühlte es sich an, als würde man ihn mit Nadeln stechen. Dameo hatte die Wunden nur vorsichtig abgetupft, beunruhigt darüber, dass sie nicht mit ihrer gewöhnlichen Schnelligkeit heilten. Die Blutung versiegte zu langsam. Sein Körper brannte vor Qualen und er verfluchte Sevras dafür, dass er seiner Schwinge einen Schnitt beigebracht hatte, der bei jeder Bewegung schmerzte. Zumindest würde der Schaden nicht von Dauer sein. Er verheilte weitaus besser als der Rest seiner Verletzungen.

Dameo verließ die Bäder und schleppte sich auf seine Gemächer zu, während er betete, dass die Schicht aus Blut und Sand seinen Zustand verborgen hatte. Schnelle Schritte folgten ihm. Neveas. Er schloss mit der Geschwindigkeit flüssigen Rauches zu ihm auf, die Sorge deutlich in seinen silberblauen Augen lesbar. Es war offensichtlich, dass er auf ihn gewartet hatte.

»Was fehlt dir?«, fragte er finster.

»Ich weiß es nicht. Schließ die Tür.« Dameo ließ sich vorsichtig in den Sessel fallen, der ihm am nächsten stand. »Alysea?«

»Es geht ihr gut, sie ist bei Adia. Aber sie ist aufgewühlt.« Neveas schloss die Türflügel und trug einen der Leuchter zu ihm herüber. Das Licht der Kerzen brannte in Dameos Augen, als Neveas ihn auf dem kleinen Tisch neben ihm abstellte.

Er wandte das Gesicht ab, um dem Schein auszuweichen. »Es wäre ein Wunder, wenn sie es nicht wäre. Ich bezweifle, dass sie am Sonnenhof je die Gelegenheit hatte, Schattenwandler zu bewundern, die sich wegen des Thrones in Stücke reißen.«

Die Worte hinterließen einen bitteren Geschmack auf seiner Zunge. Neveas brummte zustimmend. »Zumindest ist sie nach ihrer ersten Nacht am Hof nicht schreiend davongelaufen. Das sollten wir als gutes Zeichen werten.« Kritisch inspizierte er die Wunden auf Dameos Rücken, dann pfiff er leise durch die Zähne. »Hässlich. Sie heilen zu langsam. Du bist sicher, dass …«

»Ja, verflucht!« Dameo sog den Atem ein, um sich zu beruhigen. Der Schmerz machte ihn reizbar und die Furcht … ebenfalls. Die Wunden jedes gewöhnlichen Schattenwandlers hätten sich bereits geschlossen. Seine bluteten noch immer. »Du hast es mir selbst gebracht und Adia hat das Gleiche zu sich genommen. Wenn du es nicht vertauscht hast, war es das Blut von Emea Valerian.«

»Wenn ich dich umbringen wollte, gäbe es andere Wege.«

Dameo schnaubte und verbiss sich ein Zischen, als Neveas nach seiner Schulter griff, um ihn ins Licht zu drehen. Dass er sich einen Scherz darüber verkniff, zeigte seine Besorgnis deutlicher als jedes Wort.

»Solange wir nicht abschätzen können, wie lange der Heilungsprozess dauern wird, müssen wir die Wunden versorgen. Es ist nicht absehbar, ob es noch andere Veränderungen gibt«, sagte Neveas ernst. »Wir müssen herausfinden, was die Ursache dafür ist, Dameo. Und das bald.«

»Das weiß ich. Hol …«, er verstummte, als sich die Türflügel abermals öffneten und Adia über die Schwelle trat. Nicht allein. Es gelang ihm nicht, seine Überraschung zu unterdrücken, als Alysea hinter ihr durch die Tür kam, Tiegel, Säckchen und Verbände in den Händen. Ihre Zofe folgte mit einer Waschschüssel voll dampfenden Wassers und Tüchern, die sie auf dem größeren Tisch absetzte. Sie zog sich zu den Fenstern zurück, verließ das Zimmer jedoch nicht. Dameo runzelte die Stirn darüber, dass Adia sie kommentarlos bleiben ließ, aber er vertraute seiner Schwester genug, um ihr Urteil nicht zu hinterfragen. Mechanisch wand Dameo das Tuch, in das er seinen Leib gehüllt hatte, fester um seine Hüften. Allerdings half es wenig gegen das Unbehagen, das er darüber verspürte, seine Schwäche vor aller Augen entblößen zu müssen. Es war eine ungewohnte Art der Nacktheit, die darüber hinausging, seinen Körper zu präsentieren.

Ein schwaches Lächeln erschien auf Neveas' Lippen, aber er sagte nichts, solange die Frauen anwesend waren.

»Götter der Erde«, murmelte Adia. »Ihr hattet recht, Alysea.« Seine Schwester erbleichte, als sie seine Wunden in aller Deutlichkeit sah.

Dameo hob die Brauen und blickte Adia fragend an. »Recht? Womit?«

»Sie hat gespürt, dass deine Wunden nicht verheilt sind.«

Gespürt. Verfluchte Dämonen des endlosen Abgrundes. Gab es nichts, was er je wieder vor ihr verbergen konnte? Dameo wagte es nicht, sich vorzustellen, wie viel sie von seinem Kampf gespürt haben mochte. Ein neuer Gedanke … ein unangenehmer Gedanke. Verdammt unangenehm.

»Ich brauche … mehr Licht, wenn das möglich ist«, sagte Alysea zögerlich. Ihr Gesicht offenbarte Befangenheit, Scheu, wenngleich sie nicht vor seinen Wunden zurückschreckte. Wahrscheinlich war es eher die Finsternis auf seiner Miene oder … das, was sie in der Arena gesehen hatte. Die Erkenntnis versetzte ihm einen schmerzhaften Stich. Er versuchte, seine Züge zu entspannen, und nickte wortlos.

Adia ging zu einem zweiten Leuchter, um die Kerzen zu entzünden. Ihren Augen entging nicht, dass er blinzelte, als das Licht stärker wurde, und sie runzelte die Stirn. »Warum hast du mir das verschwiegen?«, fragte sie ruhig. Zu ruhig. Er konnte sehen, dass es hinter ihrer glatten Fassade brodelte.

»Es gab bisher keinen Grund, ein Wort darüber zu verlieren«, brummte er kurz angebunden.

»Das hier sieht nicht nach keinem Grund aus.« Alysea mischte sich ein und öffnete ein Säckchen, um Kräuter in die Wasserschüssel zu geben. Ein herber Geruch zog mit den Dampfschwaden durch den Salon. Dameo kräuselte die Nase, als die Schwaden zusätzlich zu dem grellen Licht in seine Augen bissen. »Ich habe gesehen, wie die Schnitte von der Kathedralenkuppel innerhalb weniger Atemzüge verheilt sind«, fügte sie nach einem Moment hinzu.

Eine Aufforderung, weiterzureden. Dameo setzte zu einer Antwort an, aber Adia ergriff an seiner Stelle das Wort. »Schattenwandler regenerieren in einem gewissen Maß, wenn sie verletzt werden. Je geringer die Wunde ist, desto schneller. Es ist eine der Besonderheiten, die die … Hexen … in unserem Blut verankert haben, als sie ihre …«, Adia räusperte sich verlegen, »Waffen erschaffen haben. Es macht es schwieriger, uns zu töten, wenn wir vorher genügend Blut zu uns genommen haben.« Fremdes Blut. Sie wechselte einen Blick mit Neveas, der sich wieder zum Kamin zurückgezogen hatte. Die Juwelenaugen des Drachen, der den Sims schmückte, flackerten im Kerzenlicht. »Dameos Wunden sollten sich längst geschlossen haben, zumindest oberflächlich.«

Alysea nickte nachdenklich und rührte mit einem hölzernen Stab in dem Sud, den sie bereitet hatte. »Die Frage ist, warum sie es nicht getan haben.«

Die zweite Frage war, ob er genügend fremdes Blut in sich getragen hatte, doch sie schreckte davor zurück, es auszusprechen. Dameo nahm wahr, wie sie innerlich zurückscheute, und war dankbar dafür, es nicht beantworten zu müssen. Für diese Nacht hatte sie genug von seinen dunklen Seiten kennenlernen müssen.

»Er ist lichtempfindlich.« Neveas hatte die Arme vor der Brust verschränkt und Dameo sandte ihm einen grimmigen Blick, der ihn mit einem Schulterzucken reagieren ließ. »Sieh mich nicht so an. Du weißt so gut wie ich, dass du es nicht mehr lange verheimlichen kannst.«

»Er ist *was?*« Fassungslosigkeit zeigte sich auf Adias Gesicht. »Warum im Namen aller Dämonenfürsten hast du …«

Dameo unterbrach sie, ehe sie die Frage stellen konnte, die ihr auf der Zunge lag. »Ich *habe* das Sonnenblut genommen. Ich bin nicht so dumm, wie ihr zu glauben scheint.«

»Dumm nicht, aber starrsinnig wie ein Esel!« Adia ließ sich auf den Sessel neben Neveas sinken und er trat gewohnheitsmäßig dichter zu ihr. Nicht zum ersten Mal fragte sich Dameo, ob Adia je registrierte, wie nah sie einander wirklich standen. Sie atmete hörbar aus und er konnte erkennen, dass sie diesen Teil des Problems für einen späteren Zeitpunkt in ihrem Kopf verwahrte. Und er wusste, er würde nicht ungeschoren davonkommen, sobald sie allein waren. »Iulean war bei der Loge«, sagte sie schließlich. »Es ist möglich, dass er Alysea angegriffen hat, um dich abzulenken.«

Seine Schwester faltete die Hände in ihrem Schoß und er spürte, wie Groll in ihm aufstieg. »Ich habe ihn gesehen.« Mehr als das. Er hatte Alyseas Todesangst gefühlt und wenn der kleine Bastard die Ursache war, würde er dafür bezahlen. Seine Klauen regten sich und er zwang sie verbissen zurück. »Was ist passiert?«

Alysea knetete ein sauberes Tuch in den Händen. Ihre Kehle bewegte sich, als sie bei der Erinnerung schluckte. »Es war ähnlich wie im Thronsaal. Unsichtbare Hände, die sich um meinen Hals gelegt haben, bis …«, sie stockte, aber sie musste nicht weitersprechen, damit er verstand. »Wie kann er es gewesen sein, wenn er sich mir nicht genähert hat?«, fragte sie dann. »Er müsste Hexenkräfte besitzen, um mich aus der Ferne anzugreifen.«

»Das tut er. Iuleans Mutter war eine Bluthure«, gab Dameo zurück. »Verarmter Hexenadel. Ihre Eltern haben sie gezwungen, das kostbare Blut zu verkaufen, um die Schatzkammern der Familie zu füllen. Sie war Domia Serinas wertvollster Besitz. Sie hat Juleia dem Fürsten des Nachthofes angeboten, weil sie wusste, dass er sie großzügig dafür entlohnen würde. Im Geheimen natürlich, weil es gegen das Gesetz der Hexen verstieß. Vater hat mehr Gefallen an ihr gefunden, als Domia Serina es sich je erhofft hätte, und Iulean war die Frucht seiner Zuneigung. Er hat ihn als seinen Sohn anerkannt, obwohl er nie unsere Stellung geteilt hat. Juleia hat in den Mauern des Hurenhauses gelebt wie eine Königin. Die heimliche Königin des Nachthofes, vor aller Augen verborgen. Kein anderer hat sie anrühren dürfen.«

Eine Königin, die von den Klauen des Königs zerfetzt worden war. Selbst nach all der Zeit schmeckten die Worte wie Säure, wenn er sie aussprechen musste. Alyseas Stirn legte sich in Falten. »Aber … sie war eine Hexe. Der Hof hat ihn klaglos akzeptiert?«

Adia schüttelte den Kopf. »Niemand hat je davon erfahren. Für alle Welt ist Iulean der Spross einer skandalösen Affäre, deren Einzelheiten nie offenbart wurden. Es hat den Hof amüsiert, Vermutungen anzustellen, wer seine Mutter sein mag. Juleia war klug. Sie wusste, wie wertvoll Vaters Zuneigung für sie und ihren Sohn war. Sie hätte niemals riskiert, sie aufgrund falschen Stolzes aufs Spiel zu setzen, indem sie mehr von ihm gefordert hat.«

Sie sagte es widerstrebend und tatsächlich war die Ähnlichkeit zwischen Iulean und seiner Mutter gering. Sie hatte Nicodeo geliebt und er hatte alles getan, was in seiner Macht stand, damit sich sein zweiter Sohn trotz seiner Abstammung nicht zurückgesetzt fühlte. Dennoch hatte Iulean sich ihnen immer unterlegen gefühlt und seine Geschwister dafür gehasst, unter ihnen zu stehen. Er hatte nie erfahren, dass Juleia Nicodeos Blutrausch zum Opfer gefallen war und dass er nur deswegen seinen Platz am Hof behaupten konnte. Es war Dameo, der die Buße für seinen Vater tragen musste und Adia mit ihm. Ein Blick zu seiner Schwester genügte, um zu wissen, dass sie das Gleiche empfand.

»Iulean hat einen Teil ihrer Fähigkeiten geerbt«, fuhr Adia fort. »Sie sind schwach ausgeprägt und er benutzt sie nicht offen, aber …«

»Er besitzt sie.« Alysea strich über ihre Kehle. Sie biss sich auf die Unterlippe, als wollte sie Worte daran hindern, darüberzuschlüpfen. »Kann er regenerieren wie ein gewöhnlicher Schattenwandler?«

Adia bewegte vage den Kopf. »Zu einem gewissen Maß, ja, wobei ich nicht sagen kann, wie weit seine Heilkräfte wirklich reichen. Als Kind hat er bei seiner Mutter gelebt. Wir haben ihn selten gesehen und wenn er hier war, hätte Vater nie zugelassen, dass seine Kinder einander ernsthafte Blessuren zufügen. Und heute meidet Iulean körperliche Auseinandersetzungen. Er hätte keine Aussicht, gegen einen Wandler zu gewinnen. Das Hexenblut macht ihn zu schwach.«

Schwach. Aber immer noch stärker als einen gewöhnlichen Menschen. Trotzdem nicht stark genug, wenn er Dameos Zorn zu spüren bekam.

»Allerdings ist Iulean nicht der Einzige, der infrage kommt«, warf Neveas ein. »Ihr wart ein leichtes Ziel für jeden, der Sevras triumphieren sehen wollte. Der Angriff kann ebenso gut aus seinem Lager erfolgt sein. Auch wenn die Frage bleibt, was Iulean in der Nähe der Loge zu suchen hatte.«

Alysea nickte und ihre Beklommenheit erreichte Dameo über das Silberband. »Mein Zauber hat meinem Angreifer Schmerzen verursacht, deswegen hat er von mir abgelassen. Er könnte Brandblasen hinterlassen haben, wenngleich sie vermutlich längst geheilt sind. Oder Spuren an den Kleidern. Ich bin nicht sicher.« Sie strich über den Granatring an ihrem Finger und ihre Ratlosigkeit spiegelte sich auf ihrer Miene. Etwas beschäftigte sie, ohne dass sie es aussprach.

Adia erhob sich. »Ich werde es überprüfen lassen, sobald ich dem Hof einen Grund dafür verkauft habe, warum das Fürstenpaar sich nicht zeigt, um Dameos Sieg gebührend zu feiern.« Ein strenger Blick traf Dameo und er wusste, dass er ihrem Unmut nicht entkommen würde. Ein stilles Versprechen stand in ihren Augen. *Später.* Es war so deutlich, dass sie ihre Gedankenstimme nicht gebrauchen musste.

Er unterdrückte das neuerliche Seufzen und verzog das Gesicht, als sich eine neue Schmerzwelle in seinen Schultern ausbreitete. »Ich komme nach.«

»Nein, das wirst du nicht. Irgendjemand wird das Blut an dir riechen«, entgegnete Adia. »Wir sind Raubtiere, die jede Schwäche wittern. Insbesondere die des Fürsten. Ich habe keine Lust, dich morgen Nacht ein zweites Mal in der Arena zu sehen.«

Ein schmerzhafter Stoß, der sein Ziel nicht verfehlte. *Schwäche.* Ja, er war schwach, solange diese verfluchten Wunden nicht heilen wollten. Und er hasste es, sich verkriechen zu müssen wie ein Kaninchen, das vor dem Fuchs davonhoppelte. Dameos Kiefer mahlten. »Gut. Wie du willst. Sag ihnen, dass der Fürst nicht kommen wird, weil er so wütend ist, dass er den nächsten Dummkopf in Stücke reißt, der sich ihm mit mangelndem Respekt nähert. Und wenn Iulean oder einer von Sevras' Handlangern sich die Finger verbrannt hat, wird er sich nicht mehr am Hof zeigen. Niemand wäre so dumm, dir in die Hände zu laufen und den Beweis offen mit sich herumzutragen«, knurrte Dameo barsch.

Ihre Aussichten, den Schuldigen je zu finden, waren gering. Sein Verdruss darüber, dass er ihm nur allzu bald gegenüberstehen könnte, ohne ihn zu erkennen, war wie ein unaufhörliches Nagen an seiner Seele.

»Ich werde Adia helfen.« Neveas löste sich von dem Drachenkopf, an den er sich gelehnt hatte. »Ich denke, du bist in guten Händen.« Er zwinkerte unverschämt und wandte sich zu Adia um. »Vielleicht solltest du ihnen erzählen, dass die Fürstin den Fürsten auf besondere Weise für seinen Sieg entlohnen will. Allein. Jeder würde es verstehen.«

Jeder außer Aurea Valerian, die sicherlich bald von den Ereignissen dieser Nacht erfahren würde. Es war schlimm genug, ohne dass sie glauben musste, dass sich ihre Tochter zügellos dem Nachtfürsten hingegeben hatte. Alyseas Wangen röteten sich und ihre Verlegenheit flatterte über das Silberband wie ein kleiner Schmetterling. »Ihr könnt es nicht wissen, Neveas, aber die Fürstin versteht sich hervorragend auf das Mischen von allerlei Tinkturen und Tränken. Ihr solltet Eure

Zunge im Zaum halten, falls Ihr Euch nicht in einer prekären Lage wiederfinden möchtet, wenn Ihr es am wenigsten brauchen könnt.« Sie lächelte süß wie ein junges Mädchen, doch es unterstrich ihre scherzhafte Drohung eher, als sie zu mildern.

»Verzeiht mein loses Mundwerk. Ich bin Euer untertänigster Diener, Serea.« Neveas verneigte sich entschuldigend, auch wenn seine Augen vergnügt blitzten.

Stolz regte sich in Dameo und seine Mundwinkel zuckten, als ein Lächeln auf seine Miene dringen wollte. Widersinnig. Er schob das Gefühl verlegen beiseite und Alysea sah flüchtig auf, als hätte sie es bemerkt. Schließlich wandte sie sich wieder ihrem Gebräu zu und prüfte ein letztes Mal den Inhalt der Schüssel, indem sie einen Finger ins Wasser hielt. Dann tauchte sie ein Tuch in ihren Kräutersud und wrang es aus. Dameo konnte den Atemzug erkennen, mit dem sie sich straffte, ehe sie auf ihn zutrat. »Es wird brennen«, warnte sie sanft.

»Er wird es überleben. Schont ihn nicht. Seine Torheit verdient es, dass er Schmerzen leidet.« Neveas' Lächeln wirkte boshaft, aber Dameo kannte ihn lange genug, um zu wissen, dass er damit seine wahren Gefühle überspielte. Er schloss die Finger um eines der Samtkissen, die Adia hatte anfertigen lassen, um seine Gemächer gemütlicher auszustatten, aber sein Freund zerfloss zu Rauch, bevor ihn das Geschoss erwischen konnte. Schwaden stoben höhnisch rund um das samtene Häufchen auf, als es die Wand traf und daran herabrutschte. Dameo verzog das Gesicht, als ihn frischer Schmerz für seine rasche Bewegung belohnte, und Adia verdrehte die Augen zur Decke, ehe sie Neveas aus der Tür folgte.

Die weißhaarige Zofe unterdrückte ein Glucksen und wandte sich zum Fenster, um die Vorhänge zu studieren. Alysea ließ sich vor ihm niedersinken und der Kräuterduft ihrer Haare drang in seine Nase. Dameo neigte den Kopf tiefer, um daran zu schnuppern. Im gleichen Augenblick traf das Tuch mit dem Kräutersud auf seine Brust und er sog scharf den Atem ein, als tausend winzige Dornen in sein rohes Fleisch stachen.

Alysea zwang sich, ruhig zu atmen, während sie die Wunden des Nachtfürsten reinigte. Die Klauenspuren waren schauderhaft, das Wasser rötete sich schnell, als sie das Tuch auswrang. Selten hatte sie solch grausame Verletzungen gesehen wie jene, die von den Klauen eines Wandlers verursacht wurden. Wenn sie an das zurückdachte, was er zu tun imstande war … den zerschnittenen Körper des Silberhaarigen … Es ließ die Geschichten um den Blutrausch seines Vaters farbiger werden, als sie es sich je gewünscht hätte. Die Hände, die sie schützten, konnten zu denen einer Bestie werden, die ohne Zögern tötete. Er hatte sie gewarnt, aber es hatte sie trotzdem gegen ihren Willen erschüttert, es mit ihren eigenen Augen sehen zu müssen.

Blutiges Wasser plätscherte in die Schale und das Rot wurde dunkler. »Sofea? Ich brauche frisches Wasser.«

Alyseas Tonfall blieb der einer Heilerin, die sich um einen Patienten kümmerte. Ruhig und unerschütterlich, obgleich sie innerlich zitterte. Sofea brauchte keine weitere Anweisung, um zu wissen, was sie benötigte. Sie hatte Alysea oft genug mit Domia Lucea in die Armenviertel begleitet und ihr geholfen. Zu ungeduldig, um sich selbst um die Kranken zu kümmern, aber gut darin, schnell zu verstehen, was in welcher Menge gebraucht wurde und es zu besorgen.

Die Katzenfrau verschwand so leise, dass Dameo ihr nachdenklich hinterhersah. Manchmal trat ihr Erbe selbst in ihrer menschlichen Gestalt zu deutlich zutage, um glauben zu können, dass sie ein Mensch war. So wenig … wie Dameo ein Mensch war.

Seine Nähe machte Alysea verlegen. Es war nicht das erste Mal, dass sie einen halb nackten Mann sah, aber er war kein gewöhnlicher Mann. Er war … *mehr*. Auf eine Weise, die sie nicht verstand. Ihr Atem stockte, als er sich bewegte und das Muskelspiel unter seiner Haut offenbar wurde. Viele Schattenwandler waren schön und auf eine gefährliche Art verführerisch. *Er* war es ohne Zweifel. Weit mehr als die Männer der Hexen, die sie kannte.

Schön. Gefährlich. Und grausam.

»Wie viel habt Ihr gespürt, Alysea?« Seine Stimme ließ sie aufsehen. Schatten lagen über seinem Blick. Grausam, ja … und doch der gleiche Mann, den sie im Garten erlebt hatte. Der kalte, gefühllose Fürst und ebenso ihr Gefährte, in dessen Augen sie jetzt Sorge lesen konnte.

Ein Widerspruch und trotzdem ein Ganzes, das sie noch nicht völlig erfassen und entschlüsseln konnte.

Sie seufzte und ließ das blutige Tuch ins Wasser gleiten. »Genug, um zu wissen, dass es knapp war.«

Er lehnte sich nach vorn und verzog das Gesicht, als ihm die Wunden Schmerzen bereiteten. Alysea blickte auf die tiefen Kratzer auf seiner Haut. An den Wundrändern hatte sich Schorf gebildet. Aber selbst wenn sie sich schneller schlossen als die eines gewöhnlichen Menschen, war nicht abzusehen, wie lange es dauern würde, bis sie verheilt waren.

»Schmerzt es?«, fragte er schließlich.

»Nein.« Alysea rieb sich über die Stelle, die seiner Verletzung entsprach. »Es ist wie ein Kribbeln, nicht mehr. Ich weiß, dass die Wunden existieren, und spüre einen Nachhall des Schmerzes, aber gleichzeitig weiß ich, dass es nicht mein eigener ist.« Sie runzelte die Stirn. Es war schwierig, es in Worte zu fassen.

»Aber Euch ängstigt, was Ihr gesehen habt.« Eine Feststellung, in der zu viel Wahrheit lag, um es abzustreiten. Er wusste, was sie fühlte, und für einen Augenblick wünschte Alysea sich, dass Sofea zurückkehren würde, damit sie nicht antworten musste. Aber sie würde nicht kommen. Nicht, ehe sie sicher war, dass ihnen genug Zeit geblieben war, um Dinge auszusprechen, die ausgesprochen werden mussten. Die Katzenfrau kannte Alysea zu gut. Sie wusste, was sie empfand.

»Ich … ja, es hat mich erschreckt«, gab sie zu. Er faltete die Hände und sie konnte spüren, dass das Geständnis ihn verletzte, auch wenn er es nicht erkennen ließ. »Ich weiß, dass Ihr mich gewarnt habt, und ich verstehe, warum Ihr es getan habt, aber …«, sie hob hilflos die Hände und ließ sie in den Schoß sinken.

»Ihr habt nie mit eigenen Augen gesehen, wozu ein Schattenwandler fähig ist«, schloss er für sie. »Wozu *ich* fähig bin.« Dameo lehnte sich zurück. »Es ist besser, wenn es Euch Angst macht.«

»Besser?« Sie musterte ihn verständnislos. »Wollt Ihr wirklich, dass ich Euch fürchte, Dameo?«

Er antwortete nicht sofort. Sein Blick ging zum Fenster. Nur ein winziger heller Spalt, der das Mondlicht zwischen den Vorhängen hereinließ. »Ich fürchte mich selbst, Alysea.«

»Warum?«

»Weil ich zu deutlich gesehen habe, was in mir lauert.« Er stand auf und ging zu den Vorhängen, um einen davon zu öffnen. Das Mondlicht ergoss sich silberglänzend über seinen Körper und offenbarte die hässlichen Kratzer, die seinen Nacken überzogen. Alysea erhob sich ebenfalls, doch sie folgte ihm nicht. Seine Muskeln waren angespannt, als er sich vorbeugte und auf der steinernen Fensterbank abstützte.

»Erzählt es mir«, sagte sie leise.

Er schüttelte den Kopf und sah nach draußen. »Ich kann nicht.«

»Ihr wollt, dass ich Euch fürchte. Aber ich möchte verstehen, was ich fürchten *soll*. Was ist es, Dameo? Euer Erbe? Was Euer Vater den Bluthuren angetan hat?« Sie trat näher an ihn heran und legte zaghaft die Hand auf seinen Arm. Er versteifte sich unter ihrer Berührung, aber sie ließ nicht von ihm ab. »Erklärt es mir, damit ich sehen kann, was ich an Euch fürchten muss. Ich habe nie gesehen, wie Schattenwandler einander bekämpfen oder wie ein Mann im Sand einer Arena verblutet, weil er den Thron besetzen und herrschen will. Und ich empfinde Grauen, wenn ich an die Klauen denke, die sich in Euren Fingern verbergen. Aber das ist ein Teil Eures Lebens und der Lauf Eurer Welt. Und es ist nicht, was ich fürchten soll, nicht wahr? Es ist das, was Ihr in Euch verbergt und das Euch davon abhält, mein Blut anzurühren, obgleich uns das Silberband zu Gefährten macht.« Sie leckte sich über die Lippen. »Erzählt mir von Eurem Vater, Dameo.«

Er schloss die Augen und ließ den Kopf sinken. »Ganz Gemea weiß, was geschehen ist, Alysea. Was soll ich Euch erzählen, das Ihr nicht schon längst wisst?«

»Die Wahrheit.«

Er wandte sich zu ihr um, das Gesicht undeutbar, obwohl sie die Verzweiflung fühlte, die ihn ausfüllte. »Verlangt das nicht von mir.«

»Ich verlange es nicht, ich erbitte es. Es ist Eure Entscheidung, ob Ihr die Bitte gewährt.«

Sie konnte spüren, wie sich die Verzweiflung in ihm zusammenzog wie ein Knoten und diesmal spiegelte sie sich in seinen Augen. Er setzte dazu an, den Kopf zu schütteln, dann hielt er inne. Und sprach.

Er wollte nicht an den Ort zurückkehren, der in seinen Albträumen lebte. An den Ort, der von Blut und Tod erzählte. Den Ort, an dem ein Teil von ihm gestorben war. Dennoch öffnete er die Tür einen Spaltbreit, um hineinzublicken. Nur einen winzigen Spalt, nicht mehr. Der Geruch von Blut schlug ihm entgegen. Feucht, metallisch. So dick, dass die Luft schwer davon war. Er wusste, dass Schmerz dahinter lauerte. Wahnsinn. Die Bilder einer Vergangenheit, die er in die Dunkelheit gedrängt hatte, um sie nicht mehr sehen zu müssen. Aber sie erwachte, wann immer er den Kerker betrat. Wann immer er seinem Vater gegenüberstand.

Dameo sammelte all seinen Mut und stieß die Tür auf, um das Herz der Finsternis zu betreten.

Die Tür hing schief in den Angeln und gab den Blick auf das Innere frei. Domia Serinas Hurenhaus lag still vor ihm. Totenstill. Die Musik war verstummt, das Gelächter verhallt. Die Kerzen in den kristallenen Lüstern waren heruntergebrannt. Manche von ihnen hatten weiße Lachen aus Wachs auf dem Teppich hinterlassen. Lachen, die sich mit den roten Pfützen vereinten, die auf dem Boden zurückgeblieben waren. Federn aus zerrissenen Seidenkissen schwammen auf dem Blut, sodass es wirkte, als hätte er ein Schlachthaus betreten. Der Rauch der verlöschenden Kerzen hing ebenso dick in den Räumen wie der Blutgestank und der säuerliche Geruch von vergossenem Wein. Flaschen lagen in Scherben am Boden. Die Eile, mit der die Gäste sich in Sicherheit gebracht hatten, war in jedem Winkel sichtbar.

Dameo hörte Adias eilige Schritte, die sich über das Pflaster der Vea'Valia näherten. Das einzige Geräusch in der unheimlichen Stille, die sich auf einen Ort herabgesenkt hatte, der kein Schweigen gekannt hatte. Das Leben in den Gassen war erstarrt, aber er konnte die Augen spüren, die hinter den Vorhängen hinausspähten. Augen, die auf ihn gerichtet waren. Den Sohn des Fürsten, der gekommen war, um seinen Vater zu töten.

Bei allen Göttern des Himmels und der Erde … er wollte es nicht. Aber es gab keinen Ausweg.

»Gëas Gnade …« Adia schreckte zurück, als sie ihn erreicht hatte. Das Entsetzen stand in ihr Gesicht geschrieben. Blanke Angst. Unglauben. Ein Spiegel seiner Gedanken, die er nicht offenbaren durfte.

»Bleib draußen«, befahl er rau.

»Bitte lass mich mit dir kommen.« Sie fasste nach seinem Ärmel, doch er schüttelte sie ab.

»Das ist nicht dein Kampf, Adia.« Er nahm ihr Gesicht in die Hände und blickte ihr in die Augen. »Diesmal muss ich allein gehen. Ich habe keine Wahl.«

Und ich will nicht, dass du es siehst … siehst, was ich tun muss.

Denn wenn sie mit ihm käme, würde sie die Zeugin einer Tat, die so ungeheuerlich war, dass er selbst den Gedanken daran nicht ertragen konnte. Es würde ihn zerstören und er wollte nicht, dass es ihr ebenso erging.

Sie schlug die Augen nieder, aber er hatte die Tränen gesehen, die auf ihren Wimpern schimmerten. Sie unterdrückte das Schluchzen, das ihre Brust zittern ließ, und nickte stumm. Ihr Anblick war eine Erinnerung an das, was er tun musste. Töten. Sein Fleisch und Blut. Adias Vater. Seinen *Vater.*

Er konnte es nicht. Er konnte es niemals.

Es war ein Albtraum, aus dem er verzweifelt zu erwachen wünschte. Er wollte die Augen vor der Wahrheit verschließen und davongehen. Aber wenn er es tat, würde es nicht enden. Und er würde die Schuld an allem tragen, was nach dieser Nacht geschah.

Neveas verließ die Kutsche, die ihn und Adia in die Vea'Valia gefahren hatte, und näherte sich langsam. Er tauschte einen Blick mit Dameo und zog Adia an sich. Stummes Verständnis. Er würde auf sie achtgeben, selbst wenn es bedeutete, dass er Nicodeo herausfordern musste, falls Dameo unterlag. Dass sie sicher sein würde, war der einzige Trost, der ihn auf seinem Weg begleitete.

Adias leises Weinen verklang hinter ihm, als er seine Aufmerksamkeit wieder auf das Haus richtete. Sein geschärftes Gehör vernahm das Tropfen von Blut, das sich mit den Lachen vereinte. Die Dielen knarrten, als er das Hurenhaus betrat. Der verdrehte Körper einer Frau lag auf dem Spieltisch, inmitten von Karten und Leckereien, die zu den Spielern gebracht worden waren. Goldbraunes Haar, immer sorgsam frisiert, jetzt hing es wirr in das in Entsetzen erstarrte Gesicht.

Domia Serina. Die Herrin dieses Hauses. Und sie war nicht die Einzige.

Dameo bahnte sich den Weg über zersplittertes Holz. Über die Körper der Bluthuren und ihrer Freier, die nicht schnell genug vor dem Rausch seines Vaters geflohen waren. Er weigerte sich, in ihre Gesichter zu blicken, und starrte auf den Treppenaufgang, der sich vor ihm in die Höhe wand.

Er wusste, dass sein Vater dort oben auf ihn wartete. Nicht mehr länger ein Schattenwandler, der ein Gewissen besaß, sondern ein Fremder. Die Bestie, die all das zu verantworten hatte.

Es war unmöglich. Der weise Fürst des Nachthofes, der Streiter für den Frieden in Gemea, konnte niemals diese Zerstörung vollbracht haben. Und doch war es die Wahrheit, der Dameo nicht auszuweichen vermochte. Der blutüberströmte Bote hatte nicht gelogen.

Und er war zu spät gekommen, um zu verhindern, was geschehen war.

Glas knirschte unter seinen Sohlen. Splitter eines zerschellten Kelches. Zerschellt … wie es seine Familie war. Niemand würde sie je wieder zusammensetzen können.

Dameo verhärtete sich gegen die Gefühle, die in seiner Brust wirbelten, und ging langsam die Treppe hinauf. Schritt für Schritt, Stufe für Stufe. Er verharrte. Horchte. Schweres Atmen teilte die Stille. Wimmern.

Dameo beschleunigte seine Schritte und überquerte die Galerie. Fetzen von Samt und Seide kreuzten seinen Weg, zusammengesunkene Stoffhaufen, in denen bleiche Haut schimmerte. Er zwang sich, den Blick darauf zu richten, um zu verstehen, was sein Vater getan hatte.

Was aus ihm geworden war.

Die Türflügel zu Juleias Gemächern standen offen und Rauch hing dick in der Luft. Das geschmückte Heim der Hurenkönigin, in dem alles Licht erloschen war. Er trat ein und ließ den Blick durch das großzügige Zimmer schweifen. Das Feuer im Kamin brannte nur noch schwach. Kleine, flackernde Flammen, die ihre Umgebung in einen rötlichen Schein tauchten. Die seidenen Bettvorhänge des großen Bettes waren zurückgezogen und offenbarten zerwühlte Laken. Es schien leer, aber Dameo konnte die schweren Atemzüge hören, so deutlich, als ob …

Er erstarrte, als er die formlose, gebeugte Gestalt erkannte, die sich vor einem der hohen Fenster abzeichnete.

»Komm nicht näher, Dameo. Oder ich muss dich töten.« Ein unmenschliches Knurren aus der Dunkelheit, die Stimme so rau, dass sie beinahe unkenntlich war. Sein Vater hob den Kopf, ein bleicher Schemen, von dunklem Blut verschmiert. Das Blitzen von Silberaugen im Halbschatten. Der stolze Fürst des Nachthofes kauerte am Boden, den schlaffen Körper einer Frau in den Armen. Dameo musste nicht das Haar von der Farbe eines Mondstrahls sehen, um sie zu erkennen.

Juleia. Es war der letzte Beweis, dass Nicodeo Angelis sich in eine Bestie verwandelt hatte.

Dameo ballte die Fäuste so fest, dass seine Knochen unter dem Druck knirschten. »Du weißt, dass ich es muss, Vater.«

»Wusstest du, dass man ihren Herzschlag hört?«, wisperte Nicodeo, als hätte er ihn nicht gehört. »In ihrem Blut riechen kann, wie es von jedem ihrer Gefühle verändert wird?« Er hob den Kopf wie ein witterndes Tier, als wollte er Dameos Fährte aufnehmen und bestimmen, was er fühlte. Sein Haar war feucht und klebrig, das weiße Hemd haftete dunkel verfärbt an seiner Haut.

»Vater …«

»Sie sind wie eine Schafherde, wenn sich der Wolf nähert«, fuhr er sinnierend fort, seine Stimme so bedächtig, dass Dameo Schauer über den Rücken rannen. »Sie laufen davon und erreichen damit nichts, als den Jagdtrieb ihres Verfolgers anzustacheln. Aber sie können nicht entkommen, keiner von ihnen. Wir sind stärker … so viel stärker, als wir glauben …«, er verstummte und sah auf die Frau in seinen Armen. Juleia wirkte beinahe unversehrt, ihre Augen waren geschlossen, als schliefe sie. Ein blutiges Rinnsal lief über ihren Hals und verlor sich im Ausschnitt ihres Kleides wie ein Wegweiser. Und da war es. Ein Zittern ihrer Brust, ein winziger Atemhauch.

Sie lebte.

Die Erkenntnis war wie Eis auf seiner Haut. Dameo kämpfte darum, seine Miene zu beherrschen. Nur ein Fehler, ein einziger Fehler konnte ihren Tod bedeuten, falls sie noch zu retten war. »Ist Juleia auch nicht mehr als ein Schaf, das man jagen darf?«, fragte er mit erzwungener Ruhe.

Vorsichtig ging er einen Schritt näher an seinen Vater heran. Nicodeos Kopf zuckte in die Höhe und strafte seine Abwesenheit Lügen. Seine Augen glitzerten gefährlich. Es war nicht länger der Blick eines Mannes, der bei Sinnen war. Etwas Fremdes lauerte darin, eine verschlagene Intelligenz, die Dameo nie zuvor an seinem Vater wahrgenommen hatte. Ein warnendes Grollen drang aus seiner Kehle und seine Klauen legten sich besitzergreifend auf den Hals der Frau, die ihm einen Sohn geboren hatte.

Dameo stockte und ein Knoten bildete sich in seinem Magen. »Juleia ist kein Schaf. Sie ist nicht vor dir davongelaufen, weil sie gehofft hat, dass du stärker bist als das Biest in dir, nicht wahr? Sie hat dich aus deiner

Trauer erlöst, als du dachtest, dass du nie mehr die Sonne sehen würdest. Wenn du sie tötest, wirst du es ewig bereuen.«

Behutsam, ohne ein Zeichen der Bedrohung, bewegte er sich auf den kauernden Fürsten zu. Nicodeos Finger zuckten und eine Klaue bohrte sich in Juleias Fleisch. Sie stieß ein schwaches Wimmern aus, den Laut, den Dameo vernommen hatte, als er die Treppe hinaufgekommen war. Seine Gedanken arbeiteten fieberhaft. Er konnte nichts tun, ohne sie zu gefährden. Nur eine winzige Bewegung zu viel, die Andeutung eines Angriffs, und sein Vater würde ihre Kehle aufschlitzen.

»Was wird sein, wenn du mich tötest, Dameo? Wirst du es ewig bereuen oder erhoffst du dir, dass der Thron deinen Schmerz lindern wird?« Nicodeos höhnisches Lächeln zeigte seine scharfen Fangzähne, schärfer als es die Zähne eines Schattenwandlers sein sollten. »Die Krone, so lange vor deiner Zeit. Ist es nicht verlockend? Grund genug, mich töten zu wollen? Wirst du es genießen, das Blut deines Vaters zu vergießen? Dabei zuzusehen, wie mein Herz zu schlagen aufhört?« Er beugte sich nach vorn und seine Klaue streichelte aufreizend langsam über Juleias Haut. Ihr Körper bebte, als er eine blutige Linie zog. »Bist du tapfer genug? Stark genug?« Der Fürst hob die dunkel befleckte Hand und schnupperte genüsslich daran.

Dameo schauderte. Nein, das bin ich nicht. Eine Antwort, die er nicht geben durfte. »Du weißt, dass ich es nicht will, Vater«, antwortete er stattdessen stoisch. »Keiner von uns will es.«

»Und doch stehst du vor mir und willst mich herausfordern. Für etwas, das jeder von uns in sich trägt. Es ist ein Geschenk an sie, Dameo. Sie dürfen das überlegene Blut stärken und wir geben ihnen einen angenehmen Tod dafür. So haben es die Hexen bestimmt, als sie uns erschaffen haben. Warum sollen wir uns zurückhalten und uns Gesetzen unterwerfen, die sie aufgestellt haben, um unsere wahre Stärke im Zaum zu halten?« Seine Zungenspitze fuhr über seine Finger und der Laut, der aus seiner Kehle drang, klang lüstern.

»Hast du so schnell vor der Blutgier kapituliert? Der mächtige Fürst des Nachthofes gibt auf und verliert sich in Hirngespinsten, die ihm von einer Krankheit eingeflüstert werden?«, fragte Dameo abfällig. »Es sind auch unsere Gesetze. Du selbst hättest jeden gejagt und getötet, der seiner Blutgier erlegen ist, weil sie unberechenbare Mörder aus uns macht. Menschen sind kein Wild, das zu unserem Vergnügen geboren wird. Die Magie, die *uns erschaffen hat, war fehlerhaft und widernatürlich. Sie hat schlafende Bestien in uns hinterlassen und du hast sie von der Leine gelassen, nicht mehr. Was wird sein, wenn der Rausch verflogen ist und die Erkenntnis kommt? Willst du auch Juleias Tod auf dein Gewissen laden?«*

»Ich habe das Gewissen hinter mir gelassen und seine Fesseln abgeworfen. Du solltest es versuchen und spüren, wie richtig es sich anfühlt, bevor du mich verurteilst.« Nicodeos Grinsen wurde breiter. Dunkler. Nichts in seinem Gesicht ähnelte noch seinem Vater. Er war nicht mehr Nicodeo Angelis. Er war die unsichtbare Kreatur, die ihn aufgefressen und ausgehöhlt hatte, fern von jeder Vernunft. Die Lust am Töten regierte über seinen Verstand.

Dameo atmete ein. Ein letzter Versuch. Es war alles, was er tun konnte, alles, was er Nicodeo noch schuldete. In der Hoffnung, dass ein winziger Rest seines Vaters unter der Oberfläche der Bestie verblieben war. »Adia ist hier und wartet, während sie sich die Augen ausweint. Sie hat gesehen, was du getan hast. Sie weiß, was geschehen wird und sie trauert bereits jetzt um einen von uns. Wir alle werden in dieser Nacht verlieren, ganz gleich, wer lebend dieses Haus verlässt. Und Adias Verlust wird der größte sein. Oder wirst du auch sie töten? Deine eigene Tochter?«

Adias Name berührte etwas. Nicodeo runzelte die Stirn und legte den Kopf schief, als wollte er auf die Stimme seiner Tochter lauschen. Dameo hielt den Atem an, als die Bestie aus seinem Gesicht wich. Er liebte Adia mehr als jeden seiner Söhne. Sie war das Ebenbild ihrer Mutter, alles, was von Carissa Angelis geblieben war. Der Griff seiner Klauenhände löste sich und Juleia glitt von seinem Schoß. Vielleicht war es ein Rest von Menschlichkeit, vielleicht vernahm er Adias Weinen tatsächlich inmitten des Raunens, das sich auf der Straße erhoben hatte. Der Nachthof war zusammengekommen, angelockt von der Katastrophe, um zu sehen, wer triumphieren würde. Um zu beenden, was Dameo nicht beenden konnte, falls er versagte. Nachrichten reisten rasch in Gemea. Und niemand konnte hoffen, zu verschleiern, was sich in Domia Serinas Haus ereignet hatte.

Es war eine Arena. Vor Blicken verborgen und doch für jedermann sichtbar.

Die Veränderung kam zu schnell, als dass Dameo sie erfassen konnte. Schatten sammelten sich vor dem Fenster und verdüsterten das Mondlicht, dann stürzte Nicodeo sich mit einem heiseren Brüllen auf seinen Sohn.

Dameo prallte hart gegen die Wand. Ein Gemälde löste sich in seinem Rücken und der Holzrahmen zerschellte am Boden. Er spürte, wie seine Knochen unter der Wucht knackten. Nicodeo war stark. Seine Adern bis zum Bersten mit der Macht von Hexenblut gefüllt. Er hielt ihn mühelos an der Wand wie ein Kind. Schmerz pochte dort, wo seine Klauen sich in Dameos Hals gruben. Er schloss die Hände um den Arm seines Vaters und zerrte daran, doch es war, als bestünden seine Glieder aus Stahl. Dameo gab es auf und ließ seine Faust mit aller Kraft auf den Kiefer des Fürsten krachen. Sein Kopf ruckte zurück und der Griff um Dameos Kehle löste sich. Nicodeo taumelte benommen zurück und Dameo setzte ihm nach. Gemeinsam stürzten sie zu Boden und rollten ineinander verkeilt über den Teppich, ohne dass einer von ihnen einen Vorteil erlangen konnte. Sein Vater schleuderte ihn mit einem Aufschrei von sich und ein Stuhl zerbrach unter Dameos Rücken, als er darauf aufschlug. Seine Finger schlossen sich um eines der Bruchstücke. Gerade rechtzeitig, um es in den geöffneten Kiefer des Fürsten zu rammen, der über ihn kam wie ein von Tollwut befallener Wolf.

Nicodeo stolperte zurück und Zorn funkelte in seinem Blick, als er das Holz beiseitewarf. »Ist das alles, was ich dich gelehrt habe, Sohn?«, spie er verächtlich aus. »Alles, was du kannst? Ein winziger Funken von Gegenwehr ohne eine Spur von Mumm? Du bist eine Schande für unser Geschlecht. Vielleicht sollte ich dankbar dafür sein, einen zweiten Sohn zu besitzen, der sein Erbe besser zu nutzen weiß. Er ist geeigneter für den Thron. Ich hätte ihn zu meinem Nachfolger bestimmen sollen.«

Ein Dolch, der über Dameos Haut schrammte, um ihn zu reizen. Er wusste es, aber er konnte den Zorn nicht bezähmen, den der Schnitt hinterließ.

»Fahr zum Abgrund, Vater«, knurrte er. Er schleuderte dem Fürsten den Rest des Stuhls entgegen, dann folgte er ihm mit einem mächtigen Satz. Sie krachten gemeinsam gegen das hölzerne Gestell des Bettes und Dameos Klauen zerfetzten den Bettvorhang, als er ihn herunterriss, um ihn seinem Vater entgegenzuschleudern.

Geblendet taumelte der Fürst auf den Kamin zu und die Stoffbahn streifte den gähnenden Schlund. Flammenzungen entzündeten den empfindlichen Stoff mit einem Zischen. Rasend riss Nicodeo das brennende Gewebe von sich und ergriff den eisernen Schürhaken, der halb in der

Glut steckte. Wie ein Speer schnellte das schwere Geschoss auf Dameo zu und zerriss sein Hemd. Die glühende Spur auf seiner Haut hinterließ sengende Qualen und der Geruch seines verbrannten Fleisches stieg in seine Nase. Seine Wut schwoll mit dem Schmerz an. Er packte seinen Vater mit einem Brüllen und versetzte ihm einen heftigen Hieb. Der Fürst klammerte sich an ihm fest und gemeinsam stolperten sie auf die Fensterfront zu.

Nicodeo stürzte rückwärts in die Glastür, die auf den Balkon hinausführte. Splitter regneten herab, als sie barst, und Dameo schloss die Hände um die Kehle seines Vaters. Nicodeos Rücken bog sich über das Geländer. Dameo konnte die Gesichter der Wandler sehen, die sich auf der Straße versammelt hatten, ein flüchtiger Eindruck von Augen, die auf sie gerichtet waren. Geflüster, das anschwoll. Dann prallte Nicodeos Knie hart in seinen Bauch. Schmerz explodierte in Dameo und er ging keuchend zu Boden. Die Faust seines Vaters schnellte auf sein Kinn nieder und Juleias Gemach versank in Schwärze. Das Blut rauschte in Dameos Ohren, Schwindel verwandelte den Rest des Lichts in einen glühenden Wirbel, der im Herzen der Dunkelheit tanzte.

Nicodeo stieß ihn zurück ins Innere und Dameo schüttelte betäubt den Kopf, um seinen Blick zu klären. Sein Vater war über ihm wie ein Blitz. Klauen schlugen sich über dem Herzen in seine Brust und Dameo schrie auf, als sie sein Fleisch zerrissen und sich tiefer bohrten. Nicodeos Finger schlossen sich wie ein Knoten, der sich um sein Herz zusammenziehen wollte, um es zu zerquetschen. Instinktiv warf Dameo sich mit all seinem Gewicht herum, blind vor Qualen. Die Klauen seines Vaters hinterließen klaffende Löcher, aus denen sein Blut sprudelte.

Die letzte Wahl. Sterben. Oder töten.

Sein Körper wählte die Antwort für ihn.

Knochen brachen unter seiner Faust, als er dem Fürsten blindlings einen harten Kinnhaken versetzte, ohne seine Kraft zu bezähmen. Er holte aus und ein zweiter folgte.

Nicodeo keuchte auf. Der Laut ließ den Schleier vor Dameos Augen herabrutschen. Ein zufriedenes Lächeln lag auf den zerschlagenen Lippen seines Vaters. »Gut so. Lass den Zorn siegen. Töte mich und mach allem ein Ende.«

Eine erstickte Aufforderung.

Eine Erkenntnis.

Dameo starrte entgeistert in das Gesicht seines Vaters. Blutverschmiert. Verzerrt. Auf das frische Rinnsal, das über seine Lippen rann und seine Zähne verfärbte. Er zögerte, entsetzt über das, was er sah. Dann schnellten seine Klauen hinab.

Dameos Stimme verklang. Noch immer kehrte er ihr den Rücken zu. Sein Körper war verkrampft. Alysea wollte sich nicht ausmalen, was in ihm vorgehen mochte, während er die Nacht von Nicodeo Angelis' Tod noch einmal durchlebte. Die Nacht, in der er seinen eigenen Vater getötet hatte. Sie konnte kaum ermessen, was es für ihn bedeuten musste. Alysea wagte es nicht, ihn zu berühren. Sie spürte seinen Schmerz über das Silberband. Schneidend und scharf wie eine Klinge. Eine Wunde, die sich niemals schloss.

»Ihr hattet keine Wahl. Er war nicht mehr er selbst, Dameo«, sagte sie behutsam. »Nicht mehr Euer Vater.«

Seine Schultern bebten, als er bitter auflachte. »Er war es, Alysea. Ich habe in das Gesicht meines Vaters geblickt, nicht in das einer Bestie. Der Blutrausch verändert uns, aber wenn er versiegt, bleiben wir darunter zurück. Schatten, von Bedauern und dem Leid gequält, das wir verursacht haben. Der einzige Ausweg ist der nächste Rausch, die Euphorie, die für eine Weile die Sinne verschleiert. Irgendwann wird er ebenso lebensnotwendig wie das Stillen des Hungers, der den Verstand überlagert und das Gewissen verstummen lässt. Und mit jedem Tropfen Blut wird es schlimmer. Der Weg führt immer tiefer in den Wahnsinn, ohne dass es eine Heilung gibt.«

Seine Stimme war so finster, dass Schauer über ihre Haut rannen. Furcht lauerte in den Schatten der Worte. Die Furcht davor, selbst von dem Rausch verschlungen zu werden. »Gibt es nichts, was Euch davor schützen kann? Einen Zauber … Irgendetwas …« Alysea geriet ins Stammeln und verstummte hilflos.

»Der einzige Schutz ist der Tod.«

Die Gewissheit in seinen Worten war wie ein Steinhagel, der auf ihren Körper niederprasselte und Wunden riss. Alysea rieb sich über die

Arme, um das Gefühl zu vertreiben. »Wolltet Ihr deswegen aufgeben? In der Arena?«

Er hob den Kopf und seine Gestalt wurde steif. »Manchmal glaube ich, dass es das Beste für alle wäre. Die Angelis mögen ein Segen für den Frieden in Gemea sein, aber ihre Macht ist ebenso ein Fluch.«

»Trotzdem habt Ihr es nicht getan.«

Endlich wandte er sich um und sah sie an. »Es hätte auch Euren Tod bedeutet. Und das ist das Einzige, was ich noch mehr fürchte als den Blutrausch. Mein Leben gehört nicht mehr mir allein.«

Er stand vor ihr, offen und verletzt, nichts an ihm erinnerte an den starken, unbesiegbaren Fürsten des Nachthofes. Und nichts an eine Bestie, die mit Klauen und Zähnen bewehrt war. Er war Dameo Angelis. Ebenso verwundbar und von Ängsten getrieben wie ein gewöhnlicher Mensch.

Alysea schüttelte den Kopf. »Ich fürchte mich nicht vor Euch, Dameo.«

Seine Brauen zogen sich überrascht zusammen. »Was?«

»Ich fürchte mich nicht vor Euch«, wiederholte sie. »Wenn Ihr gehofft habt, dass mich Eure Geschichte dazu bringt, vor Euch wegzulaufen, ist der Versuch fehlgeschlagen.«

Sein Gesicht verschloss sich vor ihr. Er wandte sich ab und verschränkte die Arme vor der Brust. »Es ist mir ernst, Alysea. Mein Vater war der mächtigste Schattenwandler, der je den Boden Gemeas betreten hat. Sein Wille war wie Stahl. Niemand konnte ihn nach seinem Wunsch biegen. Wie kann ich hoffen, dem Blutrausch zu entkommen, wenn er es nicht vermocht hat? Ich bin nicht halb so stark wie er.«

»Aber Ihr seid nicht allein«, sagte sie schlicht. Alysea trat auf ihn zu und das Silberband wurde unter ihren Fingern sichtbar, als sie ihre Magie über den Strang rinnen ließ. Sacht wickelte sie es auf, bis Dameo dem leisen Zupfen folgen musste, und hielt erst inne, als er dicht an sie herangetreten war. Sie ließ das Band nicht los und sah zu ihm auf. »Und Eure Hexengefährtin wird nicht zulassen, dass die Blutgier Macht über Euch erhält.«

»Weil Eure Macht über mich größer ist?« Dameo lächelte schief und sie konnte selbst mithilfe des Silberbandes nicht bestimmen, ob er erheitert oder verärgert war. Vielleicht war es beides. Seine Finger glitten durch den schimmernden Faden, ohne ihn fassen zu können. »Unser Bund ist erst wenige Tage alt und schon legt Ihr mich an eine Leine, von der ich mich nicht befreien kann?«

Er senkte die Stimme und ein Prickeln rann über ihren Nacken. Plötzlich war der gefährliche Fürst des Nachthofes näher als der Mann, den er unter der kalten Hülle verbarg. Er *war* verärgert. Alysea schloss die Finger fester um den Faden. Sie reckte das Kinn, um sich den Funken Furcht in ihrem Inneren nicht anmerken zu lassen, selbst wenn er ihn fühlen mochte. »Wenn es die einzige Möglichkeit wäre, Euch davor zu bewahren, dem Pfad Eures Vaters zu folgen, würde ich das«, erwiderte sie unbeirrt.

Seine Hände sanken herab und der Eindruck der schwelenden Gefahr verflog. »Ihr könnt es nicht aufhalten, Alysea«, sagte er sanft. »Niemand kann das. Gebt Euch nicht einer Hoffnung hin, die vergebens bleiben muss.«

»Ob sie vergebens ist, wisst Ihr erst, wenn es geschehen ist.« Sie ließ das Band los und der Faden rieselte zu Boden. Er flackerte noch für einen Moment länger, dann verschwand er aus ihrer Sicht. Aber sie beide wussten, dass er existierte, selbst wenn er unsichtbar war.

Sein Atemzug klang wie ein resigniertes Seufzen. »Ihr seid verrückt, wenn Ihr das glaubt.«

Sie lächelte freudlos. »All das war bereits von dem Augenblick an verrückt, als Ihr die Kuppel zum Einsturz gebracht habt, um mich vor einer Ehe mit Spiras zu bewahren. Nichts wird je wieder gewöhnlich sein. Und glaubt nicht, dass ich weniger tun würde als Ihr, wenn es gefordert ist.«

Er schwieg für einen langen Moment. Dann wich die Spannung aus seinem Körper und die Kanten seiner Züge glätteten sich. Er umschloss ihre Handgelenke mit den Händen und zog sie näher. Sein Daumen streichelte über die Stelle an ihrem Puls, an der das Silberband entsprang. »Ich würde all meine Kräfte geben, wenn ich ein gewöhnlicher Mensch sein könnte, Alysea. All meine Macht, wenn es bedeutet, dass ich niemals wie mein Vater ende«, murmelte er dumpf.

»Aber Gemea braucht Eure Macht, Dameo. Und Seraphia hätte Euch niemals auserwählt, wenn sie an Eurer Stärke gezweifelt hätte.«

Dameo war ihr so nah, dass sie den Geruch seiner Haut einatmen konnte, der sich mit den Kräutern vermischte, mit denen sie seine

Wunden abgetupft hatte. Er legte die Hand an ihre Wange und diesmal war sein Lächeln warm und echt. »Ich brauche Seraphias Vertrauen nicht, solange ich Eures habe, Serea Alysea Angelis.« Er beugte sich hinab, seine Lippen glitten über ihren Haaransatz und verharrten dort. So nah. Vertraut, als hätte es nie eine Zeit gegeben, in der sie einander fremd waren. Alysea spürte, wie Hitze in ihre Wangen stieg und ihr Herz schneller zu schlagen begann. Dann löste er sich unvermittelt von ihr und seine Miene wurde ernst. »Alysea, ich habe nicht alles ...«

Das Klopfen an der Tür ließ ihn innehalten. Es war sacht, aber es klang so laut in ihren Ohren wie ein Trommelschlag. Alysea zuckte zusammen und trat zurück. Plötzlich war sie sich des dünnen Stoffs, den er um die Hüften gewunden trug, nur allzu bewusst. Verlegenheit breitete sich in ihr aus und sie räusperte sich. »Das muss Sofea sein.«

Dameo atmete hörbar aus und dunkle Wolken legten sich wieder über sein Gesicht. Dann nickte er und kehrte zu seinem Sessel zurück, ehe er sie hereinbat. Die Katzenfrau kam mit einer dampfenden Schüssel herbei und es fiel Alysea schwer, ihren Blick zu erwidern, als sie nachdenklich das Zimmer musterte. Sofea stellte die Schüssel auf dem Tisch ab. Ein Lächeln spielte um ihre Mundwinkel, als das Säckchen mit den Kräutern Alyseas Griff entglitt, bevor es ihr gelang, es zu öffnen und seinen Inhalt in das Wasser zu geben.

Die Augen des Nachtfürsten sahen ihn an, von Leid erfüllt. Das Aufflackern seiner Seele im Gesicht eines Tieres. Er hielt seine Kraft zurück, damit Dameo ihn töten konnte. Die Erkenntnis war wie ein Eimer kaltes Wasser, das auf seinen Körper traf. Seine Klauen bohrten sich in Juleias Teppich, dicht neben der Kehle seines Vaters.

»Ich kann nicht«, stöhnte er verzweifelt.

»Du musst es tun! Jetzt!« Die Stimme des Fürsten klang schrill. Er packte Dameos Kragen und der Stoff zerriss unter seinen Klauen. »Töte mich!«

»Nein!« Er riss sich von Nicodeo los und stieß ihn zurück. Er konnte ihn nicht töten, nicht, solange es noch einen Funken Hoffnung gab. Er konnte die Bestie töten, die den Körper seines Vaters übernommen hatte, aber nicht den Mann, der ihm alles beigebracht hatte, was er wusste. Und

er sah ihn vor sich. In dem Entsetzen über Dameos Weigerung, das sich in seinen Silberaugen abzeichnete.

Dameo mühte sich schwer atmend auf die Beine. Sein ganzer Körper war zerschlagen und schmerzte. Die Löcher in seiner Brust sandten pochende Stiche aus, während sie heilten. »Ich werde dich nicht töten, Vater«, wiederholte er bestimmt. »Töte mich, wenn du eine Entscheidung suchst.«

Es kam wie eine Welle, die über Nicodeo Angelis hinwegspülte. Zorn verzerrte sein Gesicht und vertrieb das Entsetzen, als die Bestie zurückkehrte. Sein Vater konnte sie nicht aufhalten und doch … Dameo konnte den Kampf sehen, der sein Mienenspiel beherrschte. Die Art, wie sich seine Augen trübten, wenn das Biest die Oberhand gewann. Die Blutgier regierte über ihn, aber sie hatte ihn nicht verschlungen. Noch nicht.

Nicodeo stieß ein durchdringendes Brüllen aus und zerrte den Teppich unter Dameos Füßen heraus. Er verlor das Gleichgewicht und schlug hart auf dem Boden auf. Sein Vater sprang mit gespreizten Klauen auf ihn zu. Zu schnell, um ihm auszuweichen. Diesmal gab es kein Entkommen.

»Vincae!« Eine heisere Frauenstimme, die Macht entfesselte. Die Luft wurde dick und heiß. Leuchtende Stränge schossen auf Nicodeo zu und rissen ihn zurück. Sie wanden sich um seine Arme, seine Beine. Er kämpfte dagegen an, aber sein Toben richtete nichts gegen die Magie aus, die seinen Körper verschnürte.

»Somnae«, wisperte die gleiche Stimme. Kraftloser. Leiser.

Das Toben dauerte für einen Wimpernschlag länger an, sein Vater heulte seinen hilflosen Zorn heraus. Dann erlahmten seine Bewegungen und seine Lider schlossen sich. Die Magie brannte noch für einen Moment hell und stark, dann zog sie sich zurück und Dameo fror in der Kälte, die sie hinterließ.

Ein röchelndes Husten erklang. »Du musst ihn wegschaffen. Der Zauber versiegt, sobald die Sonne aufgeht.«

Dameo fuhr herum.

Juleia. Ihre Stimme war nichts als ein ersterbendes Wispern, aus dem alle Kraft geschwunden war. Er fiel neben der Frau auf die Knie, die mühsam atmete, und hob ihren Kopf an. Sie war bleich, ihre Haut so durchscheinend wie feines Porzellan. Ihre grünen Hexenaugen trübten sich bereits. »Wir müssen zuerst dich herausbringen. Adia und Neveas sind hier …«

»Nein. Es ist zu spät, Dameo. Ich sterbe.« Sie drehte den Kopf und erst jetzt sah er die grässliche Wunde, die sich an ihrem Hals vor seinen Blicken verborgen hatte. Tödlich. Blut haftete feucht an seinen Fingern und er entdeckte die Lache, die sich unter ihr gebildet hatte. Sie hatte nie die Aussicht besessen, Domia Serinas Haus lebend zu verlassen. »Der Zauber, der die Blutung mindert, weicht zu schnell, und ich werde nicht mehr länger überdauern. Also hör mir zu.« Sie nestelte ungeschickt an der Kette, die sie trug, und riss sie schließlich mit einem verzweifelten Laut herab. Das Metall glühte auf Dameos Handfläche, als sie es hineinpresste und seine Finger darüber schloss. »In der Vea'Mara lebt eine alte Hexe, Domia Octia. Sie war meine Lehrmeisterin und meine Vertraute. Gib ihr das Medaillon und sie wird dir helfen, zu tun, was getan werden muss und das Geheimnis zu bewahren. Du kannst ihr vertrauen, das schwöre ich beim Leben meines Sohnes.« Juleia atmete zitternd ein.

»Juleia«, begann Dameo zögerlich. »Warum …«

»Ich liebe deinen Vater, Dameo. Das weißt du«, flüsterte sie schwach. »Deswegen habt ihr mich akzeptiert, obwohl ich nur eine Hure bin, die für Euch keinen Wert besitzt. Ich habe die Anzeichen in ihm erkannt und ich habe Vorkehrungen getroffen. Ich dachte, ich könnte es im Zaum halten und für eine Weile habe ich das. Aber ich habe nie geahnt, wie stark es werden würde und dass ich keine Gelegenheit mehr bekommen würde, ihn rechtzeitig aufzuhalten, wenn es ausbricht.«

»Wie konntest du es uns verschweigen?«, fragte er bitter. »Ihm? Wir hätten es erfahren müssen, bevor all das geschehen konnte.«

»Zu welchem Zweck? Ihr hättet nichts tun können und Nicodeo hätte sich eher selbst getötet, als abzuwarten, bis die Bestie ihn holt.« Der Druck ihrer Finger um sein Handgelenk wurde schwächer. »Es war vermessen von mir, zu denken, dass ich es könnte. Ich wusste, dass Euer Gesetz verlangt, dass er getötet wird. Aber ich war nicht bereit, ihn zu verlieren.« Eine Träne rann aus ihrem Augenwinkel und versickerte in ihrem Haar. »Meine Zauber waren nicht stark genug. Nicodeo hat seine Fesseln gesprengt und der Zorn über meinen Verrat hat seine Raserei nur weiter angefacht. Er wusste, wer ich bin, aber es war ihm gleichgültig. Er hat es nicht bekämpft und mein Flehen hat ihn nicht erreicht. Aber für dich und Adia war er bereit, gegen die Bestie zu kämpfen und sich binden zu lassen. Er liebt Euch, Dameo. Mehr als mich … oder Iulean. Das habe ich immer gewusst.«

Sie schloss die Augen und atmete aus. Es dauerte so lange, bis ihre Brust sich wieder hob, dass Dameo glaubte, sie sei gegangen. Dann öffnete sie noch einmal ihre Lider. »Iulean darf es niemals erfahren, versprich mir das. Und gib auf ihn acht. Er ist von deinem Blut, Dameo. Vom Blut deines Vaters. Schwöre mir, dass du ihn wie einen von euch behandeln wirst.«

Er öffnete den Mund, doch es gelang ihm nicht, auch nur ein einziges Wort hervorzubringen. Iulean. Sie hatten niemals etwas anderes füreinander empfunden als Hass …

»Tu es«, forderte Juleia und ihre Finger gruben sich mit ihrer letzten Kraft tiefer in sein Fleisch. »Mein Zauber ist alles, was dich davor bewahrt hat, deinen Vater zu töten oder selbst am Boden zu liegen. Ich habe euer beider Leben gerettet. Nun gewähre mir diesen letzten Wunsch.«

Dameo presste die Lippen zusammen. Dann stieß er den Atem aus und senkte den Kopf. »Ich schwöre es.«

Seine Stimme war kaum verhallt, als Juleias letzter Atemzug aus ihrer Brust strömte. Sie hatte den Rest ihrer Kraft für ihre Zauber verbrannt, wohl wissend, dass es ihren Tod beschleunigen würde. Ihre Finger glitten von seinem Arm, als die sternenlose Nacht nach ihr rief und sie davontrug. Er blieb allein zurück. Allein mit dem Fürsten des Nachthofes, der in Fesseln am Boden lag und ebenso leblos wirkte wie die Frau, die durch seine Hände gestorben war.

Und er wusste, er musste hinausgehen und sich dem Hof als Sieger zeigen. Ein Lügner, der den Thron beanspruchte und den Tod des Fürsten verkündete, als hätte er über ihn triumphiert.

Dameo schloss die Augen und sein Kopf sackte auf seine Brust. Er hatte sich niemals in seinem Leben so einsam gefühlt wie in diesem Augenblick. Und es würde nie mehr vergehen. Denn wenn der Blutrausch nach ihm rief, würde er eines Tages mit seinen Klauen die Herzen seiner eigenen Kinder in Stücke reißen, wie Nicodeo es mit den seinen getan hatte. Lieber wählte er die Einsamkeit anstelle des Schmerzes, den er zurücklassen würde, wenn seine Zeit gekommen war. Es war der stumme Schwur, den er sich selbst leistete, ehe er sich erhob, um sich dem Hof der Nacht zu stellen.

Einsamkeit. Ein Schwur, von dem er geglaubt hatte, dass er ihn niemals brechen würde. Seraphia hatte ihm ein Ende gesetzt, indem er die Tochter der Hexenfürstin in sein Leben gesandt hatte.

Dameo ließ die Erinnerung los und wandte sich zu ihr um. Sie war erschöpft eingeschlafen, nicht an die Zeiten gewöhnt, zu denen der Nachthof erwachte. Eine friedliche Gestalt, die auf dem Diwan ruhte. Die Seide ihres Kleides floss zu Boden und bildete eine dunkel schimmernde Pfütze im Licht des Mondes, das die erloschenen Kerzen ersetzt hatte. Sie hatte sich geweigert, in ihre Gemächer zurückzukehren, und ihn verspottet, als er sie mit ihrem Ruf geneckt hatte. »*Was soll mir schon geschehen? In den Augen der Hexen bin ich eine Hure und für die Wandler bin ich es ebenso. Sie würden nichts anderes erwarten.*«

Nein, sie war keine Hexe mehr. Auch keine Schattenwandlerin. Sie gehörte zu ihm, selbst wenn es alle Fäden löste, die sie an ihr altes Leben banden. Ihr Entschluss war ihr Ernst gewesen und sie folgte ihrem Pfad unerschütterlich. Und jeder, der sie offen eine Hure nannte, würde die Konsequenzen durch seine Hände zu spüren bekommen.

Dameo sah auf sie hinab und beobachtete ihren ruhigen Schlaf. »Es ist eine Lüge, Alysea. All das ist eine Lüge und ich bin ihr Herr«, wisperte er in die Dunkelheit. »Er lebt. Ich konnte es nicht tun. Der Thron gehört mir nicht, es ist immer noch der seine. Und eines Tages, wenn ich Seraphias Fluch überlebe, wird er ihn zurückfordern und verlangen, dass wir es zu Ende bringen. Und dann muss ich eine letzte Wahl treffen, zwischen Euch und ihm.«

Dameo wusste, wie er sich entscheiden würde, ohne dass er sich die Frage stellen musste. Sie hatte recht. All das war verrückt, seitdem sie gemeinsam durch die Kuppel gebrochen waren. Seraphia hatte ihm den Einfluss auf sein eigenes Schicksal entzogen und ihm das Recht zu wählen genommen.

Er hatte es Alysea nicht sagen können, zu lange hatte er die Bürde verheimlicht. Und als er es wollte, war es zu spät gewesen. Vielleicht war es besser so. Ein Geheimnis, das nicht auf ihren Schultern lasten musste. Sie war eine streitbare Kriegerin, aber gleichzeitig zerbrechlich wie Glas. Verwirrend in den Gefühlen, die sie auslöste. Eine Fremde und doch näher als seine eigene Familie. Dass Seraphias Fluch sie ihm nehmen könnte, dass sie auf den Glockenturm steigen könnte … Die Vorstellung wurde mit jedem Tag, jeder Stunde, die sie miteinander verbrachten, unerträglicher.

Wie war es möglich, dass das Silberband eine solch enge Verbundenheit vorgaukeln konnte? Oder war sie echt? Er runzelte die Stirn und strich sacht über die Linie ihres Armes, bevor er sie von dem Diwan hob, um sie in sein Schlafgemach zu tragen. Das rohe Fleisch seiner Wunden schmerzte und seine Muskeln protestierten, aber er biss die Zähne zusammen, um das Stöhnen zu unterdrücken, das über seine Lippen dringen wollte. Alysea murmelte etwas und schmiegte sich dichter an ihn. Ihre Hand legte sich auf seine Brust, als wäre sie ihr Kissen, doch sie erwachte nicht.

Nicht allein …

Vielleicht war es gleichgültig, ob es das Silberband war, das ihre Nähe erschuf, solange es sich richtig anfühlte. Vielleicht war es nicht von Bedeutung, solange sein Herz schneller schlug, sobald sie zu ihm aufsah und ihn anlächelte. Und vielleicht war er der größte Narr, der je den Boden Gemeas betreten hatte, wenn er einer Hexe vertraute und seine Geheimnisse mit ihr teilte. Aber er tat es.

Dameo seufzte und überwand die niedrige Stufe, die zu den Türflügeln seines Schlafgemachs führte.

11
Hexenzauber

Es mochte kaum jemandem auffallen, aber er kannte Dameo gut genug, um zu wissen, dass etwas nicht stimmte. Die Art, wie er sich bewegte, vorsichtig und steif. Die Tatsache, dass er spurlos verschwunden war, ohne seine Arroganz über den Hof zu ergießen und seinen Triumph zu zelebrieren. Es sah ihm nicht ähnlich.

Iulean zog sich tiefer in die Schatten der Nische zurück und wartete geduldig, in den Zauber gehüllt, der ihn vor neugierigen Augen verbarg. Es war einfach, Dameos Fehlen mit der Anwesenheit seiner Fürstin zu erklären. Neveas und Adia fachten die Gerüchte an, indem sie geheimnisvoll lächelten und schwiegen, vielsagende Blicke tauschten, wann immer sie wussten, dass sie beobachtet wurden. Die Rädchen eines Uhrwerkes, die nahtlos ineinandergriffen. Sie mochten den Hof damit täuschen, doch Iulean durchschaute ihre Scharade mühelos. Dameo würde Alysea Valerian niemals anrühren und er zweifelte daran, dass sie in diesem Augenblick in seinen Armen ruhte. Er war bereit, seine gesamten Besitztümer darauf zu verwetten. Aber ebenso hätte er darauf gesetzt, dass es irgendetwas gab, das sein Bruder dem Hof zu verheimlichen trachtete. Und Iulean wollte verflucht sein, wenn es ihm nicht gelang, herauszufinden, welche Schwäche es war, die den Nachtfürsten in seinen Gemächern festhielt.

Er lächelte grimmig und trommelte ungeduldig auf die Fensterbank, an der er lehnte. Die Morgendämmerung war nicht mehr fern und mit ihr versiegte sein Durst auf Blut, während die Hexenmagie in seinen Adern anstieg wie eine Flut. Die Gestirne definierten, was er war. Hexe. Wandler. Aber niemals genug von einem, um vollständig zu sein. Die Flut stieg, ohne ihn jemals auszufüllen. Zauberkraft, die unerreichbar blieb, zum Greifen nah und doch konnte er nur einen

Bruchteil davon nach seinem Willen biegen. Manchmal hasste er seine Mutter dafür, sich Nicodeo Angelis hingegeben und die halbe Kreatur aus ihm gemacht zu haben, die er war. Sie hatte ihm die Macht verweigert, die ihm zustand, sodass er sich nehmen musste, was den anderen Kindern des Nachtfürsten ohne einen zweiten Gedanken gewährt worden war. Und dann hatte sie sich das Leben genommen. Zu tief vom Fall des Fürsten und seinem Tod getroffen, um für ihren Sohn weiterzuleben. Selbst ihr hatte er letztlich *nichts* bedeutet. Nicht genug, um zu bleiben, obgleich sie die einzige Familie war, die er je besessen hatte. Leere Beteuerungen von Liebe und Zuneigung, die vom ersten Windstoß davongetragen worden waren – für ihn hatte es niemals etwas anderes gegeben.

Iulean ballte die Fäuste und verschloss sich vor dem Schmerz, den die Erinnerung an seine Mutter stets mit sich trug. Schritte näherten sich über den Flur und er entzog seinem Zaubersiegel mehr Magie, um den Zauber dichter zu weben. Der Hof hatte sich längst zu Bett begeben und die Diener ruhten ebenfalls. Aber er brauchte nicht darüber nachzudenken, wer durch die Gänge dieses Flügels der Cae'Angelis streifte. Er erkannte Dameo an der Art, wie seine Stiefel auf dem Teppich aufsetzten. Energisch und von einem Selbstbewusstsein erfüllt, das ihm aus jeder Pore quoll.

Iulean drückte sich enger an die Wand und konzentrierte sich darauf, seine Atemzüge flach zu halten. Sein Bruder trug nur ein loses Hemd, nachlässig genug geschlossen, dass er die weißen Bandagen erkennen konnte, die sich darunter über seine Brust spannten. Sie schimmerten durch die Flügelschlitze, als er ihm den Rücken zukehrte und seinen Weg fortsetzte, ohne zu ahnen, dass er nicht allein war.

Bandagen.

Iulean hielt den Atem an und trat hinter Dameo auf den Gang hinaus. Der dicke Teppich dämpfte den Aufschlag seiner weichen Sohlen so weit, dass nichts davon zu hören war, als er hinter seinem Bruder herschlich. Neugierig musterte er die diffusen Schatten, die auf dem Weiß zu erkennen waren, und verfluchte den nahenden Morgen dafür, seine Wandlersicht zu schwächen. Je näher der Sonnenaufgang kam, desto schlechter konnte er in dem milden Dämmerlicht sehen, das über den Gemächern der Fürstenfamilie lag. Es war der spärliche

Schein der bleichen Hexenlichter, gedämpft, damit sie die Wandlersicht entlasteten, ohne ihre empfindlichen Augen zu blenden. Iulean wusste, dass er sich Dameo nähern musste, um eine bessere Sicht zu erlangen und seinen Verdacht zu bestätigen. Er schnupperte, aber auch sein Geruchssinn ließ rascher nach, als es ihm lieb war. War es der Geruch seines Blutes, der Dameo folgte wie eine unsichtbare Schleppe, oder war es eine Bluthure, die er an ihm roch?

Iulean unterdrückte den Fluch, der auf seinen Lippen lag, und beschleunigte sein Tempo. Er umklammerte die goldene Medaille mit dem Sonnensymbol, die seine Mutter ihm einst geschenkt hatte, um Zauber darin zu verwahren, bis er sie benötigte. Je mehr er von dem in ihr verankerten Zauber verbrauchte, desto schneller würde seine Magie nachlassen. Er besaß nicht die Kraft einer reinen Hexe, um Magie spontan und ohne Rituale wirken zu können, sobald das zugehörige Element greifbar war. Er riskierte, dass er sich verriet … aber wenn er jetzt nachließ, hatte er den kostbaren Zauber verschwendet. Für nichts. Der Gedanke an die Mühe, die es ihm bereitet hatte, ihn in das Zaubersiegel zu weben, ließ ihn die Zähne zusammenbeißen und weitergehen. Es musste genügen.

Dameo hielt inne und sah zu einem Gemälde auf, das an der Wand des Flures aufgehängt war. Ein altes Bildnis seiner Großmutter, die Dameo wie einen Schoßhund verhätschelt und Iulean ignoriert hatte. Er hatte sie immer verabscheut, aber nun mochte eine unnütze melancholische Erinnerung dafür sorgen, dass er erhielt, was er brauchte. Triumphierend überwand er die beiden letzten Schritte, die ihn von Dameo trennten, und musterte seinen Rücken genauer. Dunkle Flecken zeichneten sich unter dem hellen Stoff ab. Blut. Er war sich gewiss. Und das bedeutete …

Dameos Arm prallte wuchtig auf seine Brust und schleuderte ihn mit der übernatürlichen Kraft eines Schattenwandlers gegen die Wand. Die Kristalle an den Hexenlichtern klirrten leise unter dem harten Aufprall und Iulean ließ keuchend die Kette aus den Fingern rutschen. Der Zauber fiel von ihm ab und enthüllte seine Gestalt vor dem finsteren Blick seines Bruders. Iulean spürte, wie das Blut aus seinem Gesicht wich.

Entdeckt.

Verflucht seist du, Marea Angelis! Er konnte ihr höhnisches Lachen aus dem Abgrund vernehmen, in dem sie verschwunden war.

»Hast du gesehen, was du sehen wolltest, du kleiner Bastard?«, zischte Dameo mit entblößten Fangzähnen. »Hast du geglaubt, dass du verstohlen genug bist, um meinem Gehör zu entgehen?«

Er ragte über ihm auf. Einschüchternd in seiner schieren Größe und Muskelkraft. Iulean kämpfte um seine Beherrschung und klopfte seinen Gehrock ab, um seinen Zorn zu bezähmen. »Genug, um zu wissen, dass du in ernsten Schwierigkeiten steckst, Bruder«, sagte er leichthin. »Ich frage mich, was der Hof davon halten wird, dass der unbezwingbare Fürst seine Heilkräfte eingebüßt hat.«

Dameo lächelte schmal. »Frage dich besser, was mit Verrätern geschieht, denen ich meinen Schutz entziehe. Es heißt, dass viele von uns Geschmack an der Mischung aus Sonnenblut und Wandlerblut finden, weil sie so selten ist. Ich überlege, es auf die Probe zu stellen und dich zur Jagd freizugeben.«

Iulean schnalzte mit der Zunge und erhob sich. Hass loderte in ihm auf, von einem Funken Furcht durchzogen, der ihn noch steigerte. Er zwang sich, ihn nicht auf seine Miene dringen zu lassen. »Du würdest dein eigenes Blut schutzlos den Raubtieren überlassen? Wie hätte Vater wohl darüber gedacht?«

Dameo schnaubte und sein Grinsen wurde breiter. Seine Silberaugen flackerten bedrohlich im Schein der Hexenlichter. »Vater hat Verrätern keine Liebe entgegengebracht. Wenn er gewusst hätte, was aus dir geworden ist, hätte er dich eigenhändig getötet und deine leere Hülle dem Hof zum Fraß vorgeworfen, ehe das Blut kalt und ungenießbar geworden wäre.«

Der Stachel traf sein Ziel und sein Gift breitete sich brennend in Iuleans Adern aus, weil es die Wahrheit war. Der Wunsch, Dameos Grinsen mit einem Hieb auszulöschen, wurde übermächtig. Aber er wusste, dass er seinem Bruder unterlegen war. Dass er es immer sein würde.

»Wie schwer dich das Schicksal getroffen hat«, versetzte Iulean spöttisch. »Mein ganzes Leben lang hast du mich dafür verachtet, Hexenblut in den Adern zu tragen, und jetzt bist du selbst an eine Hexe gebunden. Schmerzt es, Dameo? Gezwungen zu sein, alles mit ihr zu teilen? Selbst deinen Hof? Dass deine Kinder Hexenblut in den Adern tragen werden, falls du den Fluch überlebst? Abschaum, wie ich es bin? Sie werden nie auf dem Nachtthron geduldet werden.«

Dameos Blick richtete sich auf das Fenster, hinter dem der Himmel heller wurde. Dann wandte er den Kopf wieder zu Iulean um. »Du hast nie verstanden, dass es nicht deine Geburt ist, die dich zu Schmutz macht, Iulean. Es sind deine Taten. Du warst schon als Kind ein unausstehlicher kleiner Dreckskerl, der nur auf seinen Vorteil bedacht war.«

Er schloss die Finger um die Bandage, die aus seinem Hemd hervorlugte, und riss sie herunter. Weiße Stofffetzen, von Blut befleckt. Doch darunter … unversehrte Haut. Iulean starrte fassungslos auf die Stellen, an denen Sevras' Klauen das Fleisch des Fürsten zerrissen hatten.

Dameo warf ihm den Verband achtlos entgegen. »Vielleicht brauchst du einen Beweis für deine Behauptungen, wenn du sie vor dem Hof vorbringst, *Bruder*. Nimm sie und zeig sie deinen Freunden. Ich bin mir sicher, dass du viele gespannte Zuhörer finden wirst. Und sei dir gewiss – wenn du dich Alysea noch einmal näherst, wird mich nichts auf der Welt davon abhalten, Vaters Beispiel zu folgen. Ich *weiß*, was du in der Arena vorhattest.«

Iuleans Zorn stieg ins Unermessliche. Er war ein brodelnder Kessel voll heißen Wassers, bereit, sich über die Welt zu ergießen und alles zu verbrennen, was seinen Weg kreuzte. »Du weißt nichts, Dameo. Nicht das Geringste.«

»Versuch nicht, es auf die Probe zu stellen, Iulean. Diesen Kampf wirst du nicht gewinnen.« Er wandte sich ab und schritt den Gang hinunter, als sei Iulean seiner Aufmerksamkeit nicht mehr würdig. Dann hielt er inne. »Und verschwinde aus diesem Teil des Palastes. Wenn ich dich und deine Magie noch einmal hier erwische, wird es das letzte Mal für dich sein.«

Er öffnete die Tür zu Adias Gemächern und verschwand ohne ein weiteres Wort. Ohne einen Blick.

Iulean hielt die blutbefleckte Bandage in den Händen und sah blicklos auf sie nieder. »Du weißt nichts, Dameo«, flüsterte er tonlos. »Was auch immer in der Arena geschehen ist, ich hatte nichts damit zu tun. Aber ich wünschte, ich *wäre* es gewesen. Und du wirst für jede Beleidigung und jede Missachtung büßen, die du mir je angetan hast.«

Iulean zerknüllte den Leinenstoff und warf ihn zornig auf den Teppich. Ein Beweis für nichts. Aber er wusste, dass etwas mit Dameo nicht stimmte. Er *wusste* es. Er fixierte das Bildnis von Marea Angelis, das spöttische Lächeln, das ihre Mundwinkel hob. Er hatte es zu oft sehen müssen. Mit einem Aufschrei versetzte er dem Gemälde einen Stoß, der es von der Wand riss und das Holz des Rahmes bersten ließ. Dann wandte er sich ab und schritt den Gang hinab.

Er musste die Cae'Angelis hinter sich lassen und frische Luft atmen. Sonnenstrahlen auf seiner Haut spüren und wissen, dass es eine einzige Sache gab, in der er seinem Bruder durch seine Geburt überlegen war.

Das leise Knarren einer Tür ließ ihn innehalten und sein Blick schoss zur Seite. Ein vertrauter Geruch erfüllte die Luft und Hunger regte sich in ihm, so stark, dass selbst die aufgehende Sonne ihn nicht gänzlich würde vertreiben können. Iulean versteinerte, als er den blauen Augen von Alysea Valerian begegnete. Kalt. Als hätte die Krankheit des Hochmutes, die in diesen Mauern nistete, sich bereits in ihr ausgebreitet. Er trat näher und sie richtete sich steif auf. Eine Warnung stand in ihrem Blick. Nein. Mehr als das.

Eine Herausforderung.

Iulean verzog die Lippen zu einem sarkastischen Lächeln und neigte den Kopf vor der Fürstin des Nachthofes. Sie schloss die Tür vor seiner Nase und sein Lächeln erlosch. Ein Hauch ihrer Magie blieb zurück, ein Kribbeln auf seiner Haut. Er rieb nachdenklich darüber und starrte auf das Relief des geflügelten Mondes, das die Tür zu den Gemächern seines Bruders zierte.

12

Nachrichten

Nachrichten reisten schnell in Gemea. Zu schnell. Sie hatte es erwartet, dennoch traf es sie heftiger, als sie geglaubt hatte. Alysea ließ den Brief auf den Tisch ihres Salons fallen und starrte ihn an. Die gestochen scharfe Handschrift der Hexenfürstin, wie Wunden, die sie dem Pergament mit einer Nadel zugefügt hatte. Kalter Zorn war zwischen den Zeilen spürbar, auch wenn der Wortlaut kühl und höflich blieb.

Sie wusste es besser.

»Schlechte Nachrichten?« Sofea stellte die kleine Truhe, in der Alysea Säckchen mit getrockneten Kräutern verwahrte, auf den Tisch und musterte das Pergament stirnrunzelnd.

»Mutter besteht darauf, dass ich ihr einen Besuch abstatte.« Alysea gab mehr von den Samtrosenblüten in den Kessel, der über dem Kaminfeuer hing, und rührte zu heftig darin. Die sämige Masse schwappte über den Rand und spritzte in das Feuer, das mit einem protestierenden Zischen aufloderte. Sie stieß einen Fluch aus, als heiße Spritzer auf ihre Haut trafen, und wischte ihre Hand unwirsch an der einfachen Leinenschürze ab.

Der silberne Kessel verfärbte sich rötlich, als würde sich das Licht des Sonnenuntergangs über ihn ergießen. Zu starke Hitze. Der Kamin mit dem behelfsmäßigen Gestell war kaum dafür geeignet, empfindliche Salben zu bereiten.

»Ventis«, befahl Alysea knapp. Der Befehl rief den Luftzug herbei, der durch das geöffnete Fenster drang, und sie leitete ihn mit einer Geste in Richtung des Metalls. Die Magie verließ sie mit einem leichten Ziehen in der Magengegend und das Rot verflog unter der Wirkung des kühlenden Windes. Der Geruch nach verkohlten Blüten erfüllte das Zimmer, als er lose Rosenblätter in den Kamin wehte.

Sofea krauste die Nase. »Und wirst du gehen?«

Alysea schnaubte. »Wie könnte ich? Es würde wirken, als kehrte die Fürstin des Nachthofes wie ein geprügelter Hund an den Sonnenhof zurück, um ihre Rüge zu empfangen. So kurz nach allem, was in der letzten Nacht geschehen ist, würde jeder dort wissen, was der Grund für meinen Besuch ist. Und hier würde mir der halbe Nachthof nachsagen, dass ich die Früchte meiner Schnüffelei nach Hause trage, nur um Dameo zu schaden. Ich will nicht, dass er …«, sie schüttelte den Kopf. »Es ist unmöglich.«

Die durch den Kampf gewonnene Stärke würde zwischen seinen Fingern zerrinnen. Wie schnell würden Zweifel an ihr laut werden? Wie schnell würde ein anderer die Möglichkeit nutzen, um ihn dafür herauszufordern? Jetzt, da er verletzt und geschwächt war? Die Illusion, die sie in der Nacht gewoben hatte, mochte einem Blick standhalten, aber sie änderte nichts daran, dass seine Wunden darunter nicht verheilt waren. Auch ihr Leben gehörte nicht mehr ihr allein und was sie tat, würde Konsequenzen nach sich ziehen. Für ihn. Es war das Letzte, was sie wollte.

Alysea nahm den Kessel vom Feuer, während Sofea das feine Tuch über die kleine Kupferschüssel spannte, durch das sie die Salbe filtern wollte. Sie vermisste Domia Luceas Hütte schmerzlich. Die Cae'Angelis war nicht für die Bedürfnisse einer Hexe eingerichtet. Adia hatte ihr versprochen, sich darum zu kümmern, dass eine Werkstatt für sie geschaffen wurde, aber es blieb fraglich, ob Alysea sie je beziehen würde. Das Leben hielt nicht für Seraphias Fluch inne und zu vieles erforderte ihre Aufmerksamkeit, dennoch war die Bedrohung so spürbar wie die Sommerhitze, die sich in ihren Gemächern ausgebreitet hatte.

Alysea wischte sich den Schweiß von der Stirn und entfernte das kleinere Gefäß mit der Salbe aus dem Wasser im Kessel. Die weißliche Masse ergoss sich aus dem Topf und sickerte durch das Leinen.

»Deine Mutter wird es nicht auf sich beruhen lassen, wenn du ihr nicht antwortest«, bemerkte Sofea, während sie das Tuch löste, auf dem Blüten und Stängel zurückgeblieben waren.

»Sie wird sich kaum vor die Cae'Angelis stellen und mich herausbefehlen«, gab Alysea zurück. »Aber ich habe nicht vor, sie zu ignorieren.« Sie pustete eine lose Haarsträhne aus ihrem Gesicht und prüfte die weißliche Masse, die sie hergestellt hatte. Sofea musterte sie skeptisch, während sie die Salbe auf einem Porzellanplättchen erkalten ließ.

»Sondern?«

»Ich weiß nicht. Vielleicht sollte ich sie an den Nachthof einladen. Es wäre die passende Antwort, nicht wahr?«

Ein Zipfel des Tuches rutschte der Katzenfrau aus der Hand und sie fasste eilig danach, bevor sich die verkochten Kräuter auf dem Teppich verteilen konnten. »Es wäre die verrückte Antwort.«

»Verrückt? Nein. Ich bin es müde, wie eine Marionette behandelt zu werden, an deren Fäden jeder zerrt, der mich nach seinem Willen tanzen sehen will. Es genügt, wenn Seraphia es tut.« Alysea setzte das Plättchen auf dem Tisch ab und es klirrte leise. Auf der anderen Seite des Sephris begannen die Glocken zu läuten und die schweren Töne schwebten wie eine Antwort mit dem Wind über den Fluss. Unheilschwanger. Wie ein Ruf, der sie an ihr Schicksal erinnern sollte. Plötzlich fröstelte sie trotz der Hitze.

»Nun, wenn du sie nicht sehen möchtest, mag es die beste Möglichkeit sein, sie vollends zu verärgern. Aurea Valerian wird keinen Fuß über die Schwelle der Cae'Angelis setzen und dabei den Verlust der Kontrolle über ihre Tochter vor aller Augen offenbaren.«

Alysea hob die Achseln. »Sie hätte die gleiche Wahl, die sie mir gelassen hat.« Und die Wahl, die sie selbst in der letzten Nacht getroffen hatte, hatte die letzten Fäden zerschnitten, die sie noch an den Sonnenhof gebunden hatten. Sie seufzte und rieb über die Gänsehaut, die auf ihren Armen zurückgeblieben war. »Mutter weiß, dass sie mich bei Domia Lucea treffen kann, wenn sie es wünscht. Niemand wird sie oder mich erkennen und dort kann sie mir sagen, was auch immer sie mir sagen möchte.«

Und es war ihr kein Rätsel, was die Fürstin ihr mitzuteilen gedachte.

Die Lautstärke des Glockenspieles schwoll an, als der Schlag der kleineren Glocken in das Lied der größten einstimmte. Alysea sah zum Fenster. Die spitze Silhouette des Glockenturmes ragte über der Stadt auf und sie meinte, unter den Arkaden den geisterhaften Schatten einer Frau zu erkennen. Ihr wehendes Haar, fein wie ein Gespinst aus goldener Seide. Ein Flüstern erklang. Es war wie ein Sog, so verlockend, dass ihre Füße sich bewegten, ohne dass sie sich ihrer Schritte bewusst wurde. Ihre Finger schlossen sich um den Riegel der gläsernen Tür, die auf den Balkon führte. Die zarte Sommerbrise empfing sie und liebkoste ihre Wangen wie die Berührung seidenweicher Fingerspitzen.

»Kommt … Kommt zu mir.«

Ein schwebendes Wispern, nicht von den Lippen einer Sterblichen hervorgebracht. Rote Seide blähte sich im Wind und fand ein Echo in der Farbe des Flusses, der unter dem Glockenturm vorüberströmte. Und dann, nur für einen Wimpernschlag lang, war das Wasser blau. So blau wie der wolkenlose Himmel über ihnen … blau, als hätte der Fluch niemals existiert … als sei er … gebrochen.

»Bitte … kommt … kommt!«

Lauter. Fordernder. Von Verzweiflung erfüllt. Wie ein Schluchzen, das jedes Wort untermalte. Sonnenwarmer Stein glitt unter Alyseas Fingern entlang. Ihre Arme hoben sich und sie breitete sie aus, den schwarzen Schwingen des Nachtfürsten gleich. Der Boden unter ihren Füßen schwankte, als sie das Gleichgewicht verlor.

»Alysea! Nicht!« Sofeas Stimme schnitt alarmiert durch das Zimmer. Finger bohrten sich schmerzhaft in Alyseas Schultern, die Nägel so spitz, dass sie blutige Kratzer hinterließen. Sie wurde zurückgerissen und eine Klinge aus glühendem Zorn stieß in ihre Brust. Das Flüstern endete in einem erstickten Laut, als hätte ein Messer die Schnur der Worte durchtrennt. Es war wie ein Guss mit eisigem Wasser, der ihre Haut traf.

Alysea taumelte und stützte sich am Geländer ab. »Was bei den Flammen des Abgrundes …?«

»Du bist hinausgelaufen wie eine Schlafwandlerin, die nichts mehr hört oder sieht, weil sie dem Ruf des Mondes folgen muss. Nur ein Schritt weiter und du wärest Floreas Beispiel gefolgt und hättest Bekanntschaft mit dem Sephris geschlossen!« Sofeas Krallen zogen sich zurück und mit ihnen erlosch jeder Hinweis auf das nichtmenschliche Erbe der Katzenfrau. Ihr Aufruhr blieb jedoch in ihren Worten zurück. Ihr Gesicht war weiß wie Schnee, beinahe verschmolz es mit ihrem Haar, sodass sie wirkte wie ein Geist.

Alysea sah schaudernd zum Glockenturm, als der letzte Schlag der Turmglocken verstummte. Nichts deutete mehr auf die Existenz der goldhaarigen Frau hin. Ihr Blick fiel auf das Wasser des Sephris, die roten Fluten, die keine Spur von Blau in sich trugen. Ein Boot glitt unter der Cae'Angelis vorüber und der Mann, der es führte, blickte neugierig zum Palast der Fürstenfamilie hinauf. Zitternd atmete sie aus, als Sofeas Worte in ihren Geist drangen und sie gewahren ließen, wie nah sie daran gewesen war, in Floreas Spuren zu wandeln.

»Ich habe sie gesehen«, antwortete sie heiser. »Florea. Dort oben auf dem Turm.« Alysea ließ sich auf dem Balkon niedersinken. »Das Wasser war blau und klar … und sie … hat nach mir gerufen.« Sie stützte hilflos den Kopf in die Hände und grub die Finger in ihr Haar. »Oh Sofea, ich weiß nicht mehr, was ich tue. Sie ist in meinem Kopf. Wie ein lebendig gewordenes Trugbild, das stärker ist als die Wirklichkeit.«

»Du brauchst einen Schutzzauber, der sie ausschließt«, sagte Sofea energisch. Ihre Miene war düster und das Gold ihrer Augen von Sorgen umwölkt. Sie starrte auf den Turm, als könnte sie den Schatten der Fürstentochter beschwören, wenn sie nur lange genug hinaufblickte.

»Wenn ein Schutzzauber genügen würde, wäre keine der Hexen je zu Tode gekommen.« Alysea zog die Stirn in Falten. »Sie hatte eine Botschaft für mich.«

»Ach ja?« Sofea wandte sich vom Glockenturm ab und sah sie an. »Welche? Dass dir Schwingen wachsen und du wie ein Vogel fliegen wirst, wenn du dich von der Cae'Angelis stürzt?«

Alysea verzog verdrossen über den Spott das Gesicht. »Sie will, dass ich zu ihr komme.«

»Oh, natürlich will sie das. Das erklärt, warum sie dich töten will. Auf andere Weise wirst du kaum die Schwelle zum Geisterreich überschreiten können«, gab die Katze sarkastisch zurück. »Denn an einem anderen Ort wirst du sie nicht finden.«

Alysea seufzte. In Sofeas Worten lag zu viel Wahrheit, um sie einfach beiseitezuwischen. »Das weiß ich.« Allerdings … ein Gedanke schlich sich in ihren Kopf, in einer Klarheit, die sie selbst erschreckte. »Vielleicht gibt es eine andere Möglichkeit …«, murmelte sie tonlos.

»Natürlich. Du kannst auf den Pfaden der Verbotenen Künste wandeln und Tote beschwören, um sie von dort oben herunterzubekommen. Allerdings bezweifle ich, dass du Floreas Knochen in der Familiengruft der Cosmean finden wirst. Der Sephris hat sie schon lange ins Meer gespült.«

»Ich glaube nicht, dass ich nach *Floreas* Knochen suchen muss. Etwas ist dort oben und wartet auf mich. Vielleicht ist es Floreas Geist, der eine Botschaft für mich hat. Vielleicht etwas anderes, das meinen Tod wünscht.« Alysea ließ ihre Stimme verklingen und sah der Katzenfrau offen ins Gesicht. »Und es gibt jemanden, der mir diese Antworten geben kann.«

»Wen? Willst du Adreans Knochen zu den Absichten seiner Liebsten befragen?«

»Nein. Ihre Mutter.«

Sofeas Mund klappte entgeistert auf. »Du willst *Seraphias Geist* beschwören? Du bist vollkommen verrückt geworden!«

»Nein, das bin ich nicht. Denk nach, Sofea. Ich brauche Antworten und es gibt nur eine einzige Kreatur auf dem Boden Theramias, die sie mir ohne Zweifel geben kann.« Alysea erhob sich und schwankte unsicher, als ihre Beine sie nicht ohne Protest tragen wollten.

Die Blässe auf Sofeas Wangen wich roten Flecken, als der Unglauben durch Zorn ersetzt wurde. »Und niemand außer dir ist je auf diesen brillanten Gedanken gekommen? Wenn es so einfach wäre, hätte irgendeine der armen Seelen, die Seraphias Fluch verschlungen hat, längst das Gleiche getan und du würdest nicht dem Ruf einer mordlüsternen Geisterfrau folgen.«

»Ich weiß nicht, ob es je eine andere Hexe versucht hat und ob Seraphia sich überhaupt zeigen würde. Vielleicht haben sie es versucht, vielleicht nicht. Es gibt keine Aufzeichnungen darüber. Nichts, Sofea! Aber ich muss herausfinden, was mit mir geschieht und wo soll ich beginnen? Was kann es mich kosten? Mein Leben?« Alysea stieß einen verächtlichen Laut aus. »Es ist ohnehin verwirkt, wenn der Ruf des Turmes noch lauter wird.«

»Nein, nur deine Seele«, sagte die Katzenfrau bissig. »Aber nur zu. Die Seelenrichter werden sich über dein Opfer freuen und dich liebend gerne den Feuerkönigen des Abgrundes überreichen, damit du ihnen bis in alle Ewigkeit dienst.«

Es war der Grund, weswegen Alysea bezweifelte, dass jemals eine Hexe es gewagt hatte, Seraphias Geist zu rufen. Die Gefahr, die eigene Seele mit den hässlichen Flecken zu beschmutzen, die die Verbotenen Künste hinterließen, und den Feuerkönigen als Sklave dienen zu müssen, bis sie von ihren Sünden reingewaschen war, genügte als Abschreckung. Nur die Verderbtesten wagten es dennoch. Sie schauderte bei dem Gedanken, doch sie blieb unbeirrt. »Sei nicht albern, Sofea. Es wird ein einziges Mal sein. Ich habe nicht die Absicht, alle Geister Gemeas zu wecken.«

»Nein, nur die größte Hexenfürstin, die je gelebt hat.«

»Hast du einen besseren Vorschlag? Alle Schriftwerke sind verbrannt und die einzige lebende Seele, die Floreas Tage erlebt hat, ist die Gräfin. Macht es einen Unterschied, ob ich meine Seele an sie verkaufe oder sie mit verbotenen Zaubern beflecke? Oder soll ich abwarten, bis ich mich wirklich in den Sephris stürze, weil ich mich nicht mehr gegen den Ruf zur Wehr setzen kann?« Ihre Stimme wurde lauter, ihre Worte so heftig, dass Sofeas Lippen sich zu einer schmalen Linie zusammenpressten. Die Härchen an ihren Armen stellten sich auf, als Alysea an den unheimlichen Sog des Glockenturmes zurückdachte. Das unwiderstehliche, verlockende Zerren an ihrem Geist, das sie dazu bringen wollte, hinaufzusteigen und eins mit den Wassern des Sephris zu werden. Sie schüttelte den Kopf. »Ich sehe keine andere Möglichkeit, Sofea«, sagte sie leiser. »Vielleicht existiert Floreas Geist noch irgendwo dort oben und sucht nach Hilfe, während eine andere Macht verhindern will, dass sie sie jemals erhält. Aber ich kann nicht hinaufgehen und es ergründen, weil ich sonst damit rechnen muss, durch eine finstere Macht im Fluss zu enden. Womöglich ist ihre Befreiung der Schlüssel zu allem, aber ich kann nicht danach greifen.«

»Und vielleicht ist sie der Schlüssel zu deinem Tod.« Die Katzenfrau verschränkte die Arme vor der Brust und wandte sich ab. »Ich kann nicht glauben, dass wir überhaupt darüber reden.«

Resignation schlich sich in Sofeas Stimme und versetzte Alysea einen Stich. »Ich wünschte, es wäre anders, Sofea. Ich wünschte …«, sie brach ab. Was sollte sie sich wünschen? Dass all das nie geschehen wäre? Dass sie die Gemahlin von Spiras Saverian geworden und Dameo Angelis niemals begegnet wäre? Etwas in ihr vermochte es nicht. Alysea umfasste das Geländer des Balkons und stützte sich auf dem Stein der Cae'Angelis ab. »Es ist geschehen und keine Macht der Welt kann es ändern. Ich weiß, dass es Wahnsinn ist, Seraphia zu rufen. Und wahrscheinlich schlägt es fehl. Vielleicht bin ich nur eine Närrin, die den Spuren ihrer Vorgängerinnen folgt und ihre Fehler wiederholt. Und vielleicht bleibt mir nichts anderes, als die Gräfin um eine Audienz anzuflehen und zu beten, dass sie großzügig gestimmt ist und sie mir gewährt. Aber ich muss es versuchen, selbst wenn der Hoffnungsfaden so dünn und zerbrechlich ist wie eine Spinnwebe. Und ich hoffe ...«, sie sah auf die rote Flut des Sephris hinaus, »ich hoffe, dass du bis zum Ende bei mir bleiben wirst.«

Sofeas Arme wanden sich um ihren Oberkörper und die abweisende Haltung verwandelte sich in den Versuch, sich vor einer Zukunft zu schützen, die keine von ihnen ermessen konnte. »Zweifelst du an mir?«, fragte sie mit ungewohnt dünner Stimme.

»Niemals.«

Sofea nickte und senkte den Blick auf den Boden der Cae'Angelis. »Er kann es nicht zulassen.«

Alysea musste nicht raten, um zu wissen, dass Sofea von Dameo sprach. Die Macht des Silberbandes verbot es ihm, die Gefahr zuzulassen, in die sie sich begeben wollte. Und wie konnte er dabei zusehen, wie sie ihre Seele mit einem verbotenen Zauber befleckte? Wie konnte sie ihm je gegenübertreten und es ihm offenbaren? Sie wusste zu wenig von ihm, von seinem Volk ... Schattenwandler waren nah an den Ursprüngen des Lebens. Näher als jede Hexe, die die Natur nach ihren Vorstellungen verbog. Wie würde er reagieren, wenn sie gegen ihre Gesetze verstieß? Sie wollte nicht darüber nachdenken, noch nicht ...

»Ich weiß«, gab sie mit einer Ruhe zurück, die sie nicht fühlte. »Aber er kann mich nicht davor schützen.«

»Es ist auch sein Tod, wenn sie uns erwischen«, erinnerte Sofea sie ungewohnt sanft. »Nur ein einziger Zeuge genügt und deine eigene Mutter muss dich hinrichten lassen, selbst wenn es bedeutet, dass die Hoffnung auf ein Ende des Fluches mit dir stirbt.«

Das Gesetz der Hexen. Unumstößlich, selbst für die Fürstenfamilie. Alysea atmete aus. »Und deswegen darf es nicht geschehen.«

Die Katze antwortete nicht. Sie sahen beide auf das blutige Wasser hinaus, in ihre eigenen Gedanken an eine Zukunft versunken, in der alle Hoffnungsfäden gerissen waren.

Dameo hatte ihnen den Rücken zugekehrt. Das Bildnis seines Vaters ragte über ihm auf wie ein übermächtiger Schatten, der auf sie alle herabsah. Alysea schauderte und wandte den Blick von den scharfen Silberaugen ab, die über jeden zu urteilen schienen. Nicht zuletzt über seinen Sohn, dessen Schultern verkrampft waren. Alysea konnte spüren, wie sehr Dameo mit sich kämpfte. Adia saß schweigend neben ihr, und Sofea ruhte in ihrer Katzenform auf Alyseas Schoß. Das leise Schnurren der weißen Katze vibrierte unter ihren Fingerspitzen. Nichts als ein Tier, das scheinbar halb döste und doch jedes Wort aufmerksam verfolgte.

»Ihr verlangt zu viel.« Dameos Stimme klang gepresst.

»Ich sehe keinen anderen Weg. Und wie lange sollen wir warten, Dameo? Bis das Licht Euch verbrannt hat? Seht Euch an! Ihr haltet Euch im Schatten und wagt Euch nur noch in der Dunkelheit hinaus. Ich kann spüren, wie jeder Lichtstrahl Qualen auf Eurer Haut hinterlässt.« Noch immer kribbelten Alyseas Arme, wo sie den Nachhall von Dameos Schmerz gespürt hatte, als ihn ein Sonnenstrahl gestreift hatte. Er versuchte es zu verbergen, aber es gab nichts, was er lange vor ihr verheimlichen konnte. Das Licht verbrannte ihn trotz des Sonnenblutes in seinen Adern und die Erkenntnis hatte ein ständig nagendes, eisig kaltes Entsetzen in ihr hinterlassen.

»Sie hat recht«, mischte Adia sich zögerlich ein. »Wir brauchen diese Antworten, Dameo. Und das bald. Alysea kann es nicht wagen, einen Fuß in den Glockenturm zu setzen, und wir können sie nicht vor Floreas Einfluss schützen – falls es wirklich Florea ist, die nach ihr ruft.«

»Ich sehe keinen Unterschied darin, ob Seraphias Geist sie ins Geisterreich zerrt oder ob Florea es tut«, knurrte er abweisend. »Ihr wisst nicht, was Ihr weckt, wenn Ihr die Tore öffnet.« Dameo fuhr herum und seine Miene war so finster, dass Alysea fröstelte. Seine Augen glühten fiebrig in seinem bleichen Gesicht. »Nicht alle Toten vergeben es, wenn man ihre Ruhe stört, und nicht immer kommen sie allein. Es gibt einen Grund, warum die Hexen jeden töten, der den Versuch wagt und dabei erwischt wird.«

Alysea bewegte sich unruhig und eine von Sofeas Krallen bohrte sich schmerzhaft durch den Stoff ihres Kleides, als wollte sie Dameo zustimmen. Sie ignorierte die Katze. »Also wäre es Euch lieber, wenn ich auf den Glockenturm steige, um herauszufinden, was dann mit mir geschieht? Nun gut. Vielleicht ist Florea so gnädig, mir zu erscheinen und den Grund für all das zu nennen, bevor sie mich in den Sephris stößt.«

»Nein, das wäre es nicht!«, schnappte er zornig und blickte an die Decke. Alysea konnte sehen, wie er tief einatmete, um das Brodeln in seinem Inneren zu bezähmen. Der silberne Faden summte und strömte Hitze aus, die nur langsam wich. Zuzulassen, dass sie versuchte, Seraphias Geist zu beschwören, verstieß gegen alles, was das Silberband in seine Seele gepflanzt hatte. Dameo Angelis mochte ein furchterregender Krieger sein, aber kein lebendes Wesen konnte sich einem Geist entgegenstellen. Und er wusste es ebenso gut wie jeder andere in diesem Raum.

»Dann sagt mir, was ich tun soll, Dameo. Soll ich mich in der Cae'Angelis verkriechen und hoffen, dass nichts geschieht, wenn ich die Augen fest genug verschließe? Wird es dann aufhören?« Sofea sprang von Alyseas Schoß und begann sich beleidigt am Boden zu putzen, als sie sich ruckartig erhob und zu ihm hinüberging. »Ich weiß, dass Ihr es nicht zulassen wollt, aber mir bleibt keine andere Wahl. Es ist Seraphias Wille, dass wir das Silberband tragen. Wäre es so dumm, ihren Rat zu suchen?«

»Ist es wirklich ihr Wille, dass wir den Fluch brechen? Dass Schattenwandler und Hexen wieder frei sind, einander zu töten? Ist es wirklich das, was *sie* will?« Dameo schüttelte den Kopf. »Seraphia wollte, dass das Blutvergießen endet. Warum sollte sie uns dabei helfen, es wieder zu ermöglichen?«

Alysea runzelte die Stirn. »Das glaubt Ihr wirklich? Dass all das eine Lüge ist?«

Dameos Kiefer verhärtete sich. Als er antwortete, tat er es widerwillig, als müsste seine Zunge ein Hindernis überwinden. »Ja. Das glaube ich. Der Hass ist noch immer hier, Alysea. Nichts hat sich seit Seraphias Tagen geändert. Gebt Hexen und Schattenwandlern heute die Freiheit zurück und sie werden Morgen wieder damit beginnen, Gemea in Blut zu ertränken. Seraphia hat das gewusst. Ich glaube nicht, dass ihr je daran gelegen war, uns von ihrem Fluch zu erlösen.«

»Aber … es muss einen Grund für unsere Verbindung geben, Dameo«, sagte sie stockend. »Und es muss mehr sein, als uns zu töten, damit sich die gleiche Geschichte wieder und wieder von Neuem ereignet. Soll der einzige Zweck für all das sein, in den Spuren von Florea und Adrean zu wandeln? Warum?«

»Vielleicht, weil Seraphia will, dass andere die gleichen Qualen durchleben, die man ihr bereitet hat, als man ihr alle Kinder genommen hat. Jedes einzelne Kind, das sie geboren hat, ist durch die Kämpfe zwischen Hexen und Wandlern getötet worden, Alysea. Drei ihrer Söhne und ihre einzige Tochter. Der Schmerz war genug, um jede Mutter in den Wahnsinn zu treiben. Selbst die größte Hexenfürstin, die je gelebt hat.«

Ein Todesurteil aus seinem Mund. So hoffnungslos, dass es den letzten Funken Mut in ihr ersticken wollte. Die Erkenntnis traf sie unverhofft und so heftig, dass ihr der Atem stockte. Für einen Augenblick blieb die Erwiderung in Alyseas Kehle stecken, bevor es ihr gelang, sie über die Lippen zu bringen. »Ihr glaubt nicht, dass wir überleben.«

Dameo antwortete nicht, aber er brauchte es nicht zu bestätigen. Alysea sah über die Schulter zu Adia und fand keine Überraschung auf ihren Zügen, nichts als Nachdenklichkeit und die Traurigkeit, die sie niemals verließ. Sie hatte gewusst, wie ihr Bruder darüber dachte.

Alysea fühlte, wie Erschöpfung in ihre Glieder kroch und Tränen in ihren Augen aufsteigen wollten. Sie kämpfte den Impuls nieder, doch Dameo hatte es bereits bemerkt. Er trat näher, aber er berührte sie nicht. »Es tut mir leid, Alysea. Ich weiß, dass Ihr kämpfen wollt, doch Jahrhunderte voller Hass lassen sich nicht durch ein einziges Silberband auslöschen. Seraphia kann niemals so dumm gewesen sein, daran zu glauben, und ich kann es auch nicht. Ich will es, aber ich kann es nicht.«

»Aber *wir* hassen einander nicht, Dameo. Und ich weigere mich zu glauben, dass in Seraphia nichts als Hass überlebt hat und dass sie unseren Tod wollte. Ich will nicht den nächsten Schlag der Glocken fürchten müssen, weil es der letzte sein könnte, den ich je hören werde.« Sie straffte sich und sah in das verschlossene, von Dunkelheit gezeichnete Gesicht des Nachtfürsten. »Vielleicht täusche ich mich. Aber es wird keinen Unterschied mehr machen, ob ich gehe oder nicht, wenn Ihr ohnehin von unserem Scheitern überzeugt seid. Also gehe ich. Mit oder ohne Euch. Es ist Eure Entscheidung, ob Ihr mir helfen wollt.« Bitterkeit schlich sich in ihre Stimme. Er setzte zum Protest an, doch

Alysea wandte sich ab. Sie spürte den scharfen Impuls, der über das Silberband drang, und sperrte sich dagegen, seine Bedeutung in ihr Bewusstsein dringen zu lassen. Nicht, wenn der beißende Schmerz, den seine Worte in ihrem Herzen hinterlassen hatten, jede andere Empfindung in den Hintergrund drängte.

»Ich werde mit Euch kommen, Alysea.« Adia. Sie hatte ihren Stuhl zurückgeschoben und war aufgestanden. »Dameo hat die Hoffnung so lange von sich gewiesen, dass er nicht mehr weiß, was es bedeutet, zu hoffen. Aber ich weiß es noch. Und ich werde sie erst aufgeben, wenn ich nicht mehr atmen kann.« Sie sah ihrem Bruder fest in die Augen und dieses eine Mal war er es, der zuerst den Blick senkte.

Er sagte nichts, als sie gemeinsam das Zimmer verließen. Doch Alysea spürte den Wirbel seiner widerstreitenden Gefühle, der sie verfolgte, als der Fürst allein in der Dunkelheit zurückblieb.

Kein Sonnenstrahl verirrte sich je in die Bibliothek des Fürsten, in der die wertvollsten Schriftwerke der Schattenwandler aufbewahrt wurden. Die runden Fenster in der Kuppel über ihm waren aus geschwärztem Glas gefertigt, das die Wirkung der Sonne weit genug abschwächte, um die kostbaren Bücher vor ihr zu bewahren. Niemand außer Dameo und Adia besaß den Schlüssel, um das magische Schloss zu öffnen. Sie war wie eine Schatzkammer, von Generationen der Angelis gehütet. Aber anstelle von Gold und Juwelen waren es Bücher und Schriftrollen, die sich bis unter die Decke türmten. Zu viele, um jemals die Antworten zu finden, nach denen er suchte.

Dameo seufzte und ließ sich in den ledernen Sessel fallen, in dem er noch immer seinen Vater sitzen sehen konnte. Hinter einem Turm aus Büchern vergraben, der sich auf dem massiven Tisch neben ihm in die Höhe reckte. Nun war er es, der kaum über den Stapel blicken konnte, den er von den Regalen herbeigetragen hatte. Unzählige Werke, die sich mit dem Silberband befassten. Religiöse Abhandlungen neben wissenschaftlichen Erklärungen, die letztlich nicht mehr als Theorien waren. Es gab niemanden, der das Unerklärliche zu erklären vermochte. Er starrte auf die Buchstaben eines reich verzierten Werkes, doch das Ziel seiner Suche offenbarte sich ihm nicht. Denn eine Verbindung zwischen Schattenwandler und Hexe war so absurd und wider die Natur, dass kaum einer der Wandler-Gelehrten sich damit auseinandergesetzt hatte.

Arrogante Narren.

Gereizt schlug er das Buch zu und rieb sich über die Augen. Das Brennen war unerträglich, sobald Sonnenlicht seinen Blick kreuzte. Dameo begrüßte das sachte Flackern des Kerzenlichtes in den silbernen Wandhaltern, doch er wusste, dass er sich nicht bis in alle Ewigkeit vor der Sonne verkriechen konnte. Ein falscher Schritt, ein winziger Fehler, während die Sonne am Himmel stand, und der Hof würde die Schwäche des Fürsten sehen. Und es wurde schlimmer. Mit jeder Stunde schien es, als würde seine Empfindlichkeit steigen, ohne dass er etwas dagegen tun konnte.

»*Du bist ein plumper Dummkopf, Dameo Angelis.*« Adias Stimme erklang plötzlich aus dem Nichts, scharf wie ein Peitschenhieb in seinen Gedanken. Dameo zuckte zusammen, als sich Schmerz auf seinem Oberarm ausbreitete. Er blickte suchend über die endlosen Reihen der Bücher an den Wänden, doch von seiner Schwester fehlte jede Spur.

»Das weiß ich selbst«, knurrte er, während er sich über den Arm rieb. »Aber sie hat ohnehin deutlich gemacht, dass sie keinen Wert auf meine Ansichten legt.«

Tatsächlich brauchte er keine Strafe von Adia, um sich miserabel zu fühlen. Alyseas Enttäuschung war genug, um ihn sich wünschen zu lassen, den Mund gehalten zu haben. Sie drang in unverminderter Stärke über das Silberband, seitdem sie sein Arbeitszimmer verlassen hatte. Sie hatte ihm keinen Blick mehr gewährt, kein Wort mehr zugelassen, und in ihm brodelte ein Gemisch aus Zorn und Schuld, das ihn reizbar machte. Es hielt ihn davon ab, zu ihr zu gehen und sie um Verzeihung zu bitten. Gleichzeitig wusste er, dass er zu wütend über ihre Abweisung war, um vernünftig bleiben zu können. Was immer er tat, es konnte kein gutes Ende nehmen. Nicht jetzt, solange sie beide verletzt waren. Keiner von ihnen konnte klar denken, wenn die Wunden noch so hell brannten. Und er war müde. So unglaublich müde. Die letzte Nacht saß in seinen Knochen und die schmerzenden Überbleibsel seines Kampfes nagten unaufhörlich an seiner Selbstbeherrschung.

»Wundert dich das? Du hast all ihre Hoffnungen zu Staub zerfallen lassen. Es erstaunt mich, dass du nicht angeboten hast, sie selbst vom Glockenturm zu stoßen.« Adia löste sich aus den Schatten, die ihre Gestalt verhüllt hatten, und trat an der geflügelten Statue von Thareus, dem Schutzgeist der Dichter, vorüber. Sie hatte ihr Kleid gegen Männerkleidung ausgetauscht und ihr Haar aufgesteckt. Hosen, hohe Stiefel, ein Gehrock, der ihre Form verbarg … ein seltener Anblick in diesen Tagen, der Dameo die Stirn runzeln ließ. Offenbar würde sie heute Nacht dem Hof fernbleiben und er konnte den Grund dafür nur zu leicht erahnen.

»Erwartest du Freude von mir, wenn sie ankündigt, Seraphia aus ihrem Grab wecken zu wollen? Soll ich mich schweigend danebenstellen und abwarten, welche Bestie aus dem Geisterreich sie in Stücke reißt, wenn sie die Tore öffnet?« Allein die Vorstellung genügte, um seine Kehle eng werden zu lassen. Das Silberband schnürte sich um sein Herz und nährte den Wahnsinn, der in ihm brodelte, sobald Alysea in Gefahr schwebte. Seine Muskeln spannten sich an, als stünde er einem Gegner in der Arena gegenüber.

»Nein, aber du sollst nachdenken, bevor du ihre Hoffnungen zertrittst wie ein ungelenker Bauerntölpel, der nichts von der Welt weiß. Sie ist eine Hexe, Dameo, und sie weiß um die Gefahr, in die sie sich begeben wird. Aber sie will es tun, um euch zu retten. Es ist ihre Art zu denken und ihre Art zu kämpfen. Sie tut es nicht mit Klauen und Zähnen, sondern mit der Kraft, die die Götter ihr geschenkt haben. Und du weißt, dass sie recht hat, wenn du nur für einen Augenblick die Furcht um sie vergisst.«

Wenn ich sie je vergessen könnte! Dameo legte zähneknirschend das Buch beiseite, in dem er gelesen hatte, und widerstand dem Impuls, die nutzlosen Bücher zu Boden zu schleudern. Eine zu kurze Befriedigung, die seinen Zorn nicht zu löschen vermochte. »Glaubst du wirklich, dass Seraphia aus ihrem Grab kriechen wird, um Alysea zu verraten, wie der Fluch gebrochen werden kann?«

»Ich weiß es nicht. Du weißt es nicht. Niemand weiß es. Aber was auch immer sich in Alyseas Seele einnisten will, wird früher oder später siegen, wenn wir nichts unternehmen. Sie ist dem Ruf heute beinahe gefolgt, Dameo!« Adias Stimme klang schrill durch die Ruhe der Bibliothek und verriet ihr Entsetzen. Mühsam rang sie um ihre Beherrschung, bevor sie weitersprach. »Und wenn sie es getan hätte, würdest du keinen Tag länger überdauern. Vergib mir, wenn ich die Hoffnung nicht so bereitwillig aufgeben kann, wie du es tust. Aber ich will meinen Bruder nicht dahinsiechen sehen, weil das Herz seiner Gefährtin nicht mehr schlägt. Ich will daran glauben, dass sie recht hat und dass Seraphia nicht grausam und herzlos gewesen ist.«

Ihre Worte wurden leiser, bis sie vollkommen versiegten. Dameo starrte schweigend an die Täfelung der Wand, die Linien des Holzes, die ihn an die Strömung des Sephris erinnerten, dann schüttelte er den Kopf. »Denkst du, das will ich nicht? Ich will es auch glauben, Adia. Ich will nichts mehr, als es wirklich glauben zu können. Ich *will* glauben, dass es einen Weg gibt, sie davor zu bewahren, in die Fluten zu stürzen und von ihnen verschlungen zu werden. Ich sehe es vor mir, wann immer ich die Augen schließe, und es macht mich verrückt, dass ich nichts dagegen ausrichten kann.« Klauen sprossen aus seinen Fingerspitzen und bohrten sich in das Leder des Sessels. Sie verrieten seinen Aufruhr über jeden Zweifel hinaus. Dameo ließ sie zu Schatten vergehen, die emporstiegen wie Rauch. Es erinnerte ihn zu stark an brennende Haut und hinterließ ein unangenehmes Prickeln in seinem Nacken.

»Dann versuch es. Und wenn du es nicht für dich kannst, dann tu es um Alyseas willen.« Adia trat näher und nahm eines der Bücher von dem Stapel. Müßig betrachtete sie die goldenen Buchstaben auf dem dunklen Ledereinband und Dameo bemerkte ihr Zögern, ehe sie es wieder zurücklegte. Er war sicher, dass es nicht das Flackern der Kerzen war, das Schatten auf ihre Miene zeichnete. »Du suchst nach einem Hinweis auf die Ursache deiner Lichtempfindlichkeit«, stellte sie fest.

»Ja. Aber es gibt keinen«, antwortete er ruhig. »Keine Anmerkung, dass das Silberband je etwas in uns verändert hat. Nichts.«

Dameo wusste, was sie sagen würde, noch bevor sie die Lippen öffnete. Adia atmete sichtbar ein. »Es ist möglich, dass Alysea der Schlüssel ist.«

Er blickte auf die Kuppel über ihren Köpfen. Die Schutzgeister der Gelehrten, die spöttisch auf ihn niedersahen, als wollten sie ihn für seine Unfähigkeit verhöhnen. »Ich kann es nicht auf die Probe stellen, Adia. Der Preis ist zu hoch.«

»Das Silberband würde nicht zulassen, dass du sie verletzt«, widersprach Adia heftig. »Niemals.«

Dameo sah auf und suchte ihren Blick. Funkelndes Silber, in dem sich Zorn und Sorge mischten. »Ist es stärker als die Blutgier? Kannst du mir versprechen, dass das Silberband so stark ist, dass ich eher mich selbst zerfetzen würde als sie? Ja, Adia, im Augenblick ist es das. Aber der Wahn verändert uns bis zur Unkenntlichkeit. Bis es uns gleichgültig ist, ob wir diejenigen töten, die wir lieben, solange wir nur an ihr Blut gelangen. Er macht uns zu Tieren, die nur von ihren Instinkten getrieben werden. Du hast Vater nicht gesehen.«

»Nein, Dameo. Das habe ich nicht, weil du es niemals zugelassen hast!« Ihr Körper war gespannt wie eine Eisenfeder, und die leise Anschuldigung klang aus ihren Worten. Sie war alt, doch sie hatte ihre Stacheln nie verloren. »Aber ich weiß, dass Vater wollte, dass du ihn tötest. Dass noch ein Rest seiner Seele in ihm verblieben ist, die auch durch den Blutrausch nicht ausgelöscht werden konnte. Und selbst wenn du für dich keine Hoffnung mehr hast, die Hoffnung für *ihn* hast du niemals sterben lassen.« Adia atmete aus und schloss für einen Herzschlag lang die Augen. Ihr Körper wurde weicher, als sie die Anspannung abebben ließ. »Ich bitte dich nur, darüber nachzudenken. Ich weiß, dass Alysea nicht zögern würde.«

Nicht zögern, ihr Leben für die vage Aussicht aufs Spiel zu setzen, dass sie ihn damit heilte. Nein, sie würde nicht zögern. So wenig wie er. Aber das gab ihm nicht das Recht, sie in eine Falle zu locken, die keiner von ihnen zu ermessen vermochte. Nicht für einen Versuch, der womöglich fruchtlos blieb. »Es wird vergehen, Adia. Vielleicht ist es nicht mehr als eine Laune des Silberbandes, die bald vergessen ist. Und ich bin vorsichtig.«

Dameo wusste, dass sie seine falsche Zuversicht entlarvte. Falsche Hoffnungen auf etwas, das nicht eintreffen würde. Wann immer die Sonne seine Haut traf, wann immer er den Schmerz der Wunden fühlte, die nur schleichend heilten, wurde es ihm schmerzlich vor Augen geführt. Adias Gesicht wurde glatt, seine Konturen so scharfkantig, dass es schien, als wäre sie aus Stein gemeißelt. »Natürlich bist du das«, sagte sie tonlos. Ihre Enttäuschung war wie ein Messer, das in seine Brust stach. Ihre Finger ruhten auf dem Bücherstapel und für einen Augenblick wirkte es, als wollte sie mehr sagen. Dann seufzte sie und wandte sich ab. »Ich begleite Alysea auf den Nachtmarkt, sobald es dämmert. Ich dachte, du solltest es wissen.«

»Adia …«, Dameo stockte, unsicher, was er sagen sollte. Sagen konnte. Ein Atemzug und die Worte kamen über seine Lippen, ohne dass er ihnen Einhalt gebot. »Ich weiß, dass ich dich enttäusche. Götter des Himmels und der Erde, heute enttäusche ich jeden, der meinen Weg kreuzt«, er sah auf seine Hände. »Es tut mir leid.«

Eine Entschuldigung für alles … und doch zu wenig, um irgendetwas gutzumachen. Worte aus Staub, die von der nächsten Brise davongetragen wurden. Adias Lächeln blieb blass. »Das weiß ich, Dameo. Aber das macht es nicht leichter, dir dabei zuzusehen, wie du in deiner eigenen Finsternis versinkst.«

Ein kurzes Aufflackern der Kerzen, ein Windhauch, und sie verschmolz mit den Schatten, als wäre sie niemals da gewesen. Dameo blickte so lange grübelnd auf die dunkle Nische, die seine Schwester verschluckt hatte, bis er spürte, wie der scharfe Einfluss der Sonne der milden Dämmerung wich.

13
Der Nachtmarkt

Die Laternen am Rande der hohen Mauern waren bereits entzündet worden, obgleich noch der letzte Rest Dämmerlicht die beginnende Nacht erhellte. Das bleiche Mondsteinlicht ließ Schatten zwischen den Besuchern des Marktes tanzen und verwirrte das Auge. Niemand nahm Notiz von der jungen Frau in dem schlichten blauen Kleid, die einen Korb trug und die Kapuze tief ins Gesicht gezogen hatte. Es gab viele wie sie unter den Menschen, die Besorgungen für ihre Herren in den dunkleren Ecken der Stadt verrichteten. Domia Lucea hatte Alysea gelehrt, mit der Menge zu verschmelzen, und der Zauber, den sie auf das Siegel an der dünnen Silberkette gewoben hatte, tat sein Übriges. Keine Seele würde vermuten, dass die neue Fürstin des Nachthofes über den Nachtmarkt von Gemea schritt. Auf der Suche nach dem Schlüssel zu der verbotenen Magie, die Seraphia aus ihrem Grab erwecken sollte. Ohnehin wagten sich nur wenige Hexen auf die Straße, wenn das Licht des Tages der Nacht wich.

Alysea unterdrückte das flaue Gefühl, das sich in ihrem Magen bemerkbar machte, und ging unbeirrt weiter, Sofea dicht auf ihren Fersen. Eine gepflegte weiße Katze, die über den Markt streunte und nach Leckerbissen Ausschau hielt, die an vielen der Stände für sie abfielen. Der Nachtmarkt war wie ein Zuhause für sie. Viele der Händler kannten sie, ohne zu ahnen, wie aufmerksam ihre goldenen Augen und gespitzten Ohren tatsächlich waren. Adia war irgendwo am Rande der Menge verschwunden, unsichtbar und doch niemals fern. Es war, als würde niemand sie wahrnehmen, wenn sie es nicht wünschte. Ein Zauber, der ebenso stark war wie Hexenkräfte, ohne dass die Schwester des Fürsten Magie in den Adern trug.

Der Fürst. Dameo.

Alysea fühlte das schmerzhafte Ziehen in ihrer Brust, das wiederkehrte, wann immer sie an ihn dachte. Sie hatte seine Unentschlossenheit und sein finsteres Brüten gespürt, bis sie bei Beginn der Dämmerung der Anspannung gewichen waren. Seine Unruhe steigerte ihre eigene Nervosität und sie fühlte ihn, als wäre er nah. Als würden seine Augen auf ihrem Rücken ruhen und jeden ihrer Schritte beobachten. War er hier? Irgendwo unter den Besuchern des Marktes? Sie hatte ihn den ganzen Tag nicht mehr zu Gesicht bekommen, kein Wort mit ihm gewechselt, und sie hatte es nicht gewünscht. Seine Worte waren in ihr Herz gefallen wie eine Lawine aus Felsbrocken, die tiefe Wunden gerissen hatten. Sobald sie sich daran erinnerte, schmerzten sie von Neuem.

Dennoch konnte sie nicht aufgeben, selbst wenn er glaubte, dass sie verloren waren. Sie würde ihre Niederlage erst akzeptieren, wenn das Wasser des Sephris über ihrem Kopf zusammenschlug und sie in das ewige Vergessen zog. Keinen Atemhauch früher.

Es herrschte reger Betrieb innerhalb der Mauern des verfallenen Dämonenhofes. Der Duft nach Gebratenem hing schwer in der Luft und vermischte sich mit dem Rauch der Holzfeuer, über denen Speisen bereitet wurden. Aber die Stände, die sich über den Palastplatz verteilten, waren nicht Alyseas Ziel. Sie suchte nicht nach den Hörnern von exotischem Getier oder aus Honigspinnenseide gefertigten Schleiern. Was sie brauchte, befand sich tief in den Katakomben, die sich unter der Ruine des Dämonenpalastes erstreckten. Sie schauderte, als sie an die Nacht zurückdachte, in der Domia Lucea sie zum ersten Mal an diesen Ort mitgenommen hatte. Es hatte nicht den blassen Umriss des Mondes gebraucht, der sich in der Dämmerung abgezeichnet hatte, um sie zu ängstigen. Auch heute spürte sie die bedrückende Atmosphäre, die von den alten Steinen ausging, die feinen Nadelstiche in ihrem Nacken, die sie warnten, nicht weiterzugehen. Der Nachtmarkt, der jedem Besucher offenstand, war nur die Fassade, hinter der sich die finstere Wahrheit verbarg. Ein buntes Sammelsurium von Ständen, die Kuriositäten und Lügen feilboten, um zu verhüllen, was sich in seinem Herzen befand.

»Du suchst nach einem Weg, um deine Schönheit für alle Ewigkeit zu erhalten? Ich kann ihn dir zeigen, meine Schöne. Komm herüber.

Das gemahlene Horn eines Einhorns, mit dem wundertätigen Wasser des Sephris vermischt und bei Vollmond aufgetragen, und du wirst für immer strahlen wie ein Stern.« Die laute Stimme eines Händlers heischte um Alyseas Aufmerksamkeit.

Das wundertätige Wasser des Sephris.

Sie verbiss sich das bittere Auflachen, das in ihrer Kehle kratzte, und wandte sich um. Der spindeldürre Mann ließ ein verschlagenes Grinsen aufblitzen, das goldene Zähne offenbarte, und tauchte die Hand in einen Topf voll glitzernden Pulvers, weiß wie Schnee. Daneben lag ein abgetrennter Einhornkopf, die Quelle seines Wundermittels. Ein widerwärtiger Anblick, der die Echtheit seiner Ware bestätigen sollte. Alysea runzelte die Stirn und ging näher heran, von einem Verdacht geleitet, der aus Domia Luceas Lehren genährt wurde.

»Ein wahrhaftiges Einhorn?«, fragte sie mit einem naiven Staunen.

Das Grinsen des Händlers wurde breiter, zufrieden darüber, dass sie sich in dem Netz verfing, das er ausgeworfen hatte. »Aber ja, ein wahrhaftiges Einhorn, gefangen in den tiefen Wäldern des Nordens, in denen noch Wunder leben. Komm näher, meine Schöne, und du wirst es selbst sehen«, gurrte er lockend. Spinnenfinger zerrieben eine Prise des Pulvers und ließen es in allen Farben des Regenbogens schillernd herabrieseln.

Alysea streckte zaghaft die Hand aus, als wollte sie das Einhorn berühren, und der Händler rieb sich frohlockend die Hände.

»Revelae«, befahl sie abrupt und die Luft flimmerte unter ihren Fingern. Der Zauberschleier, der über dem Stand lag, hob sich, und sein Besitzer stieß einen protestierenden Laut aus, als die Wahrheit zum Vorschein kam. Das Einhorn war nichts als ein armes Pferd, sein Kopf von Hexenkunst konserviert, um die Illusion zu erhalten. Das Horn nur ein hölzerner Stummel, der mit Blattsilber belegt war und um den eine käufliche Hexe ein Zaubersiegel gewunden hatte. Die Gestalt des Händlers waberte und offenbarte eine Glatze statt des weißen Haares, die prallen Formen eines gut genährten Mannes anstelle der halb verhungerten Schreckensgestalt. Lügen, mit teuren Zaubern besiegelt. Alysea suchte weiter und erkannte den ungesunden grünlichen Schimmer von Sumpfkrötenkraut, der das Pulver in dem Topf glitzern ließ. Das Mittel würde nicht mehr bewirken, als seiner

Anwenderin einen juckenden Ausschlag zu bescheren, nachdem es ihre Haut für einen Tag lang bleich und makellos gemacht hatte. Ein hoher Preis für die Schönheit, der hässliche Narben hinterließ. Aber der Händler würde dann bereits über alle Berge sein und in einer neuen Verkleidung wiederkehren.

Alysea verzog angewidert die Lippen und sah zu ihm auf. »Spart Euch Eure faulen Zauber für diejenigen, die sie nicht hinterblicken können«, sagte sie gefährlich leise. »Und wenn Ihr es noch einmal wagt, Sumpfkrötenkraut zu verkaufen, werde ich dafür sorgen, dass die Herren des Nachtmarktes davon erfahren und Euch nie mehr Zutritt gewähren. Ganz gleich, in welcher Gestalt Ihr kommt.«

Der Händler wurde aschfahl. »Wie kannst du es wagen …?«, stotterte er überrascht, im gleichen Augenblick, in dem Sofea maunzend auf seinen Tisch sprang und den Tiegel mit dem Pulver umstieß. Es stob auf und verteilte sich in einer glitzernden Wolke über das Pflaster. Erstaunte Rufe erklangen von denjenigen, die ihr eilig auswichen.

»Verfluchtes Biest! Wenn ich dich erwische, zieh ich dir das Fell über die Ohren!«, schrie der Händler zornig und langte nach der Katze. Sein Fluchen mündete in einen Aufschrei, als Sofea ihm ihre Krallen zu schmecken gab.

Alysea ging rasch weiter, um dem entstehenden Aufruhr zu entkommen, ohne dem glatzköpfigen Mann einen zweiten Blick zu schenken. Wenn die Marktwachen die Quelle der Aufregung erreichten, würden sie nach ihrem Auslöser suchen. Und Aufmerksamkeit war das Letzte, was Alysea wünschte. Das Zetern des Händlers verfolgte sie, bis es sich im Stimmengewirr des Marktes verlor. Sie zweifelte jedoch daran, dass er allzu eifrig darauf drängen würde, sie zu ergreifen.

Es gab viele kuriose Abscheulichkeiten auf dem Nachtmarkt. Manche echt, andere falsch wie die Zähne des Alten. Die Flügel einer Feenfrau, zu offensichtlich aus dünner Seide gefertigt und nur schwach von Zaubern verhüllt. Funkelnde Juwelen aus Königshäusern, die es nie gegeben hatte. Säckchen mit Talismanen für jene, die glaubten, dass ein Häufchen mit Kräutern versetzte Asche oder eine unkenntliche Münze sie vor Unheil bewahren konnte. Wer mit Waren auf den offenen Nachtmarkt zog, hoffte auf abergläubische Tölpel. Menschenadelige aus anderen Städten und leichtgläubige Fremde mit vollen Goldbeuteln, die sich von mystischem Tand und der düsteren Geschichte des lange verblichenen Dämonenhofes anziehen ließen. Jene, die sich auf das Gelände wagten, wollten sich vergnügen und die kalten Schauer genießen, die innerhalb der Ruinen nisteten. Und tatsächlich war die Atmosphäre dunkel und von Gefahr geschwängert. Die Mauern, die einst den Obsidianpalast gesäumt hatten, waren schwärzer als die tiefste Nacht. Die Lichter daran so geschickt gesetzt, dass sie alles in einen unheimlichen bläulichen Schein tauchten. Viele Händler verstärkten diesen Eindruck, indem sie sich mit Ketten aus Federn und Zähnen schmückten oder Zauber bei den Hexen erwarben, die sie gefährlich und exotisch wirken ließen, als trügen sie Dämonenblut in den Adern.

Sie waren Narren, die mit der Gefahr spielten und die Wirklichkeit imitierten, die sich unter ihren Füßen ausbreitete.

Alysea umfasste den Griff ihres Korbes fester. Ihr Körper war angespannt, als sie sich auf die Türme des Palastes zu schlängelte, die noch immer bis hoch in den Himmel aufragten. Die Fassade war von fremdartigen Inschriften verziert, in denen noch Reste des Dämonenfeuers glommen, das sie einst erleuchtet hatte. Der Geruch nach bitteren Kräutern zog an ihr vorüber, als sie den Stand der Kräuterfrau nahe der Palastfassade passierte, die ihr ergrauendes Haar mit Federn geschmückt hatte. Zu scharfe dunkle Vogelaugen verfolgten Alysea aufmerksam, als sie die Kapuze zurückschob und den silbernen Schlüssel abnahm, der an einer zweiten Kette um ihren Hals hing.

Die Stumme. Die unauffällige Wächterin des Nachtmarktes. Ihre wahre Natur war nur für jene sichtbar, die einen Schlüssel besaßen. Niemand sonst gelangte an ihr vorüber und wer es versuchte, bereute es rasch. Alysea erinnerte sich gut an ihre erste Begegnung und auch jetzt hinterließ die Aura der älteren Frau eine Gänsehaut auf ihren Armen. Dämonenblut hinter der Maske eines gewöhnlichen Menschen verborgen. Für eine Hexe war sie wie ein dunkles Loch im Gefüge der Welt. Ihre schiere Präsenz saugte an Alyseas Lebenskraft und dämpfte sie, als wollte sie jeden Funken davon an sich reißen und sie verschlingen, bis nichts mehr übrig blieb. Und tatsächlich war es nicht weit von der Wahrheit entfernt. Sie reichte der Stummen den Schlüssel, sorgsam darauf bedacht, ihre Haut nicht zu streifen, denn die Wächterin trug das Erbe einer Lebensfresserin in sich. Domia Lucea hatte ihre Schützlinge gewarnt, dass jede Berührung Augenblicke ihres Lebens rauben würde, bis sie verdorrten wie eine Blume ohne Wasser.

Die Alte nahm den verzierten Gegenstand in Augenschein, ehe sie ihn in einem Beutel verschwinden ließ, den sie an ihren Rock gegürtet hatte. Ihr Blick ruhte auf Alysea, als könnte sie die Fassade des einfachen Mädchens durchdringen und alles erkennen, was sie zu verbergen trachtete. Ihr Atem stockte, als etwas an ihrer Seele zupfte und die Magie in ihrem Magen zum Wirbeln brachte. Dann blitzte Gold im Mund der Kräuterfrau auf. Sie offenbarte ein schiefes Lächeln und nickte zufrieden. Eine unmerkliche Geste, Lippen, die sich tonlos bewegten, und ein Wabern ließ die Luft verschwimmen. Die Umrisse eines Torbogens erschienen in der Palastmauer und Treppenstufen zeichneten sich dahinter ab.

Alysea atmete auf und sah sich flüchtig um, obgleich sie wusste, dass niemand sehen würde, wie sie in die Dunkelheit tauchte. Das Herz des Nachtmarktes versteckte sich gut und nur wer die Erlaubnis besaß, sich in seinen Hallen zu bewegen, durfte seine Grenzen überschreiten. Für einen letzten Augenblick verharrte sie unschlüssig. Dann setzte sie den ersten Schritt in die Finsternis, die sie erwartete.

Sein Hunger war stark. So stark, dass er ihm Schmerzen bereitete. Ihre Fährte war wie ein Faden aus Blut, der ihn leitete, ohne dass er seine Augen brauchte. Iulean hatte ihr folgen müssen, sowie sie den Fuß aus der Cae'Angelis gesetzt hatte. Es fiel ihm schwer, an etwas anderes zu denken, sobald die Sonne unterging und die beginnende Nacht die Sinne seines Wandlererbes schmerzhaft verstärkte. Er wusste, dass Dameo ihn in Stücke reißen würde, wenn er ihn in der Nähe seiner Gefährtin fand, aber es war ihm gleichgültig. Blutgier tobte in seinen Adern und keine außer ihr würde sie stillen. Es war ein Sog, der anstieg wie eine Flutwelle, die auf ihren Höhepunkt zustrebte. Und er wusste nicht, wie lange er ihm noch widerstehen konnte … widerstehen *wollte.*

Iulean verzog das Gesicht und spürte den stechenden Blick der Stummen in seinem Rücken. Seine Hand prickelte dort, wo ihre Berührung eine feine Narbe hinterlassen hatte. Der Preis, den er zahlen musste, wenn er in das Reich der Dämonenbastarde eintreten wollte. Die Stumme blickte in Seelen und urteilte über sie. Iulean wusste, dass sie die dunklen Flecken auf der seinen zu sehen vermochte, und er ahnte, wie viel Freude es der alten Krähe bereitet hatte, ihn zu bestrafen. Allein die Götter wussten, was sie ihm genommen hatte, aber es kümmerte ihn nicht. Nicht jetzt, wenn der süße Duft von Alysea Valerian in seiner Nase erblühte wie eine Rose, die ihn verlocken wollte, von ihrem Nektar zu kosten.

Iulean berührte das Zaubersiegel, das seine Gestalt weit genug verschleierte, dass niemand ihn auf einen flüchtigen Blick erkennen würde. Er war nur ein unauffälliger Mensch, der Geschäfte auf dem Nachtmarkt zu erledigen hatte. Nichts an ihm erinnerte an den herausgeputzten Bruder des Nachtfürsten. Der dunkle Mantel mit der Kapuze war aus grobem Leinenstoff gewoben und verbarg, was der Zauber nicht verändert hatte. Keine Seele gewährte ihm einen zweiten Blick, als er das Portal durchschritt, um der Hexe in die Katakomben des Dämonenhofes zu folgen.

Der bläuliche Schein von Dämonenfeuer hing über den Gewölben der Katakomben. Hell genug, um ihren Weg geisterhaft zu beleuchten, zu trüb, um die Schatten zu bekämpfen, die in Nischen und Gängen lauerten. Stille herrschte zwischen den steinernen Säulen. Alyseas Sohlen waren weich, dennoch schienen ihre Schritte laut von den Wänden widerzuhallen. Gelegentlich vernahm sie das Geräusch von Wassertropfen, die zu Boden fielen. Das Plätschern des unterirdischen Kanals, der die Katakomben durchzog, wenn ein Boot darüberglitt. Der Schein der Buglaternen flackerte ab und an flüchtig hinter den Torbögen auf. Ein warmes, oranges Leuchten, das gegen das Dämonenfeuer stritt und niemals lange siegte.

Ein kalter Hauch drang aus den Grabkammern, in denen Dämonenfürsten und ihre Untertanen ihre letzte Ruhestätte gefunden hatten. Es roch modrig, die Luft war schwer und ein unaufhörliches Wispern begleitete ihren Weg durch die düsteren Gänge. Es war lockend, sehnsüchtig. Eisige Schauer rannen über Alyseas Rücken, wann immer sie an einem der Torbögen vorüberging, hinter denen die Knochen der Verblichenen ruhten. Manchmal war es, als würden grabeskalte Finger verlangend über ihre Haut streichen und das Blut darunter erstarren lassen.

Ihre Füße bewegten sich schneller und Sofea lief dicht neben ihr, ebenso vertraut mit ihrem Ziel wie Alysea. Und doch … nie zuvor waren sie allein an diesen Ort gekommen. Stets war Domia Lucea an ihrer Seite und führte sie sicher durch das endlose Labyrinth aus Kammern und Toren.

Alysea konzentrierte sich auf die Muster der alten Mosaike, die den Boden zierten und zählte die Windungen, die sich durch die Katakomben schlängelten. Nicht mehr fern, es musste … dort! Sie spähte durch einen Torbogen, hin zu der Obsidianbrücke, die sich über den Kanal spannte. Hinter dem glitzernden Wasser erstreckten sich die von Türen aus Glas und Holz verschlossenen Nischen, in denen die echten Händler des Nachtmarktes ihre Waren feilboten.

Boote legten an und im Licht der schwankenden Buglaternen betraten vermummte Gestalten die Nischen. Es war kein lauter Marktplatz, von dem Schreie und Gelächter widerhallten. Wer den wahren Nachtmarkt aufsuchte, tat es leise und verstohlen. Es war ein Ort, an dem man das Verbotene und Ausgefallene erwerben konnte, wenn man bereit war, dafür zu zahlen, und niemand wurde gern dabei gesehen.

Alysea fröstelte, als ihr Blick auf die in den Stein gehauene Taverne fiel, von der aus dunkel gewandete Männer und Frauen die Besucher musterten. Mörder und Diebe, die ihre Dienste für Gold anboten. Nicht wenige von ihnen Abkömmlinge von Dämonenbastarden, die einen Rest ihres Blutes in den Adern trugen und einen Teil ihrer Fähigkeiten geerbt hatten. Beinahe meinte sie, ihre prüfenden Blicke zu spüren, obwohl sie sich noch immer in den Schatten des Torbogens verbarg. Es war eine glückliche Fügung, dass sie die entgegengesetzte Richtung einschlagen würden.

Sofea maunzte und Alysea sah zu der Katze, die plötzlich ihr Fell sträubte. Eine Berührung an ihrer Schulter, Finger, die sich um ihren Arm schlossen. Alysea schreckte zusammen und fuhr herum. Silberfarbene Augen glühten in der Dunkelheit und sie stieß erleichtert den Atem aus, als sie in Adias Gesicht blickte.

»Verflucht, Ihr seid leiser als eine Katze, Adia!«, wisperte sie mit klopfendem Herzen.

Die Schwester des Nachtfürsten lächelte leicht. »Ich wollte Euch nicht erschrecken. Seid Ihr sicher, dass Ihr allein gehen wollt, Alysea?«, fragte sie gedämpft. »Er wird mich nicht sehen, wenn ich es nicht wünsche. Auch Dämonenaugen können betrogen werden.«

Und sie sahen nichts, was Schattenwandler wie Adia Angelis sie nicht sehen lassen wollten. Zu viele ihrer eigenen Merkmale ruhten in ihnen, durch Hexenmagie in ihrem Blut verankert, um ebenso stark zu werden wie jene, die zu jagen sie erschaffen worden waren. Dennoch …

Alysea schüttelte den Kopf. »Vangelas ist launisch. Ich bezweifle, dass er für unser Ansinnen zugänglich sein wird, wenn ich in Begleitung erscheine. Und wenn ich versuche, ihn zu betrügen, wird er es bemerken und uns bestenfalls hinauswerfen.« Schlimmstenfalls würde er sich eine deutlich härtere Strafe für sie einfallen lassen und Vangelas *war* einfallsreich. Sie deutete mit dem Kinn auf die abgelegene Nische, aus der ein kränklicher Lichtschimmer drang. Nur ein winziges vergittertes Fenster in einer massiven Holztür. »Sein Geschäft ist dort drüben. Ich glaube nicht, dass er mich lange dulden wird. Er hat wenig für Hexen übrig.«

»Trotzdem wollt Ihr Geschäfte mit ihm machen?«

Alysea lächelte schmal. »Er ist Domia Lucea und mir etwas schuldig. Er wird mich zumindest anhören.«

Adia betrachtete die Tür mit gerunzelter Stirn und nickte dann. »Gut. Dann werde ich hier auf Euch warten und sein Geschäft im Auge behalten. Besser, wir riskieren nicht, dass wir die falsche Aufmerksamkeit erregen.«

Tatsächlich war Vorsicht angeraten. Es würde genügend Besucher geben, die Alyseas Gesicht kannten. Nicht wenige Hofintrigen nahmen in den Tiefen der Katakomben ihren Anfang. Wer die Mittel besaß, einen Schlüssel zum Nachtmarkt zu erwerben, und bereit war, die daran gebundenen Eide zu sprechen, gehörte nicht selten einem der hohen Häuser Gemeas an.

Adias Blick richtete sich auf die dunkle Taverne, als ein raues Lachen durch das Gewölbe klang. Das gespielt erfreute Quietschen einer Hure begleitete den Ton. Es wies auf eine andere Facette dieses Ortes hin, an dem jene, die das Ungewöhnliche suchten, stets finden konnten, was sie begehrten. Ihre Augen wurden schmal und sie wandte sich ab, ohne dass Alysea zu ergründen wusste, was sie mit Abscheu erfüllte. »Lasst es uns hinter uns bringen und von hier verschwinden. Die Luft ist faulig in den Katakomben. Ein Augenblick zu lange und man wird den Gestank nie mehr los.«

Fragen lagen auf ihrer Zunge, doch Alysea schluckte sie. Jetzt war nicht der richtige Zeitpunkt dafür. Sie zog die Kapuze tiefer in ihr Gesicht und trat aus dem Schutz des Torbogens. Auf der Stelle fuhren Köpfe zu ihr herum und Augen musterten sie aufmerksam und abschätzig. Nicht alle waren menschlich. Sie wollte nicht darüber nachsinnen, welche Kreaturen sich in den Katakomben Gemeas herumtreiben mochten, ohne dass man etwas von ihrer Existenz ahnte. Alles an diesem Ort schien fremd. Es war eine bizarre Unterwelt, die sich mit der ihren überschnitt und sie doch kaum berührte.

Eine Schlange glitt vor ihr aus dem Kanal und reckte neugierig den Kopf in die Höhe. Ihre Augen waren auffällig blau und ihr schwarzer Leib glitzerte im Schein der juwelenartigen Lichter, die in den Stein der Wände eingelassen waren. Sie zischte leise und Sofea erwiderte ihre Drohung mit einem angriffslustigen Fauchen. Alysea hielt den Atem an, während Schlange und Katze einander fixierten, dann glitt das Reptil an der Brücke vorüber und verschwand hinter einem Geröllhaufen.

Nicht weit genug entfernt.

Alysea schluckte und lief rasch auf die dunkle Brücke zu, obgleich die andere Seite kaum mehr Sicherheit bot als diese. Schädel hingen über ihrem Kopf von der Gewölbedecke, manche so deformiert, dass sie keines menschlichen Ursprungs sein konnten. In ihre Augen hatte man Lichter gesetzt, sodass sie wirkten wie ein schauerlich grinsender Lüster. Alysea hielt den Blick auf Vangelas' Tür gerichtet und überquerte den narbigen alten Stein, der sie auf den Laden des Dämons zuführte. Ihre Beobachter wandten sich anderer Kundschaft zu, als sie bemerkten, dass sie den Weg zu der verlassenen Nische einschlug, die im Halbdunkel lag.

Es war so still, dass das Plätschern des Kanals in ihren Ohren dröhnte. Eine monströse Fratze hielt den eisernen Türklopfer und Alysea fasste zaghaft danach, um damit gegen die Tür zu schlagen.

Das Pochen hallte hart und laut unter dem Gewölbe nach und verstummte dann. Herzschläge verstrichen, ohne dass sich etwas hinter der Tür regte. Schließlich erklang ein scharfes, schleifendes Geräusch, das in einen Knall mündete. Alysea zuckte zusammen, als sich die Tür quietschend öffnete und würziger Rauch aus dem Spalt quoll.

Aber niemand erschien.

Seufzend drückte sie gegen das Holz und die Tür schwang knarrend nach innen. Sofea zögerte nicht lange und schlüpfte in die verräucherte Welt, die sich dahinter erstreckte. Wenige Schritte und die Katze war nicht mehr zu sehen.

»Vangelas?«, rief Alysea fragend und spähte in den dämmerigen Raum. »Zeigt Euch. Ich habe Euch etwas mitgebracht.«

Der Rauch war zu dicht, um mehr als Silhouetten darin auszumachen, und sie fluchte innerlich darüber. Ein Knirschen erklang an ihrer Seite und Alysea drehte sich suchend in die Richtung, aus der es zu hören war.

»Niemand bringt mir etwas, es sei denn, er wünscht im Gegenzug etwas von mir.« Ein Windzug strich durch den Raum und die Schwaden lichteten sich. Sie gaben den Blick auf den Mann frei, der in dem alten, mottenzerfressenen Sessel lungerte. »Was führt Euch in die Hallen des Abschaums von Gemea, Alysea Valerian? Oder soll ich Euch Serea Alysea Angelis nennen?«

Vangelas legte das Mundstück seiner Wasserpfeife weg und blies den letzten Hauch des Rauches in die Luft. Verstörend violette Augen glitzerten durch den weißlichen Schleier und es fiel ihr nicht schwer, zu erraten, dass sein Mund einen sarkastischen Zug trug.

»Versucht es mit Alysea, wie üblich«, gab sie ungerührt zurück. »Es besteht kein Grund, Höflichkeit zu heucheln.« Sie wedelte den Rauch vor ihrem Gesicht beiseite und stellte den Korb auf einem Tischchen ab, das nicht unter dem Haufen aus Büchern, Schriftrollen und Kuriositäten vergraben war, die der Dämon in seinem Laden hortete. Vangelas war wie ein Drache, der Schätze zusammentrug und sie hütete. Er trennte sich nur ungern von ihnen und wenn, dann verlangte er stets einen hohen Preis dafür. Niemand besaß eine solch große Sammlung von Büchern der Verbotenen Magie wie er. Es war, als hätte er seine Berufung darin gefunden, jedes Werk aufzutreiben, dessen er habhaft werden konnte, um es in den Kammern seines Ladens zu verwahren.

Alysea verharrte einen Augenblick unentschlossen, dann schlug sie die Tücher zurück, die den Inhalt ihres Korbes verhüllt hatten. Sie beförderte mehrere Tiegel auf die Tischplatte, während der Rauch schneller schwand, als es unter gewöhnlichen Umständen möglich gewesen wäre.

»Salben für Eure Narben«, sagte sie und hielt eines der Tongefäße in die Höhe. »Sie werden die Schmerzen lindern, damit Ihr besser schlafen könnt.«

Vangelas' Miene wurde finster und er gab seine unbeteiligte Haltung auf. Schatten verdunkelten seine Augen. »Nichts kann meine Schmerzen lindern.«

Alysea zögerte und stellte den Salbentiegel ab, den sie in der Hand gehalten hatte. Sie erinnerte sich gut an die Nacht, in der Vangelas zu Domia Luceas Hütte gebracht worden war. Ein Dämonenprinz der Windebenen, aus seinem Reich verstoßen und mit dem Verlust seiner Schwingen bestraft. Seine Wunden waren grauenvoll und lange hatten sie geglaubt, dass er nicht überleben würde, bis seine Seele begonnen hatte, gegen das Fieber zu kämpfen. Seine Geschichte hatte Alysea niemals erfahren, doch die Verletzungen, die er erlitten hatte, gingen weit über die grausamen Narben hinaus, die seinen Rücken zeichneten. »Die Wunden auf Eurer Seele kann ich nicht behandeln, Vangelas. Aber Euer Körper muss keine Schmerzen leiden, wenn Ihr mich helfen lasst.«

Er schnaubte und wischte den Augenblick mit einer forschen Geste beiseite. »Also. Was wollt Ihr von mir? Hexenadel neigt nicht dazu, uneigennützig zu helfen.«

Vangelas erhob sich aus seinem Sessel, so vorsichtig, dass Alysea ahnte, dass ihn seine Narben quälten. Er zog den Umhang um seine Schultern zusammen, der die beiden Stummel verbarg, die wie ein Buckel wirkten. Unwillkürlich erinnerte es sie an Dameo. Sie wandte den Blick ab, als der Gedanke, dass man ihm das Gleiche antun könnte, durch ihren Kopf schoss.

»Ich suche nach einem Buch«, sagte sie gelassen, bemüht, die Stacheln, die er in ihre Richtung abschoss, nicht zu registrieren.

»Ein *Buch*«, wiederholte Vangelas spöttisch. »Rezepte für Liebestränke, mit denen Ihr den Fürsten der Schattenwandler gefügig machen könnt? Ich dachte, eine Hexe mit Euren Talenten beherrscht diese Art Zauber. Ist Euer Fürst so widerspenstig? Oder stört es ihn, das Bett mit einer Hexe zu teilen?«

Alysea sog ungeduldig den Atem ein und die Reste des Rauches kratzten in ihrer Kehle. Sofea sprang aus dem Nichts auf den Sessel des Dämonenprinzen und er fuhr leicht zusammen. Die Katze spazierte über den verblichenen Samt und schnüffelte an der Wasserpfeife. Eine Falte erschien auf Vangelas' Stirn, als sie mit den Pfoten nach einem silbernen Medaillon schlug, das von einem erloschenen Leuchter hing.

»Liebeszauber interessieren mich nicht und was in meinem Bett geschieht, ist nicht von Bedeutung für Euch. Ich suche das Buch der Schwarzen Spiegel von Domia Aedara. Und ich weiß, dass es sich in Eurem Besitz befindet.« Alysea wies auf die endlosen Regalreihen, die jeden Flecken des Ladens besetzten. Manche waren so lange nicht angerührt worden, dass Spinnweben darüber hingen wie kunstvoll drapierte Schleier, die die freie Sicht verhindern sollten. Hier und da lugte ein exotisch geformter Schädel über den Buchrücken auf wie ein Wächter, dessen Ursprung nicht in der Welt der Menschen lag.

»Das Buch ist gefährlich.«

Alysea drehte sich um und hob die Brauen. »Stört Euch das? Viele Eurer Bücher sind gefährlich.«

»Aber nicht für jedes dieser Bücher riskiert man seine Seele und die Aufmerksamkeit der Seelenrichter.«

»Fürchtet Ihr sie?«

Wind fuhr durch Vangelas' Geschäft und ließ die Seiten der aufgeschlagenen Bücher flattern, die sich über die Tische verteilten. Sein weißes Haar bewegte sich, wie von einem Eigenleben erfüllt, und plötzlich glühten seine Augen unheimlich in seinem bleichen Gesicht. Der erste Funken Zorn. Alysea zwang sich, nicht vor ihm zurückzuweichen.

»Nein.« Der Wind erstarb und Vangelas' Haar legte sich um seine Schultern wie ein Mantel aus Schnee. »Aber Euer Wunsch ist kostspielig, Serea Alysea.«

»Das kümmert mich nicht.«

»Seid Ihr *sicher?*« Er sagte es gedehnt und Sturmwind klang aus seiner Stimme. Eine Erinnerung an die Macht, die er besaß. An seine Herkunft. Eine Mahnung, vorsichtig zu sein.

Alyseas Nägel bohrten sich im Schutz ihres Rockes in ihre Handfläche. »Was verlangt Ihr dafür?«

»Lasst mich überlegen.« Vangelas wandte sich ab und schritt nachdenklich die Reihen seiner Schätze entlang. Ein Finger glitt sorglos über uralte Buchrücken, beinahe ein zärtliches Streicheln. Alysea wagte nicht, sich vorzustellen, welche Kraft in diesen Regalen schlummerte … Und was sich hinter der steinernen Tür verbarg, in die glühende Schutzrunen der Dämonen eingeschnitzt worden waren. Der Dämonenprinz studierte sie interessiert, als sähe er sie zum ersten Mal. Provokant. Neckend. In ihrem Schein schien er zu wachsen und seine Haut wurde bleicher, beinahe weiß wie die Knochen der Toten, die über die Katakomben wachten. Seine Augen glommen wie von einem inneren Licht erfüllt und die Schatten von Widderhörnern zeichneten sich an seinen Schläfen ab. Alysea wagte es nicht, sich zu regen, bis Sofeas Maunzen den Bann brach. Vangelas fiel in sich zusammen und seine menschliche Hülle löschte die Gestalt des Dämons aus.

»Wir können miteinander spielen oder Ihr nennt mir den Preis, Vangelas.« Alysea trat vorsichtig näher. »Ich weiß, dass Ihr mir so schnell den Hals brechen könnt, dass ich vorher nicht mehr zu blinzeln vermag. Es ist nicht nötig, dass Ihr mir demonstriert, was Ihr seid. Und Ihr kennt mich. Ich lege keinen Wert auf verschleiernde Worte und höfische Intrigen.«

Er drehte den Kopf und seine Augen waren stechend, als er sie musterte. »Und deswegen interessiert mich, was die tadellose Schülerin von Domia Lucea mit dem Buch der Schwarzen Spiegel wollen könnte. Sagt, Alysea … weiß Eure Lehrmeisterin von Euren Absichten? Oder habt Ihr sie nicht weit genug in die lasterhafte Finsternis Eurer Seele vordringen lassen?«

»Spielt das eine Rolle?«

»Vielleicht.« Er neigte den Kopf zur Seite und tippte sich an das glatte Kinn. »Reichtümer besitzen keinen Wert für mich. Aber Wissen reizt mich … und ich würde zu gern wissen, was die Trägerin der Hoffnung mit dem Buch der berüchtigtesten Schwarzen

Hexe Gemeas vorhaben könnte. Was führt Euch auf die Pfade der Finsternis, Alysea?«

»Das ist Euer Preis?«

»Nein. Es ist die Voraussetzung dafür, dass ich diese Tür öffne und darüber *nachdenke,* Euch zu geben, was Ihr wünscht.«

Vangelas lächelte kalt und Alysea versteifte sich. Ein kleines Rinnsal Schweiß suchte sich den Weg über ihren Rücken. »Ich dachte, wer in den Katakomben nach Waren sucht, kann sich auf die Diskretion der Händler verlassen«, bemerkte sie spitz. »Es ist kein Wunder, dass niemand Euer Geschäft besucht.«

»Sie besuchen es nicht, weil sie mich fürchten.« Vangelas trat auf sie zu und der Schatten der Widderhörner tanzte von Neuem über seine Stirn. »Sie besuchen *mich* nicht, weil ich kein Schmutzblut bin, das dünnes Blut in den Adern trägt, sondern die Wahrheit, die niemand in Gemea sehen will. Ich bin keiner von ihnen. Ich bin der Abkömmling der wahren Herren dieser Stadt. Jener, die sie erbaut haben. Verglichen mit mir sind sie nichts als Schatten, die einen winzigen Teil unseres Erbes in sich tragen und glauben, dass es sie zu unseresgleichen macht. Ich bin kein gewöhnlicher Händler und ich überlege gut, mit wem ich Geschäfte mache. Also gebt mir einen *Grund,* Euch zu helfen.«

Alysea spürte, wie Verzweiflung in ihr aufstieg. »Ihr lebt, weil Domia Lucea und ich Euch gepflegt haben, als Ihr kaum noch eine Aussicht auf Euer Überleben hattet. Ist das nicht genug?«

»Nicht genug, um Euch die Schwarzen Spiegel in die Hand zu geben.« Er ragte über ihr auf wie ein schneebedeckter Berg, auf dem eine Lawine lauerte. Sein Zorn war alt wie die Jahrhunderte, die er gesehen haben mochte. Alysea wollte vor ihm zurückweichen, doch sie wusste, wenn sie ihm Angst zeigte, würde er jeden Respekt vor ihr verlieren. Ein gläsernes Gefäß klirrte bedenklich, als die Katze es anstieß und anklagend maunzte. Vangelas' Kopf ruckte herum und seine Augen verengten sich zu Schlitzen. »Ruft Eure Katzenfreundin zurück, bevor ihr Fell als Trophäe an meiner Wand endet.«

Sofeas Augen funkelten gefährlich, als sie an Alyseas Seite trottete. Vangelas erwiderte ihren Blick so lange, dass Alysea sicher war, dass er wusste, wer sich in der Katzenhaut verbarg. Sie blickte mutlos an die steinerne Decke. Ein falsches Wort, der winzige Hauch einer Lüge und er würde ihr die Hilfe versagen. Aber wie konnte sie ihm die Wahrheit offenbaren? Wie konnte sie …

Alysea stieß den Atem aus und in ihrem Inneren wurde es still, als sie einen Entschluss fasste. Sie senkte den Kopf und sah den Dämon an. »Ich habe Fragen an Seraphia und Ihr könnt mir helfen, sie zu erreichen. Bereits jetzt bin ich so gut wie tot. Und wenn ich überlebe, bedeutet es mit größter Wahrscheinlichkeit, dass Hexen und Schattenwandler einander bekriegen werden, weil sie um die Vorherrschaft in Gemea ringen, ohne dass der Fluch sie zurückhält. Krieg zwischen Hexen und Schattenwandlern. Ist Euch das verführerisch genug, Vangelas?«

Der Dämon erstarrte und seine Stirn legte sich in Falten. »Verführerisch für einen Dämon? Vielleicht. Aber wenn Ihr so denkt, frage ich mich, was *Euch* daran so erstrebenswert erscheint.«

»Wir sind ohnehin zum Untergang verdammt. Wenn Dameo Angelis sein Leben verliert, weil ich vom Glockenturm stürze, werden die Machtkämpfe um den Nachtthron das gleiche Ergebnis herbeiführen wie das Ende des Fluches. Aber …«, sie verstummte und atmete tief ein, ehe sie fortfuhr, »ich möchte nicht, dass er stirbt.«

Vangelas hob die Brauen, doch zum ersten Mal sagte er nichts. Alysea spürte ein Ziehen in ihrem Kopf und sein Blick war so intensiv, dass er sich in ihre Seele bohrte. Prüfte. Abwog.

Dann streckte er die Hand aus und Nebel wallte über seiner Handfläche auf. So dicht, dass sie den scharfen Dolch erst sah, als die Nebelschwaden verflogen und seine Spitze in ihre Richtung wies. Der Stahl blitzte hell, obgleich das Licht düster war. Alysea keuchte erschrocken auf und wich zurück. Nie zuvor hatte sie eine Waffe wie diese gesehen, über und über von Dämonenrunen bedeckt. Sie vibrierte vor Macht. Ein leises Lied ging von ihrer Klinge aus und fing sich in ihrem Ohr wie Sirenengesang. Es wollte sie verlocken, es anzuhören, und eine leichte Benommenheit blieb mit jedem Wort zurück, das sie vernahm. Ein farbloses Juwel zierte den Knauf und ein Glühen ging davon aus, fast verdeckt von den scharfen Dornen, die sich um die Parierstange wanden.

»Was soll das?« Alysea wich einen weiteren Schritt zurück, unsicher, ob sie davonlaufen oder bleiben sollte.

Vangelas drehte die Klinge mit dem Griff zu ihr. »Ein Tropfen Blut, Serea.«

»Blut?«, fragte Alysea misstrauisch. »Wozu?«

»Als Siegel für Euren Schwur.«

Gib acht, dass niemand an dein Blut gelangt. Blut bindet. Blut verpflichtet. Das Band des Blutes kann niemals gebrochen werden. Eine uralte Warnung, die jede Hexe mit der Muttermilch aufsog. Eine Entscheidung, die sie treffen musste. Alysea schluckte den bitteren Geschmack in ihrem Mund. »Und welchen Schwur verlangt Ihr von mir?«

Vangelas' Gesicht nahm einen abwesenden Ausdruck an. »Es wird der Tag kommen, an dem ich einen Gefallen von Euch erbitte. Dieser Schwur stellt sicher, dass Ihr ihn mir erweisen werdet.«

Seine Stimme war unheilschwanger, dunkel und alt wie die Zeit. Sie kündete von Dingen, die in Gang gesetzt worden waren und die kein Sterblicher zu ermessen vermochte.

»Mein Wort genügt Euch nicht?«

»Nein.« Er kehrte in die Wirklichkeit zurück und sein Blick wurde schneidend, als überzöge Eis das Violett seiner Augen.

»Dann sagt mir, welchen Gefallen Ihr verlangt, Vangelas. Was könnte eine einfache Hexe tun, das für einen Dämonenprinzen von Bedeutung ist?«

»Nichts, was dem Wohl Gemeas schadet.«

»Aus Eurer Sicht oder aus meiner?«

Seine Lippen kräuselten sich spöttisch, aber er antwortete nicht.

Sofea strich an Alyseas Rocksaum vorüber, eine stumme Aufforderung, zu gehen. Aufzugeben. »Ich werde nichts tun, was ihn in Gefahr bringt«, sagte sie, von einer unheimlichen Ruhe erfüllt.

»Es liegt nicht in meinem Interesse, Euch Schaden zuzufügen. Oder ihm. Für mich seid Ihr kaum mehr als kurzlebige Insekten, die für eine Weile über den Boden dieser Stadt krabbeln, bevor sie verschwinden. Vertraut mir oder tut es nicht. Aber verschwendet meine Zeit nicht länger, wenn Ihr es vorzieht, Euch von Feigheit leiten zu lassen.« Eine auffordernde Geste mit dem Dolch. Erwartung.

»Schwört es«, hauchte sie heiser.

Vangelas blickte ungeduldig an die Decke, dann zog er mit einem Zischen den Dolch über seine Handfläche und dunkles Blut quoll hervor. »Ihr habt mein Wort. Genügt Euch das?«

Das Wort eines Dämons, mit Blut besiegelt, aus dem sich dünne Rauchfäden kräuselten.

Das ist Wahnsinn … Wahnsinn …

Alysea öffnete die Lippen, unsicher, ob sie annehmen oder ablehnen sollte.

Doch dann …

Das Gefühl, zu fallen. Der Augenblick, in dem sich das Wasser des Sephris über ihrem Kopf schloss. Dameo, schwach, seine Haut von der Sonne geschwärzt, als er seinen letzten Atemzug tat. Sie hörte ein Lachen in ihrem Geist, seltsam scharf und triumphierend. Ein Streicheln ihres Bewusstseins, eine Warnung, dass die fremde Macht jederzeit wieder die Kontrolle übernehmen konnte. Eine Liebkosung, so zärtlich wie geschärfter Stahl. Der Ring strömte Wärme aus, die mit jedem zu hastigen Atemzug stieg.

Alyseas Finger schlossen sich wie von allein um den Griff des Dolches und die Berührung war wie Eis auf ihrer Haut. Sie biss die Zähne zusammen, als es ihre Handfläche zu verbrennen schien, und etwas am anderen Ende des Silberbandes rührte sich. Dameos Aufmerksamkeit ergoss sich über sie. Das fragende Tasten seines Geistes. Sorge.

Rasch. Nicht mehr denken. Nichts fühlen.

Alysea zog den Dämonendolch über ihre Handfläche und Blut quoll hervor. Rote Linien erwachten auf seinem Silber, nur für einen Herzschlag lang, bevor sie verschwunden waren. Mit ihnen wich die Wunde auf ihrer Hand. Sie fühlte keinen Schmerz. Nichts als eine Spur aus silberschimmernder Kälte blieb, die auf ihrer Haut loderte wie ein eisiges Feuer. Ein Aufwallen von Macht und der Dolch löste sich in Luft auf, als hätte es ihn niemals gegeben. Dennoch erhaschte sie einen Blick auf das Juwel, in dunkles Rot gefärbt von ihrem Blut.

Alysea stieß den Atem aus und verschlang ihre Finger ineinander, um ihr Zittern zu verbergen. Ihre Handfläche pochte. »Da habt Ihr meinen Schwur«, sagte sie rau.

Ein Pakt mit einem Dämonenprinzen.

Wahnsinn. Wahnsinn! Es hallte in ihren Gedanken nach und die Schlinge um ihren Hals wurde enger und würgte sie. Doch als sie zu Vangelas blickte, ruhte seine Aufmerksamkeit nicht länger auf ihr. Sie ruhte auf der Gestalt der bleichen Frau mit dem weißen Haar, die anstelle der Katze in seinem Laden stand.

Sofea war in der Bewegung erstarrt, ihre Hand erhoben, um nach Alyseas Arm zu fassen. Ihre Katzenaugen glitzerten zornig und ihre nackte Brust hob und senkte sich zu schnell. Ihr Mund war noch zu einem Ruf geöffnet, der erstickt war, bevor er ihre Kehle verlassen hatte.

Vangelas' Lippen verzogen sich zu einem lasziven Grinsen und er hob die Brauen, keineswegs überrascht. »Endlich steht Ihr nackt vor mir, Sofea.« Er zog eine zerlumpte, unzählige Male geflickte Wolldecke hinter dem Sessel hervor und warf sie der Katzenfrau entgegen. »Ich habe mich gefragt, was geschehen muss, damit Ihr Eure Tarnung aufgebt. Es war leichter, als ich angenommen hätte.«

Natürlich hatte er gewusst, was in der Tierhaut steckte. Wie dumm waren sie gewesen, zu glauben, er hätte es nicht längst erkannt? Ein Dämon, der die ursprüngliche Magie der Welt in sich trug, musste spüren, was nicht für Augen sichtbar war.

Sein charmanter Plauderton ließ die Flammen in Sofeas Blick in die Höhe schlagen. »Erfreut Euch an dem Anblick. Denn er wird das Letzte sein, was Ihr seht, bevor ich Euch die Augen auskratze.« Sie schleuderte die Decke mit einem Fauchen zu Boden und Alysea beeilte sich, ihren Mantel abzulegen und ihn Sofea über die Schultern zu hängen. Die Katzenfrau wirkte, als zöge sie tatsächlich in Erwägung, ihre Worte in die Tat umzusetzen. Als der Stoff ihre Haut berührte, fuhr sie zu Alysea herum. »Wie kannst du so töricht sein, dich auf einen Blutschwur einzulassen? Du hast dich an ihn gebunden! An einen verfluchten *Seelenlosen!* Hat dir das Silberband den letzten Funken Verstand geraubt?«

Jedes Wort war scharf wie eine Pfeilspitze und ebenso schmerzhaft. Dass Sofea ihre Katzengestalt vor dem Dämonenprinzen aufgegeben hatte, offenbarte den Grad ihres Zornes. Vangelas sog heftig den Atem ein, als er die Beleidigung vernahm, und ein schneidender Windhauch fuhr durch den Raum. Er trieb weiße Haarsträhnen in Sofeas Gesicht und ließ sie den Umhang vor ihrer Brust enger zusammenziehen. Winzige Eiskristalle bildeten sich in ihrem Haar und ließen es schimmern wie Schnee.

Töricht. Sie war zornig genug, um Vangelas über das Maß zu provozieren, und sie würde es niemals mit ihm aufnehmen können. Alysea ließ die Hände sinken und flehte die Lichtherrin an, ihr die Weisheit zu schenken, das Unglück aufhalten zu können. »Es war *meine* Entscheidung, Sofea. Und was soll er mir noch antun? Ich bin ohnehin verloren«, antwortete sie härter, als sie beabsichtigt hatte. »Seraphia, Florea oder er. Welchen Unterschied macht es?«

Sofeas Miene wurde stählern, ihre Lippen schmal und angespannt. Nur ein einziges falsches Wort und ihre Beherrschung würde zerspringen wie Glas, das man zu Boden warf.

Alysea drehte sich zu Vangelas, der sie mit gelangweiltem Interesse beobachtete. Sein Blick war jedoch zu scharf, um es glaubhaft erscheinen zu lassen. »Ihr habt, was Ihr wolltet. Also haltet Euren Teil unseres Paktes ein.«

Der Dämon schnalzte tadelnd mit der Zunge. »Habt Geduld, Serea. Ihr zeigt erstaunlich wenig Vertrauen für jemanden, der so bereitwillig sein Blut gegeben hat.« Ein Flimmern in der Luft und ein mit spitzen Zacken bewehrter Schlüssel erschien vor ihren Augen. Vangelas pflückte ihn ungerührt aus dem Nichts, aber die Spannung in seiner Gestalt verriet, dass er keineswegs so unbekümmert war, wie er vorgab. »Ihr solltet besser hier warten. Außer, Ihr legt Wert darauf, selbst als *Seelenlose* zu enden.«

Er starrte Sofea an, die seinen Blick herausfordernd erwiderte, dann ließ er sie stehen und trat zu dem steinernen Tor. Dämonenlicht flammte grell und blendend auf, als er den Schlüssel ins Schloss stieß. Ein Wispern brandete auf, zahllose Stimmen, dünn und hoch, begehrlich und flehend. Sie weckten das Bild einer Schlangengrube in Alyseas Geist, in der sich unzählige geschmeidige Körper übereinanderschlängelten.

Das Portal öffnete sich einen Spaltbreit und bleiche Finger krochen über den Stein, bewehrt mit langen Klauen. Alysea schluckte den entsetzten Laut, der aus ihrer Kehle dringen wollte. Die Öffnung wurde breiter und Hände streckten sich verlangend nach Vangelas aus, als wären sie begierig darauf, seine Haut zu berühren. Dunst strömte in den Raum und ließ die Rücken der Bücher an den Wänden verschwimmen. Sie meinte Körper darin zu erkennen, geisterhafte Schemen, in einen wirbelnden, selbstvergessenen Tanz verstrickt. Verwirrend für das Auge und den Geist. Fesselnd. Sie ließen vergessen … vergessen, warum … Alysea zwang sich, den Blick abzuwenden.

Der Dämonenprinz glühte wie von einem inneren Licht erfüllt. Seine Macht brachte die Luft zum Vibrieren. Magie summte darin und fand einen Widerhall in Alysea. Sie zerrte an ihr, nötigte sie einen Schritt vorwärts, ohne dass sie es wollte. Es war, als würde die Magie des Dämons nach der ihren greifen, um sich damit zu verschlingen. Als wollte etwas Fremdes in ihr darauf antworten und seinem Ruf folgen. Sofeas Hände schlossen sich um ihren Arm, Krallen bohrten sich in Alyseas Fleisch und verankerten sie in der Wirklichkeit.

Wind heulte auf. Ein mächtiger Windstoß fegte von Vangelas' Händen in das offene Portal. Ein heiserer Aufschrei aus vielen Mündern erklang und die bleichen Knochenhände wurden von dem Stein gerissen. Alyseas Finger verflochten sich mit Sofeas, ihr Zorn vergessen, als der Dämon ungerührt durch die grell erleuchtete Pforte schritt. Stille trat ein, nur durchbrochen vom Pochen ihres Herzens, das in ihren Ohren widerhallte. Jeder Schlag dehnte sich bis in die Ewigkeit aus. Sie vernahmen das sachte, fragende Wispern der Kreaturen, die sich hinter dem Stein der Kammer verbargen, in die Vangelas entschwunden war. Leises Knirschen, einen heftigen Schlag, als würde Sturmwind eine schwere Tür ins Schloss fallen lassen. Dann schob sich die Gestalt des Dämonenprinzen aus der Öffnung. Die weißlichen Nebelschwaden zogen sich zurück und die Tür schloss sich, ohne dass Vangelas sie berührte. Das grelle Licht versiegte und die plötzliche Düsternis im Geschäft des Dämons war wie lindernder Balsam, der sich über eine brennende Wunde legte. Sofeas Griff löste sich und Alysea rieb über die geröteten Stellen, die ihre Katzenklauen hinterlassen hatten. Nun waren nur noch gewöhnliche Nägel davon übrig.

Vangelas trat näher, sein Haar wirr und feucht, als wäre er durch den Regen gelaufen. Doch seine Hände waren … leer.

Die Enttäuschung schlug wie ein Hammer in ihren Magen. *Umsonst … alles umsonst.* Galle stieg in ihren Mund und Alysea schluckte.

»Wo ist das Buch, Seelenloser?« Sofeas Stimme. Schwelender Zorn, kaum verhüllt. Die Katzenfrau kam Alysea zuvor, ehe sie die gleiche Frage stellen konnte. »Ich schwöre, wenn Ihr versucht, uns zu betrügen …«

»Werdet Ihr mir die Augen auskratzen? Ja, das sagtet Ihr bereits.« Vangelas' Lächeln war so honigsüß, dass ein Schauer über Alyseas

Rückgrat glitt. »Euer Misstrauen verletzt mich, Sofea.« Er zog einen kleinen Gegenstand unter seinem Umhang hervor. »Aber ich erwarte nichts Besseres von einer Spionin, die sich hinter Katzenhaut verbirgt.« Mit einem dumpfen Aufschlag landete der Gegenstand auf dem Tisch neben seinem Sessel. »Die Schwarzen Spiegel, wie Ihr es gewünscht habt, Serea«, sagte er spöttisch. »Ich hoffe, es wird Euch gute Dienste leisten, wenn Ihr die Hexenfürstin aus ihrem Grab rufen wollt.«

Alysea starrte auf das Schriftwerk, das auf dem Tisch zum Liegen gekommen war. Es glich keinem der riesigen Folianten, die sie aus der Bibliothek des Sonnenhofes kannte. Es war kein prachtvolles Werk, von dessen Seiten Magie wisperte. Das Buch war beinahe unauffällig und so klein, dass man es übersehen konnte. Schlicht, in schwarzes Leder gebunden und ohne jede Zier. »*Das* soll das berüchtigte Buch der Schwarzen Spiegel sein?«, fragte sie ungläubig.

»Unscheinbar, nicht wahr? Und dennoch voller Verbotener Magie. Domia Aedara hatte eine Schwäche für das Unspektakuläre. Wenn man bedenkt, dass jede Hexe rund um Gemea nach ihrem Leben getrachtet hat, erscheint es mir nicht unklug.« Vangelas musterte seine Handflächen, als wollte er sich davon überzeugen, dass das Buch keine Spuren auf seiner Haut hinterlassen hatte, dann wischte er sie an seinen Hosen ab.

Alysea trat behutsam näher an das Tischchen heran und streckte die Hand nach dem Buch aus. Das Leder war wie ein Tintenfleck, der alles Licht verschluckte. Ein erster Hinweis auf seine wahre Natur. Vangelas' Hand schloss sich um ihr Handgelenk und sie sah erschrocken zu ihm auf.

»Seid vorsichtig, was Ihr damit weckt, Alysea«, murmelte er leise und seine Augen glühten unheilvoll. »Wer ein Buch wie dieses öffnet, riskiert, einen Teil seiner selbst zu verlieren. Macht ist verführerisch und manchmal gibt es keinen Weg zurück.«

»Das weiß ich«, antwortete sie entschlossen, auch wenn ihre Knie weich wurden. »Aber ich muss es trotzdem tun.«

»Ich hoffe, Ihr seid stark genug.« Vangelas löste seinen Griff, seine Miene war ernster, als sie es je zuvor erlebt hatte. Nur ein winziger Augenblick und sie glättete sich und ließ seine unbeteiligte Fassade wiederkehren. Unbekümmert zog er sich zu seinem Sessel zurück und griff nach dem Mundstück der Wasserpfeife. Rauch vernebelte sein Gesicht und entzog ihn ihrer Sicht. Dennoch fühlte sie seine Augen auf sich, aufmerksam und schneidend wie eine Klinge.

Alysea wechselte einen letzten Blick mit Sofea, die abseitsstand und sie schweigend beobachtete. Ihre goldenen Katzenaugen von Sorge erfüllt, die Zunge gelähmt. Sie besaß keine Worte mehr. Alysea schluckte ihre Furcht und den Widerwillen, der in ihr aufkeimte. Ihr Herz setzte für einen Schlag lang aus, als ihre Finger den dunklen Einband berührten und die Magie der Schwarzen Spiegel unter ihren Fingerspitzen prickelte.

Iuleans Blick war fest auf die Tür gerichtet, hinter der Alysea Valerian verschwunden war. Auf das grelle Licht, das dahinter aufflammte und ein helles Quadrat auf den Stein malte. Etwas geschah dort drinnen. Etwas, das für einen Augenblick die Grundfesten der Welt aus den Angeln hob und sie erbeben ließ. Eine namenlose Bedrohung schwebte über den Katakomben. Gespräche verstummten. Köpfe hoben sich und Augen zuckten zu der Pforte, plötzlich aufmerksam. Sie warteten. Dann senkten sie sich nach einem Herzschlag wieder, als das Gefühl verebbte.

Was ging hier vor? Iulean versuchte den Schleier zu zerreißen, den die Blutgier über seinem Geist hinterlassen hatte und der ihn nicht klar denken ließ.

Sie war allein. Auf dem Nachtmarkt. Ohne Dameo. Hinter dieser Tür, hinter der etwas geschah, das jeder spüren konnte, der einen Funken Magie in sich trug. Wie war das möglich? Warum ließ er es zu? Warum war er nicht in ihrer Nähe? Er sollte vom Himmel fallen wie der strahlende Ritter, der seine holde Geliebte aus den Fängen eines Ungeheuers rettete, und die Tür in seiner Wut zertrümmern.

Etwas war falsch. Vollkommen falsch.

Iulean wischte sich die Schweißtropfen von der Stirn und versuchte, ruhig zu atmen. Der nagende Hunger brachte ihn um den Verstand. Er fühlte sich wie ein samanharitischer Tiger, den man in einen Käfig gesperrt hatte. Die Beute nah vor Augen, ohne sie erwischen zu können. Er wollte seinen Zorn und seine Frustration herausbrüllen, aber noch war die Gier nicht stark genug, um die letzten Reste seines Verstandes zerfasern zu lassen. Noch war genug von ihm übrig, um in den Schatten der Felsnische zu verharren. Doch seine Kontrolle schwand. Sie floss aus ihm heraus wie das Wasser des kleinen Wasserfalles, das in den steinernen Teich plätscherte, der zu seinen Füßen lag. Helle, langgezogene Fischleiber huschten darin vorüber, Aalen gleich, wenn nicht ihre glühenden Augen gewesen wären, aus denen sie ihn beobachteten. Die Herren des Nachtmarktes hatten ihre Spione überall und dieser Gedanke mahnte ihn zur Vorsicht. Er durfte erst zuschlagen, sobald sie in die Katakomben tauchte, in denen niemand ihre Schreie hören würde. In denen Dameo sie nicht finden würde, bis es zu spät war. Bis all ihr köstliches Blut durch *seine* Venen floss …

Nein!

Seine Faust traf hart auf den Stein der Nische und die Haut über seinen Fingerknöcheln platzte auf. Iulean stöhnte leise auf, als Schmerz durch seine Hand schoss und seine Vernunft erwachen ließ.

Noch nicht. Es war zu früh. Viel zu früh, um es zu Ende zu bringen. Er durfte es nicht.

Iulean stieß langsam den Atem aus und starrte auf die Tür. Das Licht dahinter erlosch so plötzlich, wie es aufgeflammt war. Nur ein kränklicher, düsterer Schein blieb zurück, kaum hell genug, um noch den Stein zu erreichen. Seine Unruhe stieg und nur mit Mühe hielt er sich davon ab, die Nische zu verlassen und sich ihr zu nähern.

Dann öffnete sich die Tür einen Spaltbreit. Die weiße Katze, die niemals von Alyseas Seite wich, kam heraus und strebte auf die Brücke zu. Die Spannung in Iuleans Körper wuchs und er trat instinktiv einen Schritt nach vorn. Doch es war eine andere Gestalt, die sich an seiner Stelle aus den Schatten löste.

Das Buch der Schwarzen Spiegel war wie die Spitze eines Dolches, die an ihrer Kehle lag, bereit, ihr Blut zu fordern. Alysea spürte es, obgleich es sich in dem Korb verbarg, eingeschlagen in ein Tuch und verdeckt unter einem zweiten. Noch immer kribbelten ihre Fingerspitzen von der Berührung des Leders, wenngleich nichts daran magisch erschien.

Sie hatte es nicht gewagt, das Buch zu öffnen. Es hatte all ihren Mut gekostet, es zur Hand zu nehmen und den Widerwillen zu überwinden, damit über Vangelas' Schwelle zu treten. Der Dämon hatte nichts gesagt, aber er hatte jede ihrer Regungen beobachtet, als sie es in den Korb gelegt hatte. Desinteressiert und trotzdem auf der Hut.

»*Auf bald, Serea Alysea.*« Seine Verabschiedung klang in ihren Ohren nach. Ein stilles Versprechen auf ein Wiedersehen, das sie nicht zu ermessen vermochte. Ein Hinweis auf Dinge, die sie noch nicht verstand. Doch was bedeutete es *jetzt*, wenn der Ring an ihrem Finger stetig Wärme ausströmte und sie an das Schicksal erinnerte, das sie erwartete? Wenn er rot glühte wie das Wasser des Sephris im Sonnenschein? Was bedeutete ein Bluteid, wenn sie nicht wusste, wie lange sie noch zu leben hatte? Wann der Ruf des Glockenturmes so stark wurde, dass sie ihm nicht mehr widerstehen konnte? Nichts. Nicht jetzt. Vielleicht … niemals.

Alysea ließ die Brücke hinter sich, an deren Ende Adia auf sie wartete, von Sorge und Unruhe aus den Katakomben getrieben. Ihr Blick war fragend und Alysea nickte. »Ich habe es.«

Adia stieß den Atem aus, doch auf ihren Zügen zeigte sich keine Erleichterung. Ihre Haut schien so bleich, als gäbe es keinen Tropfen Blut mehr in ihren Adern. Alysea war sich sicher, dass sie keinen gesünderen Anblick bot.

»Ich habe eine Barke besorgt«, sagte Adia dumpf. »Der Fährmann wartet in den inneren Katakomben auf uns. Besser, wir verlassen diesen Ort auf dem Wasserweg, wenn …« Ihre Augen richteten sich bedeutungsvoll auf den Korb, doch sie sprach es nicht aus.

Wenn sie eines der verrufensten Bücher der Verbotenen Magie bei sich trug, die je geschrieben worden waren. Nein, besser, sie verschwanden, so schnell es ihnen möglich war. Alysea legte keinen Wert darauf, den Weg zu Fuß zurückzulegen und dabei Begegnungen zu riskieren. Der Kanal mochte der sicherere Pfad sein, der aus den Katakomben führte.

Sie folgte Dameos Schwester durch einen der hohen Gewölbebögen. Plötzlich drängte es sie, die drückende Schwere des alten Steins hinter sich zu lassen. Frische Luft zu atmen, selbst wenn der Mond schon am Himmel stand. Rasch bewegten sie sich über die verschlungenen Wege, bis der brackige Geruch des Kanalwassers in ihre Nase stieg. Ein leises Plätschern durchbrach die Stille, der leichte Anschlag von Holz an Stein, der darauf hinwies, dass die Barke nicht weit sein konnte. Und tatsächlich, nur einen Gang weiter erreichten sie das dunkle Wasser, das einem schwarzen Spiegel gleich vor ihnen lag. Alysea schauderte, als der Anblick sie an das Buch erinnerte, das sie bei sich trug. Das Dämonenfeuer über ihren Köpfen spiegelte sich auf der Wasserfläche und düstere Arkaden säumten den Kanal wie gähnende Löcher. Alysea wagte nicht, sich vorzustellen, was dahinter lauerte. Die Dämonen hatten vieles an diesem Ort hinterlassen und manches davon war hungrig und unvorstellbar alt. Wer die Katakomben besuchte, wusste, dass es nicht klug war, von den erhellten Pfaden abzuweichen. Und wer sich dennoch ins Dunkel traute, war dumm genug, sein qualvolles Ende zu verdienen.

Die Barke wartete an einem schmalen hölzernen Steg und der Fährmann erhob sich von seinem Platz, als er sie näher kommen sah. Er trug einen langen Mantel und eine Kapuze beschattete seine Züge. Trotz der sommerlichen Temperaturen hatte er ein Tuch um sein Gesicht geschlungen. Der glühende Schein seiner Augen, orange wie die untergehende Sonne, wies unmissverständlich auf seine Abstammung hin. Ein Dämonenbastard, der seine Missbildungen verhüllte und sein Leben in Einsamkeit auf dem Kanal fristete. Alysea schlug ertappt die Augen nieder, als er sie im Gegenzug musterte, ehe sich seine Aufmerksamkeit Adia zuwandte, die Münzen in seine Hand zählte. Reines, blankes Silber. Die Fährmänner der Katakomben nahmen nichts anderes an. Er nickte zufrieden und ließ die Geldstücke in seinem Mantel verschwinden.

Die Barke schwankte, als Alysea hinter Adia an Bord ging, und der Schein der Lampe, die am Bug angebracht war, flackerte unruhig auf dem Wasser. Sofea sprang nach Alysea hinein und ließ sich neben ihr auf der Planke nieder, die als Sitzplatz diente.

Der schweigsame Fährmann begann, das Seil, mit dem die Barke vertäut war, zu lösen, und nahm das Stakholz zur Hand, um das Gefährt damit abzustoßen. Langsam glitten sie auf das dunkle Wasser hinaus und Alysea blickte beklommen auf die Arkaden, an denen sie vorüberfuhren. Sie mied den Blick an die Decke, das gelegentliche Aufblitzen von Helligkeit in ihrem Augenwinkel, wenn sie eine Schädellampe passierten. Adia war wachsam, ihr Rücken steif, während sie angestrengt in die Dunkelheit spähte. Doch es gab nichts und niemanden, der ihre Vorsicht rechtfertigte. Nicht mehr lange und sie würden die Katakomben hinter sich lassen. Es war nicht zu erwarten, dass sie jemandem begegneten. Die Fährmänner wussten, wie man es vermied, Aufmerksamkeit zu erregen, und sie wichen ihresgleichen aus, wenn sie Kundschaft über das Wasser brachten. Trotzdem spürte Alysea, wie ihre Nervosität mit jeder Bewegung des Stakholzes anstieg. Unruhig umklammerte sie den Weidenkorb mit dem Zauberbuch und die verflochtenen Stränge schnitten tief in ihre Hand. Beinahe glaubte sie, es hören zu können. Ein wortloses Flüstern, das niemals ihre Ohren erreichte. Als würde der Hauch einer dunklen Macht über ihre Haut streicheln und sie verbrennen, wo sie sie berührte.

Alysea schloss die Augen und verdrängte die Empfindung. Nichts als ihre überreizten Nerven, die ihr einen Streich spielten. Nicht weit … es war nicht mehr weit. Nicht mehr lange und sie würden in die Sicherheit der Cae'Angelis zurückgekehrt sein, wo sie entscheiden konnte, das Werk zu öffnen oder es zu verbrennen.

Ein närrischer Gedanke, nun, da ihr Ziel so nah war. Alysea wollte über ihre Torheit den Kopf schütteln.

Ein harter Aufschlag am Rande der Arkadenbögen schreckte sie auf. Etwas rollte polternd über den Stein und klatschte dann auf die Wasserfläche.

»Götter der Winde«, murmelte Adia. Der Schrecken war deutlich aus ihrer Stimme zu hören.

Der Fährmann richtete sich gerade auf, sein Kopf bewegte sich rasch, als er die Arkaden überprüfte. Alysea blickte sich suchend um, bis sie die Quelle des Lautes entdeckt hatte. Ein Schädel schwamm nicht weit von ihnen im Wasser und schaukelte sacht in der Strömung. Die Bewegung gemahnte an Schultern, die in einem lautlosen Lachen zuckten.

Unvermittelt veränderte sich etwas in der Luft. Nadelstiche trafen auf ihre Haut und das Dämonenfeuer verdüsterte sich. Die Schatten wuchsen, nicht mehr verdrängt von dem bläulichen Schein, der sie im Zaum gehalten hatte. Das Stakholz bebte, als der Griff des Fährmannes unstet wurde. Es prallte ungelenk gegen die Wand der Barke und brachte sie ins Wanken.

Alysea umfasste die Bootswand und hielt sich daran fest. »Was ist das?«, wisperte sie atemlos.

Ein Scharren antwortete ihr. Lang gezogen, wie Klauen, die über eine Tafel kratzten. Alle Härchen an ihrem Körper richteten sich auf.

Ein Dolch erschien in Adias Händen. »Ich weiß es nicht. Aber was immer es ist, es ist nichts, dessen Bekanntschaft wir machen wollen.«

Die Strömung nahm zu und die Barke taumelte darin wie ein Betrunkener, der die Sicherheit seiner Beine eingebüßt hatte. Die Dämonenlichter erloschen mit einem Zischen und ließen allein das Licht der Buglaterne zurück, die einsam gegen die Dunkelheit ankämpfte.

Ein harter Fluch kam über die Lippen des Fährmannes, der erste Laut, den Alysea von ihm vernahm. Er kämpfte verbissen gegen das Wasser, das die Barke von ihrem Weg abbringen wollte, und es war ersichtlich, dass er all seine Kraft dafür aufbringen musste. Endlich bewegte sich das flache Gefährt auf den Kanalrand zu. Ein letzter Stoß und es prallte gegen den Stein.

»Raus hier. Schnell. Und dann lauft.« Seine Stimme war rau und schnarrend, gedämpft durch das Tuch. Ein Lispeln klang darin mit, als wäre seine Zunge gespalten. Er wandte sich nicht zu ihnen um.

»Das ist Wahnsinn. Wir werden uns in den Katakomben verlaufen, nicht mehr«, protestierte Alysea entgeistert.

»Wenn ihr bleibt, werdet ihr in den Katakomben sterben.« Endlich drehte er den Kopf, sodass sie sein Profil sehen konnte. Seine Augen glühten in seinem bleichen Gesicht wie Kohlen, deren Glut der Wind angefacht hatte. »Ihr habt etwas geweckt und es wird euch jagen, bis es euch erwischt hat. Seht zu, dass ihr schneller seid.«

Seine Worte sorgten dafür, dass sich ein Klumpen Eis in Alyseas Magen zusammenballte. Sofea sprang mit einem gewaltigen Satz auf den steinernen Grund. Adia schlängelte sich unter dem eisernen Geländer hindurch, das den Kanal säumte, und nahm den Korb entgegen. Alysea verfluchte den Rock, der ihre Bewegungsfreiheit einschränkte. Der Stoff wickelte sich um ihre Beine und behinderte sie, als sie Anstalten machte, die Barke zu verlassen.

Ein polterndes Geräusch erklang, wie Hagel, der auf die Gassen prallte, und sie fuhr hastig herum. Schädel ergossen sich auf den Weg. Sie rollten auf der anderen Seite des Kanals wie eine Lawine über den Stein und klatschten dann ins Wasser. Ein Herzschlag, und die Barke war von grinsenden Schädeln umzingelt.

Ein Herzschlag zu lang.

Eine Fontäne schoss vor dem Fährmann aus dem Wasser. Mit einem Schrei schlug er mit dem Stakholz auf den mächtigen Wasserstrahl ein. Der Kanal bäumte sich auf und die Barke wurde emporgehoben. Alysea klammerte sich verzweifelt daran fest, um den Halt nicht zu verlieren und in das aufgewühlte Nass zu stürzen.

»Alysea! Nein!« Adias entsetzter Ruf ging im Brodeln des Wassers unter.

Das Stakholz rieselte herab und versank in den Fluten, in der Mitte entzweigebrochen, als wäre es nicht mehr als ein Schwefelholz. Der Körper des Fährmannes wurde emporgerissen und sein gurgelnder Aufschrei erstickte in Blut, als Klauen seine Kehle zerrissen. Schlaff wie eine Strohpuppe folgte er dem Holz und schlug hart auf der Wasserfläche auf, bevor er gluckernd davon verschlungen wurde. Die Fontäne senkte sich und nahm die Kreatur in ihrem Zentrum mit. So plötzlich, wie er gekommen war, endete der Zorn des Wassers und es wurde ruhig und glatt.

Alyseas Herz schlug ihr bis zum Hals, als die Barke zur Ruhe kam, zu weit in der Mitte des Kanals, um sie zu verlassen. Hilflos bohrten sich ihre Nägel in das Holz. Angst ließ ihre Gedanken zerfasern und lähmte sie. Dann fiel ihr Blick auf das Seil, mit dem der Fährmann die Barke vertäut hatte.

Rasch.

Ein Schmatzen erklang, gefolgt von einem hässlichen Krachen, als würden Knochen brechen. Alysea wickelte fieberhaft das Seil ab, während die Barke unstet unter ihren Füßen schwankte.

»Beeilt Euch! Hier herüber!« Die Stimme eines Mannes. Alysea entdeckte Neveas, der aus dem Nichts neben Adia erschienen war, im flackernden Laternenlicht. Keine Zeit, um darüber nachzusinnen, woher er gekommen war. Sie warf das Seil über die Wasserfläche, hin zu dem Schattenwandler, der sich danach streckte. Ein Klauenarm schoss zwischen ihnen aus dem Wasser und fing es auf, ehe Neveas es zu erreichen vermochte. Das Seil spannte sich straff und die Barke schnellte in rasender Geschwindigkeit auf die Mitte des Kanals zu – dem riesigen Auge entgegen, das aus dem Wasser ragte und sie anstarrte.

Alysea schrie auf, als sich ein gewaltiger, von spitzen Zahnreihen besetzter Schlund vor ihr öffnete. Wasser ergoss sich über die glänzende Zunge des Ungeheuers in seinen Rachen. Der Sog ließ die Barke unausweichlich auf die dunkle Öffnung zutaumeln. Alysea stolperte zurück, auf der Flucht vor den glitzernden Zähnen, doch sie erreichte das Ende der Barke zu schnell. Holz splitterte, als mächtige Pranken die Wände des Gefährts erfassten. Klauen, die an schuppigen schwarzen Fingern saßen, zerbrachen die Planken und vereinten sie mit den Totenschädeln, die das Geschehen höhnisch beobachteten. Wasser schwappte ins Innere der Barke und sie begann zu sinken. Es durchnässte Alyseas Schuhe und ließ den Saum ihres Rockes an ihren Beinen haften.

Eine Waffe … sie brauchte etwas … irgendetwas, mit dem sie sich gegen die Bestie verteidigen konnte, selbst wenn es nutzlos war.

Alysea sah sich fiebrig um und zerrte dann mit all ihrer Kraft an einer der Planken. Das angebrochene Holz gab mit einem Knacken nach und sie fiel zurück auf die Reste der Sitzbank. Die Pranke des Monstrums schnellte auf sie zu und sie riss das Holzstück empor, um den Schlag abzufangen. Krachend brach es entzwei und die Klauenhand schleuderte das obere Stück mit Wucht beiseite. Der Aufprall hinterließ ein lahmes Gefühl in Alyseas Arm, doch sie hielt das zerbrochene Holz eisern fest, als könnte es irgendetwas gegen das Ungeheuer ausrichten, das auf sie lauerte.

»Alysea! Hier! Schnell!« Adia schwang eine rostige Eisenstange über den Kanal, gemeinsam mit Sofea, die aus ihrer Katzenhaut geschlüpft war. Aus den Augenwinkeln sah Alysea, wie Neveas sich am Geländer zu schaffen machte, dem bereits ein Stück fehlte. Ein letzter Ruck und es gab nach. Einem Speer gleich schoss die zweite Eisenstange auf den Kopf der Bestie zu und bohrte sich unter dem Wasser in ihren Körper. Sie stieß ein mächtiges Brüllen aus, das die Katakomben zum Beben brachte, und warf sich herum, dem neuen Gegner entgegen, der sie angegriffen hatte.

Alysea schleuderte das Holzstück beiseite und fasste nach der Stange. Die Überreste der Barke setzten sich in Bewegung, auf die beiden Frauen zu, die mit vereinten Kräften zogen. Endlich erhaschte sie einen Blick auf den dunklen Berg, der aus dem Wasser gewachsen war. Ein Gebilde aus glänzenden Schuppen und Muskeln, ähnlich einer riesigen Echse, auf deren Rücken fledermausartige Flügel saßen.

Magie prickelte in der Luft und ließ sie schwer und heiß werden. Fontänen schossen in die Höhe und schnellten auf den Schattenwandler zu, der nun unbewaffnet am Rand stand. Neveas' Körper zerstob zu Rauchschwaden, die zur Decke entwichen, bevor die Wassermassen auf den Boden der Katakomben niedergingen wie eine Sturmflut.

Erschrockenes Keuchen, ein leiser Aufschrei. Adia und Sofea kämpften auf dem rutschigen Stein um ihr Gleichgewicht und die Bewegung der Barke stockte. Das Ungeheuer fuhr zu Alysea herum und sein Schnauben trieb Wellen über den Kanal. Boshaftigkeit flimmerte in seinen Augen, rötlich im schwachen Schein der Buglaterne. Zorn darüber, dass ihm seine Beute entwischt war. Es bewegte sich auf die Barke zu, die mit jedem Herzschlag ein Stückchen tiefer sank.

Zu spät. Keine Möglichkeit, auszuweichen. Das Eisen glitt aus Alyseas feuchten Händen und verschwand im dunklen Wasser. Heißer, fauliger Atem streifte ihre Haut, als die Bestie beinahe spöttisch schnaubte. Sie war riesig. So riesig, dass ihr Körper die Sicht auf Adia und Sofea verdeckte. Ihr Kopf senkte sich langsam. Behäbig. Scharfe Zähne blitzten über Alysea auf. Weiße Dolche in der ewigen Nacht ihres Schlundes.

Dann zuckte ihr Maul herab.

Alysea sprang zurück und die Barke verlor sich unter ihren Füßen. Sie spürte den eisigen Kuss des Wassers, das nach ihren Beinen fasste.

Ein scharfer Luftzug. Rauschen über ihr.

Arme schlossen sich um ihre Taille und rissen sie empor, der Gewölbedecke entgegen. Das Silberband schlang sich um sie wie ein rettendes Seil.

Dameo.

Alyseas Herz setzte aus, als unzählige Fontänen aus dem Kanal schossen und sie verfolgten. Die Schwingen der Bestie schlugen, als sie sich aus dem Wasser schraubte. Klauen schlossen sich um Dameos Bein und beendeten seinen Aufstieg. Er kämpfte gegen ihren Griff, doch sie war stärker.

»Neveas!« Seine Stimme hallte unter dem Gewölbe wider.

Rauch verfestigte sich und der andere Schattenwandler erschien an der Seite des Kanals. Dameo stieß Alysea in seine Arme und sie prallte hart auf Neveas' Körper. Schwaden wallten um sie herum auf. Schmerz schoss durch ihren Knöchel und Neveas keuchte, als sie heftig in die Wand krachten.

Alysea beachtete das Pochen in ihrem Fuß nicht. Die Empfindung der Klauen, die sich in Dameos Fleisch bohrten, überlagerte ihre eigenen Qualen. Sie fuhr herum und sah entsetzt, wie die Bestie ihn ins Wasser zog. Er hieb nach ihr, aber er kam nicht frei. Sie konnte fühlen, wie seine verschorften Wunden wieder aufrissen und zu bluten begannen, während er verzweifelt versuchte, aus ihrem Griff zu entkommen. Hinter ihm war die Barke beinahe vollständig versunken, allein der Bug mit der Laterne ragte noch aus dem Wasser. Das Flämmchen ein letztes winziges Glühen in der Dunkelheit, die sie umschloss.

Heilige Lichtmutter! Du Närrin!

Hitze schoss durch Alyseas Adern, als sie verstand.

Die Bestie hatte das *Licht* erlöschen lassen.

Licht. Sie brauchten Licht!

Hastig riss sie den Umhang von ihren Schultern und warf ihn zu Boden. Die Magie stieg flutartig in ihr an, als sie nach dem zarten Flämmchen fasste, das in der Laterne glühte. Sie sammelte sie, ballte sie zusammen wie eine Faust. Dann ließ sie die Kraft los und schmetterte sie auf das Bündel.

»Ignae!«, schrie sie über das Brodeln des Wassers hinweg. Das erlöschende Feuer der Laterne sprang auf den Stoffhaufen und entzündete ihn. Flammen züngelten empor und malten rote Muster auf den Stein.

Das Monstrum brüllte markerschütternd und Dameos Oberkörper tauchte aus dem Wasser auf. Seine Klauen zuckten auf die Augen der Bestie nieder und rissen blutende Wunden, aber sie reagierte nicht darauf. Das Biest fauchte heiser und der Wasserspiegel stieg. Nässe schwappte über den Kanalrand und griff nach dem brennenden Stoff. Es wollte ihn löschen, weil er die Quelle seines Schmerzes war!

»Ignae-maes!«, befahl Alysea den prasselnden Flammen. Licht explodierte unter der Gewölbedecke. Der Schein in den Katakomben war so hell, als wäre die Sonne vom Himmel gefallen, um sie zu erleuchten.

Dameo stieß einen Schrei aus, der sich mit dem neuerlichen Brüllen der Bestie vermischte. Alysea stolperte auf den Kanal zu, aber Rauch verpestete die Luft und nahm ihr die Sicht. Ein gewaltiges Klatschen erklang und der Kanal bäumte sich ein letztes Mal auf, als das Ungeheuer in den Tiefen verschwand. Vertrieben von der Helligkeit der Sonne, die unter der Erde loderte.

Furcht bohrte eisige Klauen in Alyseas Herz, als sie Dameos Qualen verspürte. Das Gefühl von Feuer auf ihrer Haut, ohne dass sie brannte. Dann lichtete sich der Rauch und der grelle Schein ebbte ab. Sie sah Neveas, der sich über den Kanalrand beugte. Adia, die neben ihm erschien, um ihm zu helfen … zu helfen … Dameo aus dem Wasser zu ziehen.

Alysea stieß einen erstickten Laut aus, als der Kanal ihn freigab und der Feuerschein die Rötungen auf seiner Haut offenbarte. Sein Atem ging schwer und Blut rann in Strömen über seine Brust.

Sie eilte auf ihn zu und ein heftiger Stich in ihrem Knöchel ließ sie straucheln. Sofort war Sofea an ihrer Seite, um sie zu stützen.

Silberaugen, trüb vor Schmerz, blickten Alysea entgegen. »Wir müssen hier raus, bevor das Feuer erlischt und die Dämonenbrut sich erholt hat.«

Der Befehl eines Kriegers, der wusste, dass sie den errungenen Vorteil nicht aufs Spiel setzen durften. Keine Zeit für Worte. Keine Zeit, sich um Wunden zu sorgen. Denn eine zweite Begegnung würden sie nicht lebend überstehen.

Iulean lehnte schwer atmend an der kalten Steinwand in den inneren Katakomben. Unglauben erfüllte ihn, doch was er gesehen hatte, war fest in seinem Gedächtnis verankert. Es hatte sich hineingebrannt wie das Feuer, das noch neben dem Kanal loderte, obgleich die Hexe, die es entzündet hatte, längst verschwunden war.

Licht. Es verbrannte Dameos Haut. Seine Wunden schlossen sich nicht. Er hatte sich nicht getäuscht. Der große Fürst der Schattenwandler war schwach und verletzlich.

Triumph vertrieb für einen Augenblick den nagenden Hunger, der in ihm wütete. Das Schicksal hatte ihm den Trumpf in die Hand gegeben, der seinen Bruder zu Fall bringen würde. Ein Zufall und er hatte gefunden, wonach er sein Leben lang gesucht hatte. Bald würde er von der süßen Rache kosten, auf die er zu lange hatte warten müssen. Bald würde alle Welt erkennen, dass er es war, dem der Nachthof gebührte. Alles, was ihm fehlte, war der richtige Zeitpunkt. Und ein Plan.

Iulean lächelte versonnen in die Dunkelheit der Katakomben.

14
Stille

Die Stille, die über Dameos Salon lag, ließ Alyseas Befangenheit steigen. Adia und Neveas waren hinausgegangen und Sofea war ihnen gefolgt. Niemand hatte ein Wort über die Offenbarung der Katze verloren und vielleicht war es nicht wichtig. Nicht, wenn das Buch der Schwarzen Spiegel in dem Korb wartete, den Sofea in ihre Gemächer gebracht hatte. Wenn Dameos Haut von ihrem Zauber gerötet und verbrannt war und ihr Blut das einzige Mittel sein mochte, das ihn heilen konnte. Adia hatte es ihr anvertraut, bevor sie gegangen war. Der Blick, mit dem sie ihren Bruder dabei bedacht hatte, hätte einen schwächeren Mann töten können. Dameos Unmut darüber lag ebenso in der Luft wie der bitterscharfe Geruch der Salbe, die sie auf seine Verbrennungen aufgetragen hatte.

Sie hatten kaum ein Wort gewechselt, seitdem sie die Katakomben verlassen hatten. Woher Neveas die Kutsche besorgt hatte, mit der er sie an den Nachthof zurückgebracht hatte, blieb ihr ein Rätsel, aber es war gleichgültig. Ihre Dankbarkeit hatte alle Fragen zum Verstummen gebracht. Keiner von ihnen hatte viel gesprochen. Der Schrecken über das, was sie in den Katakomben geweckt hatten, saß tief. Und Alysea war sich gewiss, dass es das Buch war, das den Albtraum aus dem Wasser gelockt hatte. Sie wagte es nicht, sich zu fragen, was noch auf jene lauerte, die ein solches Werk ihr Eigen nannten.

Dameo verlagerte sein Gewicht, ebenso unbehaglich wie sie selbst. Das Gemach lag in den Schatten, nur von wenigen Kerzen erhellt, weil seine Augen kein grelles Licht ertrugen. Es war kein Zustand, der von Dauer sein durfte, und sie wusste, dass sie darüber reden mussten. Doch die Mauer, die seit dem Morgen zwischen ihnen stand, schien zu hoch. Sie wusste nicht, wie sie den kalten Stein erklimmen sollte.

Alyseas Mund war trocken und sie räusperte sich, unsicher, was sie sagen sollte. Zu feige, um das Wort zu ergreifen. Sie atmete aus und verschloss den Tiegel, in dem sich die Reste der Salbe befanden, dann hob sie die Schultern. »Es tut mir leid … ich wollte Euch nicht in Gefahr bringen. Ich habe nicht geahnt, dass es Euch verletzen könnte.«

Dameo sah auf, aus seiner finsteren Grübelei geschreckt. Sein Lächeln war so schwach, dass es kaum zu erkennen war. »Dann tut es Euch leid, dass Ihr mein Leben gerettet habt? Habe ich Euch so sehr verärgert?«

Sie runzelte die Stirn und stellte den Tiegel beiseite. »Seid nicht albern, Dameo. Ihr wisst, dass ich das nicht meine.«

Sein Lächeln erlosch. »Ich weiß, dass ich Euch verletzt habe, Alysea.«

»Das habt Ihr. Aber wenn Ihr mich dazu bringen möchtet, dass ich Euch tot sehen will, müsst Ihr Euch mehr Mühe geben.« Sie lächelte trüb und sah auf ihre Hände, von Kratzern und kleinen Verbrennungen übersät, die zersplittertes Holz und Flammen auf ihrer Haut hinterlassen hatten. »Ich … hätte nicht erwartet, dass Ihr dort sein würdet. Ich dachte …«

»… dass ich Euch allein lasse?« Dameo fasste nach ihren Händen und seine Daumen streichelten über ihren Handrücken. »Das würde ich niemals, Alysea. Selbst wenn Ihr alle Toten Gemeas aus ihren Gräbern weckt. Ich habe es Euch geschworen und es war mein Ernst. Es tut mir leid, wenn ich Euch etwas anderes glauben gemacht habe.«

Die Mauer bröckelte unter seiner Berührung. Steine fielen und rissen Löcher. Die Vertrautheit tastete sich vorsichtig durch die Ritzen und ließ Wärme entstehen, wo Kälte herrschte. Sie würde es nicht ertragen, wenn sie sich wieder schlossen. Dennoch durfte sie nicht schweigen. Alyseas Blick blieb auf ihre Hände gerichtet. »Aber Ihr bringt Euch weiter in Gefahr, nur weil Ihr mein Blut nicht wollt. Warum, Dameo? Ich verstehe Euch nicht.«

Er stieß den Atem aus und lehnte sich zurück. Sie konnte seinen Unwillen spüren. »Es ist nichts als eine Vermutung, von der wir nicht wissen, ob sie zutrifft. Adia hätte es nicht erwähnen sollen. Es gibt keinen Grund, weswegen Ihr Euch den Kopf darüber zerbrechen müsst.«

»Ach ja? Hätte es ein Geheimnis bleiben sollen, bis Euch die Sonne getötet hat?« Alysea blickte zu ihm auf und eine Falte bildete sich auf ihrer Stirn. »Sperrt mich nicht aus, Dameo! Ich will wissen, warum Ihr Euch beharrlich weigert, mein Blut zu nehmen. Bin ich so abstoßend für Euch, dass Ihr das Blut meiner Tante vorzieht? Es ist nur mein *Blut!* Ihr seid mir nicht verpflichtet, wenn Ihr es nehmt. Es zwingt Euch nicht, mich gegen Euren Willen zu berühren oder mich in Euer Bett zu holen, wenn Ihr darin andere Gesellschaft bevorzugt!«

Ihre Verletztheit klang aus jedem Wort. Alysea erhob sich aus dem Sessel, in dem sie gesessen hatte, als Wut in ihr zu brennen begann. Ihr Knöchel sandte einen scharfen Schmerz aus, als sie auftrat, und fachte sie nur noch stärker an.

Er regte sich nicht.

Das Schweigen kehrte zurück und Alysea ballte die Fäuste, als sie es nicht mehr ertrug. Sie fuhr zu ihm herum, zu dem stummen Fürsten des Nachthofes, der versteinert in seinem Sessel saß. »Ihr habt nichts dazu zu sagen?«

Das Ticken der Standuhr, die nicht weit von ihr neben dem Kamin stand, war der einzige Laut, der die Stille durchbrach.

»Das glaubt Ihr wirklich?«, fragte er dann. Seine Stimme besaß einen merkwürdigen Unterton, den sie nicht zu deuten vermochte.

»Sagt mir, was ich sonst glauben soll, Dameo! Ihr habt gesagt, dass ich Euch an einem anderen Tag fragen soll und heute ist dieser Tag. Ihr riskiert, dass Euch die Sonne verbrennt, obwohl es einen Ausweg geben könnte. Ihr lasst zu, dass Eure Wunden Euch schwächen, obwohl Ihr wisst, dass dieses Geheimnis für jeden Eurer Feinde eine Waffe ist. *Warum* tut Ihr das?«

»Alysea …«, er erhob sich vorsichtig. Sie konnte sehen, dass seine Wunden ihn schmerzten. Nein. Sie spürte es, sobald sie zuließ, dass ihre Verbindung über das Silberband in den Vordergrund trat. Unzählige nadelfeine Kratzer auf ihrer Haut, als wäre sie roh und wund. Dameo kam langsam zum Kamin herüber und das Kerzenlicht ließ die geröteten Stellen in seinem Gesicht deutlicher hervortreten, wo ihn ihr Zauber verbrannt hatte. »Die Blutgier kommt nie allein«, sagte er leise, als er vor ihr stand. »Sie wird von Verlangen angefacht und dort, wo es am stärksten ist …«, sein Atem streifte über ihre Haut, als er stockte, »wo es am stärksten ist, wird die Verlockung beinahe unwiderstehlich. Das Blut ist wie ein Magnet. Ein einziges Mal gekostet, verwechseln wir nie mehr seinen Träger und der Blutrausch macht die Gier danach unerträglich. Ein Hunger, der niemals vergeht, bis er gestillt wird.« Sein Finger zog eine sanfte Linie über ihre pochende Halsschlagader und verharrte über ihrem Schlüsselbein. »Ich ziehe keine andere Gesellschaft in meinem Bett vor. Und wenn Ihr es eines Tages teilen wollt …«, er senkte die Stimme, bis sie kaum mehr als ein Wispern war, und fasste dann nach ihrer Hand. Vorsichtig streiften seine Lippen über ihre Fingerknöchel und die Berührung verschlug ihr den Atem. »… werde ich Euch mit Freuden die Türen öffnen. Aber ich riskiere nicht, dass Ihr zum Opfer der Bestie werdet, die jeder Schattenwandler in sich trägt, nur weil Euer süßes Blut mich in den Wahnsinn treibt.« Er trat zurück und lächelte humorlos. »Eure Tante Emea hat keinen Grund, mich zu fürchten, und ich begrüße diese Tatsache. Aber Ihr, Alysea, Ihr habt Grund, mich zu fürchten. Denn nichts wäre verlockender für mich als Euer Blut. Versteht Ihr jetzt, warum ich es nicht kann?«

Sie verstand und dennoch konnte sie es nicht fassen. Seine Worte ließen die Mauer zwischen ihnen schmelzen und brachten etwas in ihrem Bauch zum Flattern. Doch gleichzeitig hinterließen sie Eis auf ihrer Haut. Grauen. Zerrissen zwischen ihren Empfindungen, starrte sie Dameo wortlos an, ohne den Blick von ihm abwenden zu können. Dann regte sich ihr Verstand und sie legte die Hände auf seine Brust, um ihn aufzuhalten, als er sich von ihr entfernen wollte. »Es ist mein Risiko, Dameo«, flüsterte sie. »Und wenn ich es tragen möchte, werde ich es tragen.«

»Dann werdet Ihr einen Weg finden müssen, mir Euer kostbares Sonnenblut gegen meinen Willen zu verabreichen, liebste Gefährtin. Denn ich werde es niemals freiwillig von Euch annehmen.« Dameo nahm ihre Hände und küsste sie abermals, dann ließ er sie los und kehrte ihr den Rücken zu.

Alysea atmete tief ein, um ihren rasenden Herzschlag zu beruhigen. Doch ihre Knie blieben so weich, dass sie bezweifelte, auch nur einen Schritt gehen zu können. »Wollt Ihr meine Entschlossenheit auf die Probe stellen?«, fragte sie mit erzwungener Ruhe.

Diesmal wirkte sein Lächeln echt, als er über die Schulter blickte. »Die Entschlossenheit einer Frau, die gegen eine Dämonenbrut kämpft und nicht vor Verbotener Magie zurückschreckt, um Tote herbeizurufen? Nein, Serea, das würde ich nicht. Aber ich setze meine Hoffnung darauf, dass Ihr mich nicht zwingt, mich meinem Albtraum zu stellen, jetzt, da Ihr ihn kennt. Ich will nicht, dass Ihr eines Tages von meinen Zähnen und Klauen zerrissen in meinen Armen liegt.«

»Aber was ist mit meinem Albtraum, Dameo? Was, wenn es mein Albtraum wäre, Euch von der Sonne verbrannt zu sehen, bevor ich Euch ins Grab folge?« Die Bilder, die ihr Geist ihr offenbart hatte, kehrten zurück und Alysea wusste, dass es nichts nutzte, die Augen davor zu verschließen.

Er hielt inne und sah sie an. Fragen standen in seinem Blick und es war offensichtlich, dass er mit den Worten rang, ohne sie zu finden. »Ich werde nicht zulassen, dass das geschieht«, antwortete er schließlich.

Ihre Hoffnung zerfiel. Ein zweites Mal an diesem Tag. Alysea spürte die bleierne Müdigkeit, die in ihren Knochen nistete. Plötzlich war der Schmerz in ihrem Knöchel allzu greifbar und sie gewahrte jede Prellung, die ihr in den Katakomben zugefügt worden war. Ihre Wunden mochten geringfügig sein, doch ihr Körper fühlte sich so zerschlagen an wie nach einer Schlacht. »Wir leben gemeinsam und wir sterben gemeinsam«, sagte sie bitter. »Es macht keinen Unterschied, wie und wann es geschieht.«

»Aber falls wir leben, Alysea. Wenn es gegen jede Wahrscheinlichkeit gelingt und Seraphias Fluch gebrochen wird. Wollt Ihr wirklich jeden Tag Eures Lebens mit der Angst verbringen, dass es geschehen könnte? Dass der Blutrausch über mich kommt und ich Euch in Fetzen reiße? Für den ungewissen Ausgang dieses Gabentauschs? Vielleicht bewirkt er nichts. Es ist eine vage Möglichkeit, nicht mehr. Und ich spüre, dass es Euch ängstigt. Ihr könnt mich nicht belügen.«

»Natürlich ängstigt es mich! Ich bin keine Närrin, die die Augen vor der Gefahr verschließt. Aber ebenso ängstigt mich, dass Ihr sterben könntet! Selbst wenn es nichts als eine vage Möglichkeit sein mag, ist es eine vage Möglichkeit, die Euch das Leben retten könnte!«

»Und die es Euch ohne jeden Sinn kosten könnte. Ihr habt Euch entschieden, unser Leben aufs Spiel zu setzen, indem Ihr mit Dämonenmächten spielt, Alysea. Für unsere Zukunft. Und ich schweige, obwohl es mich zerreißt, es Euch tun zu lassen. Das hier ist *meine* Entscheidung.« Es lag so viel Unerbittlichkeit in seiner Stimme, dass

Alysea ahnte, dass er niemals nachgeben würde. Sie wollte ihn schütteln, um ihn zur Einsicht zu bewegen, aber seine Miene war wie aus Stein gemeißelt. Keine Spur von Weichheit oder Zugänglichkeit war darauf verblieben.

Muss dieser Tag so enden? Muss er damit enden, dass die Mauer zwischen uns höher wächst? Sie wollte schreien, etwas zerschlagen. Eine der zarten Statuetten nach ihm werfen, die den Kamin zierten, aber es fehlte ihr die Kraft. Hilflosigkeit saugte den letzten Funken ihres Kampfgeistes auf. »Ihr seid ein starrsinniger Narr, Dameo. Ein verfluchter, starrsinniger Narr.« Tränen brannten hinter ihren Lidern, doch sie zwang sie in den Hintergrund. »Versprecht mir, dass Ihr es Euch zumindest noch einmal überlegt.«

»Das werde ich nicht, Alysea.«

»Und wenn die Lichtempfindlichkeit nicht mit dem Brechen des Fluches endet? Was dann? Sterben wir dann wegen einer ungewissen Zukunft oder werdet Ihr zur Vernunft kommen?« Ihre Stimme klang fremd und hölzern, als käme sie aus dem Mund einer anderen Frau.

Seine Silhouette zeichnete sich steif vor den Kerzenleuchtern ab. Nachtgeboren und nicht für ein Leben unter der Sonne bestimmt. Nie zuvor hatte sie den Unterschied zwischen ihnen so stark bemerkt wie in diesem Augenblick. »Ich werde tun, was ich tun muss, um Euch zu schützen.« Eine Antwort. Und doch nichts.

Stille breitete sich zwischen ihnen aus und die Mauer wurde massiver und höher. Alysea wollte sie einreißen, aber sie war machtlos dagegen. Sie senkte den Blick, als sie es nicht mehr ertrug, ihn anzusehen. Dann verließ sie sein Gemach, ohne noch ein Wort an ihn zu richten. Es blieb so viel zu sagen, doch für diesen Tag waren genügend Worte gewechselt worden. Und sie fühlte jedes einzelne wie eine Klinge, die in ihrem Herzen steckte.

Dameo drehte das Medaillon in seinen Händen und starrte auf die Gravur. Sonne und Mond vereint. Ein Symbol für ihn und Alysea und doch verdreht. Eine beginnende Sonnenfinsternis, kein romantisches Zusammentreffen. Wann immer die Gestirne einander fanden, folgte

Dunkelheit. Es war töricht zu glauben, dass ihre Vereinigung jemals Hoffnung nach sich ziehen könnte. Florea und Adrean waren das beste Beispiel. Ihre Liebe hatte nichts als Verderben über Gemea gebracht. Dennoch wünschte er sich, es könnte anders sein.

Mit einem Seufzen ließ er die goldene Kette über seinen Kopf gleiten und schob sie unter sein Hemd. Ein Blick in den Spiegel seines Schlafgemaches offenbarte makellose Haut, wo sie zuvor von Kratzern und Schrammen bedeckt gewesen war. Doch ihr Brennen ließ ihn nicht vergessen, dass es nur eine Täuschung war, die die Wirklichkeit verschleierte. Jede Faser seines Körpers schmerzte, aber er konnte dem Hof nicht länger fernbleiben. Selbst wenn es nichts gab, was er lieber wollte, als sich in seinen Gemächern zu verkriechen, um seine Wunden zu lecken. Er musste sich den Augen stellen, die neugierig jede seiner Regungen aufsaugen und bewerten würden. Auf der Suche nach einer Schwäche, die die Verbindung mit einer Hexe dem Fürsten beigebracht hatte. Wenn sie wüssten, wie groß diese Schwäche tatsächlich war … sie würden nicht lange warten, bevor sie ihm den Todesstoß versetzten.

Dameos Spiegelbild warf sein grimmiges Lächeln zurück, als er die Halsbinde anlegte, die die Kette verdecken würde.

»Ich wünschte, die Hexen hätten eine weniger ausgeprägte Schwäche dafür, ihre Zaubersiegel auffällig zu präsentieren. Wenn dich jemals jemand damit sieht, wird eine Lawine über den Hof hereinbrechen.«

Dameo wandte sich nicht um. Es genügte, in den Spiegel zu blicken, um zu sehen, wie Neveas in den Raum schlenderte. Wie üblich, ohne die Tür zu benutzen. Er bewegte sich vorsichtiger, als er es gewöhnlich tat, wenngleich nichts mehr von seinen Blessuren zu erkennen war. Ein Hinweis darauf, dass die Begegnung mit der Dämonenbrut auch in seinen Knochen steckte. Trotzdem war er makellos gekleidet und sein dunkles Haar so kunstvoll zerzaust, dass es Stunden gekostet haben musste.

»Habe ich dich hereingebeten, Neveas?«, erkundigte er sich frostig. Ein gelassenes Schulterzucken war die einzige Antwort und Dameo schnaubte gereizt. »Ich habe nicht vor, mich vor den Augen des Hofes zu entkleiden. Und selbst wenn ich es täte – es ist eine Gabe meiner Gefährtin. Es geht sie nichts an.«

»Ein Zaubersiegel, mit dem sie dich verhext hat, um dich zu kontrollieren. Eine überaus romantische Geste.«

»Sie können glauben, was sie wollen.«

»Hmm.« Neveas schob die zerfetzten Kleidungsstücke beiseite und ließ sich in den Sessel fallen, der neben dem Bett stand. Schwerfällig und müde. Selbst die heilenden Kräfte von Schattenwandlerblut konnten nichts dagegen ausrichten. »Adia sagt, dass du Alysea verärgert hast«, fuhr er nach einem Augenblick fort. Der wahre Grund seines Besuchs. Er hatte ihn nicht lange verhüllt und Dameo hatte nichts anderes erwartet.

»Ich habe ihre Erwartungen erfüllt. Sie sollte sich freuen.«

»Der verbitterte Tor steht dir nicht gut zu Gesicht, Dameo.«

»Bist du gekommen, um mir das zu sagen?« Er ließ den Gehrock über seine Schultern gleiten und verbiss sich das Stöhnen, als er über die frischen Wunden kratzte, die ihm die Dämonenbrut beigebracht hatte.

»Ich bin gekommen, weil ich dein Freund bin. Selbst wenn du jeden vor den Kopf stößt, der sich dir heute nähert.« Neveas musterte ihn prüfend. Ohne Frage auf der Suche nach den Wunden, die sich unter der Maske aus Magie verbargen, die Alysea in der letzten Nacht für ihn gewoben hatte. Bevor … er ließ den Gedanken fallen, ehe er sich in seinem Kopf festsetzen und den feinen Schmerz aussenden konnte, den er stets mit sich trug.

Dameo rückte die Halsbinde zurecht und überprüfte den Sitz der Manschettenknöpfe. Der Fürst des Nachthofes war zurückgekehrt, obwohl es auch ihm nicht gelang, seine Müdigkeit zu verbergen. Trotzdem … es musste genügen. »Also – was schlägst du vor, Neveas? Adia schickt dich, um mir einen Rat zu geben, nicht wahr? Soll ich Alysea heute Nacht in die Laken locken und ihr dort zeigen, warum Bluthuren uns so gern zu Diensten sind?«

»Nein.«

»Nein?« Dameo wandte sich überrascht zu Neveas um. Seine Miene war ernst, er hatte die Arme auf die Knie gestützt und die Hände verschränkt. Neveas hatte seine Fassade fallen lassen und zeigte sein wahres Gesicht. Es war ein solch seltener Anblick, dass er fremd wirkte.

»Es gab eine Zeit, in der ich bereit war, das Band zu schließen, Dameo.« Melancholie klang aus seiner Stimme. Die Kraft, die den Poeten in ihm antrieb, selbst wenn er ihn häufig unter schwülstigen, anzüglichen Liebesgedichten versteckte, mit denen er sein Bett warm hielt.

Dameo antwortete nicht. Er wusste zu gut, mit wem Neveas das Band hatte weben wollen. Adia. Er hatte es immer gewusst, selbst wenn seine Schwester bis heute nichts davon ahnte.

»Ich bin damals zu spät gekommen.« Er starrte auf seine Hände und hob dann die Schultern. »Aber es hat sich nie etwas für mich geändert. Wenn ich an deiner Stelle wäre … ich weiß nicht, ob ich es tun könnte.« Er sah auf. »Adia kann es nicht verstehen, weil sie dich liebt und ihre Furcht um dich alles andere überwiegt. Es macht sie blind. Aber ich sehe den Zwiespalt, in dem du steckst. Ich habe oft genug gesehen, was das Silberband aus uns macht, wenn das Leben unserer Gefährtin bedroht ist. Und ich bin klug genug, die Macht zu fürchten, die es über uns besitzt. Also rate ich dir nichts. Denn alles, was ich sagen könnte, um dich zu überzeugen, wäre eine Lüge, an die ich selbst nicht glauben kann.« Neveas lächelte halb, doch es blieb eine verzerrte Grimasse.

Für einen Augenblick lähmte ihn Neveas' Offenheit. Es war selten, dass er aussprach, was ihn bewegte, ohne es in spitze Worte zu hüllen. Seine Feder sprach für ihn aus, was sein Mund nicht sagen konnte. Es mochte der Grund sein, warum er Adia nie anvertraut hatte, wie es um ihn stand.

Dameo entfernte sich vom Spiegel und trat auf seinen Freund zu. »Du solltest es ihr endlich sagen, Neveas.«

»Nein.« Er schüttelte den Kopf. »Sie ist nicht frei, Dameo. Nicht, solange sie diese verfluchte Kette mit seinem Blut trägt. Er ist nicht mehr hier, aber sie hat ihn niemals losgelassen.«

Enneos. Dameo wusste, dass sie ihn bis heute liebte. Ihr Vater hatte dafür gesorgt, dass er aus Gemea verbannt worden war und Dameo hatte den Bann nicht aufgehoben. Er konnte es nicht. Nicht nach dieser einen Nacht, die er niemals vergaß. »Sie hat ihr Leben für Enneos riskiert und ist beinahe für ihn gestorben«, erwiderte Dameo finster. »Ich weiß nicht, wie oft ich mir gewünscht habe, er hätte nie den Fuß über die Schwelle der Cae'Angelis gesetzt.«

Neveas lachte auf und der Laut war so hart, dass kein Humor darin verblieb. »Das habe ich auch, Dameo. Unzählige Male. Und ich schwöre dir, ich hätte ihn mit meinen eigenen Händen getötet, wenn ich geahnt hätte, in welche Gefahr er sie bringt. Doch jetzt steht Adia an unserer Stelle.«

Und *er* war der starrsinnige Narr, der sich der Rettung verweigerte. So wie sie es getan hatte, als sie heimlich das Sonnenblut eines Halbblutes anstelle von echtem Sonnenblut getrunken hatte. Sie waren davongelaufen und es war nichts als Glück gewesen, dass Dameo sie gefunden hatte, bevor es zu spät war. Er hatte seinen Vater nie so außer sich erlebt wie in der Nacht jener Mondzeremonie, als er entdeckt hatte, dass seine über alles geliebte Tochter mit einem Halbblut ausgerissen war. Adia hatte geglaubt, dass Enneos' Hexenerbe genügen würde, um sie vor dem Licht zu bewahren. Dass sie irgendwo fern des Hofes ihr Glück finden könnten. Die Narben an ihren Händen zeugten davon, dass es sie beinahe das Leben gekostet hatte, als die Sonne am nächsten Morgen aufgegangen war. Geschwärzte Haut, von Licht verbrannt. Ja, er kannte Alyseas Albtraum nur zu gut. Er hatte ihn erlebt und bis heute verfolgte er ihn in seinen Träumen.

Unbewusst fuhr er über die unsichtbaren Verbrennungen in seinem Gesicht. »Ich weiß nicht, was ich tun soll, Neveas«, gestand er mutlos. »Ich weiß nicht, ob das Silberband mein Urteil trübt oder ob ich das Richtige tue. Ich will Alysea nicht eines Tages an Juleias Stelle sehen. Aber gleichzeitig weiß ich nicht, wie lange es dauern wird, bis die Sonne mich zu Asche verbrennt und sie mit mir. Ich bin hinter Gittern gefangen und meine Häscher warten mit Speeren auf den richtigen Augenblick. Welcher mich als Erster trifft oder ob sie mich entkommen lassen, um mich dann mit einem Stoß in den Rücken zu Fall zu bringen, wenn ich glaube, dass mir die Flucht gelungen ist …« Dameo stieß ein verzweifeltes Lachen aus. »Ich weiß nicht, was barmherziger ist. Der Tod oder mitansehen zu müssen, wie der Blutrausch jemanden zerfrisst, der dir etwas bedeutet. Sie war in dem Moment verloren, in dem Seraphia sie an mich gebunden hat. Und …«, er brach ab.

»Sie bedeutet dir zu viel, um das Risiko auf dich zu nehmen, dass wir uns irren.« Neveas erhob sich und verzog das Gesicht, als seine Muskeln protestierten.

»Es ist das Silberband.«

»Nein. Es ist nicht mehr allein das Silberband, Dameo, und das weißt du. Das Silberband zwingt dich, sie zu schützen, wenn sie in Gefahr schwebt. Es zwingt dich nicht, Begehren für sie zu empfinden oder um sie zu fürchten. Nicht über die Sorge hinaus, dass du mit ihr gehen wirst, wenn sie stirbt. Du verlierst dein Herz. Und niemand auf der Welt kann dich vor dem Schmerz bewahren, den du deswegen erleiden wirst. Oder vor der Furcht, dass du sie verlieren könntest.« Neveas klopfte ihm auf die Schulter und wies auf die Tür. »Der Hof wartet. Und irgendeine Schönheit wird heute Nacht die Leere mit ihrem Körper ausfüllen, bis das Licht den Schleier von mir nimmt und enthüllt, dass sie die Falsche ist. Du bist der Glücklichere von uns beiden. Es wird Zeit, dass du es erkennst, bevor es zu spät ist. Du weißt nie, wie lange das Glück währen wird. Deswegen solltest du es auskosten, solange es andauert.«

Neveas öffnete die Tür und im Licht der Lüster, die den Gang erleuchteten, veränderte er sich. Er ließ die Wahrheit hinter sich und wandelte sich in den leichtfertigen Lebemann, dessen Bett niemals leer blieb, wenn er es nicht wünschte.

Aber die Wahrheit, die er in Dameo zurückgelassen hatte, war wie eine zarte Pflanze, die sich dem Licht entgegenstreckte, anstatt sich vor ihm zu verstecken.

Das Buch der Schwarzen Spiegel lag auf dem kleinen Tischchen neben dem Kamin. Noch immer eingeschlagen in das weiße Tuch, fleckig und feucht von dem Kanalwasser, das den Korb getränkt hatte. Alysea wusste nicht, ob sie sich wünschen sollte, dass es Schaden genommen hatte oder dass es unversehrt war. Daneben lagen Nachrichten. Sauber gefaltet und mit dem Siegel ihrer Mutter versehen. Sie hatte keine davon geöffnet. Nicht jetzt, da jeder Knochen in ihrem Körper ebenso schmerzte wie ihr Herz.

Sofea war auf dem Diwan eingeschlafen. Ihr Haar breitete sich lose über den grünblauen Samt aus, sie hatte sich nicht die Mühe gemacht, es zu flechten. Alysea wünschte sich, es ihr gleichtun zu können, doch sie vermochte es nicht. In Sofeas Rücken zeichnete sich das abnehmende Mondauge ab, davor die Silhouette des Glockenturmes, der sich hoch über die Stadt erhob. Nur ein Schatten und trotzdem eine Mahnung, dass ihre Zeit ablief. Sie starrte blicklos auf den Granat, der an ihrem Finger saß. Wenn der Mond Seraphias Auge war, das über sie wachte, so war der Ring Floreas. Das Auge eines Dämons, der hungrig darauf lauerte, sich ein nächstes Mal zu zeigen. Sie krümmte die Finger und ließ die Hand in ihren Schoß gleiten, in die Falten ihres Rockes, der sie verbarg.

Musik drang aus den offenen Gärten des Nachthofes an ihr Ohr. Die Festlichkeiten, mit denen Adia dafür sorgte, dass sich der Hof amüsierte, würden bis in die frühen Morgenstunden andauern. Sie vernahm Gelächter, das Klirren von Glas, das Klatschen von Wasser und einen spitzen Schrei, dem noch größere Erheiterung folgte. Alysea erhob sich und ging in ihr Schlafgemach. Sie trat durch die geöffnete Tür auf den Balkon hinaus. Die Brise war mild und roch nach Orangen und Lorbeer. Für einen Augenblick vertrieb sie die Erinnerung an brackiges Kanalwasser und Tod. An feuchten Stein, Blut und Knochen.

In den Gärten flackerte der Schein von Kerzenleuchtern, die die Diener hinausgetragen hatten, um den menschlichen Gästen des Nachthofes Licht zu spenden. Wandler benötigten keine Kerzen, um in der Dunkelheit sehen zu können. Der Wind trug das feine Klimpern der Kristalle an ihr Ohr, die daran baumelten. Sie konnte Boote erkennen, die über den kleinen See in den Palastgärten glitten. Die Bäume waren von silbrigen Lichtern geschmückt. Herabgefallene Sterne, die sie an die Mondzeremonie erinnerten. Zauberhaft und doch fühlte es sich kalt an. Ein anderer Balkon, eine andere Nacht. Die gleiche Enttäuschung, die an ihr nagte. Sie starrte zum Mond empor und spürte seinen Sog, der schmeichelnd nach ihrer Seele fasste.

Es war ihr gleichgültig.

»Gib dir keine Mühe, du wirst mich nicht bekommen«, murmelte sie verbissen. »Seraphias Tochter wird mich schneller in den Wahnsinn treiben, als dein Wahn nach mir greifen kann.«

Sie war einsam. Verlassen. Allein mit ihren Gedanken und mit dem Buch, das auf sie wartete wie das Scheusal in der Tiefe, das die Klauen nach ihr ausgestreckt hatte. Allein … während der Fürst des Nachthofes sich irgendwo in den Reihen seiner Untertanen vergnügte.

Der Silberfaden bildete sich vor ihren Augen heraus und verschwand zwischen den Bäumen. Er war dort, in den Gärten. Ungerührt wie ein Stein. Und sie verspürte Zorn darüber. Es ließ die Mauer, die sie trennte, noch höher und stärker erscheinen, unmöglich zu überwinden.

Er sprach von Verlangen. Von Schutz. Aber es war ihr nicht genug. Es würde nie genug sein. Wenn es niemanden gab, der ihr näherstand als Dameo Angelis, wollte sie mehr als das. Und sie wollte nicht … dass er sie *allein* zurückließ.

Verflucht! Wie konnte es sein, dass ein Wort von ihm sie tiefer verletzte, als es der Sonnenhof in all den Jahren voller Spott und Geringschätzung vermocht hatte? Sie ließ zu, dass der Zorn in ihr wuchs und größer wurde. Dass er sich ausbreitete und über das Silberband floss wie eine Flamme, die sich über die Lunte brannte.

Ein winziges Zucken, seine Aufmerksamkeit, die sich auf Alysea richtete, eine vorsichtige, fragende Berührung, so sacht, als würde er befürchten, ihren Unmut noch stärker herauszufordern. Sie verschloss sich dagegen, dass seine schiere Präsenz ihren Zorn zum Abebben bringen wollte, und wandte sich ab.

Die Brise nahm zu und trieb ihr das gelöste Haar ins Gesicht. Die Blätter der Orangenbäume rauschten im Wind und trugen ihr Aroma herüber. Alysea fröstelte und zog den Morgenmantel dichter zusammen, den sie über ihr Nachtkleid gezogen hatte.

»Geht nicht, Alysea.«

Sie gefror in der Bewegung. Ihr Herz vollführte einen Sprung, als seine Stimme unverhofft aus der Dunkelheit erklang. Langsam drehte sie sich um und blickte suchend über den Garten, bis sie den dunklen Umriss erkannte, der sich vor den Rosenbüschen abzeichnete.

Er verschmolz beinahe mit der Nacht.

Es war, als würde sie ihn in ihre Umarmung schließen, bis nichts als ein Schimmer seiner bleichen Haut von ihm blieb.

Alysea trat näher an das Geländer und sah schweigend in die Tiefe. Das einzige Zugeständnis an seine Bitte, das sie gewähren konnte, zu sehr fürchtete sie, was er ihr zu sagen hatte.

Dameo Angelis wirkte verloren, als er zu ihr emporsah. So mächtig, dass er sich nicht scheute, gegen Dämonenbrut zu kämpfen, und doch schien es, als wollte er vor ihr davonlaufen. Die Schatten um seine Gestalt verdichteten sich, als sich seine Schwingen aus der Dunkelheit bildeten. Es war nicht mehr als ein Sprung, der ihn das Geländer erreichen ließ. Ein kurzer, heftiger Schlag seiner Schwingen und er sprang über die eiserne Umrandung. Alysea umklammerte das kalte Metall fester, als er langsam auf sie zutrat, dann hielt er inne, um sie wortlos anzublicken. Er war tadellos gekleidet, steif beinahe. Ein Kontrast zu seinem offenen Haar, das über seine Schultern fiel und sein angespanntes Gesicht rahmte.

Sie sah hinab auf die Rosenbüsche, die in voller Blüte standen. »Ist es das, was ich zu erwarten habe? Ein Leben in den Schatten, während sich mein Gefährte mit seinem Hof vergnügt?«, fragte sie, überrascht von ihrer eigenen Bitterkeit.

Es versetzte ihm einen Stich. Sie spürte es. Dameo näherte sich ihr nicht weiter. »Ich kann dem Hof nicht fernbleiben. Das wisst Ihr.«

»Natürlich nicht. Der Hof hat stets Vorrang.« Sie sagte es leichthin, als würde es nichts bedeuten. Leere Worte. Es war, was ihre Mutter sie gelehrt hatte, seitdem sie alt genug war, um es zu verstehen. Aber es schmerzte, es auch aus seinem Mund zu hören.

»Nein, das hat er nicht.« Dameo umfasste ihre Schultern und drehte sie zu sich um. »Wenn er es täte, wäre ich nicht hier.« Der Atem verließ seufzend seine Lungen. »Wollt Ihr mich nicht ansehen, Alysea?«

»Ich bin müde, Dameo. Und ich bin es müde, mit Euch zu streiten. Hexen …«

»… schlafen in der Nacht, ich weiß.« Er hob ihr Kinn und endlich musste sie ihn ansehen. »Aber Ihr seid mehr als eine Hexe. Und ich bin nicht gekommen, um mit Euch zu streiten.«

Alysea wollte die Hoffnung nicht spüren, die sich schmerzhaft in ihrem Magen ausdehnte, doch sie flammte gegen ihren Willen auf. »Ihr wollt mein … Blut?« Plötzlich war ihre Kehle so eng, dass sie die Worte kaum herausbrachte.

Seine Miene zeigte Bedauern und er schüttelte den Kopf. »Nein, das will ich nicht.«

Die Hoffnung erlosch und hinterließ ein dumpfes Gefühl in ihr. »Warum seid Ihr dann gekommen?«, fragte sie tonlos. »Hat Euch das Fest so sehr gelangweilt, dass Ihr meine Gesellschaft vorzieht? Ich bin keine gute Gesellschaft, Dameo. Nicht heute.«

Dameo lächelte schief. »Ich bin hier, weil ich Eure Gesellschaft jederzeit dem Hof vorziehe. Ich hatte gehofft, dass Ihr zumindest dies inzwischen wisst. Und …«

»Und?«

Er sah in den Himmel, als könnten ihm die Sterne Beistand bieten. »Ich bin gekommen, weil ich vergessen will, Alysea. Nur ein einziges Mal, für eine einzige Stunde. Ich will den Hof vergessen. Diese Stadt. Den Fluch. Alles.« Er hielt ihr die Hand entgegen. »Kommt mit mir.«

Sie blickte unentschlossen auf seine Hand, dann sah sie auf und forschte in seinem Gesicht nach einem Hinweis auf das, was er vorhatte. Aber seine Silberaugen zeigten nichts als eine stumme Bitte.

Seine Hand begann zu sinken und sie konnte seine Enttäuschung fühlen. Sie wollte es nicht, zu groß war die Furcht, dass die Kluft zwischen ihnen noch wachsen würde, wenn sie in seiner Nähe verweilte.

Und doch …

Ihre Finger schlossen sich um die seinen, als ihr Herz eine Entscheidung traf, bevor es ihr Kopf tun konnte.

Die Anspannung fiel von ihm ab und Alysea konnte sehen, dass er aufatmete. Sie fühlte, wie seine Wunden brannten, als er sie auf die Arme hob, aber ihr Protest versiegte im Rauschen seiner Schwingen, als er sich vom Balkon abstieß und in die Wolken stieg. Alysea umklammerte seine Schultern, während Gemea unter ihnen schrumpfte, bis die Stadt wirkte, als wäre sie für Puppen erbaut worden. Lichter ergossen sich über die Hügel. Es war, als hätte sich der Ozean in ein Sternenkleid gehüllt, um seine Wellen damit zu schmücken. Der Anblick war so faszinierend, dass Alysea ihre Furcht vor der Höhe vergaß. Die Felder und Weinberge, die Gemea umgaben, lagen im Dunkel, nur von dem Mondlicht erhellt, das alle Farbe aus der Welt gestohlen hatte. Trotzdem war die Welt der Nacht auf ihre eigene Weise bezaubernd und voller Geheimnisse, die kaum eine Hexe je erforschte.

Dameo flog sie über die Stadtmauern hinaus, hin zu den Hügeln, die Gemea schützend rahmten. So hoch in den Wolken war die Luft kühl und frisch. Sie begann zu frösteln, als der Wind über ihre Haut strich und sie spüren ließ, dass sie nichts als ihr Nachtkleid und einen dünnen Morgenmantel trug. Dameos Arme schlossen sich fester um sie und Alysea schmiegte sich an seine Brust.

Vergessen. Nur für einen kurzen Moment.

Sie schloss die Augen und ließ zu, dass Gemea und der Glockenturm aus ihren Gedanken verschwanden. Wie verlockend es war, sich vorzustellen, dass sie nichts als zwei Gefährten waren, die sich durch das

Silberband verbunden hatten. Dass der kurze Moment für eine Ewigkeit andauern würde, die niemals verging. Traumverloren klammerte sie sich an die Vorstellung, bis sie nichts mehr wahrnahm als den Wind an ihren Wangen. Den Schlag von Dameos Herz und das Rauschen seiner Schwingen. Seine Wärme, die sie umfing. Dann setzte er auf dem Boden auf und ließ sie herabgleiten auf den weichen, unebenen Grund, der ihre Beine kitzelte.

»Wollt Ihr nicht sehen, wo Ihr seid?«, flüsterte er in ihr Ohr.

Der Duft von Rosenblüten stieg in ihre Nase. Sie spürte feuchtes Gras an ihren Knöcheln und hörte das Plätschern von Wasser. Alysea blinzelte und erblickte den Sternenhimmel, der sich endlos vor ihnen ausbreitete. Ein Teppich aus hellen Lichtern, der bis in die Unendlichkeit reichte. Eine vollkommene Nacht, die ihren Schrecken verloren hatte, seitdem der Fürst des Nachthofes an ihrer Seite stand. Von Gemea war keine Spur geblieben. Wilde Rosen und Efeu rankten sich an einer Felswand empor, über die ein Wasserrinnsal rieselte, bis es mit dem Teich verschmolz, an dessen Rand sie saßen. Eine natürliche Nische schützte das winzige Gewässer und der Wind trieb lose Blütenblätter über das Gras. Es war malerisch, als wäre die Welt der Menschen hier so fern, dass sie diesen Flecken nicht berührte.

»Wo sind wir?«, hauchte sie überwältigt.

»Man nennt diesen Ort Laraes Rast«, antwortete Dameo leise. Die Federn seiner Schwingen streiften Alyseas Arm, als er aufstand und ihr die Hand reichte.

»Larae? Die Tochter der Erdmutter Gëa?«

»Ja. Es heißt, dass Larae sich hier heimlich mit ihrem menschlichen Geliebten getroffen haben soll. Es ist ein Flecken zwischen den Welten, der keiner von ihnen angehört, und der einzige Platz, an dem ihresgleichen die Welt der Menschen betritt. Seither wird er genutzt, um den Erdgöttern Opfer darzubringen.«

Er wies auf einen flachen Stein hinter dem Teich, der wie ein natürlicher Altar wirkte. Blumen und Kräuter waren darauf niedergelegt worden, so frisch, dass seitdem nicht viel Zeit verstrichen sein konnte. Alysea ging näher heran und betrachtete den Kranz aus Rosen und Schilfhalmen, den jemand den Göttern hinterlassen hatte. »Wir sind nicht die Einzigen, die in letzter Zeit hier gewesen sind«, stellte sie fest.

»Nein, Laraes Rast wird von den Familien der Bergleute besucht, die für all jene um Schutz bitten, die hier arbeiten, und dafür die Erdgötter anrufen. Und von anderen, die die Einsamkeit zwischen den Welten suchen.« Er lächelte.

»So wie wir sie gesucht haben?« Alysea erwiderte sein Lächeln. »Schattenwandler verehren die Erdgötter in ihrer ursprünglichen Form, nicht wahr?«

»Unser Erbe lässt uns dem Urglauben näherstehen als den Religionen, die Menschen ersonnen haben. Wir geben keiner einzelnen Gottheit den Vorzug vor ihren Geschwistern und wir erbauen ihnen keine Kirchen, um sie zu ehren.« Er hob den Kopf und sah zu den Sternen auf. »Der Himmel ist die Kuppel ihrer Kathedrale. Der Wind die Stimme, mit der sie zu ihren Kindern sprechen, ohne dass ein Priester ihre Worte für uns deutet. Und die Sterne sind ihre Augen, mit denen sie unsere Welt beobachten.«

Dameo trat an ihre Seite und die Brise liebkoste sein Haar und fing sich in den schwarzen Federn. Es war leicht, zu vergessen, dass Schattenwandler das Erbe der Dämonen in sich trugen. Doch so, wie er nun im Licht der Sterne stand, umgeben von den mächtigen Schwingen, die seiner Familie zu eigen waren, erschien sein Ursprung nur allzu deutlich vor ihren Augen. Er war im Glühen seiner Silberaugen erkennbar, die auf die Sterne gerichtet waren. An der Art, wie die Nacht sich mit ihm vereinte und sich um ihn zusammenzog, als wollte sie ihn als ihresgleichen zeichnen.

Alysea senkte den Kopf, als sie bemerkte, dass sie ihn anstarrte. »Erzählt mir, wie man zu Euren Göttern spricht, Dameo«, bat sie. »Ihr wisst alles über den Glauben an die Lichtherrin. Ich weiß kaum etwas von Eurem.«

Überrascht sah er auf sie nieder. »Das wollt Ihr wirklich?«

»Erstaunt Euch das so sehr?«

Er hob die Schultern. »Hexen neigen dazu, den Glauben an die Erdgötter als Kränkung der Lichtherrin zu empfinden.«

»Gewöhnliche Hexen sind auch nicht mit dem Fürsten der Schattenwandler verbunden. Aber ich möchte Eure Welt verstehen und das kann ich nur, wenn sie mir nicht fremd bleibt. Also zeigt es mir.«

Dameo brach einen Rosenstängel aus einem der Büsche. »Ich fürchte, ich kann Euch wenig zeigen. Es gibt keine Regeln, wie man zu den Göttern der Erde spricht. Wer es tut, bittet sie in Stille um ihren Beistand und hinterlässt ihnen eine Gabe. Was wir ihnen zu sagen haben, ist nicht für sterbliche Ohren bestimmt.« Er ritzte mit einem Dorn seinen Finger und Blut aus einer unsichtbaren Wunde blieb auf seiner Spitze zurück. Aus der Dunkelheit drang der raue Schrei eines Nachtvogels an ihr Ohr und sie vernahm das Flattern seiner Flügel, als er in den Himmel stieg. »Wir geben, bevor wir etwas erbitten.«

Er reichte ihr schweigend die Rosen und der süße Duft vermischte sich mit der klaren Nachtluft. »Hexen glauben …«, sie brach ab und schüttelte verlegen den Kopf. »Es spielt keine Rolle, was sie glauben. Es ist Unsinn.«

»Sie glauben, dass wir nackt um blutüberströmte Menschenopfer tanzen und dabei archaische Gesänge anstimmen?« Dameos Lächeln wirkte wölfisch.

Ihre Verlegenheit wich einem Schmunzeln. »Es ist nicht der genaue Wortlaut, aber die Vorstellung ist ähnlich.«

»Ich will nicht behaupten, dass es unwahr ist. Zumindest, was die Nacktheit betrifft. Gëas Anhänger sind fantasievoll, wenn es gilt, ihrer Göttin zu huldigen. Wenn die Nächte wärmer werden, kommen sie zusammen, um zu ihren Ehren Fruchtbarkeit und Wachstum zu feiern. Kleidung ist dabei hinderlich.«

Er zwinkerte ihr zu und sie verstand. Es war nicht unwahrscheinlich, dass sie es an diesem abgeschiedenen Flecken getan hatten. »Lasst mich raten. Dieser Altar ist der Erdmutter geweiht und wahrscheinlich ist es hier in den Nächten nicht so einsam, wie es wirkt?«

Dameo hob anstelle einer Antwort die Brauen. Sein spitzbübisches Grinsen war zu vielsagend, um es missverstehen zu können, und Alysea spürte, wie ihr unter seinem Blick das Blut in die Wangen stieg. Es war der echte Dameo Angelis, der vor ihr stand. Frei von den Fesseln, die der Nachthof ihm anlegte und die ihn zwangen, zum furchterregenden Herrn über die Wandler zu werden. Sie fragte ihn nicht, ob er je selbst an diesen Ritualen teilgenommen hatte. Der Gedanke versetzte ihr einen unangenehmen Stich.

Alysea räusperte sich und drehte fahrig den Rosenzweig in ihren Händen. Er entglitt ihrem unsicheren Griff und sie fasste eilig danach, bevor er zu Boden fallen konnte. Ein Dorn stach tief in ihre Hand und hinterließ einen Riss. Sie stieß einen erschrockenen Laut aus und saugte an der blutigen Stelle. »Eure Opfergaben können verflucht schmerzhaft sein«, murmelte sie gedämpft.

»Es heißt, je stärker der Schmerz, desto größer wird der Wille der Götter sein, Euer Gebet zu erhören«, gab er belustigt zurück.

»Nun, dann befürchte ich, dass er nicht sonderlich groß sein wird.«

»Wer weiß? Vielleicht sind die Erdgötter entzückt darüber, dass eine Hexe ihnen ein Opfer darbringt, anstatt sie zu verleugnen.« Er fasste behutsam nach der Hand, in der sie die Rosen hielt, und führte sie zum Altar. Gemeinsam legten sie den Zweig neben dem Kranz nieder und es fiel ihr schwer, zu atmen, solange sie seine Wärme in ihrem Rücken fühlte. Es war still, bis auf das leise Plätschern des Wassers und das sachte Rascheln der Blätter, wenn der Wind sie in Bewegung versetzte. Alysea bemerkte, dass Dameo es vermied, den Dorn zu berühren, an dem ihr Blut haftete. Er hielt ihre Hand für einen Herzschlag zu lange und sie konnte seinen nachdenklichen Blick auf ihrem Nacken spüren.

»Ihr seid so still, mein Fürst. Woran denkt Ihr?«, fragte sie, um einen leichten Tonfall bemüht.

»Ich denke, dass es ein Jammer ist, dass ich Euch jetzt nicht mehr küssen kann, um Gëa zu ehren.« Er sagte es scherzhaft, aber der Ernst war aus seinen Worten zu hören. Eine winzige Spur von Bitterkeit, die ihre Süße verdarb.

»Dameo …«

»Nein, Alysea. Ich hätte es nicht sagen sollen. Es war dumm von mir.« Er hauchte einen Kuss auf ihre Schulter und trat dann beiseite, um sie freizugeben. So steif und gerade, als wäre er aus Stein geformt. Seine Miene verschloss sich und ließ den Fürsten zum Vorschein kommen, der für einen Wimpernschlag lang gewichen war.

Nein, das war es nicht. Alysea seufzte innerlich und lief verdrossen zum Rand der hellen, geäderten Felsen, die sich in hohen Stufen in die Tiefe schwangen. Marmor.

Verblüfft drehte sie den Kopf zu Dameo, der noch neben dem Steinaltar stand. »Das sind die Marmorfelsen von Ascia!« So weit von der Stadt entfernt … sie konnte kaum fassen, wie schnell sie Dameos Schwingen über das Land getragen haben mussten.

Er nickte. »Als Kinder sind Neveas, Adia und ich oft hierhergekommen, wenn mein Vater nach den Steinbrüchen gesehen hat. Dabei haben wir Laraes Rast entdeckt, als Neveas von den Felsen abgerutscht ist. Er hat Adia beinahe zu Tode erschreckt, als er reglos im Teich liegengeblieben ist, bis sie nahe genug herangekommen war.« Dameo lächelte bei der Erinnerung. »Ich glaube, sie nimmt ihm seine plötzliche Wiederauferstehung bis heute übel.«

Sein Lächeln fand ein Echo auf Alyseas Gesicht. »Ich bin sicher, er hat es verdient.«

»Das hat er«, stimmte Dameo zu. »Neveas ist wie ein Bruder für uns. Ich glaube, das Band zwischen Adia und ihm ist so eng, dass sie sich ebenso sehr davor fürchtet, ihn zu verlieren, wie mich.« Er verstummte und runzelte die Stirn, aber er sprach nicht aus, was ihn bewegte.

»Wenn man sie zusammen sieht, könnte man glauben, dass sie mehr füreinander fühlen, als es Geschwister tun«, bemerkte Alysea.

»Nein. Zumindest Adia tut es nicht. Sie hat keinen Mann mehr angesehen, seitdem Vater ihren Geliebten verbannt hat.«

»Verbannt? Warum?«

Dameo seufzte. »Enneos war ein Halbblut. Der Sohn eines hohen Adeligen und seiner Hexengeliebten, der durch seinen Vater an den Hof gekommen ist. Mein Vater hat ihn dort geduldet und erlaubt, dass er sich mit Adia anfreundet. Ihre Freundschaft ist rasch gewachsen … zu rasch. Ihr könnt Euch vorstellen, was geschehen ist.«

Wie hätte er es verweigern können, wenn sein eigener Sohn ebenfalls ein Bastard war? Es hätte allem widersprochen, wofür Nicodeo Angelis gestanden hatte. Dameo sprach nicht weiter und Alysea zog die Stirn in Falten. Es war ein Skandal, den sie nur allzu gut kannte. Viveia hatte nichts anderes getan. Doch selbst ihre Mutter hatte nicht mit der gleichen Härte reagiert. »Und das hat genügt, um ihn zu verbannen?«

»Nein.« Dameo kehrte ihr den Rücken zu und zupfte an dem Efeu. Sie spürte alten Zorn, der in ihm brodelte. Schuld. Blätter rieselten zu Boden und Alysea gewann den Eindruck, dass er lieber etwas anderes in Fetzen gerissen hätte. »Aber er hätte Adia beinahe getötet, als er sie überredet hat, sein Sonnenblut zu nehmen, anstatt den Gabentausch mit Eurer Familie zu vollziehen. Eine romantische Geste, die ihr Band stärken sollte. Eine Verlobung, die schwerer wiegen sollte als ein einfaches Versprechen.« Er schnaubte verächtlich. »Enneos war ein Narr und sein Blut ebenso dünn wie das eines gewöhnlichen Menschen. Die Sonne hat sie verbrannt, kaum dass die ersten Strahlen vom Himmel herabgekommen sind. Adia war gefangen wie ein Reh, das in die Falle eines Jägers geraten ist. Nur wenige Augenblicke mehr und von ihr wäre nichts geblieben. Enneos war wie ein dummes, hilfloses Kind. Er hat sie angestarrt, ohne sich zu rühren, und dabei zugesehen, wie meine Schwester in der Morgensonne verbrennt. Ich hätte seine Dummheit verzeihen können. Aber nicht, dass er tatenlos danebenstand, während sie sich vor Qualen schreiend am Boden gewunden hat.«

Heilige Lichtmutter … Alysea konnte den Nachhall von Dameos Entsetzen spüren, der sich in seine Wut mischte. Endlich verstand sie, warum Adia stets von einer Aura der Traurigkeit umgeben wurde. »Deswegen legt sie niemals ihre Handschuhe ab.«

Dameo neigte zustimmend den Kopf. »Die Verbrennungen waren bereits zu stark, als ich sie gefunden habe. Sie verbirgt ihre Narben darunter. Zumindest die sichtbaren. Die tieferen verbergen sich in ihrem Herzen. Enneos hatte Glück, dass Vater ihn nicht auf der Stelle getötet hat. Aber er wusste, dass Adia es ihm nie verziehen hätte.«

Alysea verließ die marmornen Stufen und kehrte zum Teich zurück, auf dem Seerosen schwammen. Größere Felsbrocken säumten seinen Rand und sie ließ sich auf einem davon nieder. »Ich wünschte, wir könnten es beenden, Dameo«, sagte sie niedergeschlagen. »Den Spalt zwischen Sonne und Mond, der Leben kostet und Unglück nach sich zieht. Den Fluch, der über uns bestimmt, ob wir es wollen oder nicht.« Sie starrte trübsinnig in den Teich. Das dunkle Wasser zeigte ihr ein verzerrtes Abbild ihrer selbst, gerahmt von dem Mond und den Sternen, als würde sie mit ihnen am Himmel schweben. »Ich wünschte, wir könnten die Mauern niederreißen, die uns trennen, und unsere Völker zu der Einsicht zwingen, dass die Unterschiede zwischen uns bedeutungslos sind. Mein Leben lang war die Nacht eine Bedrohung für mich. Der Mond war mein Feind und jetzt lerne ich, dass er seinen Schrecken verliert, wenn man sich ihm stellt. Ich fühle mich wie ein Kind, das eine fremde Welt entdeckt, obwohl es die gleiche ist, in der es aufgewachsen ist. Und sie ist so viel größer, als wir zulassen.«

»Ihr fürchtet den Mond nicht mehr?« Dameo ließ sich neben ihr ins Gras sinken und sah zu der hellen Scheibe auf, die über ihnen schwebte.

»Ich fürchte den Mond wie Ihr die Sonne. Aber ich habe gelernt, dass es leichter ist, mit der offensichtlichen Gefahr zu leben, als warten zu müssen, bis die im Verborgenen lauernde zuschlägt.« Alysea betrachtete ihn von der Seite. Er hatte seine Schwingen nicht verschwinden lassen und das dunkel glänzende Gefieder ergoss sich über das Gras, als hätte er sich in ein Stück des Nachthimmels gekleidet. Er wirkte nachdenklich und in sich gekehrt. Melancholisch wie die Stimmung, die Einzug gehalten hatte. »Der Blutrausch ist die lauernde Gefahr für Euch, nicht wahr?«, fragte sie sanft.

Er legte den Kopf schief, um sie anzusehen. »Ich kann mich von der Sonne fernhalten, so wie Ihr Euch mit Mondtränen vor dem Wahnsinn schützen könnt. Aber ich kann nichts gegen den Wahnsinn tun, der in meinem Erbe schlummert. Ich lebe mit der Ungewissheit und warte auf den Tropfen Blut, der mich in eine Bestie verwandelt, die in ihrem Hunger alles zerstört, was ihren Weg kreuzt.«

»So wie ich darauf warte, dass der Ruf der Glocken so unwiderstehlich wird, dass ich die Treppen hinaufsteige wie eine Schlafwandlerin, die nicht mehr weiß, was sie tut.« Alysea hob die Hand ins Mondlicht und betrachtete den Ring. Die Nacht hatte das Rot ausgelöscht, bis nicht mehr als die Ahnung eines Schimmers davon blieb. Sie zog die Knie an und stützte den Kopf darauf. »Ich wünschte, wir müssten nicht zurückkehren. Ich wünschte … es gäbe einen Weg, vor dem Fluch zu fliehen. An irgendeinen Ort, an dem niemand jemals von Seraphia gehört hat.«

»Vielleicht würde es gelingen … für eine Weile.«

»Ich glaube nicht, dass Floreas Geist mich loslassen würde.« Alysea beobachtete die kleinen Ringe, die entstanden, sobald sich dickere Tropfen von dem Rinnsal lösten und auf den dunklen Spiegel fielen. »Würdet Ihr gehen, wenn Ihr es könntet?«

»Ja, das würde ich.«

Er sagte es, ohne zu zögern, und Alysea wandte sich ihm überrascht zu. »Der Fürst des Nachthofes könnte seine Untertanen vergessen und Gemea sich selbst überlassen? Wirklich?«

»Das könnte er, wenn er etwas gefunden hätte, das zu bewahren ihm mehr bedeutet als der Frieden in Gemea.«

Alysea spürte, wie unter seinem Blick das Flattern in ihrem Inneren erwachte. Dameos Haltung veränderte sich und sie konnte in seinen Augen lesen, dass er es wusste. »Und er … hat es … gefunden?«

Er fasste nach ihrem Handgelenk und zog sie von den Steinen in seine Arme. Dichtes, dunkles Gefieder, weich wie Seide, streichelte ihre Wange und hinterließ ein Kribbeln auf ihrer Haut. Sie lauschte auf seinen Herzschlag, regelmäßig und stark, als könnte nichts auf der Welt ihn zum Verstummen bringen. Wie sehr sie sich wünschte, dass es so wäre. »Er hat es gefunden, als Ihr den Fuß in sein Leben gesetzt habt, Alysea. Habt Ihr das noch immer nicht verstanden? Glaubt Ihr, dass ich mein Leben aufs Spiel setzen würde, wenn Ihr mir nichts bedeuten würdet?«

»Welche Wahl habt Ihr? Das Silberband zwingt Euch dazu.«

Er stieß einen halb amüsierten Laut aus. »Ich brauche das Silberband nicht mehr, um Euch schützen zu wollen.« Seine Fingerspitzen glitten über die Stelle, an der sie in der Nacht der Mondzeremonie den Schnitt gesetzt hatte. Dann folgten seine Lippen der schorfigen Linie, als wollte er besiegeln, was er in jener Nacht versäumt hatte. Das Silberband begann zu glühen wie damals auf der Kathedrale, so deutlich, dass es die Dunkelheit verdrängte. »Und ich hoffe, dass ich eines Tages mehr für Euch sein kann als der Gefährte, den der Fluch anstelle des Befehls Eurer Mutter für Euch auserwählt hat.«

Alysea grub die Finger in die weichen Federn seiner Schwingen und berührte die Haut darunter. Sie spürte den Schauer, der Dameos Körper durchlief, als sie die empfindliche Stelle fand, an der sie in seinen Rücken übergingen. Sie waren wirklich. Kein Gebilde aus Schatten, das unter ihren Händen zerstob. Ein Teil von ihm, so rätselhaft und fremd wie alles an ihm. Und doch vertraut, als hätte es niemals eine Zeit ohne ihn gegeben. »Ihr *seid* mehr als das für mich, Dameo. Und deswegen wünschte ich …«, sie schüttelte den Kopf. »Ich habe Angst. Angst davor, Euch brennen zu sehen und zu spät zu kommen, um Euch zu retten. Versteht Ihr das nicht?«

Ihre Finger krampften sich fester in seine Schwingen und er löste ihre Hand aus den Federn, um seine Finger mit den ihren zu verflechten. »Lasst mir Zeit, Alysea. Nur noch ein wenig.« Dameo lehnte seine Stirn an ihre und sie fühlte die Zerrissenheit, die in ihm tobte. »Habt noch ein wenig Geduld, bis ich klar denken kann und verstehe, was mit uns geschehen ist«, bat er leise. »Ich muss sicher sein, dass es das Richtige ist.« Er stieß den Atem aus und hob ihr Kinn an, damit er ihr in die Augen sehen konnte. »Ich kann Euch nicht versprechen, dass ich für Euch sterben würde. Aber ich kann Euch schwören, dass ich alles tun werde, um für Euch zu leben. Wird Euch das genügen? Nur für eine Weile?«

Ein Funken Hoffnung, der in ihr Herz zurückkehrte und es wärmte. Es war mehr, als sie sich erhofft hatte. Alysea schloss die Augen und nickte stumm.

Dameos Erleichterung floss über das Silberband wie ein kühler Strom. Die Stille kehrte zurück und sie verharrten in ihrem Trost. So eng verschlungen wie das Silberband, das sich um sie gewunden hatte. Sein Herzschlag war der einzige Laut, der sich in das Wehen des Windes mischte, der über die Felsen strich, und Alysea wünschte sich, der Augenblick würde niemals enden. Dennoch wusste sie, dass Gemea auf sie wartete. Und damit der Glockenturm, in dem Floreas Geist ihrer harrte, bis sie die Stufen erklomm, um sich ihm zu stellen.

15
Der Bote

»Serea? Ich bitte um Verzeihung, wenn ich Euch störe, aber ein Bote vom Sonnenhof bittet um eine Audienz.«

Alysea öffnete die Lider und sah sich dem Gesicht des jungen Menschenmädchens gegenüber, das vor dem Sessel stand, auf dem sie eingenickt war. Ein Bote. Vom Sonnenhof. Ihr Herzschlag beschleunigte sich, kaum dass sie den Sinn der Worte erfasst hatte. Sie rieb sich über die Augen, um die Schleier zu vertreiben, und die Dienerin verschränkte unsicher die Hände. Alysea versuchte sich an ihren Namen zu erinnern. Braunes Haar, zu einem Knoten geschlungen, ein rundliches Gesicht, in dem hellbraune Augen saßen. Cassria. Eine der Dienerinnen, die Adia vertrauenswürdig genug fand, um sie zu ihr vorzulassen.

»Du hast mich nicht gestört, ich war nur für einen Augenblick eingenickt. Ich danke dir, Cassria.« Alysea bemühte sich um ein warmes Lächeln und das Mädchen entspannte sich sichtlich.

»Wohin darf ich ihn führen, Serea?«

Alysea zögerte. Noch war sie zu wenig mit der Cae'Angelis vertraut, um auf der Stelle den richtigen Ort zu benennen. »Bitte führe ihn in Adias Lesezimmer. Ich werde ihn dort empfangen.«

»Wie Ihr wünscht, Serea.« Cassria knickste und eilte dann aus dem Salon, um zu tun, was Alysea ihr aufgetragen hatte. Es widerstrebte ihr, einen Boten in die Räumlichkeiten der Fürstenfamilie einzulassen, doch es blieb ihr kaum eine Wahl. Die Nachrichten, die er ihr überbringen würde, waren weder für fremde Augen noch für fremde Ohren bestimmt.

Alysea unterdrückte ein Seufzen, als sie sich schwerfällig aus dem Sessel erhob. Sofea war in aller Frühe auf den Markt verschwunden, um die Kräuter zu besorgen, mit deren Hilfe sie Dameos Verbrennungen besser versorgen konnte. Alysea vermisste Domia Luceas Kräutergarten schmerzlich, aber es war nicht zu ändern. Für den Augenblick musste es genügen.

Bedauernd sah sie auf den weißen Stoff ihres leichten Tageskleides und strich ihn glatt, wo der Sessel Falten hinterlassen hatte. Ihr Haar war zu einem lockeren Zopf geflochten, der seitlich über ihre Schulter fiel. Kaum der Aufzug, in dem sie einen Boten begrüßen wollte, dem ihre Mutter genügend vertraute, um ihn an den Nachthof zu entsenden. Aber auch dies – nicht zu ändern.

Dameo hatte sie erst kurz vor Sonnenaufgang an den Nachthof zurückgebracht und Alysea spürte den mangelnden Schlaf wie bleierne Gewichte, die ihren Körper herabzogen. Sie schob die Erinnerung an die Nacht beiseite, als sie bemerkte, wie ihr Magen zu summen begann, als würde ein Bienenschwarm darin sein Unwesen treiben. Wann immer sie ihn in ihrem Geist vor sich sah, strömten zu viele Empfindungen auf sie ein, die sie noch nicht entwirrt hatte. Nichts, worum sie sich jetzt kümmern durfte und doch konnte sie sich nicht dagegen wehren.

Alysea richtete sich gerade auf und schlüpfte in die seidenen Pantoffeln, die vor dem Sessel standen. Dann hinkte sie auf den stillen Gang hinaus, bemüht, ihre Schritte so behutsam zu setzen, dass man nichts von ihrem verstauchten Knöchel bemerkte. Bis Sofea mit den fehlenden Zutaten für Salben und Umschläge zurückgekehrt war, konnte sie wenig gegen den Schmerz ausrichten.

Der Nachthof lag in tiefem Schlaf, erschöpft von den Feierlichkeiten, mit denen Adia den Adel beschäftigt hielt. Ihr Blick wanderte unwillkürlich zu der Abzweigung, die zu Dameos Gemächern führte. Sie sah ihn vor sich, wie er noch einmal über die Schulter zurückgesehen hatte, bevor er in der Dunkelheit verschwunden war. Ein Lächeln, von Melancholie getrübt. Das Wissen in seinen Augen, dass der Zauber der Nacht vorüber war und dass sie wieder sein mussten, was das Schicksal ihnen zugewiesen hatte. Sie horchte auf einen Laut, irgendetwas, das darauf hinwies, dass er keinen Schlaf gefunden hatte, aber es blieb ruhig und auch das Silberband schwieg.

Alysea wandte sich ab und schlug die entgegengesetzte Richtung ein. Adias Lesezimmer lag am Rande des Flügels wie eine Grenze zwischen dem Heim der Angelis und dem Hof, der sich dahinter erstreckte. Es war an den Gemälden erkennbar, die unpersönlicher wurden. Keine Gesichter, die Familie zeigten, sondern Figuren der reichen Mythologie Theramias. Sie stockte, als sie auf einem davon die Marmorfelsen von Ascia entdeckte. Laraes Rast. Die Darstellung einer Nymphe in den Armen ihres Liebsten. Es ließ die Erinnerung nur allzu lebendig werden, bis sie meinte, die Rosen riechen zu können, die sich über die Felsen rankten.

Rasch ging sie weiter, durch den letzten Torbogen, hinter dem sich das Lesezimmer befand. Cassria hatte die Vorhänge geöffnet, sodass das Morgenlicht auf die Bücherreihen fiel, die die Wände bedeckten. Süßer Blütenduft erfüllte das Zimmer. Frische Rosen aus den Gärten der Cae'Angelis quollen üppig aus den Vasen, die Adia hatte aufstellen lassen. Alyseas Pantoffeln verursachten kaum einen Laut, als sie auf den dicken Teppich trat, trotzdem hielt der Bote inne, der die Buchrücken studiert hatte. Es war niemand, den sie kannte. Ein fremder, blonder Mann, das Haar in seinem Nacken zusammengebunden. Nicht in die Livree des Sonnenhofes gekleidet, sondern in das Gewand eines Adeligen. Gehrock, Kniehosen, ein Dreispitz, der Schatten über sein Profil warf. Dann drehte er sich um und die Illusion fiel wie ein Vorhang, der das Tageslicht ausgesperrt hatte.

Alysea blickte in die stählernen Augen der Sonnenfürstin und das Blut wich aus ihrem Gesicht. Sie war selbst an den Nachthof gekommen. Verstohlen und verkleidet wie ein Dieb. Konnte sie wissen, was Alysea getan hatte? Welches Buch sich in ihren Gemächern befand? Es war unmöglich, aber …

Ihr Herz stolperte in seinem wilden Lauf, als sich Furcht in ihr ausbreitete. »Mutter«, sagte sie tonlos. Ein einziges Wort, mehr wollte nicht über ihre Lippen kommen.

»Ich bin erstaunt, dass du diese Tatsache noch anerkennst.« Aurea streifte die ledernen Handschuhe ab und warf sie auf einen der samtenen Sessel. Sie musterte Alysea und ihre Miene zeigte, dass ihr missfiel, was sie vorfand. »Es hat nicht lange gedauert, bis er seine Bluthure aus dir gemacht hat. Ich hatte erwartet, dass meine Tochter stark genug sei, um nicht zu vergessen, wohin sie gehört, ganz gleich, wie verführerisch der Fürst des Nachthofes auf sie wirken mag. Nun sehe ich, dass ich mich getäuscht habe. Du bist deiner Schwester ähnlicher, als ich geglaubt hätte.«

Worte wie Peitschenhiebe, die auf ungeschützte Haut trafen, dennoch war sie erleichtert. Alysea versteifte sich und ihre Züge verhärteten sich. Sie verwehrte sich den Impuls, ihr Kleid zu richten, um vor den Augen der Fürstin Gnade zu finden. »Bist du gekommen, um mich zu beleidigen, Mutter?«

»Du hast dich selbst und unsere Familie beleidigt, indem du dich Dameo Angelis vor den Augen der Welt hingegeben hast wie eine billige Hure, die nur auf den Meistbietenden gewartet hat.« Zorn glühte in ihrem Blick, rötliche Lichter, die das klare Blau verunreinigten.

»Nach den Gesetzen der Schattenwandler bin ich seine Gemahlin. Er könnte mich schwerlich entehren.«

»Also konntest du es nicht abwarten, bis er dich in sein Bett holt? War es zu viel verlangt, bis nach der Hochzeit zu warten?«

»Ich habe nicht …« Alysea ballte die Fäuste und blickte an die Decke. Das Sonnenlicht fing sich in den Kristallen des Leuchters, der über ihnen hing. Sie funkelten scharf und schneidend wie die Stimme ihrer Mutter und warfen tanzende Lichter an die Wände. »Er hat mich nicht angefasst, wenn das deine einzige Sorge ist«, sagte sie kalt. »Wir suchen einen Weg, diesen unseligen Fluch zu überleben. Und wenn ich dafür vor den Augen der Welt in sein Bett steigen müsste, würde ich keinen Augenblick zögern. Wenn mich das für dich zu einer Hure macht, tut es mir leid, eine solche Enttäuschung zu sein.«

Aurea stieß ein Schnauben aus und wandte sich zur Fensterfront um. Alysea wünschte sich inständig, Cassria hätte die Vorhänge nicht geöffnet. Wenn Dameo ihren Aufruhr spürte … Sie suchte nach den letzten Resten von Ruhe, die in ihr verblieben waren, und zog sie um sich zusammen wie einen Schutzmantel.

»Ich verstehe deine Enttäuschung, Mutter. Aber Seraphias Fluch hat mich an Dameo Angelis gebunden und ich werde tun, was ich tun muss, ohne mich um das zu kümmern, was die Welt darüber denken mag. Ich habe diesen Weg nicht aus freiem Willen gewählt, aber ich *bin* seine Gefährtin. Ich erwarte nicht, dass es dir gefällt oder dass du es verstehen kannst. Aber zum ersten Mal in meinem Leben gibt es etwas, das über den Bedürfnissen des Sonnenhofes steht.«

»Wird es dich auch dann nicht kümmern, wenn der Zirkel beschließt, dir deine Magie zu nehmen?«, fragte Aurea gefährlich leise.

Kälte kroch in ihre Adern und der Boden schwankte unter ihren Füßen. Alysea fasste nach der Lehne eines Sessels, um den Halt nicht zu verlieren. »Was willst du damit sagen?«

»Du hast dich offen auf die Seite der Wandler gestellt. Aber du bist ein Abkömmling des mächtigsten Hexengeschlechts, das in Gemea existiert, selbst wenn du es vorziehst, deine Kräfte verkommen zu lassen, als seist du nicht mehr als eine minderwertige Kräuterhexe.« Es war wie ein Schlag ins Gesicht und Alysea zuckte zusammen, als sie ihn empfing. Ihre Mutter fuhr ungerührt fort, ohne es zur Kenntnis zu nehmen. »Der Zirkel fürchtet, dass Dameo Angelis zu viel Macht über dich besitzen könnte und du hast deutlich gemacht, dass die Sorge nicht unbegründet ist. Du bist die Hexe des Nachtfürsten und du machst dir nicht die Mühe, es zu verbergen. Es verstieße gegen jedes unserer Gesetze, wenn der Zirkel es einfach mit ansehen würde, ohne zu handeln.«

»Aber … das … das kannst du nicht zulassen, Mutter«, stammelte sie entsetzt. »Du weißt, dass es nicht wahr ist.«

»Weiß ich das? Gib mir einen Grund, warum ich es nicht tun sollte, Alysea. Du stellst dich gegen meine Wünsche, seitdem du die Cae'Valerian hinter dir gelassen hast. Bei der Lichtherrin, ich *weiß*, dass du mich hasst, aber ich habe gehofft, dass du noch einen Funken Respekt für mich übrig hast!« Aureas Finger bohrten sich in den lichtblauen Samt des Sessels, der vor ihr stand.

Alysea fühlte sich betäubt, als wäre die Welt aus den Angeln gerutscht und hätte ihr den Boden unter den Füßen fortgerissen. »Ich hasse dich nicht«, flüsterte sie kaum hörbar. »Aber ich hasse es, die Tochter der Sonnenfürstin zu sein und niemals eine Mutter besessen zu haben, für die ich mehr bedeutet habe als ihr Hof. Und wenn ich mich gegen deine Wünsche stelle, tue ich es, um am Leben zu bleiben. Hättest du ebenso viel Interesse daran wie die Angelis, anstatt dich allein um den Ruf unserer Familie zu sorgen, müssten wir nicht hier stehen. Und das weißt du.«

Es schmerzte, es auszusprechen. Aurea presste die Lippen so dicht zusammen, dass nur eine schmale Linie blieb. Alysea vermochte es nicht, im Gesicht ihrer Mutter zu lesen, das hart wie Granit erschien. »Wir sind die Fürsten des Sonnenhofes, Alysea. Unsere erste Pflicht gilt immer dem Wohl der Hexen. Ich hatte nie die Wahl, eine andere Entscheidung zu treffen, und niemand hat die Verantwortung für mich getragen.«

»Also soll ich lieber sterben, als etwas zu tun, das dem Hexenhof missfällt? Soll ich den Kampf aufgeben und mich in mein Schicksal ergeben, damit der Schein gewahrt bleibt? Für eine Feindschaft, die niemals einen Sinn besessen hat? Er ist nicht mein Feind, Mutter, und er ist nicht deiner. Er ist keine Bestie, die es nach Hexenblut dürstet und die uns auslöschen will. Er will diese Feindschaft nicht und ich will sie auch nicht. Keiner von uns trägt die Schuld an dem, was in Gemea geschehen ist. Aber wir sollen dafür sterben! Ist es das, was der Zirkel sehen will? Dass wieder eine Trägerin des Silberbandes vom Glockenturm stürzt, nur damit keine Hexe sich gegen das Hexengesetz stellt? Ist es das, was sie der Freiheit vorziehen?«

Aurea antwortete nicht und Alysea schüttelte hilflos den Kopf. Es war, als hätte ihre Mutter den Gedanken, dass sie überleben könnte, längst aufgegeben. Als wollte sie nur noch den Schaden begrenzen, der dabei unweigerlich entstehen würde.

»Du weißt, wie falsch das alles ist«, murmelte sie niedergeschlagen. »Seraphia wollte Frieden, nicht den Hass, der uns trennt.«

»Aber Seraphia ist nicht hier. Seraphia ist nicht mehr die Fürstin des Sonnenhofes und doch regiert sie unser Leben. Ich bin jetzt die Fürstin, Alysea. Und meine Macht und die unseres Hauses schwindet, wenn selbst meine Töchter mir keinen Respekt erweisen! Viveia läuft mit einem Halbblut davon und du wirfst dich dem Nachtfürsten an den Hals, kaum dass sich das Silberband geschlossen hat. Willst du, dass alles zerfällt, wofür unsere Familie gekämpft hat?«

Ihre Mutter war wie ein Fels, der sich nicht bewegte. Gefangen in einem Gebirge, das aus Hass und Misstrauen gewachsen war. »Nein, Mutter«, sagte sie in das Schweigen, das zwischen ihnen entstanden war. »Aber ich will nicht für ein Volk sterben, das meinen Tod nicht verdient hat.«

Sie starrten einander an, Aureas Augen kalt wie Gletscher und doch von der Drohung eines Sturmes erfüllt, der über sie hereinbrechen würde. Nur ein Wort mehr und nichts würde ihn aufhalten können.

»Hätte ich gewusst, dass Ihr uns Eure Aufwartung machen möchtet, hätte ich dafür gesorgt, dass Euer Empfang angemessener ausfällt.« Eine dritte Frauenstimme. Adia. Sie trat durch den Bogen, der ins Lesezimmer führte, so tadellos gekleidet, als hätte sie den Morgen wach verbracht. Sie hielt neben der Statue einer Nymphe inne, ihre Miene ebenso glatt und ungerührt wie die der Skulptur. Aber Alysea kannte sie gut genug, um die Unruhe in ihren Silberaugen zu erkennen. Wie sie so schnell erfahren hatte, was sich in der Cae'Angelis zutrug, blieb ihr ein Rätsel.

Die Sonnenfürstin richtete sich auf und ihr Gesichtsausdruck wurde so frostig, dass Alysea zu spüren meinte, wie die Temperatur sank. »Es ist schwerlich eine offizielle Aufwartung, wenn ich meine Tochter besuche. Oder muss ich Euch vorher um Erlaubnis bitten?«

Adia lächelte, als hätte sie die Schärfe in Aureas Ton nicht vernommen. »Alysea ist frei, zu tun, was immer sie möchte, und zu empfangen, wen sie möchte. Aber Ihr müsst mir gestatten, die Fürstin des Sonnenhofes am Nachthof zu begrüßen, wenn mein Bruder verhindert ist.«

»Ist er das? Zu dieser Zeit?«, fragte Aurea bedächtig und ihr Tonfall ließ erahnen, dass Gift in ihren Venen brodelte. »Oder zieht er es vor, mir aus dem Weg zu gehen? Doch Ihr könnt hören, was ich zu sagen habe. Es geht Euch ebenso an wie meine Tochter.« Sie wandte sich zu Alysea um. »Ich kann versuchen, auf den Zirkel einzuwirken und es noch für eine Weile aufzuschieben. Aber sei gewiss, dass die Entscheidung nur dann zu deinen Gunsten ausfallen wird, wenn du ihm entgegenkommst. Mein Einfluss ist nicht stark genug, um dich davor zu bewahren.« *Nicht mehr.* Sie sprach es nicht aus, aber Alysea konnte es hören. Bitterkeit und Zorn klangen aus ihren Worten. »Du *weißt,* was sie verlangen werden, Alysea.«

Alyseas Magen krampfte sich schmerzhaft zusammen. Adias Stirn legte sich in Falten, doch sie mischte sich nicht ein.

Schließlich wandte Aurea sich ab, um Dameos Schwester anzublicken. »Wenn meine Tochter als Gefährtin Eures Bruders an Eurem Hof leben soll, erwarte ich, dass die Traditionen *meines* Hofes ebenso befolgt werden, Adia. Das bedeutet, dass Ihr eine Hochzeitszeremonie im Namen der Lichtherrin ausrichten werdet. Und das noch bevor der Halbmond zu weit abgenommen hat.«

»Das ist unmöglich. Eine solche Festlichkeit braucht Zeit, um vorbereitet zu werden.« Alysea ahnte, dass die Blässe auf Adias Wangen nicht allein in dem Gedanken begründet lag, dass die Zeit zu knapp sein könnte. Eine Zeremonie im Namen der Lichtherrin würde bei Tage stattfinden. Es *war* unmöglich … vollkommen unmöglich.

»Dann macht es möglich. Euer Bruder hat die Ehre meiner Familie beschmutzt, indem er meine Tochter vor der Hochzeit zur Fürstin des Nachthofes ausgerufen hat. Ich erwarte, dass Ihr sie wiederherstellt.«

Adias Stirnrunzeln vertiefte sich und ihr Kiefer spannte sich an. »Wozu die Eile, Aurea? Selbst wenn alle Welt Eure Ansicht teilen sollte – und glaubt mir, das wird sie nicht –, was geschehen ist, ist geschehen. Ein schnelles Hochzeitsritual ändert nichts daran. Ist es von solch großer Bedeutung für Euch, dass ein Ritual abgehalten wird, das ohnehin überflüssig ist? Sie sind nach Seraphias Willen vor den Augen Gemeas verbunden. Kein Segen der Lichtherrin könnte stärker sein.«

»Für Alysea ist es von Bedeutung«, erwiderte Aurea kurz angebunden. »Sie hat diese Zeit nicht mehr.«

»Was wollt Ihr damit …«, setzte Adia an, aber Alysea hob die Hand, um ihr zu bedeuten, einzuhalten.

»Wartet, Adia.« Sie wandte sich an ihre Mutter. »Wenn es gilt, die Verbindung unserer Höfe zu feiern, soll es in der Dämmerung geschehen, wenn weder Sonne noch Mond den Vorrang besitzen.«

Adia musterte Alysea, als wollte sie versuchen, in ihren Gedanken zu lesen.

»Diese Entscheidung kann allein die Lichtstimme treffen«, gab Aurea schroff zurück. »Und ich bezweifle, dass sie eine solche Zeremonie bei Sonnenuntergang abhalten wird.«

»Sie tut es auch während der Mondzeremonie. Und selbst die Lichtstimme kann sich nicht dem Wunsch beider Höfe widersetzen.«

»Vorausgesetzt, dass beide Höfe das Gleiche *möchten*.« Eine Falte hatte sich auf Aureas makelloser Stirn gebildet.

»Wie könnten sie es nicht, wenn es das Ende des Fluchs bedeuten könnte?« Alysea blickte ihre Mutter kühl an. »Ist es nicht das, wonach wir alle streben?«

Aureas Ausdruck veränderte sich. Zum ersten Mal fand Alysea widerwillige Anerkennung im Gesicht ihrer Mutter. Sie hob die Brauen und nahm dann die ledernen Handschuhe auf, die sie auf den Sessel hatte fallen lassen. »Wir werden sehen. Einen letzten Rat habe ich noch für dich, Alysea, selbst wenn ich bezweifle, dass du ihn annehmen wirst. Flammen brennen hell, doch ihr Feuer ist nicht von Dauer. Eine falsche Entscheidung wirst du jedoch dein Leben lang bereuen. Überleg dir gut, was du tust und für wen du alles aufs Spiel setzt, was dich ausmacht.«

Falls ich noch ein Leben vor mir habe. Alysea verschloss die Worte in sich und nickte hölzern. »Das werde ich.«

Aurea streifte ihre Handschuhe über und wechselte dann einen letzten Blick mit Adia. »Ich verlasse mich auf Eure Bereitschaft, dem Sonnenhof entgegenzukommen, nachdem Ihr meine Tochter gestohlen habt, Adia.«

Adia wirkte ungewohnt steif und es war erkennbar, dass es ihr Mühe bereitete, die Haltung zu bewahren. »Natürlich«, erwiderte sie reserviert. »Der Bund zwischen Dameo und Alysea macht sie zu einer Schwester für mich. Es liegt nicht in unserem Interesse, unsere Beziehungen zu gefährden.«

Aurea nickte ihr zu und die Illusion eines jungen, gut aussehenden Adeligen ließ die Züge ihrer Mutter verschwimmen. Allein ihre stahlblauen Augen blieben zurück, scharf und unerbittlich wie Messer, die ihre Feinde in Stücke schneiden konnten. »Das hatte ich gehofft.«

Die Fürstin des Sonnenhofes verließ das Lesezimmer und Cassria löste sich aus den Schatten, in denen sie gewartet hatte, um sie hinauszubegleiten. So viel Vertrauen zu einer Dienerin … kein Vertrauen in eine Hexe des Sonnenhofes, selbst wenn sie ihre Mutter war. Alysea bemerkte es zum ersten Mal.

»Was im Namen aller feurigen Abgründe hatte das zu bedeuten?«, fragte Adia, als Aurea weit genug entfernt war, um sich außer Hörweite zu befinden. Ihre Stimme besaß eine ungewohnte Schärfe, die auf den Tribut hinwies, den die Begegnung gefordert hatte.

»Der Zirkel stellt mich vor die Wahl«, antwortete Alysea gefühllos. »Dameo oder meine Magie. Entweder ich erweise mich als treue Dienerin des Sonnenhofes, die dem Hexengesetz folgt, oder sie nehmen mir meine Magie.«

»Das können sie nicht tun!«, rief Adia erschrocken aus. »Sie haben kein Recht dazu. Du bist die Fürstin des Nachthofes! Du unterliegst nicht länger ihrem Gesetz.«

»Doch, das können sie. Die Grauroben besitzen das Recht, zu tun, was immer sie für richtig halten, weil *sie* das Gesetz sind, dem jede Hexe sich beugen muss, wenn es ihre Magie betrifft. Sie werden meinen Stand nicht anerkennen, solange unsere Verbindung nicht auch nach dem Gesetz der Hexen rechtmäßig ist. Und wenn der Zirkel sich dazu entschließt, meine Magie zu versiegeln, wird niemand sich ihm entgegenstellen. Er besitzt genügend Macht, um selbst meine Mutter zu zwingen, nach seinem Willen zu handeln und einen Konflikt zwischen den Höfen heraufzubeschwören. Allein die Götter wissen, wie weit die Konsequenzen reichen werden, wenn ich mich widersetze.« Und wenn die Grauroben ihre Drohung wahr machten … Ihre Zauber würden sich auflösen. Der ganze Hof würde mit eigenen Augen sehen, dass Dameo nicht mehr der unverletzbare Fürst war, der er zu sein schien. Sie wäre jedem Angriff auf ihren Körper oder ihre Seele hilflos ausgeliefert. Alysea ließ sich in einen der Sessel sinken, plötzlich zu kraftlos, um sich noch auf den Beinen zu halten. »Die Zeit läuft uns davon, Adia. Sie zerrinnt uns zwischen den Fingern wie Sand.«

Und sie wusste nicht, wie sie sie aufhalten sollte.

16
Die Nacht der Schwarzen Spiegel

Der Mond stand bereits am Himmel und es war, als würde er den Einfluss der Schwarzen Spiegel trotz der geschlossenen Vorhänge verstärken. Alysea spürte, wie der Mondwahn an ihrem Geist zerrte, wie er an ihr saugte und sie verlocken wollte, sich ihm zu überlassen. Er war stark. So stark, dass ihre eigene Schwäche ihr allzu schmerzlich bewusst wurde.

Nicht mehr als eine minderwertige Kräuterhexe, die ihre Gabe verkümmern lässt.

Die Worte ihrer Mutter hallten in ihrem Kopf nach und ihre Bedeutung wuchs mit jedem Atemzug. Alysea starrte auf den unscheinbaren Einband des Buches, das auf dem Tisch von Dameos Arbeitszimmer lag. Im Licht der aufflammenden Kerzen wirkte es, als würde es die Schatten anziehen und um sich sammeln. Wann immer sie am dichtesten wurden, entdeckte sie ihr eigenes Abbild auf seiner Oberfläche, wie in einem Spiegel, der sich darauf verbarg. Magie, die sich erst in der Dunkelheit offenbarte. Sie schauderte und ihre Haut wurde kalt, obwohl die Hitze über der Cae'Angelis hing wie eine erstickende Haube.

»Ich weiß nicht, was mich darin erwartet, Sofea. Und ich habe Angst, dass ich nicht stark genug bin, um es zu beherrschen«, wisperte sie.

»Du hast dich dafür mit einem Bluteid an einen Dämon gebunden. Es ist ein wenig zu spät für Zweifel.« Die Katzenfrau kehrte ihr den Rücken zu und entzündete die Kerzenleuchter, die sie gemeinsam zu einem Kreis aufgestellt hatten. Sie war noch immer verstimmt. Es war an ihrer steifen Haltung zu erkennen. An dem finsteren Unterton, der ihre Stimme färbte, spröde wie zerbrochenes Glas. Sie hatten nur wenige Worte gewechselt, seitdem sie vom Nachtmarkt zurückgekehrt waren, und wenn, dann waren sie förmlich und kühl geblieben. Sofea war ihr aus dem Weg gegangen, wann immer es eine Pflicht gegeben hatte, der sie nachgehen konnte.

»Ich weiß, dass ich dich verärgert habe. Aber können wir es nur für einen Augenblick lang vergessen? Verflucht, Sofea! Ich brauche eine Freundin, keine zweite Mutter, die mich auf meine Fehler hinweist. Ich weiß, dass es Wahnsinn war. Aber ich habe keine Wahl, wenn ich leben will! Und Götter des Himmels und der Erde. Wir beide wissen nicht, ob ich jemals Vangelas' Forderung erfüllen muss! Das kann ich nur, wenn ich am Leben bleibe.« Sie zerbröselte die trockenen Blütenblätter zwischen ihren Fingern, mit denen sie die Räucherschale befüllte. Kohle glühte in ihrem Magen und strahlte eine zornige Wärme aus, angefacht von ihrer Nervosität. Die Hitze fand ein unerwartetes Echo in Dameo und der Zorn, der in ihm brodelte, verstärkte das Glühen in ihr.

»Er ist ein Dämon. Er wird Wege finden, dich selbst im Totenreich noch dazu zu zwingen, wenn er es möchte.« Sofeas Stimme klang mühsam beherrscht.

»Er ist kein Seelenjäger und kein Lebensfresser, sondern ein Prinz der Windebenen. Selbst wenn du ihn verabscheust, ändert es nichts daran.« Alysea gab Kiefernnadeln zu der Blättermischung und entzündete die Kohle in der Räucherschale mithilfe ihrer Magie. Ein dünner Rauchfaden stieg in die Luft, weißlich im Dämmerlicht, das über dem Gemach lag.

»Ein Prinz, dem man für seine Vergehen die Flügel gestutzt hat. Wie vertrauenserweckend«, gab die Katze spöttisch zurück.

»Keine von uns hat je erfahren, was ihm geschehen ist und es ist gleichgültig. Es ist zu spät, Sofea. Ich habe es getan. Und Domia Lucea hätte ihn nicht aufgenommen, wenn er von Dunkelheit zerfressen wäre, das weißt du. Er hat sich ihr anvertraut und sie hat ihn dennoch nicht ihrer Hütte verwiesen. Sie selbst hat dieses Buch in seine Hände gegeben, damit er es verwahrt.« Alysea schlug mit der flachen Hand auf den Buchdeckel. »Das genügt mir, um ihm zu vertrauen.«

»Trotzdem hat er es dir überlassen. Warum, Alysea? Warum hat er es getan, wenn er Domia Lucea verbunden ist? Warum gibt er ihrer Schülerin ein Buch, von dem er weiß, dass sie es hinter Stein und Dämonenrunen eingeschlossen sehen wollte?«

Es war eine Frage, die sie sich selbst gestellt hatte und sie besaß keine Antwort darauf. Was Vangelas tat, blieb ein Rätsel, und sie konnte nur hoffen, dass ihr Gefühl sie nicht getrogen hatte. »Ich wünschte, ich könnte es dir beantworten, aber ich kann es nicht«, sagte sie nach einer Weile. Alysea blickte auf den Leuchter, der über ihnen von der Decke hing, das Licht darin erloschen. »Aber was immer es sein mag, er war bereit, selbst einen Bluteid dafür zu schwören, und kein Dämon würde das je leichtfertig tun.«

Ein letzter Kerzenleuchter fehlte, um den Feuerkreis in Dameos Arbeitszimmer zu schließen. Sofea hielt davor inne und ihr Atem versetzte die bereits entzündeten Flammen in Bewegung, als sie ihn heftig ausstieß. »Ich wünschte trotzdem, du hättest es nicht getan.«

Rauchschwaden füllten das Zimmer und vertrieben den Geruch nach Leder und Tinte, nach Dokumenten und alten Büchern. Sofeas helle Gestalt verschwamm hinter einem Schleier und Schweigen breitete sich zwischen ihnen aus. Ihr Tonfall hatte seine Härte eingebüßt und Alysea konnte erkennen, wie die Wut aus ihr heraussickerte. Die Schultern der Katzenfrau sanken herab und sie wirkte kleiner. Verlorener.

Der Zorn in ihrem eigenen Magen verrauchte. »Ich weiß, Sofea. Und ich habe es nicht getan, um dich zu verletzen.«

Sofea nickte. »Das weiß ich.«

Versöhnlicher. Weicher. Alysea seufzte, als die Spannung zwischen ihnen wich. Unschlüssig blickte sie auf das Buch, das sie so viel mehr gekostet hatte, als sie je zu geben bereit gewesen war. »Was, wenn Mutter recht hat? Vielleicht habe ich meine Gabe verkümmern lassen und damit das Verderben eingeladen, über uns zu kommen.«

Eine letzte Kerze flammte auf. Sofea löste sich von dem geschlossenen Lichtkreis und trat zum Tisch hinüber. »Wenn das wahr wäre, hätte Domia Lucea dich niemals bei sich aufgenommen.«

Alysea lachte bitter auf. »Und wenn sie wüsste, was ich getan habe, würde sie mich nie mehr ansehen.«

»Sie würde es verstehen, Alysea. Für Domia Lucea bist du wie eine Tochter.«

»Eine Tochter, die auf den dunklen Pfaden wandelt.« Alysea wollte das Buch in den Kamin werfen und seine Seiten entzünden. Stattdessen sank sie tiefer in die Polster des Stuhls. »Ich habe nie erwartet, dass mein Leben diesen Verlauf nehmen würde, Sofea. Ja, ich *bin* eine Kräuterhexe. Und niemand hat bei Hof Verwendung für eine Kräuterhexe. Ich dachte, dass ich mein Leben damit verbringen würde, durch Gemeas Gassen zu streifen und mich um jene zu kümmern, die meine Hilfe brauchen. Stattdessen bin ich …«, sie hob hilflos die Hände.

»Die Fürstin des Nachthofes?« Sofea lächelte schief. »Du könntest in Emeranthias Fußstapfen treten. Ihre Hexenkünste waren bei Hofe sehr gefragt und es heißt, dass keine das Spiel der Macht so gut beherrscht hat wie sie.«

Alysea schnaubte. »Man hat sie nicht grundlos die Schwarze Fürstin genannt. Sie war berüchtigt für Gifte und Liebestränke, die ihre Opfer den Verstand gekostet haben. Ich weiß nicht, ob ich den gleichen Weg einschlagen möchte.«

»Es stünde der Nachtfürstin, die Geschäfte mit einem Dämon macht, gut zu Gesicht. Zumindest würde dir niemand mehr den Respekt verweigern und dein Bett wäre niemals lange kalt.« Sofea zwinkerte ihr zu, dann wurde sie ernst und neigte sich über den Tisch, um nach Alyseas Hand zu fassen. »Die Kräfte sind in dir, Alysea. Ob du sie bislang gebraucht hast oder nicht. Deswegen will der Zirkel sie dir nehmen. Sie fürchten dich und sie fürchten, was du an der Seite des Nachtfürsten sein könntest.«

»Was hätten sie in mir zu fürchten? Ich war niemals so stark wie Viveia und sie wissen es. Ich bin schwächer als jede Hexe, die je aus den Valerian hervorgegangen ist. Aber sie verabscheuen mich, weil ich der mondberührte Bastard bin, und ich habe es endlich bewiesen. Ich habe jedes Gerücht und jede Tuschelei bestätigt und das über all ihre Erwartungen hinaus. Was ich bin, war ihnen immer ein Dorn im Auge. Für sie bin ich ein Wandler-Halbblut, das keinen Platz in der Fürstenfamilie haben darf, und vielleicht ist es sogar die Wahrheit. Jedes winzige Teilchen passt in das Bild, das sie von mir gezeichnet haben, selbst meine geringe Stärke. Ich habe nie meinen wahren Nutzen verstanden, erst jetzt kann ich klar sehen. Ich bin ein Instrument, mit dem man den Einfluss der Valerian schmälern kann, wenn man es auf die richtige Weise spielt. Und ich habe ihnen den letzten Trumpf in die Hand gelegt, ohne es zu bemerken, weil ich geglaubt habe, dass ich zu unwichtig bin, um ihre Aufmerksamkeit zu erregen. Ich war blind!« Sie schüttelte verzweifelt den Kopf. »Blind und töricht. Was soll ich tun, Sofea? Es sind kurzsichtige Dummköpfe, aber sie besitzen die Macht, mir einen Teil meiner selbst zu nehmen, nur weil sie es *wollen*. Sie machen mich zu ihrem Spielball. Sie werfen mich weg und zerren mich zurück, wenn ich gegen ihren Willen verstoße.« Alysea versetzte dem Buch einen heftigen Stoß, als wäre es schuld an ihrer Misere, und es rutschte über die Tischplatte.

Die Katzenfrau schob das Buch wieder zu ihr zurück. »Dann lass sie nicht gewinnen. Ich habe über Jahre mit angesehen, wie du zu einer Fremden geworden bist, sobald du den Fuß über die Schwelle des Sonnenhofes gesetzt hast. Du bist unter ihren Blicken und ihrem Spott in die Schatten getaucht, um ihnen zu entgehen, bis du selbst einer geworden bist. Bleich. Leblos. Sie haben nichts von dir gelassen. Der Nachthof lässt dich blühen, Alysea. *Er* tut es. Ich sehe nicht gern, was du vorhast, aber ich weiß, dass du es beherrschen wirst, weil du stärker bist, als du glaubst. Also tu es. Lebe. *Sei* die Mondberührte vor den Augen der Welt. Du schuldest den Hexen nichts. Beweise ihnen, dass ihr Weg der falsche ist und dass *sie* die blinden Dummköpfe sind.« Sie tippte auffordernd auf den Deckel des Buches, ohne Scheu, als wäre es nicht mehr als ein gewöhnlicher Band mit Gedichten. Ihre Katzenaugen leuchteten im Licht der Kerzenleuchter beunruhigend intensiv.

Die Mondberührte. Die Gefährtin des Nachtfürsten.

Sofea hatte recht. Es vertrieb die Zweifel nicht, aber sie war bereit, dafür zu kämpfen, ganz gleich, wie hoch der Preis sein mochte. Und wenn es ihr an Stärke mangelte, musste ihr Wille genügen, um es wettzumachen.

Er *würde* genügen.

Alysea schloss die Augen und fasste nach dem Silberfaden. Nach Dameos Präsenz am anderen Ende, von Unruhe erfüllt wie ein Raubtier, das durch seinen Käfig streifte. Sie gewahrte das Erwachen seiner Aufmerksamkeit, eine Empfindung, als würde er ihre Hand ergreifen. Sie hielt sich daran fest und legte die Fingerspitzen auf das ungewöhnlich kühle Leder des Buches, dann blickte sie zu Sofea auf.

»Bereit?«, fragte die Katzenfrau.

Alysea nickte. »Ja, das bin ich.«

Sofea trat zu dem großen Spiegel hinüber, der die Mitte von Dameos Arbeitszimmer beanspruchte. Sie zog das Tuch, das über der geschwärzten Fläche lag, herab und nahm es an sich. Ihre Finger zerknüllten nervös den Stoff, dann legte sie ihn beiseite und goss das Sephriswasser aus einer Kanne in den hohlen kristallenen Spiegelrahmen. Der Strom glitzerte blutig im Kerzenlicht, bis er die Kugel im Fuß des Spiegels erreichte und dort zur Ruhe kam. Ein Säckchen mit trockener Erde von Seraphias Anwesen wartete neben Alysea auf dem Tisch. Der einzige Weg, an ihre Asche zu gelangen, die sich mit dem Erdboden vereint hatte. Sofea nahm es an sich und verstreute den Inhalt vorsichtig rund um den Spiegel.

Das letzte Element, das gefehlt hatte, um die suchende Hexe in der Welt zu verwurzeln, bevor sie die Schwelle übertrat.

Nun war der Kreis vollständig.

Alysea erblickte ihr bleiches Spiegelbild in dem dunklen Glas, ihre Augen zu groß. Geweitet. Das Haar so dunkel wie die Nacht.

Mondberührt.

Sie schlug den Deckel auf und senkte den Blick auf die verblassten Buchstaben, die Spinnweben gleich über das alte Pergament tanzten.

Dameo spürte ihre Furcht wie ein unaufhörliches Kribbeln auf seiner Haut. Ihre Unsicherheit kratzte an seiner Selbstbeherrschung. Es kostete ihn jeden Funken seiner Willenskraft, nicht aus dem Saal zu stürmen und in sein Arbeitszimmer zu stürzen wie ein Wahnsinniger. Aber er wusste, dass er ihr nicht helfen konnte. Und wenn Alysea ein Tor in die Welt der Toten öffnete, während sich der halbe Nachthof in der Cae'Angelis befand, tat er besser daran, die Aufmerksamkeit auf sich zu lenken.

Die Abendgesellschaft war Adias Art, sicherzustellen, dass genau das geschehen würde. Es war keine ungezwungene Zusammenkunft wie die Schwelgerei am See in der letzten Nacht. Adia hatte sich für ein förmliches Bankett zu Ehren des Fürstenpaares entschieden und niemand ließ den Nachtfürsten aus den Augen. Er konnte die Frage, warum er ohne die Fürstin erschienen war, auf allen Gesichtern lesen.

Es gab ihnen Rätsel auf und das sollte es. Dameo fühlte die Blicke, die auf ihm lasteten, ebenso stark wie die Stiche der verschorften Wunden, die seinen Körper unter der makellosen Maske übersäten. Alyseas Magie beschleunigte die Heilung und sie schwanden weitaus schneller, als es die Wunden eines Menschen taten, doch noch immer zu langsam für einen Schattenwandler.

Er hasste es, sich schwach zu fühlen. Und er hasste es, sich geschwächt unter den Adel mischen zu müssen, als wäre es eine gewöhnliche Nacht. Mühsam beherrscht führte er seinen Kelch an die Lippen und ließ den Blick gelangweilt durch den Saal schweifen. Nur mit halbem Ohr lauschte Dameo dem Geplapper des Hofes, der sich versammelt hatte. Es war wie das Gurren der Tauben, die bei Tag den Hof der Cae'Angelis bevölkerten. Der Inhalt erschloss sich ihm ebenso wenig, wie es die Laute der Vogelstimmen taten. Die meisten waren noch mit den Speisen beschäftigt, die Adia auf den langen Tischen hatte auftragen lassen. Doch es würde nicht mehr lange dauern, bis die Lust nach anderen Freuden überwog. Blut. Klatsch. Ihre Zungen waren wie Messer, die noch geschärft wurden, um sich bald in eine Beute zu bohren, die nicht schnell genug in Deckung sprang.

»Es ist ein Jammer, dass Ihr uns die Fürstin vorenthaltet, mein Fürst. Wir können es kaum erwarten, sie bei Hofe zu begrüßen. Ihr Besuch war so kurz, dass man glauben könnte, sie sei nicht mehr als ein Schatten gewesen.« Eine der Stimmen erhob sich über die anderen, dicht an seinem Ohr. Dunkel und verführerisch gesenkt. Dameo hatte sie nicht kommen hören und er verfluchte sich selbst für seine Unachtsamkeit.

»Ihr werdet ein anderes Opfer finden, an dem Ihr Eure Krallen wetzen könnt, Desidra«, gab er unbeteiligt zurück. Der Wein prickelte auf seiner Zunge, als er erneut an seinem Kelch nippte und sich in seinem Sessel zurücklehnte.

Desidra Grazian. Von allen Plagen, die den Nachthof bevölkerten, war sie eine der schlimmsten. Er hätte wissen sollen, dass sie die Erste sein würde, die einen Vorstoß wagte.

Desidra störte sich nicht an seinem Desinteresse. Sie lehnte sich näher zu ihm, weit genug, dass sie ihm ihre Reize präsentierte, ob er es wollte oder nicht. Ihre Haut war bleich wie Milch und schwarzes Haar lockte sich in sorgfältig frisierten Wellen um ihr herzförmiges

Gesicht. Ein verführerischer Kontrast, den sie zu nutzen wusste. »Es gab eine Zeit, in der Ihr mich mit größerer Freude begrüßt habt, Dameo«, hauchte sie vertraulich.

Es gab eine Zeit, in der ich ein junger Narr war, der nicht weit genug hinter eine schöne Fassade blicken konnte. Zähneknirschend ließ er ein träges Lächeln auf seinen Lippen erscheinen und spielte mit dem Kelch, den er auf dem Tisch abgesetzt hatte. »Ihr langweilt Euch? Wie kommt das? Der halbe Saal läge Euch zu Füßen, wenn Ihr es wolltet. Gibt es keinen, den Ihr heute Nacht erhören möchtet?«

Sie zuckte geziert die Schultern. »Es ist schwierig, jemanden zu finden, der Euch gleichkommt.«

Schmeichelei, die auf einen gefährlichen Pfad führte. Dameo verschränkte die Hände, dann neigte er den Kopf weit genug zur Seite, um in ihr Gesicht blicken zu können. Ihre Augen waren ungewöhnlich schwarz, Kohle, in der Neugier glomm, hinter dichten Wimpern verschleiert. Ihre vollen Lippen waren zu einem verführerischen Lächeln verzogen, hinter dem sie ihre Absichten verbarg. Alles an Desidra Grazian war dafür geschaffen, zu blenden. Von ihren weißen Zähnen bis zu der silbernen Seide ihres Kleides, das wenig der Fantasie überließ. Schön wie eine Schlange – und ebenso wendig. »Und das führt Euch zu mir?«

»Ihr wirkt einsam, Dameo. Ich kann kaum ermessen, was es für Euch bedeuten muss, an eine Hexe gebunden zu sein, ohne dass es einen Ausweg gibt.« Sie fasste nach seinem Weinkelch und seine Hand zuckte nach vorn, um sich über die Öffnung zu legen. Seine Ringe klirrten gegen die kristallene Fläche und es war wie das Läuten einer Signalglocke. Desidra zog hastig die Finger zurück, als hätte er sie geschlagen, und ihre Augen verengten sich kaum merklich. Die ersten Blicke wandten sich ihnen zu und rötliche Flecken überzogen die Wangen der Wandlerin.

»Vorsicht, Desidra. Ich bin nicht in der Stimmung für Vertraulichkeiten.« Dameo hielt seine Stimme gesenkt. Ein charmanter Plauderton, der nichts von seinen Gefühlen verriet.

»Verzeiht. Ich habe mich vergessen.« Sie schlug demütig die Augen nieder, doch er konnte das zornige Funkeln darin erkennen. Er hatte sie beleidigt. Gut.

»Aber wir standen einander einst nah«, fuhr sie nach einem Augenblick fort. Und es schmerzt mich, zu sehen, wie sehr Ihr Euch seit dem Tod Eures Vaters zurückgezogen habt. Ich hatte immer gehofft …«, sie legte eine kunstvolle Pause ein und er konnte sehen, wie sich ihre Finger bewegten, als sie überlegte, ihn zu berühren und sich dagegen entschied.

»Ihr hattet gehofft?«

»Ich hatte gehofft, dass wir eines Tages mehr sein könnten als Freunde.« Desidra errötete wie auf einen unhörbaren Befehl hin. Ihre Lider flatterten und ihre Wimpern bildeten dunkle Fächer auf ihren Wangen.

»Ist das so?« Dameo hob amüsiert die Brauen. »Und nun wollt Ihr mich als *Freundin* aus meiner Einsamkeit erlösen?«

Wenn Desidra den gefährlichen Unterton in seiner Stimme bemerkte, zeigte sie es nicht. Sie schenkte ihm einen verführerischen Augenaufschlag. »Wäre das so verwerflich? Jeder weiß, dass Ihr dieses Band nicht gewollt habt, mein Fürst. Seraphia hat es Euch aufgezwungen und Ihr müsst es nicht akzeptieren, wenn Ihr Euch etwas anderes ersehnt.«

Ärger bohrte winzige Stacheln in Dameos Haut. »Und Ihr wisst, was ich mir ersehne?«

»Findet es heraus. Ich bin eine großzügige Gefährtin und eine wertvolle Verbündete.« Ihre weißen Zähne blitzten in einem Lächeln auf, das die scharfen Fänge eines Raubtieres offenbarte. Unverschämt bis in die letzte Faser ihres Körpers. Eine Anspielung auf die Macht und den Einfluss ihrer Familie, die stets die Seite wählte, die ihr den größten Vorteil versprach. Es war die Quelle ihrer Selbstsicherheit.

»Und das fällt Euch erst jetzt ein?«

»Mir war nicht bewusst, dass es zu spät sein könnte, wenn ich noch länger warte.«

Desidra winkte jemandem, der sich an der Seite des Saales verborgen hatte. Dameo fing Adias Blick auf. Sie hielt ihr Gesicht gleichmütig, aber ihre Haltung verriet, dass sie wachsam war. Ein kaum merkliches Zeichen an die Musiker und die stillen Töne wandelten sich. Ein Vorhang öffnete sich und Bluthuren strömten in den Saal. Die Frauen ebenso herausgeputzt wie die Männer, bunte, auffällige Vögel, die aus ihrem Käfig flatterten und die Aufmerksamkeit von ihm lösten. Helles Lachen mischte sich in die Musik, als sie die ersten Höflinge zum Tanz aufforderten und sie von den Tischen auf die freie Tanzfläche führten.

Desidras Miene wandelte sich nur für einen Wimpernschlag lang, ihre Maske bekam einen winzigen Sprung, aber Dameo konnte ihren Ärger erkennen. In ihrem Rücken näherte sich eine der hübschesten Bluthuren, die er je erblickt hatte. Ihr Haar war golden wie die Sonne und ringelte sich reizvoll um ihren schlanken Hals. Augen so grün wie Sommergras enthüllten, dass sie dünnes Hexenblut in den Adern trug, und ihr fließendes Gewand war so fein gewoben, dass es mehr offenbarte als verhüllte. Weiße Seide. Unschuldig und rein. Sie war so jung, dass sie diesen Weg noch nicht lange beschreiten konnte. Raunen folgte ihr, lüstern und verlangend. Aber das diamantene Halsband, das um ihren Hals geschlungen war, wies unmissverständlich darauf hin, dass sie keine Werbung annehmen durfte. Eine Leine war daran befestigt. Desidra nahm sie von dem Diener entgegen, der die Bluthure hereingeführt hatte. Es war eine Tradition, die sein Vater am Nachthof verboten hatte, weil sie Bluthuren zu Sklaven degradierte. Abscheu regte sich in Dameo und ließ den Ärger zu Zorn anwachsen.

»Ein Geschenk, das meine Verbundenheit zeigen soll, mein Fürst. Es gibt Gerüchte, dass die Hexe Euch den Appetit verdorben hat. Vielleicht möchtet Ihr sie heute Nacht zum Verstummen bringen.« Desidra ließ die glitzernde Leine durch ihre Finger gleiten und hielt sie ihm dann mit gesenktem Kopf entgegen.

Es war ein Gerücht, dessen Ursprung er nur zu gut kannte. Dameo musterte die silberne Leine, die unwillkürlich an das Silberband erinnern musste. Eine Verhöhnung des Bundes, die von ihm verlangte, dass er sich offen für eine Seite entschied. Für seine Gefährtin oder gegen sie. Selbst die Bluthuren vermochten es nicht mehr, die Aufmerksamkeit der Versammelten zu fesseln. Sie warteten begierig darauf, ihn eine Entscheidung treffen zu sehen.

»Verfluchtes Biest. Wie kann sie es wagen?« Adias Gedankenstimme in seinem Kopf, ihr Zorn so groß wie der seine.

Dameo erhob sich langsam, seine Bewegungen träge, obgleich er vor Wut brannte. Seine Klauen bildeten sich, ohne dass er einen Gedanken daran verschwenden musste, sie herbeizurufen. Desidras Finger begannen zu zittern, als ihre Selbstsicherheit schwand. Dameo ignorierte die dargebotene Leine und trat zu der Bluthure hinüber. Sie hielt ihre Hände gefaltet und sah zu Boden. Die Diamanten funkelten an ihrer Kehle, auf ein Lederband gesetzt, das in ihre Haut schnitt.

Ein knapper Ruck seiner Klaue und das Band fiel von ihr ab. Die Bluthure stieß ein erschrockenes Quietschen aus und stolperte zurück, die blutige Linie, die das enge Lederband hinterlassen hatte, für jeden sichtbar. Dameo fing die Leine auf und schlang sie zu rasch um Desidras Hals, als dass sie ihr ausweichen konnte. Die Wandlerin keuchte auf und ihre Finger krallten sich in das silberne Leder, aber sie wagte es nicht, sich davon zu befreien.

Es wurde totenstill im Saal.

»Ich ehre das Gesetz meines Vaters, Desidra«, zischte Dameo laut genug, dass es jeder hören konnte, der sich in ihrer Nähe befand. »Wer dagegen verstößt, muss mit der gleichen Strafe rechnen, die er dafür ausersehen hat. Und ich ehre das Silberband, das mich an meine Gefährtin bindet und sie zu meinesgleichen macht. Wenn Ihr es noch einmal wagt, sie zu verhöhnen«, er zog die Silberleine enger und Desidras Atem stockte, »werde ich *Euch* an die Leine legen. Und dann wird es nicht bei dieser Linie bleiben.« Er löste die Leine und der rote Striemen wurde sichtbar, wo sie Spuren auf der empfindlichen Haut der Wandlerin hinterlassen hatte. Eine genaue Imitation der Wunde, die den Hals der Bluthure zierte. »Und nun geht mir aus den Augen.«

Achtlos schleuderte er den Riemen zu Boden und Desidra rieb sich über ihre Kehle. Ihre Absätze klapperten rasch über den Marmorboden, als sie die Flucht ergriff.

Dameo ließ den Blick durch den Saal gleiten. »Hat noch jemand den Wunsch, mir ein *Geschenk* zu überreichen?«

Es war eine unverhohlene Herausforderung. Augen wichen ihm aus, wo er ihre Blickrichtung kreuzte, zu nah war die Erinnerung an Sevras' Niederlage. Nur Iuleans Hexenaugen blieben auf ihn gerichtet, verborgen hinter seinen Augengläsern. Die zierliche Bluthure, die auf seinem Schoß saß, war erstarrt, aber er fuhr ungerührt damit fort, die Finger über die Innenseite ihres Armes gleiten zu lassen. Zu ungerührt. Es kostete Dameo keine Mühe, zu erraten, wer hinter Desidras Auftritt gesteckt hatte, und sein Halbbruder gab sich keine Mühe, es zu verstecken. Dameo spürte, dass er etwas im Schilde führte. Ein Spiel, dessen Zweck er noch nicht durchschaute.

Bastard.

Adia wechselte einen Blick mit Neveas und dieser zog eine der hübschesten Frauen auf seinen Schoß. Ein spitzer Schrei, dann hallte ihr Lachen durch den Saal.

»Euer Fest ist trübsinnig geworden, mein Fürst«, rief er Dameo gutgelaunt zu. »In Eurem Bett mag heute Nacht Eure schöne Gefährtin warten, aber für den Rest von uns ist sie noch zu jung, um sie enden zu lassen!«

Dameo schnaubte und ließ seine Klauen mit einem Wedeln seiner Hand zu Rauch zerfließen, als könnte er damit die Geschehnisse abschütteln. »Vielleicht sollte ich dafür sorgen, dass auch in Eurem Bett eine Gefährtin wartet, die Euren unersättlichen Hunger stillen kann, Neveas.«

»Aber mein Fürst! Was habe ich getan, um eine solch grausame Strafe zu verdienen? Ich würde den Strick vorziehen! Es gibt zu viele Schönheiten in Gemea, um sich auf eine einzige zu beschränken«, gab sein Freund mit gespieltem Entsetzen zurück und Gelächter folgte seiner vollendeten Darbietung, als er eine zweite Bluthure zu sich herabzog. Die Spannung, die über dem Saal gelegen hatte, hob sich, wenngleich Dameo bemerkte, dass die Hälfte der Versammelten ihn weiter mit Blicken verfolgte.

Er winkte den Musikern und sie nahmen ihr Spiel wieder auf. Dann drehte er sich zu der Bluthure, die unsicher verharrte, und wies mit dem Kinn auf den Saal. »Geh, du bist frei. Sieh deine Schuld bei den Grazian als bezahlt an.«

Die Miene der jungen Frau hellte sich auf. »Ich danke Euch, mein Fürst«, wisperte sie erleichtert, dann sank sie in einem Knicks nieder, ehe sie davonlief, so schnell ihre Füße sie trugen. Ihre Pupillen waren unnatürlich geweitet und zeigten, *was genau* ihre Furcht bei ihrem Auftritt im Zaum gehalten hatte. Er hätte Desidra auf der Stelle töten sollen. Es wäre ein Segen für jeden gewesen, den sie in ihre Ränke zu verstricken versuchte.

Wein quoll aus den weißen Muscheln, die die Wände schmückten, in ein Becken und Gemurmel ersetzte das Schweigen. Diener füllten emsig die silbernen Kelche, ohne Frage unter Adias Befehl, um die Wachsamkeit der Gäste zu zerstreuen. Am anderen Ende des Silberbandes spürte er Alyseas vorsichtiges Tasten, genährt von ihrer Unsicherheit. Er versuchte seine eigenen Gefühle zu bezähmen und sandte Zuversicht über den Faden, ohne sie zu empfinden.

Iulean hatte sich auf einem der Diwane niedergelassen, die abseits von den Speisen standen. Dameo nahm einen Kelch Wein entgegen, den Adia ihm reichen ließ, ohne die Flüssigkeit darin zu beachten. Der trinkende Fürst war ebenso eine Maskerade wie sein gelassener Schritt, der ihn zu seinem Halbbruder führte. Die Bluthure glitt hastig von ihrem Platz und sank vor ihm nieder. Missfallen zog über Iuleans Gesicht, nur ein flüchtiges Zucken seiner Mundwinkel, aber Dameo kannte ihn gut genug, um die Anzeichen zu erkennen.

»Bist du endlich so tief gesunken, dass du Vaters Erbe offen mit Füßen trittst?«, raunte er, als er neben seinem Bruder innehielt. »Wie weit willst du noch gehen, um mir zu schaden, Iulean?«

Ein unmissverständlicher Hinweis, dass Dameo wusste, wer die Verantwortung für Desidras Schauspiel trug. Er wartete nicht ab, bis Iulean antwortete. Sein Mund, der sich zu einer angespannten Linie verzog, und seine Hand, die sich besitzergreifend um das Handgelenk der Bluthure schloss, um sie zurückzuziehen, waren ihm Antwort genug.

Ich werde so weit gehen, wie ich muss, um dich zu meinen Füßen betteln zu sehen.

Die Antwort, die er niemals gegeben hatte. Sie hallte in ihm nach, wehrte sich gegen die Fesseln, die er seiner Zunge angelegt hatte. Aber Iulean wusste, dass er schweigen musste. Sein Ziel war nah. Dameos Schwäche lag in seiner Hand. Er musste nur auf den richtigen Augenblick warten, um ihm den letzten Stoß zu versetzen, der ihn in die Knie zwingen würde.

Geduld. Er musste Geduld haben. Er ermahnte sich selbst, während er die Bluthure die Gänge entlangführte, die bis tief in den Bauch der Cae'Angelis reichten. Der Hunger nagte an ihm, allein von der Tatsache im Zaum gehalten, dass Dameo darauf verzichtet hatte, seine

Hexe zum Bankett zu bringen. Er wollte zu gern wissen, warum … aber Fragen mussten warten, bis er die Gier gestillt hatte, die in seinem Magen brannte.

»Seid Ihr sicher, dass dieser Weg zu den fürstlichen Gemächern führt? Es ist finster und … kalt. Ich kann den Sephris bis hier riechen.« Die Bluthure krauste die Nase und drängte sich enger an seinen Arm.

Iulean zwang sich zu einem Lächeln, das vermutlich kaum mehr als eine verzerrte Grimasse war. »Ich habe es Euch versprochen, meine Liebe. Ihr werdet die fürstlichen Gemächer sehen. Habt Geduld, es ist nicht mehr weit«, sagte er beschwichtigend. »Im Palast wimmelt es heute Nacht vor Wachen und Dienern und der Fürst sieht es nicht gern, wenn Fremde die Familiengemächer betreten. Also müssen wir einen winzigen Umweg in Kauf nehmen.«

Tatsächlich war sein Hunger so stark, dass er kaum noch klar denken konnte. Er hatte nicht damit gerechnet, dass es so schnell geschehen würde, und er verfluchte das Bohren der Gier in seinen Eingeweiden. Gewöhnlich vermied er es, in der Cae'Angelis zu töten. Was er nun brauchte, war ein Platz, an dem niemand die Hinterlassenschaften seiner Mahlzeit entdecken würde. Die Bootsanlegestelle, die auf den Sephris hinausführte, war nicht weit. Sie wurde seit Langem nicht mehr genutzt und niemand würde eine Hure auf dem Grund des Flusses suchen.

Er musterte sie von der Seite, ein hübsches Ding mit dunklen Augen, in dem kein Tropfen Hexenblut floss. Nein, niemand würde sie vermissen, wenn sie nach dieser Nacht nicht in die Vea'Valia zurückkehrte. Aber er konnte nicht riskieren, dass auch nur die geringste Vermutung aufkam, dass er den Makel seines Vaters geerbt hatte. Dass er zu gierig nach der Macht gegriffen hatte, die ihm das Wandlerblut in seinen Adern verlieh, und zu viel Blut genommen hatte, um stärker zu erscheinen. Um zu wirken, als wäre er ein wahrhaftiger Schattenwandler, hatte er das Verderben heraufbeschworen, das in den Angelis lauerte. Aber es konnte ihn nicht verzehren, nicht so, wie es seinen Vater verzehrt hatte. Nicodeo war nicht stark genug gewesen, um den Blutrausch zu bezwingen. Das Raubtier war aus seinem Gefängnis ausgebrochen und hatte ihn verschlungen, so wie es das Schicksal jedes reinblütigen Wandlers war. Doch Iulean konnte die gierige Bestie für eine Weile bezähmen, bevor sie ihn zwang, seiner Natur zu folgen. Sie beherrschte ihn niemals über die Sättigung hinaus, weil sein Hexenblut ihren Einfluss dämmte. Es war das erste Mal, dass er dankbar für das Erbe seiner Mutter war.

Er lächelte ironisch und steuerte die Hure durch einen Torbogen, die Stufen hinab, in den Raum, in dem man das Flusswasser an die Wände schlagen hörte. Seine Stiefel hallten von den Planken wider, unter denen sich das Wasser des Sephris erstreckte. Es war kühl hier unten, der Geruch nach feuchtem Stein hing in der Luft, ebenso wie der des brackigen Wassers. Metallisch wie echtes Blut. Es steigerte seine Gier ins Unermessliche.

Die Bluthure begann in ihrem zarten Seidengewand zu zittern und er zog sie in seine Arme. »Fürchtet Euch nicht, meine Schöne. Ich verspreche Euch, dass sich jede Unannehmlichkeit lohnen wird.«

Er setzte einen Kuss auf ihre Halsschlagader und das rasche Pochen ihres Blutes an seinen Lippen vernebelte seinen Verstand. Zu spät, um nachzudenken. Sein Widerstand schwand. Mit einem Stöhnen bohrte Iulean die Zähne in das weiche Fleisch der Hure und Klauen schossen aus seinen Fingerspitzen. Sie stieß einen erschrockenen Laut aus, der in ein hohes Kichern mündete, als seine Wandlergabe den Schmerz des Bisses in Lust verwandelte. Sie atmete schneller und der Duft ihrer Erregung stieg in seine Nase. Blut füllte seinen Mund und er zerrte ungeduldig an ihren Röcken, bis seine Klauen die Seide zerrissen hatten und fordernd über ihre Schenkel kratzten. Sie keuchte auf, doch sie wehrte sich nicht gegen seinen Griff. Euphorie ersetzte ihre Furcht und zerstreute jeden Gedanken an Flucht. Iulean labte sich an ihrem Blut und Schwärze löschte sein Denken, während die Gier über ihn regierte. Nichts existierte mehr. Nichts als ihr süßes Blut und ihre Hitze, die das klaffende Loch in seinem Inneren füllten.

Schließlich versiegte ihre Wärme unter seinen Händen. Ihr Körper wurde kalt und schlaff, als der letzte Rest ihres Lebens aus ihr heraussickerte. Iulean öffnete schwer atmend die Augen und sank auf den nackten Stein. Der Rausch pochte noch als Nachhall durch seine Venen und er genoss das schwindende Gefühl, bis er das Gewicht gewahrte, das auf ihm lag. Angewidert schob er den erkalteten Körper der Bluthure von sich herab. Sein Blick streifte die zerfetzten Überbleibsel ihres Kleides, die feuchten Flecken, die den Stoff verdunkelten. Er wischte sich über den Mund und leckte die Reste ihres Blutes von seinen Fingern.

Zu kalt.

Niemals genug.

Er verzog angewidert das Gesicht und wandte sich ab, ehe er die Einzelheiten erfassen musste. Sie erloschen zu schnell und er hasste nichts mehr als den Anblick ihrer leeren Hülle. Den Stachel der Schuld, der sich in seinen Geist bohrte, weil er es war, der ihr Leben gestohlen hatte. *Er* war das Scheusal, das sie lüstern in Stücke riss und ihr helles Lachen löschte. Und für einen Wimpernschlag spürte er Verachtung für sich selbst und Hass auf das zügellose Monster, das die Blutgier aus ihm machte.

Gleichgültig.

Er war der Jäger, sie waren die Beute. Kein Grund, Bedauern zu empfinden, wenn die Natur sich ihr Recht nahm. Er wischte die Empfindung beiseite und schloss seine Hosen. Dann besah er sich prüfend die Flecken auf dem Stoff seines Gehrockes. Ruiniert. In diesem Aufzug konnte er sich nicht in den Gängen des Palastes zeigen, zu groß war die Gefahr, dass er jemandem begegnete. Er würde den Weg durch den Keller nehmen müssen.

Iulean seufzte gereizt und erhob sich. Das Wasser klatschte laut an die Mauern, als die Bluthure auf seine Fläche prallte und in den Fluten des Sephris versank. Die Strömung erfasste sie schnell und trieb sie davon, hinaus auf den Fluss, wo sie nicht mehr als eine Silhouette im Mondlicht sein würde. An irgendeiner Stelle würde sie aus dem Wasser gezogen und vielleicht würden sich jene, die es taten, fragen, ob der Blutrausch abermals über das Fürstenhaus gekommen war. Aber niemand würde *ihn* verdächtigen. Möglicherweise war seine Misere nützlicher, als er angenommen hätte. Der Gedanke brachte ihn zum Lächeln.

Noch einmal ließ er den Blick über den Stein gleiten. Einst musste er hell gewesen sein, bevor das steigende Wasser des Sephris ihn dunkel und rötlich verfärbt hatte. Nun fiel das frische Blut kaum mehr ins Gewicht. Keine Seele würde je erfahren, was an der Anlegestelle geschehen war.

Er nahm eine der rostigen Öllaternen zur Hand, die an Haken an der Wand hingen, und langte dann nach seinem Zaubersiegel.

»Ignae«, murmelte er gedämpft und der darin gespeicherte Zauber ließ das schlafende Flämmchen erwachen. Die Blutpfützen glitzerten am Boden und Iulean achtete sorgsam darauf, sie zu meiden, um seine Stiefel nicht zu beflecken. Er öffnete die Holztür, die in die rohen Steinräume führte, in denen früher Vorräte gelagert worden waren. Dameo hatte sie vor Jahren nach einer unerwarteten Überflutung stillegen lassen und in dieser Nacht war Iulean froh darüber, dass es ihm ermöglichte, ungesehen seine Gemächer zu erreichen.

Die Gänge unterhalb der Cae'Angelis waren ein verschlungenes Labyrinth aus Türen und Abzweigungen, die nur durchschaute, wer sich sein Leben lang darin bewegt hatte. Er war seit Jahren nicht mehr hierhergekommen, aber als kleiner Junge war Iulean oft herabgekommen, um den neugierigen Augen des Hofes zu entfliehen. Den Gesichtern, in denen er die Frage lesen konnte, wer seine Mutter sein mochte. Nicht wenige Höflinge hatten versucht, das Geheimnis seiner Existenz zu lüften, indem sie ihn umgarnten und seine Freundschaft suchten. Und jeder hatte ihn fallen lassen, sobald er bemerkt hatte, dass es nichts zu entdecken gab. Niemals hätte er offenbart, dass er der Spross einer Bluthure war.

Iulean hatte früh gelernt, dass es keine echten Freunde gab. Jeder suchte seinen Vorteil oder Zerstreuung, Klatsch, der ihn auf den Stufen der Hofhierarchie voranbrachte oder die Langeweile schwinden ließ. Und er hatte gelernt, besser als sie alle zu sein, eine Maske aus süßen Worten und Charme zu zaubern, während seinem grimmigen Bruder wenig Zuneigung entgegenschlug. Er hatte verstanden, dass er ein Spieler im Gefüge des Hofes war und er war zu einem Meister in diesem Spiel geworden. Es war das Einzige, worin er Dameo übertraf und es hatte Iulean angespornt, ihm Verdruss zu bereiten, indem er Herzen eroberte und Macht über sie gewann. Macht über die Gedanken anderer. Macht über ihre Taten. Einfluss. Es war so leicht gewesen, der Stachel in Dameos Fleisch zu sein. Der Marionettenspieler, der sich mit seiner Schwester duellierte, um zu sehen, wer den Hof geschickter nach seinem Willen bewegen konnte.

Allein Alysea Valerian hatte sich dagegen gesträubt, an seinen Fäden zu tanzen …

Iulean drehte den Knauf der Tür, die seinen Weg versperrte, und versetzte ihr einen harten Stoß. Seine Knöchel rammten das Holz, doch sie gab nicht nach. Stirnrunzelnd rüttelte er an dem eisernen Knopf, aber er klemmte nicht.

Die Tür war verschlossen.

Verblüfft trat er einen Schritt zurück. Es gab keinen Grund, diese Türen verschlossen zu halten, nichts dahinter konnte von Bedeutung sein. Er angelte abermals nach dem Zaubersiegel und bedachte es mit einem bedauernden Blick. Seine Magie schwand zu schnell. Sobald er seine Gemächer erreicht hatte und der Morgen anbrach, würde er es mit neuen Zaubern versehen müssen.

»Abrae!«, befahl er dem Schloss und Magie hinterließ helle Funken auf dem Eisen. Es verfärbte sich rot und Iulean wartete auf das klickende Geräusch, das anzeigte, dass der Zauber seine Wirkung entfaltet hatte. Aber nichts geschah. Die Tür regte sich nicht. Die Funken prallten ab und trafen schmerzhaft auf seine Haut. Iulean schüttelte sie ab und fluchte leise. Die Magie verpuffte.

»Abrae-maes!«, befahl er abermals, schärfer diesmal. Das Resultat blieb gleich. Neue Brandspuren auf seinen Fingern, nicht mehr. Mit einem ärgerlichen Zischen klopfte er ein Flämmchen auf seinem Ärmel aus.

Iulean tastete über das Holz und tatsächlich summten die Bretter unter seinen Händen. Er ließ seine Klauen erscheinen und kratzte darüber, doch die Fasern waren so hart, dass sie ihrer Schärfe nicht nachgaben. Keine Kratzer, keine Spuren. Nichts.

Magie.

Die Tür war mit Magie verschlossen. Es war ohne jeden Sinn, aber jemand hatte dafür gesorgt, dass das Holz jeden Zauber zurückwarf. Warum? Es gab nichts als verlassene Verliese dahinter, die seit Jahrzehnten nicht mehr genutzt wurden. Niemand kam hierher. Kein Diener, der seine Arbeit verrichtete, keine Wache, die einen Gefangenen hierherbringen musste. Noch nicht einmal der Koch und seine Gehilfen hatten einen Grund, diese Räume aufzusuchen.

Iulean starrte auf den runden Bogen der alten Tür. Nein, niemand hatte einen Grund, hierherzukommen. Außer … jemandem, der etwas zu verbergen hatte … und der in der Lage war, diese Tür mit Magie versiegeln zu lassen.

Dameo.

Er legte ein Ohr an die Tür und sprach den Zauber, der sein Gehör verstärken würde. Iulean lauschte. Und das lang gezogene Kratzen von Klauen auf Stein antwortete ihm.

Alysea kniete vor dem dunklen Spiegelglas und ihre Lippen intonierten die Worte des Zaubers, ohne dass ihr Kopf sie zu erfassen vermochte. Sie flossen aus ihrem Mund wie ein endloser Strom, der sich schimmernd in die Nacht schlängelte. Die Worte waren fremd, ungewohnt. Ein melodiöser Singsang, der wenig mit der alten Sprache gemein hatte, die sie kannte. Sie fühlten sich an wie schwarzes Öl, das auf ihrer Haut haften blieb und sie beschmutzte. Unnatürlich, als gehörten sie nicht in den Schoß der Welt und würden ihr gewaltsam etwas von ihrer Seele entreißen.

Sofeas bleiche Gestalt verschwamm im Hintergrund des Raumes, als sich das Spiegelglas zu bewegen begann. Schatten waberten und tanzten im flackernden Kerzenlicht. Worte drangen an ihr Ohr, zerstückelt und ohne Zusammenhang. Ein Echo aus der Vergangenheit, gefangen zwischen den Welten von Sein und Nichtsein. Körperlose Erinnerungen, die sich in der Leere verfangen hatten und nun in die Freiheit strebten.

Dunkelheit schloss sich um Alysea und sie sog erschrocken die Luft ein, als Kälte auf ihre erhitzte Haut traf. Dameos Arbeitszimmer verschwand in den Schatten, ausgelöscht von blanken, spiegelnden Wänden und steinernen Klauenhänden, die erkaltete Fackeln hielten. Fratzen schälten sich aus dem Halbdunkel. Wasserspeier, die auf sie herabsahen wie vom Dach einer Kathedrale. Sie schauderte unter dem Anblick ihrer aufgerissenen Schlünde und den Umrissen ihrer Fledermausschwingen. Etwas kratzte über die Spiegel und das Geräusch sorgte dafür, dass sich ihre Nackenhaare aufstellten.

»Ignae«, wisperte sie und Flammen loderten an den Fackeln auf. Ihr Feuer war bläulich. Falsch. Es strömte keine Wärme aus, sondern ließ weißen Nebeldampf in den Gang strömen, der sich frostig an ihren Körper schmiegte. Das blaue Licht ließ ihr eigenes Abbild in dem finsteren Spiegelglas erscheinen, unzählige Male wiederholt. Es erinnerte sie unwillkürlich an die Cae'Valerian, als befände sie sich in einem schmucklosen, schauderhaften Hexenpalast.

Alysea schluckte und erhob sich langsam. Sie vernahm ihre eigene Stimme, die weiterhin die Melodie des Zaubers sang, doch es war, als würde sie aus weiter Ferne an ihr Ohr dringen. Unwirklich, als ob ein fremder Mund die Worte formte.

Vorsichtig setzte sie einen Fuß vor den anderen und ein leises Kichern wehte durch den Gang. Eine Männerstimme mischte sich hinein, tiefer, vertraut, obgleich Alysea nicht wusste, zu wem sie gehörte. Mit jedem Schritt nahm die Kälte zu, doch der Granat an ihrem Finger begann, Hitze auszuströmen. Er pulsierte wie ein schlagendes Herz, sie konnte spüren, wie er gegen ihre Haut pochte. Alysea unterdrückte die Übelkeit, die das Gefühl hinterließ, und ging weiter, ohne zu wissen, wohin sie der Gang führte. Etwas wartete auf sie, sie spürte es. In der Grabeskälte verweilte eine zweite Präsenz.

»Seraphia Cosmean«, rief sie in die Dunkelheit. »Ich rufe Euch aus der Kälte Eures Grabes zur Grenze zwischen den Welten des lebendigen Blutes und der toten Gebeine. Die Lebenden erbitten Euren Rat.«

Niemand regte sich.

Alysea verharrte. Die Schwärze flimmerte vor ihren Augen, als würden silberne Sterne vom Himmel rieseln. Winzige, kalte Lichtfunken, wie Glühwürmchen, die in einer Sommernacht tanzten. Sie hielt den Atem an, als sich die Umrisse eines Portals herausbildeten. Die Silhouette einer Frau erschien davor, seltsam farblos. Sie blieb für einen Wimpernschlag lang reglos stehen, dann entfernte sie sich von Alysea.

»Seraphia? Nicht, bitte bleibt!« Sie hörte das Beben in ihrem Ruf, genährt aus dem Zittern ihres Körpers. Alyseas Zähne schlugen aufeinander und Eisblumen bildeten sich auf ihren Armen, als die Kälte wuchs. Wassertropfen rannen von ihrem Finger, wo der Ring sie wärmte, und gefroren, kaum dass sie auf dem Boden aufkamen.

Wie lange würde es dauern, bis selbst ihr Blut gefror?

Keine Zeit … ihr blieb keine Zeit …

Hastig rieb sie sich über die Arme, um die Schicht aus Frost zu entfernen, und eilte der Frauengestalt nach, die langsam auf den Torbogen zuschritt. Die Frau übertrat die Schwelle und hielt inne. Einen Herzschlag. Zwei. Alysea konnte ihr Profil erkennen, als sie den Kopf drehte. Dann erklang ein zischendes Geräusch aus dem Nichts und ihre Gestalt zerstob zu einem Regen aus Eis, der auf den spiegelnden Grund prasselte.

»Seraphia!« Alysea schlitterte über das geborstene Eis, durch den Torbogen in … eine Welt aus schwarzem Marmor.

Sie umklammerte eine Säule und hielt stolpernd an, schnappte nach Luft, als sie den riesigen Saal gewahrte, der sich hinter dem Tor erstreckte. Zwei weitläufige Treppen schwangen sich zu einer Galerie hinauf, die von einer gläsernen Kuppel überdacht wurde, größer als die Kuppel der Kathedrale von Gemea. Es war der Eingang in einen Palast. Alysea konnte den Sternenhimmel über ihrem Kopf erkennen. Die Mondsichel, die am Himmel stand, wenngleich der Mond im Reich der Lebenden kaum abgenommen hatte. Geflügelte Statuen umringten einen Springbrunnen in der Mitte des Raumes. Sie erinnerten sie unwillkürlich an Dameos Gestalt und die Überraschung ließ den Atem in ihren Lungen stocken.

Ein Wandlerpalast und … ein … *Wandler.*

Er kauerte zusammengesunken zwischen den Treppenflügeln, von weißen Schwingen gerahmt, die nicht minder mächtig wirkten als Dameos. Nun lagen sie schlaff und bar aller Kraft auf dem dunklen Marmor. Sein Haar war hell, silbernes Weiß, das über seine Schultern floss. Und sein Körper … von Blut verkrustet und von blutigen Striemen übersät, verursacht von den eisernen Fesseln, die ihn mit massiven Ketten am Boden hielten. Sie schnitten tief in sein Fleisch, so tief, dass sein Blut rote Flecken auf dem Metall hinterließ. Eine Frau mit sonnengoldenem Haar hatte die Arme um den Wandler geschlungen und ihre Schultern bebten in einem lautlosen Schluchzen. Sie sah auf, ihre grünen Hexenaugen von Tränen gerötet. Ihr Gesicht war Alysea vertraut, seitdem sie es im Spiegel ihres Gemaches gesehen hatte.

Florea.

Entsetzen wand seine kalten Finger um Alyseas Herz. Das Silberband flammte auf, blendend hell wie ein Blitz, der die finsterste Nacht zerschnitt, und Alysea schrie auf, als Schmerz durch ihre Glieder zuckte. Der Nachhall des Hiebes surrte in ihren Knochen und ihre Beine gaben unter ihr nach. Hilflos sank sie auf den kalten Marmor.

Adrean Luceas und Florea!

Sie wusste es instinktiv. Nein, sie *fühlte* es. Sie befand sich in der Cae'Luceas.

Alysea kämpfte sich zurück auf die Beine, obgleich sie so steif waren, dass jede Bewegung kraftzehrend war. Sie wollte fliehen, doch Florea hob die Hände so flehentlich, dass sie innehielt. Die goldhaarige Frau mühte sich schwerfällig auf die Füße und stolperte auf Alysea zu. Ihre Lippen bewegten sich lautlos und Feuer loderte an Alyseas Finger. Es verbrannte ihre Haut und fraß sich in ihr Fleisch, als die Hitze immer stärker wurde.

Sie konnte die Verzweiflung auf Floreas Gesicht lesen. Seraphias Tochter griff sich an die Kehle und presste Worte hervor, die nicht bis an Alyseas Ohr reichten. Ihre Züge verzerrten sich vor Anstrengung und die Cae'Luceas waberte plötzlich. Floreas Miene zeigte Erschrecken. Sie beschleunigte ihren Schritt und fasste nach Alyseas Händen. Floreas Finger waren bitterkalt, ihre Berührung biss in Alyseas taube Haut. Sie erstarrte unter ihrem Griff und Floreas Handfläche presste sich fest auf den Ring an ihrem Finger. Worte lösten sich von ihren Lippen, ein Flüstern nur. »Er muss sich … erinnern, wer er … wirklich ist. Sucht … die Wahrheit!«

Ihre Nägel bohrten sich in Alyseas kaltes Fleisch. »Wo sollen wir suchen, Florea? Sagt mir, wo wir die Antworten finden können!«, wisperte sie drängend, als unvermittelt Donnerhall unter der Kuppel widerhallte. Schritte näherten sich, so mächtig, dass sie den Boden erschütterten und in Alyseas Fußsohlen vibrierten.

»Geht … Schnell!« Florea ließ von ihr ab. Panik färbte ihre Stimme. Adrean regte sich und die Ketten klirrten leise. Sein Kopf hob sich und das blutunterlaufene Blau seiner Augen starrte Alysea an und blickte doch durch sie hindurch.

Schauer rieselten über ihre Haut.

Etwas näherte sich. Etwas, das so alt und mächtig war, dass seine Macht sich fühlbar in der Luft zusammenballte. Adrean schrie auf. Blutende Wunden platzten auf seiner Haut auf und glänzende rote Linien flossen über seine Brust.

»Geht!« Florea versetzte Alysea einen harten Stoß, der sie in Richtung des Torbogens schleuderte. Auf tauben Beinen taumelte sie auf die Öffnung zu, so unsicher, als würde sie über Eis schlittern. Ihr Körper gehorchte ihren Befehlen kaum. Sie prallte gegen eine der Säulen, die die Kuppel trugen, und stieß sich davon ab, so gut sie es mit ihren klammen Fingern vermochte.

Ein letztes Beben. Adreans Schreie gellten so laut durch den Saal, dass Alysea sie fühlen konnte wie Klingen, die in ihr Fleisch gerammt wurden. Dann löschte Finsternis den Saal aus. Eiskalte Klauen schlugen sich in ihren Verstand.

Und sie fiel.

Furcht. Kälte. Sie drangen über das Silberband und stachen in seine Haut. Glas knackte unter Dameos Fingern und zersplitterte in seinem Griff. Er blickte auf seine Hand, auf die Scherben, die in seiner Handfläche steckten, und unterdrückte einen Fluch. Seine Klauen waren aus seinen Fingerspitzen gesprossen, ohne dass er es registriert hatte. Köpfe fuhren zu ihm herum und Adia, die neben ihm stand, sah zu ihm auf. Fragen in ihrem Blick.

Dameo ließ die Reste des Glases ins Gras fallen. Das Fest hatte sich an den See verlagert, unter die winzigen Silberlichter und Seidenbänder, die von Büschen und Bäumen herabhingen. Blätter raschelten verräterisch und es war nicht die windstille Nacht, die ihre Bewegung verursachte. Die Vergnügungen waren bis in die Haine vorgedrungen, die Schutz vor neugierigen Blicken boten. Boote glitten sacht über den See. Helles Lachen drang ebenso herüber wie die leisen Klänge der Musik, die auf der kleinen Insel im Wasser gespielt wurde.

Adia reichte ihm ein Taschentuch, das sie aus ihrem Kleid hervorgezaubert hatte. »Oh, Neveas! Nun seht Euch an, was Ihr angerichtet habt! Euer Gedicht war so miserabel, dass mein Bruder das Kristall zerstört hat!«, rief sie scherzhaft aus, laut genug, dass die Umstehenden es hörten.

»Domia!«, protestierte Neveas empört. Seine Stimme klang verwaschen und er torkelte, als hätte er zu viel getrunken, doch Dameo wusste, dass er kaum etwas angerührt hatte. »Wie könnt Ihr so herzlos sein? Ihr stecht mir einen Dolch ins Herz, obwohl ich Eure Schönheit gepriesen habe?«

»Wenn Ihr meine Schönheit preist, solltet Ihr es auf eine Weise tun, die meinen Bruder nicht dazu treibt, Euch töten zu wollen.« Adia zwinkerte Neveas zu und dieser wich hastig einen Schritt vor dem Nachtfürsten zurück.

Dameo ahnte, dass er nicht schauspielern musste, um die Düsternis auf seiner Miene vorzutäuschen.

»Ich hätte niemals an Eurer Tugendhaftigkeit gezweifelt, Domia«, wiegelte Neveas eilig ab. »Jeder weiß, dass Ihr so rein und schön wie der Mond seid. Vergebt mir, wenn meine Gedanken nicht ebenso rein bleiben, wenn ich Euch ansehe. Ich kann nichts dagegen tun, Ihr vernebelt meinen Geist stärker als der süßeste Wein.« Zum Beweis hielt er seinen halb geleerten Kelch in die Höhe und die Flüssigkeit schwappte bedrohlich über den Rand.

Gelächter erklang und die Gesichter wandten sich ab. Adia hatte genügend starken Wein verteilen lassen, dass die Wachsamkeit sich vollends in Zügellosigkeit und Vergnügungssucht aufgelöst hatte. Es machte Neveas' Fehltritt nur allzu glaubhaft.

Adia neigte sich über Dameos Hand, um die Scherben herauszuziehen und das Blut abzutupfen. »Was hast du?«, fragte sie gedämpft.

»Ich weiß es nicht. Das Silberband fühlt sich an, als wäre es gefroren. Sie fürchtet sich.« Er wollte seine Klauen verschwinden lassen, aber sie gehorchten ihm nicht. Unruhe brodelte in ihm, so stark, dass seine Beherrschung darunter allmählich zur Neige ging.

»Deine Haut ist so kalt, als hättest du die Hände in Schnee getaucht.« Adia zog die Stirn in Falten. Instinktiv fasste sie nach Dameos Wange und ließ die Finger rasch wieder sinken, als sie sich daran erinnerte, wo sie waren.

Ein Peitschenschlag zuckte plötzlich über seine Brust. Schmerz brannte auf seiner Haut und Dameo keuchte heiser auf, als er seinen Körper in Flammen setzte. Hitze und Kälte rangen um die Vorherrschaft und es war, als würde er gleichzeitig in Eis getaucht, während er verbrannte. Und doch war es nicht sein Schmerz. Nicht seine Kälte.

Alysea.

Er spürte ihre Schwäche. Entsetzen, das beständig anwuchs. Es floss über das Silberband und er bemerkte, wie sich seine Zähne verlängerten, ohne dass er es beeinflussen konnte.

»Dameo?« Adias Stimme nahm einen alarmierten Unterton an.

»Irgendetwas stimmt nicht. Ich muss zu ihr.«

Adia fasste nach seinem Arm. »Du kannst nicht einfach das Ritual stören«, flüsterte sie eindringlich. »Du weißt nicht, was du damit anrichtest. Sie hat ein Portal in die Geisterwelt geöffnet!«

Er schüttelte sie ab und entfaltete seine Schwingen, während das Gefühl der Bedrohung in ihm wuchs. »Sie schwebt in Gefahr, Adia.«

Sein schneidender Tonfall durchbrach ihren Widerstand und Adia trat zurück, ohne noch ein Wort zu sagen.

Dameo konnte fühlen, wie sich das Unheil näherte. Donnerhall drang über das Silberband und er schoss in den Himmel, weg von dem Gelage, das unter ihm zerschmolz wie dunkles Kerzenwachs. Die Kälte in seinen Gliedern stieg mit jedem Herzschlag an und sein Körper wurde so steif, als wollte er in der Luft gefrieren. Er kämpfte darum, den Schlag seiner Flügel aufrechtzuerhalten, und taumelte durch die offene Tür des Balkons, der in seine Gemächer führte. Dameo prallte hart auf den kleinen Tisch seines Salons und er zersplitterte unter seinem Gewicht. Er ignorierte den Schmerz und stolperte durch die Tür, den Gang entlang, bis er sein Arbeitszimmer erreicht hatte.

Qualen zerrissen seinen Kopf, zeitgleich mit dem Aufschrei, der durch die verschlossene Tür drang. Dameo warf sich mit aller Macht gegen das Holz und es barst unter dem Aufprall. Schwärze wollte seinen Blick vernebeln und Schwindel ließ den Raum schwanken. Dameo stützte sich am Türrahmen ab, als die Qualen noch für einen Augenblick länger tobten. Dann ebbte das Pulsieren des Silberbandes ab und der Schmerz verging. Für einen Wimpernschlag erhellte silbernes Glühen das Zimmer, dann erstarb es. Er konnte spüren, wie das Leben daraus wich. Es war wie eine Pflanze, die in der Sonne verdorrte. Wie Licht, das erlosch, bis am anderen Ende … nichts als Dunkelheit blieb.

»Alysea!«

Sie lag zusammengesunken in den Armen der weißhaarigen Katzenfrau, schlaff wie eine Strohpuppe. So klein und bleich, dass sie aussah wie ein Kind. Er konnte sie nicht mehr fühlen, als wäre die Verbindung zwischen ihnen zerrissen. Dameo überwand die Distanz zu ihr und fiel auf die Knie.

Das Gesicht der Katzenfrau war blutleer, ihre schrägen Augen wirkten riesig. Ihre Finger zitterten, als Dameo Alysea vorsichtig aus ihrem Griff befreite. Sie war starr. Ihre Augen blicklos auf die Decke gerichtet, ohne zu sehen. Sie atmete, aber ihr Geist war nicht mehr hier. Er tastete nach ihren Wangen und sie war so kalt, als hätte man sie in Eiswasser getaucht. Furcht schnürte seine Kehle zusammen. So überwältigend, dass er kaum atmen konnte.

»Was ist passiert?«, presste er heraus. Jedes Wort hinterließ Schmerz in seiner Kehle.

»Ich weiß es nicht«, wisperte Sofea. »Sie hat ohne Unterlass die Worte des Rituals gesungen. Dann kam ein Windstoß aus den Spiegeln, so heftig, dass die Kerzen erloschen sind. Ich habe sie wieder angezündet, so schnell ich konnte. Sie durften nicht erlöschen … sie hätten niemals … der Kreis …«, sie schüttelte hilflos den Kopf. Erst jetzt roch er den Rauch, der noch im Zimmer hing, fast verschleiert von den Kräutern, die in einer Schale brannten. »Nachdem ich das Licht wieder entzündet hatte, war ihre Haut kreidebleich und ihre Lippen waren blau. Aber sie hat weitergesungen, immer weiter. Ich habe es nicht gewagt, sie zu berühren. Dann hat sie geschrien, als würde man ihr bei lebendigem Leib das Herz aus der Brust reißen. Der Spiegel ist mit einem Schlag geborsten und jetzt … jetzt …« Sofea schluchzte und presste die Hand an ihre Lippen.

Er sah auf und fand den langen Sprung, der sich über das schwarze Spiegelglas zog. Feine Splitter waren herabgerieselt und glänzten auf dem Teppich.

Dameo strich über Alyseas Wange und es schien, als wäre kein Tropfen Blut in ihren Adern verblieben. Porzellan. Zerbrechlich. Er hatte es immer in ihr gesehen. Jetzt war es nur allzu wirklich.

»Wir müssen sie wärmen«, murmelte er, mehr zu sich selbst als zu der anderen Frau. Behutsam hob er Alysea auf die Arme und sie war leicht … erschreckend leicht. Sie hatte nichts mehr mit der lebendigen Frau gemein, die er nur wenige Stunden zuvor durch die Nacht getragen hatte. »Schickt eine Nachricht an den Sonnenhof und lasst ihre Mutter hierherbringen. Und beeilt Euch. Ich weiß nicht, wie viel Zeit uns bleibt.« Ob es überhaupt noch Zeit für sie gab. Seine Finger bohrten sich in ihr schlichtes Kleid.

»Ich gehe selbst. Ich kenne Wege in den Palast, die niemand sonst gehen kann.«

Dameo nickte und die Katzenfrau eilte aus dem Zimmer. Er presste das Bündel aus Stoff und Knochen an seine Brust und betete, dass Aurea Valerian wusste, was mit ihrer Tochter geschehen war. Und mehr noch – dass sie wusste, wie sie Alysea von dem Ort zurückholen konnte, an den sie gegangen war.

17
Dunkle Leere

Er hätte es nie zulassen dürfen. Niemals. Dameo verfluchte sich dafür, Alysea nicht aufgehalten zu haben.

Sie nicht zu spüren … Er hatte nicht geahnt, wie sehr er sich an ihre Präsenz gewöhnt hatte. Ihre Empfindungen, die ihn zu jeder Zeit durchströmten wie seine eigenen. Nun war er so einsam wie nie zuvor. Das bittere Gefühl von Verlust war überwältigend. Er konnte sie berühren, aber er erreichte sie nicht.

Alysea lag starr in seinem Bett, ihre bleiche Haut stach hart von der dunklen Seide ab, auf die er ihren Kopf gebettet hatte. Ihr Haar breitete sich über die Kissen aus wie ein glänzender Fächer. Er hatte ihre Lider geschlossen und nun wirkte sie wie die schlafende Prinzessin aus einem Märchen. Doch er war nicht der edle Prinz, der sie zu wecken vermochte.

Immer wieder tastete er nach dem Silberfaden, aber er konnte ihn nicht fassen. Er besaß nicht ihre Macht, die Verbindung zwischen ihnen zu berühren oder sie zu manipulieren. Keine Hexenkraft, die es ihm ermöglichte, nach ihr zu rufen oder sie zurückzuziehen. Die rettende Leine war durchtrennt und er hatte sich nie in seinem Leben so hilflos gefühlt wie in diesem Augenblick.

Er zog sie in seine Arme und vergrub das Gesicht in ihrem Haar. »Kommt zu mir zurück, Alysea. Ich bitte Euch«, murmelte er in die seidigen Wellen. »Geht nicht an einen Ort, an den ich Euch nicht folgen kann. Noch nicht. Es ist zu früh. Viel zu früh.«

Sie antwortete nicht. Alysea war eine leere Hülle ohne Gefühl, ohne eine Spur von Lebendigkeit. Ihr Herz schlug, ihr Atem hauchte über seinen Hals und täuschte vor, dass sie hier war. Doch sie war es nicht.

Die Zeit zog sich bis in die Unendlichkeit. Dameo löste das Gesicht aus Alyseas Haar und blickte auf den Baldachin aus blauer Seide, der sich über sein Bett spannte. »Manchmal will ich sie schütteln, damit sie erwacht. Aber ich weiß, dass es sinnlos ist. Sie ist weg. Und ich kann nichts tun, um sie zurückzuholen.«

Adia regte sich an ihrem Platz im Türrahmen. Sie war heraufgekommen, kurz nachdem Sofea gegangen war. Das Entsetzen hatte in ihrem Gesicht gestanden, als sie erkannt hatte, was mit Alysea geschehen war. Nun wartete sie gemeinsam mit ihm auf die Fürstin des Sonnenhofes. Die Musik der Festlichkeiten war verklungen. Adia hatte sie beendet und dafür gesorgt, dass Aurea Valerian ungesehen die Cae'Angelis betreten konnte. Dann hatte sie dafür Sorge getragen, dass niemand zufällig sein Arbeitszimmer aufsuchte und Beweise für das finden würde, was sich darin zugetragen hatte. Sie stellte keine Fragen und erwartete nicht, dass er sprach und ihr erklärte, was nicht zu erklären war. Er wusste, dass sie alles in seinem Gesicht gelesen hatte.

»Ich wünschte, ich könnte etwas sagen, das dir Trost spendet«, antwortete seine Schwester leise. »Doch es gibt nichts, womit ich deinen Schmerz lindern könnte.«

Er strich Alyseas Haar aus ihrem Gesicht und ließ die Fingerspitzen auf ihrer Wange ruhen. »Ich dachte, ich kenne Furcht und Einsamkeit. Aber ich wusste *nichts*. Es ist, als hätte man mir einen Teil meiner selbst herausgeschnitten und an einen Ort gesperrt, von dem ich ihn nicht zurückholen kann. Ich habe nicht geahnt, dass es so sein würde. Wie tief das Silberband reicht.«

Er zerknüllte ohnmächtig die Decke, die er über Alysea ausgebreitet hatte. Sie konnte sie ebenso wenig wärmen, wie es die Kohlepfanne tat, die Adia heraufgebracht hatte. Das Gemach war heiß von dem Feuer, das sie im Kamin entzündet hatte, aber nichts schien Alyseas Haut erreichen zu können. Ein Panzer aus Eis sperrte sie in seinem Inneren ein und Dameo konnte ihn nicht durchbrechen.

»Das Band zwischen euch ist kein gewöhnliches Silberband. Seraphia hat es so eng gewoben, dass es selbst den Bund unserer Art übertrifft. Eure Leben sind eins. Sie hat euch verschmolzen, um gemeinsam zu leben und zu sterben. Zu welchem Zweck auch immer.«

»Aber was, wenn ein Teil von uns lebt und doch gegangen ist? Was dann?«

»Ich … wünschte, sie hätte uns eine Antwort darauf hinterlassen«, erwiderte Adia trüb.

Stimmen erklangen und sie wandte sich um. Ein kurzer Wortwechsel entspann sich und Dameo hörte Neveas heraus. Eilige Schritte hallten über den Teppich, der den Gang bedeckte, gedämpft, doch für sein Wandlergehör deutlich zu vernehmen. Dameo sah auf, als Sofea sein Gemach betrat, ihr Gesicht noch immer farblos. Eine vermummte Gestalt folgte ihr, der Mantel, in den sie ihren Körper gehüllt hatte, erstaunlich schlicht und aus grobem Leinen gewebt. Er runzelte die Stirn, als sie vor dem Bett verharrte. Nichts als eine Andeutung von glitzernden Augen und Haut, die weniger bleich war, als er erwartet hätte.

Dann schlug sie die Kapuze zurück und es war nicht das hoheitsvolle Antlitz der Sonnenfürstin, das ihm entgegensah. Es war das sonnengebräunte Gesicht einer Frau, die mehr Jahre erlebt hatte als Aurea Valerian. Weiße Strähnen mischten sich in das rote Haar einer Hexe, das im Kerzenschein aufleuchtete.

Dameo erhob sich halb, ohne Alysea loszulassen. »Wer seid Ihr?«, fragte er barsch und sein Blick zuckte misstrauisch zu Sofea. »Seid Ihr verrückt geworden? Warum bringt Ihr eine Fremde hierher?«

»Ich bin Lucea Carrisan«, antwortete die ältere Hexe streng. »Und Ihr tätet gut daran, Euch glücklich zu schätzen, dass ich anstelle ihrer Mutter vor Euch stehe. Aurea würde sie in ihrer Torheit in die Cae'Valerian bringen lassen, ohne Euch eine zweite Frage nach dem zu stellen, was sich hier zugetragen hat. Und es wäre Euer Glück, wenn Ihr sie danach noch einmal sehen dürftet. Wollt Ihr das?«

»Ihr seid Alyseas Lehrmeisterin.« Adia senkte den Kopf vor der anderen Frau. »Seid willkommen in der Cae'Angelis, Domia. Wir schätzen uns glücklich, dass Ihr gekommen seid. Euer Ruf reicht bis an den Nachthof.«

»Ich sehe, dass wenigstens eine in Eurer Familie den Verstand und die Höflichkeit Eurer Mutter geerbt hat.«

Dameo und Adia wechselten einen Blick, aber es war keine Zeit für Fragen, die warten konnten.

Die Hexe stellte den Korb ab, den sie bei sich getragen hatte, und trat näher. Ihre Augen ruhten auf Alyseas Gesicht und ihre Züge wurden weicher. Dameo fand Zuneigung darin. Kummer. Dann straffte sie sich. »Lasst mich nach ihr sehen«, befahl sie energisch. Ihre Stimme war die einer Frau, die es gewohnt war, dass ihre Anweisungen befolgt wurden.

Sie beugte sich über das Bett. Instinktiv zog Dameo Alysea dichter an seine Brust und die Hexe funkelte ihn an. »Macht Euch nicht lächerlich, Nachtfürst! Ich werde ihr kein Haar krümmen. Ihr könnt mich anknurren, aber damit helft Ihr Alysea nicht. Sie hat beinahe ihr halbes Leben in meiner Obhut verbracht. Nur wenige Tage mit *Euch* und sie steht an der Schwelle des Totenreiches!«

Die Wahrheit in ihren Worten war wie eine Ohrfeige, die einen empfindlichen Schmerz aussandte. Dameo sah der Hexe in die Augen und zwischen ihnen entspann sich ein Kampf darum, wer den stärkeren Willen besaß. Dann regte sich sein Verstand und der närrische Impuls, Alysea zu schützen, schwand. Er ließ sie in die Kissen gleiten und zog sich an den Rand zurück. »Tut, was Ihr könnt.«

Die Hexe setzte sich auf das Bett und fasste nach Alyseas Stirn. Ihre Geste war so zärtlich wie die einer Mutter, die nach ihrem kranken Kind sah. Ihre Besorgnis nahm zu, als sie die Kälte ihrer Haut gewahrte. »Zumindest hattet Ihr genug Verstand, sie unter die Decken zu stecken«, murmelte sie unwirsch. Dann stieß sie den Atem aus. »Ich brauche mehr Licht, Sofea.« Ihre Augen verengten sich, als sie Dameo anblickte und er erwiderte ihre Musterung ungerührt. Schließlich nickte sie zufrieden über etwas, das er nicht zu ergründen wusste.

Die Katzenfrau fasste nach einer brennenden Kerze und entzündete damit den zweiten Leuchter, ehe sie ihn zum Bett trug. Der helle Schein brannte in seinen Augen. Dameo blinzelte, als sie zu tränen begannen.

»Das Licht schmerzt Euch?«, fragte die ältere Hexe ohne Übergang.

Dameo nickte widerwillig. Es machte keinen Sinn, zu verbergen, was offensichtlich war. »Seit einer Weile.«

»Und die Sonne brennt auf Eurer Haut?«

»Ja.«

Sie schnaubte und er konnte erkennen, dass ihre Augen von einem ungewöhnlichen Waldgrün waren, das im Kerzenlicht goldene Sprenkel aufwies. »Ihr hättet mich rufen sollen. Törichtes Kind.« Sie schüttelte den Kopf. »Nein, ich bin töricht. Ich hätte kommen sollen, als ich gehört habe …«, sie atmete hörbar aus.

Sofea stand am Ende des Bettes und verschränkte ihre Hände. »Sie hat gefürchtet, dass Ihr es nicht verstehen würdet, Domia. Und dass Ihr sie verachten würdet.«

»Ihr seid beide wie Töchter für mich. Und ich wundere mich darüber, dass meine Töchter so einfältig sein können. *Alle beide!* Habe ich Euch nichts beigebracht?«

Die Katzenfrau zuckte zusammen, ihre Selbstsicherheit schwand, bis sie wie ein junges Mädchen wirkte, das von seiner Mutter getadelt wurde. Die Hexe schlug die schwere Seidendecke zurück und murmelte fremdartige Worte, deren Bedeutung sich vor Dameo verschloss. Die Alte Sprache der Hexen. Wandler lernten davon selten mehr als schlichte Befehlsworte, die gespeicherte Zauber auslösten. Sie konnten sich die Ströme der Magie nicht nutzbar machen, indem sie an die Grundfesten der Welt appellierten.

Grünliches Licht glomm auf Domia Luceas Handflächen und ergoss sich über Alyseas leblose Gestalt. Es war wie ein Tasten von Lichtstrahlen, die über ihren Körper glitten und keinen Flecken davon ausließen. Die Sorgenfalten auf der Stirn der Hexe verstärkten sich. »Sie zeigt die Anzeichen von Mondwahn, aber das ist unmöglich«, sagte sie wie zu sich selbst. »Die Mondtränen ihres Gefährten sollten ihr ein besserer Schutz sein als die jedes Fremden. Aber …«

»Aber unser Band ist nicht natürlich, nicht wahr? Es ist ebenso von Magie erschaffen wie meine Art.« Es klang beißend. Bitter. Adias Hände schoben sich unter seinen Arm und die Miene der Hexe verhärtete sich.

»Nein, das ist es nicht«, erwiderte sie beherrscht. »Und wir wissen zu wenig darüber, um es erklären zu können.«

»Könnt Ihr Alysea helfen, Domia?«, fragte Sofea. Furcht ließ ihre Stimme spröde und klanglos klingen.

»Ich weiß es nicht«, sagte die ältere Frau. Die Hoffnungslosigkeit in ihrer Stimme war wie ein Schlag in Dameos Magen, der Übelkeit hinterließ. »Mondwahn ist nicht heilbar. Er endet immer mit dem Tod, weil sich der Geist vom Körper trennt und der Körper verwittert, bis er sich nicht mehr ans Leben klammern kann.«

Dameo löste sich von seiner Schwester und streifte ruhelos durch das Zimmer, zu aufgewühlt, um länger still stehen zu können. »Ich kann sie nicht mehr fühlen. Das Silberband ist erloschen. Es gibt keine Verbindung mehr zwischen uns. Nichts.« Er öffnete hilflos die Hände und schloss sie wieder. »Was, wenn ihr Geist im Reich der Toten zurückgeblieben ist? Wenn es kein Mondwahn ist?«

Die Hexe antwortete nicht. Das Licht auf ihren Handflächen verglühte und sie rieb sich die Hände. »Zeigt mir den Spiegel«, sagte sie dann. Das Zittern ihrer Stimme verriet ihr Unbehagen.

Sofea blickte zu Dameo, um seine Erlaubnis zu erbitten, und er nickte. Die Katzenfrau ging zur Tür, aber die Hexe folgte ihr nicht.

Domia Lucea sah ihn auffordernd an, als er sich nicht rührte. »Ich brauche Eure Anwesenheit, Nachtfürst. Oder ist Euer Palast so unsicher, dass Ihr sie nicht aus den Augen lassen könnt? Sie kann nicht davonlaufen.«

Nein, das konnte sie nicht. Sie war bereits gegangen. Allein die Frage, ob etwas anderes an ihrer Stelle durch den Spiegel gekommen war, blieb. Und bis er Gewissheit erlangt hatte, verbot ihm sein Instinkt, auch nur einen Schritt vor die Tür zu setzen.

Dameos Kiefer spannte sich an und Adia huschte an ihm vorüber. »Ich bleibe hier.« Sie setzte sich zu Alysea und wies mit dem Kinn in Richtung der Tür. »Geh, Dameo. Neveas lässt niemanden herein und ich bin bei ihr. Keiner von uns wird sie allein lassen, bis du wieder hier bist.«

Er zögerte für einen Augenblick länger und spürte, wie die Augen der Hexe nachdenklich auf ihm ruhten. Dann nickte er. »Also gut.«

Ein letzter unschlüssiger Blick zu Alysea. Dameo ballte die Fäuste und atmete tief ein. Dann ließ er sein Schlafgemach hinter sich.

Alysea blinzelte und stöhnte leise. Glätte unter ihren Fingern und an ihrer Wange. Hart und unnachgiebig. Glas. Sie suchte in ihrer Erinnerung und nur allmählich lichtete sich der Nebel, der über ihren Gedanken lag.

Florea. Adrean.

Sie fuhr in die Höhe und Schwindel zwang sie, sich am Boden abzustützen. Es war kalt. So kalt, dass ihre Gliedmaßen ihr kaum gehorchen wollten, wenngleich das Eis aus ihren Venen gewichen war. Alysea schlang zitternd die Arme um ihren Körper und blickte sich vorsichtig um. Glatte, spiegelnde Wände umschlossen sie, von keiner Ritze durchbrochen. Ein Gefängnis aus schwarzem Glas.

Sie spürte, dass etwas dort draußen war. Eine andere Präsenz, bedrohlich und dunkel. Sie hörte ein Kratzen auf der anderen Seite, ein schnüffelndes Geräusch. Dann ließ ein harter Schlag die Wände erbeben, als wollte die Kreatur versuchen, zu ihr durchzubrechen. Alysea zuckte zusammen und wandte sich hastig in die Richtung, aus der die Erschütterung erfolgt war, doch es gab keinen Weg, der in ihr Gefängnis führte. Ebenso wenig, wie ein Weg hinausführte. Es gab keine Türen, keine Fenster, keine Gänge. Nichts als den von Dämmerlicht erfüllten Kasten, in dem sie erwacht war, als sich die Schwärze gelichtet hatte. Noch immer pochte Schmerz hinter ihrer Stirn, wo sich Klauen in ihren Geist geschlagen hatten, um ihn entzweizureißen. Sie erinnerte sich an das Gefühl, zu fallen. Aber nicht daran, wie sie hier gelandet war.

Alysea rieb sich die Schläfen und erhob sich dann, um die Wände abzutasten. Ihre Finger glitten über das dunkle Glas, das unter ihrer Berührung summte, als wäre es lebendig. Es war wie ein Fenster, durch das sie nicht zu blicken vermochte. Trotzdem fühlte es sich an, als würde es sie allen Blicken preisgeben, ohne dass sie ihre Beobachter sehen konnte.

Etwas klopfte von der anderen Seite gegen das Glas, an der Stelle, an der ihre Handflächen lagen, und sie zog sie hastig zurück. Ein Kribbeln vibrierte auf ihrer Haut, wie der Flügelschlag einer Biene. Sie erschauerte und widerstand dem Impuls, sich wieder am Boden zusammenzukauern und die Augen zu schließen.

Sie war allein. Gefangen in der Dunkelheit einer Welt, die sie nicht kannte.

Instinktiv fasste sie nach dem Silberfaden, der sie an Dameo band, doch alles, was sie fand, war eine schlaffe geschwärzte Linie. Kein Silberglanz erhellte das Dunkel, sie fühlte ihn nicht.

Das Grauen war kälter als das Eis, in das die Geisterwelt sie getaucht hatte. Es kroch langsam durch ihre Glieder und lähmte sie.

»Nein, das ist unmöglich, bitte nicht! Bitte, ihr Götter des Himmels und der Erde. Nein!«, hauchte sie schwach. Der erloschene Faden glitt aus ihren Händen und ringelte sich zu ihren Füßen. Dumpf. Glanzlos. Leer. Es durfte nicht sein. Niemals. Er konnte nicht …

Ein weiterer Schlag ließ die Wände ihres Gefängnisses erzittern, so heftig, dass das Glas knirschte. Etwas brüllte wütend auf, von einer Gier erfüllt, die Gänsehaut auf ihren Armen hinterließ. Menschlich und doch fremdartig. Dann prallte es abermals hart gegen die Wand.

Alysea fuhr herum und sah, wie sich ein Riss durch das Glas fraß.

Die Hände der älteren Hexe bewegten sich suchend über den gesprungenen Spiegel. Sie murmelte unablässig, doch für Dameo war es nichts als Unsinn, der über ihre Lippen drang. Seine Anspannung wuchs mit jedem Wort, jedem Herzschlag, bis er glaubte, dass es ihn zerreißen würde, noch für einen Atemzug länger tatenlos im Hintergrund zu stehen. Er starrte auf den Spiegel, als könnte er ihn allein mit seiner Willenskraft zwingen, Alyseas Geist wieder freizugeben, aber er blieb finster und undurchdringlich.

Die Katze hatte die Kerzenleuchter entzündet und der Flammenkreis zeigte ihm sein eigenes Abbild in dem dunklen Glas. Düster und grüblerisch, die Züge eingefallen und die Höhlen seiner Augen dunkel. Ein Totenschädel. Vielleicht war es seine Zukunft, die er darin sah. Es war ihm gleichgültig.

Das Buch der Schwarzen Spiegel lag aufgeschlagen am Boden. Die Hexe hatte es mit spitzen Fingern berührt, als müsste sie befürchten, dass es eine Krankheit auf sie übertragen könnte.

Die Krankheit, der Alysea anheimgefallen war.

Er wandte den Blick ab, als er es nicht mehr ertrug, auf etwas zu hoffen, das nicht kommen würde. Sinnlos. Das Wort lag auf seinen Lippen und er zwang es zurück. Er wollte es noch nicht einmal denken.

Das Murmeln der Hexe schwoll an, seltsam melodisch und doch von einer Härte, die in den Ohren schmerzte. Es wurde eindringlicher und ein Knacken lief durch den Spiegel. Ein neuer Riss. Dameos Kiefer mahlte, als er sich ausbreitete und das Glas der Länge nach spaltete.

Verzweiflung mischte sich in Domia Luceas Stimme, sie wurde lauter, beinahe wie ein Schrei, der noch einmal anstieg, ehe er verklang. Ihr Kopf sank herab und ihre Brust hob und senkte sich schwer. »Es hat keinen Zweck«, sagte sie niedergeschlagen. »Sie ist nicht dort. Das Tor ist zerstört. Es gibt keinen Weg für mich, es zu durchschreiten und auf die andere Seite zu gelangen. Alysea ist verloren.«

Ein heiseres Schluchzen drang aus dem Mund der Katze, die auf die Kartentruhe gesunken war.

Dameo blickte wortlos auf das Glas. Die Worte der Hexe prasselten auf ihn nieder, schmerzhaft wie Hagelkörner, doch er weigerte sich, sie zu akzeptieren.

»Nein.«

Es dauerte einen Herzschlag lang, bis er verstand, dass er es war, der gesprochen hatte.

Domia Lucea sah zu ihm auf. »Was?«

»Nein«, wiederholte er noch einmal, lauter diesmal. »Das ist sie nicht!«

Es war wie ein Aufschrei, der aus ihm herausbrach und sein Denken zerstörte. Er würde sie nicht aufgeben, selbst wenn er die Geisterwelt dafür zerreißen musste. Seine Hände stießen gegen das Spiegelglas. Ein silberner Blitz fuhr durch sein Arbeitszimmer und versengte seine Haut.

»Nicht!« Die Stimme der Hexe versickerte in dem Rauschen, das in seinen Ohren dröhnte.

Der Spiegel barst mit einem ohrenbetäubenden Laut und Splitter rieselten herab. Das Klirren von Glas erfüllte die Welt. Knacken, ein heller Regen, der nicht verstummen wollte. Schwärze stürmte über die Schwelle der Welten und rammte sich wie ein Hammer in seine Brust. Dameo fiel zurück und rang keuchend nach Luft, die seine Lungen unter dem Gewicht, das ihn zerquetschen wollte, nicht erreichte. Dunkelheit wallte vor seinen Augen auf und das Zimmer drehte sich. Seine Hände schlossen sich blind um langes Fell und sengend heißer Atem strich bedrohlich nah über seine Haut. Für einen Moment rang er mit der dunklen Masse, dann wurde sein Angreifer mit einem Ruck von ihm heruntergerissen.

Dameos Blick klärte sich rechtzeitig, um zu sehen, wie Neveas die Kreatur auf seinen Arbeitstisch schleuderte. Das Holz barst krachend, doch es hielt sie nicht lange auf. Mit einem wütenden Fauchen kam sie wieder auf die Beine und feurig glühende Augen fixierten die beiden Männer, die es gewagt hatten, sie anzugreifen.

Vier Augen. Zwei Mäuler, die sich zu einem Brüllen öffneten, das den Stein unter Dameos Füßen erbeben ließ.

Die Bestie war gewaltig. Zwei Löwenköpfe, von mächtigen Mähnen gerahmt. Klauen, so lang wie seine Hand. Goldenes Fell glühte im Kerzenlicht, darunter war das Spiel ihrer beeindruckenden Muskeln zu erkennen.

Dameo wich vorsichtig zurück und seine eigenen Klauen schossen aus seinen Fingerspitzen. Neveas' Beine lösten sich in Rauch auf. Dunst, in dem der Tod lauerte.

Das Biest schien unentschlossen, wer von ihnen die größere Bedrohung darstellte. Es verharrte und sein stachelbewehrter Schwanz peitschte aufgebracht durch Holzspäne und Spiegelsplitter. Einer der Leuchter stürzte um und Feuer leckte an den Vorhängen und Pergamentbögen, die sich im Zimmer verstreut hatten.

Eine Bewegung in Dameos Augenwinkel. Die Bestie stieß ein leises Grollen aus und fixierte ihre Quelle. Die beiden Frauen, die sich hinter ihm an die Wand pressten. Dameo trat in das Blickfeld der zweiköpfigen Katzenbestie, um ihr den Weg abzuschneiden. »Raus hier. Schnell!«, zischte er über seine Schulter.

Sofea und die Hexe zögerten nicht lange. Sie huschten in seinem Rücken vorüber und die Kreatur sprang mit einem kraftvollen Satz nach vorn, aufgebracht über die Beute, die ihr entkommen wollte. Dameo stürzte sich auf das Biest und seine Klauen bohrten sich in das kurze Fell. Es war scharf und dicht, als müsste er Eisenspäne durchdringen. Er umklammerte ihren Hals und verlor den Halt, als sie ihn mitriss, bevor sie das Gewicht bemerkte, das sie behinderte. Ihr Kopf zuckte herum. Flammen schossen aus ihrem Körper und setzten ihr Fell in Brand. Dameo ließ mit einem erstickten Aufschrei von ihr ab, als sie um seine Hände züngelten und sie verbrannten. Ihr Kiefer schloss sich um den Ärmel seines Hemdes, der mit einem reißenden Geräusch nachgab. Nah genug an seinem Fleisch, um die Schärfe ihrer Fänge zu spüren. Rauch wirbelte durch den Raum und wand sich um den Löwenkörper. Er verfestigte sich nur so lange, bis Neveas' Klauen ihren

Nacken zerfurcht hatten. Das linke Maul schnappte nach dem Rauch, aber es war nichts als grauer Nebel, in den sich die Zähne gruben.

Ungreifbar.

Es trieb die Bestie zur Weißglut. Dampfwolken lösten sich aus ihren Nüstern. Der Stachelschwanz schlug aus, ohne sein Ziel zu finden. Er streifte Dameos Rücken und nadelspitze Dornen zerkratzten sein Fleisch. Die Linien waren winzig, doch sie brannten, als wären sie von allen Feuern des Abgrundes erfüllt.

Die Löwenbestie lernte schnell. Sie ließ von den Rauchschwaden ab und schoss unvermittelt auf Dameo zu. Er sprang aus ihrem Weg und stolperte über die Überreste seines Tisches, die ihn zu Fall brachten. Dameo landete hart in den Trümmern und scharfe Splitter bohrten sich in sein Fleisch. Er rollte herum, als die Löwenkreatur erneut auf ihn zusprang, doch er war zu langsam. Der gewaltige Schlag einer brennenden Pranke traf auf seine Brust und fegte ihn in einen der Leuchter. Kerzen stürzten herab. Heißes Wachs und Flammen versengten seine Haut, wo sie nicht mehr von Stoff geschützt wurde. Die Bestie prallte von der Wucht ihres Sprungs getrieben gegen ein Regal und Bücher prasselten auf sie nieder wie ein Steinschlag. Sie schüttelte sich, um ihre Benommenheit zu vertreiben, und Funken stoben aus ihrem Fell.

Fluchend kam Dameo auf die Beine und vergrößerte die Distanz zu dem flammenden Körper. Buchseiten fingen zischend Feuer und dicker Qualm erfüllte das Zimmer.

»Dameo! Hier!« Neveas, halb Rauch, halb Wandler. Er schleuderte einen der eisernen Leuchter zu ihm herüber und Dameo fing ihn aus der Luft. Gerade rechtzeitig, um ihn in das zuschnappende Maul der Bestie zu rammen, die ihre Benommenheit abgeschüttelt hatte. Er vernahm das Geräusch splitternder Zähne und brechender Knochen, als sie zubiss. Dunkles Blut sprudelte aus ihrem Maul und dampfte, wo es auf den Marmor traf. Ihre Augen flammten auf, lodernde Feuergruben, von einem verzehrenden Zorn erfüllt. Ihr Brüllen ließ seinen Körper vibrieren, dann riss ihr Schwanz ihn von den Füßen.

Eine graue Wolke näherte sich, darin die erkennbare Silhouette eines Mannes. Neveas, ein zweiter Leuchter in seinen Händen, eine Waffe, die zuschlug, wo Klauen nicht vordringen konnten, ohne Schaden zu nehmen. Er ließ sie auf den unversehrten Schädel niederschnellen, doch diesmal war das Biest gewappnet. Seine Zähne verhakten sich in dem Eisen und zerrten es aus Neveas' Händen. Wütend schmetterte es den Leuchter von sich und riss das Maul auf. Dampf strömte zischend heraus, dann schoss ein greller Feuerstrahl aus seinem Rachen. Zu nah. Zu überraschend. Es gelang Neveas nicht mehr, sich aufzulösen, bevor ihn das Feuer streifte. Dameo hörte den Aufschrei seines Freundes, heiser und von Schmerz erfüllt. Die Bestie stürzte sich auf ihn und die Reste des Rauches vereinten sich zu Neveas' massiver Gestalt, als er die Kontrolle darüber verlor. Ein Hieb der messerscharfen Klauen zerfetzte seine Brust. Blut sickerte auf den Teppich. Zu viel. Zu schnell. Seine Wandlerkräfte versagten unter dem Strom.

Dameo brüllte auf und sprang auf den Rücken der Kreatur, ohne die Hitze zu beachten, die ihm entgegenschlug. Seine Klauen gruben sich in ihre Kehle, während Feuer in seine Handflächen biss und an seinen ledernen Hosen leckte. Zorn und Schmerz zerfraßen ihn, als er sie tiefer bohrte, bis er den Knochen spürte. Die Bestie bäumte sich auf, um ihn abzuschütteln, doch er klammerte sich mit den Beinen fest und sammelte all seine Kraft. Ein gewaltiger Ruck, und ihr Genick knackte unter seinen Händen. Ihr Fauchen verklang zu einem Röcheln. Ein letztes Zucken, dann erstarrte sie und brach unter ihm zusammen. Das Lodern ihres Fells erlosch zischend, als hätte man sie in Wasser getaucht.

Dameo löste die Klauen aus ihrem Fleisch, seine verbrannten Hände von ihrem dicken, schwärzlichen Blut bedeckt. Er zerrte die Reste seines versengten Hemdes von seinem Körper und warf es von sich. Flammen züngelten sich die Vorhänge hinauf und Rauch vernebelte seine Sicht. Er besaß keinen Blick dafür, als er neben Neveas in die Knie ging und dessen Kopf in seinen Schoß bettete.

»Neveas!« Adia hastete durch die Tür und sank zu Boden. Ihre Hände legten sich um Neveas' bleiches Gesicht, und sein trüber Blick streifte sie. Ein zittriges Lächeln spielte um seine Lippen, ein schwacher Atemzug hob seine Brust, dann schlossen sich seine Lider mit einem Flattern.

»Acae!« Die Stimme der Hexe. Wassertropfen rieselten auf sie nieder und löschten die Flammen. Ihr Rauschen erfüllte das Zimmer und Adias Weinen löste sich darin auf. Dameo wusste nicht, ob es Regen war, der über seine Wangen rann, oder Tränen.

Eine weitere Erschütterung ließ ihr Gefängnis beben. Klauen schoben sich durch den Spalt, der die Wand entzweigerissen hatte, eine schnüffelnde Schnauze, von geifernden Zähnen bewehrt. Alysea wich entsetzt zurück. Sie wollte Flammen rufen, irgendetwas, das die Bestie vertreiben konnte, die zu ihr durchdringen wollte, aber die Magie gehorchte ihr nicht. Sie blieb stumm, ebenso stumm wie das Silberband.

Mit einem Knacken barst das nächste Stück der Mauer. Sie erkannte ein riesiges, bläulich glimmendes Auge, das sie musterte. Messerscharfe Zähne, einen mit Stacheln bewehrten Kopf, schwarz wie die Nacht. Die Kreatur scharrte und ihre Klauen brachen die Wand auf wie eine Eierschale. Glasstücke klirrten zu Boden und zerbrachen dort.

Alysea drückte sich an das kalte Glas, während sie fieberhaft nach einer Waffe suchte. Ihre Finger rutschten in einen Spalt in ihrem Rücken. Helles Licht schoss plötzlich durch den Riss und blendete sie. Es pulsierte über den erloschenen Faden und rann über seine Länge wie Wasser, das eine leuchtende Spur hinterließ. Alysea ergriff das Silberband, von einer wahnwitzigen Hoffnung erfüllt, und ein heftiger Ruck zerrte sie auf die spiegelnde Wand zu. Glas zerbrach und rieselte in funkelnden Splittern herab. Klauen zischten dicht an ihrem Gesicht vorüber und das enttäuschte Aufheulen eines unaussprechlichen Grauens folgte ihr.

»Dameo.« Sie flüsterte seinen Namen mit einem letzten Seufzen. Dann endete das Gefühl des Schwebens und Schwere ließ sie in die Tiefe sinken.

18

Sonnenaufgang

Sibeia starrte in die flackernden Flammen des Kamins und drehte den Weinkelch in ihren schlanken Händen. Ihre Haltung war steif genug, um ihm zu verraten, dass seine Neuigkeiten keine Freude in ihr erweckt hatten.

Iulean seufzte und lehnte sich in dem brokatbezogenen Sessel zurück. Er lockerte seine Halsbinde und warf sie dann auf den kostbaren Teppich zu seinen Füßen. Er hatte Sibeias Bedürfnis nach Hitze selbst in den heißesten Sommernächten niemals verstehen können. Auch jetzt rannen ihm Schweißtropfen über die Schläfen und der Stoff seines Hemdes haftete unangenehm an seiner Haut.

»Wir waren uns einig, dass wir warten, Iulean«, sagte sie schließlich. Ihre Stimme klang spröde. Sie versuchte ihren Unmut zu verbergen, aber es gelang ihr nicht. »Warum willst du dich in Gefahr bringen, wenn unser Ziel so nah ist?«

»Warum soll ich die Gelegenheit ausschlagen, wenn sie sich mir darbietet, Sibeia? Ich werde sie kein zweites Mal bekommen. Der Wandlerthron kann mir gehören. Rechtmäßig. Wir riskieren keine Kämpfe, die folgen würden, wenn Dameo ohne einen Nachfolger stirbt. Er ist angeschlagen und geschwächt.«

»Und du bist nur ein halber Wandler! Selbst wenn du alle Bluthuren tötest, die du finden kannst, wirst du nicht genügen!« Ein Speer, der auf seine Eingeweide zielte. Sibeia stellte den Kelch mit einer heftigen Bewegung ab und erhob sich, als es ihr nicht länger gelang, das zornige Brodeln zu bezähmen. Aufgebracht stützte sie sich auf der Fensterbank ab und starrte in den erwachenden Tag. Der Sonnenaufgang entzündete Flammen in ihrem Haar, die ihre Stimmung widerspiegelten.

Iuleans Kiefer verhärtete sich. »Ich bin mehr als genug, wenn du mir hilfst! Und wenn du es nicht tun willst, werde ich einen anderen Weg finden. Warum willst du es nicht sehen?« Er verließ den Sessel und fasste grob nach Sibeias Arm.

Sie schüttelte ihn mit einem Zischen ab. »Fass mich nicht gegen meinen Willen an, Iulean Angelis, ich warne dich.«

»Was soll das, Sibeia? Es ist alles, worauf wir monatelang hinausgearbeitet haben und du wirfst es einfach weg?«

»Das Silberband hat alles verändert, Iulean! Unsere Pläne sind nicht mehr die gleichen. Sie müssen es nicht mehr sein! Es ist zu früh. Der Hof steht noch nicht hinter dir. Wir stehen zu weit am Anfang, um einen solchen Schritt zu wagen.«

Ihr Tonfall wurde eisig und er schüttelte verständnislos den Kopf. »*Deine* Pläne sind nicht mehr die gleichen. Es war mir nicht bewusst, wie viel sich zwischen *uns* ändern würde.«

»Zwischen uns hat sich nichts geändert.« Sibeias Haltung wurde unvermittelt weicher und die Ablehnung wich aus ihrem Gesicht. »Ich möchte nur, dass du Vernunft annimmst.« Ihre Stimme wurde versöhnlich und sie fasste nach seinem Arm. »Dein Bruder ist stark. So stark, dass ungewiss bleibt, ob du ihn schlagen könntest, selbst wenn er geschwächt ist. Lass uns warten, Iulean. Es dauert nicht mehr lange und der Weg zum Thron wird frei sein.« Sibeias Finger wanderten über den Stoff seines Hemdes. »Gemeinsam können wir so vieles erreichen. Wirf es nicht weg, weil dich die Ungeduld zerfrisst. Nicht jetzt. Warte, bis die Stärksten auf deiner Seite stehen, und bis dahin, lass den Fluch für uns arbeiten.«

Wirf es nicht weg. Du bist zu schwach, um es aus eigener Kraft zu erreichen. Was sie wirklich meinte, verborgen hinter süßen Worten. Und er hasste es, dass er selbst es ebenfalls glaubte. Dameo würde ihm überlegen bleiben bis zu seinem letzten Atemzug.

Iulean blickte über ihren Kopf hinweg auf die Buntglasscheiben. Die erwachende Sonne, die seine Blutgier in die Schranken wies und seine Magie erstarken ließ. »Ich habe so viele Jahre auf diese Gelegenheit gewartet, Sibeia. Endlose Jahre. Mein ganzes Leben lang.«

»Das weiß ich.« Sie fasste nach seinem Kinn und drehte sein Gesicht, damit sie ihn anblicken konnte. »Das habe ich auch, Iulean. Ich habe auch mein Leben lang auf diesen Augenblick gewartet. Und gemeinsam werden wir alles erreichen, was wir möchten. Alles, was wir brauchen, ist nur noch ein klein wenig Geduld. Vertrau mir.«

Sibeia lächelte gewinnend. Schmeichelnd. Für einen Moment wollte er sie von sich stoßen, aber er wusste, dass er sie brauchte. Ihre Hexenkraft war so viel stärker als seine. Ohne sie würde er keinen Tag auf dem Wandlerthron überdauern. Plötzlich verabscheute er sie dafür. Für ihre Schönheit, die sie einsetzte, um zu erlangen, was sie wollte. Ihre Einflüsterungen, die geschickt beeinflussten, damit sie ihren Willen durchsetzte. Ihre *Macht*, die sie über ihn besaß. »Also verzichte ich auf meine Rache und du bekommst, was du willst«, sagte er tonlos.

»Was *wir* wollen«, betonte sie nachdrücklich. »Gemea in den Händen, in die sie gehört. Frei von den Angelis und den Valerian, die über uns bestimmen. Es ist der richtige Weg, glaube mir.« Ihre Finger spielten mit dem kristallenen Pendel, das sie niemals ablegte. Es fing das Lodern des Kamins ein, ebenso wie den Sonnenaufgang. Das rötliche Funkeln spiegelte sich in ihren meerblauen Augen.

»Was wir wollen. Natürlich«, wiederholte er. Es schmeckte schal auf seiner Zunge.

»Lass nicht zu, dass dein Rachedurst dich blendet, Iulean.« Sie ließ von dem Pendel ab und sah flehend zu ihm auf. Ihre Hände fuhren über seine Brust und legten sich um seinen Nacken. Eine Fessel aus verlockend duftender Haut, in der er sich vor langer Zeit verfangen hatte. »Wir werden alles erreichen, was du dir ersehnst. Und so vieles mehr«, flüsterte sie beschwörend. »Und nun erzähl mir mehr über die Tür, die du entdeckt hast.«

Sie zwinkerte ihm zu. Ein Köder, der ihn auf eine andere Spur lenken und beschäftigen sollte. Ebenso wie ihr Körper, der sich an ihn schmiegte, kaum bedeckt von den seidenen Bahnen aus unschuldigem Weiß. Iulean ließ zu, dass sie ihn zu dem Diwan hinüberzog, der vor der rot glühenden Fensterfront aufgestellt war. Ihr willenloses Spielzeug. Doch seine Finger kribbelten, als er sich danach sehnte, die Fäden in die Hand zu nehmen, die *sie* nach *seinem* Willen tanzen lassen würden.

Vielleicht wollen wir nicht mehr das Gleiche, Sibeia. Er verschloss es in sich und zwang ein Lächeln auf seine Lippen, als sie ihn in die Kissen stieß und auf seinen Schoß niedersank.

19
Verlorene Erinnerungen

Die letzten Regentropfen versiegten und mit ihnen erlosch das Wüten der Flammen endgültig. Rauch verhüllte die Sicht wie ein barmherziger Schleier. Er kroch in seine Lungen und kratzte in Dameos Kehle. Er nahm ihn so wenig zur Kenntnis wie die Brandwunden auf seinem Körper. Auf der anderen Seite des Raumes war Domia Lucea damit beschäftigt, Bannzauber über den toten Leib der Kreatur und die Spiegelscherben zu sprechen. Ihre Züge waren bleich und abgehärmt, die Müdigkeit in ihren eingefallenen Augen zu erkennen. Sie würden das Biest hinausschaffen und verbrennen müssen, sobald es möglich war. Der goldene, von Kratzern übersäte Körper lag wie ein Berg zwischen Splittern und Holzbrocken. Besser, er kümmerte sich schnell darum, bevor die Sonne zu stark wurde.

Adias Weinen war zu einem trockenen Schluchzen verklungen, als keine Tränen mehr kommen wollten. Ihr Kopf war über Neveas' reglose Gestalt gesenkt und sie hielt sein Gesicht noch immer in den Händen, als wollte sie ihn nie wieder loslassen. Die Schuld war wie ein glühendes Eisen, das sich in Dameos Fleisch brannte. Seine Torheit hatte die Kreatur durch den Spiegel brechen lassen. Sein ungezähmter Zorn. Einmal mehr war er die Ursache für ihren Kummer. Die Ursache für … den Tod des Freundes, der ihm näherstand als ein Bruder. Noch war der Schmerz dumpf, aber Dameo wusste, dass er mit jeder Stunde an Schärfe gewinnen würde.

»Adia.« Dameo legte behutsam die Hand auf ihre Schulter. »Lass mich ihn nehmen. Wir können nicht hierbleiben.«

»Ich kann nicht. Ich kann ihn nicht loslassen«, wisperte sie bebend.

»Adia, wir müssen …«, er stockte, als er die winzige Bewegung gewahrte. Das kaum merkliche Beben von Neveas' Brustkorb. »Adia!«, sagte er lauter.

Ihr Kopf ruckte alarmiert in die Höhe. Neveas' Oberkörper hob sich unter einem qualvollen Keuchen, das in ein trockenes Husten mündete. Zitternd richtete er sich auf, bis er sich auf einen Ellenbogen stützen konnte. »Verfluchtes Biest«, ächzte er schmerzerfüllt. »Das tut verdammt weh.«

»Du … du lebst!« Adias Aufschrei erstickte in einem fassungslosen Lachen. Sie warf die Arme um seinen Hals und Neveas' freier Arm schlang sich um ihren Nacken. Mühsam zog er sie an sich und presste die Lippen auf ihren Mund. Adia verharrte in seiner Umarmung, zu entgeistert, um sich regen zu können.

»Ich werde nicht sterben, ohne dich wenigstens ein einziges Mal geküsst zu haben, Adia Angelis«, wisperte er heiser, dann fiel er zurück.

Dameo konnte das Staunen auf Adias Gesicht lesen, als sie sich von ihm löste, zum ersten Mal aller Worte beraubt. Dann verzerrten sich ihre Züge, als sie sich in den vertrauten Schutz des Zorns flüchtete. »Oh, ich hasse dich, Neveas! Ich habe geglaubt, du seist tot und du hast nichts Besseres zu tun, als deine albernen Scherze mit mir zu treiben!« Sie wollte nach ihm schlagen und wagte es doch nicht.

Neveas lächelte gequält, als Adia die Wahrheit hinter Schutzmauern schob, die ihre Freundschaft nicht verändern würden. Dameo wusste nicht, ob ihn seine Wunden oder ihre Verleugnung stärker schmerzten. Aber es war bedeutungslos.

Für einen Augenblick war seine Erleichterung zu groß, um etwas anderes fühlen zu können. Eine Welle, die alle Gedanken und Empfindungen mit sich riss. Er schloss die Augen und atmete aus, dann blickte er auf Neveas' Wunden. Sein Blut tränkte den Teppich wie ein glänzend roter See, doch die Klauenspuren auf seiner Brust begannen sich unter der dunkel geronnenen Schicht zu schließen. Die geschwärzten Stellen seiner Haut schwanden mit jedem Atemzug und ließen gesundes Fleisch zurück. Er hatte geglaubt, einen Bruder verloren zu haben. Aber Neveas würde leben.

»Die Götter haben heute all ihren Segen für dich aufgebraucht«, murmelte Dameo. »Du hattest mehr Glück, als ein Sterblicher haben dürfte.«

»Das Biest?«, fragte sein Freund schwer atmend.

Dameo deutete mit dem Kinn auf den starren goldenen Hügel.

Neveas nickte und machte Anstalten, sich von Neuem auf die Ellenbogen zu stützen. »Gut. Es muss hier raus.«

Dameo schob ihn unsanft zurück. »Ja. Und du hast genug Blut verloren, um ein Wandlerheer zu stärken. Du bist mir keine Hilfe«, knurrte er schroff. »Adia, sorg dafür, dass er vernünftig bleibt. Schaffst du es, ihn allein hier rauszubringen?«

Adias Wut war so schnell verraucht, wie sie gekommen war. Sie war bleich wie ein Laken, ihre Wangen von feuchten Spuren überzogen. Ihr Haar klebte wirr an der Feuchtigkeit, wo es sich aus ihrer Frisur gelöst hatte. »Ja … ja, natürlich«, stammelte sie hastig.

Neveas schloss ergeben die Augen und ließ zu, dass sie vorsichtig die Hände unter seine Achseln schob. Dameo ignorierte das Brennen in seinen Muskeln und erhob sich. Es gab vieles, was sie zu klären hatten, wenn er nicht in der Nähe war. Wenn *niemand* in der Nähe war. Was zwischen ihnen geschehen würde, war nicht für ihn bestimmt.

»Domia«, wandte er sich an die Hexe. »Wenn Ihr be…«

»Dameo! Kommt schnell!« Er zuckte zusammen, als die Stimme der Katzenfrau durch den Gang schallte. Ein Kribbeln rann durch seine Venen, als wollte sich der Regenschauer in seinen Gliedern fortsetzen. Silber übergoss ihn wie eine Flut, die ihn von den Füßen reißen wollte, und er spürte … er spürte …

Vater der Winde …

Dameo schwankte und stützte sich an der Wand ab. Das Bildnis seines Vaters rutschte herab und der Rahmen zersplitterte auf dem Marmor.

Gleichgültig.

Er stieß sich ab und durchquerte taumelnd den Gang. Den Salon. Auf der Schwelle seines Schlafgemachs erstarrte er, sein Herzschlag so laut und schnell, dass er ihm den Atem nahm.

»Alysea.«

Ihr Name war nur ein Flüstern. Sie regte sich schwach und blinzelte in das Gesicht des Mannes, der sich über sie beugte. Er war blass, seine

Haut von blutigen Striemen überzogen. Das Haar hing in tropfenden Strähnen in seine Stirn und seine Kleider klebten an ihm, als wäre er aus einem Regenschauer gekommen. Sie verstand nicht, warum. Aber er war *hier* und sie spürte ihn. Seinen Unglauben. Seine Erleichterung. Freude. Seinen Herzschlag, der über das Silberband pulsierte. Nichts anderes zählte.

»Mir ist kalt«, wisperte sie matt und zupfte kraftlos an der Decke. Ihre Glieder wollten kaum gehorchen. Sie fühlte sich krank und zerschlagen, dennoch lächelte sie, als Dameo sie in die Arme zog und die Decke fester um ihren Körper wickelte.

»Ich habe geglaubt, ich hätte Euch verloren«, murmelte er in ihre Halsbeuge. Er roch nach Rauch. Nach Blut. Der Geruch hing über seinem Schlafgemach und sie fühlte das quälende Brennen in seinen Händen. Verwirrend. Zu verwirrend, solange der Schmerz hinter ihrer Stirn pochte wie Hammerschläge auf einem Amboss.

Alysea atmete aus und schloss die Augen. »Ihr könnt mich nicht verlieren«, gab sie schwach zurück. »Wir sind verbunden. Im Leben und bis über den Tod hinaus.« Sie hob die Hand und der silberne Faden, der sie aneinanderband, schimmerte im Kerzenlicht. »Ihr könnt mir nicht entkommen, Dameo Angelis. Besser, Ihr gewöhnt Euch an den Gedanken.«

Sein lautloses Lachen vibrierte an ihrer Schulter. »Verrückte Hexe. Es gibt nichts, was ich mir weniger wünsche, als ohne Euch leben zu müssen. Jetzt und über den Tod hinaus.« Er schwieg für einen langen Moment und sie lauschte seinen Atemzügen, die über ihre Haut strichen. »Wo seid Ihr gewesen, Alysea?«, fragte er schließlich widerstrebend.

»Ich … war in der Geisterwelt, zumindest glaube ich das … aber … es war nicht Seraphia, die auf meinen Ruf gehört hat. Es war Florea.« Alysea zog die Stirn in Falten und versuchte, den Schmerz zu durchdringen, der ihre Erinnerung mit Nebel überzog. Dann begann sie stockend zu erzählen, was sie erlebt hatte. Als sie ihre Erzählung beendet hatte, sah sie zu Dameo auf, der ihr schweigend zugehört hatte. »Ich verstehe nicht, was es zu bedeuten hat, Dameo. Adrean in Ketten. Floreas Furcht. Nichts davon will zusammenpassen oder einen Sinn ergeben. Warum ist er gefangen?«

Dameos Finger entwirrten müßig ihr Haar. »Es ergibt keinen Sinn, weil wir nichts über den Fluch wissen. Seraphia hat all ihre Geheimnisse mit ins Grab genommen.«

»Aber Seraphia antwortet nicht.«

»Die Frage ist, warum sie es nicht tut und wer dich zu Florea geführt hat. Ein Ruf, der in der Geisterwelt ausgesandt wird, holt nie den Falschen herbei. Außer, er kann ihm nicht folgen.« Eine dritte Stimme. Eine Stimme, die sie niemals am Nachthof zu hören erwartet hätte.

Alysea hob den Kopf und fand die ältere Frau, die am Eingang zu Dameos Schlafgemach verharrte. Sie wirkte erschöpft, der Saum ihres Rockes war von feuchten Flecken besudelt. »Domia Lucea?«, fragte sie ungläubig. »Wie seid Ihr hierhergekommen?«

Ihre Lehrmeisterin zeigte ein schwaches Lächeln. »Sofea hat mich geholt und mir alles erzählt. Wenngleich mir scheint, dass keiner meiner Zauber so stark hätte sein können wie das Silberband.«

Alysea spürte, wie Wärme in ihre Wangen stieg und die Reste der Kälte vertrieb. Sie schluckte das verlegene Räuspern, das in ihrer Kehle saß und das nicht allein durch Dameos Nähe genährt wurde. »Ihr wisst, was ich getan habe.«

Eine Feststellung, die nur mühsam über ihre Lippen dringen wollte. Die ältere Hexe neigte den Kopf. »Ich weiß es und ich heiße es nicht gut. Vangelas wird nicht ungeschoren davonkommen, sobald ich ihn in die Finger bekomme.« Sie sagte es so finster, dass sich Mitleid mit dem Dämonenprinzen in Alysea regte. Dann wurde Domia Luceas Miene weicher. »Aber ich hätte ebenso gehandelt, wenn ich dir damit hätte helfen können. Und ich wünschte, du wärest zu mir gekommen, bevor du dich in Gefahr begeben hast, Alysea.«

Domia Lucea trat in das Gemach und Sofea erschien in ihrem Rücken. Sie wirkte klein und verloren, es war offensichtlich, dass sie sich nicht wohlfühlte. Alysea ahnte, wie stark ihr Drang sein musste, die menschliche Gestalt abzulegen und in das Katzenfell zu schlüpfen.

»Ihr durchnässt die Laken, Nachtfürst«, sagte Domia Lucea mit erhobenen Brauen. »Und es gibt eine Aufgabe, die Euch erwartet. Ihr solltet sie nicht länger aufschieben.«

Alysea fühlte die milde Spur von Ärger, die Dameo durchzuckte, abgelöst von Schuldbewusstsein und einem Funken … Humor?

Er schnaubte und löste sich von ihr. »Es ist in der Tat unentschuldbar, wenn ich mein eigenes Bett besudle.« Seine Lippen streiften über Alyseas Hand. »Eure Lehrmeisterin führt ein gestrenges Regiment und mir bleibt keine Wahl, als mich ihm zu unterwerfen, wenn ich Gnade vor ihren Augen finden will.« Er neigte den Kopf vor Domia Lucea, eine galante Geste, die von Spott durchsetzt war. »Könnt Ihr für eine Weile auf mich verzichten, Serea?«

Nein, sie konnte es nicht. Alysea wollte nach seiner Hand greifen und ihn aufhalten. An seinem Zögern erkannte sie, dass er es spürte. »Ich kann es, wenn es verhindert, dass Ihr Euch den Tod holt, mein Fürst.« Sie zwang sich zu einem Lächeln und Dameo erwiderte es halbherzig, ehe er aus dem Zimmer verschwand.

Die ältere Hexe sah ihm mit schief gelegtem Kopf hinterher und ein verstohlenes Lächeln spielte um ihre Lippen. Dann kam sie zu Alysea herüber und legte die Hand auf ihre Stirn. Sie nickte zufrieden und seufzte. »Du hast den Sonnenhof in Aufruhr versetzt, als du hierhergekommen bist, mein Kind. Aber ich gebe zu, ich habe dennoch nicht erwartet, was ich hier vorgefunden habe.«

»Sie wollen meine Magie verschließen, Domia. Die Zeit läuft mir davon. Ich hatte keine Wahl«, brach es verzweifelt aus ihr heraus. Alysea ließ sich in die Kissen sinken, plötzlich zu schwach, um sich aufrecht zu halten. »Und es war umsonst. Alles. Ich weiß nicht mehr als vorher. Bestenfalls hat all das noch mehr Rätsel aufgeworfen, ohne eine einzige Antwort zu geben. Ich habe uns alle in Gefahr gebracht, ohne etwas zu bewirken. Und Dameo … ich konnte ihn nicht mehr spüren. Ich dachte, er sei … ich dachte, ich hätte …«, sie brach ab, als sie bemerkte, dass sich Feuchtigkeit hinter ihren Lidern sammelte.

»Shh. Es ist gut. Du bist hier. Er ist es auch. Und es ist noch nicht vorüber, Alysea.« Domia Lucea setzte sich auf das Bett und streichelte über ihre Wange. »Dir liegt erstaunlich viel an dem Wandler«, stellte sie versonnen fest. »Und ihm an dir. Ich habe nie gehört, dass der Schutzinstinkt bestehen bleibt, wenn das Silberband erloschen ist.«

»Ich glaube kaum, dass es allein das Silberband ist, das Alysea mit dem Nachtfürsten verbindet, Domia.« Sofea war näher gekommen und ließ sich auf der anderen Seite nieder. Sie mied den feuchten Fleck, den Dameo hinterlassen hatte, und lächelte schelmisch. »Aber sie gibt es nicht gern zu.«

Domia Lucea brummte zustimmend. »Das wundert mich nicht, nachdem sie jeden Bewunderer, der sich meiner Hütte genähert hat, mit Brunnenwasser übergossen hat.«

»Domia!«, protestierte Alysea entgeistert. »Ich bin nicht zu Euch gekommen, um mich mit den Dorfjungen im Stroh zu wälzen!«

»Nein, du hast es besser getroffen. Die seidenen Laken des Nachtfürsten sind eindeutig weicher.« Sofea zwinkerte ihr zu und fuhr schnurrend über die Seidenkissen. Die Sorge in ihren Augen wirkte milder, auch wenn ihre Spuren in ihr Gesicht gezeichnet blieben.

»Sofea! Sei nicht schamlos.« Domia Luceas Mundwinkel zuckte trotz ihres Tadels und plötzlich war es, als säßen sie in ihrer Hütte um das Feuer. Versetzt in eine Vergangenheit … die es nicht mehr gab. Der heitere Moment zog vorüber und die Decke auf ihrem Körper schien schwer wie Stein, der sie ersticken wollte.

»Ich weiß mir keinen Rat mehr, Domia«, gab Alysea leise zu. »Ich kämpfe mit bloßen Händen gegen eine Mauer aus Eisen. Was ich tue, verursacht noch nicht einmal einen Kratzer auf ihrer Oberfläche.«

Das Licht auf den Zügen der anderen Hexe erlosch. Plötzlich wirkte sie grau und müde. Die Jahre ihres Lebens waren ihr anzusehen, obwohl sie meist jünger erschien, als sie es tatsächlich war. »Wir werden gemeinsam gegen sie kämpfen, mein Kind. Das verspreche ich dir. Aber was du jetzt brauchst, ist Ruhe. Der Zirkel wird dich heute Nacht nicht vor sein Gericht stellen und niemand wird deinen Schlaf stören, solange ich über dich wache. Es ist ein Segen für uns, dass die Geisterwelt dich freigegeben hat, Alysea. Ich hatte die Hoffnung aufgegeben. Er hat es nicht. Und ich schäme mich dafür, dass ich so wenig Glauben besessen habe.«

»Das Silberband reicht tiefer, als es Worte je ausdrücken könnten. Er könnte mich so wenig aufgeben wie ich ihn.« Alysea senkte den Blick. »Das Buch …«

»Es ist verbrannt. Und es ist besser so. Ich hätte es tun sollen, als ich es zum ersten Mal in der Hand gehalten habe. Aber ich war zu schwach. Die Verbotene Magie zieht uns stärker in ihren Bann, als wir glauben möchten. Es ist schwierig, sie loszulassen, wenn wir ihre Macht erlebt haben.« Domia Lucea wich ihren Augen aus, als Alysea aufsah.

Verbrannt. Sie bezweifelte, dass ein schlichtes Feuer genügt hatte, um das Buch der Schwarzen Spiegel zu vernichten. Sie nickte wortlos und stellte keine Fragen, obgleich unzählige lose Fäden in ihrem Kopf nach Antworten verlangten. Und ja, Domia Lucea hatte recht. Selbst jetzt drängte es sie danach, noch einmal die Seiten der Schwarzen Spiegel aufzuschlagen und ihre Geheimnisse zu erforschen. Es war wie ein Sog, der nicht schweigen wollte. Schleichendes Gift, das sich in den Adern einnistete.

»Florea hat gesagt, dass *er* sich erinnern muss, was er wirklich ist. Ich verstehe nicht, was sie damit meint, oder ob sie tatsächlich von Dameo gesprochen hat. In keiner Erzählung über Seraphias Zeit finden sich Hinweise darauf, dass der Fluch einen anderen Hintergrund besessen hat als den Krieg zwischen Hexen und Wandlern.« Alysea blickte zum Fenster, hinter dem sich allmählich Helligkeit abzeichnete. Rauch stieg von den inneren Gärten aus in den Himmel, ein Schein, der zu rot war, um allein vom Sonnenaufgang zu stammen. Sie fing Dameos Besorgnis auf, seine Eile, aber nichts, was ihn zu sehr beunruhigte. »Ich war mit Meister Aemilan in der Bibliothek. Und jemand hat alles vernichtet, was mit dem Silberband in Verbindung steht. Wen es getroffen hat … wann. Es gibt nichts, was uns helfen kann.«

»Das letzte Silberband muss nahezu ein Jahrhundert in der Vergangenheit liegen«, gab Domia Lucea nachdenklich zurück. Sie folgte Alyseas Blick aus dem Fenster. »Aber als ich ein Kind war, hat man sich noch an ihre Namen erinnert. Iago Fabrian und Silvea Adamares.« Eine Falte erschien auf ihrer Stirn, als sie sich zu entsinnen versuchte. »Meine Großmutter hat es erlebt und sie hat davon erzählt, wenn wir in kalten Winternächten am Kaminfeuer gesessen haben.« Sie lächelte bei der Erinnerung, doch es verblasste schnell. »Beide entstammten Blutlinien, die entfernt mit den Fürstenhäusern verbunden waren, und ihre Familien waren nicht entzückt über die erzwungene Verbindung. Aber natürlich hatten sie kaum die Macht, zu verhindern, was Seraphia in Gang gesetzt hatte. Es heißt, dass es sie getroffen hat, als sie einander bei der Mondzeremonie gegenübergestanden haben.«

»Also haben ihre Familien den Gabentausch miteinander vollzogen?«, fragte Sofea von der anderen Seite. Sie hatte die Beine angezogen und das Kinn auf ihre verschränkten Arme gestützt.

»Offensichtlich«, stimmte Domia Lucea zu.

»So wie die Angelis und die Valerian«, sagte Alysea grüblerisch. »Aber Dameo und ich haben einander weder beim Gabentausch getroffen noch haben wir …«, sie schüttelte den Kopf. »Nein, es kann nichts bedeuten.«

»Es ist unwahrscheinlich, dass sie tatsächlich die Gaben getauscht haben«, erwiderte Domia Lucea. »Aber Großmutter erzählte oft von dem Augenblick, in dem sich das Silberband zwischen ihnen offenbart hat. Er hat seine Schwingen entfaltet und sie aus den Gärten der Kathedrale in die Lüfte gerissen, als sei er vom Mond geküsst. Ihre Brüder wollten ihn töten, als er seine Gefährtin zurückgebracht hat. Allein die Lichtstimme hat es vermocht, sie zu besänftigen und zu verhindern, dass sie den Grund der Kathedrale in Blut getränkt haben. Der Ruf der jungen Hexe war danach natürlich ruiniert. Es heißt, dass ihre Familie keine Zeit verloren hat, die Hochzeit anzusetzen, um sich von dem Makel reinzuwaschen.«

»Sie hatte vermutlich kaum noch Zeit, sich darüber zu sorgen, was die Gesellschaft über sie denkt«, warf Sofea humorlos ein. »Es ist erstaunlich, wie schnell die Hexen ihresgleichen zu Huren machen. Als müssten sie fürchten, den Wandlern zu verfallen, sobald sie die gleiche Luft atmen.«

»Es ist wahrscheinlicher, dass Silvea sich halb zu Tode erschrocken hat, ebenso wie Iago«, antwortete Domia Lucea. »Letztlich ist es nie zur Zeremonie gekommen. Man hat sich erzählt, dass Silvea durch das Silberband verrückt geworden sei und versucht hat, in den Nächten zum Glockenturm zu gelangen, um sich dort mit Iago zu treffen. Sie haben sie eingesperrt, aber eines Nachts hat sie heimlich die Schlüssel ihrer Zofe an sich gebracht. Was dann geschehen ist …«, sie hob die Schultern. »Es gab genügend Hexenadelige, die geschworen haben, dass Iago sie in die Tiefe gestoßen hat.«

»Was beweist, dass sie nur Stroh in ihren Köpfen hatten. Kein Wandler würde jemals seine Gefährtin töten – und warum hätte er es tun sollen, wenn es gleichzeitig sein eigenes Todesurteil gewesen ist? Es hat ihren Hass genährt, sonst nichts«, murmelte Alysea voller Abscheu. »Aber das bedeutet, Iago hat die Schwingen der Angelis besessen. Ich habe immer geglaubt, sie wären niemals außerhalb der Blutlinie aufgetreten.«

»Und doch hat Adrean Luceas sie offenbar ebenso getragen wie Iago Fabrian.« Domia Lucea zog bedeutungsvoll die Brauen in die Höhe. »Und das bedeutet, dass sie der gleichen Blutlinie entstammen müssen.«

»Und dass es auch eine Gemeinsamkeit zwischen den Hexen geben könnte. Einen Schlüssel, nach dem wir suchen können.« Es war ein erster Ansatz für ihre Suche. Alle Schriftwerke über das Silberband mochten verschwunden sein, aber die Ahnentafeln der adeligen Familien waren es gewiss nicht. Sechs Namen … es war nicht viel. Doch für den Augenblick war es mehr, als sie sich erhofft hatte. Alysea zerknautschte die Seidendecke unter ihren Fingern, als ihre Aufregung wuchs. Sie schob die Decke von sich, ohne einen zweiten Gedanken an ihren Zustand zu verschwenden.

»Sobald du geschlafen hast.« Domia Lucea zog die Seide aus ihren Händen und breitete unerbittlich die Decke wieder über Alysea aus. »Du bist bleich wie eine Tote, Alysea. Ich bezweifle, dass du dich lange auf den Beinen halten kannst. Und ich glaube kaum, dass du in dieser Verfassung die Bibliothek des Sonnenhofes aufsuchen solltest. Aurea würde alle Palastwachen vor deiner Tür versammeln und dich nie wieder in die Freiheit entlassen. Ich gehe allein.«

Allein. Und sie blieb zur Untätigkeit verdammt zurück, obwohl es *ihr* Leben war, das auf dem Spiel stand. Wie könnte sie das? »Aber Mutter wird Euch niemals einfach in die Bibliothek spazieren lassen, wenn Ihr plötzlich vor den Toren des Sonnenhofes steht«, protestierte Alysea. »Womit wollt Ihr Euren Besuch begründen? Mit einer unerwarteten Sehnsucht nach dem Hofleben? Sie wird Euch niemals glauben und sofort erraten, was Euch wirklich zu ihr führt.«

»Nein, deine Mutter wird nichts von meinem Besuch erfahren. Meister Aemilan ist mir einen Gefallen schuldig. Einen großen Gefallen. Und es wird Zeit, dass ich ihn einfordere. Ich habe viel zu lange damit gewartet.«

Sie klopfte auffordernd auf die Kissen und erhob sich. Sofea glitt aus dem Bett. »Ich komme mit Euch, Domia. Ihr werdet nicht durch die Vordertür gehen wollen und Meister Aemilan kennt mich. Er wird mir nicht den Einlass verweigern, wenn ich ihn um Hilfe bitte. Ich werde ihn davon unterrichten, dass Ihr ihn zu sehen wünscht.«

Es war so ungewöhnlich für die Katze, dass es Alysea nicht gelang, ihre Verblüffung zu unterdrücken. »Du gehst?«

»Ich bezweifle, dass ich hier erwünscht sein werde.« Sie wies auf das Schlafgemach, das eindeutig nicht Alyseas war. »Ich glaube nicht, dass der Nachtfürst allzu sehr darauf erpicht sein wird, bei seiner Rückkehr Katzenhaare in seinem Bett zu finden, ganz zu schweigen von einer Katze. Und außerdem könntest du nirgends sicherer sein als bei ihm. Er wird dich eher ans Bett fesseln, als dich gegen Domia Luceas Rat gehen zu lassen.« Sie entblößte die Zähne zu einem anzüglichen Grinsen. »Aber wahrscheinlich würde dir das nicht missfallen, nicht wahr?«

»Oh, schmor im Abgrund, Sofea Cantares!« Alysea verfluchte ihre Schwäche, die nicht zuließ, dass sie rechtzeitig etwas fand, das sie nach der Katzenfrau schleudern konnte, die lachend über die Schwelle verschwand.

»Schlaf jetzt, Alysea«, sagte Domia Lucea und ihr Schmunzeln erlosch. »Für den Augenblick gibt es nichts, was du tun kannst. Wir werden einen Weg finden, um dieses Rätsel zu lösen. Du bist nicht allein.« Eine Ermutigung. Für sich selbst wie für Alysea. Die ältere Hexe drückte ihre Hand und folgte Sofea nach einem letzten Blick nach draußen.

Alysea sank kraftlos in die Kissen, überwältigt von der Stille, die unvermittelt einkehrte und sie ihren Gedanken überließ. Ruhelos wälzte sie sich von einer Seite auf die andere, ohne Schlaf zu finden, bis die Frage in ihrem Geist erwachte, die sich hinter Kopfschmerz und Trubel verborgen hatte. Sie öffnete die Augen und stemmte sich auf die Ellenbogen. Denn wenn alle Wandler, die das Silberband getragen hatten, tatsächlich Schwingen besessen hatten … warum war es dann keinem von ihnen gelungen, seine Gefährtin vor dem Sturz zu bewahren, der sie das Leben gekostet hatte?

Die Stufen schwangen sich in einer endlosen Spirale in die Höhe. Sie stieg hinauf, obgleich sie wusste, dass das Verderben an ihrem Ende lauerte. Das Silberband glühte und wies ihr den Weg. Vorüber an den groben Steinwänden, die nur selten von Fensteröffnungen durchbrochen wurden. Dämmerlicht kündigte die Nacht an. Es ließ die Tiefe unter ihr erscheinen wie den offenen Schlund eines Ungeheuers, das darauf wartete, dass ihr Fuß fehlging.

Doch ihr Blick verweilte nicht auf der Dunkelheit. Er ruhte auf dem Gebälk über ihr, emporgezogen von den Qualen, die das Silberband durchströmten.

Seinen *Qualen.*

Es gab keinen Weg, sich vor ihnen zu versperren. Keinen Weg, ihnen zu entrinnen. Sie krochen in ihre Glieder und fanden einen Nachhall darin. Es war wie ein stummer Aufschrei, ein Ruf, der sie zerreißen würde, wenn sie ihm nicht folgte.

Die Glocken begannen zu läuten und ihr Ton erschütterte die Stufen unter ihren Füßen. Schwer. Getragen. Er fuhr in ihre Knochen und vibrierte bei jedem Schritt in ihrem Inneren, als riefen sie zu ihrer Hinrichtung. Trotzdem ging sie weiter, hinauf zu der Galerie, die sich rund um den Aufgang zog. Stein, der noch verbarg, was sie nicht sehen wollte. Und doch gab es keinen Weg, die Augen vor dem zu verschließen, was sie längst wusste. Es war bereits in ihr verwurzelt und es hatte sich entfaltet wie die Blätter einer giftigen Blume, die den Tod brachte.

Nur wenige Stufen bis zum Ende des Aufstiegs. Wenige Schritte. Sie holte zittrig Atem und wappnete sich. Dann überwand sie die letzte Distanz.

Fesseln gruben sich in seinen Körper und zerschnitten seine Haut. Sie banden seine Flügel und stahlen seine Freiheit. Sie konnte jede Feder spüren, die aus seinem Fleisch gerissen worden war. Nadelstiche in ihrem Rücken. Darüber hinaus. Selbst wenn sie niemals Schwingen besessen hatte. Seine Lider waren geschlossen. Sein Atem ging schwer. Sie wusste, dass es keine gewöhnlichen Seile waren, die ihn banden. Nichts hätte je seine Stärke im Zaum halten, ihn von ihr fernhalten können, wenn sie nach ihm rief. Es waren geschwärzte Riemen, die nach verbotener Magie stanken. Der Hauch der Pest, die sich durch sein Blut fraß und ihm seine Kräfte raubte. Schwarze Adern auf seiner Haut, wo sich das Gift zu seinem Herzen schlich, um ihn auszulöschen.

Tränen rannen über ihre Wangen und er öffnete die Augen. So schwach. So langsam, weil ihm selbst die winzige Bewegung Qualen bereitete. Sein helles Haar war von seinem Blut verfärbt. Beinahe schwarz, als hätte der Schatten, der in ihn gedrungen war, das Licht daraus geraubt.

Sie fiel auf die Knie und der Ring an ihrem Finger fing das schwindende Dämmerlicht ein. Sein Blut. Ihr Blut. Vereint. Es fand ein Echo an seiner Hand. Ein Symbol für ihre Einheit, sichtbar für alle Augen, wenngleich nichts sie stärker binden konnte als das Silberband.

»Adrean«, hauchte sie bebend.

Er antwortete nicht. Sie las das verzweifelte Flehen in seinen meerfarbenen Augen: Lass mich allein. Lass es geschehen und rette dich. Wir haben verloren.

Doch sie konnte es nicht. Sie würde ihn niemals verlassen können. Das Band hatte über sie entschieden und sie trug das Schicksal, das es für sie ausersehen hatte. Es gab keinen Ausweg mehr. Seine Seele war zu weit in die Dunkelheit gestürzt. In die lichtlose Leere. Die Falle war zugeschnappt.

Ihre Finger verschlangen sich ein letztes Mal mit denen ihres Gefährten, als sich Schritte über die Treppe näherten. Sie starrte auf den Saum des kostbaren Mantels. Rot wie Blut. Von goldenen Fäden geschmückt. Dann hob sie den Blick und begegnete den Augen, denen sie ihr Leben lang vertraut hatte. Den Augen, die sie letztlich verraten hatten. Gekommen, um es zu beenden.

Ebenso wie sie.

»Warte auf der anderen Seite auf mich«, flüsterte sie in sein Ohr und sie spürte seinen Aufschrei tief in ihrem Inneren. Den Protest, den seine Lippen nicht mehr hervorbringen konnten. Ihre Hand schloss sich um das Zaubersiegel, das sie um den Hals trug. Sie erhob sich und trat rückwärts an die Arkaden des Glockenturmes, unter denen der Sephris entlangrauschte.

»Venidae!«, schrie sie unter Tränen und Feuer erfüllte die Welt.

Ihr Aufschrei gellte in Alyseas Ohren und doch vernahm sie ihn nur aus der Ferne. Der Ring an ihrem Finger glühte und Hitze riss sie aus dem Schlaf. Feuer. Es brannte. Und es verbrannte ihre Welt. Ihre

Venen standen in Flammen und sie keuchte entsetzt auf, als sie von innen heraus verglühte.

Kühle Finger auf ihrer Haut. Eine Stimme, die nach ihr rief. Sie klammerte sich daran fest und das Lodern in ihrem Körper versiegte. Luft strömte in ihre Lungen wie eine kalte Welle, die das Feuer aus ihr heraustrieb. Sie öffnete die Augen und starrte blind auf den seidenen Baldachin, der die Decke ausschloss.

»Ich habe ihn getötet«, flüsterte sie. »Herrin des Lichts, ich habe ihn getötet!«

»Ihr habt niemanden getötet, Alysea. Es war nur ein Albtraum.« Eine besänftigende Antwort, aus der sie dennoch den besorgten Unterton heraushörte.

Alysea … Es war ihr Name. Sie war Alysea, nicht Florea Cosmean. Und die Stimme … sie wandte den Kopf. Dameo wischte behutsam über ihre Wangen und Alysea spürte die feuchten Spuren auf ihrer Haut. *Er* war ihr Gefährte. Nicht Adrean Luceas. Und er war hier. Es war ein Traum. Nur ein Traum. Nein … der grauenvollste Albtraum, den sie je durchlebt hatte.

Alysea schloss die Augen und atmete bebend aus. Instinktiv suchte sie Dameos Nähe und umfasste seinen Arm, um sich davon zu überzeugen, dass er wirklich hier war. »Ich habe ihn in meinem Traum gesehen, Dameo. Adrean. Sie hat ihn verbrannt. Florea hat ihn verbrannt. Und es war, als wäre ich in ihrem Körper. Als hätte ich die Magie entfesselt.« Es war unfassbar. Und doch … sie hatte es getan. Florea Cosmean hatte ihren Gefährten getötet. Alysea spürte das Echo ihres Schmerzes und ihrer Verzweiflung tief in sich.

Sie blickte in das Gesicht des Nachtfürsten. Eine Silhouette nur im dämmerigen Licht seines Schlafgemachs. Der Nachmittag ging in den Abend über. Die Sonne kämpfte schwächer gegen den dicken Stoff der Vorhänge an als am Mittag, als sie an Dameos Seite eingeschlafen war. Er schwieg und seine Miene war undurchdringlich, trotzdem konnte sie die feine Spur seines Grauens wahrnehmen, die sie über das Silberband erreichte. Es vermischte sich mit Unglauben. Abscheu. Sein Körper war starr unter ihren Händen.

Alysea richtete sich auf und gewahrte die Erschöpfung in ihren Knochen, auch wenn der Schlaf sie gemildert hatte. Sie blickte Dameo an, unfähig zu verstehen, was er in sich verbarg. Dann lichtete sich der Schleier und sie erkannte die unbarmherzige Wahrheit, die er nicht vor ihr preisgeben wollte, in seinem Blick.

»Es ist ein Verrat, der einer Hexe würdig ist. Das ist es, was Ihr nicht aussprechen wollt, nicht wahr?«, fragte sie tonlos. Es schmerzte sie, obgleich nicht sie es war, die er in Zweifel zog. Und doch … in gewisser Weise war sie es. Sie war wie Florea. Eine Hexe, die das Schicksal an einen Wandler gebunden hatte. Und ebenso wenig seines Vertrauens würdig wie Seraphias Tochter.

Die Steifheit wich aus Dameos Körper. Er stieß hörbar den Atem aus und lehnte sich an die Rückwand des Bettes. »Nein. Aber es ist … unvorstellbar. Jeder Wandler hätte sie dafür getötet, ohne nach ihren Gründen zu fragen. Auch ich. Es gibt wenige Verbrechen, die für uns gleichermaßen schwerwiegen.«

Er war ebenso aufgewühlt wie sie. Sie konnte es an der Art sehen, wie er sich durchs Haar fuhr. Eine Geste, die immer dann zum Vorschein kam, wenn er angespannt war. Sie hätte es deuten können, ohne das Silberband zu brauchen, so nah waren sie einander. Der Gedanke, ihn töten zu müssen … es war so grauenvoll, dass es ihr den Atem verschlug. Als müsste sie sich bei lebendigem Leib in der Mitte zerschneiden.

»Sie hat ihn geliebt, Dameo. Weit über das Band hinaus. Wie unvorstellbar muss das Grauen gewesen sein, dem sie gegenübergestanden haben, um sie dazu zu zwingen?«, sagte Alysea leise. Sie hob hilflos die Hände, als könnte sie fassen, was ungreifbar blieb. »Es war, als würde er von innerer Fäulnis zerfressen. Als würde etwas Dunkles in ihm nisten, das ihn auslöscht. Gift, verbotener Zauber … ich weiß es nicht.« Sie richtete sich auf, bis sie auf den Knien saß, und blickte auf den Ring an ihrem Finger. Ihre Verbindung zu Florea. Zumindest dessen war sie sich sicher. »Ich weiß nicht, wie sehr sich die Art unseres Bandes unterscheidet, aber ich weiß, wie unvorstellbar es für mich wäre, Euch etwas anzutun. Es würde mich zerbrechen, auch nur daran zu denken. Hexe, Wandler. Es ist gleichgültig, was wir sind. Es verbindet uns auf die gleiche Weise. Aber jemand hat sie verraten. Jemand, der Florea nahestand. Und dieser Verrat hat sie gezwungen, ihren Gefährten zu töten.« Alysea zog die Stirn in Falten, als sie sich an das Gesicht zu erinnern versuchte. Smaragdene Augen ... es war das Einzige, was in ihrem Gedächtnis verblieben war. Der Rest war von einem Schleier verhüllt. Das Gefühl von Vertrautheit ... Vertrauen, das enttäuscht worden war. Sonst nichts. Sie schüttelte ohnmächtig den Kopf. »Rätsel. Erinnerungen. Fragmente, die ins Leere führen. Nichts davon hilft uns weiter.«

»Nein. Es offenbart nur, wie wenig wir in Wirklichkeit über den Fluch wissen und wie sehr wir uns über seinen wahren Hintergrund täuschen müssen.« Dameo sah zum Fenster, seine Miene grüblerisch und dunkel. Er trug nicht mehr als eine lose sitzende Hose und das Zaubersiegel, das auf seiner nackten Brust lag. Er hatte es nicht abgelegt, obwohl niemand in sein Schlafgemach kommen würde, um die Wahrheit darunter zu entdecken. Es zeigte nur zu deutlich, wie tief der Zwang in ihm verwurzelt war, jede Schwäche vor seinem Hof zu verbergen.

Instinktiv fasste sie nach seinem Hals und löste den Verschluss der Kette. Er sah überrascht zu ihr auf, als das silberne Band mit dem Anhänger in ihre Hand rutschte. Ein Funken seines Widerwillens biss in ihren Geist, bevor es ihm gelang, den Impuls niederzuringen. Tatsächlich waren seine Wunden besser verheilt, als sie es erwartet hatte. Die Magie ihrer Salben und die natürliche Heilkraft der Wandler hatten die Verbrennungen und Risse heilen lassen. Blasse Male zogen sich über seine Haut, bleiche Erinnerungen an die Schrecken, die hinter ihnen lagen. Schon bald würden sie nicht mehr zu sehen sein.

»Es heilt rascher, als ich angenommen hätte«, murmelte sie. »Ihr werdet das Zaubersiegel nicht mehr lange tragen müssen.«

Er nahm die Kette aus ihrer Hand und wog sie in seiner Handfläche, ehe er die Finger darüber schloss. »Ich würde es gerne behalten. Eure Magie darin ist wie ein Stück von Euch, das ich bei mir trage, selbst wenn Ihr nicht in der Nähe seid.« Die Andeutung eines Lächelns spielte um seinen Mund und funkelte in seinen Silberaugen. »Oder fordert Ihr es zurück?«

Die Hitze, die in ihr aufstieg, hatte nichts mit dem Lodern des Feuers gemein, das der Albtraum in ihr entzündet hatte. »Ihr möchtet noch ein Band mehr, das Euch an mich bindet, mein Fürst? Fürchtet Ihr nicht die Macht, die es über Euch besitzen könnte?«, fragte sie neckend.

Dameo stieß ein raues Lachen aus. »Eure Macht über mich könnte kaum noch größer sein, Serea. Ich habe immer geglaubt, dass Ihr verloren seid, weil das Schicksal Euch an mich gekettet hat. Jetzt weiß ich, dass *ich* verloren war, als wir einander zum ersten Mal begegnet sind. Ich weiß nicht, was dieser Fluch bedeutet oder was er für uns bereithalten mag, aber ich bin Seraphia dankbar dafür, dass er Euch zu mir geführt hat.«

Alysea senkte den Blick auf das Laken. »Ich bin Eure Schwäche, Dameo. Ich bedrohe alles, was Ihr und Euer Vater errichtet habt. Selbst den Frieden unter Euresgleichen. Wie könntet Ihr jemals dankbar dafür sein?«

»Ich habe gelernt, dass es eine einzige Schwäche gibt, ohne die ich nicht leben kann.« Er legte die Hand an ihre Wange und die Wärme seiner Handfläche verschmolz mit der Hitze auf ihrer Haut. »Und ich würde sie nicht aufgeben, selbst wenn der Nachtthron deswegen unter meinen Fingern zerrinnt wie Sand.«

Seine Stimme war zu einem Flüstern gesenkt. Er war so nah, dass sie seine Atemzüge spürte, die sich mit ihren vermischten. So nah, dass sie sich des dünnen Stoffes ihres Nachtkleides so deutlich bewusst wurde wie seiner nackten Haut. Ihre Fingerspitzen glitten über seine Brust und folgten den Wölbungen seiner Muskeln. Sie bemerkte, wie sein Atem unter ihrer Berührung stockte. Er seufzte und zog sie an sich. Das Silberband pulsierte zwischen ihnen wie ein schlagendes Herz, als sich ihre Lippen berührten. Funken stoben auf und versengten sie, der silberne Faden umfing sie fester und ließ die Welt in einem hellen Glühen verschwimmen. Sie schlang die Arme um Dameos Nacken und grub die Finger in sein Haar. Alysea gewahrte seine Überraschung, als sie sich dichter an ihn drängte und sich mit ihm in die Kissen sinken ließ. Die Glut, die in ihm zu schwelen begann und die er zu besänftigen versuchte. Und sie wusste, dass er jede Einzelheit in ihr zu lesen vermochte wie sie in ihm. Das Echo, das sein Lodern in ihr fand. Den Moment, als ihr verräterischer Körper sich wünschte, dass er die Hand, die auf ihrem Bauch ruhte, tiefer wandern ließ. Die Mischung aus Verlegenheit und Verlangen, als sie unter ihren Nabel glitt. Erstaunen, als er … innehielt.

»Verflucht«, stöhnte Dameo. Sie konnte sein Lachen fühlen, ohne es hören zu müssen. Heiterkeit, die ihn selbst zum Ziel hatte. Alysea sah verwirrt zu ihm auf. Er schüttelte den Kopf und vergrub das Gesicht in ihrem Haar. »Ich kann nichts vor dir verbergen, selbst wenn ich es versuche. Ich bin ein offenes Buch für dich, das dir hilflos jede Regung offenbart. Ich bin nackt, ohne meine Kleider abgelegt zu haben. Und ich weiß nicht, ob es mir gefällt, dich alles sehen zu lassen, was in mir vorgeht.«

»Ich will nicht, dass wir versuchen, einander zu täuschen«, gab sie atemlos zurück. »Wir sind beide gleichermaßen nackt. Du kannst mich fühlen, so wie ich dich. Es gibt keinen Grund, uns hinter Masken verbergen zu wollen.«

»Nein. Aber ich wünschte, das Silberband würde nicht *jede* Einzelheit in dieser Deutlichkeit offenbaren.« Er schnaubte belustigt, dann hob er den Kopf. »Du weißt, was ich will, Alysea«, sagte er rau und Ernst drängte seine Erheiterung zurück. Sie öffnete den Mund, um zu antworten, doch er legte einen Finger auf ihre Lippen. »Du spürst, dass ich dich begehre. Aber ich will, dass dieser Augenblick uns gehört. Nicht Florea Cosmean und Adrean Luceas. Ich will nicht, dass du dir die Frage stellst, ob es das Silberband ist, das uns hierhergeführt hat, oder unser eigener Wille.«

Bedauern in seinen Worten. Die Reste seiner Leidenschaft rannen über das Silberband wie ein abebbender Strom, der sich im Meer verlor. »Sind es jemals Florea und Adrean gewesen? Oder allein das Silberband?«, fragte sie dumpf.

»Tief in mir hoffe ich, dass sie es nie gewesen sind. Dass es nichts gibt als dich und mich. Aber es ist zu früh, um es zu wissen. Ich will nicht, dass du eines Tages erwachst und erkennst, dass es Floreas Liebe zu Adrean war, die dich geblendet hat. Dass ich nichts als ein Schatten war, der seine Gestalt getragen hat.«

Alysea wand sich aus seinen Armen. Sie versuchte nicht, den Ärger zu verdrängen, der in ihre Stimme floss. »Glaubst du, dass du so wenig liebenswert bist, dass ich *ihre* Liebe brauche, um bei dir zu liegen? Dass ich einen Toten in dir sehe und nicht dich? Dass ich es bereuen würde, wenn mich ein Schattenwandler berührt hat, weil ich dich ohne das Silberband verabscheuen würde?«

Er wandte sich ab und blickte auf den Boden seines Schlafgemachs. »Nein. Aber sie ist in deinem Kopf, Alysea. Sie ist in dir und sie beeinflusst, was du in mir siehst. Was zwischen uns wächst. Wie dieses verfluchte Band.«

Ein winziges Aufflammen ihrer Magie, und das Silberband wurde unter ihren Händen sichtbar. Dameo drehte sich überrascht zu ihr um, als sein Licht den Raum erhellte. Alysea spannte es ärgerlich zwischen ihren Fingern. Unbehagen zuckte über Dameos Miene, als er das Zupfen am anderen Ende verspürte. »Siehst du? Es ist *unser* Band, Dameo. Es besteht zwischen dir und mir. Ich will nicht, dass sie Schatten bleiben, die über uns aufragen. Siehst du Florea in mir? Jetzt? In diesem Augenblick? Ist sie der Grund dafür, dass du hier bei mir bist?«

»Adrean lebt nicht in mir. Er ist nicht in meinem Kopf«, sagte er abweisend.

»Nein, Adrean lebt nicht in dir«, erwiderte Alysea düster. »Aber vielleicht eine Wahrheit, die wir beide nicht sehen können. Bist du sicher, dass sie keinen Einfluss auf das nimmt, was du in mir siehst?« Sie ließ das Silberband aus den Fingern gleiten und es löste sich auf. Er blieb ihr eine Antwort schuldig, aber sie hatte nichts anderes erwartet. »Nein, du kannst nicht sicher sein«, antwortete sie für ihn. »Trotzdem hältst du deine Gefühle für wahrhaftig, während ich Adreans Schatten nachjage«, schloss sie bitter.

Alysea vergrub das Gesicht in ihren Händen. Zu enttäuscht. Zu resigniert. Das Metall des Rings streifte ihre Haut und seine unnatürliche Wärme verursachte ihr Übelkeit, als sie sich an den Traum erinnerte. Kein Granat. Blut. Adreans Blut. Floreas Blut. Sie wollte es nicht mehr spüren. Sie zerrte an dem Reif und das Metall schnitt so tief in ihre Haut, dass es blutige Striemen hinterließ.

Dameo fing ihre Hände ab und hielt sie fest. »Nicht.«

»Warum nicht? Ihr Blut. Sein Blut. Warum soll sich meines nicht damit vermischen, wenn wir ohnehin so tief verbunden sind, dass wir alles miteinander teilen? Selbst unsere Gefühle!«

Er ließ sie los, als hätte sie ihn geschlagen, und Alysea starrte auf seine Finger, an denen die rote Spur haftete. Golden schimmernd, obgleich kein Sonnenlicht in den Raum fiel. Dameo rieb seine Handflächen aneinander und seine Anspannung stand in sein Gesicht geschrieben.

Alysea stieß den Atem aus und legte die Finger über den funkelnden Stein, als könnte sie ihn damit verschwinden lassen. »Seit der Mondzeremonie habe ich mir gewünscht, dass etwas zwischen uns entsteht, das tiefer geht als eine erzwungene Bindung. Dass du mich eines Tages aus freiem Willen als deine Gefährtin erwählst, weil du mir näherstehst als jeder andere. Wir *beide* teilen diesen Wunsch, Dameo. Aber was wir gewonnen haben, versinkt in Unsicherheit, kaum dass ich glaube, es fassen zu können. Es gleitet mir aus den Händen, ohne dass ich es festhalten kann. Denn was uns verbindet, steht ebenso zwischen uns wie eine verfluchte Mauer, die aus Misstrauen errichtet worden ist. Es trennt uns!«

Ihr Tonfall stieg höher und ihre Stimme brach, als die Verzweiflung sich an die Oberfläche kämpfte. Dameo fasste abermals nach ihren Händen, obwohl er wusste, dass ihr Blut an ihrer Haut haftete. »Nichts trennt uns, Alysea. Und was uns verbindet, wächst mit jedem Tag. Es wird stärker, so stark, dass ich es ebenso fürchte wie das Blut an deinen Händen.« Sein Haar strich über ihre Arme, als er sich nach vorn neigte und ihr Gesicht mit seinen Händen umschloss. »Ich *will,* dass du mein bist. Die Gefährtin an meiner Seite. Die Fürstin dieses Palastes. Die Frau in meinem Bett. Und ich will, dass wir frei sind. Frei von den Schatten einer Vergangenheit, die für uns nicht mehr greifbar ist.«

»Du bist ein starrsinniger Narr. Und du treibst mich in den Wahnsinn«, gab sie heftig zurück. »Uns bleibt nicht die Zeit, um die Schatten zu vertreiben. Siehst du das nicht? Vielleicht müssen wir uns mit dem zufriedengeben, was wir zu wissen glauben, um nicht zu verlieren, was wir besitzen.«

Er sah sie an, ohne sich zu regen. Seine Silberaugen dunkel von den Gefühlen, die in ihm stritten. »Ich werde nicht zulassen, dass wir es verlieren, selbst wenn alle Dämonen des Abgrundes versuchen, dich mir zu nehmen. Wir werden frei sein, Alysea. Und dann wird es niemanden mehr geben, der seinen Schatten über uns wirft. Kein Netz, in dem wir uns verfangen und das über unser Schicksal bestimmt.«

Es war ein Schwur. Das Versprechen, zu kämpfen. Das Erwachen eines eisernen Willens, den sie nie zuvor an ihm wahrgenommen hatte.

Gänsehaut bildete sich auf ihren Armen. In seinem Rücken wandelte sich das Licht. Die Sonne schwand und sie spürte die Präsenz des Mondes, der seine goldene Schwester verdrängte. Den unheimlichen Sog, der ihre Seele forderte. Der Nachtfürst erwachte in seiner Gegenwart zum Leben, als würde die Menschlichkeit von ihm weichen und etwas anderem Platz machen. Etwas, das so viel stärker war. Mächtiger. Sein Haar verschmolz mit den Schatten und zog sie an. Seine Augen glühten, von dem Erbe der Dämonen erfüllt, das sich unter seiner Haut verbarg. Es ließ ihn schimmern. In Silber getaucht wie eine Statue, die von Mondlicht übergossen wurde.

Alysea berührte ungläubig seine Wange und Dameos Miene zeigte Verwirrung, als er ihr Staunen bemerkte. »Was hast du?«

»Der Mond … er verändert dich«, flüsterte sie verwirrt. »Er weckt … *etwas* in dir. Du glühst, als würde er dich mit seinem Licht erfüllen. Es ist, als würde er einen Schleier zerreißen und die Wahrheit darunter zum Vorschein bringen …«, sie verstummte. Es war das hilflose Stammeln einer Verrückten, die nicht wusste, was sie sagte.

Dameo blickte an sich herab und seine Brauen zogen sich zusammen, als er suchte, was sie sah und es nicht fand. Das Glühen seiner Haut wurde schwächer, bis es erloschen war. Es erinnerte sie an etwas … an … an …

»Vangelas«, murmelte sie abwesend, als sich das Bild in ihrem Geist verdichtete.

Eine Regung, scharf wie eine Nadel, die in das Silberband stach. Eifersucht. Alysea blinzelte, als es sie in die Wirklichkeit zurückbrachte. Dameos Stirnrunzeln vertiefte sich. »*Vangelas?*«

Sein Gesicht war finsterer als eine Sturmwolke und ihr Lächeln trug nicht dazu bei, es zu erhellen. Alysea schüttelte den Kopf. »Oh, du bist ein solcher Dummkopf, Dameo.«

Er sah sie an, als hätte sie tatsächlich den Verstand verloren. Alysea neigte sich zu ihm und hauchte einen Kuss auf seine Lippen. Sein Erstaunen war wie ein kleines Vögelchen, das über das Silberband flatterte.

»Du kannst mit mir spielen wie eine Katze, die eine Maus gefangen hat«, knurrte er kehlig.

»Und es gefällt dir nicht?«

»Es gefällt mir besser, als ich wahrhaben will. Und ich warte darauf, dass mir deine Pfoten das Genick brechen.« Seine Stimme wurde dunkler und ließ einen Schauer über ihre Haut rinnen.

»Katzenpfoten können so sanft sein wie Samt, solange du ihnen keinen Grund gibst, dich die Krallen dahinter spüren zu lassen.« Alysea zwinkerte ihm zu, doch dann verflog die Leichtigkeit, die zwischen ihnen herrschte. »Du bist mehr, Dameo. Mehr, als es den Anschein besitzt. Florea hat die Wahrheit gesagt. Etwas schlummert in dir, wie die wahre Gestalt eines Dämons, die sich hinter seiner menschlichen Fassade verbirgt, damit wir nicht sehen, was uns erschrecken würde. Und der Mond lässt es zum Vorschein kommen, sobald er die Sonne am Himmel ablöst und sein Einfluss wächst.«

»Ich bin eine Kreatur, die Hexen erschaffen haben, Alysea«, gab er halb amüsiert, halb verdrossen zurück. »Es gibt kaum ein Geheimnis, das sich darin verbergen könnte. Wenn man davon absieht, dass es mich zu einer Abscheulichkeit macht, die dem Schoß der Welt auf widernatürliche Weise entrissen worden ist.« Sein Lächeln wirkte grimmig, als würde er sich selbst dafür verabscheuen.

»Nein, es *gibt* ein Geheimnis. Es mag sich vor den Augen der Welt verbergen – selbst vor deinen Augen –, aber ich habe es gesehen. Und ich glaube, dass Florea es ebenfalls gesehen hat. An Adrean. Und dass es der Grund für alles ist, was geschehen ist.« Alysea rieb die Facetten des Rings an ihrem Finger. Blut, in dem sich die Wahrheit versteckte, die Florea sie erkennen lassen wollte. »Wir müssen die verlorene Erinnerung finden. Und sie lebt in *dir*. Nicht in mir. Ich bin der Bote, aber *du* bist der Schlüssel, Dameo. Die einzige Frage, die bleibt, ist, welche Tür wir damit öffnen.«

»Und ob wir diese Tür aufstoßen wollen«, fügte er grimmig hinzu. Er sah sie an. Die Silberaugen eines Schattenwandlers, glühenden Monden gleich. Und sie fürchtete die Antwort, die sich dahinter verbarg. Die Antwort, von der sie ahnte, dass sie die Grundfesten Gemeas erschüttern würde, wenn sie jemals ans Licht des Tages gelangte.

Er blickte auf seine Hand, gewöhnlich im Licht des Mondes, das durch die geöffneten Vorhänge drang. Kein silberner Schimmer, keine verborgene Magie. Nichts. Dameo ließ die Hand sinken und lehnte das Kinn auf Alyseas Scheitel. Sie war eingeschlafen, noch erschöpft von der dunklen Magie, die sie gewirkt hatte, und er war wach zurückgeblieben. Zum ersten Mal seit einer Ewigkeit hing Schweigen über der Cae'Angelis. Keine Festlichkeit hielt den Adel in Atem, keine Musik erfüllte die Gänge. Und er genoss die Stille, die sich ausgebreitet hatte. Die Nähe der Frau, die sich an ihn geschmiegt hatte, als hätte es niemals Fremdheit zwischen ihnen gegeben. Ein Wunder, das er nicht verstand und das er zum ersten Mal nicht mehr hinterfragen wollte. Nicht jetzt. Nicht hier, solange der zerbrechliche Frieden andauerte. Die Fragen würden nicht für immer schweigen. Die Stille würde zerschellen, sobald der Morgen anbrach und die Vorbereitungen für die Feier begannen, die die Tore der Cae'Angelis für die Hexen öffnen würde. Er wollte nicht über das nachdenken, was es nach sich ziehen würde. Alysea hatte seine Welt verändert. Vielleicht veränderten sie gemeinsam noch mehr als das oder sie folgten den Schritten, die alle anderen vor ihnen gegangen waren. Schlafwandler, die ihren Weg vom Sog des Mondes bestimmen ließen.

Dameo seufzte und schloss die Augen. Alysea bewegte sich sacht in seinen Armen und murmelte etwas, aber sie erwachte nicht. Für eine Weile lauschte er ihren ruhigen Atemzügen, dem Zirpen der Grillen vor dem geöffneten Fenster. Dann beendete das heftige Schlagen einer Tür die Ruhe und er öffnete die Lider mit einem Ruck.

Adia. Es waren ihre Gemächer und er konnte sich nur allzu gut vorstellen, was sie in genügend Zorn versetzt hatte, um ihre eiserne Selbstbeherrschung zu zerstören. Er hatte zuletzt nach Neveas gesehen, nachdem er die Bestie in den inneren Gärten den Flammen übergeben hatte. Domia Lucea hatte darauf bestanden, ihre Asche in den Sephris zu streuen und selbst dann noch Bannzauber darüber gesprochen, als nichts als grauer Staub von ihr geblieben war. Der Wind hatte sie unter ihrem Befehl ergriffen und über das rote Wasser verteilt. Farblose Schlieren, die sich mit dem blutigen Fluss vermischt hatten. Erst dann hatte sie der Cae'Angelis den Rücken gekehrt, um nach Antworten zu suchen, die der Aufmerksamkeit jener entgangen waren, die nicht wollten, dass sie gefunden wurden. Unscharfe Spuren … ob sie je ans Ziel führen würden, blieb ungewiss.

Adia hatte sich schweigend um Neveas gekümmert und es hatte keines scharfen Blickes bedurft, um zu erkennen, dass etwas zwischen ihnen gärte. Ihr Wille, von sich zu weisen, was geschehen war, schien ebenso groß wie der seine, das Schweigen zu beenden. Offensichtlich hatte er es endlich getan. Und Adia hatte es nicht gut aufgenommen.

Dameo lächelte schief. Er bettete Alysea sacht in die Kissen, ehe er einen flüchtigen Kuss auf ihre Stirn setzte und sich aus seinem Schlafgemach schlich. Er verharrte an der Tür und blickte noch einmal über die Schulter auf ihre schlafende Gestalt. Das gelöste Haar, das über ihr Gesicht fiel wie ein Schleier aus schwarzer Seide. Dann verließ er widerstrebend das Zimmer und durchquerte seinen Salon.

Leise öffnete er die Tür, die seine Gemächer mit denen seiner Schwester verband, und die kühle nächtliche Brise begrüßte ihn. Adia hatte die Glastür geöffnet, die auf den Balkon hinausführte, und die Vorhänge wehten im Wind. Dameo roch Regen in den schweren Bäuchen der Wolken, die den Nachthimmel überzogen. Die Vorboten eines Gewitters, das dem heißen Tag folgen würde. Die Windböen waren bereits von Schärfe erfüllt und peitschten das Haar der zarten Frau auf, die hinausgetreten war. Ihr Gesicht war zum Mond emporgehoben und etwas an ihr wirkte unbezähmbar und fremd, obgleich es ihm seit seiner Kindheit vertraut war. Es weckte die Erinnerung an den Wildfang, der sie als Mädchen gewesen war, bevor das Leben bei Hofe sie gezähmt hatte. Sie hatte gelernt, mit Höflingen anstelle ihrer Puppen zu spielen und Schwerter aus Ästen gegen das Messer ausgetauscht, zu dem sie ihre Zunge geschliffen hatte.

Jetzt war die Puppenspielerin des Nachthofes fern und Dameo blickte auf ein Abbild der Vergangenheit. Nicht in Seide und Juwelen, sondern in schlichtes Leinen gehüllt.

»Adia?«, fragte er gedämpft, um sie nicht aufzuschrecken, auch wenn er sich sicher war, dass sie ihn bereits gehört hatte.

Sie wandte sich zu ihm um, die Augen wild und geweitet. Gleichermaßen von Furcht wie von Fassungslosigkeit und Zorn erfüllt. »Er will um mich werben, Dameo!«, brach es aus ihr heraus. »Neveas Martean will um mich werben!«

Eine Anklage, ebenso wie ein Hilferuf. Neveas hatte keine Zeit verloren. Dameo nickte vorsichtig, um ihren Zorn nicht weiter herauszufordern. »Gut.«

»Gut?«, wiederholte sie entgeistert. »Das ist alles, was du dazu sagen willst?«

Er hatte sie selten so aufgelöst gesehen. Dameo trat hinaus auf den Balkon und eine heftige Bö fuhr in sein Haar. Sie weckte den Wunsch in ihm, seine Flügel sprießen zu lassen. Vielleicht wäre es klüger, dem stechenden Blick seiner Schwester zu entfliehen, den silberglänzenden Lanzen aus Stahl, die sich in seine Haut bohrten. »Wenn ich sterbe, wird er stark genug sein, um mit dir den Nachtthron zu halten«, sagte er nüchtern. »Es ist vernünftig.« Besser, er erweckte nicht den Eindruck, geahnt zu haben, was Neveas vorhatte. Adia wirkte dazu imstande, ihm für ein falsches Wort die Augen auszukratzen.

»Vernünftig? Das ist vollkommener Wahnsinn! Er ist … mein … *Freund!*« Ihr Zorn verrauchte und ihre Stimme klang kläglich.

»Du bist immer mehr für ihn gewesen als eine Freundin, Adia«, erwiderte Dameo sanft. »Neveas hat dich bereits geliebt, als ihr kaum den Kinderschuhen entwachsen wart und es hat sich niemals geändert. Du weißt, dass seine Rolle bei Hofe nie mehr als eine Fassade gewesen ist.«

»Du hast es gewusst?«

»Ja. Jeder, der euch nahesteht, hat es sehen können. Nur du wolltest es nicht erkennen.«

Adia fasste nach der Kette mit Enneos' Blut, dem kleinen kristallenen Juwel, das im Licht des Mondes unschuldig und dunkel wirkte. Sie tat es immer, wenn sie aufgewühlt war, und Dameo hatte begonnen, den Anhänger zu hassen, obwohl sein Schuldgefühl ihm verboten hatte, es je auszusprechen. Doch jetzt … Er zog den Kristall aus ihren Fingern und sie sah erstaunt zu ihm auf, als er die Hände um ihre Schultern legte und auf sie nieder blickte.

»Du brauchst ihn nicht. Enneos hat zu lange über dein Leben bestimmt und ich habe es mit angesehen, weil ich mich für den Schuldigen an deinem Kummer gehalten habe. Aber es ist genug. Er ist nicht mehr hier und er kommt nicht zurück. Du weißt es so gut wie ich, auch wenn du es nicht wahrhaben möchtest. Fünf Jahre sind vergangen, seitdem die Welt Vater für tot hält. Er hätte einen Weg zu dir finden können, wenn er es gewollt hätte.«

»Das hätte er nicht. Er hat gewusst, dass du ihm nie vergeben würdest. Du hättest ihn ebenso wenig am Nachthof geduldet wie Vater.« Die Anklage, die niemals gewichen war, stand deutlich sichtbar in ihren Augen. Wie ein Messer, das in Dameos Herz stieß. Wieder und wieder. Für *ihn*.

Es war genug.

»Wenn du das glaubst, beweist es nur, dass er selbst in deinen Augen nichts als ein Feigling ist, der dich nie verdient hatte.« Sein Tonfall wurde hart und bitter. »Ich wollte niemals, dass du es erfährst, weil ich gehofft habe, dass du ihn mit der Zeit loslassen und wieder leben würdest. Ich wollte dir den Schmerz ersparen. Jetzt sehe ich, dass es ein verfluchter Fehler war.«

»Dass ich *was* erfahre?« Sturmwolken zogen sich auf Adias Miene zusammen, finsterer als das Gewitter, das sich über ihnen zusammenbraute.

Dameo wappnete sich für den Schlag, von dem er wusste, dass er sie härter treffen würde, als es ein Dolchstoß je könnte. »Enneos hat sich eine Gemahlin genommen, kaum dass er Gemea den Rücken gekehrt hat. Er hat dich vergessen und ein neues Leben begonnen, ohne zurückzublicken. Ein Leben *ohne dich*.«

Adia wirkte so entsetzt, als hätte er sie geschlagen. »Nein … das ist nicht … wahr.«

Dameo stieß den Atem aus. Er hatte immer gewusst, wie tief es sie verletzen würde und er verschloss die Wahrheit seit Jahren in sich. Es war an der Zeit, sie loszulassen. »Es ist wahr, Adia. Du trauerst einem Schatten nach, der deiner niemals würdig gewesen ist. Du warst so sehr damit beschäftigt, den Hof zu dirigieren, dass du vergessen hast, dass du selbst Glück verdienst. Und Neveas musste beinahe sterben, um dir endlich sein Herz zu offenbaren. Stoß ihn nicht weg. Nicht für *ihn*. Lass ihn um dich werben und schenke ihm wenigstens die Aussicht darauf, dich für sich zu gewinnen. Er hat es verdient. Mehr, als Enneos jemals deine Liebe verdient hatte.«

Sie kehrte ihm den Rücken zu und umfasste das Geländer des Balkons so fest, als könnte sie damit den Schmerz in ihrem Inneren bezwingen. »Seit wann weißt du es?«, fragte sie tonlos.

»Sein Vater hat es mir bei Vaters … Bestattungszeremonie gesagt. Der Rauch hatte sich kaum verzogen, als er mir seine Aufwartung gemacht hat. Ich glaube, er hat gewusst, dass ich es mit mir tragen würde, ohne es dir zu sagen. Er kannte mich gut genug. Es war seine Rache für die Verbannung seines Bastards.« Dameo lächelte düster.

»Und Neveas?«

»Es war genug, dass ich es für uns trage.« Seine Strafe. Es hatte seine Schuld nie gemildert, aber er hatte es nicht über sich gebracht, seiner Schwester auch diesen Hieb zu versetzen. Doch die Zeit war gekommen, das Geheimnis zu teilen. Damit sie frei von seinen Schatten leben konnte.

Adia nickte langsam. Ihre Schultern waren so verkrampft, als müsste sie die Last aller Marmorberge Ascias tragen.

»Du hast jedes Recht, mich zu hassen, Adia. Aber Neveas trägt keine Schuld daran. Bestrafe ihn nicht für etwas, an dem er keinen Anteil besitzt.«

Seine Schwester schwieg lange und machte keine Anstalten, ihm zu antworten oder ihn anzusehen. Sie war starr und kalt. Eine Statue aus Eis, die nicht berührt werden wollte. Dameo seufzte und wandte sich ab, um sie mit ihren Gedanken allein zu lassen. Sie brauchte Zeit. Er würde sie nicht drängen.

»Als ich dachte, dass er tot sei …«, sie stockte und Dameo hielt inne. Behutsam drehte er sich zu ihr um. »Ich habe geglaubt, ich müsste mit ihm sterben, Dameo.« Sie schluckte und ihre Schultern bebten. Adia presste die Hand an ihre Lippen, um ihr Schluchzen zu ersticken. Erst nach einer Weile gelang es ihr, weiterzusprechen. »Du und er … ihr seid alles, was ich habe. Und ich fürchte mich … ich fürchte mich davor, dass … dass es alles verändern wird.«

Dameo trat an sie heran und schlang die Arme um ihre Schultern. Adia lehnte ihren Rücken an seine Brust und er spürte, dass sie zitterte. Sie vergab ihm. Er schloss die Augen, als die Erleichterung den Stein von seinem Herzen nahm. »Neveas hat seinen Entschluss gefasst, als er dem Tod ins Auge gesehen hat. Er *will* es ändern und es gibt keine Rückkehr mehr für ihn. Aber er wird bei dir bleiben, selbst wenn du ihn nicht erhörst«, sagte er leise.

»Nein, Dameo.« Sie sah auf den Sephris, der ungezügelt unter ihnen entlangrauschte, angefacht von der Kraft des Windes, der über das Wasser fegte. »Neveas nimmt in Kauf, dass alles endet. Er wird gehen, weil er es muss, und es liegt in meiner Hand, ob ich ihm den Schlüssel reiche und ihn ziehen lasse.«

»Willst du ihm den Schlüssel geben?«

»Nein. Aber ich weiß nicht, ob ich sein kann, was er in mir sehen möchte.«

»Du wirst es wissen, wenn es an der Zeit ist.« Er setzte einen Kuss auf ihre Schläfe und ließ sie dann los. Adia starrte noch für eine Weile in die Tiefe. Dameo konnte ihren bebenden Atemzug erkennen, bevor sie nach der Kette fasste, die sie seit Jahren trug. Ihre behandschuhten Hände lösten den Verschluss und der kleine Kristall fiel in ihre Handfläche. Eine Träne, Symbol für das, was sie war. Gefüllt mit dem Sonnenblut des Mannes, der nur zur Hälfte das Hexenerbe in sich trug. Sie betrachtete das glitzernde Gefäß, dann streckte sie die Hand aus und ließ es in den Fluss fallen. Die Kette wurde vom Sephris verschlungen, kaum dass sie auf seine Oberfläche traf. Ein flüchtiges Glitzern in den roten Wellen, dann war sie aus seiner Sicht verschwunden.

Adia sah in den Himmel, als die ersten Regentropfen herabfielen und ihre Haut benetzten. Wasser perlte über ihr Gesicht und Dameo vermochte nicht zu sagen, ob sich Tränen in den Regen mischten. Donner grollte in der Ferne und endlich wandte sie sich zu ihrem Bruder um. Ihr Lächeln war schmerzlich, ihre Stimme dünn, als sie zu sprechen begann. »Ich fürchte mich, Dameo. Aber ich bin bereit, es zu versuchen. Für ihn.«

»Du erlaubst ihm, mit der Werbung zu beginnen?«

»Ja«, hauchte sie ungewohnt scheu.

»Dann sollen ihm alle Götter der Erde gnädig sein. Er wird sich bald genug für seinen Mut verfluchen.«

Sie hob den Kopf und ein erster Blitz durchbrach die Wolken. Er beleuchtete ihr Gesicht und ließ ihr Lächeln dämonisch wirken. Schalkhaft. Beinahe weckte es sein Mitleid. »Er hat es so gewollt. Ich habe nicht vor, es ihm leicht zu machen.« Adias Augen glitzerten im fahlen Licht des stürmischen Himmels.

»Du bist meine Schwester. Ich hätte niemals etwas anderes von dir erwartet. Aber lass ihn an einem Stück. Er ist mein engster Freund.« Dameo zwinkerte ihr zu und legte den Arm um ihre Schultern. »Aëris' Wagen wird heute Nacht über den Himmel ziehen und seinen Zorn über Gemea ausschütten. Wir sollten hineingehen, bevor er uns mit einem seiner Speere erwischt.«

»Dir steht der Sinn nach alten Kindergeschichten?«, fragte Adia spöttisch.

Dameo blickte in die Wolken. Sein Blick streifte den Glockenturm, der in der Mitte des Sephris aufragte wie ein Mahnmal, das von Tod und Betrug erzählte. »Mir steht der Sinn nach allem, was nichts mit dieser verfluchten Stadt zu schaffen hat. Wenigstens für heute Nacht.«

Adia sandte ihm einen rätselhaften Blick, aber sie nickte, ohne seinen Wunsch zu kommentieren. Donner hallte in ihrem Rücken nach, als sie in die Cae'Angelis zurückkehrten, und Dameo schloss die Tür, als könnte er damit Gemea ausschließen. Nur für eine kleine Weile länger, bis sie von der Wirklichkeit eingeholt wurden.

20
Der Pakt

Der Beutel klimperte, als Iulean ihn über den Tisch schob. Ein leises Geräusch, das beinahe in dem Gelächter und den Musikfetzen unterging, die durch die geschlossene Tür drangen. Trotzdem fesselte es die Aufmerksamkeit seines Gegenübers. Seine Augen bewegten sich mit dem Beutel, bis Iulean die Hand zurückzog und sie auf dem verschlissenen Leder zum Ruhen kamen. Gier. Not. Eine Lösung, die vor ihm auf dem Tisch lag. Er konnte alle Emotionen in dem blassen Grün funkeln sehen. Die Finger des Adeligen zuckten verräterisch und Iulean hatte Mühe, das Lächeln zu unterdrücken, das sich auf seine Lippen schleichen wollte.

»Wenn jemand erfährt, dass ich etwas damit zu schaffen hatte, bin ich tot.« Spiras Saverian hob den Kopf und seine Stimme klang gepresst.

»Dann dürft Ihr Euch nicht erwischen lassen.« Iulean lehnte sich gelassen zurück und hob herausfordernd die Brauen.

»Wer sagt mir, dass Ihr mich nicht ans Messer liefert, um Euren Hals zu retten, falls etwas schiefgeht?«

»Niemand. *Ihr* seid der Hexenmeister, Spiras. Es ist an Euch, Vorkehrungen zu treffen, wenn Ihr mir nicht traut.« Iuleans Finger trommelten auf dem Tisch. Dann wies er auf den prallen Beutel. »Seht hinein, ob es das Risiko für Euch wert ist.«

Der Blick des Hexenadeligen zuckte zu dem Lederbeutel. Iulean seufzte innerlich, als das Zögern seine Geduld auf die Probe stellte. Jeder wusste, dass die Saverian in Schwierigkeiten steckten und man konnte es mühelos erkennen. Die gelblich verfärbte Spitze an Spiras' Kragen, die abgetragenen Stiefel, die angestoßenen Ärmelaufschläge des Gehrockes, der an einem Haken an der Wand hing. Es ließ ihn wirken wie einen gewöhnlichen Menschen, der in dieser verwahrlosten

Spelunke eingekehrt war, um seinen restlichen Besitz bei den Huren und an den Spieltischen zu verprassen. Iulean hatte ihm ein Angebot unterbreitet, das Spiras unmöglich ablehnen konnte. Allein sein Stolz war ebenso groß wie die Not seiner Familie.

Schließlich gab er nach und zog die Bänder auf, die das Behältnis verschlossen hielten. Iulean sah, wie er schluckte, ehe er sie wieder zusammenzog. Spiras' Hände zitterten kaum merklich und doch genug, dass Iulean es wahrnahm. Es offenbarte, wie sehr er den Inhalt brauchte. Und er war großzügig bemessen. *Überaus* großzügig.

»Warum?«, fragte der Rothaarige.

»Warum?« Iulean legte den Kopf schief. »Ist Offenheit Teil unseres Handels?«

Spiras leckte sich nervös die Lippen. »Euer Vater war der Fürst des Nachthofes und Euer Platz bei Hofe verschafft Euch ein angenehmes und sorgenfreies Leben. Genügt das nicht?«

Ärger. Scharf wie ein kleines Messer, das eine feine Linie auf seiner Haut hinterließ. Spiras bohrte den Finger in seinen wunden Punkt, ohne es zu ahnen. Oder doch?

Iulean musterte den anderen hinter seinen Brillengläsern. »Warum habt *Ihr* ihn herausgefordert? Er hat Euch angeboten, Euch für den Verlust Eurer Braut zu entschädigen. Warum hat *Euch* das nicht genügt?« Es hätte die Sorgen der Saverian gewiss für eine Weile gemildert, aber Iulean verbiss sich diese Feststellung. Jeder in Gemea wusste, wie hitzköpfig Spiras war. Ein falsches Wort und er würde ablehnen, gleichgültig, wie sehr er das Gold brauchte. Er durfte seine Vorsicht nicht fallen lassen. Die Suche nach einem neuen Verbündeten wäre langwierig. Schwierig. Wer wäre so töricht und in der gleichen Notlage? Und wer würde Dameo genügend verabscheuen, um in Versuchung zu geraten? Ja, er brauchte Spiras und es war ein Gedanke, der ihm nicht gefiel. Iulean verfluchte Sibeia dafür, ihm ihre Hilfe zu versagen.

Der Rothaarige schnaubte, ohne dass Iulean erkennen konnte, ob es ihn amüsierte oder verärgerte. Spiras blieb ihm die Antwort schuldig.

»Niemand wird von Eurer Rache erfahren, aber der Inhalt dieses Beutels sollte Euch als Genugtuung ausreichen«, fuhr Iulean geduldig fort. »Und wenn ich habe, was mir zusteht, soll es nicht Euer Schaden sein. Ich bin ein großzügiger Handelspartner, wenn die Gegenseite ihr

Geschäft versteht. Und ich bin gewillt, mir Verbündete in den Reihen der Hexen zu suchen.«

Ein deutlicher Hinweis auf mehr, wenn der Adelige seinen Teil erfüllt hatte. Iulean lächelte einnehmend und faltete die Hände auf der rissigen Tischplatte. Spiras' Augen wurden von den glitzernden Ringen angezogen. Jeder einzelne teuer genug, um den Haushalt der Saverian für einen Monat zu unterhalten. Zu viel Prunk für die schlicht verputzten Wände, die sie umgaben. Genug, um den Adeligen zu verlocken. Iulean hatte sie mit Bedacht gewählt.

Spiras atmete tief ein und ließ den Beutel unter dem Tisch verschwinden. »Also gut. Ich werde es tun.«

»Dann sind wir uns einig.« Iulean griff erleichtert nach dem schmucklosen Holzbecher und betrachtete den schalen Wein darin, dann hob er ihn, um den Handel zu besiegeln. Er nippte daran und bemühte sich, nicht das Gesicht zu verziehen. Sauer. Es passte zu diesem Ort, an dem Spiras sich in den Nächten herumtrieb. Ein billiges Hurenhaus der Menschen, das nach Bier, Rauch und ungewaschenen Leibern stank, notdürftig von Duftwässern übertüncht. Er konnte es kaum erwarten, diese Wände hinter sich zu lassen. Aber er gestand Spiras zu, dass es eine passable Wahl für dieses Treffen darstellte. Keine Hexe, die bei klarem Verstand war, würde sich hier blicken lassen und sie sehen.

Spiras trank mit größerem Genuss und Iulean beobachtete angewidert, wie er seinen Becher in einem Zug leerte und ihn neben dem Krug abstellte. Der Rothaarige hob das hölzerne Gefäß auffordernd und Iulean schauderte, als er seinen Becher erneut füllte. »Die Nacht ist noch jung und die Huren sind ebenso hübsch wie in der Vea'Valia. Ihr müsst für eine Weile bleiben und unseren Handel feiern, wie es in meiner Familie üblich ist. Es heißt, dass Wein die Wahrheit ans Licht bringt. Wer eine Nacht gemeinsam trinkt, findet am Boden des Weinbechers die Gewissheit, dass seine Partner vertrauenswürdig sind.« Die blassgrünen Augen seines Gegenübers waren lauernd auf Iulean gerichtet. Es war eine Herausforderung, zu deutlich, um sie missverstehen zu können.

Bastard. Spiras wusste, dass Iulean das Hurenhaus lieber auf der Stelle verlassen hätte. Kein Adeliger, der es sich leisten konnte, trieb sich in einer solchen Spelunke herum, in der Krankheiten aus allen

Ritzen quollen. Dennoch hielt er seine Miene glatt und gleichmütig. »Selbstverständlich. Wir sollten feiern, solange unsere bezaubernde Gastgeberin uns Zerstreuung bieten kann. Aber Ihr werdet verstehen, dass wir besser nicht gemeinsam gesehen werden sollten.«

Spiras' Grinsen entblößte seine weißen Zähne. »Domia Giara ist diskret und ihre Huren sind es ebenso. Niemand wird erfahren, dass Iulean Angelis ihr Haus besucht hat. Keinem Eurer Freunde wird jemals zu Ohren kommen, dass Ihr Euch hier herumgetrieben habt. Genießt den Abend, Iulean. Vielleicht ist es die letzte Gelegenheit.«

Iuleans Augen verengten sich. »Eure Sorge rührt mich.«

»Wir sind jetzt Partner, nicht wahr? Euer Wohl liegt mir am Herzen.« Spiras zog an einem schmuddeligen Seil mit einer einstmals goldenen Quaste und die Tür des Nebenzimmers öffnete sich beinahe sofort. Die Huren flatterten in den Raum wie grell gefiederte Singvögel, ihre Stimmen waren ein unaufhörliches Zwitschern, das an Iuleans Beherrschung zehrte. Hände glitten über seine Brust und das Gewicht einer knochigen blonden Hure senkte sich auf seinen Schoß. Die erstickende Duftwolke, die in seine Nase stieg, war genug, um ihn benommen zu machen. Genug, um ihm den Appetit zu verderben. Iulean ließ ein Lächeln auf seinen Lippen erscheinen, so oft geübt, dass es sein Gesicht mühelos in eine erfreute Maske verwandelte. Doch innerlich schwor er sich, dass Spiras dafür büßen würde. Lange und schmerzvoll.

Er fing den Blick des anderen auf. Amüsiert. Triumphierend. Spöttisch. Eine unterschwellige Erniedrigung. Es war seine Rache dafür, dass Iulean ihn in der Hand halten konnte wie ein Spielzeug. Er zahlte es ihm zurück, so gut er es vermochte. Aber Spiras wusste nicht, wie schnell ein Spielzeug in seinen Händen zerbrechen konnte.

Iuleans Zähne wurden spitz und lang, als er sich der Hure auf seinem Schoß zuwandte und den Weinbecher von ihr entgegennahm.

21
Licht

Die Cae'Angelis verwandelte sich vor ihren Augen in ein Meer aus weißen Sommerblüten und Licht, das den schwarzen Marmor erstrahlen ließ. Alysea blickte aus dem Fenster, wo die Gärtner schimmernde Seidengirlanden aufhängten, während die Schneiderin den Saum ihres Hochzeitskleides absteckte. Ein neues Kleid, eine andere Hochzeit. Nur wenige Tage, die dazwischen lagen. Sie lächelte humorlos und sah auf den hellen Schopf der älteren Frau hinab. Silberne Wogen fielen von ihrer Hüfte abwärts. Seide. Spitze. Perlen, die Blütenköpfchen zierten. Weitaus prunkvoller als das blaue Kleid, das für ihre Hochzeit mit Spiras angefertigt worden war. Adias Handschrift war deutlich erkennbar. Jede Handbreit verwies darauf, dass der Nachthof Alysea als seine Fürstin anerkannt hatte und in den Augen der Hexen musste es skandalös wirken. Zu weit ließ es ihre Schultern frei, zu durchscheinend war die Spitze, die sich an ihre Arme schmiegte wie eine zweite Haut.

Auch jetzt überwachte Dameos Schwester die Arbeit der Schneiderin von ihrem Platz am Fenster aus und gab Anweisungen, wenn sie nicht gedankenverloren nach draußen blickte. Sie wirkte verändert. Weicher. Dameo hatte ihr von Neveas' Verletzungen erzählt und obwohl sie inzwischen größtenteils verheilt sein mussten, hatten sie etwas in Adia hinterlassen. Spuren … doch keine Narben. Ein Glühen auf ihren Wangen, das ihr blasses Gesicht lebendiger wirken ließ, als Alysea es bislang erlebt hatte.

Sofea stand nicht weit von ihr, nicht minder verwandelt. Sie hatte die Maske der Zofe abgelegt, weil sie am Nachthof nicht mehr sein musste, wozu die starren Gesetze des Sonnenhofes sie gezwungen hatten. Nicht länger eine Dienerin, sondern die Freundin, die sie immer gewesen war. Sie waren beide aus den Schatten ihres alten Lebens getreten und es war erstaunlich, dass ausgerechnet die Nacht sie ans Licht geführt hatte. Sie durften sein, was sie waren. Es gab keine Fesseln mehr, die sie erstickten. Dennoch waren nicht alle Fäden zerschnitten. Der Zirkel besaß noch immer Macht über Alysea. Über ihre Magie.

Freiheit oder die Loyalität gegenüber einer Welt, die ihr im Gegenzug niemals Loyalität gezeigt hatte und die sie wieder in Ketten legen wollte. Eine Wahl, die sie offen treffen musste. Bald. Und sie fürchtete die Konsequenzen. Doch wahrscheinlich war ohnehin kein Wort mehr nötig, wenn sie in diesem Kleid die Kathedrale betrat. Seine Sprache war unmissverständlich und sie würde Verlust bedeuten. Sie wollte nicht darüber nachdenken, was unweigerlich folgen musste.

Alysea seufzte und Adia wandte den Kopf. Sie lächelte aufmunternd, als sie Alyseas finstere Miene gewahrte. »Oh, Alysea, ich weiß, dass es ein schweres Schicksal ist, vor aller Welt an meinen Bruder gebunden zu werden. Aber wenn Ihr vor der Hochzeit davonlauft, werdet Ihr ein jammerndes Bündel Elend aus ihm machen, das den ganzen Nachthof in Aufruhr versetzt. Das könnt Ihr uns nicht antun.«

Dameos Schwester zwinkerte ihr zu und Sofea löste sich von ihrem Platz neben ihr. »Oh, sie will nicht fliehen. Ich glaube, was ihr zu schaffen macht, ist die Tatsache, dass sie noch zwei *unendlich* lange Tage warten muss, bis sie vor aller Welt in die Arme des Nachtfürsten sinken darf.« Sie legte theatralisch seufzend die Hände über ihr Herz und hob den Blick schwärmerisch zur Decke. »Zwei Tage … sie muss vor Sehnsucht vergehen.«

Alysea schnaubte. »Vielleicht hätte ich Vangelas einladen sollen, damit du dich nicht mehr einsam fühlst, Sofea. Ich bin mir sicher, er hätte dir gerne Gesellschaft geleistet. Ich weiß nicht … soll ich es nachholen? Adia?« Sie hob die Brauen und blickte Dameos Schwester auffordernd an.

»Gewiss. Wo Hexen und Schattenwandler zusammentreffen, kann auch ein Dämon keinen Schaden mehr anrichten. Ich werde ihm eine Einladung überbringen lassen.«

Die Katzenfrau stieß ein drohendes Fauchen aus und Adia lachte. Die Schneiderin steckte die letzte Nadel fest. Sie hielt den Kopf gesenkt und wühlte geschäftig in dem Kästchen mit den Nadeln. Es war seltsam, in Anwesenheit einer Fremden zu scherzen, als wäre sie eine gewöhnliche Braut, die dem Tag ihrer Hochzeit mit flatterndem Magen entgegensah. Aber sie war es nicht. Nichts an diesem Tag würde gewöhnlich sein.

»Ihr zerknittert die Seide, Serea.« Die Schneiderin hob den Kopf und sah Alysea tadelnd an. Sie hatte kaum bemerkt, dass sich ihre Finger um den silbern bestickten Rock geschlossen hatten. Hastig löste sie ihren Griff und die ältere Frau glättete den knittrigen Stoff mit einer geübten Bewegung. Sofea drehte das Gesicht zum Fenster und Alysea konnte sehen, dass sie sich das Kichern mühsam verbiss.

Die Flügeltür zu ihren Gemächern öffnete sich und Cassria steckte den Kopf herein. Sie suchte stumm nach Adias Blick und Alysea spürte, wie ihr Magen einen nervösen Sprung vollführte.

Sie waren eingetroffen. Zu früh.

Alysea wechselte einen Blick mit Adia, die stirnrunzelnd ihren Platz am Fenster verließ. Cassria zog sich zurück, von einem wortlosen Befehl geleitet.

»Wir müssen die Anprobe leider früher beenden als erwartet, Mera. Könnt Ihr die Serea für eine Weile entbehren?«, fragte Adia die Schneiderin.

Die ältere Frau nahm die Nadeln aus dem Mund. »Gewiss, Domia. Wir sind fertig. Ich werde das Kleid für eine letzte Anprobe heraufbringen lassen, sobald die Änderungen eingearbeitet worden sind.«

»Ich danke Euch.« Adia lächelte warm und zum ersten Mal fiel Alysea auf, wie ungewöhnlich zurückhaltend sie sich gekleidet hatte. Die dunkelblaue Seide ihres Kleides bedeckte ihre Haut bis zum Hals mit einem spitzenbesetzten Stehkragen und ihr Haar war streng aus dem Gesicht genommen. Eine schmale Tiara saß in den glänzend schwarzen Wellen, ein Zeichen für ihren Stand und der einzige Schmuck, den sie trug. Sie legte eine behandschuhte Hand auf Alyseas Arm. »Ich werde sie in der Galerie empfangen. Kommt nach, wenn Ihr so weit seid.«

Alysea nickte, zu eng war ihre Kehle, um ein Wort herauszupressen. Adia verstärkte für einen Wimpernschlag den Druck ihrer Finger, dann verschwand sie aus dem Gemach.

Sofea verließ ihren Platz, um der Schneiderin zur Hand zu gehen und Alysea aus dem silbernen Gewand zu schälen. Der Kloß in ihrer

Kehle wurde größer, bis sie glaubte, nicht mehr atmen zu können. Kein Entkommen. Die Tinte, die ihr Schicksal schrieb, glitt über das Blatt und was es in Gang gesetzt hatte, war nicht mehr aufzuhalten.

Alyseas Schritte hallten über das glänzende Parkett. Ihre Absätze klangen so laut in ihren Ohren nach, dass sie sich anfühlten wie Hammerschläge. Ihre Handflächen waren feucht und sie hoffte inständig, dass sie keine Flecken auf der blassblauen Seide ihres Kleides hinterlassen würden. Es war ein edles Tageskleid, hoch genug geschlossen, um dem Sonnenhof angemessen zu sein, und das enge Korsett schnürte ihr die Luft ab. Für einen Augenblick wünschte sie sich, Domia Lucea wäre hier. Aber Sofea war ohne ihre Lehrmeisterin an den Nachthof zurückgekehrt, während die ältere Hexe mit Meister Aemilan über Büchern und Dokumenten brütete, um die Rätsel zu lösen, die Florea ihnen hinterlassen hatte.

Doch für den Moment war es nicht die Vergangenheit, die im Vordergrund stand. Es war die Zukunft, die sie hinter der zweiflügeligen Tür erwartete, nicht minder ein Portal in den Abgrund wie das steinerne Tor in Vangelas' Laden. Alysea verharrte vor dem dunklen Holz mit dem Flügelwappen. Dann stieß sie die Türflügel auf und trat in die Ahnengalerie der Angelis, die sich vor ihr ausbreitete. Gemälde bedeckten die Wände, groß und klein, länglich, oval oder rund. Fürsten und Fürstinnen, hochgestellte Adelige, sie alle blickten auf sie herab, beleuchtet von dem Sonnenlicht, das durch die hohen Fenster fiel. Die Vorhänge, die die Bilder für gewöhnlich vor dem starken Licht bewahrten, waren zurückgezogen worden, um ihre volle Pracht zu enthüllen. Die dunkle Holztäfelung der Wände glänzte im geschwächten Schein der Sonne, die nach den Gewittern der Nacht gegen die Wolkendecke kämpfte. Das geschnitzte Geländer der Galerie, auf der sie stand, war glatt und warm unter ihren Händen, als sie die Finger darum schloss. Es war ein einschüchternder Raum, der auf die lange Herrschaftslinie der Angelis verwies. Generationen der Geflügelten versammelten sich unter dem mächtigen Deckengewölbe und legten Zeugnis über die Stärke des Geschlechts ab, dem auch sie von nun an angehörte. Adia hatte klug gewählt und sie inszenierte Alysea inmitten ihrer eigenen Ahnen wie eine Spielfigur auf dem Duellbrett des Nachthofes.

Sie straffte sich und zwang ihren Blick nach unten, auf die Gruppe der ledernen Sessel, die um einen niedrigen Tisch herum aufgestellt worden waren. Die drei Frauen, die sich dort versammelt hatten, verstummten und sahen zu ihr auf. Alysea hielt die Schultern gerade, als sie die Stufen hinabschritt, die zu ihnen führten. Die Schleppe ihres Kleides glitt mit einem leisen Rascheln hinter ihr über den Teppich. Tatsächlich war das gedämpfte Pochen ihrer Absätze das einzige laute Geräusch, das noch zu vernehmen war.

Adia erhob sich und neigte den Kopf vor Alysea, als sie nahe genug herangekommen war. »Wir haben Euch bereits erwartet, Serea.« Sie wies auf den hochbeinigen Sessel, dessen Holz golden lackiert worden war. Der Platz des Fürsten, der sich auffällig von den einfacheren Sitzplätzen unterschied.

Alysea hielt inne und zwang sich zu einem Lächeln. »Ich danke Euch, Domia Adia.« Sie ließ ihren Blick zu ihrer Mutter weiterwandern, die sich nicht gerührt hatte. »Mutter. Ich bin erfreut, Euch am Nachthof willkommen heißen zu dürfen.« Eine förmliche Begrüßung. Sie senkte den Kopf in der ehrerbietigen Geste, die von der Tochter eines Fürstenhauses erwartet wurde.

»Alysea.« Aurea blieb steif an ihrem Platz sitzen und nahm die Huldigung entgegen. Ihr Kleid, in dunklem Rot und Gold gehalten, ließ die Blässe ihrer Haut noch deutlicher hervortreten.

Neben ihr erhob sich die rothaarige Frau, die in das weiße, schmucklose Gewand einer Priesterin gekleidet war. Demut, die ihr nie gut zu Gesicht gestanden hatte. Sie stand in einem starken Widerspruch zu dem Feuer in ihren Haaren und dem berechnenden Glitzern in ihrem Blick. Die Lichtstimme schlug die Augen nieder und der Eindruck verschwand hinter der Fassade der bescheidenen Hohepriesterin. »Möge das Licht der Sonne Euren Weg erhellen und Euch selbst in der dunkelsten Nacht nicht verlassen«, sagte sie mit ihrer klangvollen Stimme, in der eine Spur ihrer Macht zu erkennen blieb. Rituelle Worte, die an diesem Ort höhnisch wirkten, wie eine Mahnung, nicht vom rechten Weg abzukommen. Aber Alysea wusste, dass sie zu weit in die Nacht gegangen war, um je wieder zur Sonne zurückzukehren.

Die Stimme des Lichts hielt ihr die Hand mit dem goldenen Sonnensiegel entgegen und sie senkte den Kopf darüber, ohne es zu küssen. Ein Vorrecht der Fürsten des Nachthofes, von dem sie nur zu gern Gebrauch machte. Das erste Mal, dass sie ihre Stellung wahrhaft zu schätzen wusste. Als sie den Kopf hob, wirkte das Gesicht ihrer Mutter blutleer. Die Augen der Priesterin ruhten auf ihr. Etwas Lauerndes lag darin, als würde sie Alyseas Wert neu kalkulieren.

»Das bedeutet, dass Euer Bruder uns auch diesmal nicht die Ehre seiner Gesellschaft erweisen wird, Adia? Selbst heute nicht, wenn es um seine eigene Hochzeit geht? Ich dachte, er könnte zumindest dieses eine Mal genügend Respekt aufbringen, um selbst zu erscheinen.« Die Stimme ihrer Mutter war schneidend, ihr Gesicht verkniffen und von Missbilligung erfüllt.

Adia öffnete den Mund, um zu antworten, doch es waren nicht ihre Worte, die die angespannte Stille teilten.

»Meine Fürstin spricht mit meiner Stimme. Es sollte keinen Unterschied machen, ob ich anwesend bin, wenn sie es ist.«

Alysea schrak zusammen und bemerkte, wie das Blut aus ihrem Gesicht wich. Ihre Überraschung spiegelte sich auf Adias Miene und der Schrecken stand in ihren Silberaugen.

Dameo war auf der Galerie erschienen. Ein lebendiges Gemälde, das sich unter seine Ahnen gemischt hatte und zu ihnen herabsah. Hochgewachsen und von Macht erfüllt. Er hatte die Rolle des Fürsten übergestreift wie einen Mantel, der den Mann darunter verbarg. Er trug einen schweren Gehrock und ein dunkles Hemd, das am Hals von einer Binde gehalten wurde. Aber sie spürte dennoch, wie die Sonne in seine Haut stach. Unzählige spitze Nadeln. Schmerz, der auf ihrem Körper prickelte.

Er lief gelassen über die Galerie, ein Stück des Nachthimmels, das sich auf sie zubewegte, die Stufen hinab, bis er an ihrer Seite verharrte. Dameo fasste nach Alyseas Hand und streifte sie mit den Lippen, dann wandte er sich zu den beiden Frauen um. »Aber jetzt bin ich hier. Ihr könnt also das Wort an mich richten, wenn Ihr mir etwas zu sagen habt, Aurea.« Sein Kopf drehte sich zu der Rothaarigen, die noch immer stand. »Sibeia. Ich hoffe, die Arbeiten an der Kuppel schreiten zu Eurer Zufriedenheit voran, nachdem Ihr meine Schatzkammern beinahe geleert habt?« Er hob die Brauen. Sein Ton war charmant, wenngleich Alysea die Abneigung spürte, die sich dicht an der Oberfläche bewegte.

Die Lichtstimme senkte den Blick. »Ihr wart überaus großzügig. Die Kathedrale wird der Herrin des Lichts zu größerer Ehre gereichen als je zuvor.«

Dameos Schnauben wirkte ironisch. »Bei der Menge an Gold, die Ihr darauf verwenden lasst, ist das anzunehmen. Ich hatte nicht geahnt, dass ich eine neue Kathedrale errichten lassen muss, um die Kuppel zu ersetzen.«

Alysea fing seinen Ärger auf. Sie spürte Dameos Hand, die sich auf ihren Rücken legte, und ließ sich von ihm zu dem Thronsessel führen. Zu nah am Licht. Das Prickeln verstärkte sich und mit ihm wuchs ihre Furcht um ihn.

Verfluchter Narr. Alysea biss sich auf die Unterlippe und ließ sich auf dem samtenen Polster nieder. Dameo zog sich hinter die Lehne zurück, näher an die Schatten und doch nicht weit genug, damit das Prickeln nachließ.

»Ihr werdet den Ehebund im Licht der Kuppel schließen. Die beiden mächtigsten Blutlinien Gemeas. Und die Kathedrale wird erstrahlen, als wäre die Sonne herabgestiegen, um der Zeremonie beizuwohnen«, antwortete die Lichtstimme glattzüngig. »Ist eine solche Vereinigung nicht jedes Goldstück wert, das für sie ausgegeben wird?« Ihr Lächeln war kühl und ließ ihre Verärgerung erahnen.

»Das wäre sie, wenn Eure Zeremonie etwas bedeuten würde.« Dameos Finger schlossen sich um die Lehne und Alysea ahnte, dass er sie lieber um die Kehle der Lichtstimme gelegt hätte.

»Bedeutet das Erbe meiner Tochter nichts?« Aurea hatte sich gerade aufgerichtet. »Müsst Ihr es nicht respektieren, weil Ihr der Fürst des Nachthofes seid? Oder glaubt Ihr, wenn Ihr es lange genug verneint, könnt Ihr Euresgleichen aus ihr machen? Sie ist eine Hexe, Dameo, und sie bleibt es. Sie gehört nicht zu Euch. All Eure Winkelzüge, mit denen Ihr sie zu Eurem Spielzeug machen wollt, werden nichts daran ändern.«

»*Wenn* es mir nichts bedeuten würde, hättet Ihr keinen Fuß über die Schwelle der Cae'Angelis gesetzt, Aurea.« Seine Stimme war tief und grollend. Sie ließ Schauer über Alyseas Haut rinnen und trug die Warnung in sich, nicht weiter über die Grenze zu gehen. »Und sie *gehört* zu mir.

Das Silberband hat uns vereint und es wird nicht zerreißen, selbst wenn jede Hexe jenseits des Sephris sich dagegenstellt. Ihr bekommt Eure Zeremonie, weil ich Euren Glauben respektiere. Aber begeht nicht den Fehler, es mir als Schwäche auszulegen und zu glauben, dass ich nicht erkenne, dass Ihr mich benutzen möchtet. Nadelstiche, Aurea. Spitzen. Ihr habt versucht, Eure Tochter zu benutzen, um sie auszuteilen, obgleich ihr Leben auf dem Spiel steht, seitdem sich das Band zwischen uns offenbart hat. Sagt mir, ist es das, was eine Hexe unter Respekt versteht? Mit welchem Recht kommt Ihr *jetzt* in mein Haus und verlangt, dass ich Eure Traditionen wahren muss wie ein unterwürfiger Narr, mit dem Ihr spielen könnt, wie es Euch beliebt? Ihr wollt mich schwach sehen, aber seid versichert, dass es allein meine Stärke ist, die Eure Tochter schützt. Jeder Stich, den Ihr mir versetzt, trifft sie gleichermaßen.« Es war, als würde er über ihrem Kopf wachsen. Als würden sich die Schatten um ihn herum verdichten, bis das Sonnenlicht trüber wirkte.

»Ihr droht mir, Nachtfürst?«, fragte ihre Mutter eisig.

»Nein. Ich helfe Euch, die Wahrheit zu erkennen, für die Ihr Euch blind stellt.«

Aureas Blick brannte, aber es waren die Augen der Lichtstimme, die Alysea erschauern ließen. Sie waren fest auf Dameo gerichtet, als könnte sie durch die Schicht aus Zaubern blicken und die Wahrheit darunter sehen. Die Wahrheit, die sich mit jedem Augenblick tiefer in sein Fleisch fraß.

»Wir sind hier, um zu besprechen, was uns vereinen soll. Nicht, um den Spalt zu vertiefen«, sagte Alysea hart. »Und wir sollten die Zeit der Lichtstimme nicht mit unseren Differenzen verschwenden.«

Der Blick der Priesterin löste sich von Dameo, als hätte Alysea mit einer Peitsche nach ihr geschlagen.

»Vielleicht sollten wir jetzt den Ablauf der Zeremonie festlegen, Stimme des Lichts?«, sagte sie in einem Ton, der ihre Ungeduld verriet.

»Selbstverständlich.« Die Priesterin öffnete ihre langen Finger und lächelte auf eine Weise, die deutlich machte, dass sie Alyseas Absichten durchschaute.

»Möchtet Ihr Euch nicht setzen, Lichtstimme?«, fragte Adia und wies auf den Platz der Priesterin. Dann tat sie es ihr nach und hob die Hand vor die Augen, während sie in den Sonnenschein blinzelte. »Cassria, die Sonne blendet mich. Bitte schließ die Vorhänge ein Stückchen mehr und bring uns die Erfrischungen«, wandte sie sich an die Dienerin, die unbemerkt in der Nähe der Tür verharrte. Zu unbemerkt. Zum ersten Mal fragte Alysea sich, ob nicht eine winzige Spur Wandlerblut in den Adern der Dienerin fließen mochte.

Sie konnte fühlen, wie das Stechen auf Dameos Haut nachließ, als Cassria die Vorhänge zusammenzog und das Sonnenlicht dämpfte. Erleichtert lehnte sie sich zurück. Adias Lüge hatte dafür gesorgt, dass die Sonne nicht mehr auf Dameos Körper fiel. Er hatte sich behutsam aus dem verbliebenen Lichtkegel bewegt und stand nun an der Seite ihres Sessels. Seine Ungeduld war spürbar, ebenso wie sein Unbehagen, doch sein Gesicht verriet nichts davon. Innerlich verfluchte Alysea ihn tausendfach für seine Torheit, aber sie verstand ihn. Dameo Angelis lief nicht vor seinen Gegnern davon und er ließ niemanden seine Kämpfe austragen, selbst wenn es ihn den Hals kostete.

Alysea führte den Weinkelch an die Lippen, den Cassria ihr gereicht hatte. In Anwesenheit der Lichtstimme weckte er die Erinnerung an die Zeremonie, bei der die Priesterinnen ihr den verdünnten Wein eingeflößt hatten. Sie verzog säuerlich den Mund.

»Ich verstehe Euren Wunsch, das Ritual den Umständen anzupassen, aber es ist unüblich, die Zeremonie zur Dämmerung zu feiern«, sagte die Priesterin, während sie genügsam an ihrem eigenen Kelch nippte, dessen Inhalt mit Wasser versetzt war. Sie benutzte die gleiche einlullende Tonlage, derer sie sich bei den Gottesdiensten bediente. Zauber lag darin, wenn man den Worten keine Bedeutung schenkte und allein dem singenden Ton lauschte. Die Kraft, die Aufmerksamkeit ihrer Zuhörer zu fesseln und sie zu zerstreuen. Aber Alysea hatte nicht vor, ihre Magie auf sich wirken zu lassen.

»Und es stellt ein Problem für Euch dar?« Sie stellte den Wein zurück, ohne ihn angerührt zu haben.

»Es entspricht nicht unseren Traditionen. Man könnte die Gültigkeit der Zeremonie infrage stellen, wenn sie nicht unter dem offenen Auge der Sonne stattfindet.«

»Es gibt festgeschriebene Traditionen im Bezug auf die Verbindung zwischen Schattenwandlern und Hexen?« Alysea hob in gespieltem Erstaunen die Brauen.

Die Augen der Hohepriesterin wurden zu schmalen Schlitzen. »Nein. Eure Verbindung stellt eine Ausnahme dar.«

»Dann könnt Ihr jetzt eine neue Tradition in Gemea begründen, die beiden gerecht wird. Ihr werdet in die Geschichtsbücher eingehen, Lichtstimme. Welch eine wundervolle Gelegenheit, Euren Namen unsterblich zu machen. Ihr solltet sie ergreifen, wenn sie sich Euch so bereitwillig darbietet.« Alysea lächelte süßlich und Adia führte neben ihr den Weinkelch hastig an die Lippen und schlug die Augen nieder, um das Funkeln darin zu verbergen.

»Natürlich.« Der sanfte Ton der Hexe gewann an Schärfe.

»Ihr werdet verstehen, dass wir es unmöglich zulassen können, dass Serea Alysea die Nacht allein in der Kathedrale verbringt. Die Gefahr wäre zu groß.« Adia spielte mit ihrem Weinkelch, aber ihre Gelassenheit war ebenso eine Fassade wie die Freundlichkeit auf ihrem Gesicht.

»Die Vorbereitung der Braut ist eine Tradition, die nicht zur Diskussion steht. Sie ist von höheren Mächten bestimmt und wird nicht von dem Willen eines Sterblichen beeinflusst.« Eine Falte zierte die Stirn der Hohepriesterin und ein ärgerlicher Funke blitzte in ihren Augen auf.

»Dann ist die Lichtherrin zu Euch gekommen und hat Euch ihre Wünsche genannt? Ich wusste nicht, dass die Hexen den Göttern so nahestehen.« Spott in Dameos Stimme. Aurea saß so steif an ihrem Platz, dass Alysea befürchtete, ihr Rückgrat könnte brechen.

»Die Gesetze der Lichtherrin stehen seit Jahrhunderten geschrieben«, sagte die Lichtstimme bissig.

»Gesetze, auf deren Einhaltung Ihr Euch versteht wie keine andere, nicht wahr, Sibeia?« Dameos Tonfall blieb süffisant, doch Alysea vernahm den Groll darin. Es bedeutete mehr, als seine Worte verrieten.

Hass sprühte für einen Wimpernschlag aus den Augen der Priesterin, dann gelang es ihr, ihn hinter ihrer glatten Maske zu verbergen. Sie neigte den Kopf. »Es ist meine Aufgabe, sie zu wahren, wie groß die Widerstände auch sein mögen«, erwiderte sie geduldig. Die Lichtstimme verschränkte ihre Hände in ihrem Schoß. Das meisterhafte Abbild von Bescheidenheit und durchgeistigter Güte.

Adias Blick richtete sich auf Dameo, so beredt, dass Alysea beinahe hören konnte, wie sie ihn ermahnte, sich zurückzuhalten. Dann wandte sie sich mit einem Lächeln an die Hohepriesterin. »Eure Hingabe an Eure Göttin zieht niemand in Zweifel, Lichtstimme. Doch die Besonderheit dieser Verbindung erfordert es, dass sie unter Rücksichtnahme auf die Gebräuche aller Beteiligten geschlossen wird. Wir sind bereit, Eure Rituale zu respektieren, aber wir werden einen Weg finden müssen, der ausschließt, dass Alysea am Ende des Tages die Stufen des Glockenturmes erklimmt.« Sie sah Aurea in die Augen. »Das ist es, was für uns alle im Vordergrund stehen sollte, ganz gleich, was die Rituale erfordern.«

Für einen langen Moment kreuzten sich ihre Blicke in einem stummen Duell, dann senkte Aurea die Lider. »In früheren Zeiten hat man die rituelle Vorbereitung im Hause der Brauteltern vollzogen. Dort wird Alysea nichts geschehen. Aber wenn Ihr zweifelt, bin ich einverstanden, die Tore der Cae'Valerian für Eure Wache zu öffnen. Wäret Ihr zu diesem Zugeständnis bereit, Lichtstimme?«

Es war ein Kompromiss, den Alysea niemals erwartet hätte. Sie suchte den Blick ihrer Mutter, doch Aurea fixierte die Lichtstimme, als wollte sie ihren Widerspruch herausfordern.

Die vollen Lippen der Priesterin wandelten sich zu einem verkniffenen Strich. »Es ist nicht mehr üblich.«

»Aber es ist möglich«, warf Alysea ein. »Und es ist angemessen. Niemand wird Einwände haben, außer Ihr seht einen Grund, warum es unschicklich wäre, in der Nacht vor der Hochzeit im Hause meiner Eltern einzukehren?« Sie hob die Brauen und musterte die Stimme des Lichts. »Wir alle sind uns bewusst, dass es kaum mehr als eine Posse darstellt. An meine Unschuld glaubt niemand mehr, nachdem ich das Band mit dem Fürsten geschlossen habe. Ich bin eine Wandlerhure für die Hexen und eine Hexenhure für die Wandler. All Eure Waschungen und Gesänge werden meine Reinheit für niemanden wiederherstellen. Ihr könnt mein Haar mit Blumen bekränzen und mich mit Rosenöl einreiben. Aber ich bleibe die gefallene Tochter der Sonnenfürstin, von der niemand je etwas Besseres erwartet hat. Also lasst uns nicht vorgeben, dass irgendetwas, was in der Kathedrale geschieht, noch eine Bedeutung besitzt.« Es war bitter, es auszusprechen, aber sie war der Lügen und des Schauspiels müde. Sie spürte Dameos Hand auf ihrer Schulter und fasste nach seinen Fingern. Aurea zog die Stirn in Falten, als sie die Geste bemerkte, doch ihre Lippen blieben verschlossen.

»Ihr verwandelt die heilige Zeremonie in eine Farce!« Die Lichtstimme erhob sich aufgebracht aus ihrem Sessel.

»Sie *ist* ein Schauspiel«, gab Dameo zurück. »Und wir alle sind die Schausteller, die es aufführen, um die Massen zufriedenzustellen. Niemand in diesem Raum erwartet hier und jetzt die Rolle der getreuen Gottesdienerin von Euch, Sibeia. Ihr könnt Eure Maske ablegen.«

Die Priesterin zuckte zusammen. Sie rang sichtlich um ihre Fassung und es gelang ihr nicht, sie vollkommen wiederzuerlangen. »Wie könnt Ihr es wagen, so mit mir zu sprechen, Dameo Angelis?«, fauchte sie kalt.

»Ihr selbst habt mir das Recht dazu gegeben, Sibeia«, erwiderte er nicht minder eisig. »Soll ich Euch helfen, Euch zu erinnern? Oder haben Eure Gebete all Eure Sünden ausgelöscht?«

Alysea drehte überrascht den Kopf und fand seine Miene versteinert. Schweigen legte sich über die Galerie, so tief, dass die heftigen Atemzüge der Priesterin wie Schreie klangen. »Also gut«, sagte sie frostig und Splitter rieselten aus ihrer Stimme. »Selbst die Kirche des Lichts kann sich nicht gegen den Willen zweier Fürstenhäuser stellen. Aber ich hätte eine größere Ergebenheit für die Lichtherrin von Euch erwartet, Aurea. Letztlich werdet *Ihr* es sein, die sich vor dem Zirkel für all das verantworten muss.«

Die Haltung ihrer Mutter wurde noch steifer. Eiskristalle überzogen das Blau ihrer Augen. Zurückgehaltene Worte erfüllten die Luft mit Gift. Ein Tropfen Schweiß rann über Alyseas Schläfe, als die Sonne weiterwanderte und ihr Licht aus einem anderen Winkel einfiel. Es wurde heller und Dameo bewegte sich unbehaglich. Er lockerte seine Halsbinde und seine Unruhe griff auf sie über. Es war Zeit, die Zusammenkunft zu beenden. Ein weiteres Mal würde Adia ihn nicht retten können und es war genug. Sie fühlte, wie stark seine Haut stach.

Alysea erhob sich und strich ihre Röcke glatt. »Es wird Zeit, dass sich unsere Wege trennen. Ich bezweifle, dass es noch mehr zu sagen gibt. Und ich werde zweifellos die rituellen Worte beherrschen, wenn ich vor den Altar trete, ohne dass Ihr mich ein zweites Mal darin unterweist.«

Sie streckte die Hand nach Dameo aus, um ihn zu bitten, sie aus der Galerie zu begleiten, doch Aureas Stimme ließ sie innehalten. »Ich würde gerne einige Worte mit meiner Tochter wechseln. Allein.« Ihr Blick richtete sich auffordernd auf Adia.

»Selbstverständlich. Ich begleite die Lichtstimme hinaus«, erwiderte Adia, ohne eine Gefühlsregung zu offenbaren. Sie neigte den Kopf vor Aurea und kehrte ihnen dann den Rücken zu. »Wenn Ihr mir folgen wollt, Domia?«

»Möge die Mutter des Lichts Euch segnen.« Die Priesterin schlug das heilige Zeichen der Sonne, aber ihre Augen blieben funkelnd kalte Edelsteine, ihre Facetten zu scharf, als dass sie den Hohn in ihren Worten verbergen konnte. Sie hatten ihren Stolz verletzt und eines Tages würde sie sich dafür rächen. Das Versprechen stand in ihrem Blick. Dann schloss sie sich Adia an und ihre Schleppe schleifte hinter ihr über das Parkett wie ein Lichtstrahl aus reinem Weiß. Ihr Haar glühte, als sie die Sonne passierte. Lodernde Flammen, die erloschen, als sich die Tür in ihrem Rücken schloss. Ihr Anblick hinterließ einen schlechten Geschmack in Alyseas Mund.

Dameo verneigte sich vor der Fürstin des Sonnenhofes, nachdem die Türflügel ins Schloss gefallen waren. »Meine Verehrung, Serea«, sagte er knapp. Er wandte sich ab und Alysea atmete auf, als er die Treppe hinaufschritt, sorgsam darauf bedacht, das hellste Licht zu meiden. Nur wenige Schritte und die Gefahr war gebannt. Sie zählte die Aufschläge seiner Stiefel auf den Stufen, dann drehte sie sich zu ihrer Mutter um.

»Du wolltest …«

Licht schoss durch die Fenster, als die Wolkendecke unvermittelt aufbrach und die Sonne ihre volle Kraft über sie ergoss. So grell, dass es sie blendete. Alysea riss die Hand in die Höhe und ein Feuerstoß zuckte durch ihre Venen. Sie hörte Dameos Aufschrei durch das Tosen der Flammen in ihrem Inneren. Das Silberband war eine Peitsche aus Feuer, die nach ihr ausschlug. Qualen. Schmerz. Die Welt versank in der lodernden Röte, die ihre geschlossenen Lider durchdrang.

Dameo. Er brannte!

»Dameo!« Sie öffnete die Augen. Es war hell. Viel zu hell. Sie blinzelte gegen ihre tränenden Augen an und versuchte, durch den Schleier zu sehen, der wenig mehr als schwache Schemen offenbarte.

»Alysea! Was hast du?« Aurea legte die Hände auf ihre Schultern.

»Nicht! Er verbrennt!« Alysea schüttelte ihren Griff ab und langte blind nach dem Zaubersiegel an ihrem Hals. »Umbrae!«, schrie sie in die Galerie und Dunkelheit zog sich über ihnen zusammen.

Die Stimme ihrer Mutter erklang in einem Echo ihres Befehls und die Nacht senkte sich über die Cae'Angelis. Das Brennen der Sonne erlosch und Eis kroch über ihre Haut, als tiefe Schwärze die Herrschaft übernahm.

»Lumae!«, befahl Aurea streng. Ein winziges Licht glomm auf ihrer Handfläche auf und erhellte die Dunkelheit. Es ließ Alysea die Umrisse der Treppe erkennen.

Sie rannte stolpernd die Stufen hinauf und verdammte das Kleid, das ihren Lauf behinderte. Ein Stöhnen erklang vor ihr am Boden und sie sank neben Dameos gekrümmter Gestalt nieder, die vor den Türflügeln lag. Der Halbschatten zeigte unversehrte Haut. Makellos. Dennoch war sein Gesicht vor Qualen verzerrt und der übelkeitserregende Geruch verbrannten Fleisches hing süßlich in der Luft. Alysea sammelte all ihren Mut und zerrte an der feinen Kette, die das Zaubersiegel hielt. Die Glieder gaben nach und rutschten klirrend aus ihrer zitternden Hand. Die Illusion fiel wie ein Vorhang, den eine Schere durchtrennt hatte.

»Gnädige Sonne!« Aurea war die Stufen hinaufgestiegen und erstarrte, als das Licht auf ihrer Hand die schreckliche Wahrheit offenbarte.

»Du Narr! Du verfluchter Narr!«, schluchzte Alysea heiser. Seine Haut war gerötet und von Blasen übersät. So dicht, dass seine Züge darunter verschwommen waren, als wäre sein Fleisch geschmolzen. Grauen erfüllte ihr Herz. Alysea öffnete sein Hemd und zog vorsichtig den Stoff auseinander. Er keuchte leise, als Luft über die Verbrennungen strich, und Alysea sog scharf den Atem ein. Sie waren zu stark, zu weitreichend, als dass eine Salbe genügte, um sie zu heilen, selbst wenn sie mit Magie versetzt sein mochte. Sie brauchte Domia Luceas Hilfe, um das Ritual zu weben, das ihm helfen konnte. Oder … oder …

Lichtmutter, steh mir bei.

Sie wischte die Nässe von ihren Wangen. »Ich brauche ein Messer. Schnell!«

»Alysea. Bitte. Nicht«, keuchte er schwach. Er hob den Kopf, doch er fiel auf der Stelle kraftlos zurück.

»Oh, halt den Mund, Dameo! Nur ein einziges Mal! Es ist mir gleich. Dieses eine Mal ist mir gleichgültig, was du sagst! Es ist genug!« Frische Tränen rollten über ihre Wangen und fielen auf sein Gesicht. Er zuckte zusammen, als das Salz darin auf seine verbrannte Haut traf.

Sie wusste nicht, woher ihre Mutter den Ritualdolch nahm, den sie hervorgezaubert hatte, und es war bedeutungslos. Alysea zog die Klinge über die Narbe an ihrem Arm und Blut quoll hervor. Es floss über ihr Handgelenk und sie presste die Wunde auf Dameos Lippen. Er fasste nach ihrem Arm, um ihn wegzustoßen, doch sein Griff war kraftlos. Sein Protest erstickte, als die ersten Tropfen in seinen Mund rannen. Sie konnte die Qual in seinen Augen erkennen. Sein Entsetzen, das in ihr Herz stieß wie ein glühendes Eisen. Dann schloss er die Lider und sein Widerstand erlosch.

Sie wagte kaum zu atmen, als er schluckte. Seine Finger lösten sich und seine Hand rutschte schlaff zu Boden. Aurea stand starr wie eine Statue auf der Galerie und Alysea sah zu ihrer Mutter auf. »Ich brauche Adia … und … Neveas, bevor der Zauber seine Wirkung verliert«, sagte sie rau und ihre Stimme wollte ihr nicht gehorchen. »Wir müssen ihn herausschaffen. Die Gänge müssen abgedunkelt werden.« Tatsächlich bemerkte sie, dass sich die Dunkelheit bereits hob. Die Schwärze ließ nach, nicht lange und die Sonne würde die Galerie erreichen.

Es mochte das erste Mal sein, dass Alysea Unsicherheit auf den Zügen der unbeugsamen Fürstin las. Fragen. Sie schluckte sie herunter und nickte. »Ich suche nach ihr.«

»Diese Tür.« Alysea wies auf die Flügel, die über ihnen aufragten und zu den Gemächern der Fürstenfamilie führten. Gedämpftes Licht drang auf die Galerie und sie spürte die Stiche, die es auf Dameos roher Haut hinterließ. Die Verbrennungen fanden ein Echo auf ihrem Körper, doch sie spürte es kaum.

Alysea löste ihren Arm von seinem Mund. »Bitte vergib mir«, flüsterte sie.

Seine Lider flatterten. Es gab keinen Flecken, an dem sie ihn berühren konnte, ohne ihm Schmerz zu bereiten. »Du hättest … es nicht … tun dürfen«, wisperte er. »Niemals.« Das Silber seiner Augen war trüb und dunkel. Ihr Blut haftete an seinen Lippen. Ein Schimmer aus Rot und Gold.

»Doch, das musste ich«, erwiderte sie leise. »Dieses eine Mal hatte ich keine Wahl, selbst wenn du mich dafür hasst. Ich werde nicht dabei zusehen, wie dich deine Angst tötet.«

Schritte hallten über den Flur, laut und hastig. Leichte Absätze, schwerere Stiefel. Adia hastete durch die Tür und fiel neben Dameo auf die Knie. »Aëris sei uns gnädig! Du verfluchter Dummkopf! Was hast du getan?« Ihre Hände schwebten über ihrem Bruder, doch sie wagte es nicht, ihn zu berühren.

»Nicht, Adia.« Neveas schob sie sanft beiseite. »Kannst du aufstehen?«

»Ich … weiß es nicht.« Dameos Stimme klang fremd. So schwach, dass sie ihre raue Tiefe verloren hatte. So verzweifelt, dass sie sich in Alyseas Herz bohrte wie ein Dorn.

»Dann werden wir es auf die Probe stellen müssen.« Neveas' Miene verhärtete sich und er fasste nach Dameos Arm. Er unterdrückte einen Aufschrei, als der andere Wandler ihn auf die Beine zog. Alysea fühlte jede Stelle, die ihm Qualen bereitete. Neveas' Arm, der sich um Dameos Hüften schlang, die Unterseite seines Armes, der auf Neveas' Schultern lag. Den Druck seiner Zähne, die er so fest zusammenbiss, dass sie knirschten.

Das Licht des Ganges hinter ihnen versiegte und Alysea vernahm die Stimme ihrer Mutter, die Schatten herbeirief. Die einzige Lichtquelle rührte von der winzigen Kugel her, die sie von ihren Händen schweben ließ, um die Dunkelheit für ihre Hexenaugen zu brechen.

Neveas schleppte Dameo halb auf seinen Schultern, als sie die Galerie verließen. Es war das erste Mal, dass Alysea Adias Klauen sah. Sie sprossen durch die Spitze ihrer Handschuhe und zerschlitzten ihren Rock präzise, bis sie einen Streifen aus dem Stoff getrennt hatte. Sie wand ihn wortlos um Alyseas blutenden Arm und half ihr dann auf die Füße. In Adias Augen konnte sie erkennen, dass Dameos Schwester verstand, was sich zugetragen hatte. Und darunter … einen Funken Misstrauen, der sich in ihren Blick geschlichen hatte.

»Kommt nach, sobald Ihr könnt.« Adias Stimme klang hohl. Dumpf. Ihr Blick glitt zu Aurea.

»Ich werde herausfinden, was geschehen ist, das verspreche ich Euch, Adia«, sagte die Sonnenfürstin. »Wer hierfür verantwortlich ist, hat auch meine Tochter in Gefahr gebracht.«

Adia nickte wortlos, aber das Misstrauen in ihren Augen erlosch nicht. Letztlich blieb Aurea Valerian eine Hexe, der das Verderben in die Cae'Angelis gefolgt war. Alyseas Beine zitterten, als Dameos Schwester sie losließ, um ihrem Bruder zu folgen, und sie fasste nach dem Geländer, um sich daran abzustützen.

Ihre Mutter war ein Schatten, der im Gang verharrte. Allein ihr helles Haar verdrängte die Dunkelheit wie eine Sonne. Es machte deutlich, dass sie nicht hierhergehörte, an diesen Ort, an dem die Nacht regierte.

»Ich muss zu ihm, Mutter«, sagte Alysea, so ruhig sie es vermochte.

Die Fürstin nickte. »Ich hasse ihn nicht, Alysea. Ich verfluche ihn dafür, dass er meine Tochter gestohlen hat. Aber ich hasse ihn nicht und ich wünsche ihm nicht den Tod. Ich will, dass du das weißt.«

»Danke«, antwortete sie gepresst.

Aurea wies auf den dunklen Stoffstreifen, der sich um Alyseas Arm wand. »Warum?«

»Er hat mein Blut nicht gewollt, weil er sich davor fürchtet, seinem Vater zu folgen. Der Gabentausch wurde niemals vollzogen. Es war sein Wille, nicht meiner.«

Aurea sah auf das Muster des Parketts unter ihren Füßen, besser erkennbar, nun, da die magische Dunkelheit schwand. Sie atmete tief ein. »Ich verstehe, dass du deine Seite gewählt hast. Und vielleicht ist es die Seite, die du wählen musstest. Vielleicht … ist es sogar die Seite, auf die du immer gehört hast. Aber der Zirkel wird dich nicht ruhen lassen. Du stehst vor einem Krieg, dessen Ausmaße du nicht verstehst, und wandelst dabei auf einem gefährlichen Pfad, auf dem ich dir nicht beistehen kann«, Aurea brach ab und schüttelte den Kopf. »Gib acht, dass er dich nicht in den Abgrund führt.«

Ein seltsames Glitzern tanzte in ihrem Blick. Sie fasste nach Alyseas Hand und ließ etwas Kaltes auf ihre Handfläche gleiten. Dann wandte sich die Sonnenfürstin rasch ab und schritt den Gang hinab.

Alysea blickte auf ihre Hand und fand das Zaubersiegel, das sie von Dameos Hals gelöst hatte. Sonne und Mond vereint, die Kette säuberlich von einem Zauber repariert. Als hätte Aurea ihr letztlich ihren Segen geben wollen.

Alysea rieb sich über ihre Arme, die nicht mehr allein von Dameos Verbrennungen kribbelten, sondern auch von der Gänsehaut, die ihre Mutter darauf hinterlassen hatte.

Zum ersten Mal spürte sie Scheu davor, Dameos Gemächer zu betreten. Alysea verharrte vor der Tür, durch die sie in den letzten Tagen so viele Male getreten war. Hinter der sie an seiner Seite geschlafen hatte. Diesmal wirkte das Holz abweisend und fremd. Sie berührte das Flügelwappen unschlüssig und folgte seiner Kontur, hinab bis zu dem silbernen Knauf. Kaltes Metall, um das sie ihre Finger schloss. Drehte. Die Tür gab nach und Alysea atmete ein letztes Mal durch, ehe sie über die Schwelle trat.

Die Vorhänge waren geschlossen, das Licht nicht mehr als ein winziger Schimmer, der durch die Spalte lugte, wo sie sich überlappten. Der Teppich dämpfte ihre Schritte, als sie den Raum durchquerte, der in sein Schlafgemach mündete, und vor der zweiten Tür anhielt. Sie hob die Hand, doch der Knauf drehte sich ohne ihr Zutun.

Adias Antlitz zeichnete sich als heller Schemen in der Dunkelheit ab. »Kommt«, sagte sie leise. Sie trat beiseite, um Alysea einzulassen, ihre Miene verschlossen.

»Lass uns allein, Adia.« Dameo. Sein Gesicht war abgewandt. Alysea konnte sein verbranntes Profil erkennen. Er lehnte am Bettrücken und starrte an die Wand. Sie konnte spüren, dass er aufgewühlt war. Zorn brodelte in ihm. Und darunter mischte sich … Hoffnungslosigkeit. Es war eine Mischung, die schwer zu ertragen war.

Adia verließ das Zimmer und schloss die Tür hinter sich. Alysea trat langsam näher und es war, als müsste sie gegen einen Widerstand ankämpfen, der sie daran hindern wollte, das Bett zu erreichen. Dameo sah sie nicht an. Sein Blick war auf den Streifen Licht gerichtet, der sich zwischen den Vorhängen hindurchkämpfte.

Sie leckte sich die Lippen, dann verharrte sie neben dem Bett. »Ich verlange nicht, dass du mich verstehst«, sagte sie fest, während sie darum kämpfte, das Beben nicht in ihre Stimme dringen zu lassen. »Ich verlange noch nicht einmal, dass du mir verzeihst. Aber ich bereue es nicht.«

»Nein. Heute tust du es nicht. Morgen auch nicht. Aber eines Tages, Alysea … eines Tages wirst du es. Und ich bete dafür, dass das

Silberband dann so stark sein wird, dass ich mir selbst das Messer in die Brust stoße, bevor ich zu der Bestie werde, die dich in Stücke reißt.«

Seine Qual war wie eine offene Wunde. Ein Loch in ihrer Brust, das ihr Herz ungeschützt offenlegte. Sie ließ sich vorsichtig auf dem Bett nieder. »Der Tod wäre mir ohne dich ohnehin gewiss. Aber wir leben heute, Dameo. Nicht morgen. Und auch nicht eines Tages. Ich lasse nicht zu, dass deine Furcht vor dem Morgen das Heute zerstört.«

Er schnaubte gequält und schüttelte den Kopf. »Hast du gewusst, dass es die Wahrnehmung verändert, wenn wir das Blut eines anderen kosten? Der Geruch wird unverwechselbar. Wie ein roter Faden, der uns leitet. Du bist die Einzige, die ich niemals auf diese Weise erkennen wollte. Und jetzt rieche ich dich, noch bevor das Silberband mir verrät, dass du dich näherst. Du bist für mich wie eine Rose. Eine verlockende rote Rose, deren süßer Duft durch den Garten strömt und mich zu dir zieht, ohne dass ich mich dagegen wehren kann.« Dameo schloss die Augen und legte den Kopf in die Kissen. »Das Silberband verstärkt meinen Sinn für dich noch. Ich würde dich unter Tausenden erkennen und niemals fehlgehen. Ich habe nie verstanden, warum der Blutrausch uns zu jenen zieht, die wir begehren. Jetzt verstehe ich es. Du bist ein Leuchtfeuer. Du funkelst und glühst. Ich schließe die Augen und ich kann dich trotzdem sehen.« Er atmete ein und öffnete die Lider. »Zieh die Vorhänge zurück.«

Alysea erschrak, als sie das fiebrige Leuchten in seinen Augen gewahrte. »Es ist zu früh.«

»Nein, das ist es nicht. Tu es. Ich muss sehen, dass es einen Sinn besessen hat oder es treibt mich in den Wahnsinn.«

Für einen Herzschlag lang verharrte sie wie gelähmt. Dann erhob sie sich und ging langsam zu den Fenstern hinüber. Ihre Finger schlossen sich zitternd um den Vorhang. Sie musste nicht zurückblicken, um zu wissen, dass Dameo jede Bewegung beobachtete. Sie war es ihm schuldig, doch sie fürchtete den Augenblick nicht weniger, als er es tat. Und sie verbarg es nicht vor ihm.

Ein harter Ruck, und der schwere Samt glitt beiseite. Die Mittagssonne strömte durch das Fenster, erbarmungslos hell und klar. Sie berührte sein Bett. Seine Hände. Die Brust, ungeschützt durch das offene Hemd. Sie wappnete sich gegen seinen Schmerz. Das Stechen der Nadeln. Seinen Aufschrei. Den Geruch brennenden Fleisches, der süßlich in ihre Nase stieg.

Doch nichts geschah.

»Seraphia hat mich zweifach verflucht. Allein das Blut meiner Gefährtin hält den Sonnenfluch im Zaum und gleichzeitig bedroht es ihr Leben, wenn ich es nehme.« Er lachte und es war von beißender Bitterkeit erfüllt.

Alysea lehnte die Stirn an die Wand, plötzlich zu schwach, um sich umzudrehen und ihn anzublicken. »Und allein deine Tränen halten den Mondwahn fern. Das Band ist so dicht verwoben, dass es keinen Weg gibt, ihm zu entrinnen. Wir müssen den Gabentausch vollziehen, ob wir es wollen oder nicht. Er schmiedet uns aneinander. Ebenso fest wie das Silberband, weil wir einander brauchen, um zu überleben.«

Sie wandte sich um und betrachtete seine Wunden. Sie verblassten bereits, nun, da seine Heilkräfte allmählich zurückkehrten. Sie hatte das Richtige getan, dennoch fühlte es sich an wie ein Verlust, der unwiederbringlich war. Hexen hatten all das über ihn gebracht. Sie war eine Hexe und sie bezahlte mit seinem Vertrauen. Es war der Lauf ihrer Welt. »Du solltest dich ausruhen«, sagte sie hölzern. »Selbst wenn es heilt, hat es dich geschwächt. Ich muss mit Adia reden und …«, sie verstummte. Dann hob sie die Schultern. »Ich will, dass du weißt …«

»Dass deine Mutter keine Schuld trifft? Du musst mich nicht davon überzeugen, Alysea. Ich weiß, dass sie es nicht gewesen ist.«

Sie sah ihn überrascht an. »Woher?«

»Aurea mag mich verabscheuen, aber sie weiß, dass sie die Angelis braucht. Es gibt mehr als nur den Gabentausch, der unsere Familien verbindet, Alysea. Wir sind zwei Krieger auf dem Schlachtfeld der Politik, die einen Schaukampf ausfechten, doch wir würden einander niemals den tödlichen Stoß versetzen. Wenn ich sterbe, wird es Krieg geben. Die Schattenwandler werden um den Thron ringen. Es wird zu Duellen kommen und der Sieger wird seinen Anspruch untermauern müssen, indem er seinen Wert und seinen Mut beweist. Er wird sich beeilen müssen, um Herausforderer zum Schweigen zu bringen und ihre Aufmerksamkeit zu zerstreuen. Und wie könnte er das besser als in einem Krieg gegen die Hexen, selbst wenn er sinnlos sein wird? Es gibt andere Wege als einen Pakt, um den Gabentausch zu erzwingen.

Unterdrückung durch den Stärkeren führt ebenso zum Ziel und jene, die es wünschen, werden immer lauter.« Seine Stimme wurde hart und gefühllos. Das Bild, das sie malte, trieb Schauer über Alyseas Rücken. »Die Angelis sind das mächtigste Geschlecht der Wandler, das jemals über Gemea geherrscht hat. Niemand zieht unsere Macht in Zweifel. Aber ich bin der letzte direkte Nachkomme unserer Linie und was nach mir kommt, ist ungewiss. Es ist eine Bedrohung für den Sonnenthron und die Valerian wissen es ebenso gut wie wir. Aurea könnte einen Krieg nicht gewinnen. Die Hexen stehen nicht geschlossen hinter ihr. Eine Tochter, die mit einem Halbblut davongelaufen ist. Die zweite vom Mond berührt, in den Augen ihres Volkes vielleicht sogar illegitim. Ihr Gemahl ein Verrückter, der den Mond anbetet und seine Tage im Delirium verbringt. Ihr Geschlecht steht vor dem Abgrund, und wenn es zu Kämpfen käme, würden die Ersten nur allzu schnell die günstige Gelegenheit ergreifen.« Dameo lächelte freudlos. »Mein Tod ist nicht in ihrem Interesse. Und ebenso wenig ist es die Schwäche, die sich ihr heute offenbart hat. Wir brauchen einander, Alysea. Mehr, als wir es jemals eingestehen würden. Also nein – ich glaube nicht, dass deine Mutter die Schuldige war, auch wenn es vielleicht so aussehen sollte.«

Alysea verflocht ihre Finger und sah darauf hinab. Es war die Wirklichkeit ihrer Familie, in den grausamsten Farben dargestellt. Schmerzhaft, es aus seinem Mund zu hören, obgleich sie wusste, dass er es nicht aussprach, um sie zu verletzen. »Glaubst du, dass es die Lichtstimme gewesen sein könnte? Dass sie mehr über das Silberband weiß, als es den Anschein hat?«

»Vielleicht. Wenngleich ich nicht weiß, was es ihr nutzen könnte.« Dameo sah auf seine Hände und rieb über die heilende Haut. Es war eine Geste, die seinen Unglauben verriet. Staunen. Und sie wusste, dass er den Anlass dafür hasste.

»Sie hat … dich auf eine Weise angesehen, die merkwürdig war«, sagte Alysea schließlich. »Als wüsste sie, was sich unter dem Zauber verbirgt und würde nur nach einer Möglichkeit suchen, es zu enthüllen.«

Dameo hob die Schultern und verzog das Gesicht, als ihn die Brandwunden quälten. »Sibeia hasst mich.«

Alysea schnaubte humorlos. »Es hat keines scharfen Blickes bedurft, um das zu erkennen. Aber warum?«

»Weil ich sie nicht in mein Bett gelassen habe.« Er lächelte hintergründig und Alysea bemerkte, dass ihr Mund aufklappte. Vielleicht hatte sie es tief in sich erwartet und doch …

»Die *Hohepriesterin* der Lichtherrin wollte in das Bett eines Schattenwandlers kriechen?«

»Macht verlockt sie über alle Maßen. Gelegentlich lässt sie Sibeia sogar vergessen, dass sie Keuschheit gelobt hat. Ihr Stolz hat sie die Abweisung nicht gut aufnehmen lassen. Vielleicht war es ihre Art der Rache, ohne dass sie die wahren Folgen erahnt hat. Keinem Wandler ist grelles Licht angenehm, vor allem, wenn es plötzlich aus dem Nichts kommt. Es ist wie ein Peitschenhieb mit einer flammenden Peitsche, der schmerzt und uns die Sicht nimmt.«

Es sollte sie nicht in Erstaunen versetzen. Die Art, wie die Priesterin sich bewegte. Wie sie Wege fand, ihre Reize zu offenbaren, ohne die Tarnung der keuschen Geistlichkeit fallen zu lassen … Der Gedanke, dass sie versucht hatte, Dameo in ihre Netze zu locken … Ihre Abscheu wuchs und Alysea ahnte, dass sie sich auf ihrem Gesicht spiegelte. Sie zupfte abwesend an dem Stoffstreifen, der sich um ihren Arm spannte, und er löste sich, ohne dass sie es wollte. Ärgerlich schlang sie ihn wieder über die Wunde und der Schnitt darunter brannte protestierend.

Dameos Miene veränderte sich. Sie wurde weicher und die Härte in seinen Silberaugen schmolz. »Komm zu mir«, bat er übergangslos.

Alysea ließ zögerlich die Hand sinken.

»Bitte.« Seine Stimme wurde rau und er streckte die Hand nach ihr aus.

Sie kehrte zum Bett zurück und ließ sich neben ihm nieder. Dameo fasste nach dem Stoffstreifen und ließ ihn auf die Laken gleiten. Er betrachtete die rote Linie, die sich dort abzeichnete, wo sie ihre Haut in der Nacht der Mondzeremonie zum ersten Mal für ihn geteilt hatte. Sie war hässlich gerötet und wulstig. Vergessen.

»Es wird eine Narbe geben. Man sollte denken, dass eine Heilerin es besser weiß, als eine Wunde zu vernachlässigen«, sagte Alysea, ohne zu überlegen, dann biss sie sich auf die Zunge. Bedeutungsloser Unsinn. Sie plapperte wie ein dummes Mädchen. »Es tut mir leid. Alles, was geschehen ist. Du hast mir vertraut und ich habe dich gezwungen …«

»Mich meiner größten Angst zu stellen und eine Entscheidung zu treffen? Ja, das hast du.« Dameo seufzte und sie spürte die feine Linie seines Zorns, der noch immer im Inneren des Silberbandes glomm. »Ich weiß nicht, was ich denken soll, Alysea. Ich bin wütend, aber ich weiß nicht, ob ich wütend auf dich bin oder auf mich. Ich weiß nicht, ob es richtig war oder falsch. Ob du mich gerettet oder verdammt hast.« Er holte Atem und blickte auf den Baldachin über ihnen. Nun, da der Schatten gewichen war, der seit Tagen über dem Gemach gelegen hatte, konnte sie die feine silberne Stickerei erkennen, die ihn zierte. »Wahrscheinlich bedeutet es ohnehin nichts mehr. Seraphias Käfig hält uns gefangen und sie gibt unsere Schritte vor, ohne dass wir ihnen ausweichen können. Ihr Wille geschieht. Auf welchen Wegen auch immer. Wir sind Spielfiguren, die ihren Zweck nicht kennen. Und heute haben wir uns um einen Zug weiterbewegt.«

Alysea starrte auf die Wunde. »War es genug?«, fragte sie zögerlich.

Dameo antwortete nicht sofort und seine Miene wurde abweisend. Er erriet schnell, was sie im Sinn hatte. »Es genügt.«

»Wie lange?«

»Lange genug.« Nachdruck in seiner Stimme, aber keine Gewissheit.

»Du bist nicht sicher.«

Er stieß den Atem aus. Alysea konnte die Lüge spüren, die sich auf seiner Zunge bilden wollte. Den Augenblick, in dem er sie zurückdrängte. »Nein, das bin ich nicht.«

»Weil die Verletzungen zu stark waren, um es zu ermessen«, schloss Alysea. Sie schob ihren Ärmel weiter zurück. Ihre Finger zitterten leicht und Dameo wandte den Kopf ab.

»Du fürchtest dich.«

»Ja, aber das ist bedeutungslos. Sei vernünftig, Dameo. Was auch immer vor uns liegen mag, wird all deine Kraft brauchen. Und es ist bereits geschehen. Es ergibt keinen Sinn mehr, wenn du dich weiter in Gefahr bringst. Bitte.« Sie hielt ihm das Handgelenk entgegen. »Ich will es so.«

Er blickte unschlüssig auf ihren Puls, während eine Mischung aus Widerwillen und Verlangen in ihm brodelte, die ihr Rätsel aufgab. »Du weißt nicht, was der Biss eines Wandlers bedeutet?«, fragte er schließlich. Echte Neugier. Unverhüllt.

Alysea legte den Kopf schief. »Über den Schmerz und die Gefahr hinaus, dass du mich in Stücke reißen könntest?«

Dameo lächelte rätselhaft. »Es gibt keinen Schmerz, Alysea.«

»Dann sind die Zähne eines Wandlers weich wie Seide?«

»Nein. Sie sind scharf und tödlich wie eine Schwertklinge.« Er sah ihr in die Augen und sein Daumen liebkoste ihren Puls. Das Silber erschien dunkler, überschattet von seinen Wimpern und … etwas Undeutbarem.

Alysea schluckte und zwang sich zu einem Lächeln. »Scharf wie eine Schwertklinge und doch verursachen sie keinen Schmerz? Du wirst es mir beweisen müssen.«

»Du vertraust mir zu sehr«, sagte er dunkel. »Eines Tages wird es dein Verderben sein.«

»Aber für den Augenblick rettet es dein Leben«, erwiderte sie leise.

Dameo schob ihren Arm entschlossen von sich. »Ich kann es nicht.«

»Aber du wirst es tun, weil du es tun musst.« Alysea sah ihm in die Augen und hob ihr Handgelenk in einer stummen Aufforderung. Sie hasste sich für die Verzweiflung, die sie in dem schattigen Silber hinterließ, trotzdem gab sie nicht nach. Sie durfte es nicht. »Tu es für mich, wenn du es nicht für dich selbst tun kannst. Ich brauche dich, Dameo. Bitte.«

»Alysea …« Sein Seufzen klang wie ein Hilfeschrei. Er wollte mehr sagen, aber er tat es nicht. Etwas im Silber seiner Augen zersplitterte und endlich erlosch sein Widerstand. Dameos Fingerspitzen streichelten behutsam über ihre Haut. Er beugte sich hinab und seine Lippen folgten der Spur, die seine Finger vorgezeichnet hatten. Abwärts, hin zu der Wunde, die über ihrem Puls saß.

Eine Mischung aus Faszination und Furcht wirbelte in ihrem Magen auf, als er einen sanften Kuss auf den Schnitt setzte. Alysea hielt den Atem an, als seine Zunge über die offene Linie glitt und sie das Kratzen seiner Zähne spürte. Winzige Dolche, die über ihre Haut ritzten, so leicht und mühelos, dass sie ihre Schärfe erahnen konnte. Wärme bildete sich an der Stelle, an der sein Mund verharrte, ein Prickeln, das durch ihre Adern rann wie feiner Regen. Sie erwartete den Schmerz, doch … Alysea stieß einen überraschten Laut aus, als Hitze in ihren Bauch strömte und sich pulsierend zwischen ihren Schenkeln sammelte.

Sie stöhnte auf, als eine Welle in ihr anstieg, so süß, dass ihre Sinne darin verschwammen. Sie konnte das Echo in Dameo fühlen und die Flut wurde stärker, so stark, dass sie drohte, sie mit sich fortzureißen. Alyseas Nägel gruben sich Halt suchend in die Kissen, während die Welt in einem wirbelnden Strudel versank. Dameos Hand schloss sich um die Seide ihres Rockes, als er um Beherrschung rang. Seine Atemzüge auf ihrer Haut wurden schwerer und für einen Herzschlag lang loderte Feuer über das Silberband. So hell, dass sie glaubte, die Flammen würden sie verschlingen. Dann flackerten sie unvermittelt schwächer.

Dameo stieß einen Fluch aus. Seine Finger rutschten von ihr ab und er ließ sich erschöpft zurücksinken. »Ich habe nicht damit gerechnet, dass das Silberband meine Beherrschung auf die Probe stellen würde. Es tut mir leid.«

Alysea schüttelte den Kopf, um die Benommenheit zu vertreiben, die von ihr Besitz ergriffen hatte. Der Dunst, der über ihren Sinnen lag, hob sich nur widerwillig. »Was … war das?«, stammelte sie verlegen.

»Die Wahrheit über den Biss eines Schattenwandlers. Und ich war ein Dummkopf, es nicht vorauszuahnen.« Dameo streichelte über ihre Wange und setzte einen schwachen Kuss auf ihren Puls. Ihr Handgelenk kribbelte. Ein Nachhall seines Bisses, ein leichtes Jucken. Sie rieb gedankenlos darüber, stockte, als sie glatte, unversehrte Haut unter ihren Fingern fand. Der Schnitt hatte sich geschlossen. Keine Spur war davon zurückgeblieben. Keine Narbe. Nichts.

»Wie ist das möglich?«, hauchte sie entgeistert. »Schattenwandler besitzen keine heilende Magie.«

»Nein, aber wir sind Jäger. Raubtiere, die auf die Stärke angewiesen sind, die unsere Beute uns schenkt. Ohne ihr Blut, das unsere Macht nährt, sind wir kaum stärker als ein gewöhnlicher Mensch. Die Jagd wird einfacher, wenn sie freiwillig zu uns kommt, anstatt davonlaufen zu wollen. Und es ist unklug, die Beute zu zeichnen und damit Unruhe zu schüren. Was uns heilt, kann auch andere heilen. Es ist in uns.« Seine Stimme klang dunkel und seine Augen glühten im Licht der Mittagssonne. Sie ließen das Raubtier nur zu deutlich in Erscheinung treten.

Verstehen vertrieb die letzten Reste des Nebels schlagartig und ließ die Wirklichkeit klar und scharf hervortreten. Eis löschte die Hitze aus. »Bluthuren«, sagte sie tonlos.

Er nickte. Die Weichheit seiner Miene wich Ratlosigkeit, als er ihren Verdruss gewahrte. »Viele von ihnen sind süchtig nach dem Rausch eines Wandlerbisses. Es treibt sie an den Nachthof, mehr noch als die Juwelen, der Samt und die Seide, die sie für ihre Dienste bekommen.«

Die Hexen erzählten sich hinter vorgehaltener Hand Geschichten über die Verführungskünste der Wandler, aber es waren dunkle Fantasien von Blut und nackter Haut. Jene, die es besser wussten, sprachen nicht darüber. Niemals hätte sie geglaubt, dass mehr dahintersteckte und nun spürte sie Eifersucht. Einen hässlichen Stachel, der sich mit Widerhaken in ihr Herz bohrte. Sein Gift schmeckte gallenbitter.

Alysea wich seinem Blick aus. »Und die Gefährtin eines Wandlers akzeptiert klaglos, dass sie ihn teilen muss?«

»Sie besitzt das gleiche Recht wie er. Wir unterscheiden nicht zwischen Mann und Frau.«

»Selbstverständlich.« Alysea erhob sich, aber seine Hand schloss sich um ihr Handgelenk und hielt sie zurück.

»Aber das bedeutet nicht, dass wir davon Gebrauch machen müssen.« Alysea blickte über ihre Schulter und begegnete dem rätselhaften Funkeln in seinen Augen. »Es gibt andere Wege, Alysea. Ich habe keine Bluthure in mein Bett geholt, seitdem ich erfahren habe, was in meinen Adern schwelt. Und ich würde unseren Bund nicht beschmutzen, indem ich es jetzt tue. Hast du so wenig Vertrauen in mich?«

Sie senkte den Blick auf das Muster des Teppichs zu ihren Füßen. »Deine Welt ist mir fremd, Dameo. Wie fremd sie ist und wie groß der Spalt zwischen uns, habe ich erst heute verstanden, als ich in Adias Augen geblickt und ihr Misstrauen darin gesehen habe. Für einen Augenblick konnte ich in ihnen die Frage lesen, ob mein Hexenerbe gesiegt hat. Ob meine Herkunft stärker war als alle Loyalität, selbst als das Band, das uns bindet.« Alysea schüttelte resigniert den Kopf. »Ein einziger Fehltritt und es lodert auf wie ein schwelender Brand, der von einem Luftzug angefacht wird, ob wir es wollen oder nicht. Es ist in uns. Jahrhunderte haben es in unserem Fleisch verankert.«

Dameo löste seinen Griff. »Und wir lassen zu, dass die Flammen alles zerstören, was wir errichtet haben?«

»Haben sie nicht schon damit begonnen? Gab es je die Aussicht, sie aufzuhalten? Etwas zwischen uns hat sich verändert. Ich kann es spüren. Alles, was ich tue, wiegt schwerer, weil ich eine Hexe bin. Jeder Wandler würde von mir erwarten, dass ich dich eines Tages betrüge. So wie Florea am Ende Adrean getötet hat.« Tränen brannten in ihren Augen und Alysea blinzelte, um sie zu vertreiben. »Vielleicht haben sie recht. Unser Denken ist nicht gleich. Ihr seid die Macht aus den Wurzeln der Erde. Raubtiere. Frei und unbezähmbar. Wir sind die Ordnung, die sich die Welt untertan machen will und ihre Gesetze verdreht, bis sie uns gehorchen. Wie könnten wir jemals zueinanderfinden?«

Das Bett knarrte leise, als er es verließ. Seine Bewegungen waren vorsichtig, auch wenn die Wunden mit jedem Atemzug schwanden. »Indem wir vertrauen, Alysea. Und dem Misstrauen keine Macht über uns schenken.«

»Aber es besitzt diese Macht, Dameo. Und ich fürchte mich davor, dass sie stärker ist als wir.«

»Das ist sie nicht. Weil wir es nicht zulassen.« Er zog sie in seine Arme. »Wir werden stärker sein.«

Sie legte den Kopf an seine Brust und lauschte seinem beständigen Herzschlag. »Ich will, dass es wahr ist.«

»Aber du glaubst es nicht?«

Alysea antwortete nicht und spürte seinen Atemzug, der ihre Stirn berührte.

»Du hast recht«, sagte er nach einem langen Moment. »Es hat sich etwas verändert. Du hast den letzten Knoten geknüpft und das Band endgültig geschlossen. Und ich wünschte, es gäbe einen Weg, es zu lösen, damit du frei von mir bist. Damit ich niemals die Bestie sein werde, die dich verschlingt. Aber ich würde mein Leben in deine Hände legen und keinen Augenblick daran zweifeln, dass du es bewahren wirst. So wie du es heute getan hast. Du hast nicht mich in Gefahr gebracht. Du hast *dich* in Gefahr gebracht. Für mich. Und das ist das Letzte, was ich jemals gewollt habe. Ich misstraue nicht dir. Ich misstraue mir selbst.«

Alysea löste sich von ihm und strich eine Haarsträhne aus seinem Gesicht. Seine Wangen waren rau unter ihren Fingern. »Ich wünschte, du könntest dich nur ein einziges Mal durch meine Augen sehen und erkennen, dass du so viel mehr bist als das Erbe deines Vaters. Und ich wünschte, wir wären einander früher begegnet, bevor sich die Schatten auf dich gesenkt haben. Ich hätte nicht zugelassen, dass sie dich jemals für sich beanspruchen.«

Dameo lächelte auf sie herab. »Ich war ein junger Narr, der wenig mehr als Unsinn im Kopf hatte. Du hättest keinen Gefallen an mir gefunden.«

»Dann hast du dich weniger verändert, als ich geglaubt hätte.« Alysea erwiderte sein Lächeln und schmiegte sich dichter an ihn. »Aber du gefällst mir trotzdem. Auch wenn du ein Narr *bist.*«

Er lachte schallend und wickelte eine Locke um seinen Finger, die sich aus ihrer Frisur befreit hatte. »Meine Gefährtin ist so großmütig wie schön.« Ein Glitzern tanzte in seinen Augen, dann schwand es und das Silber verdunkelte sich. »Nein, alles hat sich verändert, Alysea.« Dameo senkte die Stimme und neigte den Kopf tiefer. »Und ich beginne erst allmählich zu verstehen, wie weit diese Veränderungen reichen.«

Ein Klirren unter dem Saum ihres Rockes ließ ihn stutzen. Alysea sah zu Boden und entdeckte das Zaubersiegel, das aus ihrem Kleid gerutscht war, und im Sonnenlicht glänzte. Dameo runzelte die Stirn, als er es aufhob und als das seine erkannte.

»Meine Mutter hat es gefunden und die Kettenglieder repariert«, erklärte Alysea. »Sie hat es mir zurückgegeben, ehe sie gegangen ist. Es … liegt kein Zauber mehr darauf.«

Seine Brauen schossen überrascht in die Höhe. »Die Sonnenfürstin vergisst ihren Groll und unterbreitet ein Friedensangebot?«

»Ja … Ich glaube, dass es ihre Art ist, uns ihren Segen zu geben. Aber ich wusste nicht …«, sie zögerte. »Ich wusste nicht, ob du es noch tragen würdest.«

Dameo schloss die Finger um den Anhänger und stieß einen Laut aus, der zwischen Erheiterung und Unglauben schwankte. Dann hob er ihr Kinn, damit sie ihn ansehen musste. »Nur zwei Nächte und wir werden den Bund in der Kathedrale des Lichts schließen. Aber meine Braut zweifelt noch immer an mir?«

Ein Necken, das ihren Magen flattern ließ wie ein winziges Vögelchen, das von Ast zu Ast hüpfte. Wie einfach war es, sich der Illusion hinzugeben, dass sie nicht mehr war als eine gewöhnliche Braut, die dem Tag ihrer Hochzeit entgegensah? Doch zwei Worte nur und Alysea erinnerte sich. *Zwei Nächte.* Ein Echo in ihren Gedanken. Eine dunkle Wolke sammelte sich in Dameos Schlafgemach und ließ das Licht trüber erscheinen. *Zwei Nächte* … zwei Nächte nur, bis sie als Braut die Kathedrale des Lichts betreten würde …

»Zwei Nächte. Und keine Hexe hat jemals den Tag ihrer Hochzeit erlebt«, antwortete sie leise. Plötzlich genügte selbst die Sonne nicht mehr, um sie zu wärmen. Es war nah. So schrecklich nah. Als stünde die Stunde der Entscheidung vor ihrer Tür, während sie mit Verleugnung versuchten, sie vom Eintreten abzuhalten. »Zwei Nächte, Dameo. Und vielleicht ist dann alles bedeutungslos. Vielleicht ist das Ende näher, als wir glauben wollen, während wir uns in törichten Gefechten über eine Zukunft verstricken, die wir niemals haben werden.«

»Der Fluch wird nicht siegen, Alysea. Nicht, solange mein Herz schlägt. Selbst wenn ich den Glockenturm mit bloßen Händen niederreißen muss.« Seine Finger verwoben sich mit ihrem Haar und sie hob den Kopf, um ihn anzusehen. Sie konnte den Schatten erkennen, der um seine Gestalt aufwallte wie ein Siegel seines Schwurs. Der Fürst des Nachthofes war wieder erstarkt. Und sie klammerte sich an dem Glauben fest, dass sie gemeinsam gewinnen konnten. Dass Dameo Angelis so stark sein würde, dass keine Macht der Welt ihn in die Knie zwingen konnte. Doch wie groß waren ihre Aussichten, zu gewinnen, wenn sie nicht wussten, gegen wen sie kämpften? Aus welcher Richtung der Feind zuschlagen würde, der nach ihrem Leben trachtete?

Alysea lehnte die Stirn an Dameos Brust und der Granat an ihrem Finger wärmte sich, als wollte Floreas Blut eine Antwort flüstern. Doch ihre Bedeutung vermochte sie nicht zu entschlüsseln.

22
Wahrheit

Stolz. Er hielt ihn aufrecht, als sie die gezackte Klinge aus seiner Hand nahmen und ihn in Ketten legten. Die Welt wollte vor seinen Augen verschwimmen, doch er klammerte sich eisern daran fest. Seine Schwingen waren gebunden, so sehr fürchteten sie, dass sie ihn davontragen könnten. Selbst jetzt, da er aus unzähligen Wunden blutete und ein Flügel gebrochen und nutzlos herabhing. Nur ein Schatten seiner wahren Macht.

Ein harter Stoß und er fiel auf die Knie. Feindselige Hexenaugen richteten über ihn. Sie starrten ihn nieder, als könnten sie ihn mit ihren Blicken brechen, doch es lag kein Hass darin. Nichts als Berechnung. Gier. Niemals hätten sie sein Heer aus eigener Kraft schlagen können. Verrat aus den Linien des Königs. Verrat von seinem eigenen Blut. Falsche Treue. Gift in den Adern seiner Krieger. Es hatte vollbracht, was sie niemals allein hätten vollbringen können.

Nun waren die Verräter gegangen, um die Früchte ihrer Niedertracht zu ernten. Der Handel war abgeschlossen, die Falle zugeschnappt.

Er spürte, wie sich das Tor zu seiner Heimat mit einem dumpfen Aufprall schloss und ihn aussperrte. Wie das Siegel die Verbindung durchtrennte, die er immer in sich gespürt hatte. Er blieb zurück, gemeinsam mit dem Königsheer. Gefangen in einer Welt, in die sie nicht gehörten, abgeschnitten von dem Leben, das sie hätten leben sollen. Heimatlos. Es schmerzte wie Säure und klaffte wie ein Loch in seiner Brust. Aber er würde es dem verräterischen Abschaum, der ihn umzingelte, nicht zeigen. Niemals.

Seine Lippen verzogen sich zu einem verächtlichen Lächeln und ein harter Schlag traf seinen Nacken. Blut füllte seinen Mund. Qualen zuckten durch seine verstauchten Knochen, doch er gab ihnen nicht die Genugtuung, seinen Schmerz zu offenbaren. Stattdessen starrte er zurück. In die Augen des Hexenzirkels, der sich um ihn versammelt hatte. Zwölf Augenpaare, von Eis und Abscheu erfüllt. Ihre Augen die kältesten. Kälter als Stahl, der in seine Brust drang und sich in sein Herz bohrte. Niemals hätte er erwartet, dass sie ihn verraten würde. Niemals hatte er geahnt, wer sie wirklich war. Er hatte geglaubt, dass ihr Herz ihm gehörte. Doch ihr Hunger nach Macht war stärker.

Sie trat nach vorn. Ihre Gestalt schlank, das fließende Seidengewand so eng, dass es jede Rundung ihres Körpers offenbarte. Goldene Haut, die sein Verderben in sich getragen hatte. Sie schimmerte im Licht der Kerzen, die sie entzündet hatten. Ihre dunkle Stimme intonierte die ersten Worte des Zaubers und der Rest des Zirkels stimmte mit ein. Sie verließ die Reihe der Hexen, als die Stimmen zu einem einlullenden Singsang verschmolzen, und sank vor ihm nieder.

»Schlaf, Liebster. In der ewigen Schwärze, die dich auf der anderen Seite erwartet.« Ihre Stimme nah an seinem Ohr. Ihr Atemhauch ein schmeichelndes Streicheln auf seiner Haut. Dann senkten sich ihre Lippen auf die seinen.

Das Netz fiel herab. Ein zweites Mal. Seine Sinne verschwammen, als der Fluch in seine Adern kroch. Er stürzte in die Leere, sein Geist gefangen in der Dunkelheit, die sich um ihn herum zusammenballte. Und er träumte. Er träumte von Stahl und den schweren Hufen seines Streitrosses, die über das reiche Grasland seiner Heimat trabten. Von dem endlosen Sternenhimmel, der sich über ihm erstreckte. Und von dem Thron seines Vaters, an dessen Seite er stand.

Stolz. Unbeugsam.

Der erste Krieger. Der mächtigste Prinz.

Der verratene Tor, der alles verloren hatte.

Dameo öffnete die Augen und starrte in die Dunkelheit. Ein Rinnsal Schweiß rann über seine Schläfe und Schmerz hallte in seinem Rücken nach, als wäre es seine Schwinge, die gebrochen herabhing. Er schmeckte Blut in seinem Mund. Metallisch und sonderbar bekannt. Es war sein eigenes, doch es gab keine Wunde, dem es entsprang. Alyseas Sonnenblut hatte seine Verletzungen geheilt und es war keine Spur mehr von ihnen geblieben. Zum ersten Mal seit Tagen war er frei von der ständig nagenden Qual, die ihn seit dem Duell mit Sevras begleitet hatte. Dennoch … jetzt fühlte er Schmerz, obgleich es nicht der seine war. Es war verrückt.

Stöhnend richtete er sich auf und Alysea bewegte sich unruhig an seiner Seite. »Dameo?«, murmelte sie schlaftrunken, ihr Geist von weichen Schatten umgeben, die ihre Aufmerksamkeit dämpften. Es hatte lange gedauert, bis sie eingeschlafen war und er hatte die Sorgen geteilt, die sie wach hielten, ohne dass sie ihnen Ausdruck verleihen musste. Es war nicht nötig, wenn er selbst wusste, wie wenig Zeit ihnen noch blieb. Doch letztlich hatte die Erschöpfung über sie gesiegt.

»Es ist nichts. Adia und Neveas erwarten mich. Ich bin bald wieder zurück.« Er küsste ihre Schläfe und zog die Decke höher, dann verließ er das Bett, von einer Ruhelosigkeit getrieben, die er nicht verstand. Er drängte sie zurück, um Alysea nicht zu beunruhigen, und verschwand leise aus seinem Schlafgemach. Er konnte sie noch immer sehen, ohne seine Augen zu brauchen. Sie war wie ein warmes Licht, das in ihm glühte, sein Bewusstsein für sie so stark, als wäre sie ein Teil seines Körpers. Es erfüllte ihn mit Furcht, mehr noch als der Traum, der in ihm nachklang wie eine lange vergessene Melodie, die er einst geliebt hatte. Die Bilder hatten sich in seinen Geist gefressen, er konnte sie zurückrufen, ohne sich bemühen zu müssen. Trotzdem verstand er sie nicht. Sosehr er sich den Kopf zermarterte, sie ergaben keinen Sinn.

Verdrossen trat er aus seinen Gemächern und schlug den Weg zu Adias Salon ein. Er vernahm das leise Stimmengemurmel von Adia und Neveas, noch ehe er den Torbogen erreicht hatte. Etwas daran war fremd. Es war nicht die leichtherzige Neckerei, die er sein Leben lang von ihnen kannte. Es war intimer und nicht für andere Ohren bestimmt.

Für einen Herzschlag ließ es ihn zögerlich verharren. Er fühlte sich wie ein Eindringling, der nicht in die neue Welt gehörte, die um ihn herum entstand. Der Wandel schlich sich leise an den Nachthof und er veränderte sein Leben Stück für Stück. Alles, was er gekannt hatte, drehte sich und er spürte den scharfen Stich des Verlustes, der sich in sein Fleisch bohrte. Vielleicht hatte es schon vor langer Zeit begonnen, als sein Vater dem Blutrausch anheimgefallen war. Doch jetzt schien es, als würde nichts mehr von der Unbeschwertheit bleiben, die es einstmals für jeden von ihnen gegeben hatte. Der junge Narr war tot. Und mit ihm ging die Welt, in der er gelebt hatte.

Dameo schob die Gedanken beiseite und trat entschlossen durch den offenen Durchgang. Neveas verharrte nahe der Fensterfront, die Schulter an die Wand gelehnt, die Arme vor der Brust verschränkt. Der gelassene Lebemann, den er dem Hof vorspielte, seitdem er erwachsen geworden war. Allein die Halsbinde, die offen um seinen Nacken hing, und das am Hals geöffnete Hemd durchbrachen seine makellose Fassade. Adia saß nicht weit von ihm in einem der samtenen Sessel, ein aufgeschlagenes Buch auf dem Schoß, das sie nicht zu lesen gedachte. Eine Falte teilte ihre Stirn und offenbarte ihre Sorge. Vertraut. Er hatte sie tausendfach auf die gleiche Weise gesehen. Es wirkte, als wären seine Gedanken nicht mehr als ein trügerischer Schatten gewesen, der sich hob, kaum dass er den Fuß über die Schwelle gesetzt hatte.

Neveas drehte den Kopf, als er ihn eintreten hörte. Eine Mischung aus Erleichterung und Skepsis erschien auf seiner Miene und er trat unwillkürlich einen Schritt auf ihn zu, um ihn in Augenschein zu nehmen. »Entweder wirkt Alyseas Zauber Wunder oder du hattest mehr Glück, als du für deinen Leichtsinn verdient hast.«

Seine Stimme ließ Adia aufblicken. »Dameo!« Sie klappte das Buch zu und sprang auf die Füße, zögerte jedoch, ihn zu berühren. Unglauben stand in ihren Augen. Der Schimmer von Tränen, die sie seit Stunden zurückhalten musste. Furcht davor, dass es tatsächlich nur ein Zauber war, der ihm eine Maske aus Illusionen überstülpte.

Er lächelte und strich über ihre Wange. »Es geht mir gut, Adia. Es ist vorüber.«

Seine Schwester schloss die Augen und ließ den Kopf an seine Schulter sinken. »Aëris sei gelobt«, murmelte sie kaum hörbar. Dann trat sie zurück und versetzte ihm einen harten Schlag auf den Oberarm. »Du bist ein unbelehrbarer Tor, Dameo! Wie konntest du so töricht sein, dein Glück herauszufordern und dein Leben zu riskieren? Wofür? Um der Lichtstimme und Aurea Valerian zu demonstrieren, dass es keine schwache Faser in deinem Körper gibt? Du bist ein Narr! Ein verflucht dummer Narr!«

Ihre Augen funkelten zornig und Dameo wechselte einen Blick mit Neveas, der mitleidlos die Schultern zuckte. »Sieh mich nicht so an. Sie hat recht.«

Er rieb sich die schmerzende Stelle und verzog das Gesicht. »Heuchler«, knurrte er misslaunig. »Wenn du das nächste Mal an meiner Stelle stehst, brauchst du keine Hilfe zu erwarten. Und das wirst du bald genug.«

Neveas grinste leidvoll und kehrte zum Fenster zurück, von dem aus man in die Gärten blicken konnte. Er wies mit dem Kinn nach draußen. »Der Hof ist unruhig.«

Ein geschicktes Ablenkungsmanöver, das Adias Unmut zerstreute, ohne ihn weiter zu provozieren und in seine eigene Richtung zu lenken.

»Natürlich ist er das«, gab Dameo gelassen zurück. »Sobald die Abenddämmerung über uns hereinbricht, werden sich die Tore des Nachthofes für die Hexen öffnen.«

»Ich weiß nicht, ob es klug ist. Nicht nach dem, was heute geschehen ist«, warf Adia besorgt ein. »Die Lichtstimme ist dir nicht wohlgesonnen.«

»Das ist sie seit Langem nicht mehr. Aber ohne sie kann die Hochzeit schwerlich stattfinden. Gibt es Nachrichten vom Sonnenhof?«

»Nein. Und ich glaube nicht, dass Aurea zu eifrig nach dem Schuldigen suchen wird. Warum sollte sie sich den Ärger an ihren Hof rufen, nur weil ein Wandler zu Schaden gekommen ist? Selbst wenn sie neutral wäre – Aurea liebt uns nicht und wenn sie sich offen auf unsere Seite stellt, gereicht es ihr zum Nachteil.«

»Aber Aurea liebt Alysea. Mehr, als sie jemals zeigen darf. Wenn Ihr nichts anderes glauben könnt, dann nehmt mein Wort darauf. Sie wird nicht dulden, dass ihre Tochter gefährdet wird.« Eine vierte Stimme. Eine Stimme, die nicht an den Nachthof gehörte.

Dameo fuhr herum und blickte in Domia Luceas Gesicht. Eine Schattengestalt, die im Eingang von Adias Salon stand. Ihre Augen glitzerten geheimnisvoll im Schatten ihrer Kapuze. Es war ungewöhnlich, dass sie Aurea Valerian in Schutz nahm. Er wollte sie nach der Bedeutung ihrer Worte fragen, aber etwas auf ihrer Miene hieß ihn zu schweigen und nicht daran zu rühren.

Die Hexe schob die Kapuze zurück. In ihrer Hand glimmerte ein Gegenstand im Kerzenlicht. »Hier habt Ihr den Schuldigen.« Sie durchquerte den Raum und ließ ihn neben das Duellbrett fallen, das auf dem Tisch stand. Es war ein gelblicher Kristall, unregelmäßig geformt und merkwürdig matt, als wäre er großer Hitze ausgesetzt gewesen.

»Ich wusste nicht, dass Ihr heute zurückkehren wolltet. Ihr müsst die einzige Hexe sein, die unerschrocken durch die Nacht reist«, bemerkte Dameo, während er näher an den Tisch trat, um sich den Kristall anzusehen. Er war geborsten und an den Rändern geschwärzt wie nach einer Explosion.

Die Hexe lächelte schmal. »Es gibt schlimmere Schrecken als den Mond, Nachtfürst. Und ich habe genügend von ihnen gesehen, um mich nicht mehr vor seinem Auge zu fürchten.«

Es war Alyseas Worten in der Nacht auf Laraes Rast nur allzu ähnlich. Er stellte es nicht infrage.

»Was ist das?«, fragte Adia. Sie streckte die Finger nach dem Kristall aus, doch sie berührte ihn nicht.

»Ein Sonnenstein aus den Dämonenbergen. Wir benutzen Splitter davon für die Herstellung von Spiegellichtern«, erklärte Domia Lucea. »Sie glühen heller und wärmer als die Mondsteine, die für die Straßenlaternen benutzt werden.«

»Splitter?« Neveas legte den Kopf schief.

»Splitter«, bestätigte Domia Lucea. »Sie genügen für diesen Zweck. Normalerweise besitzen sie eine lange Leuchtkraft, bevor ihr innerer Zauber erlischt. Aber dieser hier ist ausgebrannt.«

Ausgebrannt. Weil er all seine Energie entladen hatte. »Wandler mögen das Licht von Spiegellichtern nicht. Es brennt in unseren Augen und am Ende des Mondlaufes sogar auf unserer Haut, wenn die Wirkung des Sonnenblutes nachlässt«, stellte Dameo ruhig fest. Es war der Grund dafür, dass der schwächere Mondstein anstelle von Spiegellicht des Nachts die Straßen von Gemea erhellte. Auch wenn er sich sicher war, dass die Hexen Sonnenstein vorgezogen hätten, um die Wandler aus ihren Vierteln fernzuhalten.

»Sonnenstein ist der Sonne zu ähnlich. Nicht umsonst heißt es, dass die Dämonenberge in der Nacht glühen, weil sie das Licht der Sonne einfangen. Es entspricht den Tatsachen.« Die Hexe legte ihren Mantel ab. »Dieser hier wurde mit Bedacht ausgewählt und wer es getan hat, wusste, was er tut. Groß genug, um einen dafür empfänglichen

Wandler schwer zu verletzen, aber nicht, um ihn zu töten. Doch jetzt droht Euch keine Gefahr mehr von ihm. Er ist ebenso tot wie eine ertrunkene Kanalratte.«

Adia nahm den Kristall an sich und betrachtete ihn misstrauisch. »Wo habt Ihr ihn gefunden?«

»Er lag in der Galerie bei einem der Fenster. Unauffällig in einer Ecke versteckt. Ein Wandler hätte ihn weder erkannt noch wahrgenommen. Solch große Steine wie dieser sind selten und teuer, man könnte unzählige Lampen daraus fertigen.« Sie musterte Dameo eingehend. »Sofea hat mir eine Nachricht Eurer Schwester überbracht, dass etwas am Nachthof geschehen ist und dass Ihr möglicherweise die Dienste einer Heilerin benötigt. Aber Ihr scheint meine Hilfe nicht mehr zu brauchen.«

»Nein«, brummte Dameo. »Alysea hat dafür gesorgt, dass ich Eure Dienste nicht mehr in Anspruch nehmen muss.« Nie mehr. Nicht in dieser Hinsicht. Er presste die Lippen zusammen und die Hexe betrachtete ihn noch für einen Augenblick länger prüfend, bis Neveas' Stimme ihre Aufmerksamkeit von ihm ablenkte.

»Der richtige Platz, wenn man es wirken lassen möchte, als wären die Wolken aufgebrochen, nicht wahr?« Neveas trat hinter Adia und nahm ihr den Stein aus der Hand, um ihn zu begutachten. »Die Frage ist, wie er dort hingekommen ist und was seine Entladung ausgelöst hat.« Er drehte den Kristall und hielt ihn ans Licht. Rillen zierten die abgeflachte Seite des Steins. Eine Sonne, die man hineingeritzt hatte. Die Überreste eines Schwertes. »Was bedeutet das?«

»Es sind die Reste eines Zaubersiegels«, antwortete die Hexe. »Ein knapper Befehl, ausgeführt über das Siegel, mit dem er verbunden ist. Ein Flüstern wäre genug. Jeder hätte es tun können.«

»Die Lichtstimme und Aurea waren für eine Weile allein in der Galerie, nachdem Cassria sie hineingeführt hatte«, sagte Adia. »Und da Aurea weiß, dass sie mit einem Angriff auch ihre eigene Tochter gefährden würde, bleibt nur Sibeia. Aber wenn sie es gewesen sein sollte, bleibt offen, warum sie es getan hat und wie sie von Dameos Schwäche wissen konnte.«

Dameo trat an die Fensterfront und trommelte mit den Fingern gegen die Scheibe. »Es könnte in ihrer Absicht gelegen haben, den

Verdacht auf Alysea oder Aurea zu lenken, um Zwietracht zu säen. Aber ich glaube nicht, dass sie riskieren würde, dass es auf sie zurückfällt. Ganz zu schweigen davon, dass ich nicht sehe, welchen Vorteil es ihr verschaffen könnte, wenn man von ihrer persönlichen Rache absieht.«

»Ich glaube nicht, dass die Lichtstimme die Schuld trägt, selbst wenn es möglicherweise so wirken sollte«, sagte Domia Lucea. »Zaubersiegel sind den Hexenfamilien zugeordnet wie ein Wappen. Unverwechselbar. Ich glaube, dass der Zauber dieses Sonnensteins das Siegel hätte verzehren sollen, sobald er ausgelöst wurde, deswegen sind seine Ränder geschwärzt. Aber etwas hat ihn daran gehindert und so ist ein Teil davon erhalten geblieben.«

Dameo drehte den Kopf. »Alysea hat Dunkelheit gerufen und das Licht gelöscht, so schnell es möglich war. Und ihre Mutter hat es ebenfalls getan. Kann es den Zauber unterbrochen haben?«

»Das wäre möglich«, erwiderte die Hexe nachdenklich.

»Interessanter wäre die Frage, welcher Familie dieses Siegel zugeordnet ist.« Adia nahm die Weinkaraffe zur Hand und goss die Flüssigkeit darin in einen Kelch. Ihre Finger umklammerten das Gefäß so fest, dass Dameo befürchtete, sie könnte es zum Splittern bringen.

»Es ist ein sehr altes Symbol, das seit langer Zeit nicht mehr genutzt wird. Nicht mehr, seitdem sich die letzte Tochter der Benedica mit den Saverian verbunden und dabei die Linie ausgelöscht hat.« Domia Lucea lächelte hintergründig. »Aber nicht jeder hat es vergessen. Die Saverian haben durch die Benedica lange das Vorrecht genossen, den Stein der Dämonenberge nach Gemea zu bringen, bis Orsin Saverian es in einer Spielhalle verloren hat.«

»Es wäre eine erstaunlich gefährliche Art, sich für den Verlust seiner Braut zu rächen«, bemerkte Neveas ironisch.

»Und zu welchem Zweck?« Adia zog die Stirn in Falten. »Spiras Saverian ist ein törichter Geck, der sich vor seinen Freunden aufbläst, wenig mehr. Es ist nicht seine Art, aus dem Verborgenen zuzuschlagen, wenn niemand seinem Triumph beiwohnen kann.«

»Er ist ein törichter Geck, dessen Familie durch die Spielsucht seines Vaters in Not geraten ist. Wenn man ihn dafür bezahlt, gibt es wenig, das er ausschlagen kann. Die Frage ist, wer ihn bezahlt hat. Und warum.« Dameo stieß den Atem aus und wechselte einen Blick mit Neveas, der schweigend nickte. Der Fehler würde Spiras den Kopf kosten, wenn er es gewesen war. Auf die eine oder andere Weise würde er sein Geheimnis nicht mehr lange wahren.

»Natürlich kann es ein Zufall sein oder eine falsche Fährte«, gab Domia Lucea zu bedenken. »Ein alter Stein, der auf diese Weise gezeichnet war und in die falschen Hände geraten ist. Aber …«, sie hob die Schultern.

Der Verdacht lag nahe.

»Es ist nutzlos, sich heute Nacht darüber den Kopf zu zerbrechen«, sagte Dameo. »Alyseas Sonnenblut fließt in meinen Adern und auch wenn ich wünschte, dass es niemals geschehen wäre, brauche ich das Licht nicht mehr zu fürchten. Ganz gleich, was dahintergesteckt hat, es ist vorbei. Sollen sie glauben, dass ich verletzlich bin, ich bin es nicht mehr. Aber Aurea sollte darüber unterrichtet werden.«

»Ich werde eine Botentaube an den Sonnenhof senden«, sagte Adia zustimmend.

Er wandte sich an die Hexe, die neben dem Kamin stand. »Habt Ihr etwas herausgefunden?«

Domia Lucea nahm einen Weinkelch von Adia entgegen und setzte sich. »Nicht genug, fürchte ich. Die Stammtafeln der Wandler sind ungenau. Sie beginnen erst nach den Dämonenkriegen und wir können nur vermuten, aus welchen menschlichen Blutlinien sie entstanden sind. Es waren keine Adeligen, deren Stammbäume über die Jahrhunderte dokumentiert worden sind. Also gibt es keine sichtbare Verbindung zwischen den Luceas, den Fabrian und der Linie der Angelis.«

»Und es kann ebenso wenig ausgeschlossen werden, dass sie existiert«, bemerkte Adia grüblerisch. Sie hatte sich wieder in die Kissen des Sessels fallen lassen und ihre Finger tippten unruhig auf die Lehne.

»Was, wenn sie niemals aus Menschen hervorgegangen sind?«, warf Dameo rau ein.

Die rötlichen Brauen der Hexe zogen sich zusammen und auch Adia und Neveas wandten sich ihm fragend zu. »Wie kommst du darauf?«, fragte Adia.

»Ich hatte einen Traum«, antwortete er widerstrebend. »Ich habe ihn selbst kaum verstanden. Aber ich bin mir sicher, dass kein Abkömmling der Menschen jemals ein Dämonenheer geführt oder eine Dämonenklinge getragen hat.« Er lächelte humorlos. »Doch in diesem Traum habe ich es getan.«

»Ein Traum?« Neveas hob skeptisch die Brauen. »Das erscheint mir kaum eine zuverlässige Quelle.«

»Nein. Und ich habe gewiss niemals eine Dämonenklinge angefasst und trotzdem konnte ich ihr Gewicht fühlen. Die Magie, die darin lebt und die wie eine Verlängerung meines Armes war. Es war kein gewöhnlicher Traum, Neveas. Es war eine Erinnerung.«

Domia Lucea blickte abwesend in die Flüssigkeit, die in ihrem Kelch schwamm. »Die Erschaffung der Wandler gehört zu den am besten gehüteten Geheimnissen des Zirkels. Nie zuvor haben Hexen eine stärkere Magie gewirkt und sie haben es auch niemals danach getan. Wie sie es vollbracht haben, ist nicht überliefert. Die Grauroben besitzen möglicherweise Aufzeichnungen …«, ein Schatten glitt über ihre Züge. »Aber meine Familie ist seit langer Zeit kein Teil mehr von ihnen.«

»Sie haben es nie mehr vollbracht, weil sie es nicht allein getan haben.« Dameo lehnte sich an die Wand. »All der Hass, all die Kämpfe. Wenn sie uns allein erschaffen hätten, warum hätten sie nicht ebenso eine Waffe gegen uns schaffen können, um uns endgültig in Ketten zu legen oder vom Angesicht der Welt zu wischen? Seraphias Fluch hat uns erst lange danach getroffen. Warum haben sie uns in dieser Zeit nicht ausgelöscht oder den Zauber rückgängig gemacht, nachdem wir uns aus der Sklaverei befreit haben? Sie haben mit unserer Hilfe die Dämonen vertrieben. Kreaturen, die so viel mächtiger sind, als wir es je sein könnten. Wer sagt uns, dass all das nicht nur eine Lüge ist?«

»Eine Lüge, die Adrean und Florea durchschaut haben.« Die Hexe hob den Blick von ihrem Kelch.

»Und von der niemand jemals erfahren sollte.«

Dameo musste sich nicht umdrehen, um zu wissen, dass sie dort war, obgleich er sie nicht gehört hatte. Er spürte das Kitzeln des Teppichs unter ihren bloßen Füßen, den kühlen Satin ihres Nachtkleides, über das sie einen leichten Umhang geworfen hatte. Das gelöste Haar, das über ihre Schultern floss wie ein seidener Strom. Sie war Licht, das in seiner Seele strahlte. Ein Teil seines Körpers, der manchmal aufflammte und sich ihm dann wieder entzog.

Alysea.

Er wandte sich zu ihr um und sie trat durch den Torbogen, so scheu, wie er sie nie zuvor erlebt hatte. Er fühlte ihre Unsicherheit über das Silberband.

»Ich bin der Schlüssel zu deiner Erinnerung, Dameo«, sagte sie leise. »Mein Blut weckt etwas in dir Verschlossenes. Alles, was wir nun herausfinden müssen, ist, was du bist. Und … warum all das geschieht. Falls uns noch genug Zeit dafür bleibt«, schloss sie niedergeschlagen.

»Es ist zu riskant, die Hochzeitszeremonie stattfinden zu lassen.« Adia sah Alysea an. »Die Gefahr ist zu groß, solange wir nicht entschlüsselt haben, aus welcher Richtung der Angriff gekommen ist. Es ist unmöglich, Alysea jetzt an den Sonnenhof gehen zu lassen.«

»Dameo war das Ziel, nicht ich. Und selbst Spiras oder die Lichtstimme besitzen keinen Zutritt zu meinen Gemächern. Es ist mein Zuhause. Mir wird nichts geschehen.« Alyseas Lächeln wirkte gequält und ihre Antwort barg mehr Facetten in sich, als es auf den ersten Blick den Anschein besaß. Dameo konnte sehen, wie sich das Verstehen auf Adias Gesicht entfaltete und Bestürzung hinterließ.

»Nein, Ihr … *du* gehörst zu uns«, widersprach sie. »Und der Nachthof ist dein Zuhause, Alysea. Ich weiß, dass …«, sie stockte und blickte Neveas Hilfe suchend an. Neu. Nur wenige Stunden waren vergangen und bereits jetzt war die Veränderung zwischen ihnen spürbar. »Ich weiß, dass du glaubst, dass ich dir die Schuld gebe«, sagte sie nach einer kurzen Pause. »Und für einen Augenblick … Dameo ist mein Bruder.« Sie hob die Hände und ließ sie wieder sinken, der hilflose Versuch, etwas zu erklären, das Worte allein nicht auszudrücken vermochten.

»Und ich bin der Grund für all das. Das weiß ich, Adia«, erwiderte Alysea fest. »Aber er bedeutet mir nicht weniger als dir.«

Sie sahen einander an und es war ein Austausch, der keine Worte benötigte. Adia verließ ihren Platz und trat auf Alysea zu. »Es tut mir leid. Ich würde niemals glauben, dass du Dameo wissentlich ein Leid zufügst.« Adia schloss sie in die Arme und stutzte. Sie trat zurück und ihre Miene zeigte Verwirrung. »Du bist so warm, als hättest du Fieber.«

»Die Hitze macht mir zu schaffen, das ist alles.« Alysea lächelte gezwungen. »Ich war auf dem Weg in den Garten, als ich Eure Stimmen gehört habe.« Sie spielte nervös mit dem Granatring. Ihre Augen glänzten zu stark. Das Meerblau schillerte unheimlich und sie strich sich fahrig das Haar aus dem Gesicht.

Dameo fing den beunruhigten Blick der Kräuterhexe auf. Adia runzelte die Stirn und musterte Dameo fragend. Er schüttelte ratlos den Kopf, nicht minder besorgt als seine Schwester. Alysea war wie ein Geist. Für einen Herzschlag erreichten ihn ihre Empfindungen wirr und bruchstückhaft, als wäre nur ihr Körper anwesend. Ein zweiter Herzschlag verging, das Band zwischen ihnen festigte sich wieder und der seltsame Glanz erlosch.

Dameo trat auf sie zu und fasste nach ihren Händen. Sie waren warm und klamm. »Vielleicht hat Adia recht und wir sollten die Zeremonie verschieben.«

»Nein.« Alysea schüttelte den Kopf. »Wozu vorgeben, dass wir etwas aufhalten können, das ohnehin geschehen wird? Würden wir allein gegen einen sterblichen Feind kämpfen, gäbe es womöglich die Aussicht, ihm zu entrinnen, indem wir uns vor ihm verstecken. Aber unser Feind ist unsichtbar und mächtig. So mächtig, dass er die Wahrheit ausgelöscht und uns nichts als Rätsel hinterlassen hat. Wir können nicht vor ihm davonlaufen.« Sie fuhr sich nervös über die Arme und Dameo spürte ein Kribbeln auf seiner Haut. »Und inzwischen frage ich mich, ob das Davonlaufen nicht genau das ist, was er bezwecken möchte.«

Dameo zog die Stirn in Falten. »Was meinst du damit?«

»Alles, was wir wissen, ist, dass keine Hexe den Tag ihrer Hochzeit erlebt hat, weil alle vorher vom Glockenturm in den Sephris gestürzt sind. Aber ist es wahr? Jede Einzelheit wurde mit Flammen aus den Geschichtsbüchern gebrannt – nur der Tod der Hexen hat die Geschichte überlebt. Warum?«

»Das ist eine gewagte Mutmaßung«, warf Adia ein. »Und eine gefährliche noch dazu. Es hat Zeugen gegeben. Man konnte es nicht einfach aus den Büchern tilgen.«

»Aber was, wenn sie nur gesehen haben, was sie sehen sollten? Was, wenn es uns nur von der Wahrheit fernhalten soll, die wir dort oben finden könnten? Eine falsche Fährte, etwas, das uns Angst machen soll, damit wir uns nicht freiwillig nähern?«

»Es dürfte schwierig werden, das herauszufinden. Es heißt, der obere Turm wurde nach Silveas Sturz neu versiegelt, weil sie das alte

Siegel gebrochen hat«, gab Domia Lucea zu bedenken. »Der Zirkel allein besitzt den Schlüssel und er gibt ihn sicher nicht heraus. Ganz zu schweigen davon, dass es Warnsiegel geben wird. Es ist fast unmöglich, sich unbemerkt Zugang zu verschaffen, und es wäre vermessen, zu glauben, dass ein einfacher Schlüsselzauber genügt.«

»Vorher gab es die gleichen Siegel. Trotzdem ist Silvea damals bis auf die Galerie gelangt, so wie alle Hexen vor ihr«, beharrte Alysea. »Wie ist das möglich? Also gibt es entweder einen Zauber, der das Siegel überwinden kann, oder der Zirkel hat ihr selbst die Tore geöffnet, damit sie sich hinabstürzen konnte.«

»*Oder* sie wurde hinaufgebracht und in die Fluten gestoßen. Sei es vom Zirkel selbst oder von jemandem, der sie tot sehen wollte und die Macht besessen hat, das Siegel zu brechen.« Neveas strich sich über das Kinn. »Denn worin läge der Sinn, einen Ort zu versiegeln, wenn der Fluch das Siegel ohnehin außer Kraft setzt? Jeder Versuch, die Hexen zu schützen, hat bislang versagt, obwohl jeder wusste, wer das Silberband trägt. Sie können nicht allzu eifrig darauf bedacht gewesen sein oder sie verschwenden gern ihre Zeit mit unnützen Zaubern.«

»Die Frage ist, ob sich jemals eine dieser Hexen dem Zugriff des Zirkels entzogen hat«, murmelte Alysea nachdenklich. »Der Zirkel ist nicht glücklich darüber, dass ich hier bin, zumindest dessen können wir uns gewiss sein.«

Die Entschlossenheit auf ihrem Gesicht verstärkte die Unruhe, die seit dem Traum in ihm nistete. Dameos Hände verkrampften sich zu Fäusten, als er mühsam den Aufschrei des Silberbandes in seinem Inneren niederzwang. Es protestierte mit einem scharfen Hieb gegen den Gedanken, dass sie sich dem Glockenturm auch nur *nähern* könnte.

»Was immer du vorhast – es ist zu gefährlich«, erwiderte er ablehnend. »Floreas Geist hat dich beinahe dazu verlockt, von hier aus in den Sephris zu springen, und jetzt würdest du freiwillig hinaufgehen?«

»Wir wissen nicht, ob es wirklich Florea gewesen ist oder ob ich es nur glauben sollte. Das eine ist ebenso wahrscheinlich wie das andere.«

»Ebenso wenig, wie wir wissen, *warum* Florea ihren Gefährten in Wirklichkeit getötet hat! Es *bleibt* gefährlich. Das eine wie das andere!«

Schweigen. Niemand sagte ein Wort. Es war, als gäbe es nur noch sie und ihn allein in Adias Salon.

Alyseas Ärger stach ihn wie eine Wespe. Er hatte sie verletzt. Dameo verfluchte sich für seine Dummheit. »Ich kann nicht denken, wenn du dich in Gefahr begeben willst«, knurrte er. »Und ich kann dich nicht tatenlos in den Tod gehen lassen. Warum willst du, dass ich zulasse, dass du den Kopf in die Schlinge eines unsichtbaren Feindes legst und wartest, bis er sie zusammenzieht?«

»Ich werde *nicht* in den Tod gehen. Aber ich möchte, dass wir erfahren, wer unser Feind ist und wogegen wir kämpfen! Und das werden wir nicht, wenn ich davonlaufe wie ein Reh, das auf der Flucht vor seinen Jägern ist und früher oder später doch in ihre Falle tappen muss, weil es umzingelt ist. Wir *sind* bereits gefangen, Dameo. Die einzige Frage ist, wann sich die Falle um uns schließen wird.«

»Also versuchst du, sie freiwillig auszulösen?«

»Zu unseren Bedingungen! Wir haben alles versucht. Ich habe die Grenzen der Geisterwelt übertreten, um Seraphia zu finden, aber sie antwortet nicht. Und etwas hindert Florea daran, es an ihrer Stelle zu tun. Wir finden keine brauchbaren Hinweise in der Bibliothek, weil es keine *gibt.* Weil irgendjemand die Geschichte Gemeas verändert hat. Doch die Antworten liegen dort oben. Ich bin mir sicher! Und du kannst uns dort hinbringen, ohne dass jemand es bemerkt und uns aufhalten kann.«

Jemand, der Macht besaß. Jemand … wie der Zirkel? Dameo wandte sich um und stützte sich an der Wand ab. Ihre Argumente waren zu überzeugend, um sich vor ihnen zu verschließen, und er hasste das Gefühl der Hilflosigkeit, das die Erkenntnis in ihm hinterließ. Seine Klauen bohrten sich in das Relief der Säule, die das Fenster schmückte, während er gegen das Silberband kämpfte, das seine Vernunft vernebelte.

Furcht.

Sie war in ihm und sie lähmte seine Entschlusskraft. Aber das Schicksal hatte ihm die Zügel aus den Händen genommen und sie entglitten ihm immer weiter. Zu viel zu verlieren. Mehr, als er zu riskieren bereit war. Es trieb ihn in den Wahnsinn. Und doch … was, wenn sie recht hatte? Wenn die Antworten dort oben lagen und auf sie warteten? Durfte er sich von der Furcht lähmen lassen, wenn es ihnen die Aussicht bot, den Fluch zu überleben? Was war richtig? Was war falsch?

Er atmete zischend aus, unfähig, den richtigen Weg zu erkennen. Nicht, wenn seine Welt von dem tobenden Schutzinstinkt seiner Art erfüllt war.

»Bitte, Dameo. Was immer geschieht, du wirst bei mir sein«, flüsterte sie. »Ich habe keine Angst. Ich kann nicht stürzen, wenn du bei mir bist, um mich aufzufangen. Denk darüber nach. Sie werden nur gewinnen, wenn sie uns trennen.« Alyseas Hand ruhte auf seinem Arm, und er konnte das Silberband sehen, ohne dass sie es erscheinen ließ. Es wand sich enger um sie und sein Druck wurde so stark, dass er ihn spüren konnte. Es war wie eine stumme Antwort, als wäre es von einem eigenen Willen erfüllt.

Sie hob überrascht den Kopf und er konnte die Fragen in ihrem Blick erkennen. Ein neues Rätsel. Eine neue Verknüpfung, die sie fester miteinander verwob. Und zum ersten Mal empfand er es nicht als Schwäche, die ihn band. Es war die Stärke, die ihm sein Leben lang gefehlt hatte. Als wollte zusammenwachsen, was immer zusammengehört hatte.

Die einzige Frage war, ob es sie auf einen falschen Pfad führen würde oder nicht.

Dameo krümmte die Finger und Rauch wirbelte von seinen Fingerspitzen, als die Klauen vergingen. »Sie werden uns nicht trennen«, sagte er rau.

Er spürte Alyseas Stirn, die sich an seinen Rücken lehnte, ihre Arme, die sich um seine Brust schlangen. Ihren erleichterten Atemzug, ihre Erschöpfung und die unnatürliche Fieberhitze, die sie ausströmte. Und er erkannte, dass es niemals eine andere Wahl gegeben hatte, seitdem sie in sein Leben getreten war.

Sie konnten nicht davonlaufen. Nicht mehr. Und es gab keinen Ort, an dem sie sich verstecken konnten. Denn was Seraphias Fluch in Gang gesetzt hatte, würde sie finden, wohin auch immer sie gingen. Das Rad drehte sich. Und es würde sie zermalmen, wenn sie nicht schnell genug handelten, um seiner Gewalt auszuweichen.

Die Nachtluft kühlte ihre erhitzten Wangen und Alysea schloss die Augen, um die Brise zu genießen, die über ihre Haut strich. Die Cae'Angelis war in dieser Nacht stickig und heiß, aber es war nicht der einzige Grund für ihre Flucht in die Gärten. Sie legte ihre Hände an ihr Gesicht und fühlte die klamme Hitze, die davon ausging. Es war wie ein Fieber, das begonnen hatte, kurz nachdem sie von Dameos Unruhe geweckt worden war. Zuerst nur ein mattes Glühen, dann hatte sich Feuer durch ihre Venen gefressen wie eine heimtückische Krankheit, die ihr Blut in Flammen steckte. Der Sog des Mondes trat dahinter zurück, trotzdem war das Gefühl der Bedrohung durch den Mondwahn ähnlich. Als riefe etwas nach ihr … als würde es ihren Tod bedeuten, dem Ruf nicht zu folgen. Und doch wusste sie nicht zu ergründen, ob der Sog echt war oder eine Täuschung ihrer Sinne. Es gab keine Gewissheit mehr. In nichts. Sie wusste nicht zu sagen, ob sie zu nahe an den Abgrund gelangt war, unter dem Wahnsinn lauerte, oder ob sie noch bei klarem Verstand war.

Alysea hielt vor dem kleinen Springbrunnen inne, auf dem eine Nymphe tanzte, die sprudelndes Nass von ihren Händen rinnen ließ. Sie tauchte ihre nackten Arme ins Wasser, doch die lindernde Kälte blieb aus. Nichts konnte das Brennen in ihrem Inneren zum Versiegen bringen.

»Was fehlt dir?« Domia Lucea kam zwischen den Bäumen hervor, in denen die Gärtner blütenförmige Lichter aufgehängt hatten, ihre Miene von Sorge verdunkelt.

Alysea richtete sich auf. Wasserrinnsale rannen von ihren Armen und vereinten sich mit dem kühlen Nass, das im Becken stand. »Ich wünschte, ich wüsste es. Ich verbrenne in einem Fieber, das keinen natürlichen Ursprung besitzt. Und es wird schlimmer.«

Die ältere Hexe trat näher und legte die Hand auf ihre Stirn. Ihre Besorgnis stieg sichtlich, als sie von ihr abließ. »Du solltest nicht hier draußen sein.«

»Nein. Aber ich ersticke, wenn sich die Wände um mich schließen.« Alysea lachte hilflos und bohrte die Nägel in ihre Arme. »Und ich will nicht, dass er es bemerkt.«

»Es gibt keinen Weg, es zu verhindern«, erwiderte ihre Lehrmeisterin. »Er weiß es ohnehin und läuft in seinen Gemächern auf und ab wie ein gefangenes Raubtier. Ich konnte ihn nur mit Mühe davon abhalten, mir zu folgen und dich wieder in den Palast zu schleppen.« Sie lächelte … zögerte. »Wir müssen reden, Alysea.«

»Worüber?« Sie sah auf, gleichermaßen alarmiert wie überrascht von der Dringlichkeit im Tonfall der anderen Hexe.

»Das Fieber … es könnte Geistersucht sein.«

»Geistersucht? Das ist eine Krankheit, von der nur Dämonen befallen werden.« Wenn Seelenlose das Totenreich ohne Schutz betraten und die dort gefangenen Seelen versuchten, in ihre Körper zu gelangen, um ihm zu entkommen.

Domia Lucea wich ihren Augen aus. Wind fuhr in das von hellen Strähnen durchzogene Haar der älteren Hexe und sie wischte es mit einer nervösen Geste beiseite. Alysea hatte selten erlebt, dass sie die Fassung verlor, selbst wenn man sie mit den hässlichsten Wunden konfrontierte. Doch nun wirkte sie so bleich, dass man ihr jedes der Jahre ansah, die sie gelebt hatte.

Alysea zog die Stirn in Falten und musterte ihre Lehrmeisterin, während das mulmige Gefühl in ihrem Inneren wuchs. »Domia?«

»Es war ein Fehler, es vor dir geheim zu halten.« Die ältere Frau verschränkte die Hände und stieß seufzend den Atem aus. »Die Lichtherrin weiß, dass nicht ich es bin, die es dir sagen sollte. Aber Aurea wird es nicht tun und ich weiß, dass du es immer geahnt hast. Trotzdem wünschte ich, ich müsste es nicht für sie übernehmen.«

»*Was* habe ich geahnt, Domia?«, fragte Alysea. Plötzlich war ihr Mund trocken und ihr Herz schlug zu schnell. Die resolute Strenge, die das Gesicht ihrer Lehrmeisterin gezeichnet hatte, solange sie zurückdenken konnte, war verschwunden und an ihrer Stelle war Unsicherheit zu erkennen. Es erschreckte sie beinahe noch mehr als ihre Worte.

»Es ist kein Geheimnis, dass Aurea Emadio nie geliebt hat«, antwortete Domia Lucea schließlich, nachdem einige Herzschläge in Stille verstrichen waren. »Aurea ist willensstark und diszipliniert. Emadio hingegen hatte, während er noch bei klarem Verstand gewesen ist, wenig mehr im Sinn, als das Leben in all seinen Facetten zu genießen. Sie haben niemals zueinander gepasst. Es ist ein Erbe, das er an deine Schwester weitergegeben hat.«

Nichts, was Alysea nicht wusste. Viveia war ihrer Mutter wie aus dem Gesicht geschnitten, doch die romantische Leichtfertigkeit hatte sie von ihrem Vater geerbt. Es gab jedoch wenig, das sie selbst mit Emadio Valerian verband. Rauschmittel hatten seinen Geist vor langer Zeit vernebelt. Er existierte in einer Wolke aus süßlichem Dunst und flüssigem Gift, von jenen gewoben, die sich nicht von ihm abgewandt hatten und sich von seiner Zügellosigkeit amüsieren ließen. Alysea hatte ihn seit Jahren nicht mehr zu Gesicht bekommen und sie vermisste ihn nicht. In ihrer Erinnerung war er ein aufgeweichter, hochgewachsener Mann mit schütterem Haar, der sie in seinen klaren Augenblicken auf eine Weise ansah, die sie erschauern ließ. Er verspottete den Ehrgeiz ihrer Mutter und die Tatsache, dass Alysea ihre Neigung zur Magie geerbt hatte.

»Deine Mutter zieht die Magie in ihrem Blut den Freuden der Sinne vor. Folgst du ihr gehorsam auf ihrem keuschen Pfad, kleine Alysea?« Sie hatte es so oft vernommen, dass sie auch jetzt seine schneidende Stimme in ihrem Geist hören konnte. Seine Verachtung. Mit den Jahren hatte sie begonnen, sie zu erwidern.

Alysea sah auf das Gras zu ihren Füßen und hob gleichgültig die Schultern. »Er stand Viveia immer näher als mir«, sagte sie ohne Gefühl. »Für ihn war ich wenig mehr als eine geistlose Arbeitsbiene, die dem Willen der Königin gedient hat. Ich glaube, es hat ihm gefallen, das Gerücht zu schüren, dass er nicht mein Vater ist, indem er mich offen geschnitten hat.«

Domia Lucea nickte betrübt. »Er hätte es nicht gewagt, es offen auszusprechen, aber er wusste, wie er Aurea am härtesten treffen kann. Also hat er alles dafür getan, ihre Macht zu untergraben, indem er zu dem geworden ist, was er heute ist …« Die Hexe schüttelte den Kopf. »Er ist eine Plage und er hat Aurea niemals geliebt. Aber sein Stolz war so groß, dass er es nicht ertragen hat, als sie zum zweiten Mal ein Kind empfangen hat.«

»Ein Kind, das er nicht selbst gezeugt hat, nicht wahr?« Auch diese Wahrheit enthielt wenig Überraschendes. Es war die bittere Tatsache, die jeder sehen konnte, wenn er sie anblickte. Sie hatte sich in ihrem Gesicht manifestiert, in der Farbe ihres Haares. In ihrer Größe. Man musste blind sein, um es nicht zu erkennen. Alysea schluckte den

Schmerz, der sie mit winzigen Stichen quälte. Gewissheit. Sie hatte nie danach gesucht, weil sie auf die eine oder andere Weise immer in ihr gelebt hatte. Es bestätigt zu finden, schmerzte weniger als der Verrat jener, die ihr am nächsten hätten stehen sollen. »Wer war er?«

Domia Lucea zuckte hilflos die Achseln. »Ich habe seinen Namen nie erfahren. Er kam in das Leben deiner Mutter wie der Sturmwind und verschwand ebenso schnell und ohne eine Spur zu hinterlassen. Ich habe ihn ein einziges Mal am Sonnenhof gesehen und es hat genügt, um zu wissen, dass er mehr als eine Hexe war. Sein Haar war schwarz wie die Nacht und seine Augen so grün wie Smaragde. Man konnte die Sterne darin schimmern sehen.«

»Ein Wandlermischling?«

»Nein. Er war mehr als das.« Domia Lucea trat zu der steinernen Bank und ließ sich schwerfällig darauf nieder, so kraftlos, dass es Alysea erschreckte. »Es war, als hätte man ihn der Nacht entrissen. Er war zu schön, um wirklich zu sein, zu schwer zu greifen, als dass sterbliches Blut in seinen Adern hätte fließen können. Als er mich ein einziges Mal angesehen hat, dachte ich, das Blut in meinen Adern müsste erstarren. Seine Macht war groß. Größer, als wir jemals erfassen könnten. Jeder, der sich in seiner Nähe aufgehalten hat, konnte es spüren. Sie lag in seiner Stimme … in seiner Aura. Ich glaube, dass keine Frau ihn ansehen konnte, ohne ihm zu verfallen. Er hätte jede Frau am Sonnenhof gewinnen können. Aber er hat Aurea gewählt.« Die Erinnerung ließ die ältere Hexe erröten wie ein junges Mädchen. Auch sie war seiner Wirkung nicht entkommen. Bedauern war in ihren Augen zu lesen, selbst nach all der Zeit … nach einer einzigen Begegnung. Wie seltsam es war, ihre unerschütterliche Lehrmeisterin so zu sehen.

»Dann war er ein Dämon?« Die Hitze in ihrem Körper ließ nach und der auffrischende Wind trieb Blütenblätter über den Garten. Es hätte ebenso gut Schnee sein können, der vom Himmel fiel, so kalt war ihre Berührung, wenn sie ihre Haut streiften.

»Ein Dämon … oder ein Dämonenblut, das noch viel von seinem ursprünglichen Erbe in sich getragen hat. Ich weiß es nicht und ich bin mir nicht sicher, ob Aurea es weiß.«

Die Mondberührte.

Seelenlos.

Alysea kehrte der älteren Hexe den Rücken zu und stützte sich an einem der Orangenbäume ab. Raue Rinde unter ihren Fingern. Sie hinterließ Schrammen auf ihrer Haut, aber sie begrüßte das Brennen.

»Ich weiß, dass wir dich dein Leben lang belogen haben und ich werde es mir nie verzeihen. Wir haben dich in Gefahr gebracht, weil wir dir dein Erbe verschwiegen haben. Und jetzt ist es beinahe zu spät …« Domia Luceas Stimme versiegte.

»Wer hat davon gewusst?« Alysea war überrascht über den gefassten Ton ihrer Stimme. Kalt, als würde sie all das nicht berühren. Ein Widerspruch zu dem Riss, der durch ihr Herz lief.

»Meister Aemilan und ich, niemand sonst. Aemilan … stand deiner Mutter nahe. Sie hat sich ihm anvertraut und er hat mich gerufen, als es in der Zeit ihrer Schwangerschaft zu Schwierigkeiten gekommen ist. Sie musste mir anvertrauen, was in dir schlummert. Eine Hexe, die ein Dämonenkind in sich getragen hat … all die Magie … sie war so krank, dass es sie beinahe das Leben gekostet hätte. Zu nah am Mondwahn. Sie hätte keinen der Hofärzte rufen lassen können und ich bezweifle, dass sie ihr zu helfen gewusst hätten. Wir mussten lange befürchten, dass wir euch beide verlieren würden.«

»Habt Ihr mich deswegen aufgenommen, Domia?« Galle brannte auf ihrer Zunge und Alysea schluckte hart. Sie hatte immer geglaubt, dass es ihr Talent gewesen war, das die Kräuterhexe davon überzeugt hatte, sie aufzunehmen. Doch nun bröckelte alles, woran sie sich ihr Leben lang festgehalten hatte.

»Nein, das habe ich nicht. Und das Missfallen deiner Mutter war echt. Sie hat es nicht gern gesehen.«

»Aber sie musste es dulden.«

»Es war das Beste, dich den Blicken des Zirkels zu entziehen, und sie wusste es. Der Dienst bei einer Kräuterhexe erschien den Grauroben ungefährlich. Selbst wenn es eine Hexe aus der Linie der Carrisan war.« Sie lachte gallig. Eine Erinnerung an die Vergangenheit ihrer Familie, die aus dem Zirkel ausgestoßen worden war, weil ihre Mutter mit den dunklen Mächten gespielt hatte. Als ob sie befürchteten, dass es eine Krankheit war, die in den Adern ihrer Erben schlummerte und eines Tages wieder zum Ausbruch kommen würde.

Alysea wandte den Kopf. »Ungefährlich? Warum?«

»Deine Magie ist stark, Alysea. So stark, dass es dem Zirkel bei den Prüfungen, denen jedes Hexenkind in seinen ersten Jahren unterzogen wird, nicht verborgen geblieben ist. So stark, dass … sie einen Teil davon in dir versiegelt haben. Du kannst dich nicht daran erinnern, weil du noch zu klein warst, aber …«, sie brach ab, als sie das Entsetzen auf Alyseas Gesicht gewahrte.

»Sie haben … *was?*« *Diese* Wahrheit berührte sie. Es war, als hätte man ihr den Boden unter den Füßen weggezogen. Sie fiel in die Tiefe und es gab niemanden, der ihren Fall aufhalten konnte.

»Es wird seit dem Fluch mit jedem Kind getan, das die Macht des Zirkels auf eine Weise bedroht, die er nicht versteht. Niemand möchte, dass eine zweite Seraphia geboren wird, die unser aller Schicksal allein verändern kann. Aber ich bezweifle, dass der Zirkel die Wurzel dieser Macht kennt. Aurea hat es zugelassen, weil sie wusste, dass es verschleiern würde, was du bist.« Domia Luceas Gesicht wirkte grau im Licht des Mondes. »Ich bin nicht stolz darauf, es dir verschwiegen zu haben, Alysea. Und wenn ich die Wahl gehabt hätte, hättest du es erfahren, das schwöre ich dir. Doch es gab einen Eid, der mich gebunden hat.«

»Und jetzt besitzt dieser Eid keine Bedeutung mehr?«, fragte Alysea hart.

»Nicht, wenn er dein Leben gefährdet.«

»Wenn es nicht schon zu spät ist, nicht wahr?« Alyseas Lächeln war sarkastisch. Es schmerzte auf ihrem Gesicht, aber es war nichts gegen den Schmerz, der sich in ihrem Inneren gesammelt hatte. »Mein Leben lang war meine Magie alles, was mir in meiner Familie einen Platz verschafft hat«, murmelte sie rau. »Sie war gering. Geringer als Viveias. Geringer als die jeder anderen Hexe. Ich habe mich daran festgeklammert, weil sie alles war, was mir einen Stellenwert verliehen hat. Ich habe mich in meinen Studien vergraben, um ihre geringe Stärke auszuschöpfen, so gut ich es vermochte. Und eines Tages ist sie zu meinem einzigen Freund geworden. Sie hat mir eine Ausrede gegeben, nicht bei Hofe erscheinen zu müssen und mich dem Spott auszusetzen, der mich dort erwartete. Das bescheidene Gefühl von Macht, obgleich sie so winzig war, dass ich meiner Schwester die Leichtigkeit geneidet habe, mit der sie zu ihr gekommen ist. Viveia musste sich niemals anstrengen, um zu erreichen, was ich nur mit Mühe vollbringen konnte. Sie war alles, was ich nie sein würde. Ich habe geglaubt …«, sie biss sich auf die Lippe und schüttelte den Kopf. »Ich habe geglaubt, dass Menschenblut meine Magie schwach hält. Und es hat mich umso härter arbeiten lassen, um meinen Wert zu beweisen.« Ihre Miene verkrampfte sich und Alysea schloss die Finger zu einer Faust, um den Aufschrei zurückzuhalten, der in ihr an die Oberfläche drängte. »Manchmal habe ich vergessen, zu *leben*, weil ich so sehr damit beschäftigt war, das klägliche Potenzial meiner Magie zu schulen«, fuhr sie gepresst fort. »Dennoch war es nie genug. *Ich* war zu gering. Bis Sofea in mein Leben getreten ist und ich erfahren habe, dass es andere Freunde als die Magie gibt. Bis ich den Sonnenhof verlassen habe und all den Spott und all die Häme hinter mir lassen konnte. Für eine Weile durfte ich leben, auch wenn es das Leben einer *niederen Kräuterhexe* gewesen ist. Bis der Ruf meiner Mutter mich zurückbefohlen hat und die Augen von Spiras Saverian mich wieder zu dem schmutzigen Mischling degradiert haben, den alle in mir sehen wollten.« Alysea drehte sich um und lehnte sich gegen den Baumstamm in ihrem Rücken, um Halt in seiner ruhigen Präsenz zu finden. »Und nun droht mir der Zirkel, auch den letzten Rest meiner Macht zu rauben? Weil ich etwas bin, das er nicht versteht? Wie lange müssen die Grauroben auf diese Gelegenheit gewartet haben?«

Sie lachte beißend auf und Domia Lucea verließ ihren Platz im Schatten des Fliederbaumes, der sich über die Steinbank neigte. »Ich weiß, wie sehr es dich schmerzt, Alysea. Und ich wünschte, ich könnte es dir ersparen. Aber du musst wissen, was du bist, damit wir ergründen können, worin dieser Fluch wurzelt. Und damit du dich schützen kannst.«

Vor den Krankheiten der Dämonen. Den Abgründen, von denen sie nie etwas geahnt hatte … und es bedeutete … mehr. »Das Silberband«, sagte sie tonlos. »Es war möglich, weil ich das Erbe der Dämonen in mir trage, nicht wahr? Ebenso wie Dameo.«

»Und wahrscheinlich ebenso wie Florea und die anderen Hexen, die davon betroffen waren«, stimmte Domia Lucea zu. »Die Cosmean waren mächtiger als jede andere Hexenfamilie. Was sie vollbracht haben, grenzte häufig genug an Wunder.« Die Schatten auf Domia Luceas Gesicht ließen ihre Augen aus der Dunkelheit glitzern.

»Und Seraphia war die Größte unter ihnen.« Vielleicht, weil Dämonenblut auch ihren Zauber genährt hatte. Alysea schüttelte den Kopf, nicht fähig, die vollständige Bedeutung all dessen zu begreifen, was Domia Luceas Worte ins Leben gerufen hatten. »Aber wie kann es dann sein, dass mein Blut Dameo vor der Sonne schützt? Es müsste ebenso wirkungslos sein wie das Blut eines gewöhnlichen Halbblutes.«

»Wir können wenig mehr, als Vermutungen anzustellen. Du trägst kein Wandlerblut in dir, das die Wirkung des Sonnenblutes beeinflussen könnte, sondern das Blut eines Dämons, der niemals von dem Fluch betroffen war. Und euer Bund ist nicht gewöhnlich. Was genau Seraphia darin verankert haben mag und zu welchem Zweck, bleibt für uns ein Rätsel, das wir noch nicht lösen können.«

»Doch, er ist gewöhnlich«, widersprach Alysea leise. »Gewöhnlicher, als wir geglaubt hätten. Ich habe mich gewundert, warum der Nachthof sich mehr wie ein Zuhause angefühlt hat, als es der Sonnenhof je getan hat. Jetzt verstehe ich, dass es der Ort ist, an den ich gehöre, weil es in meinem Blut liegt.«

»Und dass der Zirkel gut daran tut, dich zu fürchten. Denn wenn das Siegel in dir jemals bricht, wirst du seine Macht übertreffen.«

»So wie es möglicherweise alle Hexen getan haben, die das Silberband auserwählt hat. Es hätte die Macht des Nachthofes auf eine Weise gestärkt, die dem Zirkel missfallen *muss,* weil er von ihrer Stärke wusste. Und nun hat das Silberband ausgerechnet mich getroffen. Vielleicht haben sie es immer geahnt.« Alysea atmete aus und hob das Gesicht zum Mond. Ein Schritt weiter … ein Schritt … doch wohin würde er sie führen? »Glaubt Ihr, dass es richtig ist, zum Glockenturm zu gehen, Domia?«, fragte Alysea unumwunden.

Domia Lucea zog ihren Umhang dichter vor ihrer Brust zusammen, als eine Windbö über sie hinwegfegte. Die Blätter raschelten sacht, ein Murmeln, das die Nacht lebendig erscheinen ließ. »Ich wünschte, du würdest es nicht tun. Aber ich glaube, dass Wahrheit in deinen Gedanken liegt und dass du ihr folgen musst. Es gibt kein Überleben, ohne den Kampf aufzunehmen.«

Alysea nickte und starrte auf die Lichter in den Bäumen, die sich im Wind wiegten. Sie lenkten ihren Blick weiter, zu den Zinnen des Glockenturmes, der inmitten der Stadt aufragte.

Domia Lucea folgte ihrer Blickrichtung und trat dann näher. »Ich weiß, dass du es jetzt nicht kannst, aber ich hoffe, dass du mir eines Tages verzeihen wirst, Alysea. Ich habe immer nur das Beste für dich gewollt und ich habe niemals geahnt, dass mein Schweigen dich gefährden könnte.«

»Das weiß ich, Domia.« Alysea blickte auf die große Uhr, die den Glockenturm zierte. Mitternacht war nicht mehr fern. Der Tag, an dem sie die Cae'Angelis verlassen sollte, nahte. Und etwas in ihr begehrte so heftig dagegen auf, dass sie Dameos fragende Berührung über das Silberband spürte. Sie wollte es um sich wickeln, sich so fest an ihn binden, dass nichts sie je wieder trennen konnte, aber sie wusste, dass es unmöglich war. Alysea atmete die kühle Nachtluft ein, die gegen die Hitze in ihren Venen ankämpfte, und sah dann in die Augen ihrer Lehrmeisterin. »Und ich weiß nicht, ob Groll und Zorn noch etwas bedeuten. Ob ich die Zeit habe, sie zu empfinden, oder ob ich sie vergessen sollte.«

Die ältere Hexe fasste zaghaft nach ihrem Arm. Die Berührung einer Mutter, die ihr Kind trösten wollte. »Du wirst es wissen, Alysea. Und du wirst das Richtige tun.«

Ruhige Gewissheit. Bestätigung. Für diesen Augenblick war es genug. »Ich danke Euch für Eure Ehrlichkeit, Domia.«

Die rothaarige Hexe lächelte und strich über ihre Wange, wie sie es so oft getan hatte. Dann wandte sie sich ab, um in die Cae'Angelis zurückzukehren, und Alysea fragte sich, ob es das letzte Mal gewesen sein mochte.

23
Sonnenblut

Schritte, die über den Stein hallten. Zu leicht, als dass sie zu seinen Wärtern gehören konnten. Er öffnete die Lider, doch er bewegte sich nicht. Das magische Licht der gedämpften Laternen schnitt in seine Augen. Bleiches Mondsteinlicht, wie es die Straßenlaternen Gemeas verwendeten. Es reichte, um ihn zu blenden. Seine Hände ruhten auf den Armlehnen des Sessels, an dem noch immer der schwache Duft seiner Gefährtin haftete. Nicodeo konnte ihn riechen, wenn er den Kopf zur Seite neigte. Er war ihm Trost und Qual gleichermaßen. So wie in seinem Inneren Trauer und Zorn miteinander stritten. Liebe und Hass. Wahnsinn und Bedauern. In seinen lichten Momenten wünschte er sich, ihr zu folgen. Doch wann immer der Wahn seinen Geist übernahm, wollte er nichts mehr, als seinem Gefängnis zu entfliehen, um die Welt für das zu bestrafen, was sie ihm angetan hatte.

Er witterte und seine schmerzhaft verstärkten Sinne trugen den Geruch des Eindringlings zu ihm. Seine Facetten waren wie ein Bild, das vor seinen Augen entstand. Ein Bild, das er gut kannte. Sie war wie ein Bluthund, der seine Fährte aufgenommen hatte und sie nie wieder verlieren würde, selbst wenn sie bis ins Totenreich führte. Nicodeo drehte den Kopf nicht, als sie vor den Gitterstäben verharrte. Er musste es nicht. Es würde die Bestie nur schneller aus ihrem Schlaf wecken, als er es wünschte.

»Es ist lange her. Ich hätte wissen sollen, dass du mich eines Tages finden würdest«, knurrte er heiser. Seine Kehle fühlte sich ausgedörrt an, erfüllt von einem Durst, der niemals gestillt wurde. Er tippte auf das verschlissene Polster des Sessels und seine Ketten klirrten. Nicodeo hörte, wie sie den Atem einsog, als sie ihn sah. Erschrecken. Eine Spur von Furcht. Er roch es. Doch es hielt nur für einen Herzschlag lang an.

»Und ich hätte wissen sollen, dass er dich nie töten könnte. Den übermächtigen Schatten, der über ihm steht wie ein Wächter, der jeden seiner Schritte beobachtet und bewertet. Du ragst noch immer über ihm auf. Aber du hast dich verändert, Nicodeo«, hauchte sie samtig. »Du bist verwahrlost wie ein Bettler, der unter den Brücken des Sephris haust. Wo ist der Fürst, der mit einem Blick dafür sorgen konnte, dass der Hof ehrfürchtig vor ihm zu Boden gesunken ist?« Eine verführerische Stimme. Singend. Giftig. Sie hatte viele den Verstand gekostet und sie hatte es auch bei ihm versucht. Letztlich war der Blutrausch schneller gewesen und hatte ihr den Triumph geraubt.

Er lachte. Ein rauer, dunkler Laut, an dessen Kanten der Wahnsinn lauerte. Das tat er in jedem Gefühl. Er hatte sich vor langer Zeit verboten, zu stark zu fühlen. »Es schmerzt mich, dich zu enttäuschen. Wer hat dich hereingelassen? Meine Wärter sind streng und ihre Herzen aus Eisen. Sie sind meinem Sohn zu treu ergeben, um seine Befehle zu missachten. Selbst für dich.« Harter Spott. Er gab sich nicht die Mühe, ihn zu mildern.

Es dauerte einen Augenblick zu lange, bis sie antwortete. Eine Schramme, die er ihrer Eitelkeit zugefügt hatte. Früher hatte es ihn amüsiert, eines Tages … angewidert. »Der Nachthof hat wenig mehr als die Hochzeit deines Sohnes im Sinn. Sie sind unaufmerksam genug.«

»So unaufmerksam, dass sie das größte Geheimnis ihres Herrn unbewacht lassen?«

»Vielleicht bist du nicht mehr seine drängendste Sorge, Nicodeo. Er hat mehr, worum er sich kümmern muss. Seine Gefährtin. Den Fluch. Seinen aufbegehrenden Bruder, der wahnsinnig genug ist, nach dem Thron zu trachten. Zum ersten Mal in seinem Leben ist es nicht mehr sein Vater, der die größte Rolle einnimmt. Wie seltsam es für dich sein muss.«

Nicodeo musste das Lächeln auf ihren Lippen nicht sehen, um zu wissen, dass es dort war. Er kannte sie zu gut. Und er wusste, wohin sie ihn leiten wollte. »Es ist gefährlich, sich mir zu nähern«, sagte er mit einem milden Lächeln. »Ein Schritt zu weit und selbst diese Gitter werden mich nicht davon abhalten, dich in Stücke zu reißen. Wer hierherkommt, weiß das.«

»Ich weiß es auch.« Ein Schritt, der sie näher führte. »So wie ich weiß, dass du dich davor scheust, mich anzublicken, weil du fürchtest, was ich in dir wecken könnte. Wie damals … erinnerst du dich?«, ihre Stimme verlor sich und rührte an Bildern, die er verbissen zurückdrängte. Der Saum ihres Kleides raschelte. So nah, dass ein rascher Sprung genügen würde, um ihn zu erreichen. Er war langsam. Erbarmungswürdig schwach. Aber was von ihm übrig war, würde ausreichen. Das Wissen genügte, damit sich die Bestie im Schlaf regte. Ihre Aufmerksamkeit erwachte wie die eines Jagdhundes, der selbst im Schlaf die Ohren bewegte, um nichts zu versäumen.

»Du spielst ein gefährliches Spiel, wenn du versuchst, mich zu reizen.« Das Knurren in seiner Stimme nahm zu und überdeckte den süffisanten Ton.

Sie verharrte, doch sie wich nicht zurück. Selbstbewusst. Eine Spielerin, die auf Sieg spielte und ihren Gegner nicht erkennen ließ, wie schlecht ihre Karten waren. »Oh, ich bin nicht gekommen, um dich zu reizen. Ich habe ein Angebot für dich, dem du nicht widerstehen kannst. Möchtest du es sehen?«

Aus dem Augenwinkel konnte er die Bewegung erfassen, mit der sie etwas aus den Falten ihres dichten Umhangs zog. Ihr Haar war klamm, er konnte den Schweiß darin riechen, den die Hitze auf ihrer Haut hinterlassen hatte. Weiblichkeit. Dameo und Neveas hatten dafür gesorgt, dass seit Jahren keine Frau in seine Nähe gekommen war. Er sog ihren Duft ein und er war berauschend wie Wein. Ein silbriger Schimmer, ein ploppendes Geräusch, mit dem sie einen Kork entfernte. Das Knurren stieg in seiner Kehle auf, als er roch, was sie mitgebracht hatte. Verlangen. Unbezähmbar stark. Der Duft trug die Erinnerung an das mit sich, was er gewesen war. An Stärke, die wie eine Sucht war, und den Rausch des Triumphs über einen Gegner.

Die Bestie rührte sich und die Klauen schoben sich aus seinen Fingerspitzen. Sie bohrten sich in die Polster und fügten den Brokatrosen neue Schlitze zu.

»Nein. Ich liebe meinen Sohn. Dein Angebot interessiert mich nicht«, presste er zwischen zusammengebissenen Zähnen heraus, während er gegen den Wahnsinn ankämpfte, der an den Mauern seines Geistes rüttelte.

»Aber du hasst ihn dafür, dass er dich eingesperrt hat. Ich kenne dich, Nicodeo. Er hat dich eingekerkert wie ein Tier und du sehnst dich nach Freiheit. Nach frischem Blut, das warm über deine Zunge rinnt. Nach Rache. Du bist stärker als er und du weißt es. Er hat deinen Thron gestohlen und herrscht über den Nachthof. Dabei bist du es, der an seiner Stelle stehen sollte, weil er dich niemals besiegt hat.«

Die bittere Wahrheit. Sie lebte tief in ihm und schlug eine Saite an, die er selten zu berühren wagte. Doch er würde sie nicht von ihren Lippen dulden. Seine Zähne wuchsen und die Spitzen stießen gegen seine Zunge. Seine Klauen bohrten sich in seine Handflächen, während er um Beherrschung rang. »Verschwinde«, grollte er kehlig. »Oder du wirst es bereuen.«

»Du willst nicht, dass ich verschwinde.« Der Kork verschloss die Phiole. »Du willst das hier und wir beide wissen es.« Härte schlich sich in den schmeichelnden Ton und offenbarte ihr wahres Wesen, das sie darunter versteckte. Eine unbedachte Bewegung brachte sie zu nah an die Gitter.

Nah genug.

Nicodeo brüllte auf und seine Ketten klirrten. Seine Klauen schlugen sich pfeilschnell in ihren Arm. Blut quoll warm über seine Hände, als er sie an die Gitterstäbe zerrte. Er hörte das Entsetzen in ihrem Aufschrei und ihre Gegenwehr fachte seine Raserei weiter an.

Blut. Süßes, warmes Blut.

Die Gier ließ seinen Verstand zerfasern wie Nebelschwaden in einem Sturm. Er grub die Zähne in ihr Fleisch und grelles Licht explodierte in seinem Gesicht. Er zuckte zurück und kratzte aufheulend nach seinen Augen. Es war, als würden seine Augäpfel in den Flammen eines verzehrenden Feuers schrumpfen. Die Haut schälte sich von seinen Knochen und der Geruch verkohlten Fleisches durchströmte seinen Kerker. Die Bestie wich winselnd zurück und sein Verstand regte sich. Ein schwaches Flackern, an dem er sich festklammerte, um es nicht zu verlieren, wenngleich der Schmerz ihn in den Wahnsinn treiben wollte.

»Ich warne dich, Nicodeo Angelis«, keuchte sie. Ihre Stimme war eisig und doch von Schmerz erfüllt, den sie mühsam unterdrückte. »Ich kann dir Qualen bereiten, die über alles hinausgehen, was du je in deinem Leben gefühlt hast, das verspreche ich dir.«

»Ich kenne Qualen. Sie sind lange meine einzigen Freunde gewesen. Es gibt nichts, womit du mir drohen kannst«, röchelte er heiser. »Ich habe mehr durchlitten, als du dir vorstellen kannst.«

»Du täuschst dich.«

Magie schloss sich um seine Kehle und erstickte seine Antwort. Ein Halsband aus Eis, Dornen, die sich in seine Haut bohrten und es in seinem Fleisch verankerten. Es schnürte ihm die Luft ab und zwang ihn zu Boden, als sie ihn damit herabzog. Nicodeo schlug die Klauen in den Riemen aus purer Magie, doch er konnte ihn nicht fassen. Er kratzte über seine Haut und die Feuchte seines eigenen Blutes benetzte seine Finger.

»Du willst, dass ich an deiner Leine tanze?« Er lachte höhnisch, obgleich seine verbrannten Lippen loderten wie alle Feuer des Abgrundes. »Juleia hat es versucht und sie konnte mich nicht halten. Glaube nicht, dass du besser bist als sie.«

»Oh, das bin ich«, schwor sie mit einer fanatischen Intensität. Er konnte das furchterregende Leuchten in ihren Augen vor sich sehen, obwohl ihre Magie ihn geblendet hatte. »Das war ich immer. Und jetzt wirst du sehen, um wie viel ich besser bin als sie, auch wenn du es früher nicht erkennen wolltest. Ich werde die Königin von Gemea sein und du mein treuer Schoßhund, der es mir ermöglicht. Damals hast du es nicht gewollt, weil du ein ebenso blinder Dummkopf gewesen bist wie dein Sohn. Diesmal gehörst du *mir,* weil ich deine Fäden in der Hand halte. Und ich bin eine gute Puppenspielerin, Nicodeo. Die beste, die diese Stadt jemals erlebt hat.«

»Eine Königin?« Sein Lachen verwandelte sich in ein qualvolles Husten. Er spie den Geschmack seines Blutes aus, der sich auf seiner Zunge gesammelt hatte. »Du warst nie mehr als eine machtbesessene Hure, Sibeia. Und du hättest mit dem zufrieden sein sollen, was du erreicht hast. Deine Besessenheit hat dich blind gemacht. Sie werden mich töten, kaum dass ich einen Fuß über die Schwelle des Nachthofes gesetzt habe.«

»Nein. Das werden sie nicht. Weil *ich* es verhindere. Dein Sohn hätte dich töten sollen. Ein Fehler mehr von zu vielen, die er begangen hat.«

»Und einer davon war es, dich nicht in sein Bett zu lassen, nicht wahr? Vor wem bist du auf die Knie gefallen, um diesen Zauber zu erlangen? Du bist zu schwach, um ihn allein zu wirken.«

Sie schnaubte verächtlich, aber Nicodeo wusste, dass er ihren Stolz abermals getroffen hatte. Er hörte es an der winzigen Nuance in ihrer

Stimme, die ihren Unmut verriet. »Ich bin nicht gekommen, um deine Fragen zu beantworten.« Ein Poltern auf dem Stein, etwas, das zu ihm rollte und gegen seine Hand stieß. »Trink«, befahl sie. »Und der Schmerz wird enden.«

So verführerisch … es war verlockend, ihrer Forderung nachzugeben. Er sehnte sich nach dem Ende des Schmerzes. Nach Rache. Freiheit. Dem Wind auf seiner Haut, wenn er in den Himmel stieg. Zu lange hatte er ihn entbehrt und sich danach verzehrt. Doch er kannte den Preis dafür. Und es war ein Preis, den er niemals bezahlen konnte.

Niemals …

Nie … mals …

Nicodeo fühlte die Kälte der kleinen Phiole an seiner Haut. Und er roch … er roch den unverwechselbaren Geruch von Sonnenblut, der durch den losen Kork in seine Nase strömte. Er stöhnte auf, als die Reste seines Verstandes gegen das Biest ankämpften, das in ihm tobte und ihm zuschrie, die Phiole zu öffnen und seine unwiderstehliche Süße zu kosten.

24
Das Spiel der Macht

Iulean verfolgte ihn mit Blicken. Zurückgelehnt in einem der Sessel, die am Rande der Spieltische aufgestellt waren, die Augen hinter den gefärbten Gläsern verborgen. Lauernd. Abschätzend. Als würde er nach einer Schwäche suchen. Auf ein Zeichen warten. Dameo erwiderte seinen Blick ruhig und kalt. Er wusste, dass sein Lächeln zu spitze Zähne entblößte und bedrohlich wirkte. Nicht bedrohlich genug für seinen Geschmack. Er sehnte sich danach, den Bastard seines Vaters in Stücke zu reißen, damit er seine Ränke im Abgrund schmieden konnte.

Iulean hob seinen Weinkelch zu einem spöttischen Gruß, sein Lächeln trug seine Großspurigkeit zur Schau. Für diesen Abend hatte er auf die Gesellschaft seiner Speichellecker verzichtet und seine dunkle Kleidung war erstaunlich schlicht. Keine Spur von dem Pfau, der mit seinen Farben blendete. Dameo unterdrückte das Stirnrunzeln darüber. Spannung lag in der Luft und jeder der Anwesenden bemerkte das Brodeln unter der Oberfläche. Es war eine zwanglose Zusammenkunft, der nur jene beiwohnten, die in der Gunst der Fürstenfamilie standen oder deren Rang es nicht erlaubte, sie zu brüskieren.

Ein zu lauter Atemzug und Adia hob den Kopf, um ihn anzusehen. Seine Schwester hatte an einem der Spieltische Platz genommen. Dameo stand hinter ihrem Stuhl, um das Spiel zu beobachten, obwohl er kein echtes Interesse daran hegte. Neveas hatte den Nachthof verlassen, um Spiras Saverian zu jagen, und es machte ihn nervös, Alysea mit Domia Lucea allein zu lassen. Er spürte jeder Regung nach, die ihn über das Silberband erreichte. Ihrem Zorn und ihrer Verletztheit, die er nicht zu entschlüsseln vermochte. Er musste sich zwingen, an seinem Platz zu verharren und Gelassenheit zu heucheln.

Adia legte ihr Blatt auf den Tisch und setzte ein gewinnendes Lächeln auf. »Verzeiht, aber meine Pflichten erfordern meine Aufmerksamkeit«, sagte sie zu ihren Mitspielern. Allesamt hoher Adel, dessen Augen stärker auf den Fürsten und seinen Halbbruder konzentriert waren als auf das Spiel. Sie schob ihren Stuhl zurück und erhob sich. »Mein Fürst, geht ein Stück mit mir. Ich muss etwas mit Euch besprechen.«

Dameo sah überrascht auf, als sie die Hand auf seinem Arm platzierte und einen Diener herbeiwinkte, der mit Wein herüberkam. Adia nahm zwei Kelche von seinem Tablett und reichte einen davon an Dameo weiter. Er roch die metallische Spur darin und seine Schwester nickte knapp. Ein stummer Befehl, ihre Entscheidung nicht infrage zu stellen. Auch sie bemerkte, dass sich etwas zusammenbraute. Adia zog Dameo in Richtung der geöffneten Terrassentür, durch die von Orangenduft getränkte Nachtluft hereinwehte. Ein wenig abseits vom Rest des Raumes, wo die Musik leise gesprochene Worte verschlucken würde.

Iulean verließ seinen Zuschauerplatz und durchquerte träge das Zimmer. Vorüber an den Musikern, die das Geschehen mit sachten Klängen untermalten. Er hielt inne, um einen Kelch von dem gleichen Diener entgegenzunehmen, bevor dieser den Salon verlassen konnte. Dann näherte er sich Adia, während er an seinem Wein nippte. »Ein köstlicher Tropfen, liebste Schwester. Aber dass Euer Geschmack exzellent ist und Ihr hervorragend für das Wohl des Hofes sorgt, ist kein Geheimnis.«

So viele Worte zwischen den Zeilen, so förmlich und tadellos in seinem Vortrag verborgen. Aber Dameo konnte sie hören, ohne sich anstrengen zu müssen. Adias Gestalt wurde steif, wenngleich ihr Gesicht eben blieb. »Es freut mich, dass er Euren Geschmack trifft«, antwortete sie knapp, nahe an der Grenze zur Unhöflichkeit, doch Adia hatte sich niemals verstellt. Der Hof wusste, dass sie ihren Halbbruder verachtete, ebenso wie die geheimnisvolle Mätresse ihres Vaters, die ihn geboren hatte.

Iulean legte den Kopf schief und musterte Dameo versonnen. »Die Fürstin wird sich auch heute Nacht nicht ihrem Hof zeigen? Es ist ein Jammer, dass Ihr sie versteckt. Fürchtet Ihr um ihr Wohl, wenn sich eine Hexe unter unseresgleichen mischt?«

Unseresgleichen. Dameo musste sich zusammennehmen, um den üblen Geschmack in seinem Mund nicht auszuspucken. *Wozu das Spiel, du Bastard?*

Er führte seinen eigenen Kelch an die Lippen und hob dann erstaunt die Brauen. »Muss ich um ihr Wohl fürchten? An meinem Hof?« Der Nachgeschmack des Blutes prickelte auf seiner Zunge. Erstaunlich stark. Kein Wein, der mit Blut verdünnt war. Blut, das Adia mit Wein hatte verdünnen lassen. Ohne Zweifel weder für den Hof noch für Iulean bestimmt. Unruhe regte sich in Dameo, doch er hielt seine Miene glatt und unbeteiligt.

»Wer weiß? Hexen hatten bislang keine lange Lebenserwartung, nachdem das Schicksal so ungnädig war, sie an den Nachthof zu binden«, erwiderte Iulean süffisant. Es konnte ebenso eine Feststellung wie eine Drohung sein.

Es war so still, dass jede Spielkarte, die auf dem Tisch abgelegt wurde, jeder Ring, der an Glas stieß, wie der Knall einer Pistole wirkte. Münzen und Juwelen klirrten, wenn die Spieleinsätze stiegen. Dameos angespannte Sinne vernahmen jede Regung des Hofes, der den Atem anhielt, gebannt von dem Schauspiel, das sich vor seinen Augen entfaltete.

»Dann hoffe ich, dass ich eine Ausnahme sein werde.«

Dameo drehte den Kopf. Langsam. Die Jahre bei Hofe, die ihn geschult hatten, jede Schwäche zu verstecken, verhinderten, dass er ebenso ruckartig herumfuhr wie der Rest der Anwesenden. Adia reagierte schnell. Sie sank zu Boden und neigte den Kopf. Ein Zeichen an den Hof, es ihr gleichzutun. Wer es nicht tat, stellte sich offen gegen die Gefährtin des Fürsten und damit gegen ihn.

Stühle wurden abgerückt. Damen sanken in Wellen aus Samt und Seide in einen Knicks, die Köpfe anmutig geneigt. Die Männer taten es ihnen nach und verneigten sich tief, bis nur noch Dameo aufrecht stand. Iuleans Gesicht war von Widerwillen gezeichnet, als er das Haupt neigte. So knapp, dass es an eine Beleidigung grenzte.

Alysea verharrte in dem Durchgang, der in den Salon führte. Eine Wolke roter Seide ergoss sich von ihren Hüften und ließ sie wie einen Blutflecken wirken, um den sich flackerndes Kerzenlicht in einer Gloriole sammelte. Ihre Augen glänzten noch immer fiebrig, ihre Wangen waren zu stark gerötet und stachen hart von dem Weiß ihres Gesichtes ab. Doch sie stand gerade wie eine Marmorstatue. Die wahrhaftige Tochter der Sonnenfürstin, ein Abbild ihrer Mutter, das er zum ersten Mal erblickte. Etwas in ihr hatte sich verändert und es hatte sie in den Spielsalon geführt. Zu ihm.

Dameo streckte die Hand aus und sie schritt hoheitsvoll durch den Raum und reichte ihm die ihre. Alyseas Haut glühte unter seinen Lippen, als er einen Kuss auf ihren Handrücken setzte. Sie trug den Ring der Fürstin zum ersten Mal seit der Nacht, in der er Sevras gefordert hatte. Er fühlte eine Mischung aus Schwäche und Entschlossenheit in ihr. Entschlossenheit, ihren Platz bei Hofe zu beanspruchen. Es war unverkennbar und doch verstand er nicht, was ihren Wandel verursacht haben mochte.

Der Hof erhob sich unter Adias Leitung langsam und Murmeln brandete auf, als Plätze wieder eingenommen wurden. Neugier. Anspannung, die wuchs. Sie lagen so dicht in der Luft, dass Dameo sie mit jedem Atemzug einsog.

»Ihr müsst mir vergeben, aber das Leben bei Nacht ist mir fremd. Ich ermüde noch zu schnell. Doch es erfreut mein Herz, dass Ihr mich so sehr vermisst habt, Iulean. Und Ihr könnt versichert sein, dass ich mich rasch einlebe und Ihr nicht mehr auf mich verzichten müsst.« Alyseas Stimme war klangvoll, ihr Tonfall gleichermaßen erheitert wie von Schärfe und Spott durchsetzt.

Iuleans Miene wirkte verkniffen. Seine Augen waren schmale Schlitze hinter den Gläsern, dann offenbarte ein Lächeln seine Fangzähne, die sich verlängert hatten. »Ich kann es kaum erwarten, Euch zum Tanz zu bitten, sobald die Hochzeitfestlichkeiten beginnen. Mein Bruder neigt dazu, Euch nicht aus den Augen zu lassen, aber ich bin sicher, dass sich eine Gelegenheit finden wird, wenn seine Aufmerksamkeit nachlässt.«

Diesmal *war* es eine Drohung. Das Silberband straffte sich warnend und Dameo lehnte sich näher zu seinem Halbbruder. »Ich warne dich, Iulean«, zischte er so leise, dass es in der Musik unterging. »Ein Schritt weiter und ich vergesse, dass ich deiner Mutter geschworen habe, dich ungeschoren zu lassen.«

Iuleans Gesicht büßte alle Farbe ein. Es war das Geheimnis, von dem er niemals etwas geahnt hatte. Er verlor seine gelassene Haltung und wurde starr.

»Überrascht dich das?«, fragte Dameo grimmig. »Hast du geglaubt, dass ich deine Ränke all die Jahre grundlos geduldet habe?« Er schnaubte. »*Sie* war es, Iulean. Ich war bei ihr. Selbst im Augenblick ihres Todes hatte sie nichts anderes im Sinn, als dich zu schützen. Die Götter wissen, warum. Also erweise wenigstens ihr den Respekt, den sie dafür verdient.«

Für einen Moment erwiderte Iulean nichts und sein Gesicht verzerrte sich, als hätte er einen Schlag empfangen. Dann senkte er die Stimme. »Was sie sich gewünscht hat, bedeutet mir nichts. Dein Versprechen war ein Fehler, Dameo. Und ich werde dafür sorgen, dass du ihn bitter bereust.«

»Glaube mir, ich bereue ihn seit Jahren.« Dameo leerte seinen Kelch und reichte ihn Adia, die sich unmerklich zu Alysea bewegt hatte. Das Blut wirbelte in seinem Magen und fachte die Wut an, die darin glühte. Eine andere Art von Rausch, der in die Freiheit drängte und einen Widerhall auf Iuleans Miene fand.

Ungewöhnlich.

Dameo musterte seinen Bruder genauer. Die Art, wie er ihn beobachtete. Abwartend. Ein Raubtier, das seine Beute im Blick hatte und darauf wartete, dass sie einen Fehler beging. Er nahm weder Adia noch Alysea wahr. Niemanden, der sich im Salon eingefunden hatte, wenn sein Blick sonst durch den Raum wanderte, auf der Suche nach der Reaktion seines Publikums. Doch diesmal war er vollkommen auf Dameo fixiert.

Du weißt es.

Alle Teile fügten sich plötzlich nahtlos zusammen und endlich verstand er, *worauf* sein Halbbruder wartete.

Dafür wirst du büßen.

Es war Zeit, Iulean endgültig eine Lektion zu erteilen.

Er bot Alysea seinen Arm an und wandte den Oberkörper ab, offenbar in der Absicht, Iulean stehen zu lassen. Alysea wirkte für einen Wimpernschlag überrascht, doch sie legte die Hand auf seinen Unterarm. Dameo fuhr kaum merklich zusammen. Ein winziges Verziehen seiner Lippen, das Unbehagen verriet, eine beinahe unsichtbare Bewegung, als wollte er Alysea instinktiv abschütteln. Sie sah alarmiert zu ihm auf, echtes Erschrecken in den Augen. Eine Frage, die allein das

Silberband zu verneinen vermochte. Sie zuckte zurück und verschob die Hand unsicher ein wenig weiter abwärts.

Ein Köder. Wohlgezielt.

Er konnte sehen, wie Iulean danach schnappte. Den Triumph auf seinen Zügen. Das Aufleuchten in seinen Augen, das selbst die Augengläser nicht verdeckten.

Die Vermutung wurde zur Gewissheit.

»Vielleicht solltest du deinen Fehler ungeschehen machen, *Bruder.*« Iuleans Stimme wurde lauter und sein Kelch fiel zu Boden. Blutiger Wein ergoss sich über den Teppich und bespritzte den Saum von Alyseas Kleid. Die Maske der Förmlichkeit fiel und ihr folgte die Mondklinge, die Iulean unter seinem Gehrock verborgen hatte. Sie schlitterte vor Dameos Füße und er trat mechanisch auf die Schneide, um sie aufzuhalten.

Eine offene Herausforderung.

»Mach dich nicht lächerlich«, grollte Dameo. »Du kannst nicht gewinnen.«

»Und du lässt dich von einem alten Versprechen zurückhalten, wenn du endlich bekommen kannst, was du dir ersehnst?«

»Es ist genug, Iulean. Endgültig. Zwing mich nicht, dich auf deinen Platz zu verweisen.« Dameo hob die Stimme zu einer letzten Ermahnung, als wollte er sich dem Kampf entziehen, der in der Luft lag. »Du bist zu schwach für diesen Kampf und wir beide wissen es. Vater hätte es niemals gewollt.«

»Und du hörst noch immer auf ihn.« Iuleans Lächeln wurde grausam. »Noch ein Fehler, Dameo. Noch ein Fehler mehr. Denn ich habe schon lange aufgehört, mich vor seinem Schatten zu fürchten.«

Seine Bewegung kam zu schnell. Sein Arm schlang sich um Alyseas Taille und seine Zähne schlugen sich in ihre bloße Schulter. Sie schrie erschrocken auf und der Rausch des Wandlerbisses stieg in ihr auf wie eine glühende Flut. Alysea bäumte sich unter Iuleans Händen auf, doch ihre Augen begannen bereits, glasig zu glänzen.

Die Welt verschwamm hinter einem Schleier aus kochendem Hass. Dameo stürzte sich blindlings auf Iulean. Er schlug die Klauen in seine Kehle und zerrte ihn von Alysea herab. Iulean hieb unbeherrscht nach ihm und zog die Klauen über Dameos Gesicht, seine Zähne gefletscht und unnatürlich verlängert. Die gefärbten Gläser rutschten herab und gaben den Blick auf das gierige Brennen in seinen Hexenaugen frei. Eine unstillbare Gier, die Dameo schon einmal gesehen hatte.

Blutrausch.

Und er hatte vom Blut seiner Gefährtin gekostet.

Dameo erstarrte für einen Herzschlag lang, als ihn die Erkenntnis traf. Er erkannte es selbst durch den Nebel, der über seinen Sinnen lag. Sein Bruder nutzte den Moment der Unaufmerksamkeit und versetzte ihm einen harten Fausthieb in den Magen, der Dameo zurücktaumeln ließ. Stärker, als er erwartet hätte. Iulean war so voller Blut, dass es seine Hexenschwäche schwinden ließ. Und er war gefährlich. Denn der Blutrausch ließ ihn keine Vorsicht mehr kennen, nur noch den Instinkt, seine Beute zu töten.

Ohne Überlegung griff er Dameo abermals an. Iuleans Klauen zielten auf seine Brust, doch diesmal wich er dem Hieb aus und stieß seinen Halbbruder mit dem Ellenbogen beiseite. Iulean fauchte wie ein wildes Tier. Blut klebte an seinen Lippen und rann über sein Kinn.

Alyseas Blut.

Hass schoss in Dameo empor wie eine Stichflamme. Er versetzte seinem Halbbruder einen Schlag, der seinen Kopf zurückrucken ließ. Knochen splitterten unter der Gewalt, mit der seine Faust auf Iuleans Kiefer traf. Er stürzte wie ein gefällter Baum und prallte im Fall auf einen der verlassenen Spieltische, der krachend unter ihm zu Bruch ging. Spielkarten und Weinkelche wirbelten auf. Die Anwesenden hatten sich an die Wände zurückgezogen. Ein Kreis aus Zuschauern, die das Geschehen beobachteten, als wären sie in der Arena.

Und das waren sie.

Iulean wälzte sich keuchend aus den Trümmern. Blut sprudelte aus seiner Nase und er tastete mit bebenden Fingern danach. Der Schmerz fachte seine Raserei weiter an. Sein Gesicht verzog sich zu einer hässlichen Grimasse, als er aufsprang und sich mit einem zersplitterten Tischbein auf Dameo warf. Rasch sprang er beiseite, um Iulean auszuweichen, und der Stoß der hölzernen Lanze erwischte das Fenster in seinem Rücken. Glas regnete in Splittern herab und die Wandler, die im Weg gestanden hatten, stoben auseinander wie eine Schafherde.

Dameo packte das Tischbein, als Iulean mit einem Aufschrei einen erneuten Vorstoß wagte, und schleuderte seinen Bruder damit gegen die Wand. Der Spiegel hinter ihm rauschte zu Boden und silbrige Scherben spritzten auf. Iuleans Augen weiteten sich, als der heftige Aufprall die Luft aus seinen Lungen trieb und seine Beine unter ihm nachgaben. Diesmal war es sein eigenes Blut, das aus seinem Mundwinkel rann. Er rang nach Atem und seine Raserei wich zurück. Seine Augen klärten sich, als er registrierte, dass sein Leben auf dem Spiel stand. Dass es keine Schwäche mehr in Dameo *gab.*

»*Dein* Fehler, Iulean«, knurrte er heiser. »Und es war dein letzter. Du hast dich täuschen lassen und dich dabei verraten.«

Mit einem Satz war er über seinem Halbbruder. Er beugte sich hinab und zerrte Iulean am Kragen auf die Füße. Furcht. Sie bohrte sich durch die letzten Reste seiner Raserei und stand in seinen grünen Hexenaugen, als er erkannte, dass Dameo wusste, was er war. Dass es nie mehr einen Platz am Nachthof für ihn geben würde.

»Verabschiede dich von deinem Leben, Bastard«, flüsterte Dameo in sein zerschlagenes Gesicht.

Iulean schaffte es, die Lippen zu einem hämischen Grinsen zu verziehen. »Wir sehen uns im Abgrund wieder, Bruder«, wisperte er schmerzerfüllt. »Fulgae!«, schrie er mit letzter Kraft, und blaues Licht explodierte im Spielsalon des Nachthofes.

Ein Blitzschlag fuhr durch Dameos Körper. Er brannte auf seiner Haut und nahm ihm die Sicht. Er hörte das Poltern von Stühlen, aufgeregte Stimmen. Schmerzvolle Laute, als die Wandler versuchten, den Auswirkungen des Zaubers zu entgehen, der sich wie ein Dolch in ihre Augen bohrte.

Klauen hieben über sein Gesicht und Dameo taumelte zurück, um dem nächsten Angriff auszuweichen. Blind schlug er nach seinem Angreifer, aber seine Klauen gingen ins Leere. Er stieß einen Fluch aus und blinzelte, aber seine verbrannten Augen zeigten kaum mehr als Schemen. Iulean rannte schleppend durch den Salon. Sein Gehör offenbarte Dameo die Richtung, doch ohne Augenlicht war er zu verletzlich, um die Verfolgung aufzunehmen. »Verdammt!«

»Dameo!« Alyseas Hände auf seinem Gesicht. Die bleiche Silhouette ihrer Züge. Sorge, die über das Silberband flutete, als sie nach seinen Augen sah. »Er hat dich mit einem Blitz geblendet! Verfluchter Mistkerl!«

Dameo fasste nach ihren Armen. »Es wird besser«, murmelte er beschwichtigend. »Gib mir einen Augenblick. Der Biss?«

»Die Wunde hat sich geschlossen, aber sie ist nicht verheilt«, erwiderte sie verlegen. Von Scham erfüllt. Er schwor sich vor allen Göttern, Iulean dafür in Stücke zu reißen.

»Hurensohn. Sein Hexenblut dämpft die Heilkraft des Wandlerbisses«, fluchte Dameo heftig. »Wo ist Adia?«

»Ich bin hier.« Adia fasste nach seinem Arm und er drehte den Kopf. Ihre Gestalt war verschwommen. Dunkle und helle Flecken vor der schwarzen Marmorwand des Salons.

»Sorg dafür, dass Neveas auf der Stelle zurückkommt. Iulean hat Vaters Blutrausch geerbt. Er darf Alysea auf keinen Fall nahe kommen. Wenn der Wahn die Oberhand über ihn gewinnt, wird er versuchen, sie zu töten.«

»Vater der Winde …« Adia sog scharf den Atem ein. »Ich lasse ihn holen.«

Dameo nickte. »Die Abendgesellschaft ist beendet«, sagte er laut. »Und wer mir den Kopf meines Bruders bringt, kann mit der Gunst des Fürsten und einer Belohnung rechnen, die den Wert von Gold und Juwelen übersteigt. Wer ihm dagegen Schutz bietet, wird am eigenen Leib erleben, was es heißt, mich zu verärgern. Für diese Nacht habe ich genug von Ränken und Verrat.«

Seine Worte hallten wie Donner über die Anwesenden hinweg. Ein Versprechen von Reichtümern und Rang, das ausreichen würde, damit niemand Iulean Zuflucht gewährte. Es war ein Wunder, wenn er die Nacht überlebte.

Dameo rief seine Flügel herbei und schloss die Arme um Alysea. Dann stieß er sich mit einem Ruck vom Boden ab, um durch die offene Terrassentür zu verschwinden. Es wurde Zeit, dem Nachthof den Rücken zu kehren, bevor ihn seine Wände erdrückten.

Iulean lehnte sich schwer atmend an die Mauer der Verliesebene. Seine Lungen brannten und seine Beine weigerten sich, ihn noch einen Schritt weiterzutragen. Der Blitzschlag hatte ihn beinahe alle Magie gekostet. Er war zu schwach, um einen solch starken Zauber zu wirken, wenn sein Wandlerblut den Vorrang besaß. Der Zauber war die letzte Waffe gewesen, die er sich aufbewahrt hatte, falls seine Pläne so bitter scheitern sollten, dass ihm kein anderer Ausweg blieb. Er hätte niemals damit gerechnet, ihn benutzen zu müssen. Sein Plan war perfekt. Der Nachtthron hätte ihm gehören sollen. Aber Dameo hatte ihn hereingelegt und er hatte sich von ihm übertölpeln lassen wie ein dummer Junge.

Er schlug mit der Faust gegen das Mauerwerk und seine Haut zerriss auf dem unebenen Stein. Iulean fluchte heiser. Noch mehr Schmerz. Als würde ihn sein zerschlagenes Gesicht nicht genug quälen. Seine Knochen wuchsen mit quälender Langsamkeit zusammen und er verfluchte sein Hexenblut dafür, die Heilung zu verzögern. Aber der Schmerz war nichts gegen den Hunger, der in seinem Inneren brannte. Die Gier nach ihrem Blut, angefacht durch seinen Biss. Eine List, um Dameo gegen sein zur Schau getragenes Zögern zum Angriff zu reizen. Letztlich hatte es ihn alles gekostet.

Iulean wusste, dass er den Nachthof verlassen musste. Aber wohin sollte er gehen? Er gab sich nicht der Illusion hin, dass Sibeia ihn aufnehmen würde, nun, da er seinen Nutzen für sie verloren hatte. Es gab keinen Ort, keinen Flecken mehr für ihn in Gemea. Jeder Wandler würde ihn jagen, dafür würde Dameo sorgen.

Wie hatte er nur so dumm sein können, auf seine vorgespiegelte Schwäche hereinzufallen? Wie im Namen aller Dämonenherren des Abgrundes war Dameo ihm auf die Schliche gekommen? Er hatte alles getan, damit der Verdacht nicht auf ihn fallen würde. Sibeias Enttäuschung. Spiras' verletzter Stolz. Sie beide hatten genügend plausible Gründe, sich vor seiner Hochzeit an Dameo zu rächen. Warum hatte er sich nicht täuschen lassen? Und warum hatte Iulean es nicht bemerkt?

Er schlug den Hinterkopf gegen die Mauer in seinem Rücken und stöhnte, als durch die Erschütterung neuer Schmerz in ihm aufwallte.

Es war *ihre* Nähe. Ihr Geruch. So nah, dass es seinen Verstand vernebelt hatte. Iulean hatte an nichts anderes mehr denken können als daran, seine Zähne in ihr weiches Fleisch zu schlagen und von ihrem süßen Blut zu kosten. Er hatte sich danach verzehrt. Jede Nacht, wenn sein Wandlererbe so stark wurde, dass es sein Hexenblut verdrängte. Und dann war sie dort. Unerwartet und so nah, dass er nur die Hand ausstrecken musste, um sie zu berühren. Er hatte sich eingebildet, dass ihr Blut ihn unbesiegbar machen würde.

Iulean atmete aus und strich sich das Haar aus dem Gesicht. Es haftete an den blutigen Striemen, die seinen Hals überzogen. Mit Pech würde er Narben davontragen, weil sie nicht schnell genug heilten. Es fachte seinen Hass auf Dameo nur umso stärker an und er schwor sich, dass er sich dafür rächen würde. Selbst wenn er den Nachthof nicht mehr erringen konnte – er würde ihm die einzige Sache stehlen, die noch kostbarer für ihn war.

Doch bis dahin brauchte er ein Versteck, in dem niemand ihn vermuten würde. Iulean betrachtete die rauen Gänge, die sich vor ihm ausdehnten. Das alte Labyrinth, das tief in die Eingeweide Gemeas führte, an Orte, derer sich keine Seele mehr erinnerte. Er hatte die Gänge einst erkundet, so weit er sich in die Dunkelheit wagen konnte. Und nun würden sie ihn schützen.

Iulean stieß sich von der Mauer ab und folgte dem Stein, geleitet von seiner Wandlersicht, die das Dunkel in eine Welt verwandelte, der alle Farbe fehlte. Er stützte sich an dem rohen Mauerwerk ab und strebte erschöpft voran.

Der Geruch von Blut berührte plötzlich seine Nase. Noch frisch, obwohl die Wärme bereits daraus gewichen war. Iulean ließ sich davon durch die Dunkelheit führen, bis er die Tür erreichte, die einst mit starker Magie verschlossen gewesen war. Hin zu den bläulich glimmenden Mondsteinlichtern. Dem Körper, der mit verdrehten Gliedern am Boden lag. Zerrissen. Blutleer. Seine Wunden waren schauderhaft und Iulean kannte ihren Ursprung nur zu gut. Blutgier, die ihre Fesseln abgestreift hatte, um sich zu nehmen, was ihr gebührte. Er neigte sich hinab und zog den Kopf des Toten an den vor Blut feuchten Haaren zurück. Ein Mann, dessen Gesicht er kannte, auch wenn er seinen Namen vergessen hatte. Er gehörte zum Gefolge der Martean. Einer von Neveas' Vertrauten und damit auch Dameo treu ergeben.

Aber was hatte er hier unten bewacht?

Neugier ließ ihn seinen Schmerz verdrängen und Iulean ließ den Toten fallen. Er witterte und andere Gerüche berührten seine Nase.

Eine andere Blutspur … Speisen. Altes Leder. Papier. Er folgte vorsichtig dem Gang, der sich zwischen den Gitterstäben erstreckte. Auf der Hut vor weiteren Wachen, obgleich er wusste, dass keine lebende Seele hier zurückgeblieben war.

Leere Zellen. Gesäubert von Blut. Stroh. Blanker Stein, an dem rostige Ketten hingen. Eine letzte Zellentür, die offen stand.

Iuleans Schritte stockten, als er vertraute Gerüche wahrnahm. Zu unglaublich, um wahr zu sein. Und doch … er hielt inne, als er vor der Zelle angelangt war. Sein Blick fing sich an dem verschlissenen Sessel, der Dameos Mutter gehört hatte. Das Rosenmuster von Klauenspuren übersät. So zerfleddert, dass die Polster darunter zum Vorschein gekommen waren, und nur notdürftig geflickt. Er fand Kissen und ein Bett. Halb zertrümmert von der Wucht eines Angriffs. Der Baldachin nicht mehr als ein brokatener Fetzen. Truhen, ihr massives Holz von Klauen gezeichnet. Zerfetzte Lumpen, die darauf abgelegt worden waren. Schwere Ketten, die auf dem Teppichstück lagen, das darunter hervorlugte. Tinte und Feder. Bücher … eines davon aufgeschlagen und mit der gestochen scharfen Handschrift des Mannes versehen, den er nur zu gut kannte.

Er nahm alles in sich auf, erkannte, ohne zu verstehen. Ohne glauben zu können, was er sah. Aber es war die Wahrheit. Er hatte geglaubt, dass er tot sei. Und doch … Nicodeo Angelis war am Leben.

Sein Vater … *lebte*.

Iulean starrte in die schwach erhellte Zelle. Seine Stiefelspitze stieß gegen einen Gegenstand, der polternd über den Stein rollte. Er bückte sich und hob die kleine Phiole auf. Silbern und mit dem goldenen Symbol der Sonne versehen. Er hatte bei den Mondzeremonien viele andere wie sie gesehen, jede mit dem Wappen der Familie gezeichnet, für die sie ausersehen war. Doch diese hier war neutral. Ihr Ursprung ungewiss für jeden, der sie in die Hände bekam.

Außer für ihn.

Iulean schloss die Finger um die Phiole und das Glas zerbrach unter seinem Griff.

»Sibeia.«

Ihr Name war wie ein Fluch, der von den Kerkerwänden widerhallte. Ein Echo, das ihn für die Torheit verhöhnte, ihr jemals vertraut zu haben.

Dameo saß mit geschlossenen Augen an die Kuppel der Cae'Angelis gelehnt und Alysea konnte das Brennen hinter seinen Lidern spüren, das noch nicht abgeklungen war. Seine Wandlergabe heilte die Folgen des Blitzschlages, aber sie brauchte Zeit.

Alysea stützte sich auf die Galerie, die sich rund um die Kuppel zog, und blickte auf das dunkle Wasser des Sephris. Rot wie das Blut in ihren Adern, das unstillbare Gier in einem Wandler zu wecken vermochte. Sie schauderte bei der Erinnerung an die Zähne, die sich in ihren Halsansatz gebohrt hatten. Sie hatte keinen Schmerz gespürt und doch war es nicht wie Dameos Biss gewesen. Er war besitzergreifend und bedrohlich. Von einer Wildheit, die sie mit Übelkeit erfüllte. Er hatte ihr Fleisch zerreißen wollen und dabei tiefe Furchen hinterlassen. Sie hatte sich erbittert zur Wehr gesetzt, dennoch hatte er seine Macht über sie entfaltet und Alysea verabscheute Iulean Angelis dafür. Sie fühlte sich beschmutzt. Als hätten seine Zähne sie tatsächlich zu der Bluthure erniedrigt, die alle in ihr sehen wollten.

Alysea rieb über die verschorfte Wunde und ihre Nägel kratzten über den rauen Rand. Sie wünschte sich nichts mehr, als es ungeschehen machen zu können, denn sie wusste, dass Dameo es ebenfalls gespürt hatte. Und es erfüllte sie mit Scham, die ihre Wangen stärker glühen ließ als das Fieber.

»Es war meine Schuld, Alysea. Ich habe ihn gereizt.«

Sie hob den Kopf, als Dameos Stimme erklang, sein Tonfall sanft und von Gram und Schuld gefärbt. Er hatte die Lider geöffnet und blickte sie an. Das Silber seiner Augen war noch gerötet und seine Arme ruhten auf seinen angewinkelten Knien.

Sie schüttelte den Kopf. »Du hast es nicht gewusst.«

Nein, niemand hatte es geahnt. Iulean Angelis hatte sein Geheimnis gut verborgen. Jetzt konnte sie den Aufruhr spüren, den es in Dameo hinterlassen hatte. Seine Furcht. Nicht allein, weil sein Bruder ihr Blut gestohlen hatte, sondern auch vor seinem eigenen Schicksal. Es war näher gerückt. Ein zweites Mal in seiner Familie. Das giftige Erbe seines Vaters, das in seinen Adern schwelte.

»Aber ich hätte es erkennen sollen. Und ich hätte ihn aufhalten müssen. Allein die Götter wissen, wie viele Leben meine Blindheit gekostet hat. Und jetzt bedroht sie deines.«

Dameo stand auf und kam zur Galerie, seine Schritte noch vorsichtig. Behutsam schlang er die Arme um ihre Schultern und zog sie an seine Brust. Er löste ihre Finger von den Bissspuren und verschlang die seinen damit. Dann hauchte er einen Kuss auf ihren Nacken, nah bei der Wunde. Eine Bitte um Vergebung für etwas, an dem er keinen Anteil besaß und für das er sich dennoch verantwortlich fühlte. Es war wie eine feine, brennende Linie aus Säure, die das Silberband durchzog.

Alysea lehnte sich an ihn und schloss die Augen, ebenso auf der Suche nach Halt, wie um ihm Trost zu spenden. »Er ist nur ein halber Wandler. Wer hätte ahnen können, dass der Blutrausch ausgerechnet ihn treffen würde, wenn sein Blut verdünnt ist? Niemand hätte es vermocht. Dich trifft keine Schuld. Weder an dem, was er ist, noch an seinen Taten.«

Für eine Weile blickten sie schweigend auf die Sterne, die über Gemea aufgegangen waren, jeder in seinen Gedanken versunken. Dann spürte Alysea, wie Dameo ausatmete. »Du hast heute Nacht eine Entscheidung getroffen«, murmelte er in ihr Haar.

Sie nickte stumm. Sein Atem strich warm über ihre Haut, während er abwartete, bis sie Worte gefunden hatte. Alysea starrte auf die Zinnen der Cae'Valerian, die sich auf der anderen Seite des Sephris emporreckten. »Mein Leben lang haben andere entschieden, was ich bin und wohin ich gehöre. Jetzt ist es Zeit, dass ich selbst bestimme, wohin ich gehen will und wer ich sein werde. Ich habe immer geglaubt, dass ich mich zwischen den Höfen entscheiden müsste. Zwischen Hexen und Wandlern. Erst heute habe ich erkannt, wie falsch das war. Denn es ist nicht von Bedeutung, auf welcher Seite des Flusses ich geboren bin. Es gibt einen Ort, an den ich gehöre, aber es ist keiner der beiden Höfe, die unsere Stadt spalten. Es ist weder die Sonne noch ist es der Mond.« Sie drehte sich in seinen Armen, um ihn ansehen zu können. »Mein Zuhause ist an deiner Seite. Und es ist gleichgültig, was ich für die Welt zu sein scheine, wenn mein ganzes Leben auf einer Lüge errichtet ist. Keiner von uns ist, was wir geglaubt haben, Dameo.« Sie stockte, als das Geständnis nicht über ihre Lippen kommen wollte. Dann … »Emadio Valerian ist nicht mein Vater.«

Dameo zog die Stirn in Falten und Alysea wusste, dass er an die Gerüchte dachte, die sie ihr Leben lang begleitet hatten. Er wollte eine Frage stellen, doch sie kam ihm zuvor.

»Ich trage Dämonenblut in mir. Deswegen hat uns das Silberband verbunden. Es ist keine Magie. Keine künstlich erzeugte Verbindung. Sie ist echt. Unser Blut hat sie in uns verankert und der Fluch ist nichts als ein Schlüssel, der sie aus irgendeinem Grund für uns geöffnet hat.«

Verblüffung spiegelte sich in seinen Augen. Unglauben. Schließlich Verstehen. »Ich hätte es niemals geglaubt.«

»Obwohl die ganze Stadt darüber getuschelt hat?« Alysea hob die Brauen.

»Gerüchte bedeuten nichts. Lügen zu streuen ist leicht. Nur ein Narr würde sie glauben, ohne die Wahrheit zu kennen. Und ich bin kein *solch* großer Narr.« Dameo lächelte und zu ihrer Überraschung fühlte sie, wie Erleichterung über das Silberband perlte.

Alysea runzelte die Stirn, unsicher, ob sie Empörung darüber empfinden sollte. »Du bist erleichtert, dass ich keine reine Hexe bin?«

»Nein. Ich bin erleichtert, dass unser Band kein von Seraphia gewobenes Gebilde ist, das sie der Natur gegen ihren Willen entrissen hat.« Er zwinkerte ihr zu. »Auch wenn es mich über alle Maßen erstaunt, dass Aurea das Bett mit einem Dämonenblut geteilt hat.«

Alyseas Stirnrunzeln löste sich mit einem Seufzen auf. »Du nimmst es gelassener, als ich es jemals könnte.«

Dameo schnaubte belustigt. »Sollte es mich stören, dass du nicht die Tochter eines verweichlichten Mondlaubsüchtigen bist?«

»Dafür ist es möglich, dass ich die Tochter eines Dämons bin, der meine Mutter geschwängert hat und danach spurlos verschwunden ist«, gab sie sarkastisch zurück. »Das erscheint mir wenig besser.«

Er zuckte die Achseln. »Es ändert nichts an dem, was du für mich bist. Und es sollte nichts an dem ändern, was du für dich selbst bist.«

»Aber *was* bin ich, Dameo?«, fragte sie kläglich. »Ich habe mein Leben lang an eine Lüge geglaubt.«

»Du bist Alysea. Ist das nicht genug?« Er strich über ihren Wangenknochen und verharrte besorgt, als er die Hitze ihrer Haut bemerkte. »Du glühst immer noch.«

»Es könnte Geistersucht sein«, erwiderte Alysea gleichmütig, obgleich Furcht ihre kalten Zähne in ihr Fleisch schlug. »Ein Geist, der sich an mich geheftet hat wie ein Parasit, der sich von mir nährt.« Sie lachte humorlos. »Eine Besonderheit meines Erbes, von der ich bislang nichts wusste. Sonst wäre ich nicht so leichtfertig über die Schwelle des Geisterreiches getreten.«

Sein Gesicht wurde so bleich, dass es im Mondlicht zu leuchten schien. »Das kann nicht dein Ernst sein.«

»Ich fürchte, es ist mein Ernst.«

Dameos Hände rutschten von ihren Schultern und er stieß hörbar den Atem aus. »Geistersucht ist keine Krankheit.«

»Und deswegen ist sie nicht heilbar. Ein Seelenjäger könnte mich womöglich davon befreien, aber ich bezweifle, dass es einfach wird, einen von ihnen aufzutreiben.« Der Gedanke, sich einem seelenfressenden Dämon auszuliefern, erfüllte sie mit Grauen, das sich in einer Gänsehaut manifestierte. Alysea hob die Schultern. »Doch vielleicht haben wir Glück und es ist nur ein leichtes Fieber, das vorübergehen wird. Wir müssen abwarten.«

Dameo schnaubte. »Abwarten, bis der Geist deine Kraft aufgezehrt hat und sich einen neuen Wirt sucht?«

»Abwarten, bis wir wissen, ob es überhaupt noch einen Grund gibt, einen Seelenjäger aufzusuchen.« Alysea löste sich von ihm und blickte zum Glockenturm hinüber, der nahe der Kathedrale aufragte.

Dameo lehnte sich neben ihr auf die Brüstung der Galerie. »Es ist Wahnsinn und du weißt es. Alles.« Er fuhr sich aufgewühlt durch das Haar. »Eine Hochzeit, die stattfinden soll, während ein Blutsüchtiger danach giert, dich in Stücke zu reißen. Ein unsichtbarer Feind, der dich vor aller Augen in den Sephris stoßen wird, falls er dich nicht vorher tötet. Geheimnisse, die Fäden um uns schlingen, die sich immer weiter schließen. Und ich will nichts anderes, als mit dir zu fliehen. Weg von diesem verfluchten Ort und seinen dunklen Intrigen. Und wahrscheinlich wäre es das Beste, was ich tun könnte.«

»Es würde mich davor bewahren, in den Sephris zu stürzen«, erwiderte Alysea leise. »Aber es würde nicht aufhalten, was bereits in uns begonnen hat. Es ist zu spät, Dameo. Und vielleicht gab es niemals eine Zeit, in der wir noch entkommen konnten. Vielleicht …«

»Vielleicht?«

»Vielleicht, wenn wir einander niemals begegnet wären.« Sie lächelte melancholisch.

»Ja. Vielleicht«, antwortete er dumpf.

»Aber es ist nicht das, was ich mir wünsche.«

»Was wünschst du dir dann?« Er drehte den Kopf, um sie anzublicken. Sein Haar eine dunkle Silhouette vor dem Mond, die vom Wind bewegt wurde.

»Eine Zukunft.« Sie legte die Hand über seine und der Ring der Nachtfürstin glänzte im Licht der Sterne. »Und Freiheit. Von dem Fluch und der Macht des Zirkels. Von dem Hass und der Angst, die unser Leben bestimmen. Nächte auf Laraes Rast, die nur uns allein gehören.«

Dameo nickte langsam und bedeckte ihre Hand mit der seinen. »Ich wünschte, es könnte unsere Wirklichkeit sein, Alysea. Doch selbst wenn es möglich wäre … du hast meine Zukunft in Iuleans Augen gesehen. Ich mag versuchen, sie von mir fernzuhalten, aber wie groß ist die Hoffnung für mich, wenn es selbst ein Halbblut trifft? Mein Blut ist verflucht. Der Blutrausch wird mich nicht verschonen.«

Es war die bittere Wahrheit und auch wenn Alysea sich weigerte, sie hinzunehmen, änderte sich nichts daran. Trotzdem … sie konnte die Hoffnung nicht aufgeben. Noch nicht. »All das, Dameo … alles, was geschehen ist … und es soll mit dem Blutrausch enden? Ich kann es nicht glauben. Und ich werde hoffen, bis es keine Hoffnung mehr gibt.«

»Ich weiß.« Sein Lächeln wirkte trübsinnig und es verblasste schnell. Dann wies er mit dem Kinn auf den Glockenturm, über dem der Mond leuchtete. »Du willst wirklich hinauf?«

Alysea nickte vorsichtig und spürte, wie sich etwas in ihm wandelte.

Ein Atemzug und er hielt ihr auffordernd die Hand entgegen. »Dann komm.«

Sie versteinerte und sah ungläubig zu ihm auf. »Du bist …«

»Verrückt?« Er lächelte dunkel. »Ja. Du solltest es ausnutzen, solange es andauert.«

Für einen Herzschlag lang verschlug ihr der Ausdruck in seinen Silberaugen den Atem. Seine Schwingen wölbten sich über seinen Schultern und der Wind zauste durch das schwarze Gefieder. Die erwachte Nacht. Und es gab keinen Ort auf der Welt, an dem sie sicherer war, als in seinen Armen.

Ein einziger Schritt und Alysea verlor den Boden unter den Füßen, als Dameo sie auf die Arme hob. Sie spürte sein flüchtiges Zögern, dann den Ruck, mit dem er sich abstieß und in den Himmel schoss. Alysea versuchte, nicht zu zittern, als die Sterne näher rückten, nicht zu denken, als der viereckige Finger des Glockenturmes näher kam. Die Galerie, die sich um die Arkaden schlang, geschmückt von vier geflügelten Rössern. Das spitze Dach, das in die Wolken wies wie ein Speer.

Ihr Mund wurde trocken, als sie die Größe des Bauwerkes gewahrte. Die Stufen, die sich zu den Glocken emporwanden, die durch die Arkaden blitzten, mussten schier unendlich sein. Unwillkürlich klammerte sie sich fester an Dameo, als sein Flug langsamer wurde, bis er nicht weit von der Galerie verharrte.

So nah. Der Ort, von dem Florea in den Sephris gestürzt war, der unter ihnen vorüberströmte. Sie konnte es fühlen. Einen Funken ihrer Furcht, der sich in ihr ausbreitete, darunter die Entschlossenheit, die sie die Stufen hinaufgeführt hatte. Alysea empfand das Gleiche.

Dameos Blick ruhte auf ihrem Gesicht, eine unausgesprochene Frage in seinen Augen, und sie nickte. Er atmete ein und für einen kurzen Moment kämpfte er mit seinem Widerwillen, dann ließ er sich sinken.

Alysea hielt den Atem an, als sie sich der Galerie näherten. Schwindel ließ den Glockenturm verschwimmen und die Welt begann, sich zu drehen. Dameo verstärkte seinen Griff und der Blutring brannte so stark, dass er ihre Venen in Flammen setzte. Sie blickte auf ihre Hand und sah den Wirbel darin, als wollte das gefangene Blut ausbrechen.

Ein harter Aufprall ließ Dameo schmerzerfüllt aufstöhnen. Alysea keuchte erschrocken und spürte den unsichtbaren Widerstand, der ihn ins Taumeln brachte, das Summen von Magie auf ihrer Haut, wie das Flattern unzähliger Insektenflügel. Schwarze Linien wanderten über Dameos Hals und krochen über sein Gesicht wie Würmer. Sie fühlte, wie sie an ihm zu zehren begannen, wie Dunkelheit sich den Weg zu seinem Herzen suchte. Die Sehnen an seinem Hals traten hervor, als er gegen die Schwäche ankämpfte, die von dem schwarzen Gift in seine Adern getragen wurde. Alysea schlang die

Arme fester um seinen Nacken, als der Druck seiner Finger um ihre Beine nachließ.

»Dameo! Nicht! Sieh mich an!«

Er senkte den Kopf, seine Silberaugen unnatürlich dunkel und matt. Dann verkrampfte sich sein Körper ruckartig. Eine unsichtbare Macht zerrte seinen Kopf zurück und er stieß einen schaurigen, unartikulierten Laut aus. Schmerz brannte in seinen Venen wie das Feuer in ihren. Der Schlag seiner Flügel erlahmte und seine Gestalt versteifte sich. Alysea rutschte aus seinen Armen, während er vergeblich um die Kontrolle seiner Glieder rang.

Dann fielen sie. Steine, die auf die Strömung des Sephris zuschnellten, ohne dass es einen Halt gab. Umgeben von nichts als Luft.

Alysea schrie auf, als ihre schweißnassen Finger unaufhaltsam von Dameos Hals rutschten. Das Silberband verlor seinen Schein. Es trübte sich, als Schatten darüberglitten. Die Schwärze, die nach ihm griff, löste ihre Verbindung.

Sie würde ihn verlieren!

»Cedis!«, schrie sie mit aller Macht und die Magie in ihren Adern bäumte sich auf. Sie prallte gegen den Zauber ihres unsichtbaren Feindes und schleuderte sie so heftig zurück, dass sie von Dameo fortgerissen wurde.

Sie stürzte dem Sephris entgegen, ihr Kleid eine Wolke aus Blut, die um sie herum aufwallte und ihre Sicht mit einem roten Schleier trübte. Der Wind frischte auf und sie konnte durch die seidenen Bahnen sehen, wie Dameo von seiner Gewalt umhergeworfen wurde wie eine Puppe. Er fiel langsamer, als sie es tat. Sein Fall von den dunklen Schwingen verzögert, die bewegungslos ausgebreitet waren.

»Cedis-maes!« Macht sammelte sich in ihr und begehrte gegen einen Damm auf, den sie nie zuvor gespürt hatte. Ihr Atem versiegte unter ihrem Ansturm und Qualen zerrissen ihren Körper. Dann schoss Magie von ihren Händen wie ein Strahl aus reinem Licht, der auf die lebendigen Schatten prallte, die Dameo zerfraßen.

Der blendende Schein nahm ihr die Sicht und der Rückstoß ihrer Zauberkraft beschleunigte ihren Fall. Der Aufprall auf das Wasser des Sephris trieb die Luft aus ihren Lungen. Die Strömung leckte gierig an ihren Röcken und zerrte sie unerbittlich in die Tiefe. Feuer loderte an ihrer Hand. Flammen, die ihr Bewusstsein verbrannten, als Alysea in den Fluten versank, die Gemea trennten.

Dann verging die Welt in Blut.

Dunkelheit verzehrte seinen Körper. Das Blut floss zäh durch seine Adern und sein Denken erlahmte, bis er vergaß, wie man atmete. Wie man sich bewegte. Sein Verstand löste sich in Rauch auf und wurde von den Winden davongetrieben. Unaufhaltsam. Ungreifbar. Seine Gliedmaßen waren gelähmt. Versteinert. Die Schwäche, die ihn in Blei verwandelt hatte, zog ihn hinab. Er erlosch wie eine Kerzenflamme und sein Geist floh … floh an einen Ort, den er …

Ein heftiger Ruck ging durch Dameos Muskeln. Kaltes Wasser traf auf seinen Geist und Silberlicht spülte mit einem gewaltigen Strahlen die Dunkelheit aus seinen Venen. Eine Flut, die reinigte und ihn von der Fäulnis befreite, die ihn befallen hatte. Schwarze Fesseln fielen von ihm ab und seine Starre löste sich. Seine Schwingen entfalteten sich. Schlugen instinktiv, um seinen Fall aufzuhalten. Sein Blick klärte sich. Sein Geist erwachte und er sah …

Einen Flecken aus roter Seide, der dem Sephris entgegenfiel. Arme, noch nach ihm ausgestreckt. Lippen, von dem Befehl geöffnet, den sie der Magie erteilt hatten. Worte der Macht, die das Licht gerufen hatten, das die Finsternis aus ihm herausgetrieben hatte.

Alysea … fiel!

Er dachte nicht nach, als er in die Tiefe schnellte. Seine Gedanken waren leer. Nur von dem Drang beseelt, sie zu erreichen, bevor der Fluss sein Werk vollenden konnte.

Wasser spritzte auf, als Alysea auf den Sephris prallte. Ihre Lider schlossen sich und die blutigen Fluten rannen über ihre helle Haut. Verschlangen sie.

Das Bild, das er in seinen Albträumen sah.

Wirklichkeit.

Nein!

Dameo beschleunigte seinen Sturz mit einem mächtigen Schlag seiner Flügel und seine Hände stießen ins Wasser. Schlossen sich um ihre Handgelenke, bevor der gierige Fluss sie mit sich reißen konnte. Das Sephriswasser brannte auf seiner Haut wie Säure, doch er ignorierte den Schmerz und presste Alysea an seine Brust. Nichts war wichtig. Allein festen Boden zu erreichen, ehe ihn seine Kräfte verließen, zählte noch.

Dameo kämpfte darum, an Höhe zu gewinnen, aber sein Flügelschlag erlahmte zu schnell. Es gelang ihm nicht, weit genug emporzusteigen, um dem Einfluss des Sephris zu entkommen. Er torkelte dicht über die Oberfläche des Wassers und ihre Röcke waren wie ein Gewicht, das sie beide hinabzog. Er rang verbissen um sein Gleichgewicht und verbot es sich, die Schwere in seinen Gliedern zu beachten, die ihn lähmen wollte.

Ein verzweifelter Schlag seiner Flügel. Die Brücke, die sich über den Fluss spannte, schien noch unerreichbar fern. Ein zweiter trug ihn näher. Ein letztes Heben und Senken seiner Schwingen und er setzte hart auf dem Boden auf. Seine Hände zitterten, als er das Haar aus Alyseas Gesicht strich. Sein Ohr an ihre Brust legte, lauschte.

Für einen Augenblick hörte er nichts. Dann kam ein Seufzen über ihre Lippen und er vernahm das sachte Pochen, das ihre Brust erbeben ließ.

Ihr Herz … es schlug. Leise und schwach, doch sie lebte.

Dameo sank rückwärts auf den Stein der Brücke und Erleichterung vollendete, was der Zauber nicht vollbracht hatte. Die Mondsteinlaternen leuchteten über seinem Kopf und wetteiferten mit den Sternen. Er fasste nach Alyseas Hand und verschränkte seine Finger mit ihren. Sie krümmten sich, ein kaum merklicher Druck. Ihre vertraute Präsenz, die über das Silberband strömte.

In Sicherheit.

Dameo schloss die Lider und gestattete es sich, Atem zu schöpfen.

Alysea starrte auf die Sterne, die sich über ihnen ausbreiteten. Silberne Punkte auf dem endlosen Schwarz. Lichter, die das Dunkel durchbrachen wie unzählige Silberbänder, die gegen die Nacht stritten. Ihre Gedanken waren ein Wirbel, der sich erst allmählich legte, Dameos

Hand, die ihre umschloss, ein Anker, an dem sie Halt suchte. Ihr Finger brannte leicht, als sei die Haut unter dem metallenen Band versengt.

Alysea stützte sich stöhnend auf ihre Ellenbogen und spürte den harten Stein, auf dem sie lag. Die eisige Kälte der tropfnassen seidenen Bahnen, die an ihr klebten. Schmerz wallte hinter ihrer Stirn auf und Dameo regte sich an ihrer Seite. Verwundert musterte sie ihre Umgebung, als sich ihr Gedächtnis nicht auf der Stelle einen Reim darauf machen konnte. Die Brücke, die sich über den Sephris wölbte, und das glitzernde Flusswasser, das darunter vorüberströmte. Die Paläste der Hexen, die am Rande des Flusses erbaut waren, von Spiegellicht erhellt und von goldenen Dächern geschmückt, die dem Dunkel trotzten. Die Straßen waren verlassen und still, keine Hexe trieb sich lange im Freien herum, sobald die Nacht hereingebrochen war. Nur der leise Hauch von Musik wehte durch halb geöffnete Fenster herüber. Der Klang von Gelächter untermalte ihn.

Dann kehrte die Erinnerung schlagartig zurück. An den Sturz. Das kalte Wasser des Sephris, das sich um sie geschlossen hatte, bevor die Schwärze gekommen war und jede Empfindung mitgenommen hatte. Doch jetzt empfand sie umso stärker. Etwas hatte sich verändert. Sie fühlte es in sich. Als wäre ein Stück der in ihr verschlossenen Magie ausgebrochen und in die Freiheit entkommen. Sie war stärker. Ihre Adern sangen und vibrierten unter dem Einfluss der fremden Kraft. Sie kribbelten, als würde eine Horde Käfer durch ihr Blut marschieren und es aufwühlen.

»Verflucht …«, sie fasste sich an die Stirn und rieb sich die Schläfen, um das Pochen dahinter zu lindern. »Ich bin … in den Sephris gestürzt.« Sie schluckte heftig, als der Gedanke Übelkeit in ihr hinterließ. »Wir sind beinahe *gemeinsam* in den Fluss gestürzt. Herrin des Lichts …« Sie schlug die Hände vor ihr Gesicht, als sie verstand, wie knapp sie dem Tod in den blutigen Fluten entronnen waren. Wie nahe Dameo daran gewesen war …

»Der Glockenturm wird von einer Barriere umgeben, die ich nicht durchdringen kann. Sie ist unsichtbar, aber hart wie Glas. Wir hatten Glück, dass ich nicht schneller war.«

Seine Stimme war rau und sie weckte das Bild der schwärzlichen Adern, das sie schaudern ließ. Alysea tastete nach seinem Gesicht, doch sie waren verschwunden. Nichts erinnerte an das Gift, das sein Blut zerfressen und seinen Geist auslöschen wollte. Sie hatte es schon einmal gesehen … *gespürt.*

»Adrean. Er war von dem gleichen Zauber befallen«, murmelte sie. »Geschwärzte Adern. Das Gefühl, dass er von dunkler Magie ausgelöscht wird, als würde eine Krankheit an ihm zehren. Ich habe es gespürt. Florea hat es gespürt. Es löscht das Silberband.« Sie sah zu dem Turm auf. »Und sie hat ihn getötet, weil sie wusste, dass es keine Heilung mehr für ihn gab.«

Grauen. Es schlich sich leise in ihr Herz und sie musterte Dameo verstohlen. Er lächelte halbherzig, als er es bemerkte. »Die Magie hat mich nicht infiziert. Dein Zauber hat sie vertrieben. Es geht mir gut, auch wenn ich mich kaum stärker fühle als ein neugeborenes Kind.« Er verzog das Gesicht, als er sich aufsetzte. »Aber ich lege keinen Wert darauf, die Erfahrung zu wiederholen.«

Nicht infiziert … vielleicht … noch nicht. Alysea wagte nicht, es auszusprechen und ihrer Furcht Ausdruck zu verleihen. »Warum würde der Zirkel eine Barriere errichten, die Schattenwandlern Schaden zufügt?«, sagte sie stattdessen. »Es ergibt keinen Sinn, wenn die Geschichte von Seraphias Fluch der Wahrheit entspricht.«

»Es ergibt keinen Sinn«, stimmte Dameo ihr zu. »Außer, es gibt dort oben wirklich etwas, das wir nicht finden sollen.« Er hob stirnrunzelnd den Blick zur Galerie des Turmes. »Und es gibt etwas. Ich habe es gespürt. Es war …«, er brach ab und hob ratlos die Achseln, als ihm das richtige Wort fehlte. »Vertraut«, schloss er schließlich. »Ich kann es nicht erklären.«

»Es ist unwahrscheinlich, dass sich ein Schattenwandler gemeinsam mit einer Hexe aus der Luft nähert, die den Zauber brechen kann … Dass *irgendein* Wandler sich aus der Luft nähert.« Alyseas Stimme blieb unnatürlich ruhig, obwohl sie meinte, bersten zu müssen.

»Außer, er gehört meiner Blutlinie an und trägt Flügel.«

»Der Glockenturm kennt die Antwort darauf. Die Frage ist, wie wir sie erlangen können.«

»Es ist nur allzu wahrscheinlich, dass der Zirkel weiß, was sich hinter der Barriere verbirgt«, fügte Dameo grimmig hinzu. »Solch starke Magie in Gemea und keiner von den Grauroben weiß davon?

Mich würden ihre Antworten interessieren. Wenngleich ich mir sicher bin, dass sie uns nicht freiwillig antworten werden.«

»Und gewiss nicht ehrlich. Sie mussten bislang kaum Fragen befürchten. Es ist leicht, die Barriere zu verbergen, solange sich niemand aus der Luft nähert.« Ihre Abscheu wuchs, je öfter sich ihr Weg mit dem Pfad des Zirkels kreuzte. »Vielleicht sollte ich mich tatsächlich ihrem Gericht stellen und sehen, welche Überraschung sie für mich bereithalten. Ich brenne darauf, zu erfahren, welche Scharade sie sich ausgedacht haben, nachdem sie so darauf erpicht sind, auch den Rest meiner Magie zu stehlen.«

»Den Rest?« Dameo legte den Kopf schief und Verständnislosigkeit zeichnete sich auf seinen Zügen ab.

Der Teil ihrer Geschichte, den sie ihm noch nicht erzählt hatte. Alysea seufzte. »Sie haben einen Teil meiner Magie versiegelt, als ich ein Kind war. Mein Dämonenerbe ist so stark, dass es ihnen aufgefallen ist. Es war zu gefährlich, mir meine Magie in ihrer vollen Stärke zu lassen. Also haben sie ihr Werk schon damals begonnen.« Ihre Worte klangen so nüchtern, als berührte es sie nicht, obgleich sich ihr Magen bei der Erinnerung zusammenzog.

Dameos Miene verfinsterte sich. »Arrogante Bastarde. Sie verbiegen die Natur nach ihrem Willen und bilden sich ein, dass sie jedes Recht dazu besitzen.« Er legte so viel Verachtung in seine Worte, dass Alysea ahnte, wie tief seine Abscheu ging.

»Ja.« Sie lächelte düster. »Aber ich glaube … ein Teil des Damms ist gebrochen.« Sie rieb sich über die nackten Arme, um sie zu wärmen, und spürte dem merkwürdigen Kribbeln darin nach. »Ich habe es gespürt. Es ist die Nähe des Glockenturms …«

Und ein Geheimnis mehr, das es zu lösen galt. Kalte Luft berührte ihre Haut und Alysea begann zu zittern. Ein Augenblick länger hier draußen und ihre Zähne würden klappern wie die Knochen eines Skeletts.

Dameo sandte ihr einen grüblerischen Blick, als er ihre Empfindungen auffing, und wies dann auf ihren Aufzug. »Du musst aus den nassen Kleidern, bevor du dir den Tod holst.«

Alysea hob ironisch die Brauen. »Zusätzlich zu meinem Geisterwahn? Auf ein Fieber mehr kommt es kaum mehr an.«

Er stieß ein resigniertes Schnauben aus und schüttelte den Kopf. »Ich würde lieber darauf verzichten, es auf die Probe zu stellen.«

»Nun, zumindest habe ich heute Nacht den Teil des Fluches erfüllt, bei dem die Hexe in den Sephris stürzt, nicht wahr?«, bemerkte sie trocken.

»Ich bin nicht sicher, ob es der vorherbestimmte Weg gewesen ist«, gab Dameo mit grimmiger Belustigung zurück. »Das Publikum, das den Sturz bezeugen kann, hat gefehlt.«

»Dann hätte Seraphia eindeutigere Regeln festlegen sollen.« Alysea kämpfte sich auf die Füße und die nasse Seide wickelte sich um ihre Beine wie Hände, die sie festhalten wollten. Erst jetzt registrierte sie, dass sie einen Schuh verloren hatte. Ein Preis, den der Sephris an ihrer Stelle gefordert hatte. Sie zog eine Grimasse und blickte über das rote Wasser, das von den Spiegellichtern der Hexenpaläste erleuchtet wurde. Flüchtig blitzten Laternen in einer der hinteren Gassen auf und Hufklappern erklang. Hexen, die sich in einer der beleuchteten und mit dichten Läden versehenen Kutschen durch die Stadt fahren ließen. Wahrscheinlich auf dem Weg zu einer späten Gesellschaft. Alysea spürte die Kälte ihres nassen Gewandes stärker, nun, da der Wind ungehindert über ihre Haut streifte. Die Gänsehaut auf ihren Armen weigerte sich zu weichen, und sie sehnte sich nach trockenen Kleidern. Die Cae'Angelis war nur eine ferne Silhouette auf der anderen Seite und sie bezweifelte, dass Dameo sie beide tragen konnte.

»Wir sollten eine Mietkutsche suchen«, sagte sie. »Außer, du fühlst dich stark genug, den Weg bis zur Cae'Angelis zu Fuß zu gehen.« Eine Aussicht, die sie mit geringer Begeisterung erfüllte.

»Du bist so kalt, dass ich dein Zittern bis in meine Glieder spüren kann. Und ich bezweifle, dass die Kutscher in den Hexenvierteln um diese Zeit so dicht gesät sind, dass wir einen auftreiben können, der in unserer Nähe auf Kundschaft wartet. Ich *fühle* mich nicht stärker als ein neugeborenes Kind, doch das bedeutet nicht, dass ich es auch bin. Ich bin müde und meine Schwingen sind steif wie Holzflügel, aber für den Weg zurück werden meine Kräfte ausreichen.«

Alysea beäugte den Nachtfürsten skeptisch. »Bist du sicher? Ich möchte heute Nacht nicht noch einmal Bekanntschaft mit dem Sephriswasser schließen. Das erste Mal hat genügt.«

Dameo hob eine Braue, und der verletzte Stolz des Nachtfürsten, der es hasste, seine Schwäche offenbaren zu müssen, floss über das Silberband. »Ihr habt eine beklagenswert geringe Meinung von meiner Ausdauer, Serea.«

Sie lächelte über seine finstere Miene und zwinkerte ihm zu. »Es gab noch keinen Anlass, bei dem Ihr sie für mich unter Beweis stellen musstet, mein Fürst.«

Dameo brummte etwas Undeutliches, das zu leise für ihre Ohren blieb, und zog sich am Brückengeländer in die Höhe. Er schlang einen Arm um ihre Taille und seine Lippen näherten sich ihrem Ohr. »Dann erlaubt mir, sie Euch zu einem angemesseneren Zeitpunkt unter Beweis zu stellen«, raunte er. »Selbstverständlich nur, um alle Zweifel auszuräumen, die Ihr an mir hegen könntet.«

Seine Zähne streiften ihr Ohrläppchen in einem verheißungsvollen Versprechen, und ein Schauer rieselte über Alyseas Nacken, als es sie an die Wirkung seines Bisses erinnerte. Dann umfasste er sie unvermittelt fester. Sein Sprung war kraftloser, als sie es von ihm kannte. Sie gewahrte die Erschöpfung, die in jedem Flügelschlag lauerte. Doch Dameo trug sie eisern in den Himmel, hinaus aus dem Machtbereich der Hexen, auf das silbrig glühende Reich der Wandler zu.

Alysea konnte ihr Abbild im Flusswasser sehen. Ihre triefende Gestalt, die verbissene Miene des Fürsten, der sie auf Schattenschwingen emportrug. Dann spülte die Strömung das Bild davon und ein Schatten aus ihrer Erinnerung trat an seine Stelle. Fremde Gesichter im einst blauen Strom des Sephris, ein anderes Leben, in dem sich das Flusswasser über einer Frau schloss.

Unausgesprochene Worte zogen durch ihren Geist. Ein lockendes Wispern. Sie wollte ihre Ohren mit den Händen bedecken, um es nicht hören zu müssen, aber sie wusste, dass es nichts nutzen würde. Gegen ihren Willen drehte Alysea den Kopf, zurück zum Glockenturm. Sein Sog war stark. So stark, dass es sich anfühlte, als wollte er sie aus Dameos Armen reißen. Ihre Nägel bohrten sich in seinen Arm und eine eisige Faust krampfte sich um ihr Herz, als sie das bleiche Antlitz der Frau in der Dunkelheit aufblitzen sah, die ihnen von der Galerie aus nachblickte. Blondes Haar. Ein dunkler Mantel, der ihre Gestalt verhüllte.

»*Kommt.*«

Ein einziges flehendes Wort. Nur für einen Herzschlag blieb sie bestehen, dann verschwand sie, als wäre sie nichts als ein Streich ihrer Sinne gewesen.

Wahrheit oder Trug, von ihrem Fieber hervorgerufen. Alysea wusste es nicht mehr zu unterscheiden.

25
Blutsbande

Das Wispern in ihrem Geist endete nicht. Es war ständig in ihrem Kopf. Eine Stimme, die nach ihr rief und sie dazu verleiten wollte, der Cae'Angelis den Rücken zu kehren. Alysea setzte sich erbittert dagegen zur Wehr, doch es schien nicht mehr zu bewirken, als ihr Fieber zu verschlimmern. Der Blutring an ihrem Finger pulsierte wie ein schlagendes Herz, das nicht im Einklang mit dem ihren stand. Es steigerte ihre Unruhe bis ins Unerträgliche und sie konnte keinen klaren Gedanken fassen. Der Tag war in einem Nebel verstrichen, den sie kaum hatte greifen können. Er war wie ein undurchdringlicher Wirbel aus emsiger Betriebsamkeit und Aufregung, aus Unsicherheit und Furcht.

Alysea glühte wie die unzähligen kristallbesetzten Öllampen, die in der Cae'Angelis entzündet worden waren. Der Morgen war nah gewesen, als sie zurückgekehrt waren. Sie hatte mit letzter Kraft ihre nassen Kleider abgestreift, ehe sie in Dameos Bett gefallen war. Kein Schlaf, eher eine Ohnmacht, die über sie gekommen war. Nicht länger als eine Stunde, vielleicht zwei, bis Adias Klopfen sie aufgescheucht hatte.

Mit den ersten Sonnenstrahlen hatten die Vorbereitungen für die Stunde der Dämmerung begonnen, zu der die Lichtstimme und die Fürstenfamilie eintreffen würden, um die Braut zu holen. Alysea hatte kaum mehr die Gelegenheit gefunden, ein Wort mit Dameo zu wechseln, bevor der brodelnde Nachthof seine Aufmerksamkeit verlangt hatte. An diesem Tag war die Cae'Angelis nicht in den tiefen Schlaf gefallen, der in den Morgenstunden begann. Beinahe jeder war auf den Beinen. Schneider huschten mit Gewändern durch die Flure, um die letzten Anproben durchzuführen. Diener waren damit beschäftigt, unter Adias wachsamen Augen die Hallen zu schmücken. Die Küche war von hektischer Betriebsamkeit erfüllt, das Klappern und die aufgeregten Stimmen der Köche weithin zu hören, sobald man sich ihr näherte.

Alysea schloss das in Leder gebundene Zauberbuch, dessen Seiten mit ihrer Schrift gefüllt waren. Es war das ihre, in den Jahren ihrer Studien dicht mit Zaubern bestückt. Magie, die Schlaf hervorrief oder lähmte. Die schützte und verteidigte. Heilte oder verletzen konnte, wenn es nötig war. Sie ließ das Schloss des Buches zuschnappen und sprach den Befehl, der es verschließen würde. Ein winziges Aufflammen über der Schließe und niemand konnte es ohne ihre Erlaubnis öffnen.

Ein glühender Kreis brannte um das Zaubersiegel, das vor ihr auf dem Tisch lag. Sie nahm es an sich und spürte die Wärme der magischen Kraft, die sie in das Metall gebannt hatte, als sie es wieder um den Hals legte. Der Kreis erlosch und hinterließ eine geschwärzte, pulverige Linie auf der Tischplatte. Alysea fegte sie zusammen und ließ das verbrauchte Sonnenpulver in einen Lederbeutel rieseln. Dämonenmagie, die genutzt wurde, um komplexe Zauber in die Siegel zu transportieren und sich ihrer mit einem schlichten Befehl bedienen zu können. Sie würde die Cae'Angelis nicht verlassen, ohne vorbereitet zu sein. Doch das Weben der Magie hatte sie Kraft gekostet, die sie nicht besaß. Alysea fühlte sich benommen, als hätte man ihr in den Brautkammern den dünnen Ritualwein verabreicht. Alles war unwirklich, selbst ohne den fiebrigen Dunst, der ihre Sinne betäubte. Ein Fest, das niemand wollte und dem niemand mit Freude entgegensah, allein zum Gefallen des Zirkels ausgerichtet, um seinen Ränken zu dienen.

Sie presste die Lippen zusammen und strich den weißen Stoff ihres Kleides glatt, nachdem sie sich erhoben hatte. Ein schlichtes Seidengewand, wie es Bräute trugen, wenn man sie zur Kathedrale brachte. Weiße Rosen schmückten ihr zu einem Zopf geflochtenes Haar. Adia hatte den Kranz geknüpft und sie damit gekrönt, wie es die Tradition verlangte. Es war die Aufgabe des ersten weiblichen Mitgliedes der Familie des Bräutigams und sie hatte sie so selbstverständlich verrichtet, als wäre der Brauch der ihre. Ein Willkommen, das niemand mehr aussprechen musste und dem niemand beiwohnte, um es zu bezeugen, aber sie tat es trotzdem. Es war eine größere Anerkennung der Hexenrituale, als der Zirkel oder die Lichtstimme sie verdienten.

Sie hörte Dameos Schritte, als er in ihrem Rücken den Salon betrat. Das beinahe unmerkliche Zögern, als er sie ansah. Sorge drang über das Silberband und …

Bewunderung.

Alysea wandte sich um, von einer absurden Beklommenheit erfüllt, als sähen sie einander zum ersten Mal, und ihr Atem stockte, als sie den Nachtfürsten erblickte. Etwas war in seinem Blick erwacht. Ein Glanz, den sie noch nie in seinen Silberaugen gesehen hatte. Er verharrte im Eingang des Salons, sein grauer Gehrock schlicht, aber mit silbernen Fäden bestickt, die keinen Zweifel an seinem Wert ließen. Kein Geck, der seinen Reichtum zur Schau stellen musste, sondern der wahrhaftige Fürst des Nachthofes. Er hatte sein Haar im Nacken gebunden, als könnte er damit die Wildheit bezähmen, die ihn umgab. Doch er vermochte es nicht. Seine Macht strömte aus jedem Atemzug und machte sein Erbe für alle Augen offenbar.

»Die Erdgötter erweisen mir ein größeres Glück, als ich es verdiene«, murmelte er sanft. »Und ich werde ihnen jeden Tag meines Lebens dafür danken, dass sie verhindert haben, dass du Spiras Saverians Gemahlin geworden bist.«

Alysea senkte den Blick und lächelte schwach. »Vermutlich denkt er ebenso darüber.«

»Und deswegen hatte er dich niemals verdient.« Dameo trat näher und Alysea schlang die Arme um seine Brust, um seinem Herzschlag zu lauschen. Er war ruhig und stetig, ein Laut, der sie mit dem Boden verwurzelte und ihr Ruhe schenkte. Nichts an ihrer Verbindung glich den distanzierten Treffen mit Spiras. Der kalten, berechnenden Art, mit der er sie angeblickt hatte. Dameo war Frieden und Schutz, seine Arme bedeuteten Sicherheit und etwas, das sie noch nicht zu erforschen wagte.

Nein, nichts an dieser Hochzeit ähnelte dem Ereignis, für das man sie nur kurze Zeit zuvor vorbereitet hatte, und doch besaß sie keine Bedeutung. Denn kein Segen von den Lippen der Lichtstimme konnte sie enger an Dameo binden, als es das Silberband bereits getan hatte.

Alysea schloss die Augen und seufzte. »Ich fürchte mich, Dameo. Ich wünschte, ich wäre so mutig, wie ich geglaubt habe, aber ich bin es nicht. Ich habe Angst vor dem, was geschehen wird. Ich habe Angst, den Nachthof zu verlassen …«, sie brach ab und schüttelte den Kopf. »Ich bin töricht.«

»Nein, das bist du nicht. Selbst der mächtigste Krieger tut gut daran, zu fürchten, was auf dem Schlachtfeld geschehen könnte, weil es seine Vorsicht weckt.« Seine Lippen verweilten auf ihrer Stirn. »Und ich werde bei dir sein. Wenn der Sonnenhof schläft, werde ich kommen und über dich wachen.«

»Solltest du nicht am Nachthof bleiben und den Abschied von deiner Freiheit feiern?«

»Noch eine unnütze Hexentradition mehr?« Alysea spürte, wie sich sein Mund zu einem Lächeln verzog. »Eine Nacht in den Armen meiner Braut wäre verlockender. Das heißt, wenn sie mich einlassen will.«

Sie erwiderte sein Lächeln. »Es wäre unschicklich, nicht wahr? Aber falls es regnet, bliebe mir keine Wahl, als dir das Fenster zu öffnen.«

Eine Erinnerung an eine andere Nacht, als der Nachtfürst an den Sonnenhof gekommen war, um über seine Gefährtin zu wachen. Dameo lachte leise. »Dann hoffe ich, dass Hylëia und Aëris heute Nacht streiten und die Welt ihren Unmut spüren lassen.«

»Wir werden die Götter nicht brauchen. Deine Braut ist ein Dämonenblut, das die Wolken dazu bewegen könnte, sich über den Sonnenhof zu ergießen.«

»Eine unerwartet glückliche Fügung des Schicksals.«

»Wirklich? Sag das nicht zu laut. Vielleicht wachsen mir Hörner, die mein Erbe vor aller Welt offenbaren.«

Dameo stieß ein nachdenkliches Brummen aus und tastete über ihre Stirn. »Noch ist nichts zu spüren.«

Sie hob die Brauen und legte den Kopf schief. »Oh, aber ich spüre bereits ein winziges Ziehen, das sie ankündigen könnte. Du glaubst, sie würden dir missfallen?«

»Solange du sie nicht einsetzt, um deine Ansichten zu untermauern, gibt es nichts, was mir je an dir missfallen könnte.« Er küsste sie zärtlich und sein Atem streifte in einem bedauernden Seufzen über ihr Gesicht, bevor er sich von ihr löste. »Es ist Zeit.«

»Ich weiß.« Alysea schluckte und klammerte sich für einen Wimpernschlag länger an ihn. Dann trat sie zurück und Dameo bot ihr seinen Arm dar. Sie legte die Hand darauf ab und atmete aus. »Aber ich wünschte, wir könnten davonlaufen.«

»Ein Wort von dir genügt.« Zu viel Ernst. Grimm, der seine Miene verdüsterte. Sie wusste, dass er nicht zögern würde. Doch die Stimme, die beständig in ihr widerhallte, verriet ihr, dass es zu spät war.

Alysea nickte, aber sie erwiderte nichts. Gemeinsam ließen sie den Salon hinter sich und durchquerten die Gänge der Cae'Angelis, die zum Festsaal führten. Sofea verließ die Ecke, in der sie gewartet hatte, und schloss sich ihnen mit einem Maunzen an. Sie war in ihre Katzenhaut geschlüpft, eine unauffällige Beobachterin, die durch den Palast streifte und ihrer Herrin folgte.

Musik erklang aus den Sälen, die vor ihnen lagen. Eine leise Melodie, die das Stimmengewirr untermalte. Anspannung war darin zu hören und sie beneidete Adia nicht darum, im Zentrum des Geschehens zu stehen. Es war ungewöhnlich, dass Dameo sie der Hohepriesterin übergeben würde. Gewöhnlich tat es das Oberhaupt der Brautfamilie, doch ihre Verbindung mit dem Nachtfürsten kannte keine Regeln. Und wenn Aurea sie führte, würde es dem Schauspiel nur eine größere Sinnlosigkeit verleihen, als sie ihm ohnehin bereits innewohnte. Jeder wusste, dass sie sich für ein Leben am Nachthof entschieden hatte. Vorzugeben, dass ihre Mutter die keusche Braut in die Obhut der Göttin übergab, wäre nichts als eine weitere Lüge.

Zwei blau uniformierte Lakaien warteten vor der dunklen Flügeltür mit dem Wappen der Angelis. Sie verneigten sich tief, als sich das Fürstenpaar näherte. Der Größere fasste nach einer seidenen Kordel und zog daran. Ein Zeichen, das ohne Zweifel für Adia gedacht war und das verriet, dass sie gekommen waren.

Die Musik verstummte und das Stimmengewirr legte sich. Beinahe konnte Alysea die Spannung spüren, die sich im Festsaal bildete. Sie hielt den Atem an, als die Stimmen der Priesterinnen erklangen, die in den Saal einzogen. Der feierliche Gesang, mit dem die Lichtherrin um ihren Segen für die Braut gebeten wurde. Alysea konnte es sehen, ohne ihre Augen zu brauchen. Die Reihe der weiß gekleideten Frauen, die Blumen streuten, während sie die Cae'Angelis in Besitz nahmen.

Der Duft der blumigen Kräutermischung, die sie in ihren Rauchgefäßen verbrannten, drang durch die Ritzen der Tür und Alyseas

Griff um Dameos Arm verstärkte sich. Sie waren mit Bedacht gewählt. Kräuter, die berauschend wirkten, um den Anlass zu feiern. Aber hier am Nachthof, wo Wandler und Hexen einander nicht freundschaftlich begegneten, waren sie gefährlich. Ein Hauch zu viel und die ohnehin schwankende Stimmung konnte umschlagen.

Alysea tastete nach dem Zaubersiegel. Ein beruhigendes Stück Metall, mit Zaubern gefüllt, die schützen konnten, wenn es nötig wurde. Dameos Blick war auf die Tür gerichtet. Sein Gesicht die kühle Maske des Nachtfürsten, die er der Welt zur Schau tragen würde, sobald sie den Gang verließen.

Endlich endeten die Gesänge und es wurde totenstill im Saal. Dameo nickte den Lakaien zu und die Türflügel glitten auseinander. Lichter empfingen sie. Adia hatte die dunklen Wände des Festsaales mit weißen Blüten schmücken lassen, deren glühende Köpfchen die Sterne vom Himmel holten. Das Parfum der Blumen vermischte sich mit dem Rauch aus den goldenen Räuchergefäßen, die wie Sonnen geformt von den Händen der Priesterinnen baumelten. Die Treppe schwang sich vor ihnen in die Tiefe und die Augen aller Anwesenden richteten sich auf das Fürstenpaar, das in der Tür erschienen war. Alyseas Herz schlug zu schnell. Hitze strömte durch ihren Körper und für einen Wimpernschlag verschwamm die Welt hinter Schwindel. Dann blinzelte sie und der Wirbel legte sich wieder.

Die Priesterinnen warteten zu beiden Seiten des Ganges wie ein Spalier aus Soldaten, die Aufstellung bezogen hatten. In ihrer Mitte stand die Lichtstimme, das rote Haar von glühenden Sonnen geschmückt. Das weiße Kleid mit winzigen Kristallen besetzt, die im Schein der Lichter funkelten. Zu ihrer Überraschung entdeckte Alysea ihre Mutter am Ende der Treppe, Adia neben sich. Die Fürstin des Sonnenhofes war dunkler gewandet, als Alysea es jemals gesehen hatte. Ihr blaues Kleid hätte sie mit den Schattenwandlern verschmelzen lassen, wenn nicht ihr goldenes Haar gewesen wäre, das zu einer komplizierten Frisur aufgesteckt war. Eine Sonne, die ihre Brust schmückte, war der einzige Schmuck, den sie angelegt hatte. Eine Vereinigung von Sonne und Mond, ein Zeichen für den Zirkel, der die Zeremonie bezeugen würde.

Alysea blickte über den Adel. Bunte Vögel, die sich in ihr bestes Gefieder gekleidet hatten. Neugierig und sensationslüstern. Die Seite, auf der das Gefolge der Fürstin stand, ebenso wie die Schattenwandler auf der anderen. Doch sie waren es nicht, an denen sich ihr Blick fing. Es war die Mauer aus Grau am Ende des Saales, die schweigend und hoheitsvoll das Geschehen verfolgte. Die Grauroben. Der mächtige Zirkel der Hexen. Ein schlechter Geschmack bildete sich in ihrem Mund, als Alysea in ihre Gesichter sah. Mienen aus Stein, die durch nichts zu erweichen waren. Von der Macht, die sie in ihren Körpern trugen, zu lebenden Statuen geformt. Manche berechnend, andere von Missbilligung erfüllt. Sie kannte die meisten von Festlichkeiten am Sonnenhof, wenn sie ihre Roben ablegten und sich unter das Volk mischten. Die größten Familien Gemeas, die glaubten, dass ihre Macht ihnen das Recht gab, mit Leben zu spielen.

Ihre Abscheu stieg und Dameo platzierte beruhigend seine Hand über der ihren, als er es bemerkte. »Bereit?«, wisperte er fragend und sie neigte den Kopf.

»Ja.« Eine Lüge. Aber es war zu spät für eine andere Antwort.

Gemeinsam bewegten sie sich die Stufen hinab und die Gesänge der Priesterinnen erklangen von Neuem. Süße Worte, die dem Paar ihren Segen erteilten. Es verwunderte Alysea, dass sie nicht in ihren Kehlen stecken blieben. Sie konzentrierte sich auf ihre Schritte, um nicht zu stolpern, als der Rauch das Pochen in ihrem Kopf verstärkte. Zum ersten Mal war sie der Tradition dankbar dafür, dass sie flaches Schuhwerk vorschrieb. Schlichte Sandalen, die ihren Schritt sicher hielten, obwohl sie sich fühlte, als hätte sie ein Schiff unter den Füßen.

Am Ende der Treppe neigte Dameo den Kopf vor der Fürstin des Sonnenhofes. Eine Geste der Ehrerbietung, nicht vor der Fürstin, die ihm gleichgestellt war, sondern vor der Mutter seiner Gefährtin. Adia sank in Wellen aus veilchenfarbener Seide zu Boden. Auf ihrem Haar funkelte eine amethystene Tiara, die das Licht einfing. Neveas stand nahe am Rande der Treppe, so nah, dass sichtbar war, dass sich etwas im Gefüge der Familie verschoben hatte.

Aurea runzelte die Stirn. Ein Blick hatte genügt, um zu erkennen, dass Alyseas Wangen zu rosig waren und zu scharf von der Blässe ihrer Haut abstachen. Dass ihre Augen zu stark glänzten. Sie selbst hatte es im Spiegel gesehen, als Sofea ihr beim Ankleiden geholfen hatte.

»Du bist krank«, flüsterte sie scharf. »Warum bin ich nicht darüber unterrichtet worden?«

»Weil es nichts geändert hätte«, erwiderte Alysea gedämpft. »Es gibt nichts, womit wir es aufhalten können. Wozu Worte darüber verlieren?«

Missbilligung stand in Aureas Augen, doch ihre Miene bewegte sich nicht. Sie sagte nichts.

Der Gesang der Priesterinnen wandelte sich. Er wurde schriller und verstärkte den Schmerz hinter ihrer Stirn. Die Lichtstimme schritt durch das Spalier ihrer Priesterinnen, ein mildes Lächeln auf den vollen Lippen. Die anderen Frauen schlossen sich ihr an und Licht erglühte auf ihren Handflächen.

Zeit, loszulassen.

Alysea löste sich von Dameo und ihre Finger glitten von seinem Arm. Es war, als würde eine Klinge zwischen ihnen herabfallen und sie trennen. Ein Gefühl, das ein Echo in ihm fand und das Silberband aufbegehren ließ. Sie verdrängte die Empfindung und trat der Lichtstimme entgegen. Blütenblätter stoben vor ihr auf, von ihrem Gewand in Bewegung versetzt. Eine weitere Erinnerung an ihre Hochzeit mit Spiras.

Die Augen der Priesterin waren kalt. Eisige blaue Seen, in denen ein Funken Silber schwamm, als wäre sie selbst vom Mond berührt. Seltsam, dass es Alysea nie aufgefallen war. Ihre Lippen lächelten unablässig, während sie den Segen in der Alten Sprache sprach und das Symbol der Sonne schlug. Licht flutete über Alysea hinweg. Der blendende Schein der letzten Sonnenstrahlen, von den Priesterinnen beschworen und verstärkt. Er hüllte sie in einen Kokon, der die Welt hinter einem hellen Vorhang verschwinden ließ. Eine rituelle Reinigung, die sich über sie ergoss wie ein warmer Strom, der sie noch stärker zum Schwitzen brachte.

Der Lichtschein schwoll plötzlich an und nahm ihr die Sicht. Zu hell. Viel heller als beim letzten Mal. Schneidend.

Warum?

Die Menge der Wandler wurde unruhig, als das Licht sie blendete und ihnen Unbehagen bereitete. Stimmen wurden laut, ein Aufruhr, der durch den Saal lief. Ärger brodelte darin, bereit, sich Bahn zu brechen.

Etwas stach in Alyseas Hand und sie keuchte erschrocken auf. Warme Feuchtigkeit auf ihrer Haut. Sie blinzelte gegen die Helligkeit und erkannte die roten Spuren, die über ihre Finger rannen.

Blut.

Gehetzt sah sie auf und erblickte die dunkle Silhouette, die ihr gegenüberstand. Grüne Augen, die sie anblickten. Mit einer Wildheit, die sie mit Entsetzen erfüllte.

Iulean Angelis.

Alysea stolperte mit einem leisen Aufschrei zurück. Sein Gesicht flackerte. Er entblößte die Zähne zu einem schaurigen Grinsen.

Dann löste er sich vor ihren Augen auf.

Iulean schloss die Hand um den Dolch mit der roten Flüssigkeit in seinem gläsernen Herzen und sein Verlangen flammte auf. Die Nacht war nah. Der Blutrausch regte sich, während seine Wandlersinne erstarkten, und sie zehrten an seiner Magie. Doch noch behielt das Hexenblut die Oberhand, noch hielt es die Gier im Zaum. Er konnte nur hoffen, dass die Zeit genügen würde.

Der Aufruhr, der sich durch die Reihen der Gäste zog, verbarg ihn beinahe zuverlässiger als der Zauber, der seine Gestalt verhüllte. Geschützt von dem Licht der rituellen Reinigung hatte er ihn fallen lassen, doch jetzt war er wieder der Schatten, den niemand greifen konnte.

Dameo löste sich vom Absatz der Treppe. Alarmiert durch das Silberband. Unbeeindruckt von dem Lichtschein, der seine Gefährtin umgab. Natürlich. Er musste ihn nicht mehr fürchten. Aber er ahnte nicht, *was* er an seiner Stelle fürchten musste.

Iulean kräuselte spöttisch die Lippen und sah zu Spiras, der am Rande der Menge den Lichtzauber verstärkte. Verborgen unter einem breitkrempigen Hut, der das verräterische rote Haar versteckte. Trotzdem stand die Furcht vor Entdeckung in sein Gesicht geschrieben.

Lächerlicher Tor. Sie würden ihn fassen und er hatte es verdient.

Sibeias Stirn lag in Falten. Die Fassade der Lichtstimme bröckelte, während sie sich nach der Quelle des Ärgers umsah. Wut glühte in ihren Augen. Die Priesterinnen stoben auseinander wie aufgeschreckte Hühner, als sich der Nachtfürst näherte.

Iulean lächelte und zog sich zurück, um zu warten.

Das grelle Licht brannte in Dameos Augen. Ein Stich auf seiner Hand, doch kein Blut, das ihn begleitete. Alysea schrie auf und das Silberband versetzte ihm einen schmerzhaften Hieb. Silber trübte seinen Blick und vereinte sich mit dem Lichtschein, der Alyseas Gestalt zum Glühen brachte, als wäre sie die Sonne selbst.

Dameo rief seine Schwingen herbei, während er auf das Licht zurannte. Klauen bildeten sich von allein, getrieben von Alyseas Furcht, die auf ihn einstach wie ein Messer aus Eis.

»Brecht den Zauber oder ich schwöre Euch, Ihr verlasst den Nachthof nicht lebendig«, befahl er der Lichtstimme barsch und das Murmeln aus den Reihen der Hexen wurde lauter. Er vernahm Aureas hastige Schritte in seinem Rücken. Adia. Neveas. Sie alle eilten auf den Lichtkokon zu, der Alysea verschlungen hatte.

»Cedis!« Alysea. Sie kam der Lichtstimme zuvor und Aureas Stimme echote den Befehl ihrer Tochter hinter ihm.

Der Lichtschein versiegte und er sah das Blut, das ihr Kleid befleckte wie ein höhnisches Abbild der weißen Blütenblätter am Boden. Sie presste den Stoff ihres Gewandes auf ihre Wunde, um die Blutung zu stillen, und sah ihnen entgegen.

»Iulean. Er ist hier.«

»Verfluchter Bastard. Diesmal wird er nicht entkommen.« Dameo sah zu Neveas und er zerstob zu Rauch und strömte davon, ohne eine Aufforderung zu benötigen. »Was hat er getan?«

»Ich weiß es nicht. Ich habe den Stich gefühlt und sein Gesicht ist vor mir erschienen. Dann ist er verschwunden wie ein Geist. Und er hat Hilfe. Jemand muss das Licht verstärkt haben. Er kann nicht beide Zauber gleichzeitig aufrechterhalten.«

Alysea sah zu ihrer Mutter, die für einen Herzschlag lang verständnislos wirkte, bevor sie nickte. »Wir finden ihn.«

Befehle schnitten durch den Saal. Aurea ebenso wie Adia, die nach den Wachen rief. Der Aufruhr wuchs und Dameo konnte spüren, wie sich Zorn unter der Kuppel des Festsaales zusammenballte. Er zog Alysea schützend an sich und sie schlang die Arme um seine Brust.

»Blut wird fließen«, wisperte sie. Ihre Augen waren unnatürlich geweitet und ihre Worte klangen wie eine schaurige Prophezeiung.

»Wir werden alles tun, um es zu verhindern«, antwortete er grimmig.

»Dameo!« Neveas' Ruf ließ ihn suchend über die Menge blicken, bis er seinen Freund fand, der auf ihn zustrebte. Er stieß einen Mann vor Dameo zu Boden und er erkannte den roten Schopf von Spiras Saverian auf der Stelle. »Er hat versucht zu fliehen.«

»Dann hatte er sicher einen guten Grund. Nicht wahr, Spiras?« Dameo trat näher und sah auf den Rothaarigen hinab. »Hat mein Bruder Euch gut für Eure Hilfe entlohnt?«

Spiras' Hände zitterten, als er sich aufrichtete. Sein Gesicht war so bleich, dass seine blassgrünen Augen darin zu glühen schienen. »Er hat mich gezwungen.«

»Natürlich. Mit Gold und Juwelen.« Dameo lächelte kalt. »Ich hoffe, es hat genügt, um die Schulden Eures Vaters zu begleichen. Oder habt Ihr sie lieber in den Hurenhäusern der Menschen verprasst?«

Spiras' Lippen bebten, doch es war Aurea, die an seiner Stelle antwortete. »Ihr seid eine Schande, Spiras. Für Eure Familie und für unser Volk.« Sie wandte sich an Dameo. »Er fällt unter das Gericht der Hexen. Es ist an mir, ihn in Eurem Sinne zu bestrafen.«

Wenn er es selbst tat, würde der Zorn der Hexen über ihnen zusammenschlagen wie eine Sturmwelle. Wenn er ihn Aurea übergab, würde es den Unmut der Wandler wecken. Sie waren gefangen. Kein Weg, der an Blutvergießen vorüberführte. Auf die eine oder andere Weise würde diese Nacht blutig enden und sie wussten es beide. Die einzige Frage war, wie sie es so gering wie möglich hielten.

Bastard. Verfluchter Bastard. Es wiederholte sich tausendfach in seinem Kopf, doch es hatte keinen Zweck. Dameos Kiefer verkrampfte sich. Die Lichtstimme und ihr Gefolge waren verschwunden. Er registrierte es erst jetzt. Offensichtlich wusste Sibeia nur zu gut, dass die Übergabe der Braut nicht mehr stattfinden würde.

»Du willst deine Hochzeit ohne deinen Vater feiern?«

Eine Stimme, die von der Galerie erschallte, die sich an die Treppe anschloss. Halb amüsiert, halb finster. Sie brachte das Gemurmel zum Verstummen. Plötzlich war es so still, als wäre alles Leben in der Cae'Angelis erloschen.

Dameo wandte sich langsam um. Er wagte es kaum, zu atmen.

»Nein. Bitte. Nein, das darf nicht sein. Das ist nicht möglich.« Adia schlug die Hände vor den Mund. Ihr Gesicht von stummem Entsetzen gezeichnet.

Es war das erste Mal nach fünf Jahren, dass sie ihren Vater wiedersah.

Neveas war im Bruchteil eines Atemzuges an ihrer Seite und legte die Hände um ihre Schultern. Ebenso Stütze wie Schutz. Dameo wusste, dass er sich Nicodeo selbst entgegenstellen würde, bevor er zuließ, dass er Adia berührte.

Betäubt blickte Dameo zu seinem Vater auf, der auf der Galerie stand wie ein unbezwingbarer Berg. Von schwarzen Schwingen umgeben, die seine Macht noch stärker zutage treten ließen. Nichts an ihm erinnerte an die blutsüchtige Bestie, die in zerrissenen Fetzen in den Trümmern ihres Lebens dahinvegetiert hatte. Der wahre Fürst des Nachthofes war zurückgekehrt. Aus seinem Gefängnis entkommen, ohne dass sie es in den Tumulten der Vorbereitungen bemerkt hatten. Wie viele Wachen waren gestorben, um es zu verschleiern? Wie war es möglich, dass er die Zauber gebrochen hatte, die seinen Kerker geschützt hatten?

Müßig, jetzt noch darüber nachzudenken.

Gleichgültig.

Der Tag, den er fünf Jahre lang gefürchtet hatte, war gekommen.

»Du sagst nichts, mein Sohn?« Nicodeo lächelte süffisant. »Ich dachte, du wolltest mir deine schöne Braut vorstellen.« Er blickte zu Aurea, die neben Dameo verharrte. Zum ersten Mal sah er die unbeugsame Fürstin des Sonnenhofes erschüttert. »Wer hätte geglaubt, dass sich unsere Familien je verbinden würden, Aurea?«

Die Sonnenfürstin blickte zu Dameo, doch es waren Alyseas Augen, deren Blick er erwiderte. Entsetzt. Verständnislos, weil er es vor ihr verborgen hatte.

Warum? Es stand in ihr Gesicht geschrieben.

Ich konnte es nicht, Alysea.

Eine stumme Antwort. Eine Bitte um ihr Verständnis.

Sie schluckte und ihre Finger verflochten sich mit seinen. Er spürte ihre Furcht und sie weckte ihn aus seiner Starre.

»Du bist gekommen, um es zu Ende zu bringen, Vater?«, fragte Dameo. Seine Miene blieb unbewegt und offenbarte nichts von seinen

Gefühlen. Eine Maske, die er zur Perfektion gebracht hatte, obgleich alles in ihm zerbrach.

»Nein, Dameo.« Adias leiser Protest, beinahe erstickt. Sie fasste nach seinem Arm, um ihn aufzuhalten, und er fühlte ihren Schmerz. Es war der gleiche, der in seiner Brust brannte.

Nicodeo antwortete nicht sofort. Sein Blick streifte Adia und etwas in seiner Miene wurde weicher. Dann verzog sich sein Gesicht und er rieb sich unbehaglich über die Kehle. »Ich bin gekommen, um zurückzufordern, was mein ist. Hier und jetzt.«

Niemand wagte, einen Laut zu äußern.

»Du kannst nicht mehr über den Nachthof herrschen.« Dameo sprach aus, was auf den Lippen aller lag. Wer dem Blutrausch verfiel, musste sterben. Aber niemand, der sich in diesem Saal befand, wollte der Erste sein, der sich Nicodeo Angelis entgegenstellte. Und bei allen Göttern, auch er selbst wollte es nicht.

»Ich kann es, weil ich Heilung erfahren habe.« Nicodeos Lächeln kehrte zurück, doch es erhellte seine Miene nicht. Überraschte Laute drangen von den Lippen der versammelten Wandler.

»Es gibt keine Heilung für den Blutrausch.«

»Bist du sicher, mein Sohn?« Nicodeo beugte sich nach vorn. Eine Bewegung, die die Bestie erahnen ließ, die in ihm schlummerte. Sie war dort. In seiner lauernden Haltung. Der Art, wie seine Augen verlangend über Alysea glitten, als wollte er selbst die Lüge vor Dameo enthüllen.

»Ja.« Seine Lippen bewegten sich tonlos. Nur für die Augen seines Vaters, auch wenn der Hof sie beobachtete. »Neveas«, er sah zu seinem Freund. »Ich will, dass du Adia und Alysea wegbringst. Was auch geschieht …«

Neveas nickte. Seine Miene war ernster, als Dameo es je gesehen hatte. »Ich werde sie mit meinem Leben schützen«, versprach er ruhig.

Zumindest Adia. Wenn er nicht überlebte, war Alysea verloren.

Das Gefüge des Nachthofes veränderte sich, als Neveas nach vorne trat, um ihn flüchtig zu umarmen. Eine Geste unter Brüdern, die nicht wussten, ob sie einander nach dem Krieg wiedersehen würden. Und es war gleichgültig, wer dabei zusah. Ein Bekenntnis zu einer Wahrheit, die fünf Jahre lang den Nachthof in Gang gehalten hatte. Gegen alle Widerstände und Intrigen.

»Ich gehe nicht.« Alysea sah zu ihm auf. So entschlossen, dass er wusste, dass er den Kampf bereits verloren hatte. »Ich gehöre zu dir.«

»Ich will nicht, dass du zusiehst.«

»Aber das werde ich. Ich kann nicht davor davonlaufen. Ich werde es spüren.«

Jeden einzelnen Schlag. Jede Wunde. Er stieß den Atem aus und beugte sich hinab, um sie zu küssen. »Ich weiß. Vergib mir«, wisperte er an ihren Lippen.

»Komm zu mir zurück. Das ist alles, was ich will«, erwiderte sie bebend. Sie schlang die Arme um seinen Nacken und Stimmengewirr brandete auf. Staunen. Zum ersten Mal verschluckten die Höfe von Sonne und Mond ihre Verachtung, weil sie *sahen.* Eine Fürstentochter der Hexen in den Armen eines Wandlers. Der letzte Beweis, dass es mehr war als der Wille des Silberbandes, der sie aneinander band.

Schließlich löste sie sich von ihm, ihr Gesicht gefasst, obgleich er den Sturm in ihr spürte. Die Tränen in ihren Augen, die sie nicht zulassen würde. Er strich mit dem Daumen über ihre Wange und zum ersten Mal war es ihm gleichgültig, ob der Hof seine Schwäche erkannte.

»Ihr solltet gehen, Aurea. Ich weiß nicht, was geschehen wird, falls ich … unterliege.« Eine Möglichkeit, die größer war, als er es sich eingestehen wollte. Sie hinterließ einen bitteren Geschmack in seinem Mund.

Die Fürstin des Sonnenhofes war bleich wie ein Leinentuch, aber sie schüttelte den Kopf. »Ich bleibe.«

Eine Entscheidung für die Familie und gegen die Sicherheit ihres Hofes. Er spürte Alyseas Überraschung, bevor sie in ihrem Gesicht zu lesen war. Aurea trat an die Seite ihrer Tochter und Dameos Blick streifte Adia.

»Nein, Dameo. Diesmal nicht.«

Er hörte ihre Gedankenstimme in seinem Geist und schloss die Augen. Dann nickte er. Er konnte sie nicht mehr beschützen. Sie hatte in all der Zeit ebenso erwachsen werden müssen wie er selbst und sie entschied darüber, was sie ertragen konnte. Was immer geschah, in dieser Nacht würde ihr Herz zerbrechen und sie wusste es.

Dameo setzte einen Kuss auf ihre Stirn und Nicodeo starrte schweigend auf sie hinab. Undurchsichtig. Seine Hände umfassten das Geländer so fest, als wollte er den Stein unter seinem Griff zerquetschen. Dameo zweifelte nicht daran, dass er es konnte.

»Ich erwarte dich in der Arena, Vater«, sagte er kalt.

Der alte Fürst stieß ein raues Lachen aus, das ihn zurückhielt, als er sich abwenden wollte. »Wozu? Dieser Ort ist ebenso gut wie jeder andere.«

Er sprang über das Geländer und landete inmitten der Zuschauer, die auseinanderstoben wie aufgeschrecktes Wild. Beinahe hatte Dameo vergessen, wie groß er war, wenn er nicht kauerte wie ein Tier. Nicodeo Angelis war der mächtigste Wandler, der jemals in den Mauern Gemeas geboren worden war. Selbst das Grau, das sein einst schwarzes Haar durchzog, änderte nichts daran. Er wirkte gelassen, kampfbereit. Sein Gesicht stoisch, als hätte er sich in ein Schicksal ergeben, dem er nicht auszuweichen vermochte. Es gab Dameo Rätsel auf.

»Vater?«

Iuleans Stimme.

Nicodeo fuhr herum und Dameos Klauen erschienen, ohne dass er sie herbeirufen musste. Aber seine Augen fanden nur Leere. Er konnte ihn nicht sehen.

Rote Flecken besudelten wie aus dem Nichts das Gesicht seines Vaters und zerflossen, bis sie seine Lippen erreicht hatten. Ein tiefes Grollen drang aus der Kehle des Fürsten. Zorn flammte in seinen Augen auf und seine Klauen fuhren über seinen Hals, als wollte er etwas zerschneiden.

Blut.

Und Dameo musste nicht raten, wessen Blut es war. Sein Herz setzte aus und Entsetzen lähmte ihn, als er begriff. Als sein Vater über sein Gesicht wischte und auf seine blutbefleckten Finger blickte. Als sich seine Augen auf Alysea richteten, weil er sie wittern konnte wie ein Raubtier, das die Fährte seiner Beute aufnahm. Er bewegte sich und Alysea wich instinktiv zurück. Ihre Furcht war greifbar. Auch sie hatte verstanden, was geschehen war. Das Silberband zog sich schmerzhaft zusammen und zerrte an ihm wie eine Leine.

Dameo verstellte Nicodeo den Weg. »Weg hier, Neveas«, befahl er rau.

Die Lippen des alten Fürsten verzogen sich zu einem verächtlichen Lächeln. »Fürchtest du um deine Gefährtin, Dameo? Es gab eine Zeit, in der du mir ihr Leben ohne Zögern anvertraut hättest.«

»Diese Zeit ist lange vorüber, Vater. Sie hat geendet, als du in deinem Wahnsinn Juleia getötet hast.«

Etwas klirrte und ein Dolch rutschte über den Marmor. Rot beflecktes, zerbrochenes Glas in seiner Mitte. Ein Dämonendolch, der für Bluteide genutzt wurde.

Iulean war noch hier. Und er hatte es vernommen.

»Zeig dich und stell dich mir, du Feigling«, knurrte Dameo laut genug, dass keiner der Zuschauer es überhören konnte. »Ich schwöre, wenn ich dich erwische, werde ich dich in Fetzen reißen, bis nichts mehr von dir übrig ist.«

Der Nachthof begann zu brodeln.

Unterdrückte Blutlust schwang in den Stimmen mit, die laut wurden. Neveas zog Alysea und Adia in Dameos Rücken auf die Treppe zu. Aurea folgte ihnen. Ein starker magischer Schutz, falls sich die Spannung in Gewalt entladen sollte. Der Hof war wie ein Fass, das kurz vor dem Überlaufen stand. Ein winziger Tropfen nur und die hereinbrechende Nacht würde in Blut ertrinken.

Die Augen des alten Fürsten flammten auf. Er zerrte abermals an etwas Unsichtbarem und sein Zorn wuchs. Er stieg in ihm auf wie eine Flut und zeichnete sein Gesicht mit verzweifelter Wildheit.

»Nein.«

Ein Wort wie Donnerhall. Eine Erinnerung an eine alte Lektion, ausgesprochen, wenn er seine rangelnden Söhne getrennt und an den Krägen gepackt hatte: *Meine Söhne bekämpfen einander nicht.*

Dameo verzog das Gesicht zu einer bitteren Grimasse. »Er trägt den Blutrausch in sich. Es ist die Pflicht des Fürsten, ihn zu töten, um die Gefahr durch seinen Wahnsinn abzuwenden. Willst du es tun? Oder wird auch ihm deine wundersame *Heilung* widerfahren?«

Ein flüchtiger Schrecken in den Augen seines Vaters. Verneinung, die mehr sagte als jedes Wort. Dann wurden seine Züge glatt.

Sie umrundeten einander, als stünden sie in der Arena. Der Hof wich an die Wände zurück und bildete ein Rund. Hexen strebten auf den Ausgang zu. Diejenigen, deren Hass und Neugier nicht tief genug verwurzelt waren, um sich der Überzahl der Wandler entgegenzustellen. Die Grauroben waren ebenso geflohen wie das Gefolge der Lichtstimme. Als hätten sie geahnt, was geschehen würde. Vielleicht … hatten sie das. Denn Nicodeo Angelis hätte seinem Kerker niemals aus eigener Kraft entfliehen können.

»Über sein Schicksal entscheide ich, wenn mein Anspruch auf den Nachthof besiegelt ist. Jetzt geht es nur um dich und mich«, knurrte der alte Fürst.

»Dich, mich und das Ende«, gab Dameo eisig zurück.

Nicodeo schnaubte. »Endlich bist du bereit, mich zu töten?«

»Ja. Das bin ich.« Eine schlichte Wahrheit, geboren in dem Augenblick, in dem Alyseas Blut die Lippen seines Vaters berührt hatte. Er hatte gewusst, wie er sich entscheiden würde, seitdem sich das Silberband um ihn geschlossen hatte.

»Dann ist es ein Jammer, dass ich nicht mehr zum Sterben bereit bin.«

Nicodeo fletschte die Zähne zu einem finsteren Lächeln und seine Schwingen schlugen unvermittelt. Er schnellte auf Dameo zu wie ein Pfeil und riss ihn mit sich empor.

Die Geräusche des Kampfes verhallten in seinem Rücken, als Iulean die Treppe hinauf hastete. Der Zauber flackerte unter dem Einfluss seiner Gefühle. Er würde ihn nicht mehr lange aufrechterhalten können.

Sie hat geendet, als du in deinem Wahnsinn Juleia getötet hast …

Juleia getötet hast …

Getötet hast …

Getötet …

Es wiederholte sich unaufhörlich in Iuleans Geist und es brauchte all seine Kraft, um den Schutz der Unsichtbarkeit nicht zu verlieren. Seine Hexenkräfte schwanden mit dem Aufgehen des Mondes. Er konnte spüren, wie sein Wandlererbe die Oberhand gewann und zum ersten Mal in seinem Leben verabscheute er es.

Er hatte *seine Mutter* getötet!

Sein *Vater* hatte seine *Mutter getötet!*

Sie hatten ihn glauben lassen, dass sie ihren Sohn verlassen hätte, als sei er es nicht wert gewesen, dass sie für ihn weiterlebte.

Sie alle hatten ihn betrogen. Jeder Einzelne von ihnen.

Es genügte nicht, dass sie Dameo dazu ausersehen hatte, ihn zu schützen, weil sie geglaubt hatte, dass er niemals stark genug sein würde, um es selbst zu tun. Dass er in ihrer aller Augen ein Schwächling war. Ein Schwächling, der den Schutz des Bruders brauchte, der ihn hasste. Der dumm genug war, sich durch einen Eid an eine gefallene Bluthure zu binden. Von der Ehrenhaftigkeit seines Geschlechtes so stark geblendet, dass er sich eines schwächlichen Bastards annahm. Von der Ehrenhaftigkeit seines *Vaters,* der gewissenlos die Frau ermordet hatte, die ihm einen Sohn geschenkt hatte.

Iulean spürte Verachtung. Entsetzen. Schmerz. Schmerz, der so heiß in seinen Venen brannte, dass er glaubte, sein eigenes Blut würde sein Herz zu Asche verbrennen. Ein Schrei kratzte in seiner Kehle. Ein verräterischer, rauer Schrei, den er nicht in die Freiheit entlassen durfte. Nicht jetzt. Noch nicht.

Es gab nur einen einzigen Weg, um die Gefühle, die ihn zerreißen wollten, zu verdrängen.

Er stieß die Tür auf und vernahm die verwunderten Laute der Männer dahinter, die nicht sahen, wer die Flügel geöffnet hatte. Iuleans Klauen schossen aus seinen Fingern und zerfetzten die Kehle des ersten Lakaien. Ein überraschtes Gurgeln war alles, was er hervorbrachte, bevor er zusammenbrach. Der Nächste folgte ihm, noch ehe er die Gefahr verstanden hatte, in der er schwebte. Ehe der Hexenzauber weit genug gefallen war, um das Gesicht des Mannes zu offenbaren, der seinen Lebensfaden zerschnitten hatte.

Und er würde nicht der Einzige bleiben. Er würde sie töten. Jeden Einzelnen. Er würde das verdorbene Geschlecht der Angelis zerstören, unsichtbar wie ein Lufthauch. So schnell, dass sie nicht ahnten, was ihrem Dasein ein Ende gesetzt hatte.

Iulean tauchte seine Hände in das Blut der Lakaien und zog die Finger über sein Gesicht. Der Rausch erwachte, als es seine Lippen berührte. Und er nahm die Qualen mit sich, die seine Seele zerfraßen.

Alysea spürte, wie Dameo zu Boden ging, ohne es sehen zu müssen. Sie stolperte auf der Treppe und fühlte, wie die Klauen des Fürsten seine

Schulter zerschnitten. Schmerz. Eine Mischung aus Furcht und Zorn, die in ihm brodelte. Sie entzog sich Neveas' Griff, als sie die Galerie erreichten, und fuhr herum.

Dameo blutete bereits aus den Wunden, die sein Vater ihm geschlagen hatte. Hässliche Risse zogen sich bis zu seinem Arm. Sie umklammerte das Geländer, als die beiden Wandler einander von Neuem umrundeten. Der Fürst so groß und mächtig, dass selbst Dameo in seinem Schatten schrumpfte. Unverletzt. Denn es war allein ihr Blut, das seine Haut besudelte.

»Ich lasse die Kutsche vorfahren.« Die Stimme ihrer Mutter lenkte Alysea ab, doch sie drang nur dumpf an ihr Ohr.

Eine Kutsche. Ein Fluchtweg, falls Dameo … sie wollte nicht darüber nachdenken. Alysea nickte mechanisch, obgleich sie wusste, dass es keine Flucht vor dem Zorn eines Wandlers gab, der nach Blut gierte. Er würde sie zerreißen, noch ehe das Silberband sein Werk vollendete und sie verwittern ließ wie eine Blume ohne Wasser. Es gab kein Entkommen für sie, wenn Dameo unterlag. Der Fürst würde sie finden, ganz gleich, wohin sie ging.

Adia verharrte auf der Galerie. Eine Porzellanfigur, die unter dem Druck bersten wollte, der auf ihr lastete. Ihre Knöchel waren weiß, als sie in die Tiefe blickte, wo ihr Vater und ihr Bruder in einen Kampf verstrickt waren, den nur einer von ihnen lebendig verlassen würde. Neveas stand hinter ihr, ohne sie zu berühren. Seine blauen Augen wirkten dunkel. Das Blut, das in ihren Adern floss, mochte nicht den gleichen Wurzeln entstammen, doch Dameo war sein Bruder. Sie konnte es in seinem verschlossenen Gesicht lesen, von dem jede Maske abgefallen war.

Der Sturm der ersten Attacke versiegte und die beiden Kämpfenden standen sich schwer atmend gegenüber. Dameo blickte empor. Er fühlte, dass sie dort war. Seine Silberaugen streiften sie, verweilten lange genug, dass es die Aufmerksamkeit seines Vaters erregte. Nicodeo Angelis folgte seinem Blick und das Blut in Alyseas Adern erstarrte zu Eis. Sein Gesicht verzog sich höhnisch, seine Lippen bewegten sich und Dameo stürzte sich unvermittelt auf seinen Vater. Sie gingen in einem Gewirr aus Federn, Klauen und Gliedmaßen zu Boden. Eine Statue schwankte, als die verkeilten Wandler dagegenstießen. Dann kippte sie und der Marmor zerschellte. Brocken rutschten über den Grund. Einer davon prallte hart genug in die Kämpfenden, dass Alysea den Nachhall von Dameos Schmerz fühlen konnte, als er darüberrollte.

Seinen Schmerz. Und etwas anderes. Etwas, das an ihm zehrte, noch beinahe unbemerkt im Rausch des Kampfes. Worte erklangen plötzlich in ihrem Kopf und schlossen das Kampfgeschehen aus. Die wispernde Stimme schwoll an und ein fremdartiger Gesang schlich sich in ihren Geist. Alysea fasste sich an die Stirn, als ihr Kopf unter seinem Einfluss stärker zu pochen begann.

Ein Krachen an der seitlichen Galerie. Stein brach, als der Körper des Fürsten in das Geländer prallte. Ein dunkles Geschoss, das in den Marmor einschlug. Adia gab einen erstickten Laut von sich und Neveas zog sie endlich in die Arme.

Alysea nahm es durch einen Schleier wahr. Etwas war falsch und es zehrte an Dameo … an ihr selbst. Sie spürte Stiche, die über das Silberband drangen, als würde eine Nadel hineinstechen und einen fremden Faden in das Silber weben. Alysea fasste danach und es wurde unter ihren Händen sichtbar. Eine schimmernde Linie, die stark und rein glänzte. Doch … etwas trübte sie. Sie konnte den Faden sehen, den die Nadel hinterließ. Schwarzes Gift. Es floss leise und sacht in das Silber. Spuren, fein wie Spinnweben, die sich einnisten wollten.

Es war der gleiche Zauber, der den Glockenturm umgab.

»Mutter des Lichts, nein!«

Das Blutherz an ihrer Hand schlug heftiger. Schneller. Alysea blickte suchend über die Menge, aber es waren zu viele Hexen anwesend, als dass sie etwas auszumachen vermochte.

»Revelae.« Ein unhörbares Flüstern, das Magie über das Silberband gleiten ließ. Sie hinterließ eine schimmernde Linie in der Luft, einem Wegweiser gleich, der ihre Augen lenkte. Alysea suchte die Galerie ab, bis ihr Blick an einem winzigen Schimmer Helligkeit hängen blieb, der selbst im Schein der Kristalllampen schwer auszumachen war. Dort, hinter einer Statue, versteckt im Schatten, sodass man es beinahe für eine weitere Marmorfigur halten konnte, und doch … das geisterhafte Antlitz einer Frau. Lippen, die sich im Halbdunkel bewegten, während sich ihre Magie in den Saal ergoss.

Magie, die an Dameo zehren und ihm Kraft rauben würde. Zu weit weg, als dass sie die Hexe mit einem Gegenzauber aufhalten konnte.

Aber sie musste etwas dagegen tun.

Alysea verließ ihren Platz auf der Galerie und begann zu laufen. Sie vernahm die Geräusche des Kampfes in ihrem Rücken und spürte den Schmerz, der in Dameos Kiefer explodierte. Seine Benommenheit, die der mächtige Hieb hinterließ. Benommenheit, die von den schwarzen Fasern verstärkt wurde, die über das Silberband strömten und ihre Verbindung flackern ließen.

Er würde sterben, wenn sie den Zauber nicht unterbrach.

»Alysea!« Neveas' Ruf hinter ihr. Ein Echo von Adias Lippen. Doch sie hielt nicht an. Es erregte die Aufmerksamkeit der Hexe und Alysea konnte sehen, wie sich ihr Gesicht zu einem Fluch verzog. Sie verschwand in einem der Torbögen, die in die tieferen Gänge der Cae'Angelis führten. Alysea beschleunigte ihre Schritte und schlüpfte hinter ihr durch den Durchgang. Der Schwung ließ sie über den glatten Marmor schlittern, als sie um die Ecke bog, und sie fing sich an einer der Säulen ab, ehe sie stürzen konnte. Hastig blickte sie sich um. Blasse Statuen, die im Halbdunkel des weitläufigen Säulenganges standen, verwirrten ihr Auge und lenkten es ab. Dann ... der geisterhafte Hauch einer silbrigen Robe, die hinter den Säulen aufblitzte. So flüchtig, dass es beinahe eine Täuschung war.

Eine Graurobe!

Ihr Kleid behinderte jeden Schritt, als sie die Verfolgung aufnahm. Alysea verfluchte das fließende Gewand, das sich um ihre Beine wickelte, als wollte es der Graurobe in die Hände spielen. Statuen vergingen in ihrem Augenwinkel zu weißlichen Schatten, kaum zu unterscheiden von der bleichen Silhouette, die sie verfolgte. Nur ein Aufleuchten der Robe, ein kurzes Wehen. Es war, als wollte sie einen Geist einfangen. Einen Geist mit goldenem Haar.

Die Welt versank in Dunkelheit, als Dameo einen weiteren harten Hieb seines Vaters einstecken musste. Sie fühlte Blut, das feucht über seine Lippen rann, und Schwindel ließ ihre Umgebung verschwimmen. Alysea strauchelte und prallte gegen eine Nymphenstatue, die unter ihrem Gewicht schwankte. Sie klammerte sich an ihr fest, um nicht zu fallen. Schritte erklangen hinter ihr. Neveas, der ihr nachgelaufen war. Alysea kämpfte um ihren Halt und Hände fassten nach ihr. Stützten sie.

»Die Graurobe. Wir müssen sie finden«, stieß sie heiser hervor. »Sie beeinflusst den Kampf, damit Dameo unterliegt.«

»Dann hat sie meinen Segen.« Eine raue, knurrende Stimme, in der nichts mehr von ihrer üblichen Galanterie zu vernehmen war. Eine Bestie lauerte darin. Eine gierige Bestie. Sie schnupperte an ihrem Hals und ihr Griff wurde fester.

Iulean.

Sie roch den metallischen Geruch von Blut, der an ihm haftete. Ihr Herz versäumte einen Schlag, um dann umso schneller zu rasen. Er zerrte grob ihre Arme auf ihren Rücken. Alysea sträubte sich gegen seine Hände, doch er war zu stark, um ihm zu entkommen. Nur ein halber Wandler und ihr dennoch an Kraft weiter überlegen als ein gewöhnlicher Mann. Alles, was sie tat, ließ ihn nur fester zupacken.

»Neveas wird gleich hier sein«, stieß sie erstickt hervor. »Er war dicht hinter mir.«

»Neveas wird uns nicht stören. Dafür habe ich gesorgt. Wir sind allein, Alysea. Du und ich. Endlich.« Er löste eine Hand und fesselte sie mit seinem verbliebenen Arm. Seine Finger strichen langsam über ihre Kehle. Sie spürte die Spitze einer Klaue, die ihre Haut ritzte. »Niemand wird dir zu Hilfe eilen.«

Alysea kämpfte um ihre Beherrschung, als ihre Glieder unkontrolliert zittern wollten. Sie durfte die Panik nicht siegen lassen. Niemals. »Worin liegt der Sinn, wenn Ihr mich tötet, nachdem Ihr Euren Vater auf mein Blut angesetzt habt?«

»Es ging mir nie darum, dass *er* dich tötet. Es ging mir allein darum, dass Dameo leidet. Sein Vater bedroht seine Gefährtin und er muss sich zwischen ihnen entscheiden, ohne dass es einen Ausweg gibt. Es ist das Schlimmste, was ich ihm antun konnte und das Wissen ist süß. So süß wie der Duft deines Blutes.« Seine Lippen glitten über ihren Nacken und kalte Schauer rannen über ihre Haut. »Was glaubst du, wie er sich entscheidet? Für den mächtigen Schatten, dem er sein Leben lang nachgeeifert hat, oder für die Hexe, die er hassen sollte? Wer wird den Kampf um seine Seele gewinnen?«

Sie kannte die Antwort, ohne überlegen zu müssen.

Er hatte es geplant. Den Augenblick, in dem er sichtbar wurde, damit Dameo erfuhr … *Verfluchter Mistkerl.* Alysea unterdrückte das Würgen, das in ihrer Kehle saß, die Furcht, die durch ihre Glieder kroch. Sie durfte nicht zulassen, dass es Dameo ablenkte. »Warum bringt Ihr mich dann nicht hinab in den Saal? Wäre es nicht süßer, wenn Ihr es vor seinen Augen beendet?«

»Vielleicht. Wenn der Mond noch nicht aufgegangen wäre und mein Wandlerblut so stark, dass ich deinen Duft rieche, wohin ich auch gehe. Die Nacht hat begonnen und sie erstarkt in mir.« Er sog den Atem ein und sein wollüstiges Aufstöhnen verursachte ihr eine Gänsehaut. »Ich kann mich nicht länger beherrschen, kleine Hexe. Ich will, dass du mir gehörst, noch ehe Dameos Herz aufhört zu schlagen. Er wird es spüren, nicht wahr? Und es wird ihn umbringen.«

Seine Hände nestelten an ihren Röcken und zerrten ungeduldig den Stoff hinauf. Seine Zunge glitt über ihren Nacken und das Kratzen seiner Zähne hinterließ Schrammen. Nur ein wenig tiefer und seine Magie würde sich entfalten und ihren Willen lähmen. Sie fühlte die Härte seiner Männlichkeit, die sich an ihre Hände presste. Er rieb sich an ihr und das Gefühl ließ Übelkeit in ihr aufsteigen.

Hass.

Er strömte durch ihre Venen. So heiß, dass er das Fieber und die Angst zurückdrängte. Ihr Verstand wurde klarer. Schärfer. Wie die Facetten eines Diamanten, die enthüllten, was die Panik verschleiern wollte. »Ihr habt etwas übersehen, Iulean«, sagte sie eisig.

Er hielt inne. »Und was habe ich übersehen?«, murmelte er in ihr Ohr, während seine Finger über die Innenseite ihrer Schenkel glitten.

»Dass ich eine Hexe bin.« Alysea spreizte die Hände. »Fulgae!«, befahl sie scharf und weiße Hitze schoss von ihren Handflächen. Iulean schrie auf, als sie die empfindliche Haut seines Bauches und seiner Männlichkeit versengte. Sein Griff löste sich und Alysea stieß ihn mit aller Kraft von sich. »Ich bin keine wehrlose Bluthure, die Ihr benutzen könnt, wie es Euch beliebt. Wie fühlt es sich an, Eure eigene Magie zu schmecken, Iulean? Habt Ihr immer noch Appetit? Ich habe mehr für Euch.«

Die Überbleibsel des Blitzes summten auf ihren Händen, bereit, ein zweites Mal zuzuschlagen. Das Zaubersiegel auf ihrer Brust strömte kribbelnde Wärme aus, die auf ihren Körper übergriff.

Iuleans Gesicht war schmerzverzerrt. Er hielt sich seinen Bauch und fletschte die Zähne. Seine Kleider und seine Wangen waren blutig verschmiert und seine Augen glühten vor Blutlust. Ein rotes Licht erwachte darin. »Das war dein letzter Fehler, Hexe.«

»Dann kommt und holt mich.«

Seine Hände formten Klauen, als wäre er tatsächlich das blutdürstige Tier, das in ihm wohnte. Seine Lippen verzogen sich zu einem hässlichen Grinsen. »Ich kann es kaum erwarten.«

Alyseas Atem stockte, als er auf sie zusprang, schneller, als sie den Befehl für den Zauber über die Lippen bringen konnte. Sie stürzte rückwärts zu Boden und Magie schoss brennend durch ihre Venen. Sie loderte hell auf ihren Fingern auf, ohne dass sie Worte brauchte, um sie freizusetzen. Ein verzweifelter Wunsch, ein instinktiver Ruf. Dann schnellte sie von ihren Händen und warf Iulean mit einem mächtigen Schlag zurück. Blendend grelle Helligkeit flammte auf und Alysea schloss die Augen gegen den Schmerz, den sie hinterließ. Als sie wieder sehen konnte, kauerte Iulean zwischen den Statuen. Er krallte die Nägel in sein Gesicht und sein Aufheulen schnitt durch den Gang, so laut, dass es durch den ganzen Palast zu hören sein musste.

Alysea kroch hastig von ihm weg, auf den Torbogen zu, der zurück in den belebten Bereich der Cae'Angelis führte. Ihre Beine waren zu weich, um sie zu tragen, und ihr Atem ging schnell und flach. Ihr Körper vibrierte und summte unter dem Nachhall der Magie, die aus ihr herausgebrochen war und sie von innen heraus verbrannt hatte. Alysea bezweifelte, dass noch ein Funken davon in ihr verblieben war, auf den sie zuzugreifen vermochte. Der Blitzschlag hatte ihr alle Kraft geraubt. Sie war zu schwach, um Iulean zu entkommen, falls er sich durch sein Wandlererbe schneller erholte, als sie glaubte. Und tatsächlich, er nahm die Hände herab und blinzelte gegen seine tränenden Augen an.

Iulean Angelis erhob sich knurrend. Sein Gesicht war gerötet und von Blasen übersät. Feuchtigkeit rann über seine versengte Haut und der süßliche Geruch verbrannten Fleisches und angekokelten Horns erfüllte die Luft. Sein Haar war geschwärzt. Büschel, die unregelmäßig von seinem Kopf abstanden. Sein Anblick so schauerlich, dass ihr der Atem stockte.

Alysea versuchte erneut, auf die Füße zu stolpern, doch ihre Beine ließen sie im Stich. Ihr Körper gehorchte nicht und sie fiel auf den Boden zurück, schwer wie ein Sack Getreide.

Iulean ging gebeugt wie ein alter Mann. Wie eine Bestie aus einem Schauermärchen. Alysea kroch weiter rückwärts, weg von der geifernden Kreatur, die ihr schwerfällig nachsetzte.

Ein Atemzug. Die Distanz schmolz zu schnell. Er sprang und Alysea hob abwehrend die Hände. Sie stemmte sich gegen seine Brust, als er über sie kam wie ein hungriges Tier. Klauen schlitzten über ihre Arme und zerfetzten ihre Haut, als er sie beiseitedrückte und an den Boden fesselte. Blut quoll hervor und der Schmerz folgte nach einem Herzschlag. Alysea zappelte in seinem Griff und die Klauen bohrten sich tiefer in ihr Fleisch. Mehr Blut, das seine Raserei anfachte. Iulean entblößte knurrend seine Fangzähne und sie fühlte seinen heißen Atem, der über ihre Wunden streifte.

Flammen in seinen Augen. Ungezügelte Gier. Sein Kopf schnellte herab und seine Fänge schlugen sich in ihren Hals. Alysea schrie auf und der Schmerzenslaut vermischte sich mit einem scharfen Befehl, der durch den Gang schallte.

»Funae!«

Iuleans Zähne lösten sich aus ihrem Fleisch. Sein Körper zuckte in die Höhe, als würde ein Seil seinen Kopf emporzerren. Röchelnd fasste er nach seiner Kehle, um zu greifen, was ihm die Luft abschnürte.

»Sagris!«

Pfeile aus Licht schossen durch den Gang und bohrten sich in sein Herz. Er keuchte auf, als er zurückgeworfen wurde und gegen eine Statue stolperte. Seine Hände tasteten nach seiner Brust und sein Gesicht zeigte Staunen. Blutrosen erblühten unter seinen Fingern und färbten sein einst weißes Hemd in ein dunkles Rot. Ein schmales Rinnsal rann aus seinem Mund. Er ging krachend mit dem Marmorgebilde nieder, noch einen letzten Funken von Unglauben in seinen Augen.

Alysea stieß zitternd den Atem aus und für einen Herzschlag lang waberte Dunkelheit vor ihren Augen. Benommen mühte sie sich auf die Ellenbogen und Qual stach wie eine Lanze in ihren Hals, wo ihn die Zähne des Halbblutes durchbohrt hatten. Kein Rausch, nur der scharfe Schmerz eines Tierbisses. Dann erhaschte sie die Gestalt, die unter dem Rundbogen erschienen war, der aus dem Gang führte.

Alysea erstarrte.

Sie war hochgewachsen und in die grauen Roben des Zirkels gehüllt. Ihre Hand war noch erhoben von der Magie, die Iulean Angelis' Leben beendet hatte. Macht umgab sie wie eine glühende Aura, die bis zu Alysea strahlte. Ihre Züge waren so alterslos und wie aus Marmor gemeißelt, dass sie sie unwillkürlich an ihre Mutter erinnerten. Ihr Haar so golden, dass es selbst im Zwielicht leuchtete. Doch was Alyseas Blick fesselte, waren ihre Augen … ihre smaragdgrünen Augen. Sie hatte diese Augen schon einmal gesehen.

Es waren die Augen, die Florea Cosmean verraten hatten.

»Wer seid Ihr?« Nur ein Flüstern, so leise, dass es beinahe in der Weite des Ganges verhallte. Trotzdem warfen die Wände ein Echo zurück.

Marmorbrocken stachen in Dameos Rücken, als sie über die Reste der zerbrochenen Statue rollten. Neuer Schmerz, der mit den unzähligen blutenden Kratzern konkurrierte, die bereits seine Haut übersäten. Dameo stöhnte, als sich ein spitzer Steinsplitter in seinen Oberschenkel bohrte und von dem Gewicht seines Vaters tiefer getrieben wurde. Nicodeo Angelis war stark. Furchterregend stark. Die Zeit im Kerker hatte ihn kaum geschwächt. Es schien, als könnte kein Hieb, keine Wunde ihn nachhaltig beeindrucken. Er war ein Riese aus Stein, unbezwingbar. Aber Dameo musste einen Weg finden, sonst war Alysea so gut wie tot, sobald der Wahn in seinem Vater aufflammte.

Er sammelte seine Kraft und stieß einen Schrei aus, als er die Beine anzog und Nicodeo einen harten Tritt versetzte. Er prallte zurück, ohne seinen Sohn loszulassen. Seine Schwingen schlugen und zerrten Dameo in die Luft. Mit einer heftigen Drehung riss er sich von seinem Vater los und schleuderte ihn mit dem Ellenbogen von sich. Der alte Fürst taumelte und fing sich an einer der Kristalllampen ab. Kristalle klirrten und regneten funkelnd herab, als die Wucht seines Aufpralls die Lampe zerschellen ließ. Die Zuschauer stoben hastig auseinander, um den Geschossen zu entgehen, die auf sie einprasselten.

Fluchend zerrte Dameo den Steinsplitter aus seinem Fleisch und warf ihn weg. Die Wunde juckte und brannte, als der Heilungsprozess einsetzte. Für einen Moment verweilte Nicodeo zusammengekauert an der Wand, dann stieß er sich ab und stürzte sich auf seinen Sohn. Seine Klauen zogen tiefe Furchen über Dameos Gesicht und verfehlten sein Auge nur knapp, während sie um die Oberhand rangen. Ein verkeiltes Bündel aus Federn und Zähnen, gleich stark und gleichermaßen entschlossen.

Das Licht in den Augen des alten Fürsten war furchterregend. Kalt wie Stahl, der nur darauf aus war, die Schwäche in seinem Gegner zu finden. Dameo fand keine Spur von Wahnsinn darin, aber ebenso wenig Gefühl. Nicodeo Angelis war hinter einer Wand aus Eis verschwunden. Kälter als die Bestie, die ohne Reue ein ganzes Hurenhaus ausgelöscht hatte.

»Wir beide wissen, dass es keine Heilung für den Blutrausch gibt, Vater«, keuchte Dameo atemlos, als er für einen Herzschlag lang die Oberhand gewann. »Ich habe lange genug nach einem Heilmittel gesucht und ich habe *nichts* ausgelassen. Wer hat dich aus dem Kerker geholt?«

Nicodeos Lippen teilten sich. Ein Lächeln. Eine Grimasse. Dameo wusste es nicht. »Das ist nicht von Belang.«

»Doch, das ist es. Es ist ein Zauber, nicht wahr? Eine Hexe, die dich in der Hand hat. Sag es mir!«, drängte er.

Ein stummer Kampf zeichnete sich auf Nicodeos Miene ab. Qual, die sein Gesicht verzerrte, als wollten seine Lippen Worte formen, die seine Kehle nicht hervorbringen konnte. »Es bedeutet nichts, Dameo. Du wirst ohne dieses Wissen ins Grab gehen müssen.«

»Du bist dir so sicher, dass du siegen wirst?«

»Wenn du daran gezweifelt hast, warum hast du dann so lange mit dieser Entscheidung gewartet?« Nicodeo schleuderte ihn mit aller Kraft von sich und die Wucht brachte Dameo aus dem Gleichgewicht. Er näherte sich dem Marmorboden mit unerwarteter Geschwindigkeit. Erst kurz vor dem Aufprall gelang es ihm, sich zu fangen und wieder an Höhe zu gewinnen. »Du bist noch immer zu schwach, mein Sohn«, spottete der alte Fürst. »Habe ich dich nichts gelehrt?«

»Du hast mich *alles* gelehrt, Vater.« Dameo stürzte sich zu Boden und stieß sich so heftig ab, dass er gegen Nicodeo prallte wie eine Kanonenkugel. Sein Vater stöhnte auf, als er wuchtig in die Galerie krachte. Stein bröckelte und Schreie wurden laut, als die Balustrade brach und Brocken herabstürzten. Seine Beine verfingen sich in den Blütengirlanden und er riss sich mit einem barschen Fluch davon los. Blütenblätter rieselten herab wie Schneeflocken, die den schwarzen Marmor bedeckten. Ein Stein traf Nicodeos Stirn und Blut floss in seine Augen. Er blinzelte und Dameo nutzte den winzigen Vorteil, den es ihm bot. Er setzte ihm nach, seine Klauen schlitzten durch das Hemd seines Vaters und stießen auf sein Fleisch. Er spürte Übelkeit, als er ihn vom Geländer zerrte und mit einem Tritt auf den Grund der Cae'Angelis beförderte. Nicodeo schlug hart auf dem Stein auf, aber er war ebenso schnell wieder auf den Beinen wie eine Katze. Er sträubte seine Schwingen, um kleine Steinsplitter aus den Federn zu schütteln. Ein Lächeln lag auf seinen blutigen Lippen. Beinahe versonnen. Vertraut und doch eine Täuschung. Wie einfach war es, zu glauben, es wäre ein Übungskampf zwischen Vater und Sohn, wie sie ihn unzählige Male ausgetragen hatten. Doch jetzt bedeutete es nur, dass die Vertrautheit die Gefahr einer Niederlage vergrößerte, weil sie einander zu gut kannten. Zu gut vorausahnen konnten, was der andere dachte. Tun würde. Allein in Nicodeos Wahnsinn lag seine Unberechenbarkeit, sobald er seine Mauern durchdringen würde.

Ein Vorteil, den Dameo nicht besaß.

»Du hast dazugelernt«, stellte Nicodeo fest. Von einer verdrehten Freude erfüllt, die Kälte in Dameos Magen hinterließ, weil er ihre Wurzeln nicht zu ergründen vermochte. Der alte Fürst war ein Rätsel, das er nicht lösen konnte.

Er verweilte in der Luft und sah auf seinen Vater nieder. »Du hast mir keine Wahl gelassen.«

Und jetzt lässt du mir keine Wahl, als dich zu töten, nicht wahr?

Das Wissen war wie ein Stein, der ihn niederdrückte. Er spürte Adias Blicke. Ihre Verzweiflung. Er wagte es nicht, zu ihr aufzusehen, aber ihr Leid fand einen Widerhall in seinem Herzen.

Dameo stieß blitzartig hinab, darauf aus, die Klauen in Nicodeos Kehle zu schlagen, doch sein Vater war schneller. Er fing ihn ab und seine Arme schlossen sich um Dameo, ehe seine Hände ihr Ziel erreichen konnten. Messerscharfe Klauen schlugen sich in seinen Rücken und glitten über den Ansatz seiner Schwingen. Qualen wallten in Dameo auf, als sein Vater das empfindliche Fleisch aufschlitzte und Sehnen durchtrennte. Er stöhnte auf und fühlte die Feuchtigkeit, die warm über seine Haut rann, Mattigkeit, die seine Schwingen erlahmen ließ.

»Aber du willst es nicht genug«, erwiderte der alte Fürst. »Und dein Widerwille wird dir den Hals brechen.«

Eine Lektion, von Schmerz bekräftigt, damit er sie verinnerlichte. Für einen Wimpernschlag waren die Augen seines Vaters klar. Dameo konnte es erkennen, obwohl sein eigener Blick getrübt war. Ein Abbild des Fürsten, der seinen Sohn alles gelehrt hatte, was er wusste. Ein Abbild, das er nicht töten konnte, obgleich es darum bat.

Es lähmte seine Gegenwehr.

Nicodeo stieß ihn von sich und Dameo fiel auf die Knie. Sein Rücken brannte stärker als die Glut des Abgrundes. Er blutete aus unzähligen Wunden, die sich immer langsamer schlossen, während neue hinzukamen.

Er schüttelte benommen den Kopf. Schwäche floss in seine Glieder. Unerklärliche Schwere, nicht durch seine Verletzungen zu rechtfertigen. Er verstand nicht, woher sie rührte. Nichts war verlockender, als nie wieder aufzustehen, aber er durfte nicht aufgeben. Erschöpfung verlangsamte seine Bewegungen, als er sich zurück auf die Füße kämpfte. Seine Schwingen hingen schlaff herab. Unbrauchbar, bis sie weit genug heilten, um ihn wieder zu tragen.

Das Silberband flackerte und Taubheit kroch darüber. Er konnte Alysea kaum noch fühlen. Dameo gewahrte nur ein Fragment ihrer Empfindungen, das ihn verzerrt erreichte. Erschrecken. Drängende Eile. Sein Vater verharrte und beobachtete ihn aufmerksam. Bemerkte, wie sein Blick gegen seinen Willen zur Galerie schweifte. Folgte ihm.

Nicodeo lächelte und die Verschlagenheit darin überzog Dameos Haut mit Eis. »Sie ist schön, Dameo. Und sie duftet wie eine Rose, die gepflückt werden will. Soll ich sie für dich pflücken? Du hast es noch nicht getan, nicht wahr?«

Sein Vater fuhr herum und setzte zu einem Sprung an, der ihn auf die Galerie tragen würde. Zu Alysea, die sich abgewandt hatte und floh.

Doch eine Flucht würde den Jagdtrieb anfachen, bis er sie erlegt hatte.

Schmerz zerriss seinen Rücken, als Dameo ihm nachsetzte und seine Schwingen zwang, sich zu bewegen. Sie trugen ihn nur ein winziges Stück empor, aber es genügte, um Nicodeos Bein zu fassen. Er zerrte seinen Vater zu Boden und der alte Fürst fauchte wie eine Raubkatze, als er sich herumwälzte. Ein gewaltiger Hieb ließ Dameos Kopf zurückrucken und Blut füllte seinen Mund. Er spie es aus und es kostete all seine Kraft, seine Klauen in den Arm seines Vaters zu schlagen, als sich dessen Hände um seine Kehle schlossen.

Für einen langen Augenblick kämpften sie um die Oberhand, dann rammte Nicodeo das Knie in den Magen seines Sohnes. Die Luft wich keuchend aus Dameos Lungen, als er auf den Rücken fiel. Die Schwere seiner Glieder nahm zu. Seine Brust wollte sich nur widerstrebend heben, als er nach Atem rang. Jeder Atemzug war Feuer, das ihn von innen heraus verbrannte.

Nicodeo grub die Finger in sein Haar und zog ihn daran auf die Füße. »Ich habe mehr erwartet, Sohn«, raunte er verächtlich. »Willst du so deine Gefährtin vor mir schützen? Ist das alles, was das Silberband in dir geweckt hat?«

Ein zweiter Hieb ließ grelle Funken vor Dameos Augen aufwirbeln. Er schwankte benommen und wischte sich das Blut von den Lippen. »Was willst *du*, Vater?«, flüsterte er. »Willst du den Nachthof wirklich zurück? Ein Leben als Marionette an den Fäden einer Hexe, die mit dir spielt, wie es ihr beliebt? Ist es das, was du anstrebst?« Dameo lächelte, auch wenn sein zerschlagenes Gesicht bei jeder Regung schmerzte. »Es ging immer nur darum, ob ich *dich* töten kann. Aber was ist mit dir? Kannst du mich wirklich töten? Dein eigenes Blut?«

Nicodeos Miene verfinsterte sich. »Für den Moment sollte es dir Sorgen machen, ob ich nichts so sehr wollen könnte wie das Blut deiner Gefährtin«, grollte er dunkel. »Ob ich sie mir holen werde, weil die Gier stärker ist als die Liebe zu meinen Kindern. Ob sie letztlich über mich siegt, weil *nichts* stärker sein kann. Und ob du nicht das Einzige bist, das noch zwischen mir und ihr steht.«

Dameo erwartete, Wahnsinn in seinem Blick zu finden, doch er war der Lehrmeister, der seinem Schüler eine Lektion erteilte. Kaltblütig, als würde der Wahn nicht mehr in ihm existieren.

»Ich würde dir den Nachthof überlassen, ohne ein zweites Mal darüber nachzudenken«, erwiderte Dameo. »Aber Alysea ist das Einzige, was ich dir niemals geben werde.«

Der Ausdruck seines Vaters war wissend. Er nickte zufrieden, als wäre es die Antwort, die er hatte hören wollen. »Dann solltest du mich töten, bevor ich sie mir holen kann«, knurrte er tief und kehlig. »Denn wenn du recht behältst, kann nichts auf der Welt sie vor mir schützen. Bist du bereit, dieses Risiko einzugehen, nur damit du mich nicht töten musst?«

»Niemals.« Dameos Tonfall war beherrscht. Ebenso kalt wie der seines Vaters.

»Dann töte mich. Denn ich schwöre dir, dass du sonst diese Nacht nicht überleben wirst.« Ein leises Versprechen. Eine kalte Wahrheit. Dameo konnte es in dem Frost erkennen, der die Augen seines Vaters überzog. Was auch immer über ihn regierte, *wollte* den Tod seines Sohnes.

Die Würfel fielen ein letztes Mal. Das Beil des Henkers blitzte auf, bereit, auf ihn niederzuschnellen.

Die Zeit des Davonlaufens war vorüber.

Dameo sammelte alle Kraft, die ihm noch geblieben war. Mit einem heiseren Aufschrei rammte er seine Schulter in den Magen seines Vaters und stieß ihn von den Füßen.

Nicodeo fluchte zornig, als er über den glatten Marmor rutschte und in die Menge schlitterte. Die Eisskulptur des geflügelten Wandlers, der seine Gefährtin in den Armen hielt, schwankte und zerbrach auf dem Tisch, auf dem Weinkelche bereitgestanden hatten. Kristall splitterte und spritzte empor. Eine glitzernde Weinlache floss über den Boden und Nicodeo fand keinen Halt, als er versuchte, auf die Beine zu gelangen.

Dameo spürte, wie seine Kraft auf unerklärliche Weise mit jedem Schritt schwand. Sie sickerte aus ihm heraus wie der Wein, der sich aus den Kelchen ergossen hatte. Sein Atem ging schwer, als er seinem Vater nachsetzte und es war, als müsste er gegen einen unsichtbaren Widerstand kämpfen. Als würde Wasser den Nachthof bis unter die Kuppel des Saales füllen. Seine Bewegungen waren schleppend und abgehackt, zu langsam. Der rutschige Boden ließ ihn straucheln und um Halt ringen.

Nicodeo schlug die Klauen in das geborstene Holz des Tisches und zog sich daran auf die Beine. Im Gegensatz zu Dameo war er geschmeidig wie eine Schlange. Schnell. Seine Zähne blitzten auf, scharf und lang. Die Imitation eines Lächelns. Ein Zähnefletschen. Vielleicht … beides. Dann schoss er auf Dameo zu und traf ihn mit der Gewalt eines Baumstammes, der die Luft aus seinen Lungen trieb.

Die Graurobe antwortete nicht. Ihr Blick ruhte auf Alysea, ohne dass er etwas über ihre Gedanken verriet.

»Alysea!« Neveas. Schnelle Schritte, die sich näherten.

Alysea wandte den Kopf in die Richtung, aus der seine Stimme erklang, und ein Flimmern tanzte am Rande ihres Sichtfeldes. Die Gestalt der Frau löste sich vor ihren Augen auf. Ein Geist, der zurück in sein Reich entschwand.

»Wartet!« Sie versuchte auf die Füße zu gelangen und stützte sich auf das Podest einer Statue. »Geht nicht!«

Sofea rannte in den Gang, eine geschmeidige Katze, die schneller laufen konnte als der Wandler. Ihre Form verschob sich noch im Lauf, wuchs, während das Fell von ihr abfiel und die nackte Menschenfrau darunter offenbarte. Allein ihr Haar bedeckte ihre Blöße. »Du blutest stark.«

Sie sah sich um und ihr Blick heftete sich auf den verbrannten Körper des Halbblutes. Sofea stutzte und Fragen bildeten sich in ihren Augen, aber sie ließ sie nicht über die Lippen kommen. Sie riss einen Streifen aus Alyseas Kleid und presste den Stoff auf die Blutung an ihrem Hals. Alysea nahm zitternd die Seide aus der Hand der Katze, damit sie ungehindert mit ihrer Arbeit fortfahren konnte. Ein zweiter Stofffetzen folgte, mit dem Sofea notdürftig ihren Arm verband. Nun, da die Aufregung schwand, nahm das Brennen wieder zu und der Ekel kehrte zurück. Alysea unterdrückte das Würgen, das in ihre Kehle stieg.

Neveas stolperte in den Gang. Seine Augen streiften Alysea. Iulean. Er wurde bleich, als er erfasste, was geschehen war. »Seid Ihr verrückt geworden? Warum im Namen aller Erdgeister seid Ihr davongelaufen? Ihr wusstet, dass Iulean noch im Palast war!«

»Eine Graurobe war auf der Galerie. Sie hat versucht …« Alysea rang um Worte, die erklärten, was sie selbst nicht verstand. »Sie hat versucht, das Silberband zu zerstören. Aber … dann hat sie mich vor Iulean gerettet und ihn getötet.« Es ergab keinen Sinn … doch es musste warten.

Neveas zog seinen Gehrock aus und hielt ihn Sofea entgegen, dann ging er neben Alysea in die Knie. »Zeigt mir die Wunde an Eurem Hals«, forderte er.

Alysea hob den Stofffetzen und Neveas streifte ihr Haar zurück, das an dem Blut haftete. »Bastard«, fluchte er heftig. »Seine Wandlergabe war nicht stark genug, um ihre volle Kraft zu entfalten, deswegen hat sich die Bisswunde nicht geschlossen. Aber das Blut gerinnt bereits.«

»Glück für mich«, erwiderte Alysea sarkastisch. »Sonst wäre ich verzückt in seiner Umarmung gestorben, während er mir die Kehle herausreißt.«

»Er hat eine Barriere über die Gänge gelegt«, sagte Sofea. »Wir konnten sie nicht durchdringen. Sein Tod muss sie ausgelöscht haben.«

»Er wollte sichergehen, dass niemand mir zur Rettung eilen kann. Und er wollte, dass Dameo es spürt, bevor …«, sie brach ab. Alyseas Blick glitt über den toten Körper des Halbblutes und ihr Magen zog sich zusammen.

»Es war ein gnädigeres Ende, als er es verdient hat.« Neveas' blaue Augen waren von Dunkelheit erfüllt. Sie konnte die Flüche sehen, die er in sich verschloss. »Könnt Ihr aufstehen?«

Alysea nickte. »Ich muss zurück in Dameos Nähe. Wenn die Graurobe zurückkehrt und es noch einmal versucht …« … *kann ich nichts dagegen tun.* Sie war zu schwach. Ihre Magie war ein Häufchen Asche, sie selbst ausgebrannt, als hätte das magische Feuer, das sie entfacht hatte, alles in ihr verzehrt. »Sofea, wir brauchen Domia Lucea und Mutter. Meine Magie ist geschwächt. Allein kann ich nichts gegen eine Graurobe ausrichten.«

Die Katzenfrau ließ den Gehrock von ihren Schultern fallen. »Ich sorge dafür.« Sie glitt in das Katzenfell, ohne ein weiteres Wort zu verschwenden.

Neveas half Alysea auf die Beine und sie schwankte. Sofort stützte er sie. »In diesem Zustand werdet Ihr Dameo eher ablenken, als ihm etwas zu nutzen. Das Silberband wird ihn dazu zwingen. Es ist ein Wunder, dass er noch nicht hier ist.«

Sie schüttelte den Kopf. »Ich habe alles getan, um es ihn nicht spüren zu lassen.«

»Das ist unmöglich, Alysea. Selbst wenn Ihr alles versucht, um Eure Empfindungen zu unterdrücken, kann ihm nicht verborgen bleiben, wenn Euer Körper verletzt wird«, gab Neveas ruhig zurück. Zu ruhig. Anspannung lag in seinen Worten und ihr Herz zog sich schmerzhaft zusammen, als sie verstand, was er nicht aussprechen wollte.

Hastig fasste sie nach dem Silberband und Erleichterung durchströmte sie, als sie ihn fühlte. Er war dort. Aber … sie spürte zu wenig. Sein Schmerz war in den Hintergrund getreten. Nur ein Schatten, der sie kaum erreichte. Als würde … der Zauber der Graurobe ihn noch immer vergiften!

»Neveas …« Alysea bohrte die Nägel in seinen Arm und er hob den Kopf. Zu langsam und widerstrebend, als wüsste er bereits, was sie sagen würde. »Nein, er lebt«, sagte sie hastig. »Aber das Silberband. Etwas stimmt nicht. Ich kann Dameo kaum noch fühlen. Ich habe geglaubt, dass es ausreichen würde, den Zauber zu unterbrechen. Aber er ist schwach. Zu schwach, um diesen Kampf lebend zu überstehen.«

Neveas' Miene versteinerte. Er stellte keine Fragen. Gemeinsam eilten sie den Gang entlang, so schnell es Alyseas Füße zuließen. Sie war dankbar für seine Leitung, die sie das Labyrinth des Nachthofes rasch durchdringen ließ. Alysea zerknüllte den Faden zwischen ihren Fingern, als könnte sie damit verhindern, dass sich der Zauber fortsetzte. Er wirkte wie altes, angelaufenes Silber. Geschwärzt an zu vielen Stellen. Wenn sie sich konzentrierte, konnte sie Dameos Verletzungen wahrnehmen. Seine unbrauchbaren Schwingen. Den Arm, den er nicht mehr zu bewegen vermochte. Seine schwindende Kraft.

Es gelang ihr nicht mehr, das Entsetzen zu unterdrücken. Alysea beschleunigte ihre Schritte und vergaß ihre eigene Erschöpfung. Gemeinsam rannten sie durch die Cae'Angelis, bis sie an die Flügeltür gelangten, über die Alysea mit Dameo in den Saal getreten war. Ihr Lauf stockte. Schon von Weitem erkannte sie die zerfetzten Leiber der beiden Lakaien, die die Tür geöffnet hatten. Den in Blut getränkten Boden. Den Stoff ihrer Livreen, dessen Farbe kaum noch erkennbar war. Alysea schlug die Hand vor den Mund, als der Anblick ihr den Magen umdrehte. Sie waren aufgeschlitzt wie Schweine, die man von der Schlachtbank zurückbrachte. Ihre Gesichter zeigten noch den Schrecken, den sie im Moment ihres Todes erlitten hatten. Starr, wie für die Ewigkeit in Stein gemeißelt.

»Iulean«, stellte Neveas fest. Nur ein Wort, das einem Fluch gleichkam. »Seht nicht hin.«

Alysea wünschte sich, nicht hinsehen zu müssen und doch tat sie es. Die Folgen des Blutrauschs, der in den Adern der Angelis schlummerte. Der Gedanke hinterließ Grauen in ihr.

»Dameo ist nicht wie sie, Alysea.« Neveas hielt ihren Blick fest und sie senkte den Kopf.

»Ich weiß.«

Er stieß die Tür auf und hob sie über die Körper der beiden Männer. Tumult empfing sie. Stimmen, die sich erhoben wie eine Flutwelle, die dem Höhepunkt entgegenstrebte. Erwartung schwamm darin. Gier. Furcht.

»Vater! Nein!« Adias verzweifelter Schrei war wie ein Messer, das in Alyseas Herz stieß. Sie löste sich von der Galerie und stürzte die Treppenstufen hinab.

»Adia!« Neveas ließ Alysea zu Boden gleiten. Er rannte zur Galerie und hielt dort inne, sein Gesicht so farblos, dass es beinahe durchscheinend wirkte.

Alysea überwand die Distanz wie in einem Traum. Rauschen setzte in ihren Ohren ein, so laut, dass es jedes Wort, jeden Aufschrei ausschloss.

Nein. Nein! Ein Schrei in ihrem Inneren. Es war alles, was sie denken konnte, als sie den Kopf neigte, um in die Tiefe zu sehen.

Der Marmor war rutschig von seinem Blut. Dameo glitt aus und fiel matt zurück, als er Anstalten machte, sich zu erheben. Seine Glieder zitterten vor Anstrengung, als er es noch einmal versuchte. Er war zu schwach. Die unheimliche Schwäche hatte sich in seinen Körper gefressen wie eine Krankheit.

Das Gesicht seines Vaters, der über ihm aufragte, war eine eiserne Maske. Sie zeigte keine Regung, kein Muskelspiel. Nichts. Nur Starre.

Starre und Erbarmungslosigkeit. Nichts erinnerte mehr an Nicodeo Angelis. Der Mann, der vor ihm stand, war fremder als die Bestie, die vor langer Zeit seinen Geist zerfressen hatte. Der alte Fürst des Nachthofes war ausgelöscht. Verschwunden. Und an seine Stelle war ein gefühlloses Monstrum getreten. Beinahe wünschte sich Dameo, an seiner statt der Bestie gegenüberzustehen, unter der noch ein Hauch seines Vaters zu spüren gewesen war.

Nicodeo zog Dameo auf die Füße und der zerschlitzte Stoff seines Hemdes zerriss endgültig unter seinen Fingern. Dameo rutschte schlaff aus seinem Griff und prallte hart auf das Mosaik, das vor Blut kaum noch zu erkennen war. Er schrie auf, als er auf seinen gebrochenen Arm fiel und sich Dunkelheit vor seinen Augen zusammenzog.

Er vernahm Adias Schrei nur dumpf, als er sich auf den Rücken rollte. Weit entfernt, als wäre er bereits über die Schwelle des Totenreiches getreten. Dameo blinzelte, als Blut seine Sicht hinter einem roten Schleier verbergen wollte. Er sah, wie seine Schwester die Treppe hinunterrannte. Ein flüchtiges Aufleuchten ihres bleichen Gesichts. Des Grauens darauf. Er wollte ihr zuschreien zu verschwinden, aber alles, was seine Kehle verließ, war ein raues Krächzen.

Ein Schatten fiel auf ihn und schloss Adia aus. Nicodeo Angelis stieß ein heiseres Brüllen aus und seine Klauen schnellten herab. Ein Atemzug, dann bohrten sie sich in Dameos Brust und ein harter Ruck zerriss sein Fleisch bis auf die Knochen. Ein letzter gequälter Schrei drang aus seinem Mund. Dann umhüllte ihn die ewig sternenlose Nacht und seine Seele floh.

Sie war zu einer Statue aus Eis erstarrt. Alysea konnte nicht atmen. Nicht denken. Schmerz zerriss ihre Welt, als die Klauen des alten Fürsten die Brust seines Sohnes zerfetzten. Dameos Körper bäumte sich auf und sein Schrei durchdrang das Rauschen des Blutes in ihren Ohren.

Alysea hielt sich an der Galerie fest, als ihre Beine nachgeben wollten. Tränen verschleierten ihren Blick. Durch den silbernen Schleier sah sie Adia, die den Arm ihres Vaters umklammerte, als könnte sie den tödlichen Schlag noch vereiteln. Ihr Gesicht verzerrte sich, als sie von ihm abließ und schluchzend neben Dameo auf die Knie fiel. Sein Blut tropfte von den Klauen seines Vaters und vereinte sich mit dem Rot auf dem Boden. Neveas verharrte an der Treppe. Stein, der sich nicht regen konnte. Die Fäuste geballt, als müsste er entscheiden, ob er den neuen Fürsten des Nachthofes herausfordern wollte.

Der Schlag ihres Herzens stolperte. Hielt an.

Der Nachthof sank auf die Knie und noch immer konnte sie nicht atmen. Ihre Lungen brannten. Dann brach der Schrei aus ihr heraus. Ein unmenschlicher Laut, dem Heulen eines Tieres gleich. Er versiegte erst, als alle Luft aus ihrer Brust gewichen war.

Ihr Herz begann schmerzhaft wieder zu schlagen. Hände legten sich um ihre Schultern. Alysea stieß sie von sich. Schwärze rann über das Silberband in ihrer Hand. Sie klammerte sich daran fest, als wäre es ein Seil, das sie vor dem Fall bewahren konnte.

»Nein.«

Ein Flüstern. Rau. Stimmlos.

»Nein!«

Sie wiederholte es lauter.

Die ersten Köpfe wandten sich zur Galerie und auch der neue Fürst des Nachthofes drehte sich zu ihr um. Seine Silberaugen hefteten sich auf ihr Gesicht.

Jemand rief ihren Namen, als sie die Stufen hinabstieg. Es war ihr gleichgültig, wessen Stimme es war. Irgendwo tief in ihr zerbrach etwas. Eine gläserne Kuppel, die Licht umschlossen hielt. Seine Strahlen hinterließen Risse, die weiter aufbrachen, gleich einer Eierschale, aus der etwas schlüpfen wollte. Sie konnte das Knacken in ihren Ohren hören.

Das erlöschende Silberband war auf Dameos Seite schwarz wie die Nacht. Nur eine winzige Spur von Silber war verblieben, während die Schwärze unaufhaltsam darüber kroch, auf sie zu, um ihr Herz zum Stillstand zu bringen.

Doch noch schlug es.

Und es würde für sie beide schlagen.

Sie sah nichts. Niemanden. Nur die blutüberströmte Gestalt, die am Boden lag. Seinen zerschnittenen Leib. Die rote Linie aus grausamen Klauenspuren, die sich von seiner Kehle bis zu seinem Bauch zog. Sie hatte sich gleichermaßen in ihr eigenes Fleisch gegraben.

»Alysea! Nicht! Du kannst nicht bleiben!« Adia stolperte auf die Füße und fasste nach ihr, doch Alysea entzog sich ihren Händen.

Sie kniete neben Dameo nieder, den dünnen, flackernden Faden in ihrer Hand. Schwarze Spuren zeichneten sich auf seiner Haut ab, als hätte der Marmor, auf dem er lag, auf ihn übergegriffen, um ihn für sich zu beanspruchen.

Niemand regte sich, als sie seine Hand ergriff. Seinen schwächlich pochenden Puls fühlte, an dem der schwarze Flecken den Ursprung des Bandes zwischen ihnen anzeigte. Seinen schleichenden Verlust, der unausweichlich schien. Er atmete noch. Kaum merklich, doch seine Brust hob sich unter Qualen, während das Leben aus ihm sickerte. Eisige Dornen wanden sich um ihr Herz und stachen zu. So tief, dass sie glaubte, sterben zu müssen.

Nur ein winziger Funken Silber war noch übrig. Ein Flackern seiner Seele, so schwach, dass es sie kaum erreichte. Dennoch fasste sie danach und hielt es fest.

Das Knacken in ihrem Inneren verstärkte sich. Die gläserne Schale platzte weiter, sie klirrte wie ein Meer aus Scherben, über das der Wind fuhr, als sie herabfielen und das Licht hervorbrechen ließen. Es wurde stärker. Ein heller Schein, ein Glühen in ihrem Inneren.

Erstauntes Keuchen. Unruhe. Es kümmerte sie nicht. Es gab nur Dameo und das Silberband. Das winzige Pulsieren des Silbers seiner Seele, das sich verstärkte, als ihr inneres Leuchten über den Faden floss. Ihre Haut glühte und der Schein griff auf Dameo über. Er badete sie beide wie das Licht der rituellen Reinigung, doch diesmal entsprang es aus ihr selbst. Eine silberweiße Aura, die das Pulsieren anfachte und es wachsen ließ. Die Schwärze wich, allein von ihrem Willen zurückgetrieben. Wie Schatten, der schwinden musste, wenn die Sonne über die Welt kam.

Nein. Es war der Mond. Er lebte in ihr. Und sein Licht war es, das sie umhüllte.

Das Silber erstarkte unter ihren Händen, während ihre eigene Kraft schwand. Alysea fühlte, wie das Leben aus ihr herausrann. Wie Wasser, das durch ein Flussbett strömte, hin zu dem austrocknenden Ozean, mit dem es sich vereinen wollte, um ihn zu füllen. Und Dameo war der Ozean.

Ihr Herzschlag verlangsamte sich, während der seine kräftiger wurde. Ein kleiner Vogel, der zuerst zaghaft mit den Flügeln schlug. Heftiger, als er durch das Geschenk ihres Lebens erstarkte.

Gemurmel wurde laut. Eine Stimme, grollend und tief, erhob sich über die anderen und die Unruhe stieg. Alysea wusste, dass sie vor ihr fliehen sollte. Dass sie Gefahr bedeutete. Doch ihr Platz war hier. Bei Dameo. Bei dem schlagenden silbernen Herzen, das sie teilten. Und sie durfte ihn nicht verlassen.

Sie spürte das Echo in Dameos Brust, als das Mondsilber seinen Puls berührte. Er keuchte auf und rang nach Atem. Die Schwärze wollte wieder nach ihm greifen, aber Alysea drängte sie zurück. Ein letztes Aufwallen ihrer Kraft, ehe die Erschöpfung über sie siegte und sie umso deutlicher fühlen ließ, wie es um ihn stand. Er war Qual. Rot glühende, heiße Qual. Tränen rannen über ihre Wangen, als sie seinen Schmerz teilte. Ihre Finger waren verschlungen und der Druck seiner Hand war nichts als ein schwaches Zittern. Doch es bedeutete Leben.

Er lebte.

Alysea schlang mit einem erstickten Laut die Arme um ihn, als die schwarzen Fäden wichen. Der Schein versiegte und die Wirklichkeit traf sie mit der Wucht eines Fausthiebs.

Ja, er lebte. Aber sie waren noch immer am Nachthof. Inmitten der Wandler, deren Gesetz verlangte, dass er starb, damit der neue Fürst seinen Anspruch auf den Nachtthron untermauerte.

Dunkelheit fiel über sie und Nicodeo Angelis ragte über ihnen auf. Eine bedrohliche Gestalt, finster wie die Nacht. Sie waren wie Insekten in seinem übermächtigen Schatten.

Alysea blickte zu ihm auf. Dameos Blut klebte an seinen Händen und er bewegte unschlüssig die Finger. Sein Gesicht blieb kalt, doch in seinen Augen stand ein undeutbares Flimmern. Sie tastete nach ihrem Zaubersiegel, obgleich sie wusste, dass sie nicht mehr die Kraft besaß, sich ihm entgegenzustellen. Sie war matt und erschöpft, als könnte sie sich nie wieder erheben. Ihre Beine würden sie ebenso wenig tragen wie die Schwingen der Magie, die erlahmt waren. Dennoch wich sie seinem Blick nicht aus, ließ sie nicht von Dameo ab. »Wenn Ihr es zu Ende bringen wollt, müsst Ihr mit mir beginnen. Und Ihr wisst, was mein Blut an Euren Händen bedeuten wird.«

Die Lippen des Wandlers verzogen sich zu einem verächtlichen Lächeln. »Seht an. Die Hexe besitzt Krallen und den Mut, sich ihrem Tod entgegenzustellen. Wie schade, dass Eure Mühen vergebens waren.« Er wandte den Kopf zu den Wachen, die am Ausgang des Festsaales postiert waren. »Ergreift sie und bringt sie hinaus«, befahl er streng. »Ich will, dass sie dem Sonnenhof übergeben wird. Ein letztes Geschenk für ihre Mutter, das meinen guten Willen beweist. Sie darf zu Hause welken.«

Die Wachen reagierten zögerlich, als wären sie nicht sicher, wem sie ihre Treue schuldeten. Die Augen des Fürsten flammten auf. »Ich sagte, ergreift sie!«

Die Männer, die das silberne Flügelwappen der Angelis trugen, setzten sich in Bewegung und Alysea umklammerte Dameo fester. »Ihr seid eine widerwärtige Bestie. Selbst wenn Ihr geheilt seid, wird sich niemals etwas daran ändern, dass Ihr weniger seid als ein Tier.«

»Dann solltet Ihr mich nicht länger reizen, damit ich nicht vergesse, dass unsere Familien gute Freunde sind.« Das Glitzern in seinen Augen war furchterregend. Wildheit stand darin, unterdrückter Zorn, der nur noch mühsam beherrscht wurde. Er trat einen weiteren Schritt auf sie zu, stockte, als unvermittelt Rauch vor ihm aufwallte.

Neveas' Silhouette bildete sich aus dem wirbelnden Dunst. Verfestigte sich. Sein Körper war angespannt. Angriffsbereit. Die Schritte der Wachen verhallten.

»Geh mir aus dem Weg, Neveas.« Ein kaltes Knurren. Bedrohlich. Ein Fürst, der um seinen Thron kämpfen würde, bis er alles aus dem Weg geräumt hatte, das es wagte, sich ihm entgegenzustellen.

»Nein.«

Nicodeo schnaubte. »Willst du mich herausfordern?«

Neveas blickte ihn unbewegt an. »Wenn Ihr mich dazu zwingt, werde ich das«, erwiderte er.

Adia rührte sich. Sie trat an Neveas' Seite. Klauen hatten sich durch die Spitze ihrer Handschuhe geschoben. Ein Bollwerk, das sich gemeinsam gegen den Fürsten stellte. Beide bereit, ihren Bruder zu verteidigen, selbst wenn es sie das Leben kostete.

»Es ist das Gesetz unseres Volkes, dass er sterben muss.« Eine kalte Feststellung, die über die Lippen des Fürsten kam, als würde es ihn nicht berühren.

»Es ist auch das Gesetz unseres Volkes, dass der Blutrausch durch den regierenden Fürsten ausgelöscht werden muss«, spie ihm Adia entgegen. »Aber er konnte es nicht. Fünf Jahre lang hat er nach einem Weg gesucht, dich zu heilen, weil er dich nicht aufgeben konnte. Und ich habe mir nichts mehr gewünscht, als dass er ihn findet. Er hätte dir den Thron zurückgegeben, ohne für einen Herzschlag lang zu zögern, und ich habe mir herbeigesehnt, dass es eines Tages wirklich geschieht. Dass wir unseren *Vater* zurückbekommen, frei von der Bestie, die ihn verschlungen hat. Jetzt wünschte ich, er hätte es damals zu Ende gebracht.«

Der Mund des Fürsten zuckte. Ihr Schlag hinterließ einen Riss. Er brachte die frostige Schicht, die über seinen Augen lag, zum Splittern und Nicodeo rieb sich über den Hals. »Dann war er nicht stark genug, um über den Nachthof zu herrschen«, presste er hervor, als würde etwas ihm den Atem abschnüren. »Und ich kann nicht zulassen, dass er überlebt, um meinen Anspruch infrage zu stellen. Ich beschwöre dich, geh, Adia.«

»Wirst du sonst auch mich töten, Vater?«, fragte sie eisig. Ihre Finger zitterten und sie ballte sie zu Fäusten.

»Ja.« Seine Stimme klang erstickt und seine Klauen kehrten zurück. Dunkelheit wallte über seinem Rücken auf und Adias Schultern sackten herab. Sie fasste nach Neveas' Hand. Kampfbereit, obwohl ihr Herz in Scherben lag.

»Dann töte mich«, flüsterte sie mit gesenktem Kopf. »Ich werde nicht zulassen, dass du Dameo anrührst, solange ich lebe.«

Eine letzte Entscheidung. Ihre Endgültigkeit legte sich über den Saal wie ein Leichentuch. Es wurde so still, dass jedes Rascheln zu hören war.

»Ihr habt für diese Nacht genug Blut vergossen, *Nachtfürst.*« Eine Stimme, so stark wie Sturmwind. Donner hallte krachend unter der Kuppel wider. Macht ballte sich zusammen. Alysea konnte fühlen, wie sie über ihnen schwebte wie eine Wolke. Eisiger Regen fiel aus dem Nichts auf ihr Gesicht und vermischte sich mit den Tränen, die über ihre Wangen geronnen waren. Verständnislos hob sie den Kopf und die Aufmerksamkeit des Saales verschob sich. Hin zu der Gestalt in dem dunklen Umhang, die auf der Treppe erschienen war. Der schlichte Wollstoff blähte sich wie von einer unspürbaren Brise berührt. Ebenso wie das Haar des hochgewachsenen Mannes. Es war so weiß wie Schnee. Ungezähmt wie der Wind, der über die Berge seiner Heimat wehte.

»Vangelas«, wisperte sie und der Blick seiner violett leuchtenden Augen richtete sich auf Alysea, als hätte er es vernommen. Nur für einen Wimpernschlag. Dann blickte er dem Fürsten entgegen, der sich der neuen Bedrohung zugewandt hatte.

»Wer seid Ihr und was wollt Ihr an meinem Hof?«, knurrte der Fürst, seine Stimme nicht weniger eindrucksvoll als die des Dämons.

Gelassen streifte Vangelas die Kapuze zurück, um die Hörner zu entblößen, die sein Erbe verrieten. Das grelle Aufleuchten eines Blitzes, und Alysea erkannte Domia Lucea im Rücken des Dämonenprinzen. Eine kleine, zierliche Gestalt im Angesicht seiner Macht. »Ich bin ein Sohn der wahren Herren dieser Stadt. Ein Bote der Königreiche Nys und Din. Und ich bin gekommen, um zurückzufordern, was meinem Volk zusteht.«

Staunen. Es war beinahe greifbar. Ein Raunen ging durch die Menge der Wandler.

»Es gibt keine wahrhaftigen Dämonen mehr in Gemea und es gibt nichts, was ihnen in dieser Stadt noch zustehen könnte.«

»Wie sehr Ihr Euch doch täuscht.« Vangelas lächelte finster und hob die Hand. Ein Sturm fegte durch die Cae'Angelis. Er traf den Fürsten des Nachthofes und heftete ihn mit der Gewalt eines Eisenhammers an die Wand. Nicodeo Angelis rutschte an dem Marmor hinab und zog eine Blütengirlande mit sich. Sie wickelte sich um seine Brust, als er besinnungslos zu Boden fiel. »Aber ich habe keine Zeit, es Euch zu erklären.«

Schreie wurden laut, als sich nadelspitzer Hagel in den Regen mischte. Die Wandler flohen vor der Gewalt der Natur, die der Dämonenprinz über ihnen entfesselte. Vor den Blitzen, die wie Speere herabstießen und einen Kreis bildeten, den der Hagel nicht durchbrach. Er scheuchte sie aus dem Saal wie aufgeschreckte Hühner.

Plötzlich war Sofea bei ihr. »Weg hier«, zischte sie. »Wir müssen ihn rausbringen, bevor sich der Dämon verausgabt hat.«

Neveas' Starre endete. Er schob die Hände unter Dameos Schultern und Sofea ergriff seine Beine. Alysea spürte Dameos Schmerz, als sein Bewusstsein für einen Herzschlag lang erwachte, ehe er zurück in die

Dunkelheit glitt. Seine Schwingen schleiften über den Boden, als sie ihn auf eine Seitentür zuschleppten, die zu den Privatgemächern der Familie führte.

Adia half Alysea auf die Füße und stützte sie, als ihre Beine nachgaben. »Kannst du laufen?« Ihre Stimme war drängend. Dameo lebte. Und wenn Nicodeo Angelis der Fürst des Nachthofes bleiben wollte, musste er seinen Sohn jagen und zur Strecke bringen. Sonst war sein Anspruch nicht mehr wert als Staub.

»Ja. Natürlich.« Sie musste es können.

Alysea biss die Zähne zusammen und stolperte neben der Wandlerin aus dem Saal. Adia trug sie beinahe, während sie durch den Palast hetzten, so schnell es möglich war. Sofea übernahm die Führung, ihre Anweisungen lotsten sie zu der Kutsche, die auf dem abgedunkelten Hinterhof wartete. Sie erkannte das blonde Haar ihrer Mutter, das im Dunkel leuchtete wie eine Sonne, die ihnen den Weg wies, aber es war keine Kutsche der Valerian. Kein Wappen prangte auf den dunklen Türen.

Es war Sofea, die selbst auf den Kutschbock stieg. Ihr helles Haar wie ein Leuchtfeuer, das die Nacht durchdrang, ehe sie es unter der Kapuze ihres Umhangs verbarg. Alysea gab nicht vor, zu verstehen, was vor sich ging, als die Tür hinter ihr ins Schloss fiel. Dameos Kopf lag in ihrem Schoß und er stöhnte leise, als die Pferde anzogen. Ihr Hufklappern hallte laut von dem Pflaster wider, als sich das Gefährt in Bewegung setzte. Einem Ziel entgegen, das sie nicht kannte. Und etwas in ihr war zu betäubt, zu dumpf, um ihre Mutter zu fragen, deren Augen besorgt auf ihr ruhten, während sie durch Gemea fuhren.

26

Der unsterbliche Prinz

Dameo war noch immer ohne Bewusstsein. Seine Wunden heilten, während seine Wandlergabe ihr Werk tat. Aber die Verletzungen waren so schwer, dass Alysea oftmals befürchtete, sein Körper würde unter ihrer Last kapitulieren. Immer wieder fasste sie nach dem Silberband, um es auf Trübungen zu untersuchen. Auf die verräterische Spur des Giftes, das der Zauber in ihn gepflanzt hatte wie einen unheilbringenden Samen. Doch sie entdeckte nichts. Das Silber war rein und klar, wenngleich an seinem Ende nichts als Stille herrschte.

Alysea ließ den feuchten Lappen in die angeschlagene Porzellanschale gleiten, die Vangelas ihr gebracht hatte. Er versank mit einem leisen Plätschern in dem blutigen Wasser, mit dem sie Dameo gesäubert hatte. Der Dämon lehnte an der Wand und beobachtete sie stumm. Abwartend. Eine helle Silhouette vor den modrigen Tapeten des alten Dämonenpalastes, die in Fetzen von den Wänden hingen. Ein Unterschlupf, in dem niemand nach ihnen suchen würde und der jeden Eindringling abwies, solange Vangelas über die Kräfte gebot, die in seinen Mauern schlummerten. Sicherheit. Zumindest für eine Weile.

Die Kutsche hatte sie zum Nachtmarkt gefahren und Domia Lucea war mit Vangelas gefolgt. *Sie* hatte ihn an den Nachthof gebracht, an einem Tag, an dem so viele Fremde dort verweilen würden, dass der Dämon nicht auffiel. Eine glückliche Fügung … vielleicht. Noch immer hatte Alysea nicht den Mut aufgebracht, Vangelas die Fragen zu stellen, die sie stellen musste.

Sie hatten Dameo durch die Katakomben in den Palast getragen. In ein Schlafgemach mit splittrigen Buntglasscheiben und staubigen Teppichen, das einst einem Dämonenadeligen gehört haben musste. Die Überreste der Samtvorhänge ließen die Morgensonne den weitläufigen

Raum erhellen. Es gab ein Bett, dessen brokatene Bettvorhänge von Motten zerfressen waren. Einen Tisch mit zwei Stühlen, ihre prachtvollen Polster verblasst und löchrig. Eine mit angelaufenem Silber beschlagene Truhe, in der sich jetzt einige schlichte Kleidungsstücke befanden. Überbleibsel des Dämonenhofes. Überbleibsel eines Lebens, in dem Vangelas' Vorfahren über Gemea und das Dämonenreich geherrscht hatten. Nys und Din. Namen aus Legenden. Namen aus Legenden, die plötzlich so nah schienen, dass ihre Präsenz Alysea den Atem nahm. Sie wollte nicht daran rühren. Aber sie musste es.

Sie seufzte und strich das Haar aus Dameos Gesicht. Er war bleich. So unglaublich bleich, als wäre kein Tropfen Blut mehr in seinen Adern übrig. Sie wollte weinen, doch sie hatte keine Tränen mehr. »Warum Dameo, Vangelas? Was wollt Ihr von ihm?«, fragte sie schließlich. »Ihr seid wegen ihm gekommen, nicht wahr?«

Der Dämonenprinz antwortete nicht sofort. Er wirkte ausgelaugt, seine Augen umschattet, als hätte es all seine Kraft aufgezehrt, den Hagelsturm in der Cae'Angelis zu beschwören. »Ich will, dass er meine Heimat von der Krankheit befreit, die das Leben aus ihr herausquetscht. Dass er uns aus der Sklaverei befreit«, sagte er dann.

»Wie könnte er das? Er ist ein einfacher Schattenwandler, so sterblich wie ich.«

»Nein.« Er zögerte flüchtig. »Er ist mein Bruder. Neiros Aeneos, der älteste Sohn des Königs von Nys und der Königin von Din.«

Alysea starrte betäubt auf die schlafende Gestalt, ohne fassen zu können, was ihre Ohren berührte. Etwas in ihr weigerte sich, zu verstehen, was unbegreiflich schien. Und doch … der Augenblick, in dem das Mondlicht seine Fassade durchbrochen hatte … sie erinnerte sich zu gut daran, um es zu verdrängen. »Warum habt Ihr mir damals nicht die Wahrheit gesagt?«, fragte sie tonlos.

Vangelas hob die Achseln und blickte auf das Deckengewölbe aus Obsidian, das sich über ihnen ausdehnte. »Ich war nicht sicher, ob er der Richtige ist. Es war eine Vermutung, nicht mehr.«

»Und jetzt seid Ihr es?«

Er nickte. »Domia Lucea hat mir von seinem Traum erzählt, weil sie gehofft hat, auf diese Weise mehr über seine Bedeutung in Erfahrung zu bringen. Und ja, ich habe ihn erkannt. Es war die Nacht, in der das Königsheer von Nys von seiner Heimat abgeschnitten worden ist. Die Nacht, in der die größten Krieger meines Volkes vergessen haben, was sie wirklich sind. Ein Pakt zwischen Hexen und Dämonen, geschlossen von den Verrätern in meiner eigenen Familie.« Er lächelte bitter. »Ich war zu jung, um mit dem Heer zu ziehen, als die Hexenaufstände begonnen haben. Also bin ich zurückgeblieben und arglos in die Falle getappt, die mein Onkel uns gestellt hat. Ich bin als jüngster Sohn der Hochkönige von Nys und Din geboren, des höchsten Geschlechtes der Dämonen. Und er hat mich zu einem Sklaven gemacht, der ihm in Ketten zu seiner Unterhaltung dienen durfte. Eine Warnung, was er zu tun imstande war, wenn man sich ihm in den Weg stellt. Meine Familie dient ihm als Exempel. Die größte Macht des Dämonenreiches. Gefallen – durch *ihn*. Wer könnte sich ihm entgegenstellen und hoffen, über ihn zu siegen?« Er stieß einen verächtlichen Laut aus.

»Eure Schwingen …«, sie stockte und leckte sich über die Lippen.

»Haben mir die Flucht aus Nys erkauft.« Er wandte sich ab und stützte sich auf die Lehne eines Stuhls. Es offenbarte die Stummel auf seinem Rücken, die unter dem Hemd hervortraten.

Alysea schluckte und senkte den Blick. Sie wollte nicht fragen, was ihm widerfahren war. »Wie kann Dameo Euer Bruder sein? Er ist nur wenig älter als ich. Und die Herrschaft der Dämonen liegt Jahrhunderte zurück.«

»Die Seele meiner Art ist unsterblich. Wenn man den Körper tötet, wird sie wiedergeboren. Sie erlischt für eine Weile, aber dann kehrt sie ins Leben zurück. Es ist ein unendlicher Kreislauf, der von vorn beginnt, wenn er endet. Wissen, das niemals versiegt, weil es im Geist verankert bleibt. Eine Quelle der Kraft, die für immer sprudelt. Und so ist es auch seine. Er ist ein Prinz der Dämonen, der immer wiederkehrt, weil es für keinen von uns jemals den Frieden des ewigen Vergessens geben kann. Wir sind geboren, um unser Reich zu schützen. Was wir sind, kann nie vollkommen vernichtet werden.«

»Es heißt, dass Dämonen seelenlos sind.«

»Seelensauger und andere niedere Dämonen sind es. *Wir* sind es nicht.« Er drehte den Kopf und hob eine Braue. »Unsere Art besteht nicht nur aus dem Abschaum, der in den Gossen der Städte herumkriecht, um Seelen zu fressen. Auch wenn es Euresgleichen ähnlichsieht, *uns* zu den Scheusalen in eurer Geschichte zu degradieren.«

Er war verstimmt. Ein Vogel, der entrüstet sein Gefieder aufplusterte. Sie wollte über das Bild lächeln, doch es gelang ihr nicht. »Ihr *seid* die Scheusale, Vangelas. Ebenso wie wir. Und es gibt ebenso viele Unschuldige unter Euch wie unter den Hexen. Ihr könnt nicht einem ganzen Volk die Schuld für Taten geben, von denen es nie erfahren hat.«

Eine Falte erschien auf Vangelas' Stirn und verdüsterte sein Gesicht, aber er erwiderte nichts. Auch im Zorn konnte er die Wahrheit nicht verleugnen, selbst wenn er es niemals offen eingestehen würde.

Alysea seufzte resigniert. »Dann haben all die Wandler, die von Seraphias Fluch getroffen wurden, Dameos Seele getragen?«

»Nein. Neiros' Seele hat lange Zeit geschlafen, ohne ins Leben zurückzukehren. Für Jahrhunderte habe ich geglaubt, dass sie ebenso verloren sei wie unser Vater. Dann habe ich gespürt, dass er erwacht ist.«

»Ihr habt es gespürt?«

»Blut bindet Familien ähnlich wie das Silberband, wenngleich …«, er lächelte anzüglich, »auf eine weniger innige Weise.«

Alysea ignorierte sein zweideutiges Grinsen. Sie blickte auf Dameos regloses Gesicht. *Neiros*. Es war ein Name, den sie niemals mit ihm verbinden könnte. Er war Dameo. Niemand sonst. Sie schüttelte den Kopf. »Ich gebe nicht vor, zu verstehen, wovon Ihr redet.« Sie spielte mit dem Blutring und ließ davon ab, als er gegen ihre Fingerspitzen klopfte. »Für uns gab es nichts als Seraphias Fluch, der uns verbunden hat. Kein Königsheer, keine unsterbliche Seele, die wiederkehrt. Nur die Rätsel einer Hexenfürstin, mit denen sie uns zurückgelassen hat. Fragmente von Erinnerungen.« Sie stieß den Atem aus. »Gemea.«

»Aber Neiros ist *mehr* als Gemea mit seinen lächerlichen zerstrittenen Höfen! Und seine Heimat braucht ihn.« Wind erhob sich um Vangelas und offenbarte den Grad seiner Verärgerung. Sein Haar wurde von der Brise ergriffen und tanzte um sein Gesicht, als besäße es einen eigenen Willen.

»Gemea ist ebenso seine Heimat«, erwiderte Alysea ruhig. »Wir haben Bande, die uns an diese Heimat binden, Vangelas. Familien, mit denen wir aufgewachsen sind. Blut, das uns mit anderen zusammengeschmiedet hat, die uns etwas bedeuten. Diese lächerlichen Höfe sind unser Leben.«

Er schlug heftig gegen die Wand und Alysea zuckte zusammen. »Es ist genau das, was sie *wollten*. Gab es je einen besseren Weg, um eine unsterbliche Streitmacht auszulöschen, als sie an ein solch kurzes Leben zu binden, dass sie vergisst? Dass sich die Bande der Loyalität lösen, weil die Seele sich für zu lange Zeit von der Wahrheit entfernt und neue Wurzeln bildet?« Er atmete hörbar aus und das Violett seiner Augen glühte zornig, als er sich umdrehte. »*Das* ist es, was sie getan haben, Alysea. Und es ist ihnen gelungen. Die Hexen haben die Macht der Dämonen erhalten, um damit zu spielen, während das Königsheer zu einem Schatten seiner einstigen Stärke geworden ist. Gebannt in schwache sterbliche Körper, die keine Gefahr mehr darstellen. Ihr seid die Wärter, die das Tor geschlossen halten, weil Euresgleichen sonst wieder zu dem werden, was sie wirklich sind. Menschen, die ihre Finger in die Magie gesteckt haben wie in einen verbotenen Topf voller Honig. Und es hat sie so süchtig gemacht, dass sie die erste Gelegenheit ergriffen haben, um noch mehr zu bekommen. Der Aufstand war eine Lüge. Eine Falle, in die mein Vater und sein Heer gelockt wurden. Und Euer Volk war nichts als ein Köder, über Jahrhunderte gelegt, um Nys in die Hände meines Onkels zu bringen. Ihr seid die Frucht einer Intrige, so künstlich erschaffen, wie ihr es von den Schattenwandlern glaubt. *Sie* haben euch geschaffen. Die Verräter meiner Familie. Und das nur zu einem einzigen Zweck.«

»Aber das ist …«

Unmöglich? War es das?

Alysea rieb sich die Schläfen, in denen der Nachhall des Kopfschmerzes steckte. Ihre Stirn war noch immer erhitzt, aber die Stimmen in ihrem Kopf schwiegen endlich. Sie fühlte sich matt und erschöpft, doch es war eine natürliche Erschöpfung, die von Anstrengung herrührte. Das Fieber war gesunken, seitdem der Damm in ihrem Inneren gebrochen war. Ein Damm, den die Grauroben in ihr errichtet hatten. Gegen die Dämonenmagie, die ihr Vater ihr geschenkt hatte.

So viele Geheimnisse, die sie selbst vor ihresgleichen verbargen. So viel Dunkelheit, die nicht zu durchdringen war. Gab es irgendetwas, das der Zirkel nicht tun würde, um seine Macht zu stärken? Alysea musste nur in sich hineinhorchen, den kleinen glühenden Flecken berühren, in dem die Macht ihres Erbes wohnte, um zu wissen, dass es nichts gab, wovor er zurückschrecken würde.

»Was wisst Ihr über Seraphias Fluch, Vangelas?«

»Eine Hexe, die vor Gram über den Tod ihrer Tochter Hexen und Schattenwandler verbunden hat«, antwortete Vangelas spöttisch. »Unangenehm für Euch.«

»Unangenehm für *Euren Bruder,* solange er an mich gebunden ist. Oder wollt Ihr mit der Befreiung Eures Volkes warten, bis seine Seele frei von mir wiedergeboren wird?«

Vangelas' Lippen verzogen sich zu einem herablassenden Lächeln. »Wahrscheinlich wäre es nicht das Schlimmste, was ihm passieren könnte.«

»Arroganter Mistkerl.« Alysea spürte, wie Hitze in ihrem Magen zu glühen begann und den silbernen Ball aus Licht darin anwachsen ließ. Eine winzige Lichtkugel schoss von ihren Fingern und zerplatzte auf Vangelas' Stirn, ohne dass sie danach gerufen hatte.

Er zuckte zusammen und rieb über den roten Flecken, den sie auf seiner Haut hinterlassen hatte. »Haltet Eure Magie im Zaum, Halbblut«, grollte er tief und das Glühen seiner Augen flackerte gefährlich.

»Das würde ich, wenn ich verstünde, wie man sie lenkt«, gab Alysea barsch zurück. »Ich bin nicht mit *Eurer* Art der Magie vertraut, *Dämon.*« Tatsächlich verstand sie *nichts* daran. Sie rieb sich die prickelnden Fingerspitzen, nicht weniger erschrocken, als es Vangelas war. Aber sie wollte verflucht sein, wenn sie es ihn bemerken ließ.

Sie starrten einander an, bis Dameos Stöhnen den Bann brach. Alyseas Herz schlug schneller, als die Hoffnung schmerzhaft durch ihre Brust zog, doch er erwachte nicht. Enttäuscht schloss sie die Lider und atmete aus, um den Zorn loszulassen. »Wir können dieses Spiel von vorn beginnen, Vangelas. Aber wir beide wissen, dass der Fluch mehr bedeutet als eine kleine Unannehmlichkeit, die Hexen und Wandlern das Leben erschwert. Für uns beide.«

Endlich wich der Spott von den Zügen des Dämons. »Ja. Aber es spielt keine Rolle mehr.«

Alysea hob erstaunt die Brauen. »Nein? Warum nicht?«

Vangelas verließ seinen Platz an der Wand und beugte sich zu Dameo hinab, um das Haar aus seiner Stirn zu streichen. Silbriges Licht floss von seinen Fingerspitzen und ließ Dameo leuchten, als würde es aus ihm herausstrahlen. Es offenbarte einen Makel. Nur eine winzige Linie an seiner Schläfe, kaum sichtbar in seinem Haaransatz. Es war einfach, sie für nichts als Haar zu halten. Und doch war es unverwechselbar. Sie kannte die Schwärze, die sich durch seine Venen fraß wie ein Wurm, der ihn aushöhlen wollte.

»Nein«, hauchte sie entsetzt.

»Seelenfäule«, sagte der Dämonenprinz. Seine Ruhe war erzwungen. Alysea konnte es in seinen Augen lesen, die ihr Glühen eingebüßt hatten. Jetzt konnte sie die silbernen Funken darin erkennen, die sie auf unheimliche Weise an Dameo erinnerten. »Seine Seele ist schon zu lange von ihrer Heimat getrennt und sie verwittert unter ihrem Einfluss. Es ähnelt dem Band, das Euch mit ihm verbindet. Wenn ein Ende abgetrennt wird, kann das andere nicht überdauern. Ihr habt das Gift in ihm zurückgedrängt, aber Ihr könnt es nicht aus seinen Adern treiben. Nicht hier. Ihr könnt es vielleicht für eine Weile aufhalten, aber es wird Euch unweigerlich das Leben kosten.«

»Aber Ihr sagtet, dass seine Seele unsterblich ist«, erwiderte Alysea fassungslos.

»Sie wäre es, wenn sie nicht auf dieser Seite des Portals gefangen wäre.« Er trat von Dameos Lager zurück. »Die Seelenfäule ist schlimmer als der Tod. Sie lässt nichts zurück. Sie wird ihn auslöschen, als hätte er niemals existiert. Und dann ist unser Volk verloren.«

So wie sie Adrean ausgelöscht hätte. Florea hatte es gewusst. Und lieber hatte sie seine Seele an die Geisterwelt gefesselt, als zuzulassen, dass er vernichtet wurde.

Alyseas Hände zitterten. Sie grub sie in den Stoff des schlichten Rockes, den Vangelas ihr gegeben hatte, um das blutige Ritualgewand dagegen auszutauschen. Sie blickte an die Wand, während sie versuchte, zu verstehen. Klar zu sehen. »Ihr seid zu mir gekommen, weil Ihr möchtet, dass ich Euch helfe. Weil ich etwas tun *kann.* Deswegen wolltet Ihr allein mit mir sprechen.«

Vangelas neigte zustimmend den Kopf. »Ihr seid eine Hexe aus einem der mächtigsten Häuser Gemeas. Findet heraus, wo Euer Zirkel den Schlüssel für das Gefängnis des Königsheeres verbirgt. Etwas hält die Seelen hier in Gemea und schließt ihre Macht ein. Und dann helft Neiros, das Siegel zu öffnen, damit sie nach Hause zurückkehren können. Er muss sie führen, Alysea. Mein Vater ist verschollen.

Neiros ist nach ihm der rechtmäßige König von Nys und nur er allein kann das Königsschwert zurückfordern, dem sie folgen werden. Wir brauchen ihn.«

»Und Ihr glaubt, dass wirklich alle seinem Ruf folgen werden, nur weil ihre Erinnerung an ein fernes Leben zurückkehrt?«, fragte Alysea zweifelnd. »Sie haben sich in all diesen Jahrhunderten verändert, Vangelas.«

Vangelas versteifte sich. »Und *wir* haben all diese Jahrhunderte in Sklaverei gelebt. In Sklaverei und Qualen. Ich habe alles geopfert, um ihn zurückzubringen. Mehr, als Ihr Euch vorstellen könnt. Und bei allen Mächten des Abgrundes, das werde ich. Wenn Ihr mir nicht freiwillig dabei helfen wollt, schwöre ich Euch, dass ich mich nicht scheue, den Bluteid zu gebrauchen, wenn es uns retten kann.«

Alysea hob ruckartig den Kopf und sah dem Dämonenprinzen in die Augen. »Dazu also der Bluteid? Als Rückversicherung, dass Ihr mich nach Euren Wünschen lenken könnt, falls Dameo der Richtige ist?«

Vangelas' Blick blieb kühl. Selbstgerecht. Es fachte Alyseas Ärger an. »Besser, als darauf angewiesen zu sein, einer Hexe zu vertrauen.«

Alysea schnaubte, während sie versuchte, den Zorn im Zaum zu halten, der von Neuem in ihr zu kochen begann. »Kennt Ihr Eure eigenen Bande so wenig? Glaubt Ihr, dass Ihr einen Bluteid braucht, damit ich meinen Gefährten retten möchte?«, fragte sie scharf. »Ich bin keine törichte Gans, Vangelas. Ich habe verstanden, dass es in Gemea keine Rettung für ihn gibt. Und selbst *Ihr* könnt mir nichts antun, das schlimmer wäre, als ihn zu verlieren. Es ist ein Jammer, dass Ihr nicht einfach abwarten könnt, bis Seraphias Fluch sein Werk getan hat, nicht wahr? Ihr hättet nur warten müssen, bis seine Seele wiedergeboren wird – ohne mich, die ihm Fesseln anlegt.«

Der Blick des Dämons verfinsterte sich und seine Lippen wurden schmal. »Selbst *Ihr* hättet mich nicht dazu verleiten können. Ich *will*, dass er lebt. Ich will nicht noch einmal für eine ungewisse Ewigkeit warten, bis seine Seele erwacht. Mein Volk hat diese Zeit nicht.«

Wind berührte warnend ihr Gesicht, aber Alysea beachtete ihn nicht und starrte Vangelas eisig an. »Gut. Dann sind wir uns einig. Also spart Euch Eure Drohungen und behandelt mich wie eine Verbündete, nicht wie eine Feindin, die Ihr lenken müsst.«

Ein letzter Windhauch, der seine Verärgerung anzeigte. Ein Funken widerwilligen Respekts in seinen violetten Dämonenaugen. Dann nickte er knapp. »Ihr wisst, was Ihr zu tun habt.«

Ja, das weiß ich.

Sie wusste es nur zu gut, auch wenn sich ihr Verstand weigerte, zu glauben, dass Dameo in die Welt der Dämonen gehören sollte. Ein Prinz, auf den Krieg wartete. Ein Fremder, der in seiner Seele schlummerte und wieder erwachen sollte, um sich zu erinnern, was er wirklich war. Sie wollte mit ihm davonlaufen, weit weg, an einen Ort, an dem die Wahrheit sie nicht zu erreichen vermochte. Aber was begonnen hatte, war nicht mehr aufzuhalten. Das Gift war in ihm. Es hatte sich in seiner Seele verankert und es würde ihn auslöschen. Endlich verstand sie, wie Florea ihren Gefährten hatte töten können. Denn nichts war so schrecklich wie das Grauen, das der Gedanke in ihr auslöste, Dameos Seele für alle Zeit zu verlieren.

»Es ist der Glockenturm, ich wusste es«, murmelte sie. »Er muss die Wurzel sein. Kein Wandler kann sich ihm nähern, ohne sich mit Seelenfäule anzustecken.« Sie löschte ihre Seelen aus, damit niemand jemals an das Geheimnis gelangen konnte, das sich über dem roten Fluss erhob. Ein Geheimnis, das die Macht der Hexen brechen würde. Die Macht … *des Zirkels.* »Adrean und Florea müssen es herausgefunden haben.« Sie vergrub das Gesicht in ihren Händen. »Wie viel Zeit bleibt uns?«

»Ich weiß es nicht, aber Ihr werdet Euch beeilen müssen. Niemand kann vorhersehen, wann die Seelenfäule ausbricht und ihn zerfrisst.«

Beeilen. Gehen, bevor er erfuhr, was sie vorhatte.

Das Wissen war wie ein Seil, das ihr den Atem abschnürte. Keiner hatte es ausgesprochen, aber die Wahrheit schwebte zwischen den Zeilen wie eine versteckte Botschaft, die sie beide kannten. Sie musste an den Sonnenhof zurückkehren. Ohne Dameo. Und niemand konnte vorhersagen, wer dort draußen auf sie lauerte, um ihr Schicksal zu vollenden.

Seraphias Fluch …

Sie waren weit davon entfernt, ihn zu verstehen.

Sie schloss die Finger um Dameos Hand und das Silberband wurde sichtbar. Eine glänzende Linie, noch frei von Dunkelheit. Aber sie würde es nicht bleiben.

»Ihr werdet auf ihn achtgeben?« Nur ein Wispern, das sie über ihre Lippen zwang, ehe ihre Stimme erstickte.

Vangelas nickte. »Das werde ich.«

Tränen brannten plötzlich in ihren Augen und wollten aus ihrem Gefängnis hervorbrechen. »Lasst uns allein«, bat sie den Dämon.

Der Dämonenprinz hatte ihr bereits den Rücken zugekehrt, als hätte er geahnt, was sie sagen würde. »Ich bin in meinem Laden, wenn Ihr nach mir sucht.« Er fasste nach dem Türknauf und verschwand lautlos nach draußen. Die Tür fiel mit einem leisen Geräusch ins Schloss.

Sein Laden. Unauffällig und durch ein geheimes Portal mit dem Palast verbunden, den er noch aus seiner Kindheit kannte. Ein Palast, der Dameo Zuflucht bieten würde, während er heilte … an den er sich erinnern mochte, weil er in einem anderen Leben durch seine Gänge gestreift war. Vielleicht war dies sogar sein Schlafgemach gewesen. Die Bilder waren von den Wänden gefallen, ihre Rahmen auf dem Boden zerschellt und von Spinnweben eingesponnen. Sie fragte sich, wen sie darauf entdecken würde, wenn sie die alten Leinwände aufhob, doch sie wagte es nicht. Zu sehr fürchtete sie, was sie finden könnte.

Für eine lange Weile starrte sie blind in das Gemach, ohne sich zu regen. Wer würde er sein, wenn die Erinnerung zurückkehrte? Würde er Dameo bleiben? Oder würde das, was er einst gewesen war, stärker sein als ihr Bund und entzweien, was sich erst gefunden hatte?

Tränen ließen sein Gesicht verschwimmen und Alysea schluchzte heiser auf, als es ihr nicht mehr gelang, die Beherrschung zu bewahren. Nässe tropfte auf seine Hand, die sie noch immer hielt. Sie wischte die glitzernde Feuchtigkeit von seiner Haut und das glühende Silberband summte unter ihren Fingern.

»Keine … Tränen.«

Ein schwaches Flüstern, rau aus seiner ausgedörrten Kehle. Instinktiv griff Alysea nach dem hölzernen Becher, als säße sie am Bett eines Kranken, den sie in Domia Luceas Hütte gesund pflegte. Erst dann begriff sie.

»Dameo … du bist … wach!«, stammelte sie, als er die Hand an ihre Wange legte, um die Tränen von ihrer Haut zu wischen.

Er verzog die Lippen zu einem Lächeln und stöhnte, als der Schmerz in ihm erwachte und die Benommenheit des Schlafes vertrieb. »Ich hatte gehofft, dass du dich darüber freuen würdest«, flüsterte er heiser.

»Wie kannst du etwas anderes glauben, du schrecklicher Narr?« Sie lächelte unter Tränen und küsste die Innenfläche seiner Hand. Wärme unter ihren Lippen. Die Berührung ließ die Tränen nur umso heftiger fließen. »Ich habe gespürt, wie du mich verlassen hast«, wisperte sie. »Wie das Leben aus dir gewichen ist. Und ich wäre mit dir gestorben. Nicht, weil das Silberband mich ohnehin getötet hätte, sondern weil … ich … nicht ohne dich leben will.«

Dameo streichelte behutsam über ihre Wange. »Ich könnte dich niemals verlassen. Das Silberband ist ewig. Nichts kann es zerschneiden. Selbst der Tod kann es nicht.«

Doch die Seelenfäule konnte es. Alysea vermochte es nicht, zu antworten. Die Worte flackerten in ihr auf und erstickten, als sie sich weigerte, sie mit Atem zu nähren.

Dameo atmete hörbar aus, nichts ahnend von der Finsternis, die über ihnen schwebte. »Für einen Augenblick habe ich die Schwelle überschritten«, sagte er leise, beinahe abwesend, als er versuchte, die Erinnerung zu greifen. »Aber dann warst du dort und hast nach mir gerufen. Hell wie der Mond. Und ich bin deinem Ruf gefolgt, bis ich deine Hand ergreifen konnte und dein Herz gefühlt habe. Es hat das Blut in meinen Adern angetrieben. Du hast mir Leben geschenkt … *dein* Leben.«

»Es war der einzige Weg, dich nicht zu verlieren.«

»Und du wärest weitergegangen.«

»Bis zum Ende«, bestätigte sie ruhig.

Er schloss die Lider und sie spürte, dass er etwas sagen wollte. Dann schüttelte er den Kopf. »Adia und … Neveas?«, fragte er zögerlich, als würde er sich vor der Antwort fürchten.

»Sie sind hier. Ich kann sie rufen, wenn du möchtest.« Alysea erhob sich und verfluchte sich sogleich für ihre Torheit. Als könnte sie der Wahrheit entfliehen, indem sie vor ihm davonlief, wenn sie sich nichts mehr wünschte, als bleiben zu können.

»Warte. Noch nicht.« Er zog sie zurück auf den Bettrand und sie konnte einen Rest seiner Erleichterung erhaschen, ehe sie Ernst wich. »Ich wollte es dir sagen, Alysea. Aber ich konnte es nicht. Ich hatte

Angst, dass du mich für ein Monstrum halten würdest, das seinen eigenen Vater eingekerkert hat wie ein wildes Tier.«

»Dein Vater *ist* ein Tier, Dameo«, erwiderte sie hart. »Ein Tier, das sein eigenes Blut ohne Reue töten würde.« Selbst jetzt konnte sie noch das Eis in seinem Blick sehen. Den tödlichen Hieb. Die grausig klaffende Linie, die Dameo beinahe das Leben gekostet hätte. Sie schlug die Augen nieder und drängte das Bild zurück, als sie es nicht mehr ertrug.

»Er ist nicht er selbst. Sogar im Blutrausch war noch ein Funken von ihm zu erkennen, den das Biest nicht auslöschen konnte. Ich fürchte, dass etwas … *jemand* … seine Seele kontrolliert. Er hätte niemals allein fliehen können. Sein Kerker war versiegelt und selbst wenn er geheilt wirken mag …«

»Ich weiß. Es gibt keine Heilung für den Blutrausch.« *Ebenso wie für die Seelenfäule. Nicht hier.* Eine bittere Wahrheit mehr, von der sie sich wünschte, sie nicht zu kennen.

Dameo nickte. »Er wird mich jagen, um es zu Ende zu bringen, weil er es muss, um seinen Anspruch zu festigen. Solange ich am Leben bin, wird es Herausforderer geben, die seinen Rang anzweifeln. Ich fürchte um dich, Alysea. Du bist in Gemea nicht mehr sicher, wenn er die Fesseln abstreift, die ihn gefangen halten. Und das wird er früher oder später.«

Alysea schluckte den Kloß in ihrem Hals, der ihre Stimme ersticken wollte. »Ich werde sicher sein. *Wir* werden es sein. Wir werden einen Weg finden, sobald du wieder geheilt bist.« Eine Lüge, die sich an ihre Zunge klammerte. Er war zu matt, um ihren Stich über das Silberband zu bemerken. Dennoch würde er es erfahren. Schon bald. Doch … noch nicht. Nicht jetzt, wenn ihnen nur dieser winzige Moment blieb.

Dameo drehte den Kopf und runzelte die Stirn, als sein Blick auf den Kristallleuchter fiel, der mit den Jahren seinen Behang eingebüßt hatte. »Was ist das für ein Ort?«

Kein Erkennen in seinen Augen. Was er sah, war ihm fremd. Alysea folgte seiner Blickrichtung, froh, seinen Augen ausweichen zu können. »Der alte Dämonenhof.«

»Der Dämonenhof? Was zum Abgrund hat uns hierher verschlagen?«

Alysea hob die Schultern, unfähig zu erklären, was zu viele Fragen aufwerfen würde. »Es ist der sicherste Ort in Gemea. Niemand würde uns hier vermuten.« *Dich …*

»Der *sicherste* Ort in Gemea? Unter Dämonenbluten und dunklem Gesindel?« Er hob die Brauen. »Eine erstaunlich gewagte Wahl, selbst für dich.«

Sie zwang sich zu einem Lächeln, das kläglich ausfiel. »Die klügste Wahl. Alle Welt wird glauben, dass ich an den Sonnenhof oder zu Domia Lucea geflohen bin.« *Und bald wirst du es verstehen.* Es schmerzte sie, dass nicht sie diejenige sein würde, die an seiner Seite stand, wenn seine Welt in Stücke fiel. So wie die ihre zerbrochen war.

Er brummte zustimmend und seine Züge entspannten sich. Alysea konnte die Erschöpfung erkennen, die ihn zurückforderte. Er war zu benommen, um klar denken zu können.

»Du bist müde.« Sie strich vorsichtig über die Decke, die seine nackte Brust bedeckte. »Deine Wunden verheilen gut, aber du brauchst Ruhe.«

»Ich werde ruhen. Wenn du bei mir bleibst.« Er lächelte und zupfte auffordernd an ihrer Hand. Alysea ließ zu, dass er sie an sich zog und die Arme um sie legte, obgleich sie spürte, dass seine Wunden protestierten.

»Ich werde immer bei dir sein, Dameo«, flüsterte sie in seine Halsbeuge. »Und ich werde niemals zulassen, dass irgendetwas oder irgendjemand uns auseinanderbringt. Selbst wenn ich dafür alle Grenzen überschreiten muss.«

»Alle Grenzen. Bis über den Tod hinaus.« Ein Schwur, der bekräftigte, was niemals infrage stehen könnte. Er stützte das Kinn auf ihren Scheitel und sie spürte seinen Atemzug, der über ihre Stirn strich. Seine Finger, die ihr zerzaustes Haar entwirrten. So vertraut, dass es ihr Herz noch stärker schmerzen ließ. Denn sie wusste, dass es nicht von Dauer sein konnte. Und ebenso wusste sie, dass er sie niemals gehen lassen konnte. Das Silberband würde nicht zulassen, dass er sie tun ließ, was sie tun musste. Nicht, wenn sein Vater dort draußen nach ihrem Blut trachtete. Wenn Seraphias Fluch über ihnen hing wie ein Schwert, das herabzufallen drohte. Aber er war zu schwach, um sich ihnen entgegenzustellen, und die Zeit lief ihnen davon.

Ihr Blick glitt zum Fenster, als die Glocken zu läuten begannen und den neuen Morgen ankündigten. Die Silhouette des Glockenturmes zeichnete sich vor dem rötlichen Himmel ab, in dem das Blau des Sommertages bereits zu erkennen war. Sie starrte auf das Bild, bis Dameos Atemzüge regelmäßiger wurden. Bis seine Hand auf ihrer Hüfte so schwer wurde, dass sie herabrutschte und auf den Laken liegen blieb. Vorsichtig wand sie sich aus seinen Armen und sah auf ihn hinab, um sich seine Züge einzuprägen, die im Schlaf jünger wirkten. Das Haar so schwarz wie die Nacht, die Silberaugen hinter dichten Wimpern verborgen.

»Verzeih mir«, flüsterte sie. Alysea hauchte einen letzten Kuss auf seine Lippen und verharrte einen Augenblick, in dem sich ihre Atemzüge vermischten. In dem die Qual so stark wurde, dass es sie zerreißen wollte. Dann wandte sie sich ab, um das Schlafgemach des unsterblichen Prinzen zu verlassen. Doch ihr Herz blieb in seinen Händen zurück.

Fortsetzung folgt …

Michelle N. Weber

Die Rabenkönigin

ISBN: 978-3-95991-041-5, kartoniert, EUR 14,90

Eine Königin, in deren Brust kein Herz schlägt. – Ein Prinz, gefangen hinter Spiegeln. Das Spiel des Feenkönigs, das keine Sieger kennt.

Ein mächtiger Fluch lastet auf der königlichen Familie, so munkelt man in Sorieska. Seit Generationen hat niemand ein Mitglied des uralten Geschlechtes zu Gesicht bekommen. Und wer das Schloss auf dem Hügel erblickt, auf dessen Türmen Schwärme von Raben sitzen wie eine unheilvolle Wolke, möchte nur allzu gern glauben, dass es der Wahrheit entspricht.

Ein Jahr ist vergangen, seitdem Majas liebster Freund Elejas durch die Tore des Schlosses getreten und nicht wieder nach Hause zurückgekehrt ist. Und ebenso lange wispert das Blut der Feen in ihren Adern, dass ihm etwas geschehen sein muss.

Gegen den Willen ihres Vaters macht sie sich auf, Elejas' Schicksal zu ergründen. Begleitet von einem sprechenden Raben entschlüsselt Maja nach und nach die Geheimnisse des alten Gemäuers und seiner sonderbaren Bewohner. Doch zugleich gerät sie immer tiefer in den Sog der Gefahr, die hinter den Spiegeln lauert.